新世纪高等学校教材

U0866956

中国语言文学系列教材
文学理论与批评

文艺学教程

中国文化诗学的新阐释

顾祖钊 主编
张进 姚爱斌 刘飞 任先大 副主编

北京师范大学出版集团
BEIJING NORMAL UNIVERSITY PUBLISHING GROUP
北京师范大学出版社

图书在版编目（CIP）数据

文艺学教程：中国文化诗学的新阐释/顾祖钊主编．—北京：北京师范大学出版社，2018.5

ISBN 978-7-303-23555-1

Ⅰ．①文…　Ⅱ．①顾…　Ⅲ．①文艺理论—中国—高等学校—教材　Ⅳ．①I0

中国版本图书馆 CIP 数据核字（2018）第 041292 号

营销中心电话　010-58802181　58805532
北师大出版社高等教育与学术著作分社　http://xueda.bnup.com

WENYIXUE JIAOCHENG ZHONGGUO WENHUASHIXUE DE XINCHANSHI

出版发行：北京师范大学出版社　www.bnup.com
北京海淀区新街口外大街19号
邮政编码：100875

印　　刷：北京京师印务有限公司
经　　销：全国新华书店
开　　本：730mm×980mm　1/16
印　　张：24.25
字　　数：420千字
版　　次：2018年5月第1版
印　　次：2018年5月第1次印刷
定　　价：59.80元

策划编辑：周　粟　　　　责任编辑：梁宏宇
美术编辑：李向昕　　　　装帧设计：李向昕
责任校对：李云虎　　　　责任印制：马　洁

目　录

第一编　文艺性质论

第三编 文艺创作论

第四编　文艺接受论

第五编 文艺发展论

绪 论

一、我们为什么要新编这本文艺学教程

20世纪是风云剧变的世纪。随着“地球村”的形成和知识的爆炸，西方人文学科也处于极为活跃的状态，从不同的领域、不同的视角，用不同的方法观察和描述这个世界。因此，人文社会科学出现了异说纷呈、乱花迷眼的局面，可谓“道术将为天下裂”。而这些，都随着中国改革开放的大好时机，像走马灯一样在中国知识界面前掠过。其中，有些成了“过眼云烟”，有些以其包含的真理性和普适性的观念逐渐被中国学界接受，成为21世纪中国人认真思考的话题。例如，由文化人类学转向引起的对文化视角和跨学科综合方法的重视；由德里达解构主义哲学引起的怎样走出欧洲中心论、美国中心论的困局，怎样克服理性主义、逻各斯中心论形而上学思维方法的局限，怎样将德里达他者理论和他说的“在对他者的参照中，对中国的参照是非常重要的”这一观点落到实处；以及由西方文化诗学引起的关于中国文化诗学的理论建构等，都成了文艺学再也不能无视的问题，也是21世纪文艺学教材不能不有所反映的内容。

可是，我国目前最流行的文艺学教材却少有这样的内容。童庆炳主编的《文学理论教程》是享誉全国的主流教材，但由于编写于20世纪90年代初，它只能是对当时文学理论新思想的总汇，当然不能顾及后来传入的种种西方理论思潮。这本教材虽经多次修订，但限于原初体系，上述方面均未得到很好的反映。近期出版的一批教材，也没有注意吸纳新的学术成果，不仅没有走出童庆炳所编教材的局限，还增添了许多新问题，如对文艺学基本知识的相对忽视等。鉴于文艺学教材的现状，我们才联合国内几所有文艺学教材建设传统的高校，组织编写了这本《文艺学教程》，拟及时吸纳当代理论研究成果，如中国文化诗学的理论建构，以期克服高校教材建设的时代局限，加强文艺学的科学性、学理性和中国特色，提高文艺学的教学水平，适应21世纪中华崛起和万众创新的新时代的新要求。

本书采用了中国当代学者提出的审美文化视角和中国文化诗学的理论体系和方法。中国文化诗学是在西方文化诗学和巴赫金历史诗学启发下形成的创新型理论。它有四个特征：第一，在坚持辩证唯物主义和历史唯物主义基本原理的基础上形成了自己正确的历史观、文化观和世界文学观，充分发挥了马列文论资源的指导作用，彰显了与西方文化诗学的原则分歧；第二，中国古代哲学智慧、古代文论资源参与了体系建构和中西对话与理论创造，显示了中西文艺理论融合的特色，使中国古代文论资源在现代理论语境中真正获得了平等的体系性参与权，也加强了中国特色；第三，吸纳西方 20 世纪哲学智慧和文化新潮的合理成分，如文化人类学转向、文化研究、后现代主义多元论、他者理论、对话理论、后殖民理论、新历史主义、巴赫金诗学等，初步实现了对 20 世纪主要理论思潮精华的综合吸纳，保证中国文艺理论的世界眼光和理论前沿性；第四，吸纳新时期以来国内文艺理论思潮的合理因素，如关于现代性的讨论、关于古代文论现代转换的讨论、关于新理性主义的讨论、关于文化诗学的讨论等，自然地承接了国内文艺理论界主要的学术建树和文化焦虑，代表了理论界的学术期待和人心所向。因此，它表现出既不同于西方文化诗学，也不同于中国古代诗学，更不同于一般现代文艺理论的理论新形态。

现在，让我们结合这四个特征和三个前提条件，谈谈中国文化诗学可能为文艺理论带来的新变化。

就文化人类学转向而言，它之所以能成为席卷世界的元理论思潮，与它是一门实证学科和立足于田野调查的科学态度有关。随着 19 世纪西方殖民主义在全世界的扩张，美洲、大洋洲等地尚处于原始文化阶段的土著民族的生活方式便暴露于西方人文知识分子面前，使他们有条件深入原始部族和村落，在达尔文研究精神的鼓舞下，冷静客观地研究土著民族的文化生存状况。他们发现了人类文明进化的足迹，并产生了要弄清人类历史文化发展规律的激情。19 世纪下半叶，英美人类学研究开始出现一些世界公认的大师和名著。例如，美国的路易斯·亨利·摩尔根（Lewis Henry Mobgan）有《古代社会》（1877）等多部著作享誉世界；英国的爱德华·泰勒（Edward Burnett Tylor）以《原始文化》（1871）等著作赢得了“人类学之父”的美名；瑞士法学家巴霍芬（Johann Jacob Bachofen）也以《母权论》（1861）在人类学界享有盛名。这些震惊学界的著作使得正准备撰写《资本论》第二、第三卷的马克思也不得不停下手头的工作，认真研究起人类学的最新成果，并对摩尔根等人的人类学著作做了大量的摘录和评点。晚年马克思做出的这个惊人选择和留下的终身遗憾，是很值得后人思考的，这也许是20世纪“文化人类学转向”出现的原因和先兆吧。

姑且不论对其他人文学科的良性影响，仅从文艺学的角度看，人类学所提供的文化视角、文化语境还原方法，的确是具有元理论的意义的。试问还有比描述和概括文学艺术的性质的“文化”这个范畴更好的概念吗？过去人们相信苏联式文论，总以为“文学艺术是现实生活的反映”，是一定的“时代背景”和“时代精神”的反映等，而不知道文学艺术原是一定的历史文化语境的产物。所谓“时代背景”“时代精神”，在一般庸俗社会学眼中，不过是一个时代政治经济问题的集中体现；所谓“现实生活”，不过是充分体现当时政治经济问题的社会生活。人们完全不懂得，作为一定历史文化语境的产物，文艺除了应当关注一定时代的政治经济关系外，还应顾及当时的哲学、伦理、道德、宗教、习俗的影响，顾及外来思潮和社会心理的影响，顾及民族的历史文化传统和集体无意识在今天的作用等。从“历史文化语境”范畴所涵盖的文化意蕴的丰富性来看，文学艺术正是通过艺术虚构对这种文化意蕴进行审美重塑，并非仅是“对现实生活的反映”。

在巴赫金的历史诗学看来，仅仅反映某一时期现实生活的作品往往是短命的，其生命将随着那个时代的结束而消亡。而优秀的文艺作品，往往是一个民族的历史文化经过长期孕育结出的果实，其中蕴含了丰富的文化内涵，并非仅仅属于某一时代。这样的作品才有生命力，并且将随着该民族历史的发展，不断产生新的意义。巴赫金的这种思想，前者已经被我国的《三里湾》《李双双小传》和《艳阳天》证实（天才的作家却写了短命的作品）；而后者，以一部有无限生命力的《阿Q正传》为例。《阿Q正传》往往只是被解读成反映了辛亥革命时期的历史，人们完全忽视了它的文化意图和对国民性的研究，以至于误读和浅解了这部作品。这都是苏联式庸俗社会学文艺学造成的恶果。由此，我们已可以看出“文化视角”和“历史文化语境”的巨大的理论和批评意义。

但人类学带给文艺理论的变革并不只有这些，人类学所揭示的一般的人类文化发展规律，对于我国文学史、艺术史的研究也非常有意义。例如，中国的先秦文献研究者，往往缺乏人类学的基本素养，不知人类文化一般都要经历漫长的无文字的口传文化阶段，然后随着文字的创立，才能进入由文字记录传承的文化阶段。但许多口传文献资料，却可以被后人以文字纪录的形式保存下来。比如《易传》，很有可能就是古人用文字辑录的上古口传下来的关于《易》和占卜的总体性解说词。它明显具有口传文献“套语”的特征，但由于人类学素养的缺失，所以被后代儒家附会成孔子所为，被台湾某个学者说成是战国末期稷下道家末流所为。其次，人类学还认为每个民族都要经历巫术文化阶段，当时的皇权是与巫术占卜结合在一起的。中国学者却鲜知用巫术文化眼光去观察古代文献，以至于像顾颉刚那样认真的学者也将带有巫术文化色彩的典籍说成伪作，闹了许多笑话；像闻一多那样的博学名家，在研究《诗经》时，也不是将文本放到它的巫术文化语境和混一诗性文化中去考察，而是设法将《芣苢》那样的诗篇从它的历史文化语境中剥离出来，以现代纯文学的眼光来解读它。所以，可以说我们对自己源头文化的认识还很皮毛，还没有揭开它神秘的面纱，离巴霍芬所说的对于自己民族历史的“大写的理解”① 还差得很远。这样，文化人类学给整个人文学科带来的革命性变革，就不能小觑了。但是，我们整个文学研究界却安坐在科学主义划定的过细的学科分工的圈子里做学问，“不知有汉，无论魏晋”，每日重演着老一代学人的悲剧。

同时，20世纪的解构主义和后现代主义，也给我们带来了难得的创新机遇。“五四”以来，我国文艺理论基本上是在欧洲中心论的话语中转圈子，其西化之深已习惯成自然。虽有个别学者，如朱光潜先生，做了些“中国化”的工作，但却是在臣服西方理论的前提下，用中国的文艺现象印证西方文艺理论的正确性，以便西方理论更易于被中国人接受。这样做的结果，不是欧洲中心论的痼疾被克服了，而是欧洲中心论的影响更为加强了。不过，我们认为，一定时期内为缩小差距而补充新知，采用全盘西化、拿来主义，是有一定历史合理性的；让一部分学者长期研究西学、精于西学，对于一个民族来说也是应该的；但如果一个民族的大部分学者都以崇尚西学为风尚，满足于以西方为标准，以西方为是非，那就不正常了。这无形中便会泯灭中华民族的主体意识，萎缩理论的创造力，从而导致一种灾难性的后果。然而，我们积习于此，已有百年！所以，20世纪90年代初，编者就曾发出呼喊：为什么我们居住的地球是圆的，而文艺理论的地球却是扁的？②

我们非常赞成德里达主张打破欧洲中心论的想法。要克服这种近代史上人

---

① 巴霍芬《母权论》：“一个真正科学的认识不仅回答关于事物本质的问题。它还试图揭示事物发生的源头，以及把源头同其随后的发展结合起来。只有当知识包括了起源、发展和最终命运时，知识才真正转变为大写的理解（Understanding）。”转引自［美］弗雷德里克·詹姆森：《马克思主义与历史主义》，见张京媛：《新历史主义与文学批评》，24页，北京，北京大学出版社，1993。

② 参见顾祖钊：《艺术至境论》，14～15页，天津，百花文艺出版社，1992。

类认知的片面性，德里达提出的方案是吁请“他者”的到来，特别是中国这个“至关重要的”“他者”的参与。① 这样，就为1996年中国文艺理论界提出的“古代文论的现代转换”命题提供了国际的理论根据和扎实的学理支撑。从某种意义上说，让中国古代文论与西方文论对话，深度参与现代文论的建构，便成了适应人类认知进步需要的历史要求。因此，德里达的解构主义为中国古代哲学和文论参与现代理论建构提供了前所未有的机遇。例如，德里达要解构理性主义，反对形而上学和逻各斯中心论；要以他的破碎的多样性和多元论解构理性主义的一元论，反对所谓的“二元对立思维”。这些意见虽有其合理成分，但却都是极端的片面之论。旧理性主义的缺点是应当舍弃的，但人类在理性主义阶段取得的一系列认知成果是应当被继承的。那么，怎样既能保留理性主义的成果，又能吸收非理性的思维成果呢？形而上学思维和逻各斯中心主义是有缺陷的，而怎样既保留形而上思维的成果，发挥逻辑思维的长处，又吸收感性经验之学的优点呢？这样的矛盾在对立主义盛行的西方话语中，是绝难办到的。而中国的哲学智慧和以感性经验为主的文论恰恰为解决这些学术难题提供了极为有利的阐释框架和互补机制。

就阐释框架来说，老子提出的“道生一，一生二，二生三，三生万物；万物负阴而抱阳，冲气以为和”，就是一个以生命体验和审美体验为基础的，能够汇通形上与形下、理性与感性、一元与多元的，具有高度综合性和海纳百川气度的阐释框架。用这样的阐释框架参与中西文论的对话与建构，便可以进行一种带有体系性的深度参与，与过去那种仅仅将古代文论的某个或某几个概念塞进现代文艺学的做法是大不相同的。它将为中国古代文论与西方文论展开全面的对话与融合提供广阔的空间与可能。因此，本教材将冲破欧洲中心论和逻各斯中心论的藩篱，努力实现德里达的这一理想。

再看西方文化诗学的启迪和中国文化诗学的建构。所谓“诗学”，并非中国古人理解的狭义的诗歌之学，而是指由亚里士多德创立的广义的诗学概念，即文艺理论。这个话题是由美国学者格林布拉特（Stephen Greeblantt）② 提出的。20世纪80年代，格林布拉特有感于文化研究对象的宽泛无边和文学艺术自身的被忽视，发表了《通向一种文化诗学》（*Towards a Poetics of Culture*）

---

① 参见杜小真、张宁：《德里达中国讲演录》，81、85页，北京，中央编译出版社，2003。

② 斯蒂芬·格林布拉特，又译为斯蒂芬·葛林伯雷，现代学者，美国加州大学伯克利分校英语系教授。

一文。他宣称，虽然文化研究已经“将娱乐或消遣、美学、公共领地、私人财产”等一切现代文化现象作为自己的研究对象，但是“对于我这个文学批评家来说，最具有吸引力的实例还不是某个人的政治生涯或某个公园，而是一部小说”①。这种对文艺理论和批评的职业性坚守，立刻在中国文艺理论界引起共鸣。童庆炳对20世纪90年代后半叶，文艺理论界部分学者按照西方的样子，操弄文化研究，企图以文化批评取代文学批评的倾向颇为不满。他说，那种“研究专门作用于人的感官刺激和欲望享乐相关的城市规划、购物中心、街心花园、超级市场、流行歌曲、广告、时装、美容美发、环境设计、居室装修、健身房、咖啡厅、美人图片等，他们想以此取代对文学的研究”，即“试图用文化批评取代文学批评”的做法，“是不可取”的。只有“回到文学文本，回到艺术，才是理论发展的正途”。②

西方文化诗学还在中国学者面前展现了十分新鲜和诱人的学术景观。格林布拉特又称自己的诗学为“新历史主义”，张京媛在介绍这门新说时说：“我们可以感觉到他们以文化人类学的方式把整个文化当作研究对象……新历史主义批评不再循规蹈矩，大胆跨越历史学、人类学、艺术学、政治学、文学、经济等各科学的界限，因此也有人泛称其为‘跨学科研究’。新历史主义打乱了学科界限和学科秩序，引起各界的一片哗声。”③ 同时，西方文化诗学也为我们留下一片学术空白和众多学术期待。格林布拉特在《通向一种文化诗学》的结尾写道：“我觉得，晚近的理论研究在很大程度上必须置于这样一个背景中去理解，即希望寻找一套新的术语去理解我已设法描述的文化现象。”并且他指出：“为了对这种实践（即‘现代审美实践’）做出回答，当代理论必须重新选位。”④ 格林布拉特虽然认同这种西方学界共同的学术期待，但是，他又严守后现代反对本质主义的清规戒律，拒绝对文化诗学做出任何理性概括，只将它理解为“一种实践”的模式，而“不是教义”。这样一来，他的“文化诗学”便成了一种半拉子工程，甚至连“半拉子”都称不上，而只能称为一种有价值、有潜力的学术动议。

文化诗学由此传入中国后，中国学人便对其进行了一系列的理论创新和建构。

---

① ［美］斯蒂芬·葛林伯雷：《通向一种文化诗学》，见张京媛：《新历史主义与文学批评》，12页，北京，北京大学出版社，1993。

② 《童庆炳文集》第10卷，115～116页，北京，北京师范大学出版社，2016。

③ 张京媛：《新历史主义与文学批评》，前言，1～2页，北京，北京大学出版社，1993。

④ 张京媛：《新历史主义与文学批评》，15页，北京，北京大学出版社，1993。

由于西方文化诗学基本上以解构主义和后现代哲学为基础，因此我们只能吸收其中某些合理因素，而无法在整体上完全接受。于是，中国学人就为中国文化诗学(1)（注：下文对每个创新点、知识点和基本范畴都编了这样的序号）建构了新的哲学基础和价值体系，即新理性主义(2)。它主要包括两大部分，即以现代性为追求的新人文精神(3)和在此基础上提出的“人文关怀原则”(4)；以中国古代老子哲学为整合阐释框架的对马克思主义辩证唯物主义和历史唯物主义一元论的认同与坚守(5)，对一分为二、合二为一及二元论的吸纳(6)，以及对相对主义、后现代主义多元论、西方非理性哲学，如感性经验哲学、生命哲学、精神分析哲学等与中国生命体验、感性经验哲学的成果的合理性吸纳及三元论梳理(7)，等等。

由于西方文化诗学标榜的新历史主义采用的后现代的虚无主义、唯心主义的历史观是我们无法接受的，所以我们重申了历史唯物主义原理，并做了适度调整，重视历史文本的复杂性。童庆炳提出了“历史 1”（作为历史本体存在的历史）、“历史 2”（写入文本的历史）和“历史 3”（文艺作品所描写的历史）这三个概念(8)，并重申了被人类学所证实的社会历史逐渐进步的规律和它在具体的历史阶段中表现出的曲折性、复杂性。这种尊重历史本体客观真实性的历史观，即人们常说的“正确的历史观”(9)。童庆炳还据此提出以发展的眼光评价历史事件和尊重历史的客观真实为“历史理性原则”(10)。由于“新历史主义者关注的中心问题不是其（‘文化系统’）历时性方面，而是其‘共时性’的一面”①，西方文化诗学便背离了文化人类所揭示的正确的文化观和历史观。例如，福柯就只对“意识历史中的‘裂隙’，‘非连续性’和‘断裂性’感兴趣”。这就使文化诗学陷入“文化主义谬误”（culturalist fallacy）和“历史唯心主义”。②中国学人则根据巴赫金的文化观、英国文化研究的文化观，重构了中国文化诗学的文化观(11)和历史文化语境观(12)。

就文化观而言，巴赫金把人类文化既看成一个共时性的结构，又看成一个历时性的发展过程。对于这个共时性的结构和历时性过程，英国文化研究领域代表性学者雷蒙德·威廉斯（Raymond Williams）将其概括为“作为生活方式

① ［美］海登·怀特：《评新历史主义》，见张京媛：《新历史主义与文学批评》，98 页，北京，北京大学出版社，1993。

② 参见［美］海登·怀特：《评新历史主义》，见张京媛：《新历史主义与文学批评》，97、115 页，北京，北京大学出版社，1993。

的文化”和“作为发展过程的文化”。① 由于西方文化诗学在从事批评实践时还时不时地要用马克思的经济基础与上层建筑理论来说明文化的结构和动力，因此，中国文化诗学认为，文化是以经济基础与上层建筑为骨架，由人类社会的物质文化、制度文化和精神文化构成的一种系统性的整体结构，和以基础与上层建筑的互相作用为动力的动态发展过程。此外，德国文化哲学家卡西尔（Ernst Cassiree）提出的文化观（将文化看成是围绕人性的圆周展开的，语言、神话、宗教、艺术、科学、历史、哲学等组成这个有机整体的“圆”的各个“扇面”）②，巴赫金的文化观（在政治、经济之外的意识形式上理解文化），普列汉诺夫发现的社会心理范畴，精神分析学派发现的个人潜意识和集体无意识，以及人类学家最感兴趣的风俗、习惯等，都是中国文化诗学在理解文化时不能忽视的观点和要素。因为，对于文学艺术来说，即使某种细微的文化现象，也可能是非常重要的生发因素。

就历史文化语境来说，除了文化的共时性结构，即人性展开的“扇面”诸要素外，它的民族身份(13)特征便更为突出地显现出来，文化的延续性则更为顽强。③ 民族文化的传统因素，如社会理想、生存智慧、人格范型、生活模式、审美范式、心理特征以及特殊的风俗习惯等，往往通过显意识、潜意识和集体无意识在社会的政治因素、经济因素、外来思潮和社会心理的刺激下，成为创作语境和接受语境中最为活跃的因素。这些丰富、复杂的因素，在过去却被所谓的“时代背景”“时代精神”遮蔽了。因而“历史文化语境”概念的创立，便成了文化诗学与庸俗社会学文艺学的分水岭。历史文化语境的丰富内涵在作家、艺术家胸中的纠结，便形成了某些有责任感的作家、艺术家创作时的“文化焦虑”(14)，同时形成了批评家的“文化视角”(15)和文学艺术的一元论的文化性质(16)。

从古典人类学研究中，我们懂得了文化价值有先进与落后之分；从现代人类学研究中，我们看到了文化价值相对论的某些合理性，于是提出了三分式文化价值观(17)和区分“先进与落后、人性与人道、科学与健康、历史与审美”的多样化的文化价值鉴别尺度(18)。这就为文艺批评家提出了“知识谱系更新”(19)

---

① ［英］阿雷恩·鲍尔德温等：《文化研究导论（修订版）》，4页，北京，高等教育出版社，2004。

② 参见［德］恩斯特·卡西尔：《人论》，87页，上海，上海译文出版社，1985。

③ 人类学的研究证实，文化有着十分顽强的延续性，又被称为文化的惰性和惯性。优良的文化成分是这样，腐朽的文化成分更是这样。这里仅仅是就前者而言的。

的急迫课题。过去，我们总以为批评家只要有点政治焦虑(20)和现实关怀(21)，会操弄一点文艺理论专门知识，就可以进行文艺批评了；而现在看来，一个批评家若没有世界文学眼光(22)，没有对民族文化较为深刻的理解，没有多学科的知识积累和综合能力，要当一个合格的文艺批评家是很困难的。

但是，如果我们对文学艺术的性质仅仅认识到"文化"这个层次，那还是相当遗憾的，因为文化研究造成的复古和简单政治化倾向警示我们，中国文化诗学要超越西方文化研究的局限，还要进一步明确文学艺术的审美文化(23)性质。人类文化可以分为两个部分：审美文化与非审美文化。所谓"审美文化"，就是以审美为主要目的，在人的审美理想(24)的指导下，通过艺术虚构(25)对社会生活进行"审美重塑"(26)。它已经不是社会生活本身，而是对人类社会生活的"诗意裁判"（恩格斯语），即审美评价(27)或称情感评价。对于文学艺术的这种审美文化的评判，恩格斯提出了"美学的和历史的""最高标准"①，由此引申出文学艺术的三大原则：历史理性原则、人文关怀原则与审美升华原则(28)。童庆炳晚年特别强调了文学艺术的审美文化性质，称它是文化诗学场域的基点与支点，认为只有将文化诗学理论的基点牢牢建立在审美文化的土壤上，文化诗学才能肩负起文艺理论未来发展的使命。②

由于中国文化诗学中西融合的特征，除了上述体系性融合(29)外，中国文艺理论还出现了共通性融合(30)，如历史的文艺观(31)，哲理的文艺观(32)，情感的文艺观(33)和言、象、意的文本层次论(34)等；互补性融合(35)，如典型、意境和意象的艺术至境论(36)等；对接式融合(37)，如气韵生动的生命形式论(38)等；辨伪式融合，如创作学中的摹仿论与摹心论(39)等。总之，这些融合为中国古代文论进入现代文艺学开拓了广阔的空间。

此外，中国文化诗学还把生命形式论、诗意逻辑论(40)、审美信息论(41)贯穿于对文学语言(42)的研究中，一定程度上揭示了文学语言的秘密。西方文化诗学将文艺的价值定位于要获得"社会的主宰通货——金钱和声誉"③，即资本主义社会的商品价值，这是我们无法认同的。我们可以承认市场经济条件下文学艺术作品的商品价值与社会价值的二重性(43)，但是我们更看重文艺作品在社会主义精神文明建设中的重要作用。人文价值和审美价值是比商品价值更为重

---

① 《马克思恩格斯全集》第4卷，347页，北京，人民出版社，1975。

② 参见《童庆炳文集》第10卷，386页，北京，北京师范大学出版社，2016。

③ ［美］斯蒂芬·葛林伯雷：《通向一种文化诗学》，见张京媛：《新历史主义与文学批评》，14页，北京，北京大学出版社，1993。

要的东西。即使是对文艺作品商品价值的承认，我们也应当以乐观、健康、无害的文化尺度为底线(44)。

在这里，我们无法将中国文化诗学建构的理论范畴全部列出，但由此已经可以看出其对现有文艺理论和整个文艺研究造成的巨大冲击。为了不使理论界感到过于突然，本书会采用渐进的方式，在不断的修改中逐步加强文艺理论的新质要素。为此，花上五年、十年也值得。

二、为什么要从“文学理论”重返“文艺学”范畴

“文艺学”本是文艺理论的老名称。1954年，苏联学者毕达可夫在北京大学讲文艺理论，就称为《文艺学引论》。1957年，霍松林编的《文艺学概论》出版。只是到了20世纪60年代，由于蔡仪改称《文学概论》、以群称《文学的基本原理》，称“文学概论”的人才多了起来。1981年，韦勒克、沃伦合著的《文学理论》的翻译出版，更是加强了这种趋向。但是，学界仍有不少人沿用“文艺学”的称谓，如王向峰的《文艺学新编》（1987）、吴中杰的《文艺学导论》（1988）、王纪人等人的《文艺学教程》（1993）、曾庆元的《文艺学原理》（1998）等。进入21世纪之后，称“文艺学”的教材就不多见了，而以“文学理论”或“文学学”为名的多了起来。这自然有一定的原因。例如，按照科学主义和分析哲学的做法，学科分工越细越好，因此专门把文学从艺术中抽离出来，更显得精细。这样做也与形式主义文论和语言学转向更合辙，同时新批评文论家韦勒克的《文学理论》书名的示范作用更不能低估。但是，在中国文化诗学面前，科学主义、分析哲学、形式主义文论和语言学转向等都是有严重缺陷的片面之学，其优点固然应当继承，然而如果不克服严重的片面性，其优点也是无法吸纳的。中国文化诗学提倡的走向高度综合的方法，自然要冲破以上画地为牢的方法和学科壁垒。为充分解放文学艺术的生产力，为更合理地建构文艺理论，本书主张重返“文艺学”的范畴。

之所以要重返“文艺学”范畴，主要有如下原因。

首先，它是更为传统的称谓，比“文学学”更能得到大多数人的认同。从延安时期起，我们就把文学艺术看成是一个整体性的部门和事业，苏联文艺理论家也认同这样的提法，甚至日本学者浜田正秀也写过一本《文艺学概论》①。这说明“文艺学”范畴，是有世界性根据的称谓。

---

① ［日］浜田正秀：《文艺学概论》，北京，中国戏剧出版社，1985。

其次，它更符合实际。狭义的文艺学概念，是指文学艺术的理论，亦指以文学理论为基础而又能涵盖其他艺术门类的理论，既突出了文学的基础性，又体现了与其他艺术的兼容性。这与文学艺术作为一个部门的整体，实际是对应的。若从广义的文艺学范畴来看，它是指有关文学艺术的整个理论学科。其中，不仅有作为基础课的基本原理，还有作为提高课的美学、马列文论、中国古代文论，以及狭义的诗学、戏剧理论、影视理论等。这就不是狭义的"文学理论"所能概括的了。所以，还是称"文艺学"更为合适。

再从学理上看，纯而又纯的"文学理论"实际上是不存在的。从文艺理论发展史可以看出，从文学现象引申出的理论可以渗入其他艺术理论，而从其他艺术引申出的理论也可以影响文学理论，文学艺术之间的理论思想如潮来潮往的活水，是无法截然分割的。例如，顾恺之提出"传神写照"，作为画论，它其实源于《庄子》和《淮南子》。萧子显在文学中首倡"气韵天成"，谢赫在画论中提出"气韵生动"，到底哪个是纯文学理论，哪个是纯绘画理论？说"气韵"是文论范畴，明显是武断的；说"气韵"是论画的范畴，同样也不妥帖，但若在文艺学范畴内谈"气韵"，却是圆通的。所以"文艺学"范畴在学理上优于"文学理论"和"文学学"范畴，那是很明显的。

最后，不取"文学理论"或"文学学"，而重返"文艺学"的范畴，还有更为重要的现实的原因。进入传媒时代以后，文学与其他艺术的界限模糊了。更由于数字技术的运用和互联网的高速发展，新媒体艺术成了语言与图像等媒介的混合体，如网络文学，互联网艺术（网络绘画、网络戏剧、网络恶搞、博客文学），数字影视，手机媒体艺术，网络游戏，数码摄影与新媒体广告等浑然一片。① 诚如美国学者希利斯·米勒所说的那样："新形态的文学将越来越成为混合体。"② 也如W.J.T.米歇尔所概括的那样："一切艺术都是'合成的'艺术（既有文本又有形象）；一切媒介都是混合媒介，把不同的语码、话语习惯、渠道、感觉和认知模式综合在一起。""图像与文本之间的互动构成了一种再现：所有的媒体都是混合媒体，所有的再现都是异质的；（再）没有'纯粹的'视觉或语言艺术，尽管要纯化媒体的冲动是现代主义的乌托邦创举之一。"③ 这些观点，强调了新传媒时代文学艺术相互融合的倾向，是我们应

---

① 参见杨年保：《〈数字媒介下的文艺转型〉简介》，载《云梦学刊》，2011（4）。

② 周玉宁、刘蓓：《"我对文学的未来是有安全感的"——希利斯·米勒访谈录》，载《文艺报》，2004-06-24。

③ ［美］W.J.T.米歇尔：《图像理论》，5、86页，北京，北京大学出版社，2006。

当关注的。也只有重新采用“文艺学”的范畴，我们才能适应这种新变化。

同时，这种“适应”还有更深层次的学理上的原因。西方现代学者的观点，往往是对立主义思维的产物，是不可以完全信以为真的。他们为了贩卖所谓的“图像转向”，常常危言耸听。他们将“图像霸权”与“语言霸权”看成是你死我活的关系。例如，米勒曾在中国贩卖后现代主义观点，散布文学消亡论。中国学者要与他辩论，他便马上投降，说：“我对文学的未来是有安全感的。”其实，文学与图像之间，常常是共生关系和互相影响的关系。图像借助现代传媒挤占了文学传统的阅读空间，只是问题的一个方面；文学也借助传媒和图像扩大了自己的影响力。例如，我国文学的四大名著借助影视艺术大大扩大了自己的影响，这也是一个事实。随着“电纸书”的普及、网络小说的发展，文学也在以史无前例的方式和速度创作着、传播着。先在网络上流传，最后出版社选优出版纸质文本，已经成为文学生产的新模式。怎么能说图像艺术一定要取代文学呢？而且，没有文学提供的成功文本和艺术构思的基础，影视也是发展不起来的。张艺谋一次江郎才尽式的感慨，已很能说明问题。① 至今，文学仍是一切艺术的基础。因此，米勒和米歇尔的论述中也包含着真实，企图用单纯的“文学理论”或“文学学”的范畴将文学从艺术家族中抽离出来的做法的确是一种“现代主义（理性主义）的乌托邦创举”，实际上是行不通的，特别是在数字化、网络化的传媒时代。所以，本书重返“文艺学”范畴，也是现实使然。

值得说明的是，文艺理论作为一个传统学科，经过长期的历史积淀，积累了人类的许多智慧。我们今天采用文化诗学的视角和方法，只是为了充实它而不是取代它。让中国古代智慧和中国文论参与建构，也是为了使其更科学更合理，并没有排斥和贬低西方文论的意思。我们只是想在马克思世界文学思想的指导下，在“真理面前人人平等”的基础上，使这个学科更具人类性和真理性。我们今天为文艺学的建设献出了中国智慧和中国元素，不但加强了文艺学的世界文学品格，而且加强了文艺学的民族特色，更加强了我国文艺学的科学性、学理性和前沿性，同时也为人类理论思维走出后现代阴影提供了探索性经验，有着不可低估的理论创新意义。

---

① 张艺谋曾说：“我只是一个导演，如果文学创作不能提供更好的原创作品，电影的发展是极为有限的。”

三、文艺学的基本内容和学习方法

所谓“文艺学”，我们还可以从它的基本内容上去理解。文艺学的基本内容传统上分为三个方面：一是关于文学艺术的最一般的原理，二是关于文艺史的研究，三是文艺批评的理论与实践。三者共同构成了文艺学，这是对文艺学的最为广义的理解。

文艺史研究，是以文学艺术的发生、发展和演变为研究对象的。第一，对文学艺术发生、发展的状况做总体性、系统性的描述与评价，力求向读者客观全面地展示文学艺术在不同历史文化语境中的真实状态。但是，文艺史绝不是简单的文艺现象罗列，它企图为一个民族的文学艺术建构起有客观因果联系的秩序和结构。好的文艺史可以帮助人们建构起关于文艺的较为科学的知识结构和从事研究和创作的比照系统，从宏观上整体提高人们的文艺素养。第二，文艺史通过对作家作品、文艺运动、文艺思潮的历时性研究和共时性分析，总结出文艺发生、发展的规律，加深人们对文学艺术的认识，促进文艺理论的建设，从而更好地发展文艺事业，以文艺的审美文化特性培养和建构更为完美的人性。第三，由于审美文化是对非审美文化的审美重塑，同属于文化范畴，所以文艺史同样具有其他历史科学所能达到的认识作用和教育作用，同样有“以史为鉴，可以正得失”的社会效果。

文艺批评，又称文艺评论，是以作家、作品、文艺运动、文艺思潮为研究对象的，以一定的历史文化语境为比照系统的鉴别性、实践性学科。文艺批评的主要任务，就是利用当代文艺理论具有真理性的最新成果，对文艺现象做出美学的和历史的评价。例如，文艺批评能及时地总结创作的规律、特点和动向，为作家、艺术家的创作提供参考；又能引导读者树立健康的文化趣味和批评标准，正确地理解和鉴赏文艺作品，以发挥文学艺术的正能量；同时还能批判和揭示某些作品的不良倾向和负面价值，避免它们对读者心灵的戕害。文艺批评还能为文艺理论研究不断地提出新课题、新思路，促进文艺理论的不断进步和完善。

文艺理论虽说仍以人类创造的文艺现象为研究对象，但已经不像文艺史和文艺批评那样去具体地分析评价作家、作品，而是以哲学方法为指导，从理论高度和宏观视野上阐明文艺的性质、特点及一般规律。由于文艺作为审美文化的一部分，有其特定的存在方式，所以文艺理论也因其研究对象的相对稳定性而形成了自己的基本内容。文艺理论一般可分为性质论、作品论、创作论、接受论和发展论五个部分，俗称“五大块”。[①] 这是中国文论界经验的总结，概括了文艺理论应当涉及的基本内容，在美国文论家 M. H. 艾布拉姆斯四要素说[②]传入之前就已存在，而且简明扼要。所以，本书仍采取这一体例。所谓“文艺学教程”，指的是关于文艺理论的基础知识。它是学习文艺学的入门课程，也是今后进一步学习和研究各种文艺理论的起点。

然而，要学好文艺学教程并非易事。首先，要采用理论联系实际的思考方法。由于文艺理论多半是对人类文学艺术活动的基本性质、特征和一般规律的抽象概括，这对于初学者来说，往往是陌生的、难懂的。但是如果结合鲜活的文艺现象（例证）来思考，在理解的基础上记忆，在理解记忆的基础上学着让理论重返文艺现象，那么学习便会取得事半功倍的效果。若能持之以恒，你便会发现自己审美评价的眼光提高了，思维能力加强，产生了学习理论的兴趣，随之也就入门了。

其次，要深入学好这门课程，还必须对文艺理论形成的基本原理和方法不断地加深理解和体会。一是对人类文化和思维成果，要有批判继承的科学态度。20 世纪的西方解构主义和后现代主义，对文艺复兴以来的人文主义、理性主义的文化和思维成果，采取全盘否定的态度。武断地宣布人的死亡、理性哲学的死亡、历史的死亡和文学的死亡等，就是对文化遗产的一种极端主义的否定，而我们要坚持马克思主义的对历史文化遗产的批判继承的态度。马克思指出：“决不在于简单地抛弃近两千多年的全部思想内容，而是要批判它，要从这个暂时的形式中，剥取那在错误的、但为时代和发展过程本身所不可避免的唯心主义形式中获得的成果。”[③] 我们认为，马克思主义这种对人类文化遗产和思想成果批判继承的态度仍然是正确的。不仅对待历史文化遗产应当这样，对待古今中外一切理论遗产也应该这样。中国当代文艺学应当有能力把中西方一切优秀的思维成果都批判地继承下来，为中华崛起的伟大时代服务。

二是要坚守历史的与逻辑的相统一的理论态度。解构主义与后现代的致命缺点是不尊重历史，不懂得恩格斯说的“历史从哪里开始，思想的进程也应当从哪里开始，而思想过程的进一步发展不过是历史过程在抽象的、理论上前后

---

① “五大块”首见郑国铨、周文柏、陈传才编著的《文学理论》（中国人民大学出版社 1981 年版）。

② 参见［美］M. H. 艾布拉姆斯：《镜与灯：浪漫主义文论及批评传统》，5～6 页，北京，北京大学出版社，2004。

③ 《马克思恩格斯全集》第 20 卷，509 页，北京，人民出版社，1965。

一贯的形式上的反映"① 这个道理。文艺学的理论范畴的出现，不仅应当是合乎逻辑的，还应当在历史的深处找到根据，最好是"理论上前后一贯的形式上的反映"。文艺学也应当显示出"巨大的历史感"，竭力避免由逻各斯中心主义造成的陷阱。

三是要正确理解美学的与历史的相统一的"最高的标准"。恩格斯在致斐迪南·拉萨尔的信（1859 年 5 月 18 日）中提出"从美学观点和历史观点，以非常高的、即最高的标准来衡量"② 作品。所谓"美学观点"，即坚持以审美升华原则为文艺批评的基础；所谓"历史观点"，是指用历史哲学意义上的历史观，即在是否具有促进历史进步的意义上去衡量作品的历史价值，而不是用一般"历史学"的狭隘尺度去衡量作品。所以，它是一种"非常高的、即最高的标准"，而"不是用道德的、政治的、或'人的'尺度"③。这是一种更具有超越性的尺度。

四是要以马克思的世界文学眼光统领我们的文艺理论学习和文艺理论研究。在世界文学范畴里，古与今、中与西，人类的文艺理论创造应当是平等的，应当在"真理面前人人平等"的基础上融合人类智慧。这是本书的理想境界，也是我们的努力方向。

因此，在本书里，中国文论与西方文论已无宾主之分；形而上理论与形而下的理论已无不可逾越的鸿沟；一元论、二元论和三元论，即多元的理论，被一气贯通；理性主义、非理性主义的思维成果已被吸纳为新理性主义的有机成分，继续发挥作用；就连解构主义、后现代主义的某些合理因素，也被我们吸纳为理论营养。总之，古今中外的文艺理论在中国文化诗学的视域内初步实现了融合，并且从高度综合走向了理论创新。

---

① 《马克思恩格斯选集》第 2 卷，122 页，北京，人民出版社，1995。
② 《马克思恩格斯选集》第 4 卷，347 页，北京，人民出版社，1995。
③ 《马克思恩格斯选集》第 4 卷，257 页，北京，人民出版社，1995。

第一编　文艺性质论

小序：文化和道家哲学视角下对文学艺术性质的多层次系统概括

列宁曾经提出："真理只是在它们的总和（zusammen）中即在它们的关系（beziehung）中才会实现。"他又说："人的思想由现象到本质，由所谓的初级本质到二级本质，这样不断地加深下去，以至于无穷。"① 也就是说，在列宁看来，所谓真理和本质，并不是单个的观念，而是一个具有客观性品格的观念系统。这个系统是一种多层次存在，包含初级、二级、三级以至于无穷，而人类关于事物的真理和本质的认识，只有在这种"关系中"与"总和中"才能实现。我们认为，对于文学艺术这种复杂的精神现象来说，更应当这样来把握，来概括。但是，由于西方哲学家的对立主义思维，他们不可能发现列宁从黑格尔哲学中引出的这些精辟的思想，而是将黑格尔当作一条"死狗"打倒。因此，西方哲学是无法完成对文学艺术性质的合理描述的。

这就为21世纪的中国理论家提供了大显身手的契机。这是因为我们已具备了落实列宁的学术期待的全部条件：一是西方理性主义、非理性主义和后现代三个阶段的理论成果都在我们胸中激荡；二是我们对中国化的马克思主义的精神遗产有着深刻的体验；三是中国古代文论资源的长处已经在中西对比中显现出来；四是我们有中国古代智慧，即老子哲学提出的"道生一，一生二，二生三，三生万物；万物负阴而抱阳，冲气以为和"的伟大的阐释框架。这也是最重要的，它可以把列宁的学术理想，人类在理性主义、非理性主义阶段的优秀成果，生命哲学以及解构主义、后现代主义的合理因素在中西对话和中西融合的意义上整合起来，完成对文学艺术性质的整体性、多元性、系统性、层次

---

① 列宁：《哲学笔记》，181、256页，北京，人民出版社，1956。

性的把握与描述，从而完成中国理论元素对文艺理论建构的体系性参与。当然，要这样做，还必须有一个重要的前提，即要有充分的理论自信心，要敢于承认中国也有哲学，老子、庄子都是世界第一流的哲学家。他们的哲学思想完全可以像柏拉图与亚里士多德、康德与黑格尔那样，被用来阐释这个世界。遗憾的是，“五四”以来，具有这样理论自信的学者不是很多。本书的编写，就是想在文艺理论界首先恢复这种民族的主体意识和文化自信、理论自信。

第一章　文艺的审美文化性质

若要将文学艺术与其他事物区分开来，就要从一元论的意义上将它的特殊性质揭示出来，使人们明白它与其他事物的区别。然而，即使在一元论的意义上，我们仍然可以从不同的视角、不同的领域对文艺进行概括。例如，从文化视角来看，它属于审美文化；从精神文化的意识形态家族来看，它属于审美意识形态；文艺作为特殊的意识形态，又是一定的历史文化语境的产物；在整个艺术领域里，文学艺术又属于广义的语言艺术的范畴，等等。

第一节　审美文化与非审美文化

西方文化研究和文化诗学采用了文化视角观察文化现象和文艺现象，这本是一大理论进步，首次将文学艺术的文化性质凸显出来，但是却造成将文学艺术批评等同于文化批评和一般社会批评的结果。对于这种忽视审美和诗意的批评，中国文艺理论界是无法接受的。因此，中国文化诗学首先强调了文学艺术的审美文化性质。而要理解什么是审美文化，还需从理解“什么是文化”开始。

一、文化是人类的生存方式

文化指人的生活方式，又指人的生存发展过程。由于“文化是无所不是、无处不在的”①，所以，文化的范畴特别难以概括。人类关于文化的定义已有一百多种，但流行的说法不过数种。除了上述威廉斯的定义外，还有英国人类学家马林诺夫斯基理解的广义的“文化”。它是一个包括物质设备、精神文化、语言、社会组织的，包容及调节着一切社会科学，涉及一切人类活动、人类集

① ［英］阿雷恩·鲍尔德温等：《文化研究导论（修订版）》，6页，北京，高等教育出版社，2004。

团及人类的思想和信仰的广泛领域。① 总之，这个文化概念涵盖了人类生存方式的一切方面。泰勒则提出了较为狭义的“文化”，即“文化是一个复杂的整体，包括知识、信仰、艺术、道德、法律、风俗以及作为一个社会成员的人所获得的任何其他的能力和习惯”。这种理解仅将文化限定在人的精神和行为的领域。但是不论是广义的文化，还是狭义的文化，文学艺术都被囊括其中。

中国学者对文化的理解，常采取三分模式。例如，梁漱溟认为，文化是一个民族生活的种种方面。总括起来，不外三个方面。其一，精神生活方面，如宗教、哲学、科学、艺术等。宗教、文艺是偏于情感的，哲学、科学是偏于理智的。其二，社会生活方面，我们和周围的人——家庭、朋友、社会、国家、世界——的生活方法都属于社会生活方面，如社会组织、伦理习惯、政治制度及经济关系。其三，物质生活方面，如饮食、起居种种享用，人类在自然界中求生存的种种。② 当代学者庞朴则把文化视为一个整体的立体系统，认为可分为“物的部分”“心物结合部”和“心的部分”三部分。③ 童庆炳说：“我的看法是文化是一个完整的系统，包含了物质文化、制度文化和精神文化。”④ 这些关于文化的看法，显然要比国外学者的描述性定义准确得多，全面得多。

这些观点明显具有这样几个特征。一是将文化看作一个有机整体，一个有机的层次结构。二是认为文化是与人的本质问题联系在一起的，文化是人的创造，是“人的本质力量对象化”，而人又是文化创造的，所以在某种意义上，文化就是“人化”。三是往往用马克思主义的理论眼光观察文化，有最为简洁的结论。例如，庞朴将物质文化看成是“对象化了的劳动”，是“第二自然”等。四是比较认同卡西尔和巴赫金的文化观，特别是巴赫金将文化看成是“有区分的统一体”的看法。不仅同一种文化在不同的时代、不同的群体中是不同的，而且仅就文化的内容而言，也应当有所区分。每一种文化中都有不健康的

① 参见［英］马林诺夫斯基：《文化论》，2页，北京，中国民间文艺出版社，1987。原文是：“文化是指代那一群传统的器物、货品、技术、思想、习惯及价值而言的。这个概念实包容着及调节着一切社会科学。我们亦将见，社会组织除非视作文化一部分，实是无法了解的；一切对于人类活动、人类集团及人类思想和信仰的个别专门研究，必会和文化的比较研究相衔接，而且得到相互的助益。”该书还详细说明了“文化的各个方面”：甲，物质设备；乙，精神方面之文化；丙，语言；丁，社会组织。

② 参见梁漱溟：《梁漱溟学术精华录》，7页，北京，北京师范大学出版社，1988。

③ 参见庞朴：《稂莠集——中国文化与哲学论集》，6页，上海，上海人民出版社，1988。

④ 童庆炳：《美学与当代：文化讲演录》，218页，桂林，广西师范大学出版社，2007。

甚至腐朽落后的部分，对此文艺批评应当坚持健康无害的价值底线。对于文学艺术的性质，不是归结为“文化”就万事大吉了。实践证明，我们还应当区分审美文化与非审美文化，进一步揭示文学艺术的审美文化性质。

二、审美文化是对人的生存方式的审美重塑

审美文化是西方文化人类学、文化研究和文化诗学都没有关注的话题。所谓“审美文化”，就是作家、艺术家通过艺术虚构进行审美重塑的结果，已经不同于人类原来的文化生活。苏联式文艺学就是在这个根本问题上犯了糊涂，常常把文学艺术的意蕴与社会生活的内容混为一谈，将写进作品的题材等同于社会生活中的事件或事实。20 世纪 80 年代，庸俗社会学的题材观，即“题材决定论”① 就受到了批判。但令人想不到的是，类似于庸俗社会学的题材观，又在 21 世纪初旧事重演。例如，近来人们关于《鲁提辖拳打镇关西》一文要不要从中学语文课本中删除的讨论。发难者是一位高校的文学教师，他说，此文“无非是描写了一个杀人场面，尽管血淋淋的内容被生动的比喻……所掩饰，但丝毫不能改变一个生命当场陨灭的残酷现实”，而这样“血腥的内容”，不宜成为中学教材内容。此论一出，立刻哗声一片：一个文学教师，居然不知道文学作品中的事件是不能与生活中的事实等量齐观的。

美国文论家苏珊·朗格说过：“诗人所表达的东西并不是事实（本身），而是诗人对事实的评价。”② 这里的“评价”，即恩格斯所说的“诗意裁判”③ 和本书所说的“审美评价”。其实，文艺作品的内容与作为文化的社会生活，虽然存在天然的联系，但已经有了本质的不同。如果说生活中的事实属于一般文化范畴，那么，小说中的事件已经是作家艺术家通过艺术虚构对社会生活中的原型因素进行审美重塑的结果，具有了审美文化的性质。作为审美文化，其突出特点便是能够给人以愉悦的审美享受。一般来说，作家描写的美好的东西，能给人带来美的享受，这是不用解释的；但是，对“丑恶”的东西进行的诗意

---

① 参见孙家富、张广明：《文学词典》，15～16 页，湖北人民出版社，1983。“题材”条有云：“因为生活现象本身所包含的社会意义，在体现生活本质、历史主流等方面有广窄、深浅的差别。故源于生活的各种题材，在思想容量上存在客观的差别。所以社会主义文学以现代革命题材为主，并主张作家写重大题材。”按：对于这种主流的官方的题材观，人们历来就存在争论，所以它又被反对者称为“题材决定论”。

② ［美］苏珊·朗格：《艺术问题》，140 页，北京，中国社会科学出版社，1983。

③ 《马克思恩格斯全集》第 36 卷，77 页，北京，人民出版社，1956。

裁判，能否给人以审美的享受呢？苏联文艺理论家斯托诺维奇是这样回答的："丑的现象本身不会令人高兴，同卑鄙的家伙交往很少有愉快可言。但痛斥他却真是一件快事！"如果由"美的理想主持对丑的裁决"，难道这一切不产生"特殊的愉悦和享受"吗？①《鲁提辖拳打镇关西》的题材，虽然具有杀人的元素，但杀的是坏人、恶人，鲁智深见义勇为的英雄行为和为民除害的价值意义使杀人的性质起了变化，成了一种符合人们美的理想的"快事"，成了由美的理想"主持"的对丑恶的"裁决"，由此引起的一种特殊的愉悦是不言而喻的。而且，这件"快事"是通过作家的审美重塑实现的。它的描写视角已经变成了审美文化的视角，成了一种对英雄行为和英雄膂力的赞美。因此，鲁智深每一拳打下去都大快人心，十分精彩：第一拳打得"便似开了个酱油铺"，第二拳打得"似开了个彩帛铺的"，第三拳打得"似做了一个全堂水陆的道场"。在这三个妙喻带来的"愉悦和享受"里，读者哪里会感到一丝一毫的"血腥"与"恐怖"？它完全由审美重塑变成了审美的现实。在这里，内容和形式都起了变化，作家因此完成了他的"诗意裁判"，文艺也因此获得了它的审美文化的性质。所以，苏珊·朗格又说："诗人在诗中想要说明的东西"，"诗所获得的价值是由诗人的表达方式提供的"。②

无独有偶，香港一位老资格的批评家也采取了同样的思路。他把"文化批判"的砍刀，首先砍向了两部文学经典：《三国演义》与《水浒传》。他说："五百年来，危害中国世道人心最大最广泛的文学作品，就是这两部经典。可怕的是，不仅过去，而且现在仍然在影响和破坏中国的人心。""这两部小说，正是中国人的地域之门。"③ 他还对两书做了本质性概括：一部是权术崇拜，一部是暴力崇拜。"三国气"就是权术气和厚黑气，"水浒气"就是流氓气和痞子气，所以十分"可怕"。显然，我们是无法接受这样的结论的。一个简单的道理是，一个民族要自立于世界民族之林，绝不愿意自己的民族弱体、弱魄、弱智，像一群没有反抗和自卫能力的绵羊，像一群没有血性和骨气，没有公平、是非和正义感的糊涂虫；相反，倒是要设法培养自己民族不畏强暴、大义凛然、疾恶如仇、见义勇为的英雄性格，倒是要把自己民族的历史经验、军事

① 参见［苏］列·斯托洛维奇：《审美价值的本质》，231页，北京，中国社会科学出版社，1984。

② ［美］苏珊·朗格：《艺术问题》，141页，北京，中国社会科学出版社，1983。

③ 刘再复：《双典批判：对〈水浒传〉和〈三国演义〉的文化批判》，27、99页，北京，生活·读书·新知三联书店，2010。

智慧、治世理想、人格风范、是非观念和审美标准等浓缩在文艺作品里，作为文化传统代代相传。正是由于这种文化传统的正面素质培养了我们不屈的民族性格，所以晚清时我们才没有屈服于帝国主义列强，第二次世界大战时才没有被日本侵略者打倒，抗美援朝时才能打败美国侵略者，今天才能够走在民族复兴的大道上。所以，就这两部书的文化价值和审美价值的基本面来说，它们仍不愧是中华民族创造的辉煌的文学经典。

这位先生之所以如此颠倒是非，主要基于两个理论认识问题。一是忽视文学的审美文化性质，将作品中的题材等同于社会生活事件，完全忽视作品的艺术超越性，即审美文化性质。古人都懂得，"古今多少事，都付笑谈中"，这就是艺术超越性。二是忽视了文化批判的民族身份问题。英国学者鲍尔德温认为，"文化研究所关注的焦点"，"是身份的概念"，而身份的"关键维度是民族身份"。① 要评价中国文学经典，就要关注中国文化特有的传统，注意中华民间文化中的武侠精神，注意立足于公平正义的英雄主义，注意儒家文化中的正统观念和大丈夫建功立业的精神，注意中国人的历史乐观主义和宗教中的因果报应观念等，这样才能读懂《三国演义》和《水浒传》。如果采用不分是非的人道观念与和平主义，并企图用其他民族的文化观念对中国经典做武断的政治批判，就完全糟蹋了经典。我们由此可以看出，审美文化性质的确定对于文学艺术是多么重要。这样，我们就要进一步弄懂审美文化是怎样一种文化了。

三、审美理想决定文艺的审美文化性质

将文化分为审美文化与非审美文化，这是中国文化诗学的理论建构，是西方文化研究和文化诗学没有的命题。所谓"审美文化"，是指以审美为主要目的的文化。宗教也非常重视利用艺术形式的审美效果来制造某种神秘的气氛，但那是为了宣传教义，俘获信徒，而不是为了审美。所以，宗教在整体上属于非审美文化。② 其实，文艺与那些同样属于精神文化的历史、哲学、宗教、伦理、道德等，最大的区别就在于它已经具有了自己特殊的审美形式和审美价值。例如，"婚姻自由"这个观念在社会学中，一般表现为对观念的抽象概括

---

① 参见［英］阿雷恩·鲍尔德温等：《文化研究导论（修订版）》，162页，北京，高等教育出版社，2004。

② 值得说明的是，有人研究寺庙的建筑艺术和佛像的雕塑艺术，是将这些当作审美文化来考察的，主要关注它的艺术成就和审美价值，而不是关心它的宗教意义，这当然也就属于审美文化的范畴了。

加例证叙述的模式，叙述语言必须是所指明确的逻辑语言，必须符合自由结合的一对夫妇或多对夫妇的婚姻形式和社会实际，但在文学中就不一定是这样了。请看汪静之的诗歌《恋爱的甜蜜》：

琴声恋着红叶，
亲了永久甜蜜的嘴。
他俩心心相许，
情愿做终身的伴侣。

老树枝，
不肯让伊
自由嫁给琴声。

幸亏伊不受教训，
终于脱离了树枝，
和琴声互相拥抱，
翩跹地乘着秋风，
飘上了青天去。

新郎和新娘，
高兴得合唱起来，
韵调无限和谐：
“……”

在这首诗中，红叶嫁给了琴声，艺术虚构的能动性得到了充分发挥，题材已经超越了生活形态。这种在现实生活中不可能存在的事情，却在艺术中化为审美的现实。人们不再追问它是否真实，而任凭诗意逻辑在这里大展其能，让美丽的红叶——这个传统的爱情的诗意象征物——随着叮咚作响的琴声，在秋风中翩跹起舞，飘上青天。琴声本身只是一组组音符，与人的婚姻风马牛不相及。但是，它在诗人的审美重塑中已经变成婚恋的另一方。它那激越的、跳动的、和谐的、悦耳的听觉美，被诗人幻化为恋爱自由的旋律，成了悦耳、悦目的，有着醉人的旋律与节奏、妙曼舞姿和鲜艳色彩的爱的浩歌。通过这由美的理想导演的诗意世界所辐射的审美信息，诗人诠释了什么才是人类的婚姻的自由、幸福、和谐与美满。这已经不是一般的现实境界，而是一个诗意盎然的审美理想境界了。

康德说："只有'人'才能独具有美的理想。"① 当诗人诗意地表达了他的美的理想境界时，特别能够引起读者的共鸣。所以，文学艺术作为审美文化便是整个文化系统的一个特殊领域，它是人们在审美理想的指导下，通过艺术虚构对整个文化系统提供的信息进行审美重塑的结果，是满足人类特殊的审美情感需要的文化样式。它与作为人类生活方式的文化的其他部分，已经完全不是一回事了。很明显，文学艺术的审美文化性质，是由人类的审美理想决定的，而非审美文化一般并不需要审美理想的光照。

所谓"审美理想"，是指人们在自己民族的历史文化氛围中形成的，由个人的审美经验和人格境界所肯定的关于美的观念尺度和范型模式。这种观念尺度和范型模式还积淀在人们的审美经验和审美直觉里，多半无法用逻辑语言表述出来。对于个人来说，由于审美理想无法用逻辑语言表述，它往往就以潜意识的形式潜藏在人们的意识深处，一遇到外界事物的刺激便马上被唤醒。人们可以凭经验和直觉中的这种观念尺度和范型模式，判定一个事物的美或不美。但是，由于文学艺术作为人类文化的特殊领域，古往今来大批的作家、艺术家和理论家都在此耕耘，所以人类对艺术美的研究已经相当深入，关于艺术美的观念尺度和范型模式基本上都已经被一一发现并概括出来，上升为"理论"，成为一种已被理解的"感觉性存在"。例如，就理想的形象范型而言，有意境、意象、典型；就审美范式而言，有优美、壮美、典雅、滑稽和崇高等；就观念尺度而言，有对真、善、美的张扬和对假、丑、恶的抨击，还有对自由、平等、博爱、和谐、幸福以及公平、正义的追求等。这些价值和尺度，其实都是人类的共识和愿景。所以，审美理想虽然是一种个性化的存在，但更是一种民族性的存在；即使在世界和人类的意义上，审美理想也有许多共通性的东西，所以它也是一种世界性的存在。例如，苏州园林在中国可以说人见人爱，而在世界上，其他民族的人对它也并不排斥。所以，审美理想对理解文学艺术和审美文化的性质特别重要。

还需注意的是，审美理想应当是一个开放式结构。从上例《恋爱的甜蜜》中，我们已经看出，在对诗意美和艺术形式美的追求中，婚姻自由的理想是含蕴其中的。这样，任何符合人类生存和发展的理想，都可以融入诗意美和艺术形式美而构成审美理想，从而形成人类文化的特殊类型——审美文化。

---

① ［德］康德：《判断力批判》上卷，71页，北京，商务印书馆，1964。

第二节 文艺的审美意识形态性质

如前所述，我们的文化观是以马克思的经济基础与上层建筑理论为骨架的。要弄懂文艺的社会属性，我们必须将其放在马克思揭示的这种社会结构中加以考察。

一、文艺属于悬浮于空中的精神文化领域

马克思说："人们在自己生活的社会生产中发生一定的、必然的、不以他们的意志为转移的关系，即同他们的物质生产力的一定发展阶段相适应的生产关系。这些生产关系的总和构成社会的经济结构，即有法律的和政治的上层建筑竖立其上并有一定的社会意识形式与之相适应的现实基础。"① 这便是马克思著名的经济基础与上层建筑理论。

除了这种对社会文化结构的二分式理解之外，学界一般又将上层建筑分为两部分：一是作为法律的和政治的制度存在的有形的部分，即作为制度文化存在的部分；二是作为社会意识形式，即作为精神文化存在的无形的部分。这个结构的原理表现为两个方面。一方面，起主导作用的是经济基础决定上层建筑，因为"物质生活的生产方式制约着整个社会生活、政治生活和精神生活的过程"，"随着经济基础的变更，全部庞大的上层建筑也或慢或快地发生变革"。② 这里体现了马克思文化观的一个鲜明特点，即经济最终动因论。另一方面，上层建筑对经济基础而言，也不是消极被动的，它对经济基础有着巨大的反作用。恩格斯说："我们称之为意识形态观点的那种东西——又对经济基础发生反作用，并且能在某种限度内改变它，我以为这是不言而喻的。"③ "政治、法律、哲学、宗教、文学、艺术等的发展是以经济发展为基础的。但是，它们又都互相影响并对经济基础发生影响。并不是只有经济的状况才是原因，才是积极的，而其余的一切都不过是消极的结果。"④ 从恩格斯描述的上层建筑与经济基础的相互关系看，它分明是一个由一定的物质文化、制度文化和精

① 《马克思恩格斯选集》第2卷，82页，北京，人民出版社，1995。
② 《马克思恩格斯选集》第2卷，82页，北京，人民出版社，1995。
③ 《马克思恩格斯选集》第4卷，485页，北京，人民出版社，1995。
④ 《马克思恩格斯选集》第4卷，506页，北京，人民出版社，1995。

神文化构成的有机整体。这种对文化的整体性的概括和把握，以最简明扼要的方式展现了人类社会文化及其发展的一般原理。

更重要的是，马克思在描述社会的文化结构时，并没有像列维-施特劳斯那样，企图在“静止”状态下研究文化结构，而是时时用动态和发展的眼光去考察它，将调整生产关系、解放生产力、致力于人的解放看成是经济基础与上层建筑不断地发生作用与反作用的矛盾运动的根本原因和目的。这样，一定的社会文化结构的产生与变革，就与人类历史发展的一定阶段联系起来，并成为不同社会历史阶段文化结构模式的表现。换句话说，这些社会文化模式的不同，就使人类的历史呈现为不同的历史阶段；而不同的民族，若从社会文化模式上来看，却呈现了基本上大体一致的发展秩序，即由最初的原始公社制到奴隶制、封建制，再到资本主义制度。并且，据马克思对资本主义社会的研究，有足够迹象表明，人类社会还会从资本主义进化到共产主义社会。马克思晚年发现美国人类学家摩尔根通过人类研究，得出了几乎与自己一致的结论。摩尔根从另一个学科角度，印证了马克思的学术发现的真理性。从这五种社会文化模式发展的轨迹里，人类的历史呈现为一种整体上不断进步的过程。这就是社会发展的规律，从而促使人类形成了一种历史乐观主义的世界观，也为一切人文学科建构了最高理想和核心价值。中国文化诗学和文艺学建设，自然不能离开这样的学术发现。

同时，恩格斯还特别强调了作为意识形态和精神文化一个部门的文学艺术，属于社会文化结构中“更高地悬浮于空中的思想领域”①，具有明显的相对独立性。恩格斯认为，某种精神文化形式一经形成，就具有了相对独立性，并不随其经济基础的消失而消失。那些产生于史前时代的“关于灵魂、魔力等的形形色色的虚假观念”，即使已经被现代科学证明完全是虚假和荒诞的，也不愿轻易地退出历史舞台，仍然依照它作为精神文化的延续性顽强地存在着、传播着，继续纠缠着人们的灵魂，更不要说集中了人类大量智慧的、有着独特的审美价值和精神慰藉作用的文学艺术了。它的相对独立性是更为明显的。例如，几乎每个民族的古代神话都葆有永久的艺术魅力，其艺术价值并不随其经济基础的消失而消失。

二、文艺与其他意识形态的主要区别

在上述由经济基础与上层建筑构成的社会文化结构中，恩格斯明确指出，

① 《马克思恩格斯选集》第 4 卷，506 页，北京，人民出版社，1995。

文学艺术属于上层建筑中那些“悬浮于空中的思想领域”，属于精神文化中的意识形态家族。马克思首先强调了文艺的意识形态性质。他说：“随着经济基础的变更，全部庞大的上层建筑也或慢或快地发生变革。在考察这些变革时，必须时刻把下面两者区别开来：一种是生产的经济条件方面所发生的物质的、可以用自然科学的精确性指明的变革，一种是人们借以意识到这个冲突并力求把它克服的那些法律的、政治的、宗教的、艺术的或哲学的，简言之，意识形态的形式。”① 马克思在这里以最明确的方式，揭示了文艺的意识形态性质。但实践证明，若是人们对文艺的认识仅仅到这个层次，那是不够的，因为这样常常会在实践中造成误将文艺的社会作用与其他意识形态等同化的理解，特别是与政治等同化的理解，是十分有害的。

苏联文论界早就有人指出了文艺的审美意识形态属性。著名文论家沃罗夫斯基早在 1905 年就指出：“如果说政治的意识形态已经具有了完全符合工人运动的意义、方向和任务的明确的形式（如马克思主义），那么，对于审美的意识形态，就不能这样说。人类创作的这个领域，其实质是对生活做出诗意的反映，因此，它对现实的反映往往最不准确，反映得也最不及时。”② 这可能是第一次有人明确提出“审美意识形态”概念。后来，另一位美学家阿·布罗夫则进一步论述了意识形态家族的分类构成。他说：“‘纯’意识形态原则上是不存在的。意识形态只有在各种具体的表现中——作为哲学的意识形态、政治的意识形态、法的意识形态、道德的意识形态、审美意识形态——才会现实地存在。”③ 我们认为，这样理解马克思的意识形态范畴及其家族构成，即使在学理上也是符合马克思主义的，明显是对意识形态范畴理解的深入。

其实，审美意识形态与审美文化的性质是一致的。在意识形态家族中，审美意识形态最突出的特点就在于它具有“审美的目的性”。一般意识形态，如政治、法律、哲学等的存在理由，在于它作用于社会的功利价值或认识价值，而文艺作为审美意识形态存在的理由，首先取决于它的内容是否富有诗意，形式是否赏心悦目。满足了这个首要条件，才能顾及其他价值，而且，其他价值，如认识价值、教育功能，在文艺作品中也是蕴寓在诗意和审美理想之中的，已经成了艺术世界中艺术美的一部分，不仅不能再从诗意的现实中分离出来，而且其发挥作用的方式也与这些价值在政治、历史、哲学等意识形态中发挥作用的方式大为不

---

① 《马克思恩格斯选集》第 2 卷，83 页，北京，人民出版社，1995。
② ［苏］沃罗夫斯基：《论文学》，271 页，北京，人民文学出版社，1981。
③ ［苏］阿·布罗夫：《美学：问题和争论》，41 页，上海，上海译文出版社，1987。

同。它已经排除了原意识形态的或抽象议论、或耳提面命的那种生硬的强制性，而变成在诗意的享受中潜移默化地发挥其认识作用和教育作用了。例如，通过《红楼梦》中“黛玉葬花”的诗意铺排与“焚稿断痴情”的血泪渲染，随着黛玉这个美丽生命的香消玉殒，读者便会深刻认识到封建社会和封建礼教的罪恶本质，产生一种欲罢不能的政治义愤，怀疑这个社会制度的合理性，并可能开始思索人类命运和人性的未来等问题。这些本属于历史的、政治的以及哲理的问题，因一条鲜活的生命在审美理想中的破灭而格外刺痛人心。它将铭刻在读者的灵魂深处，长期地影响着他们的思维和行动。这种教育效果也是其他意识形态无法达到的。这些还仅仅是从精神文化的共时性上对文艺特性做出的考察，下面让我们再从精神文化的历时性上考察一下文学艺术的审美特性。

三、文艺在历时性上显示的审美意识形态性质

文艺作为“悬浮于空中的思想领域”，和其他意识形态与经济基础的关系一样，显示了它的相对独立性。恩格斯在论及哲学时说：“每一个时代的哲学作为分工的特定的领域，都具有由它的先驱者传给它而它便由此出发的特定的思想资料作为前提。因此，经济上落后的国家在哲学上仍然能够演奏第一提琴。”① 恩格斯又说：“因为这是思维过程，所以它的内容和形式都是他从纯粹的思维中——不是从自己的思维中，就是从他的先辈的思维中引出的。他只和思想材料打交道，他毫不迟疑地认为这种材料是由思维产生的，而不再去研究其他较远的、不从属于思维的根源。”② 虽然恩格斯说的是哲学产生相对独立性的原因，其实这也适用于文学艺术。而且，文艺在这些方面表现得更为突出。郭沫若《凤凰涅槃》诗的小序云：

> 天方国古有神鸟名“菲尼克斯”（Phoenix），满五百岁后，集香木自焚，再从死灰中更生，鲜美异常，不再死。
>
> 按此鸟殆即吾国所谓凤凰也：雄为凤，雌为凰。《孔演图》云：“凤凰火精，生丹穴。”《广雅》云：“凤凰……雄鸣曰即即，雌鸣曰足足。”

这就是郭沫若写《凤凰涅槃》时前辈留下的思想资料。不论阿拉伯的“菲尼克

---

① 《马克思恩格斯选集》第4卷，483页，北京，人民出版社，1995。
② 《马克思恩格斯选集》第4卷，501页，北京，人民出版社，1995。

斯”还是我国的“凤凰”，它们都来自远古的神话传说，很可能还是巫术文化之前的文化形态，产生它的经济基础一定是十分原始荒蛮的。但是作为20世纪诗人的郭沫若，非但不嫌弃其荒诞无稽，反而对远古人创造的那种天真烂漫的诗意境界十分神往，被激起了创作热情。他以远古的凤凰为原型，创作了象征着现代中国浴火重生的《凤凰涅槃》，表达了中华民族振兴祖国的共同理想。然而，如果说这首诗产生于经济总量已经成为世界第二的现代中国，我们还能说它是经济基础的某种反映，但它却产生于处于风雨飘摇、国运蹉跎的20世纪初叶，而且中华民族更为凶险的厄运，如日寇侵略，还在后头。此时，诗人以他那天马行空般的思绪与豪情，在苦难重重的中华民族面前，点亮了希望的火把，发出了祖国将在烈火中新生的预言，将他的审美理想张扬到了极致，由此登上了中国新诗史上“第一提琴手”的宝座。由此，《凤凰涅槃》也成了具有永久的艺术魅力的高不可及的现代经典。

这一例证充分说明，文学艺术属于“悬浮于空中的思想领域”，表现了审美文化那种特别顽强的延续性。郭沫若的艺术思维不仅根植于遥远的原始思维的土壤，而且“集香木自焚”等题材也取自上古神话传说。这种翻出古代的题材重新发掘、重新创作的做法，在文学史上可谓层出不穷。文艺发展这种十分明显的复古倾向，是其他意识形态很少有的。

文艺的体裁也是如此。体裁之于文艺可谓头等大事。巴赫金认为，文艺的体裁是一种历史记忆，“体裁发展得越高级越复杂，它也会越清晰越全面地记住自己的过去”①。哪怕是崭新的体裁，也是在长期的历史发展中形成的。例如，复调小说的新结构，也“需有长时间的积累，包括一般美学传统和文学传统的积累。艺术观察的新形式，是经过若干世纪缓慢形成的，而某一时代只是为这新形式的最后成熟和实现，创造出最适宜的条件”②。陀思妥耶夫斯基的复调小说与古希腊古罗马的庄谐体文学和民间狂欢体文学有着内在的联系。这种体裁从古希腊古罗马的庄谐文化中萌芽，发展为中世纪的诙谐文学与讽刺模拟文学，到文艺复兴时达到一个高级阶段，即拉伯雷和塞万提斯的小说。而陀思妥耶夫斯基的复调小说，就是对这一狂欢体体裁传统的继承和变体。

同时，文艺的体裁还是用审美的语言构筑的、经过长期锤炼而形成的相对稳定的表述的类型。个性风格与情感因素是这种类型中最活跃的因素，这无形

① 《巴赫金全集》第5卷，159～160页，石家庄，河北教育出版社，1998。

② 《巴赫金全集》第5卷，49页，石家庄，河北教育出版社，1998。

中加强了体裁的美学内涵。在历史的长河中，文艺作品总是以最适当的体裁形式和语言形式存在着，成为诗意与美感的渊薮，并以不同的时代风格和审美风貌，奔突激荡，流淌汇集成美轮美奂的文艺长河。而在其他意识形态领域（如历史、哲学、法律）中，体裁与语体，个性与情感，诗意与美感，都是可以忽略不计的因素。我们由此可以看出文艺与其他意识形态的巨大区别，而这也凸显了文艺的审美意识形态性质。

第三节　文艺是历史文化语境的产物

文化诗学的核心范畴之一是文艺产生的历史文化语境，也可以简称为“文化语境”。它原是一个文化人类学概念，用于文化诗学，实始于巴赫金。他说：“文艺学应当与文化史建立更紧密的联系。文学是文化不可分割的一部分，脱离了那个时代的整个文化的完整语境，是无法理解的。”① 文化既是一个共时性结构，又是一个历时性过程。西方文化诗学往往仅强调文化的共时性研究，摒弃文化的连续性，而中国学人为了以示区别，坚持称“历史文化语境”，以免引起不必要的误解。

一、历史文化语境与时代背景不同

以往的文艺理论，总认为文艺作品是一定的时代背景或时代精神的产物。其实，这种理解过于简单化。所谓“时代背景”，不过是指作品产生时发生的重大的经济与政治事件。例如，五四运动发生的时代背景，是中国作为第一次世界大战的战胜国之一，参加了相当于战胜国分赃会议的巴黎和会。中国原以为可以收回战败国德国在中国山东青岛享有的特权，想不到帝国主义列强居然要把原来德国享有的特权转让给日本。而当时的北洋军阀政府软弱无能，已准备接受这样屈辱的裁决。这立刻引起了全国人民的愤怒，自 1919 年 5 月 4 日北京天安门的群众集会起，一场全国范围内声势浩大的群众抗议和游行示威活动就轰轰烈烈地展开了，史称“五四运动”。五四运动高扬的科学、民主与爱国主义的精神，就是那时的时代精神。

---

① ［苏］巴赫金：《答〈新世界〉编辑部问》，转引自程正民：《巴赫金的文化诗学》，258 页，北京，北京师范大学出版社，2001。按：这篇文章，发表于苏联《新世界》杂志 1970 年第 11 期，至少比美国格林布拉特发表《通向一种文化诗学》的 1986 年早 16 年。

文艺创作不能说与一定的时代背景和时代精神完全没有关系。例如，郭沫若创作《凤凰涅槃》，就是由“五四”爱国主义精神催动的，时代精神显然发挥了积极的作用。但即使是在这样充满政治激情的诗篇里，时代背景的要素，即与政治、经济的联系也在渐渐隐没，远古文化原型的因素已经占据前台的位置。一个具有悠久历史和灿烂文明的民族，被压抑已久的集体无意识中储存的不服输情绪和民族的英雄主义豪情，像火山一样喷发出来。它还在审美理想中重塑和畅想了祖国新生的未来：一个光明、雄浑、华美、芬芳、和谐、自由、欢乐的新中国。这些，显然是所谓的时代背景和时代精神难以涵盖和难以穷尽的，因为它是整个中华民族文化精神的折射。

这里所说的“整个”的民族文化的精神，便是历史文化语境在特定时代所包含的全部内容。具体地说，第一，它应当包括由当时的经济基础与上层建筑为骨架构成的物质文化、制度文化和精神文化的矛盾运动的整体。第二，这个“整体”当然应当包括由当时的主要矛盾运动所形成的重大社会历史事件构成的时代背景，以及它在意识形态特别是在政治意识形态中的强烈反映形式——时代精神。第三，这个“整体”应当包括由俄国普列汉诺夫提出的、尚处于半自觉半清醒状态的浮动于人们心灵情感层面的所谓“社会心理”，即那些属于回忆、仇怨、忧虑、希望、幻想、同情、反感、信念等情感和思绪的心理方式。① 第四，这个“整体”还包括在外来文化思潮和社会心理推动下形成的文艺思潮和审美时尚。第五，这个“整体”还应当包括潜埋在民族心灵深处的集体无意识，如价值理

---

① 关于马克思的经济基础与上层建筑的理论，早期俄国马克思主义理论家普列汉诺夫曾做过一个解释性补充，提出了他的“社会结构五项因素公式”说。他在《马克思主义的基本问题》一书中说：“如果我们想简短地说明一下马克思和恩格斯对于现在很有名的‘基础’对同样有名的‘上层建筑’的关系的见解，那末我们就可以得到下面一些东西：（一）生产力的状况；（二）被生产力所制约的经济关系；（三）在一定的经济‘基础’上生长起来的社会政治制度；（四）一部分由经济直接决定的，一部分由生长在经济上的全部社会政治制度所决定的社会中的人的心理；（五）反映这种心理特征的各种思想体系。”《普列汉诺夫哲学著作选集》第3卷，195页，北京，生活·读书·新知三联书店，1962。按：在这“五项因素公式”里，如果第三项“社会政治制度”包括法律制度、宗教制度和家族制度等，如果第五项就意味着“悬浮于空中的思想领域”，或者称意识形态家族，那么，他的理解就与我们一般的理解无异。其中的第四项“社会心理”，便是普列汉诺夫的创造性补充。这是对恩格斯“中间环节”论的合理发挥。童庆炳认为，普列汉诺夫把马克思在《路易·波拿巴的雾月十八日》中所讲的那些属于回忆、仇怨、忧虑、希望、幻想、同情、反感、信念等情感和思想的方式，一并纳入了社会心理的范畴，并认为一定的文学艺术总是表现着社会心理。参见童庆炳等：《文学艺术与社会心理》，38～39页，北京，高等教育出版社，1997。

念、是非尺度、人生态度、人格范型、生存智慧、生活方式、审美模式和神话原型等。总之，文化的共时性形态和历时性形态都汇集到当下的历史文化语境之中，构成了作家创作时的必要条件。拿它的复杂性、丰富性与时代背景、时代精神相比，后者不过是民族文化在特定时代的一两条筋而已。庸俗社会学文艺理论仅仅将这“一两条筋”作为创作依据或文学描写的对象，也仅仅将创作理解为对某个时代的时代背景和时代精神的再现，致使许多天才的作家只能写出仅仅属于某个时代的短命作品。巴赫金说：

> 如果作品完全是在今天诞生的（即在它那一时代），没有继承过去，也与过去没有重要的联系，那么它也就不能在未来中生活。一切只属于现在的东西，亦必然随同现在一起消亡。①

这就是《艳阳天》等作品短命的原因。由于人们以时代背景、时代精神取代了对文艺的审美文化性质的理解，便造成了对文学艺术的简单化、狭隘化的理解，从而使我们的社会主义文艺事业蒙受了巨大的损失。深刻的历史教训告诉我们，文艺学应当区分时代背景、时代精神与历史文化语境。

因此，是否具有文艺的历史文化语境意识，便成了中国文化诗学与一切旧有文艺理论形态的分水岭。但是，目前我们对历史文化语境的研究和描述，尚处于初步的粗疏状态，有待进一步深入。

不应引起误会的是，我们虽然主张区分时代背景、时代精神与历史文化语境，强调从历史文化语境的丰富性、整体性揭示文学作品可能联系的深刻的历史文化意蕴，读出作品的深刻含义来，但是，这并不意味着可以忽略文艺关注现实生活的必要性，也不意味着作家、艺术家可以忽视时代背景和时代精神对于创作的特殊意义。我们仅仅主张在关注这种现实要素的同时，还应当将它们放到一定的历史文化语境的整体中，在更高的文化视角的意义上衡量我们所面对的现实题材，分析它所具有的审美价值和文化意义，从而在更高境界上将它表现出来，使之成为既有巨大现实意义，又有深刻历史文化蕴含的艺术精品。

二、文艺内容与形式都是历史文化语境的产物

由于文学艺术的审美文化性质属于艺术美的范畴，它总是以生命形式或者

---

① ［苏］巴赫金：《答〈新世界〉编辑部问》，转引自程正民：《巴赫金的文化诗学》，260页，北京，北京师范大学出版社，2001。

说有机形式的方式存在着，所以，文化诗学认为文艺的内容和形式都是有机一体的，都是历史文化语境的产物。以往的文艺理论，往往采用内容与形式二分的模式。例如，英美新批评学派就把文艺一分为二，认为文艺作品中那些属于社会内容的部分，都是文艺的外在因素，并把有关这一部分的研究称为“外部研究”；决定文艺存在的东西是文艺的形式，如语言、体裁、结构等，这才是文艺的自身存在因素。关于这一部分的研究，则被称为“内部研究”。① 那么，说文艺的“外部问题”，如题材、情节、事件和思想等，还有与这些相联系的心理的和社会的各种文化要素等，是一定历史文化语境的产物，这可能是没有人反对的，因为这些东西往往与一定的社会历史文化内涵相连。但是，若要说“内部研究”牵涉的问题也是一定历史文化语境的产物，那就要多费些口舌了。

前文已言及体裁，特别是陀思妥耶夫斯基的复调小说，在漫长的历史文化语境中形成的过程。巴赫金就据此认为，艺术的新形式是经过若干世纪缓慢形成的，而某一时代又为这一新形式的成熟创造出最适宜的条件，所以，艺术形式也是一定的历史文化语境的产物。其实，中国小说体裁在明清时期的成熟，也经历了一个十分缓慢的过程。鲁迅的《中国小说史略》对此已有简要的说明。现在，我们不再谈论体裁，转而来看文学的语言是否也是一定的历史文化语境的产物。关于作品中的语言，巴赫金说：“任何现实的已经说出的话语，(或者有意写就的词语）而不是在词典中沉睡的词汇，都是说者（作者)、听众(读者）和被议论者或事件（主角）这三者社会的相互作用的表现和产物。话语是一种社会事件，它不满足于充当某个抽象的语言学因素，也不可能是孤立地从说话者的主观意识中引申出来的心理因素。”② 总之，就像“话语是一种社会事件”一样，文学艺术的语言既不可能是抽象的语言学因素，也不可能是从作家纯“主观意识中引申出来的心理因素”，它必然也是一定的历史文化语境的产物。例如，评论家发现，王蒙创造了一种“并置式语言”，而这种语言模式的产生，明显与一定的历史文化语境存在深层次联系。在小说《失态的季节》里，郑仿的一段内心独白特别精彩。郑仿是出身于资产阶级家庭的少爷、

---

① 参见［美］韦勒克、沃伦：《文学理论》，65～311页，北京，生活·读书·新知三联书店，1984。按：该书第三部为“文学的外部研究”，第四部为“文学的内部研究”。这本书也是新批评最具代表性的理论著作。

② 《巴赫金全集》第2卷，92页，石家庄，河北教育出版社，1998。

风度翩翩的名牌大学的高才生、儿童文学杂志的主编、臭不可闻的右派、1960年首批浮肿病患者、因饥饿偷了公社蒜种差一点被批斗的坏蛋、因陆浩生书记的怜悯才化险为夷的可怜虫，当这个多重身份的人深夜独自看庄稼并回想自己的遭遇时，心中是个什么滋味？于是一片虚无的荒诞之情，与“并置式语言”油然而生：

> 翠柏长青，星野寥廓，旷野里只有土坟的堆积和猫头鹰的啼笑。人生在世。瘦也好胖也好聪明也好愚蠢也好高贵也好下贱也好自私也好爱别人也好政治也好个人也好渴望女性也好胆小如鼠也好叫郑仿也好叫王八蛋也好或者大好人也好，在永恒的大自然面前，一切的一切还不是一样，还不是可笑的、徒劳的、庸人自扰的、无事生非的，还不是过眼烟云、转瞬即逝、逝者如斯、不舍昼夜、付诸东流、了无痕迹了吗？

这段话体现了郑仿对人生、对世事虚无的感受和虚无之后的超脱、旷达，体现了他对自己多重身份、多重性格的无奈认同与这种认同的滑稽与无聊。这样的人生、这样的处境、这样的情绪、这样的心境必然产生这样的语言；非这样的语言，不能表达如此人生、如此心境，因为这样的语言与社会存在同构性。这在“悖反式并置”里表现得更明显，如聪明与愚蠢，高贵与下贱，自私与博爱，政治与个人，渴望女性与胆小如鼠，大好人与王八蛋云云，都不是随意而为的语言游戏，都是包含着刻骨铭心的体验的真实存在的话语事件。没有现实场景中个人命运的“悖反式并置”，就不会有语言中的“悖反式并置”。总之，历史文化语境如此，语言才如此。所以，在文化诗学看来，不论文学艺术内容的因素还是形式的因素，都是一定的历史文化语境的产物。这样，在历史文化语境这一概念面前，新批评区分的内部研究和外部研究就没有学理意义了，我们主张的是一种超越内部研究和外部研究的综合性研究。

巴赫金还一直反对索绪尔把言语排斥在语言之外的做法，认为只有从文化的角度将语言与它的社会文化内涵看作一个整体，才能驾驭文学艺术的语言精髓。这样一来，巴赫金就使文化诗学的语言研究与俄国形式主义语言研究分道扬镳了。从俄国形式主义到英美新批评，他们都采用索绪尔的抽象语言学方法，其语言研究是用普通语言学方法进行的对“抽象的语言学因素”（如语言修辞）的关注；而文化诗学的关注的是活生生的整体性的有文化内涵的诗意逻辑的话语（后详），这是对普通语言学和内容与形式二分论的超越。

三、历史文化语境与艺术家、接受者和批评家

历史文化语境几乎与文化同构，但是在不同的历史场景中，一定的历史文化语境所呈现的具体的文化内涵是与作为民族文化存在的“全体”大不一样的。而且在演进发展的过程中，民族文化的历史时空跨度越大，不同历史文化语境之间的区别就越大。不仅中华人民共和国成立前与中华人民共和国成立后的历史文化语境有天渊之别，而且，改革开放之前与改革开放之后的也大不一样。因此，历史文化语境之于文学艺术，便产生了创作语境、接受语境和批评语境的不同。

不论是作家艺术家、接受者或是批评家，都是在一定的历史文化语境生存的，都是一定的历史文化语境熏陶和培育的结果。人类从事的一切文学艺术活动，都与一定的历史文化语境联系着，因此只有从一定的历史文化语境出发，才能找到文学艺术创作的发生机制，才能说明文艺作品在被接受时“走红”与受冷落的根源，不同时代的批评家也才能发掘出作品的深层意义。这是创作、接受和批评与历史文化语境基本顺应的一面。新文学运动中的诸大家，如鲁迅、郭沫若、茅盾、巴金等，都属于与一定的历史文化语境的基本取向大体一致的作家。他们在接受语境和批评语境中的遭遇，一般也是比较公正的。

但我们也应看到，作家、艺术家和批评家在一定的历史文化语境面前表现出的主观能动性。他们的艺术个性和超越性眼光，往往使他们更关注被当下历史文化语境的基本取向所掩盖的某些文化因素，而这些更适于他们艺术个性的发挥和超越性思维的阐发，从而做出有违世俗的创造与建树。例如，陶渊明的田园诗作，前承道家和隐逸文化亲近自然的审美理想，近接玄言诗“境玄思淡，而独得乎优闲”① 的美学传统，并力求符合时代提出的“理绝于中古之上，可意求于千载之下，旨微于言象之外”② 的超越性艺术标准。受这些因素影响进行的创作，自然也是对历史文化语境的一种理解，但是这种审美取向却与当时弥漫于社会的耽于情感、张扬个性的审美享受之风，即陶渊明所说“俗韵”，是格格不入的。再如，刘勰提出“为情造文”，“登山则情满于山，观海则意溢于海”的要求，是符合当时和唐代审美风尚的基本取向的，但是陶渊明

---

① 陆侃如、牟世金：《文心雕龙译注》下册，255页，济南，齐鲁书社，1982。

② 俞剑华：《中国古代画论类编》上卷，583页，北京，人民美术出版社，1998。

对情感和世俗的超越态度却与它大不相同。因此，陶诗在六朝时反应平平，就连刘勰、钟嵘这样的批评家也未能认识到陶诗的价值，钟嵘甚至仅将其列为“中品”。在唐代，陶诗与蒸蒸日上、积极入世、建功立业的盛唐气象，与李白奔放的情感追求，与杜甫“穷年忧黎元，叹息肠内热”的沉郁顿挫的入世风格，也是格格不入的。所以，李白、杜甫和唐代诗人对陶诗评价也不高。接受语境的基本取向决定了陶诗被冷落的命运。

然而一到宋代，陶诗平淡自然、高风绝尘的审美风范，便被评论界视为中国诗歌的最高成就。苏轼在《书黄子思诗集后》一文中认为，就书法而论，虽然发展到唐代的颜真卿、柳公权“始集古今笔法而尽发之”，“天下翕然以为宗师”，已“极书之变”，但是，书法的最高境界还是非钟繇、王羲之莫属；就诗歌而论，虽然唐代的李白、杜甫已经达到了“以英玮绝世之姿，凌跨百代”，令“古今诗人尽废”的程度，但是艺术至境的最高范本，还是非陶（渊明）诗、谢（灵运）诗莫属。因为他们创造的那种超然自得、高风绝尘的风格，那种“发纤秾于简古，寄至味于淡泊”① 的意境，才是艺术美的最高追求。苏轼此论，以后成了定评。朱熹也说：“渊明所以为高，正在其超然自得，不费安排处。”② 宋人之所以能够给陶诗以至高的评价，是因为当时的批评语境已经与六朝、隋唐时期大为不同。一方面，作为文化核心思想的程朱理学，对汉唐以来的政治文化采取了基本否定的态度，企图排开汉唐直接与孔孟对话，以正本清源。这也为诗歌继承先秦儒家的载道、言理传统开拓了道路。另一方面，宋人的审美理想和艺术范式也按文学艺术发展的自律，在古代找到了它的理想审美模式，即与唐代以“缘情”为主流艺术理念不同，宋代选取了“理趣”作为自己的艺术理想，并以“平淡”作为最高的风格追求。

大约从梅尧臣起，宋人就大力倡导“平淡”的诗风，认为：“作诗无今古，惟造平淡难。”③ 他们认为，只有陶渊明到达了这种无与伦比的艺术高度。此见受欧阳修推崇，他解释说，平淡即“以闲远古淡为意”④。其实，对“平淡”的理解还应当从追求心灵的平静和情感的超越的角度去理解。宋诗由于以“理趣”为美学追求，便对情感采取了排斥和压抑的态度。理学家兼诗人的邵雍便批评了情感对于诗人的危害。他说：“近世诗人，穷戚则职于怨憝，荣达则专

---

① 霍松林：《古代文论名篇详注》，279～280页，上海，上海古籍出版社，1986。
② 张寅彭：《民国诗话丛编》第二册，620页，上海，上海书店出版社，2002。
③ 郭绍虞：《中国历代文论选》第二册，242页，上海，上海古籍出版社，2001。
④ 郭绍虞：《中国历代文论选》第二册，243页，上海，上海古籍出版社，2001。

于淫佚。身之休戚，发于喜怒；时之否泰，出于爱恶。殊不知以天下大义而为言者，故其诗大率溺于情好也。噫！情之溺人也甚于水。”① 所以，邵雍坚决反对诗人为“情”所“累”，认为诗人应当着眼于“大义”（按：一种“义理”或“道”）的表达，选取一种“平淡”的心态看世界，否则，亦不过是低层次的世俗诗人。

梅尧臣与邵雍这种互相呼应的态度，表面上看，是一种自发的审美趋向的转型，实际上也与当时社会心理中的无奈情绪有关。宋代是中国历史上非常奇特的朝代，经济的繁荣在当时可称为“巨人”，而统治者的软弱无能，姑息养奸，又使它不断地丧权辱国，成为我国军事与外交史上的“侏儒”。苏轼作为文臣，满腹锦绣，一心报国，然而非但报国无门，还不断地吃“官司”，先被流放黄州，再放海南，简直是欲置之死地而后快。岳飞身为武将，立志精忠报国，战功赫赫，却以“莫须有”的罪名被杀害，成为千古奇冤。宋代爱国知识分子这种共同的悲剧命运，酿成了一种消极的无可奈何的情绪，即如朱熹《墨梅》诗所说：“如今白黑浑休问，且作人间时世装。”这样一来，退避归隐，不与统治者合作的陶渊明的人格与诗风，便成为由接受语境选择出来的人格范本与诗学风范。而陶诗的哲理意味，又与宋代文学艺术追求的理趣无缝对接。于是，陶诗在中国诗学史上的崇高地位，就由宋代接受语境和宋代诗人和评论家确立了。这种文学现象并非仅仅发生在中国文学史上，美国著名小说梅尔维尔的《白鲸》，也有类似的命运。看来创作语境与接受语境对文学艺术来说，同样很重要。

值得注意的是，虽然历史文化语境对创作的决定性作用是一定的，但由于一定历史文化语境内容的丰富性和复杂性，每个作家的观念、经历和艺术个性不同，其关注点、兴奋点不同，形成的文化焦虑也是不同的，因此有时甚至可以产生与基本价值取向大相径庭的作品。但是，不论基本取向如何不同，我们都可以从当时的历史文化语境中找到根据。不论作家、接受者还是

① 郭绍虞：《中国历代文论选》第二册，275页，上海，上海古籍出版社，2001。此为邵雍对《毛诗序》中“情志混一”论的批评。这种排斥“情好”的态度，与西方现代派文论家艾略特提出的“诗并不是放纵情绪，而是避却情绪；诗并不是表达个性，而是避却个性”的看法非常相似。但是，艾略特也承认，即使是哲理诗，也不能完全排除“情绪”，而是要将普通的情绪锤炼成“一种根本就不是实际的情绪所有的情感”，是诗人“在宁静中的回味出来”的“情绪”。这种“情绪”又与梅尧臣所说的“平淡”非常接近。参见伍蠡甫、胡经之：《西方文艺理论名著选编》下卷，46～47页，北京，北京大学出版社，1987。

批评家，其文学艺术活动都是一定历史文化语境的产物，都是一定的历史文化语境孕育的结果。所以，如果离开一定的历史文化语境谈论人类的文学艺术现象，那就十分可笑了。而我们过去的文艺理论，就长期处于这样十分肤浅的状态。

第四节　文艺都是“语言”的艺术

文学艺术是一个种类甚多的家族，但作为艺术，它们有一个共同的特征，即都依靠不同的审美符号系统彰显自己的独立品格，维持自己特殊艺术门类的存在。但是，不论什么艺术，不论到什么时候，艺术作为一个整体，都是以文学为基础、为主导而存在和发展的。所以，其他艺术门类又有比靠文学理论建构自己的理论话语的习惯。由于文学是标准的“语言艺术”，所以在一元论的意义上，艺术都可以称为广义的语言艺术。正因为如此，传统艺术理论把各门艺术使用的不同审美符号系统统统称为“语言”或“语汇”，如“绘画语言”“音乐语汇”“电影修辞”等。这种“传统”虽有缺陷，但也实属无奈，因为艺术理论界还没有找到更好的说法。

一、文学用言语构筑气韵生动的艺术世界

文学是语言的艺术，这是传统文论从文学表达的物质媒介角度对文学的概括。其实，文学是使用具体语言形式——文学话语——来构筑艺术世界的。对于文学来说，其语言形式具有本体性，因为如果离开一定的语言形式，文学就不存在了。在这个意义上，是人用“话”说出了文学，文学是被语言（包括文字）“说”出的艺术。

这便形成了文学作为语言艺术的第一个特征，即以“聆听”① 或“倾听”为基本接受方式的艺术。作家的创作是一种讲述，读者的阅读就变成了一种聆听。这时，话语立刻显示出它的特殊效果。卢梭说：“设想一个人正处于悲伤之中，当我们仅仅看到这个备受折磨的人时，我们不可能为他落泪。但是当他向我们陈述他的悲伤的时候，我们一准儿会放声大哭……没有言说的哑剧很难

---

① 这里所说的“聆听”的概念，是在傅修延先生的启发下提出的。参见傅修延：《论聆察》，载《文艺理论研究》，2016（1）。

使人动容，而没有动作的言说经常使人哭干了眼泪。”①

卢梭说的是一般情境中语言感人的非凡效果，而由特殊的文学语言形成的言说，其感染力肯定会超过那些主要依靠视觉或其他感觉的艺术门类。这是因为，文学作品所引起的“聆听”，并不直接诉诸单纯的听觉，而是由文学语言引起的一种间接的以听觉为主的全觉性审美效果，这便是文学作为语言艺术的第二个特征。文本中的语言符号是由静态的文字符号记录的语言现实。这种文字符号自然首先诉诸读者的视觉，但是，由于文字和语音的同时刺激，便使文本中的文字迅速转换为语言，而阅读也迅速由视觉转换为聆听。不过，这种“聆听”是一种“内审式”聆听，即对一种无声之语的聆听，如庄子所说的“无听之以耳，而听之以心；无听之以心，而听之以气”②。庄子说的是在心灵感应和生命体验基础上进行的聆听，其中不仅有眼、耳、鼻、舌、身所应对的生理感觉，还有在心理层面上产生的“通感”和生命精神层面上产生“意味”。所以对于读者来说，聆听可以产生全觉性审美效果。而且，由于这种全觉性审美效果是由文学语言引起的、由读者完成的再度创作和审美重塑，因此，文学作为语言艺术，它对读者主观能动性的开发，对读者精神世界的熏陶、培养和提升，对人类精神、灵魂的塑造和影响，都是深刻而久远的，明显优于其他艺术。

同时，文学作为语言艺术的优点也可以从作者创作的角度表现出来。由于文学语言的全觉性表现力，作家又以“最高的心灵旨趣”（黑格尔语）和在胸中激荡的艺术构思作为创作的平台和描写对象，这就给艺术创作提供了无限的自由，使文学显示出非其他艺术可比的艺术表现的自由性和灵活性。因此，艺术传达的自由性和灵活性便成了语言艺术的第三个明显特征。首先，这种自由体现在语言艺术表意的清晰性和思维的绵密性上。任何事物、情感、思绪，任何人格、个性、风度，任何意境、境界、理想、玄理，文学都能对其做真切的描述与表达。在这一点上，音乐艺术相形见绌。例如，尽管一支曲子能把某种情感表现得感人至深，但是，要问这种情感因何而生，其中包含着怎样的人生际遇和历史内容，它就无法具体地回答了。其次，在艺术时空的处理上，文学也极为自由。不论是过去、现在、将来，不论是人间、天堂、地狱，不论是微观世界、宏观世界，不论是现实世界、魔幻世界，不论是地球、月亮、火星、

---

① ［法］卢梭：《论语言的起源——兼论旋律与音乐的模仿》，6页，北京，北京出版社，2010。

② 杨柳桥：《庄子译诂》，68页，上海，上海古籍出版社，1991。

宇宙，或者在不同时空中穿越，总之对于文学创作来说，它都能做到。再次，这种表达的自由性和灵活性，还可以达到超越语言本身的程度。例如，余音袅袅，“此时无声胜有声”的微妙怎样表达？白居易的《琵琶行》写道：“东船西舫悄无言，唯见江心秋月白。”宗炳提出的“旨微于言象之外”怎样达到？朱自清通过“背影”这一标题的暗示，达到了文本之内写“父慈”，文本之外见“子孝”的最高艺术境界。

文学作为语言艺术所显示的艺术表达的自由性和灵活性，当然不仅是这些，还有内容和题材选择的自由性，艺术视角和表现手法的多样性与灵活性等。总之，语言艺术所呈现的自由，确如俄罗斯的民间谚语所说：“语言不是蜜，却可以粘东西。”几乎生活中有什么，它就可以写出什么来。一个民族的语言几乎可以全息地承载起这个民族所创造的文化，谈论一个民族的语言，就意味着谈论这个民族的文化。因此，一个民族的文学，作为这个民族的语言艺术，就具有了审美地全息式描写这个民族的社会生活和文化意蕴的能耐。这就形成文学作为语言艺术的第四个特征，即整体性地、大规模地描写社会生活和民族文化的能力。在描写的深度和表现的广度上，文学都超过其他艺术，具有百科全书式的历史容量。所以，它最有资格成为其他艺术的基础和主导。我国的四大名著《三国演义》《水浒传》《西游记》《红楼梦》，都是这种内容丰富的百科全书式作品。书中的那气韵生动、气象万千的多彩艺术世界，都是用文学语言构筑的，所以，我们称文学为语言的艺术。

其实，文学作为语言艺术，也有其局限：对于不懂得这种语言的人来说，再优秀的作品，他也无法欣赏。反之，对那些懂得这种语言的人来说，其文化程度越高，艺术修养越好，文学作品便越有被深度接受的可能。因此，局限又有可能成为优点和长处。这也是文学作为语言艺术的一个不可忽视的特点。

二、音乐用旋律和节奏构筑想象的艺术世界

音乐也是诉诸听觉的艺术。音乐的“语言”，是诉诸听觉的乐音、声调、节奏、旋律等“特殊语言”①，主要以旋律和节奏构筑想象的艺术世界。

声调，又称“调式”，乐曲以一个基本音为中心，组成的一个乐音体系，

① 高等艺术院校《艺术概论》编著组：《艺术概论》，104页，北京，文化艺术出版社，1983。本书关于音乐、绘画和影视的编写，还参考了《艺术概论》第五章第二节“几种主要艺术门类”部分。

是为调式。西乐将调式分为大调式和小调式，并进一步划分为自然大（小）调、和声大（小）调和旋律大（小）调六类。中国古乐以五声音节为主音而形成不同调式。戏曲音乐还有六声调和七声调之分。作为音乐语言要素之一，每种调式都有自己特殊的表现力。例如，大调比较明朗雄壮，小调比较暗淡柔和。因此，调式有丰富的表现力，这使它成为音乐重要的表现手段。

节奏，又称节拍，是音乐更为重要的表现手段。它由乐音音值的强弱和长短组成，像脉搏一样贯穿于乐曲结构的始终，成为乐曲结构的基本要素。由于它与人的生命脉动具有同构性，所以，它是乐音最能调动人的生理和心理反应的手段。因此，进行曲和圆舞曲常常使听众血脉偾张，活力四射。

旋律是音乐语言最主要的表现手段。它是由节奏、调式等多种因素构成的综合体。在旋律里，各种乐音元素和谐统一，使乐曲获得了真正的生命，并能以旋律为中心，发展出和声、复调、配器等手段，大大丰富了旋律的表现力，从而使旋律成为最善于表达情感的因素，也使音乐成为重在表达情感的艺术。

中国古代对音乐与情感关系的认识非常深刻。《荀子·乐论》说："夫乐者，乐也。人情之所必不免也，故人不能无乐。"又说："夫声乐之入人心也深，其化人也速。"可见，先秦时期的人们不仅看出了音乐与人的感情的对应关系，而且发现了音乐对人的心灵重大而深刻的教育作用。汉代人又进一步揭示了音乐感人至深的原因。《淮南子·本经训》说："凡人之性，心和欲得则乐，乐斯动，动斯蹈，蹈斯荡，荡斯歌，歌斯舞，歌舞节则禽兽跳矣。"这是说音乐及其节奏对人心的激荡作用，而且连动物也无法抗拒。所以，司马迁在《史记·乐书》中说："凡作乐者……及其调和谐合，鸟兽尽感，而况怀五常，含好恶，自然之势也。"《汉书·礼乐志》进一步论述了音乐对人的深远影响："夫乐本情性，浃肌肤而臧骨髓，虽经乎千载，其遗风余烈尚犹不绝。"

从古人的这些论述中，我们已经可以看出，音乐具有巨大的艺术感染力和穿透力，不仅可以感染人的心理层次，而且可以抵达人的生理层次，达到"浃肌肤而臧骨髓"的地步；不仅可以引起人的感动，而且还能够超越物种的界限，达到"鸟兽尽感"的程度。其实，音乐感染力的超越性远不止于此，它还能够超越语言和文化的藩篱，成为全人类都可以欣赏的情感艺术。不同于文学，音乐的欣赏和传播可以不受语言的局限。例如，莫扎特是奥地利人，他说的德语可能大部分中国人听不懂，但他的《小步舞曲》却可以以轻松欢快的格调被对德语和奥地利文化没有任何了解的中国人欣赏。阿炳是中国人，他创作的二胡曲《二泉映月》也可以被不懂汉语、不了解中国文化的西方人欣赏，西方人同样可以感到曲中的凄楚和悲凉。这就是音乐艺术的最大优越性。

但是，与文学相比，音乐也有它的局限性。表达的模糊性和塑形的间接性，使它不易表达清晰的思想感情，也难以塑造具有细节真实的艺术形象。例如，若要问莫扎特的《小步舞曲》表达的意义是什么，那是很难做明确的回答的。我们只能从乐曲欢快的节奏和轻松优雅的旋律中，大致体会到一种生命的活力和生活的喜悦。至于具体是什么样的思想情感，可能谁也说不清。但是在这种模糊的表达中，我们却可以用自己的人生体验和审美经验去补充，而且补充得越充分具体，我们体验和陶醉的程度就越深。这时，表达的模糊性就有可能变成艺术的模糊性，进而成为音乐艺术的优点。

同样地，对于音乐塑造形象的间接性，我们也不能简单地认为它是缺点。虽然从莫扎特《小步舞曲》的“D 大调、3/4 拍、三部曲式”和相关的节奏和旋律本身，我们看不到什么音乐形象，但是，它仍然是一个形象生动的艺术世界。对于这个艺术形象世界的描写和塑造，音乐一般采用两种方法来完成。一种是“以声拟形”法，即通过模拟自然声音的方法使听众产生比较具体确定的联想，塑造艺术形象或场景。例如，乐曲出现的鸟鸣、水流、晚钟，以及风雨雷鸣、万马奔腾等，都是音乐常用的塑形手段。法国作曲家雅内坎的《百鸟之歌》，我国民乐中的管乐合奏曲《百鸟朝凤》，琴曲《高山流水》《平沙落雁》等，都成功地采用了这种手法。但是这种手法不宜多用，所能表达的内容也有限，用多了会削弱艺术感染力。另一种是调动音乐场景记忆联想法，即通过某些音乐元素，勾起人们对经历过的某个音乐场景的记忆，在新的乐境中引发艺术联想，重塑当下的音乐形象与场景。音乐给人留下的记忆是长久的，其中某些音乐场景甚至令人终生难忘。英国诗人济慈曾这样描述音乐留下的场景记忆。他说：

> 你是否从未被一段熟悉的老歌打动过？——在一个美妙的地方——听一个美妙的声音吟唱，因而再度激起当年它第一次触及你灵魂时的感受与思绪。难道你记不起你把歌者的容颜想象得美妙绝伦？但随着时光的流逝，你并不认为当时的想象有点过分——那时你展开想象之翼飞翔得如此之高，以至于你相信那个范型终将重现。①

① ［英］约翰·济慈：《济慈书信集》，52 页，北京，东方出版社，2002。

看来这是人类共有的精神现象。可以肯定的是，只要新的乐曲里重现类似于这种范型的音乐元素，便可以马上激活人们场景记忆的“重现”功能，让“想象之翼”高翔，重构一个形象生动的新的艺术世界。例如，管弦乐曲《春江花月夜》的音乐描绘，便有效地采用激活场景记忆的方法，展开了新的意境创造。其中“江楼钟鼓”“渔歌唱晚”“欸乃归舟”的旋律都似曾相识，由此进行了崭新的艺术重构：那哀好景不常住，叹时序之代谢的惆怅，那见草木之零落，恐美人之迟暮的担忧，那对眼前燕子归飞、春兰带露时光的留恋，和对未来酒阑人散、黄叶西风中独依梧桐的孤寂命运的预感，都婉转细腻地呈现了出来。而且，音乐记忆越丰富，文学艺术修养越高，我们对《春江花月夜》意境的审美重塑也就越完美。

音乐为了克服自身表达的模糊性、塑形的间接性的局限，往往求助于文学。或为乐曲设置一个恰当的标题，如《空山鸟语》《金蛇狂舞》；或为一定的乐谱添上歌词，如宋词、元曲的创作；或为一首歌词谱上曲谱，如国歌《义勇军进行曲》等，这都有令人意想不到的艺术效果。

同时，音乐还是一种表演艺术，它必须通过演奏或演唱才能为人们所感知，发挥艺术效果。因此，音乐与戏剧一样，还有一个演奏者或演唱家二度创作的中间环节。演奏家和演唱家进行的虽说是再度创作，但他们并不是被动的消极的因素，他们对乐曲的理解和处理，他们进行艺术表达的技法和水准，都能大幅度地提高原作的艺术质量，并有力地推动听众的三度创作，将音乐的艺术效果发挥到更完美的程度。

三、绘画用线条和色彩重塑世界

绘画是一种诉诸视觉的艺术，绘画语言（如线条、色彩、明暗等）都是诉诸视觉的语汇。因此，绘画是最善于直观形象刻画，细腻地表现事物的艺术形式之一。20 世纪 80 年代初，画家罗立中的油画《父亲》震惊了全国。这幅画真实地再现了中国农村一个典型的父亲的形象。他那黝黑的皮肤，满脸纵横的皱纹，顺着暴鼓青筋流淌的汗珠。他用老树枝一样粗大的、因长期劳作而变形的手，捧着一只黑釉的粗陶碗，里面盛着半碗眼泪一样的清水。父亲那木讷而又期许着的眼神，那微微张开的干渴的嘴唇，正定格在那想喝未喝的瞬间。这一切均凸显在强烈的阳光下，呈现出铜像一样的效果。它所产生的视觉冲击力，让人永生难忘。这幅画以它所包孕的丰富意蕴和历史深度向世界发问：我们何时才能对得起这样的父亲？

显然，绘画长于表现静态的事物。但是，表现动态的事物和它的发展过程也是绘画艺术的局限。画家为克服这种局限尽了最大的努力，他们尽量选择和捕捉最有包孕性的“瞬间”。德国艺术评论家莱辛说：“绘画在它的同时并列的构图里，只能运用动作中的某一顷刻，所以就要选择最富于孕育性那一顷刻，使得前前后后（的情节）都可以从这一顷刻中得到最清楚的理解。”① 19 世纪俄国画家费多托夫的油画《少校求婚》，被认为是能够捕捉包孕性瞬间加以表现的成功范例。画家选择了少校突然出现在门外，待嫁小姐因猝不及防而尴尬的瞬间：画上有位躲避不及，忙乱中有一方手帕丢落的小姐。少女的纯洁和羞怯心态通过她那几乎失去平衡的动作，被表现得惟妙惟肖，也从侧面反映出了少校唐突和莽撞的性格。这真是一个表现得恰到好处的戏剧性瞬间。

同时，绘画对于表现诉诸听觉的声音、对于表现抽象情感世界和思想境界，也有很大的局限性。对于声音，画家只好在动作、姿态和表情上下功夫，用画笔画出一个可以聆听的世界。例如，张择端在《清明河上图》中竭力描绘了一个喧闹的世界：

> 长卷中心的大船处于中流失控的危险状态——这是张择端致力于表现的一个最重要的动作——这时河上河下的人都在声嘶力竭地呼喊，其中最有代表性的是岸边那位站在船篷顶部挥舞双臂的男子。《清明上河图》的其他部分，也都有纷纭嘈杂的声音发出，仔细分辨可以察觉有说书卖唱的，算命卜卦的，叫卖招徕的，叫花乞食的，吆喝开道的，拉纤摇橹的和驱驴赶骡的等响动。它们汇成了一首喧哗热闹的市井生活交响乐。②

由此，画面成了喧哗的乐章。对于某些不便正面表现的诗意境界，绘画也可以通过侧面描写，间接地表达出来。例如，清朝诗人查慎行有“蛙声十里出山泉”的诗句，齐白石便以此为题，画立轴一幅。只见山泉中分，汩汩流出，中有三五碎石横陈，激起细浪，再画几只蝌蚪游动其间，诗句的意境便油然而生。画后白石老人说：“蝌蚪四五，随水摇曳，无蛙声而蛙声可想矣。”这便是画家克服绘画局限的一段佳话。同时，绘画也像音乐那样，常常在遇到难处时求助于文学。例如，元代画家王冕，就用绘画表现自己高洁的人格境界。他画

---

① ［德］莱辛：《拉奥孔》，83 页，北京，人民文学出版社，1979。

② 这部分内容根据傅修延《论聆察》的相关段落改写而成（原文参见《文艺理论研究》2016 年第 1 期）。

了一枝墨梅，斜枝逸出，摇曳生香。画成而意犹未尽，于是他在左上方题诗一首："吾家洗砚池头树，个个开花澹墨痕。不要人夸好颜色，只流清气满乾坤。"① 题诗为画拓展了意境，画为题诗展现了生动的形象，题诗与画相辅相成，构成了谁也离不开谁的中国画新形式。②

四、影视用蒙太奇讲述故事，演绎人生

电影艺术与电视艺术，都是"年轻"的艺术式样。从1895年法国卢米埃尔兄弟放映最早的无声影片《水浇园丁》③ 算起，至今电影的历史不过120余年；而电视艺术的出现，不过是20世纪后半叶的事，但它们却迅速成为影响人类生活的最重要的艺术形式。这是因为，它们是综合艺术，即综合了所有艺术的长处，显示了对大众鉴赏习惯与趣味的最大适应性和亲和力。这种综合还实现了艺术与现代科学技术的联姻，无限地提高了影视艺术的表现力及其传播手段。

在电视艺术没有出现以前，电影还是一种时间的艺术。一方面，它一遍而过，不能停顿，不能逆转，更不能慢慢欣赏；另一方面，它还受着影院集体播映的限制，播放时间不能太长，最多不过上下集而已。所以，它是有时间限制的艺术，在表现生活的容量上也不能太丰富。和戏剧一样，电影也是一种精炼的艺术。但随着20世纪电视机、录像机的普及，电视剧的艺术形式出现并迅速成长，赢得了广大观众。电视剧不仅继承了电影的全部优点，而且还把电影艺术的时间局限性冲击得若有若无。电视剧完全具备了长篇小说那样大规模描写社会生活的能力，而且由于网上下载、光盘复制、手机电视等技术的普及，电视剧的接受方式更为自由灵活，更能适应观众艺术欣赏的随机性，进而俘获亿万观众，以至于20世纪90年代能够对电影市场造成巨大冲击。后来，随着人民生活质量的提高，电影经过反思与调整而逐渐浴火重生。既然电视艺术的普及性是无法抗拒的，那么电影艺术就应当在"提高"方面下功夫，以较高的艺术质量重新将一部分观众拉回到电影院，电影艺术也因此获得新生。由于电

---

① 此诗根据画上题诗原文录出，与流行版本稍异。

② 自元代起，诗书画的艺术元素在中国画里熔为一炉，成为中国画的新形式。

③ 影片《水浇园丁》的情节如下：一个淘气的孩子踩住橡胶水管，让水管停止喷水；老园丁俯身查找断水原因时，孩子立即把脚收回，水喷了老人一脸；于是老人追上孩子，揍了他一顿。影片故事十分简单，是用一个连续不断的镜头拍摄的。参见［英］欧纳斯特·林格伦：《论电影艺术》，43～44页，北京，中国电影出版社，1979。

影与电视在艺术上实在没有明显的界线，所以本书以“影视艺术”统称并统论之。

先说电影。电影“主要以活动的镜头组接，即‘蒙太奇’为自己独特的艺术语言”①。所谓“蒙太奇”，是法语“montaged”的音译，原意为构成、装配，用于电影则指镜头的组接和剪辑。苏联电影理论家爱森斯坦曾经做过一个有名的实验，发现A镜头加B镜头会成为C，即一种新的内容和概念。例如，一位战士牺牲了，连接上一棵高大苍松的镜头，便会产生英雄如松柏般长青的崇高感。因此，蒙太奇手法大大丰富了影视艺术的表现力。常见的蒙太奇有以下几种。第一，平行蒙太奇，即同一时间内发生在不同场合的事件交替地出现在屏幕上，以展开两条以上的剧情线索。第二，对比蒙太奇，即把性质截然不同的生活画面组接在一起，以造成强烈的对比效果。第三，交叉蒙太奇，即同一时间内发生的事件交叉轮流出现，以制造紧张、惊险的气氛。第四，象征蒙太奇，即用象征手法处理的蒙太奇。以苏联影片《攻打冬宫》为例，第一个镜头：1917年11月7日，阿芙乐尔巡洋舰巨大的炮口对准冬宫，一声巨响；第二个镜头：冬宫议事大厅穹顶上巨大璀璨的水晶吊灯摇晃起来，突然坠落在大理石的地面上，摔得粉碎。无疑，它象征着一个旧国家、旧制度的陨落。

不过，影视艺术虽说是综合艺术，但它的视觉艺术的基本性质是必须被强调的。也就是说，影片中的一切内容，最好通过视觉形象来表现。不仅人物、事件、场景应当是可视的，而且那些难以表达的过程、时间和思想，最好都要变成可视的。例如，20世纪70年代，朝鲜电影《卖花姑娘》引起轰动。电影整个剧情在姑娘寻找哥哥的过程中展开，为了把这个过程变成一个“可视的过程”，影片让姑娘上路前打了许多草鞋。第一个特写镜头：姑娘腰间挂满了草鞋上路，接着展开一段剧情；第二个特写镜头：腰间的草鞋明显少了许多，再展开一段剧情；第三个特写镜头：换上一双草鞋，腰间的草鞋只有两双了，又展开一段剧情；第四个特写镜头：姑娘从腰间取下最后一双草鞋，穿上，展开最后一段剧情。对于较短时间过程，影视也有许多表现方法。例如，先拍一支点燃的蜡烛，再将镜头摇到一个人在工作，然后将镜头摇回来：蜡烛短了许多。这说明此人已经工作一段时间，把抽象的时间变成了“可视的时间”。至于人的思想变化，虽是抽象的，但同样可以变成可视的。例如，影片《祝福》

① 高等艺术院校《艺术概论》编著组：《艺术概论》，104～105页，北京，文化艺术出版社，1983。

中贺老六娶亲这段戏。祥林嫂抗拒，一头撞在香案上，足见反抗之烈。第二天清早，祥林嫂发现，贺老六在稻草堆里过了一夜，并没有非礼的举动。接着一个镜头放大了贺老六那张忠厚的诚恳的脸，他正在为祥林嫂送上一碗水。祥林嫂犹疑一下，便接受了，这说明祥林嫂的态度已经有了转机。这也就把祥林嫂的思想变化变为可视的了。

值得说明的，还有影视艺术与文学的关系。影视艺术虽然可以综合利用各种艺术的长处，将其化为自己的优势，但是不论到什么年代，文学永远是影视艺术的基础。电影史上，表面上看，虽有剧本中心论和导演中心论之分，但实际上每一部成功的影片都是以文学为基础的。美国、苏联都是电影大国。美国电影出于商业价值的考虑，在拍摄前必须对电影剧本的质量进行把关。苏联视电影为最重要的宣传手段，出于意识形态的严格要求，它也非常重视电影剧本的质量。因此，美、苏都持剧本中心论。中国电影追随苏联模式，自然也属于剧本中心论这一派。20世纪四五十年代，法国出现了新浪潮派，主张作者电影论，认为导演就是影片的作者，而不是某个剧作者的执行者。戈达尔的第一部故事片《筋疲力尽》就没有脚本，全由导演与演员即兴创作拍摄而成，轰动世界。1952年，电影杂志《电影手册》公开提出导演中心论。于是，欧洲形成了一股电影艺术思潮，意大利新现实主义电影也为此推波助澜。但是，如果仔细考察，所谓“导演中心论”，不过是突出了导演的作用。戈达尔本人就常集编剧与导演于一身，彻夜突击写对白，在排练中反复修改。演员的对话虽说有时是即兴的，但导演必须事先向演员提示对话的内容，这说明导演已经有一个相对完整的构思。也就是说，《筋疲力尽》的成功并不在于没有脚本，而是脚本必备的文学要素一样也没少。因此，我们可以断言，即使是在导演中心论的电影流派里，文学因素也是不可或缺的。如果影片没有表现为一个基本完整的审美文化的诗意整体，那么这样的影片即使是名导的作品，也是不会成功的。所以，文学永远是一切艺术的基础。

第二章　文艺性质的二分三分式概括

根据老子“道生一，一生二，二生三，三生万物”的原理，文艺的性质自然也可以做二分式和三分式概括，但这却是以往文艺理论未能深入的领域。其实，对文学艺术的二元式和三元式概括，古人和前贤已经做了不少努力，只不过我们现代文艺理论家被一种不自觉的一元论文艺观蒙蔽了双眼，陷在蒋孔阳所说的“一元的死胡同”里不能自拔。现在，就让我们把古人的高见从历史的尘埃中清理出来，恢复文艺的本来面貌。

第一节　文艺性质的二分式概括

对于文艺性质的二分式概括，可以说是西方文论的长处。西方文论首先提出了再现说，接着又提出了表现说，互相辩难，自认唯一正确。其实，二者都有正确合理之处，对文学艺术来说，它们是共生互补的关系。

一、再现论的文艺观

西方的所谓“再现论的文艺观”，认为文学艺术在本质上应当客观真实地再现或者反映社会生活。这是由摹仿说引申出来的文艺本质观，它是西方文艺客观写实派的总旗帜，在西方有着长期的深远影响。亚里士多德在《诗学》中，已经基本规划出了再现的文艺观的要义。第一，他认为“人从孩提的时候起就有摹仿的本能”，“人对于摹仿的作品总是感到快感……惟妙惟肖的图像看上去却能引起快感”。这是“因为我们一面看，一面在求知”①。这就从人的本能需要的意义上揭示了那种逼真的尊重客观真实描写的艺术之所以能引起审美的“快感”，就是因为这种艺术有一种能够帮助人们认识生活和自身的特殊功能。第二，亚里士多德已经发现，追求“惟妙惟肖”的艺术家已经不是进行刻板逼真的摹仿，而是加以“美化”。他说：“悲剧是对于比一般人好的人的摹

---

① 伍蠡甫：《西方文论选》上卷，53页，上海，上海译文出版社，1979。

仿，诗人就应该向优秀的肖像画家学习。他们画出一个人的特殊面貌，求其相似而可以比原来的人更美。”① 第三，亚里士多德认为，“为了诗的效果”可以“比实际更理想”，可以采用荷马“把谎话说得圆”的教导。“一桩不可能发生而可信的事，比一桩可能发生而不可信的事更为可取……画家所画的人物应比原来的人更美。”② 也就是说，为了更理想，更美，艺术是可以“虚构”的。第四，之所以采用艺术虚构的手段，目的是更为真实地描写生活。“因为人们都具有同样的天然倾向，唯有最真实的生气或忧愁的人，才能激起人们的忿怒和忧郁。”③ 至此，亚里士多德大致从三个方面强调了艺术的真实性：一是形象的逼真性，二是人物和世界的本真性，三是性格和情感的真实性。这样，他就为后人树立一种客观写实的传统，而摹仿说经过这样的解释，不论是从文艺作品的角度还是从创作的角度看，都已经名不副实了。

所以在文艺复兴时期，随着西方第一个自觉的文艺思潮古典主义登上历史舞台，人们就开始寻找对文艺本质的新的概括了。意大利哲学家和文艺批评家马佐尼（G. Mazzoni）便提出了“再现”的概念。他在《神曲的辩护》一书中一再说：“诗总是一种摹仿的艺术，因此它的目的总是事物形象的正确再现。”他又说：“它是由人的智力制作出来，以便妥当地再现事物的形象。”④在这里，马佐尼将“再现”理解为摹仿的效果和艺术的目的，并进一步强调了“想象”和“虚构”。他认为：“想象是做梦和达到诗的逼真所公用的心理能力。”这样，他就为19世纪出现的批判现实主义准备了一个核心范畴。

法国现实主义大师巴尔扎克将再现论发展到新的高度。第一，他发现了文学追求的真实与现实生活的真实是不同的，“并不是现实中发生的一切都得描写成文学中的真实，同样，文学中的全部真实也不就等于现实生活的真实”。所以，文学“不要去照抄（生活中的）事件”⑤。这就将再现论与摹仿说彻底划清了界限。第二，由于生活有时并非“充满戏剧性，或者就是缺少生动性”，所以，文学创作要进行典型化，“为了塑造一个人物，往往必须掌握几个相似的人物”。“文学采用的也是绘画的方法，它为了塑造一个美丽的形象，就取这

① 伍蠡甫：《西方文论选》上卷，74页，上海，上海译文出版社，1979。

② 伍蠡甫：《西方文论选》上卷，83页，上海，上海译文出版社，1979。

③ 伍蠡甫：《西方文论选》上卷，75页，上海，上海译文出版社，1979。

④ 伍蠡甫：《西方文论选》上卷，201页，上海，上海译文出版社，1979。

⑤ 伍蠡甫、胡经之：《西方文艺理论名著选编》中卷，101页，北京，北京大学出版社，1986。

个模特儿的手，取另一个模特儿的脚，取这个的胸，取那个的肩。艺术家的使命就是把生命灌注到他所塑造的这个人体里去，把描绘变成真实”①。第三，他还提出艺术真实不仅反映生活真实，还应当高于生活。他认为艺术典型“身上的生动丰富的色彩就表现出了作家所再现的实在人物的真实性，并且他还高于实在的人物”②。这种观点，可以说代表了对再现论最为精辟的理解。

可是，在批判现实主义席卷欧洲之际，现实主义内部又出现了一股逆流。由于不满现实主义再现论者提出的想象、虚构和美化的前提性条件，左拉提出了自然主义。他主张“要把现实再现到必要的程度”，作家要“照相似的录下他所收集的事实”，“自然主义小说不插手对现实的增删”。③ 这样，再现说就被拉回到机械摹仿论和照相论的境地。更让人不能接受的是，自然主义主张以生物学和病理学的科学态度，逼真展示人类的生物属性和病理遗传学因素带来的全部丑陋和缺陷，完全忽视了艺术作为审美文化应当具有的审美属性，从而成了客观写实派的极端和逆流。

19 世纪的俄罗斯文学是批判现实主义的高峰，其理论大师，如别林斯基、车尔尼雪夫斯基和杜勃罗留波夫，都是再现论的阐释家，曾被抬上“神坛”。他们对再现论的理解，表现了某些自然主义和机械摹仿论倾向。例如，别林斯基虽然认为“艺术是对现实的再现”，但是他理解的“再现”却是对“生活的复制”。他认为，真正的诗歌，“它的显著特色在于对现实的真实的忠实；它不改造生活，而是把生活复制、再现，像凸出的镜子一样……反映出来”④。车尔尼雪夫斯基虽然认为“艺术的第一目的是再现现实”，但是他又认为艺术作品对现实的关系“正如印画对它所由复制的原画的关系”，“印画不能比原画好”，“艺术作品任何时候都不比现实的美或伟大”。⑤ 显然，他也将再现论理解为“复制”，并得出艺术永远低于生活的结论。这是有悖于现实主义传统的。因此，对俄国式的再现论，我们应有所反思。

此外，还有反映论。反映论有两种情况。一种是与再现论同义的反映论。

---

① 伍蠡甫、胡经之：《西方文艺理论名著选编》中卷，101～102 页，北京，北京大学出版社，1986。

② 伍蠡甫、胡经之：《西方文艺理论名著选编》中卷，104 页，北京，北京大学出版社，1986。

③ 伍蠡甫：《西方文论选》下卷，248 页，上海，上海译文出版社，1979。

④ 伍蠡甫：《西方文论选》下卷，377 页，上海，上海译文出版社，1979。

⑤ 伍蠡甫：《西方文论选》下卷，411～412 页，上海，上海译文出版社，1979。

例如，别林斯基常常将反映与镜子联系在一起。他说："你会觉得，镜子还不如这幅肖像能够把你朋友的形象忠实地反映出来。因为这将不仅是肖像，并且是一件艺术品，这作品不仅抓住外部的相似，并且还把握住原物的整个灵魂。"他又说："《浮士德》实在是他同时代的德国社会生活的充分的反映。"① 可见，别林斯基是在本质论的意义上理解反映论的。反映论的另一种情况是在俄国十月革命前后，在马克思主义认识论基础上提出的"艺术反映论"。它继承了亚里士多德以来西方的写实传统和19世纪俄国批判现实主义传统，树立了巴尔扎克和莎士比亚的现实主义典范，主张艺术典型化，主张艺术高于生活。艺术反映论本想以此解释一切艺术的本质，但其对文艺本质的理解还是受限于现实主义的眼光。

二、表现论的文艺观

所谓"表现论的文艺观"，是在与客观写实派文艺观相对立的意义上提出来的。这种观念认为文艺是人主观情志的表现。虽然对摹仿说的反对自古就有，但是，表现论真正能与客观写实派分庭抗礼，还是始于18世纪西方浪漫主义文艺思潮登上历史舞台。英国浪漫主义文艺运动首先始于对摹仿说的发难。例如，柯勒律治认为，摹仿的结果只是一尊蜡像，毫发毕现的逼真会让人感到离真实更远。"如果艺术家仅只摹写自然，那是非常乏味的。"所以，艺术应当"在一种更高的意义上设想自然和人的灵魂之间的关系"，"像诗一样，表达萌生于人的头脑的理性目的、思想、观念以及情感"。② 这样一来，浪漫主义就把文艺的本质观从客观再现转向了主观表现。华兹华斯提出："一切好诗都是强烈情感的自然流露。"③ 雪莱则认为："诗可以界说为'想象的表现'"，诗人"在表现社会或自然对他们心灵的影响时所运用的方式，本身（就）产生着快感"。④ 他又说，"较为狭义的诗则表现为语言，特别是具有韵律的语言的种种安排。这些安排是那无上庄严的力量所创造的，但这力量的宝座却藏在不

① 伍蠡甫、胡经之：《西方文艺理论名著选编》中卷，341页，北京，北京大学出版社，1986。

② ［英］拉曼·塞尔登：《文学批评理论——从柏拉图到现在》，19～21页，北京，北京大学出版社，2000。

③ 伍蠡甫：《西方文论选》下卷，6页，上海，上海译文出版社，1979。

④ 伍蠡甫：《西方文论选》下卷，51页，上海，上海译文出版社，1979。

可见的人类天性之中”，而诗“这种艺术最为亲切、最为完整地表现了上述的那种力量”。① 他的意思是说，诗歌应是人类美好天性的表现。表现论于是就成了英国浪漫主义诗歌最为流行的见解，就连牧师都在宣扬表现论。例如，约翰·基布尔牧师写道：“大家知道，亚里士多德认为诗歌的要旨在于‘摹仿’……但我们却认为是表现，而非摹仿。”“诗歌是用语词，最好是有韵律的语词，对某种强烈激情、支配性的情味或情感所做的间接性表现。”② 看来，他基本上综合了华兹华斯和雪莱的思想。

最终，英国浪漫主义诗人的表现论文艺观代表了欧洲的浪漫主义艺术倾向，并且可以概括为这样几个特点：第一，诗歌表达的是情感的世界；第二，诗歌表达的是想象的世界，想象和幻想常常成为它构筑艺术世界的主要形式；第三，诗歌表达的是人类美好的天性，特别是雪莱所说的关于“美德、爱情、爱国、友谊”的高尚天性；第四，诗歌表达的是理想的世界，其中积极浪漫主义着眼于对未来理想世界的礼赞，消极浪漫主义则留恋失去的天堂。这样一来，主观表现论的文艺观就因浪漫主义成了可以与再现论分庭抗礼的文艺观。

三、二分式文艺观的合理性与局限性

通过以上论述，我们发现客观再现论文艺观与主观表现论文艺观在激烈地辩难着，斗争着，谁也不承认对方的合法性，似乎自身的确立一定要以否定对方为前提。其实，这是人们一种不自觉的一元论思想方法导致的后果。那么，我们能否走出这种二元对立式思维的怪圈呢？当然可以。这就需要我们首先承认，在事物的中级层次上，对事物本质的二分式概括是合理的。我们应当用相对的眼光，承认在这个层次上存在的文艺观都正确，它们不是矛盾对立的关系，而是互补共生的关系。

这种处理方式，并不是现代人的发明，前人早就这样做了。18 世纪德国“狂飙突进”运动的闯将、诗人席勒（Friedrich von Schiller）便是第一个同时承认摹仿论（再现论）与表现论的人。他在《论素朴的诗与感伤的诗》一文

① 伍蠡甫：《西方文论选》下卷，52 页，上海，上海译文出版社，1979。

② ［美］M. H. 艾布拉姆斯：《镜与灯：浪漫主义文论及批评传统》，70 页，北京，北京大学出版社，2004。

中，就表达了这样的思想。席勒把有现实主义倾向的客观写实型文艺称为“素朴的诗”，又把有浪漫主义倾向的主观再现型文艺称为“感伤的诗”。作为曾有浪漫主义倾向的诗人，席勒却并不特别偏向浪漫主义，而是一视同仁，称素朴和感伤为“诗的天才的两种表现方式”。他说：

> 诗的概念不过是意味着给予人性以最完满的表现。如果我们把诗的概念应用到上述的两种状态上，我们就会发现：在自然的素朴状态中，由于人以自己的一切能力作为一个和谐的统一体发生作用，他的全部天性因而表现在外在的生活中，所以诗人的作用就必然是尽可能完美地摹仿现实；在文明（社会）的状态中，由于人的天性的和谐活动（按：已经丧失）仅仅是一个观念，所以诗人的作用就必然是把现实提高到理想，或者换句话说，就是表现或显示理想。①

所以，席勒又将二者简练地称为“摹仿现实和表现理想”，并认为这是天才诗人表现自己的“仅有的两个可能的方式”。席勒的这一理论，可以说代表了 18 世纪最高的理论水平。

这种说法虽然有些绝对，却是那个时代人们关于文艺本质的真理性认识，至今仍有理论意义。例如，卡西尔曾经发现文艺的发展时而在客观的一极，时而在主观的一极。② 这个看法明显包含着对客观再现论与主观表现论这种二分式概括的肯定。时至 21 世纪，文艺虽然发生了巨大的变化，但基本上可以说仍是在这两种模式中运行。中国当代文艺经历了从现实主义向自然主义的蜕变，一度走向对色情、兽性和凶杀的逼真描写，简直嗜痂成癖。一些人纵然因此扬名，但是还是挡不住有人戳他们的脊梁骨。这是因为客观再现论所树立的现实主义传统，仍在起作用。在国外，虽然 20 世纪以来现代主义崛起，异说纷呈，但大多是在主观表现论里转圈子，对它们的认识还是基本可以用表现论驾驭的。当然，也应当看到主观表现论已经显得十分笼统。例如，正像柯勒律治揭示的那样，文艺表现的对象有萌生于人脑的“理性目的、思想、观念以及情感”，但浪漫主义的主流倾向仅仅醉心于表达“情感”，却忽略了“理性目

---

① 伍蠡甫、胡经之：《西方文艺理论名著选编》上卷，474 页，北京，北京大学出版社，1985。

② 参见［德］恩斯特·卡西尔：《人论》，176 页，上海，上海译文出版社，1985。

的、思想、观念”。20世纪的现代主义各派恰恰捡起了被浪漫主义忽视的东西作为自己的艺术追求，但它与传统的浪漫主义不应当有所区别吗？这是文艺史提出的新问题，也是二分式概括的局限。

第二节　文艺性质的三分式概括

有三分式文艺观吗？这是过去的文艺理论没有讨论过的问题。按照老子的阐释框架，在接近文艺现象的层次上，肯定存在三分式文艺观，因为“三生万物”；而从事物本质的中间层次里，也肯定可以派生出三分式的初级本质，因为“二生三”。中国哲学分明是在说，文学艺术的本质在其初级层次上肯定是三分的。那么，这种三分式格局和见解，在人类文艺现象中是否存在呢？在现代主义文艺思潮席卷世界、冲击中国后，这个问题才引起了我们的思考。经过对中外文艺史的考察，我们最终将这种三分式文艺观从历史的现象中清理了出来。这肯定是文艺理论史的一种进步。

一、以再现历史真实为追求的文艺

上述对客观再现论或曰客观写实型的概括，已经显示出文艺对历史真实的追求。这就有意无意地显示出一种历史的文学艺术本质观。这是一种中西文艺共有的现象。不论在西方还是中国，它们都是一种贯穿文学艺术史的文艺观点和文艺现象。

这种历史的文艺观，在中国可以说是自古有之。孟子是较早发现诗与史存在某种联系的人。《孟子·离娄下》有云：“王者之迹熄而《诗》亡，《诗》亡然后《春秋》作。”在孟子看来，《诗经》是一种历史记忆，是“王者之迹”的记录，所以，当神圣的三王的时代结束的时候，《诗经》也就消亡了；而就在《诗经》消失之后，新的历史记忆形式《春秋》出现了。孟子认为，《春秋》这种真正的史书是《诗经》的延续，诗与史似乎具有相似的本质与功能。这种诗史混一的观念，可能是汉代《史记》《汉书》中史传文学特别发达的原因。在唐代，历史的文艺观已经十分自觉。一方面，理论上，刘知几明确阐明了文艺的历史本质观“则文之将史”。他说：

> 夫观乎人文，以化成天下；观乎国风，以察兴亡。是知文之为用，远矣大矣……读者不以吉甫、奚斯为谄，屈平、宋玉为谤者，何也？盖不虚

美不隐恶故也。是则文之将史，其流一焉。①

刘知几认为，应当用历史的标准要求文学，或者说文艺与历史本质相同，因为它们都追求历史真实。此论可视为我国文艺的历史本质观的自觉。另一方面，杜甫在创作时自觉地充任时代的书记，以诗为史，秉笔直书。他在《雨二首》之二中写道："留滞一老翁，书时记朝夕。"因此，杜诗当时就获得了"诗史"的称号。这些都是唐人对文艺的历史本质观的自觉。明清时期，随着写实小说《三国演义》《水浒传》和《红楼梦》的出现，历史的文艺观也逐渐成熟。李贽、叶昼、钱谦益、金圣叹、黄宗羲、龚自珍、黄遵宪等，都宣扬了文艺的历史本质观。钱谦益认为："三代以降，史自史，诗自诗，而诗之义不能不本于史。"② 这是直接为诗的历史本质张目。金圣叹在评《水浒传》时认为，《史记》是"以文运事"，《水浒传》则是"因文生事"（艺术虚构），虽然有区别，但仍然是一种"史"。它显示了一种历史真实，即"庶人之议"，因为"从来庶人之议，皆史也"。这就斩钉截铁地认定了文艺的历史属性。

相比之下，西方关于文艺的历史属性的讨论要深刻得多。由于摹仿说、再现说在西方基本上居于主流地位，其钟情于对客观世界做真实描写的美学追求，恰好与文艺的历史本质相一致，所以，在自觉不自觉的状态下，文艺的历史本质观基本上成为主流。从亚里士多德起，人们便非常关注文艺的历史属性。亚里士多德说："写诗这种活动比写历史更富于哲学意味，更被严肃地对待；因为诗所描述的事带有普遍性，历史则叙述个别的事。"③ 亚氏说这话时，古希腊的历史著作（如希罗多德的）还处于编年史的粗疏状态。用亚氏的话说，其所记事件之间仅有"偶然的联系"，还不能像后来的历史科学那样，以揭示历史的必然性为旨归。亚氏仅在这个意义说，写诗比写历史更富于哲学意味，因为写诗可以按照可然律和必然律反映出社会生活中更为本质的、规律的东西。

其实写诗这种追求正与未来的历史科学相一致，所以，当意大利学者卡斯

---

① 郭绍虞：《中国历代文论选》第二册，50页，上海，上海古籍出版社，2001。"吉甫"，指的是周宣王时贤臣尹吉甫。《诗・小雅・六月》有云："文武吉甫，万邦为献。"尹吉甫被后人视为贤能辅臣的典型。"奚斯"，为鲁公子鱼，与僖公同时人，相传为《诗・鲁颂・閟宫》的作者，歌颂鲁僖公能"兴祖业，复疆土，建新庙"。

② （清）钱谦益：《牧斋有学集》中册，800页，上海，上海古籍出版社，1996。

③ ［古希腊］亚里士多德：《诗学》，29页，北京，人民文学出版社，1962。

特尔维屈罗（Lodovico Castelvetro）在诠释亚氏的《诗学》时，首句就说："诗近似历史。"① 后来，随着历史科学的逐渐成熟，人们不再轻视历史著作，形成了诗与历史的相互渗透。后来，法国18世纪启蒙运动思想家狄德罗将历史与戏剧联系了起来。他说："戏剧艺术的基础又是什么呢？'历史艺术'。没有比这更合理的了。人们把诗与绘画相比拟，这做得很对；但是把历史和诗相比拟可能更有益，更富有真实性。"② 把戏剧定性为"历史的艺术"，这是对文艺历史属性更为明确的认识。此后，19世纪德国美学家黑格尔进一步研究了文艺的历史本质，提出了著名的"维持历史的忠实"的原则。不仅文艺在描述"时代、场所、习俗、服饰、武器"等外在形式方面要做到对"历史的精确和忠实"，而且要在内容意蕴方面追求"真正的客观性"，通过"性格"塑造，揭示出人物心灵含蕴的民族历史的真实。因此，他的文艺观显示了严格的历史主义特征。

在创作方面，法国批判现实主义大师巴尔扎克更是自觉的文艺的历史本质观的实践者。他说："法国社会将要作为历史家，而我只能当它的书记，编制恶习和德行的清单、搜集情欲的主要事实、刻画性格……这样我也许可以写出许多历史家忘记了写的那部历史，就是说风俗史。"③ 巴尔扎克这样的文艺历史本质观和他的现实主义创作，得到马克思、恩格斯的高度评价。马克思在《资本论》中，称其为"对现实关系具有深刻理解而著名的巴尔扎克"。恩格斯则在致玛·哈克奈斯的信中写道：

> 巴尔扎克，我认为他是比过去、现在和未来的一切左拉都要伟大得多的现实主义大师，他在《人间喜剧》里给我们提供了一部法国"社会"特别是巴黎"上流社会"的卓越的现实主义历史，他用编年史的方式几乎逐年地把上升的资产阶级在1816年至1848年这一时期对贵族社会日甚一日的冲击描写出来……在这幅中心画图的四周，他汇集了法国社会的全部历史，我从这里，甚至在经济细节方面（如革命以后的动产和不动产的重新分配）所学到的东西，也要比从当时所有职业历史学家、经济学家和统计学家那里学到的全部东西还要多。④

---

① 伍蠡甫：《西方文论选》上卷，192页，上海，上海译文出版社，1979。
② 伍蠡甫：《西方文论选》上卷，353页，上海，上海译文出版社，1979。
③ 伍蠡甫：《西方文论选》下卷，168页，上海，上海译文出版社，1979。
④ 《马克思恩格斯选集》第4卷，462～463页，北京，人民出版社，1995。

从这封信可以看出，巴尔扎克通过文艺作品所反映的历史真实，就连许多经济细节都具有很高的史料价值。马克思和恩格斯是在用一种严格的历史尺度衡量巴尔扎克的小说创作，这说明他们所持的文艺观也是一种历史的本质观。

中西文论的这种共同性认识说明，文艺的历史本质观早已是人们的共识，因此，将它看作文艺初级本质的必然的一元，大多数人应当是赞同的。

二、以抒发情感为追求的文艺

除了文艺的历史本质观外，文艺的情感本质观也是得到大多数人赞成的。中国是抒情文艺大国，从最早的诗歌总汇《诗经》中，我们已经可以看出抒情诗是其主要形式。虽然儒家竭力对它做哲理化的阐释，强调“发乎情，止乎礼义”，但是谁也无法改变原作品的抒情性质，并由此铺就了中国文艺的抒情传统。中国第一部个人创作的文学作品，便是抒情诗人屈原以《离骚》为代表的《楚辞》，其后汉赋，特别是抒情小赋，虽有议论、叙述的成分，但抒情还是其主要成分。之后的唐诗、宋词、元曲，都以抒情为主，成为抒情文学的骄傲、中华文化的瑰宝。所以，中国古代有最为明确、深入的抒情文学本质观。

首先，抒情的概念是由屈原创造的。他在《楚辞·惜诵》中写道：“惜诵以致愍兮，发愤以抒情。”在《思美人》中，他也说：“申旦以舒中情兮，志沉菀而莫达。”其中“抒情”与“舒情”，都与今天抒情文学中表达情感的意义十分接近。其次，直接从理论上阐明了文艺的抒情本质。陆机在《文赋》中提出“诗缘情而绮靡”，亮出了“诗缘情”的旗帜。一般认为，这是我国抒情文学观的自觉。接着刘勰在《文心雕龙·情采》中明确提出：“诗人什篇，为情造文。”“五情发而为辞章，神理之数也。”[①] 这里以最明确的语言，规定了文艺的情感本质。从此，文艺的情感本质观便成定论，被无数文论家不断维护和阐释着。例如，王夫之说：“诗以道情……情之所至，诗无不至；诗之所至，情以之至。”[②] 这就是中国文艺观最为主流的看法，直到王国维、郭沫若、老舍等人都是如此。

相比之下，西方的文艺情感本质观形成得较晚。虽然古希腊时期也出现过像品达那样的抒情诗人，但文艺的情感本质并没有引起人们足够的重视。亚里士多德在他的《诗学》里只注意了文艺对现实的摹仿的性质，重点研究了史诗

① 陆侃如、牟世金：《文心雕龙译注》下册，143、147 页，济南，齐鲁书社，1982。

② （明）王夫之：《古诗评选》，142 页，上海，上海古籍出版社，2011。

和悲剧，对抒情诗则一笔带过。中世纪布满宗教禁欲主义的钳制，文艺复兴时期又因为古典主义要重建古希腊古罗马的辉煌，把客观再现型艺术作为最高范本，情感仍处于被忽略的地位。因此，只有到了18世纪40年代以后，欧洲文艺的情感问题才真正觉醒，但却像火山一样爆发出来。欧洲文艺出现了主情时代（Age of Sensibility）和浪漫主义时期。

随着主情文学（Literature of Sensibility）和浪漫主义文艺高潮的到来①，欧洲的文艺情感本质观也迅速成熟。德国“狂飙突进”运动的先驱、文艺批评家赫尔德（J. G. Herder）认为：“绘画、音乐和文学都是表情的……绘画通过形象与色彩来表情，音乐借助动作和音调来表情……文学则借人为的和有意的手段来表情。”他还认为，一个民族越是粗犷，越是活泼，越是富于创作的自由，其歌谣越是“富于抒情意味”，因为，“歌谣的本质，它的意图，它全部的魅力是同歌谣的抒情意味”分不开的。② 早于英国诗人华兹华斯几近三十年，赫尔德就明确提出了文艺的情感本质观。

与中国相似，文艺的情感本质一旦被发现，就成了一面旗帜，影响了无数后代文艺理论家，并坚守至今。例如，英国现代美学家科林伍德在《艺术原理》中写道：“艺术家所尝试去做的，是要表达一种他所体会过的感情。”③ 美国现代美学家苏珊·朗格也认为：“所谓艺术品，说到底也就是情感的表现。”她又说：“艺术品是将情感……呈现出来供人观赏的，是由情感转化的可见的或可听的形式。”④

看来，文艺的情感本质观也是中外文艺理论家的共识，理应成为文艺初级本质的一元。但是，无论中外，持有文艺情感本质观的人都非常“霸气”，即绝不承认文艺除了情感本质之外还有其他可能。例如，清代的王夫之，竟然嘲笑杜甫以诗为史，否认历史文艺观存在的合理性；英国的科林伍德，竟然断言除表达情感的艺术之外，其他艺术都是名不副实的，所谓“再现的艺术”，都是“伪艺术”。如此僵化绝对的态度，自然都是那种不自觉的一元本质论在作怪。不过，也有其他一些原因。因为情感作为文艺的血液，不论在何种本质的

---

① 这里的几个术语和时限划分，采用了艾布拉姆斯的观点。参见［美］M. H. 艾布拉姆斯：《欧美文学术语词典》，317～320页，北京，北京大学出版社，1990。

② 参见伍蠡甫：《西方文论选》上卷，439～441页，上海，上海译文出版社，1979。

③ ［英］罗宾·乔治·科林伍德：《艺术原理》，15页，北京，中国社会科学出版社，1985。

④ ［美］苏珊·朗格：《艺术问题》，24页，北京，中国社会科学出版社，1983。

作品中，都是重要的感人手段。例如，即使是以表达历史真实为追求的作品，也是通过触及接受者的灵魂而引起一定的情感共鸣，达到艺术效果的。因此从这个意义上讲，没有情感就没有文艺。但是，从艺术表达的目的看，有些作品是以表达情感为目的，有些作品并不以表达情感为目的，情感要素在不同作品中的比重有着巨大差异，所以不能笼统宣称所有文艺作品的目的都是表达情感，不能错误地以为文艺的情感本质观可以涵盖一切。科学的态度应当是，仅把那些以抒情为主要目的文艺作品和文艺现象以文艺的情感本质概括之；而把其余的文艺现象划归其余的文艺本质观去统辖。

三、以表达哲理观念为追求的文艺

存在以表达哲理观念为追求的文艺现象，即自古就存在一种文艺的哲理本质观。这是不可否认的事实，却是许多理论家不愿承认的事实。但是，随着20世纪现代派文学成为世界级的文艺现象，人们就再也不能无视哲理文艺和哲理文艺观的存在了。20世纪80年代后半叶，现代主义的文艺思潮传入中国，叶廷芳先生及时地向国内介绍了现代主义的艺术追求。他说："近一个世纪以来，哲学广泛渗入文学艺术……作品的哲理意味越来越重。主题思想不是明白说出或让人看出，而是通过某种'图像'来象征，或通过一种譬喻来暗示，或者通过一则寓言来表达，等等。"① 这就引起了理论界的深入思考。

这里所说的哲理化文艺现象和哲理文艺观，实际上在中国有着悠久的历史。《尚书·尧典》提出的"诗言志"的观点，是从巫术文化中继承的最古老的文艺观。人们对"志"有不同的理解。首先，是神秘的"天意"说，即《墨子》中的"天志"，以及被汉代董仲舒阐释的"圣人所发天意"。② 其次，《周易·系辞》又以"天地之道""天下之志""天下之赜""天下之理"混用。唐

---

① 叶廷芳：《现代艺术的探险者》，16页，广州，花城出版社，1986。

② 《墨子·天志》有云："我有天志，譬若轮人之有规，匠人之有矩。轮、匠执其规、矩，以度天下之方员。曰：'中者，是也，不中者，非也。'"又云："顺天意者，义政也；反天意者，力政也。"按：可见"志"即"天志""天意"。参见《墨子》，高秀昌注译，159页，郑州，中州古籍出版社，2008。又按：以董仲舒为代表的汉代儒学，就建立在神秘天意的基础上。他在《春秋繁露·深察名号》中说："天不言，使人发其义……圣人所发天意，不可不深观也。"所以，董仲舒所说的"诗道志""诗以达意"，就是对"诗言志"说原初意义的忠实表达。

代孔颖达把“天下之赜”解释为只有圣人才能发现的“天下深赜之至理”①。再者，《庄子·知北游》理解的《诗》所道之“志”，是“天地之道”和“万物之理”，即自然之道。《荀子·儒效》理解的“志”，是“天下之道”与“百王之道”，即自然之道与治世之道、人伦之道的统一体。上述理解总是把诗的本质引向神秘的至理、抽象的观念或者哲理。因此，它们大致是我们理解“诗言志”的根据。据此，我们可以断言这就是我国最早出现的文艺的哲理本质观。② 我们这样理解“诗言志”，还有一个美学上的依据，那就是儒家原是主张以哲理为美的。《孟子·告子上》有云：

> 口之于味也，有同嗜焉；耳之于声也，有同听焉；目之于色也，有同美焉。至于心，独无所同然乎？心之同然者何也？谓理也，义也。圣人先得我心之所同然耳。故理、义之悦我心，犹刍豢之悦我口。③

孟子认为，对人来说，共同美是存在的。不仅耳目声色之美是存在的，而且还存在一种专门作用于高尚心灵的高级美，即以理、义为本质的哲理美。所以《孟子·尽心上》说“君子志于道”，这就把“志”与“道”统一了起来。《荀子·乐论》提出“舞意天道兼”。诗与舞，都是礼乐文化的有机部分，既然“舞”的部分兼载“天道”，“诗”的部分难道就与“天道”无缘吗？所以，“诗”所言的“志”，就是“天志”“天意”或“天道”。这才是合乎当时历史文化语境的解释。此外，荀子还继承了儒家象征性思维，根据孔子对水、松柏、玉器的象征性态度提出了“比德”说，为后代哲理性文艺树立诸如梅、兰、竹、菊等审美范型开拓了道路。

汉代采用了“独尊儒术”的文化策略，董仲舒提出“天人感应”说，将儒家文化整个纳入了象征主义体系。所以，文艺的哲理本质观在汉代更加深入。王充在《论衡·乱龙》中，首次指出哲理文艺的形象是“意象”，是一种“立

---

① 《周易正义》下册，余培德点校，618页，北京，九州出版社，2004。

② “诗言志”说在汉代以后受到了严重歪曲：《诗大序》将它解释为“在心为志，发言为诗，情动于中而形于言”，偷换了概念，一改也；东汉郑玄提出“情志一也”论，二改也；刘勰《文心雕龙·明诗》将“诗言志”引申到“诗者，持也，持人情性”，提出“情志混一”论，三改也。三改则变质，从言理变为抒情。还有人认为“志”在孔子那里是“愿望”的意思。的确如此，但不要忘了儒家还提倡“君子志于道”，愿望、意志的内容仍然是“道”，“诗言志”的理性内容没有变。

③ 李双：《〈孟子〉白话今译》，259页，北京，中国书店，1992。

意于象”“示义取名”的形象。这明显继承了《周易·系辞》“表意之象”的原理。后来，三国后期的王弼又提炼出“象征”的概念和原理。他在《周易·明象》中说：“是故触类可为其象，合义可为其征。”① 这表明中国哲理的文艺观在理论上已经完全成熟，同时，中国文学史上第一个自觉的哲理诗文艺思潮也随之形成了，这便是魏晋玄言诗的出现。

中国哲理的文艺本质观还有一个理论的源头，这便是刘勰在《文心雕龙·原道》中揭示的“圣因文而明道”。虽然他总结出这一原理，但由于受不自觉的一元论情感本质观的制约，又让这一发现无果而终，致使《文心雕龙》出现了内在矛盾和体系的残破。② 不过，他的“文以明道”说，却成了中唐时期韩愈、柳宗元提倡古文运动的一面理论旗帜。③ 柳宗元说：“始吾幼且少，为文章以辞为工。及长，乃知文者以明道。是固不苟为炳炳烺烺，务采色、夸声音而以为能也。”④ 韩、柳不仅在文章中表达哲理，写诗也追求一种哲理的表达。例如，韩愈的《早春》：“天街小雨润如酥，草色遥看近却无。最是一年春好处，绝胜烟柳满皇都。”该诗以早春胜过仲春的美，表达诗人对新生事物的礼赞。再如柳宗元的《江雪》，以独钓寒江的渔翁，诠释了诗人的孤独与执着，直觉地展示了诗人超越旷达的人生观。而他们这种审美取向，又成了“宋诗主理”的前奏。与“唐诗主情”相反，宋代诗人坚定地走上了“以哲理为诗，以议论为诗”的道路，形成了中国文学史上第二次自觉的哲理诗高潮。而这种“自觉”，还表现为理论上的成熟与深入。

首先，上述理论渊源都在宋代得到了继承和发扬。例如，周敦颐提出了“文以载道”说。⑤ 这种说法虽有缺陷，却代表了那个时代的理论高度。再如邵雍，他在引用《诗大序》对“诗言志”的解释后，大批近世诗人“不以天下

---

① 《周易正义》下册，余培德点校，775页，北京，九州出版社，2004。

② 这种矛盾主要表现为纯文学的主情论倾向与杂文学的体系设计的矛盾。

③ 韩愈在《争臣论》里说：“君子居其位，则思死其官；未得位，则思修其辞以明其道。”又在《送陈秀才彤序》中说：“盖学所以为道，文所以为理耳。”他认为人只要行事符合道义，说话（包括写文章）符合道与理，就达到了“文学”之士的要求。当然，这里的“文学”概念，只有从广义的杂文学的意义上去理解。

④ 郭绍虞：《中国历代文论选》第二册，144页，上海，上海古籍出版社，2001。

⑤ 周敦颐在《通书·文辞》中说：“文所以载道也，轮辕饰而人弗从，徒饰也，况虚车乎？文辞，艺也；道德，实也。笃其实而艺者书之；美则爱，爱则传焉，贤者得以学而至之……不知务道德而第以文辞为能者，艺焉而已。”郭绍虞：《中国历代文论选》第二册，283页，上海，上海古籍出版社，2001。

大义而为言"，"其诗大率溺于情好"① 的通病，这实际上表示了对《诗大序》的怀疑，也明确了哲理的文艺与情感的文艺的界限。接着，朱熹又重新厘定了"诗言志"的概念，他说：

> 熹闻诗者，志之所至。在心为志，发言为诗。然则诗者，岂有工拙哉？亦视其志之所向高下如何耳。②

他还提出了"文道一体"论，认为"道者文之根本"，"文皆从道中流出"。所以，这里的"志"，就是"道、德"，就是"义、理"。由于"志"之高下决定了诗文质量之高下，所以"今人不去讲义理，只去学诗文，已落第二义"③。同时，他认为作品的质量就在于它表达的哲理（"志"）的高下及深度。

其次，宋人对哲理性文艺的艺术特征和美学特征的把握，也达到空前深刻的程度。在哲理文艺的风格特征上，宋人从中唐古文运动主张的"奇奇怪怪"、晚唐杜牧赞扬李贺诗的"虚荒诞幻"中受到启发，于是欧阳修提倡"穷奇极怪"，苏轼则提倡"荒怪轶象外"。为什么要这样做呢？北宋画家刘道醇回答说，这是因为"极乎神而近乎微，资于假而迫于真"，都是出于"狂怪求理"④ 的需要。苏轼则回答说："诗以奇趣为宗，反常合道为趣。"⑤ 苏轼所说的"奇趣"，从风格上看，就是"荒诞"；从美学上看，就是"理趣"。"理趣"是一个北宋神宗时就有的概念。郭若虚在《图画见闻志》中说：

> 今之画者但贵其姱丽之容，是取悦于众目，不达画之理趣也。观者察之。⑥

这是宋人为哲理美新造概念。另外，韩拙的《山水纯全集》也使用了这个范畴，说明这个概念在当时已经相当普及。这些都是宋人对哲理性文艺的艺术特

① 郭绍虞：《中国历代文论选》第二册，275 页，上海，上海古籍出版社，2001。

② 郭绍虞：《中国历代文论选》第二册，406 页，上海，上海古籍出版社，2001。

③ 郭绍虞：《中国历代文论选》第二册，413 页，上海，上海古籍出版社，2001。

④ 俞剑华：《中国古代画论类编》上卷，408 页，北京，人民美术出版社，1986。

⑤ 此为苏轼对柳宗元《渔翁》诗之评语。

⑥ 俞剑华：《中国古代画论类编》上卷，451 页，北京，人民美术出版社，1986。另外，韩拙的《山水纯全集·论用笔墨格法气韵之病》云："其笔太粗，则寡于理趣；其笔太劲，则绝乎气韵。"

征和美学特征的准确把握。同时，宋人还提出“以议论为诗，以才学为诗”的表达方式。欧阳修在《尹师鲁墓志》一文中说：“则文学之长，议论之高，材能之美，不言可知。”① 欧阳修虽是对尹师鲁的诗文进行评价，实际上也是在提倡一种新的表现方法，即后来黄庭坚所提倡的“以议论为诗，以才学为诗”。哲理诗不再以描写的或抒情的方式写诗，而以议论的方式写诗；不再以表达客观真实或情感真实为目的，而以“才学”和智慧的展示为目的。请看王安石的两首哲理诗：

飞来峰上千寻塔，闻说鸡鸣见日升。不畏浮云遮望眼，只缘身在最高层。(《登飞来峰》)

绕岸车鸣水欲干，鱼儿相逐尚相欢。无人挈入沧江去，汝死那知世界宽。(《鱼儿》)

这两首诗都在议论中展开，前者以飞来峰上建高塔，比喻人要追求更高的视野和境界；后者则以路旁水洼中鱼儿的无知，说明处于低层次低境界的人或生物的生命悲剧，以启迪人们要有生存智慧，只要稍加努力，是可以摆脱可悲的命运的。王安石立志改革，拯救国家与人民的志向可谓天日可表，这些当然是显示其才学与智慧的好诗。但若从艺术的角度看，这两首诗的说理浅显了点。再看苏轼那首写庐山的诗：

横看成岭侧成峰，远近高低各不同。不识庐山真面目，只缘身在此山中。(《题西林壁》)

苏轼此诗在议论庐山中展开，写着写着却翻出一层哲理：正如不跳出庐山就不识庐山真面目一样，不跳出某个事物的圈子，我们也是难以看清其真相的。读到这里，人们自然眼前一亮，接着便有一种哲理的光辉来袭，一种了悟的兴奋催人赞曰：“好诗!”此时读者的感觉，便与读王安石诗时的体会大致相同。但是，不要忘了这首诗还有一个题目，它告诉人们这诗是题在西林寺的墙壁上的。苏轼显然是想借“看庐山”作比，表达对能跳出红尘“圈子”之外、大彻大悟之人的赞美和对佛理的认同。于是此诗又从哲理入佛理，寄妙思于奇想之

---

① 郭绍虞：《中国历代文论选》第二册，260页，上海，上海古籍出版社，2001。

外。该诗智慧迭出，巧机层张，让人玩索不尽。这就是“以才学为诗”，它所呈现的是一种智慧之美，一种“理趣”。这样，宋人就在哲理文艺的本质、质量、表现方式、艺术特征和审美特征上做到了理论的自觉。

其后，哲理的文艺观在激烈的辩论中不断向前发展。元代理论建树无多，明代崇尚唐诗缘情，而清代至少出现了两次“宋诗运动”。一次在康熙年间，诗人查慎行以崇尚宋诗而受到康熙的赞赏；另一次发生在清末，曾国藩宗江西诗派，诗坛风气为之一变。许多宋诗的理论成就，在清代得到进一步发挥，其中尤以叶燮贡献最大。首先，叶燮反驳明人宣扬的“唐后无诗”论，认为中国诗歌是一个发展过程。“六朝诗，则有枝叶；唐诗，则枝叶垂荫；宋诗则能开花，而木之能事方毕。”① 因此，他认为对宋诗不能做简单、片面的否定，在唐诗、宋诗之间，应当取兼容的态度。其次，他提出了“至境意象”的概念，认为这是哲理性文艺追求的艺术形象的理想形态（容下文再做讨论）。中国古代文艺史上不仅存在一次次哲理的文艺运动，就其哲理的文艺观而言，也达到了深刻而全面的程度。

在西方，哲理的文艺观也有漫长的历史。早在古希腊时期，斯多葛学派就认为诗的特长在于传达哲理，因此，理解诗时应该注意其中的寓意。克列安提斯认为，诗是传达哲理的有效工具，“韵律、歌词和节奏唯有在默想神圣的哲理时最接近真理”②。伊壁鸠鲁学派的主要哲学家卢克莱修也主张诗与哲学要结合起来，他的《物性论》便是哲理长诗。他认为诗的形式仿佛是它的外衣，像蜜汁一样包裹着哲理的内容，诗在本质上应是哲理的。在中世纪，由于神学主宰一切，便有更多的人主张哲理的文艺观。中世纪的美学家普罗丁（Plotinus），他也曾像孟子那样，把美分为两个层次，认为“艺术并不只是抄袭肉眼可见的事物，而是要回溯到自然所造成的那些原则”。他指出：

> 至于最高的美，就不是感官所能感觉到的，而是要靠心灵才能见出的。心灵判定它们美，并不凭感官。要关照这种美，我们就得向更高处上升，把感觉留在下界……对于这类事物，我们须有一种关照的能力，才能见到它们；一旦见到它们，我们就感到一种远比在上述见到的物体美的情况下更为强烈的喜悦和惊惧。③

---

① 申骏：《中国历代诗话词话选粹》上册，543页，北京，光明日报出版社，1999。

② 缪朗山：《西方文学理论史纲》，106页，北京，中国人民大学出版社，1985。

③ 缪朗山：《西方文艺理论史纲》，206～208页，北京，中国人民大学出版社，1985。

这就为中世纪哲理的文艺观打下了美学基础。例如，泛神论者厄里根纳（Johannes-Scotus Erigena）认为："真宗教就是真哲学，真哲学就是真宗教。"万象之所以美，是因为上帝寓于万象中，所以"艺术就是象征，一切艺术品都有两层意义，表面意义和象征意义"，这就是象征的真谛。① 厄里根纳以他的象征论取代了摹仿说，使其成为支配中世纪几百年的文艺思想。

文艺复兴初期，但丁、薄伽丘等作家就还保留着明显的哲理文艺观的印迹。意大利诗人但丁被《共产党宣言》称为"中世纪的最后一个诗人，同时又是新世纪的第一个诗人"。但丁在创作上采用了较多的象征手法，在观念上采用了经院哲学的推理方式。另一个意大利作家薄伽丘认为："神学与诗在其作用的方式上是一致的"，"为了使真理因难得而显得可爱，诗人们往往把真理隐藏在表面上好像与真理相反的事物之下。因此他们就用寓言而不用别的方法隐藏真理"。②

此后，古典主义、浪漫主义文学家中也有人不断张扬哲理的文艺观，如英国诗人锡德尼、法国古典主义理论家布瓦洛、法国浪漫主义先驱斯塔尔夫人、英国浪漫主义诗人柯勒律治、德国近代哲学家狄尔泰等，他们都在强调自己的艺术倾向的同时主张哲理的文艺观。此时也出现了相当数量的哲理性文艺作品：在但丁的《神曲》之后，文艺复兴时期出现了英国诗人斯宾塞的长诗《仙后》，英国17世纪伟大诗人弥尔顿的长诗《失乐园》，英国清教徒诗人班扬的寓意小说《天路历程》，还有英国古典主义诗人蒲伯的哲理诗《道德论》《人论》。拜伦在为蒲伯的哲理诗辩护时说："依我看，所有诗中最高者是伦理诗，正如一切世俗的事物中最高者必然是道德的真理。"③ 此外，法国思想家狄德罗的哲理小说《拉摩的侄儿》和《宿命论者雅克》反响很大，特别是前者曾得到黑格尔、马克思和恩格斯的赞许。

19世纪中叶以后，文学的哲理化倾向越来越明显。美国出现了梅尔维尔的长篇小说《白鲸》④，书中充满神秘的象征色彩。它以捕鲸船长埃哈伯与海上鲸王莫比·迪克搏斗，最后同归于尽的结局，暗示了人类与自然的紧张关系，

---

① 参见缪朗山：《西方文艺理论史纲》，229～233页，北京，中国人民大学出版社，1985。

② 缪朗山：《西方文艺理论史纲》，299页，北京，中国人民大学出版社，1985。

③ 王春元、钱中文：《英国作家论文学》，81页，北京，生活·读书·新知三联书店，1985。

④ 参见［美］梅尔维尔：《白鲸》，北京，人民文学出版社，2001。

作品也因之不朽。这都说明，哲理性的文艺大量存在于西方文艺史中。

进入20世纪，现代派文艺运动席卷世界。首先，诗歌、小说、戏剧和绘画的广泛领域出现一系列伟大作品：像卡夫卡的《变形记》那样深刻揭示了人类的异化的小说，像贝克特的《等待戈多》那样启人心智的荒诞戏剧，像艾略特的《荒原》那样悲凉而大气的诗歌，还有像毕加索的《格尔尼卡》那样的立体主义绘画等。这些震惊世人的作品以鲜明的哲理化倾向融汇成一个时代的特色，成为一种谁也不能无视的文艺现象。

其次，现代派理论家和艺术家也迅速取得了一系列理论成果。其一，直接将文艺的本质视为哲理。法国象征主义诗人和理论家瓦莱里（Paul Valery）把创作看成是“赋予抽象概念以感性的外衣”，并宣称：“我说过，诗人有他的抽象思维，也可以说有他的哲学”，这是“文艺之神或命运之神”，“给予我们的一切才能”的“宝贵材料”。① 其二，象征是其自觉的创作手法。爱尔兰诗人叶芝认为，当文学“成为象征时，它们就是最完美的了”。他还认为，情感的象征是次要的。“除情感的象征之外，还有理智的象征，这种象征或者仅仅唤起观念”，然而是最重要的，因为它可以从意志的压抑下解放出“心智”，“在象征中充分显示出来”。② 不仅现代派自法国象征主义开始，即使是以后出现的各种流派，也仍以象征意象的创造作为基本表达模式。其三，与朱熹一样，他们认为作品的高下就在于作家表达哲理的程度的高低。现代派诗人兼理论家艾略特写道：“最真的哲学是最伟大的诗人之最好的素材；诗人最后的地位必须由他诗中所表现的哲学以及表现的程度如何来评定。”③ 其四，与宋人邵雍一样，他们认为哲理诗歌应当抑制情感。艾略特说：“诗并不是放纵情绪，而是避却情绪；诗并不是表达个性，而是避却个性。”④ 在这里，抑制情感，是为了与浪漫主义划清界限；避却个性，便与现实主义划清了界限。其五，与宋人一样，他们追求一种“荒诞”的风格。英国批评家马丁·埃斯林（Martin Esslin）认为，“荒诞戏剧则公然放弃理性手段和推理思维来表现他所意识的人类处境的毫无意义”与“荒诞可笑”。⑤ 这五点充分说明现代主义已经是非常

① 伍蠡甫等：《现代西方文论选》，37～38页，上海，上海译文出版社，1983。

② 伍蠡甫等：《现代西方文论选》，54、58、56页，上海，上海译文出版社，1983。

③ ［美］傅孝先：《西洋文学散论》，15页，北京，中国友谊出版公司，1986。

④ 伍蠡甫、胡经之：《西方文艺理论名著选编》下卷，47页，北京，北京大学出版社，1987。

⑤ 伍蠡甫等：《现代西方文论选》，358页，上海，上海译文出版社，1983。

自觉与成熟的文艺思潮和文艺流派。

现代主义美学家也纷纷介入这个话题。美国哲学家乔治·桑塔耶那（George Santayana）在研究了哲学诗人卢克莱修、但丁和歌德后写道："哲学的眼界是崇高的，它揭示的世界秩序是美的悲剧性，与人的思想相互共鸣，这正是每个诗人在不同程度上一直企图抓住的东西。"① 海德格尔也说："美是无蔽性真理的一种呈现方式。""美不是与真理并行出现的，也不与真理相分离……美是真理的发生，是真理取得的栖身之所。美的存在不仅仅涉及愉悦，不纯粹是愉悦的对象。"② 伽达默尔（H. G. Gadamer）作为海德格尔后期思想的继承者，同样认同哲理美的存在。他提出："在艺术中难道不应当有认识吗？在艺术经验中难道不存在真理的要求吗？""然而，美学的任务难道不就在于确定艺术经验是一种独特的认识方式吗？这种认识方式……（虽）是一般的也不同于一切概念的认识，但它确实是一种传导真理的认识，难道不是如此吗？"③ 西方关于哲理美和哲理的文艺观的论述如此丰富，再次证明哲理美的存在是人类的共识。但是作为一种古老的审美现象，哲理的文艺观也没有引起西方美学家应有的注意。

四、文艺三元产生的根源及其对立与兼容

以上对三元的文艺初级本质观的述评，可以简单地概括为"言史""言情"和"言理"三个方面。为什么仅是三个方面？因为我们从对人类文艺史的考察中只发现了这三个方面，再没有其他。为什么会是这三个方面？它们产生的根源是什么？这是值得深究的理论问题，恐怕与人类对精神文化的需要有关。按德国古典哲学的研究，人的精神需要可分为知、情、意三个方面。因人有认识自己、认识现实和历史的精神需要，自然就会创造出言史的文艺去满足它；人有抒发情感的精神需要，自然会创造出言情的文艺去满足它；人有表达意志、观念和思想的精神需要，自然就会创造出言理的文学去满足它。有人说，西方哲学中的"意"，是"意志"的意思，不是观念和思想，

---

① ［美］乔治·桑塔亚那：《诗与哲学：三位哲学诗人卢克莱修、但丁及歌德》，7～8页，北京，北京大学出版社，1991。本书将桑塔耶那译为桑塔亚那。——编者注

② ［德］海德格尔：《海德格尔诗学文集》，72～73页，武汉，华中师范大学出版社，1992。

③ ［德］汉斯-格奥尔格·伽达默尔：《诠释学Ⅱ：真理与方法（修订译本）》，83页，北京，商务印书馆，2007。

所以与“言理”是不对应的。其实，这种说法并不正确。虽然说某种“意志”有欲望与情感的基础，但是仅有欲望与情感的情绪也只是情绪，而不是意志。真正的“意志”必须有明确的观念和思想做支撑，即“发乎情，止乎理义”。越是高等级的意志，越是有着深刻的哲理作为精神支柱，这就是信念和信仰。所以，孟子说：“君子志于道。”这就是“诗言志”的原意。因此，“意”的较高级的精神需要完全可以造就言理的文艺和言理的文艺观。中国古代哲学更可以证明这一点。清代叶燮说：“曰理、曰事、曰情，此三者，足以穷尽万有之变态。”文学艺术表达的不是普通的“理、事、情”，而是“至理、至事、至情”①，正好对应了我们概括的言理、言史、言情的文艺三元。《左传·襄公三十一年》载：“《大誓》云，民之所欲，天必从之。”不同性质的三元文艺的发生，依的也是这个道理。

从前文可以看出，三元文艺和三元文艺观的存在都是贯穿古今中外的事实。它们是有质的不同的文艺现象，有着各自不同的艺术特征、表现手法和美学追求，因此它们长期对立着、竞争着、消长着。由于人们在不同时期会有不同的精神追求和美学倾向，每个时期仅能倾向于三元中的一种，这便形成了此消彼长、波涌浪翻、交替变化的文艺发展史，内在地适应着不同时期人们的审美需要。所以，三元文艺观的对立性是有积极意义的。我们不能像过去那样只笼统地言文艺，看不到它们各自独立的审美价值，从而使文艺学长期处于笼统粗疏的状态。

我们也应看到，三者其实也有兼容的一面。这种兼容性，首先表现在文艺的三元可以成为一种共时性存在，出现在同一时代、同一作家身上。例如，“唐诗主情”这是文学史公认的事实，但是在这个主导倾向一旁，却存在“佛理诗”的细流；存在诗人杜甫“书时记朝夕”的“诗史”美誉，以及白居易发起的新乐府运动的言史倾向；存在韩愈掀起的古文运动和“文以明道”的言理倾向。而且即使在唐代中晚期，抒情诗仍然大量存在。这说明，文艺的三元在同一时代是可以兼容的，可以是一种共时性的存在。

文艺的三元也可以出现在同一作家的创作中。以杜甫为例，他写过大量的抒情诗，如“两个黄鹂鸣翠柳”；还写过大量的言史诗，如“三吏”“三别”；同时，他还写过相当多的象征诗、哲理诗。其玄味甚浓的《秋野》之二，云：

---

① 郭绍虞：《中国历代文论选》第三册，348页，上海，上海古籍出版社，2001。

易识浮生理，难教一物违。水深鱼极乐，林茂鸟知归。
吾老甘贫病，荣华有是非。秋风吹几杖，不厌此山薇。

这首诗，如果不题谁人之作，人们很难想到它出自杜甫。杜甫还全以议论为诗，如《前出塞九首》之六：“挽弓当自强，用箭当用长。射人先射马，擒贼先擒王。杀人亦有限，立国自有疆。苟能制侵凌，岂在多杀伤。”此诗歌咏了军事及治国之道，立意警策。他还以《病柏》《病橘》《枯棕》《枯柟》，议论兴衰之理，以《凤凰台》《朱凤行》《白凫行》《瘦马行》《古柏行》《义鹘行》等讴歌高洁人格等，这说明文艺的三元，也有共存于一人的可能。

文艺三元的要素，还可以兼容于一篇之内，形成两结合甚至三结合的艺术类型。例如，屈原《离骚》就有抒情因素与象征因素的兼容；汉末《古诗十九首》，又明显是言情与言理的结合；初唐、盛唐之交张若虚的《春江花月夜》，便是一篇言理与抒情交融的名篇，情与理宛若夜月江花，涵混灵动，时空浩渺与人生哲理融为一体。晚唐诗人杜牧又能将情、史、理熔为一炉，写出了许多既有历史感，又有哲理警悟，还有浓郁社稷之忧的抒情佳作。例如，《题宣州开元寺水阁》诗云：

六朝文物草连空，天澹云闲今古同。鸟去鸟来山色里，人歌人哭水声中。
深秋帘幕千家雨，落日楼台一笛风。惆怅无因见范蠡，参差烟树五湖东。

这首诗首联以六朝遗迹没于连天荒草起兴，悟出世事盛衰之道，随闲淡云天渐入哲理：看来朝代的兴衰更替，是不可避免的，历史从来如此。颔联以下则从历史境界、哲理境界回到美丽江南的现实境界。我们要理解它，最好先了解一个典故。《礼记·檀弓下》云：“晋献文子成室，张老曰：‘美哉，轮焉！美哉，奂焉！歌于斯，哭于斯，聚国族于斯。’”而诗人笔下的这片如画江南，正是世代夹溪而居的人们生于斯、长于斯，歌于斯、哭于斯的美轮美奂的社稷热土啊，难道说它的衰落和大唐的命运一样不可避免吗？“人歌人哭水声中”一句又把历史与现实、远古与未来巧妙地勾连起来，形成了强烈的对比与衬托：如画美景反而使诗人的忧虑更为焦灼，天澹云闲的平静却掩盖不了诗人强烈涌动的情怀。所以“惆怅”二字，承上启下，自然引出尾联对范蠡的思念。范蠡辅佐越王勾践二十余年，力挽狂澜，扶江山社稷于既倒，功成后归隐五湖而去。而今这样的人物，要到哪里去寻找呢？此诗无论写景、议论、叙事还是抒情，都与历史、现实紧紧地联系在一起，做到了言史、言理、言情水乳交融般的结合，堪称晚唐一绝。

看来，对文艺的三元现象，我们既要肯定其对立性的一面，又要肯定其兼容性的一面。没有前者，便无法形成“二生三”的格局，每个时代的艺术倾向就无法形成不同的特色，也就无以形成文艺发展的动因；没有后者，便不会有“三生万物”的局面。正是文艺三元的兼容性，加上“两结合”“三结合”的可能性，再加上不同的历史文化语境、不同的艺术个性的影响，才使文艺的“三生万物”、“三”生“万象”的局面得以形成，以应对人类精神需要和审美文化需要的全部丰富性。

第三章　文艺的文化价值和社会作用

文艺作为一种审美文化现象，产生于人的社会活动和审美活动。它陪伴着人类一起生存和发展，自有其他文化不可代替的价值和作用。自文艺产生以来，人类一直利用文艺作用于自身的建构，美化自己的生活。一方面，人不断地通过文艺活动认知社会，感受人生，文艺成了人类的良师益友；另一方面，文艺也积极地适应着人类精神和审美的需要，成为一种艺术化的生存方式，一种诗意栖居的精神家园，成为人类精神文化生活的重要组成部分。这是就文艺的文化价值的主导面和基本面而言的。可是，由于文化的复杂性和人们对文艺作用的误解，自古便有一部分作品背离了文艺的审美性质，对社会进步和人性建构起了相反的作用。所以，本章要讨论的是怎样发挥文艺的正面文化价值和社会作用。

第一节　文艺的正面文化价值

过去的文艺学忽视了文艺的文化性质，看不到文艺作为文化现象的复杂性和价值的多面性，总是天真地以为文艺的价值总是美好的、正面的。孔子在《论语·阳货》中说："小子何莫学夫《诗》？诗可以兴，可以观，可以群，可以怨。迩之事父，远之事君，多识于鸟兽草木之名。"这段话指出了诗歌具有情感感染力，有助于人们认识社会生活、自然风物，沟通情感，抒发怨怒等。这样看来，文艺的文化价值几乎全是正面的。但实际上，孔子在这样说之前，已经完成了对古代诗歌的鉴别整理工作，即学界所谓的"删诗"。① 孔子说："诗三百，一言以蔽之，思无邪。"这便是一种鉴别后的结论。其实，从孔子时代起，人们就认为诗歌的价值是多面的，有的甚至有负面价值。孔子说"郑声

① 关于孔子"删诗"，本书认为确有其事，因为孔安国不会作无根之论。相传在孔子时代，尚有古诗三千余首。经孔子删定的今本《诗经》，仅存三百零五首。这种现象说明，从孔子起，他就认为诗歌的文化价值有多面性。

淫”，主张“放郑声”，就是发现了某些诗歌的负面作用。所以，今天我们在讨论文艺的文化价值时，也应该注意怎样发挥文艺正面的文化价值。

一、文艺是洞察社会人生的镜子

文艺具有审美文化性质，文艺以审美重塑的方式保留着对特定历史文化的诗性记忆。由于这种记忆是以具体的感性形象呈现的，所以，看过清代史书的人并不一定能真正了解清代社会，而看过《红楼梦》的人，则可能对清代社会有更真切更深刻的认识。因此，文艺作品就显示了其他社会科学不可替代的巨大的社会认识作用。这种认识作用主要表现为三个方面。

首先，文艺作为一种对历史的诗性记忆，可以帮助人们更为真切地认识历史的本来面貌。例如，英国 18 世纪现实主义作家菲尔丁在评论塞万提斯的《堂吉诃德》时说：

> 难道记载著名的堂吉诃德的业绩的书，比起甚至像玛利安那（按：文艺复兴时期西班牙神学家、历史学家，著有《西班牙史》）的著作，不是更合乎历史的称号么？玛利安那的历史局限于某一时期、某一国家，而《堂吉诃德》则是一部世界通史，至少可以算是法律、艺术、科学的文明世界的历史，而它的时代则包括从有文明起直至今天。①

菲尔丁这是从文学艺术所承载的历史文化信息的广泛性上肯定了《堂吉诃德》的历史认识价值。玛利安那只写了西班牙文艺复兴时期的历史，《堂吉诃德》却是西班牙人的心灵史和西方人的文化史。再如，我们读唐代史书，只能抽象地知道安史之乱给人民造成了巨大的灾难，使社会生产力受到严重的破坏等，远远没有杜甫的诗歌留给我们的记忆真切。在“三吏”“三别”里，我们可以看到人民为平息叛乱所付出的巨大代价。杜甫亲历了新安、潼关、石壕三县，目睹了因征兵而造成的新婚而别、垂老而别的种种惨剧。他以诗歌的形式，为从河南到陕西的广大地域留下了一组详细而真切的社会画卷。其中，尤以《无家别》最为悲凉：一位败阵而归的士兵，面对长满蒿藜、只有狐狸出没的家园，只好作无家之别，从此成为无家可归的流民。这是怎样的痛苦与无奈啊！

---

① 中国社科院外国文学研究所外国文学研究资料丛刊编辑委员会：《欧美古典作家论现实主义和浪漫主义》(一)，240 页，北京，中国社会科学出版社，1980。

而在这种社会性的灾难面前，诗人自己也未能幸免。当他自京城回到奉先县家中时，人间悲惨的一幕发生了：

入门闻号咷，幼子饥已卒；
我宁舍一哀，里巷亦呜咽。
所愧为人父，无食致夭折！①

杜甫身为朝廷官员，享受着“生常免租税，名不隶征伐”的特权，但是在安史之乱的浩劫中，连小儿子也被饿死了。通过这种惨绝人寰和刻骨铭心的体验，唐代这一时期的历史被真实地定格在杜甫的“史诗”中，并作为一种无可替代的精神遗产，强化着后人对唐代的认识。

其次，文艺作品还可以提高和加深人们对现存社会本质的理解和认识。马克思在评价英国批判现实主义作家时说：“现代英国的一批杰出的小说家，他们在自己的卓越的、描写生动的书籍中向世界揭示的政治和社会的真理，比一切职业的政客、政论家和道德家加在一起所揭示的还要多。”② 不仅现实主义经典可以达到这样的思想深度，即使是浪漫主义、现代主义作品，也具有这样的认识作用。

《西游记》以童趣、游戏和魔幻的浪漫风格赢得了读者的赞赏，但作者吴承恩还是埋怨读者不解其意。他在《禹鼎志序》中辩解说：“虽然吾书名为志怪，盖不专明鬼，时纪人间变异，亦微有鉴戒寓焉。”意思是说，他其实也是在写历史，并且对现实社会有独到的认识。《西游记》的确对明代历史与中国古代社会有深刻的理解，根据学者胡光舟的分析，取经路上作恶多端的妖魔鬼怪，大部分都与上层社会的神仙有着千丝万缕的联系。西天路上的妖魔可以归纳为这样几类：一是天宫神仙下凡或“修成正果”的，如黄袍怪、红孩儿等；二是天宫神佛走失的坐骑、侍从，这种情况占有相当大的比重，如太上老君的青牛、弥勒佛门下的童子、观音坐下的青毛吼、月宫里的玉兔等；三是神佛有意放纵的坐骑、侍从，如文殊菩萨的坐骑青毛兽，莲花洞金角、银角大王等；四是与天宫神佛有亲戚瓜葛的，如东海龙王的外甥，如来佛的舅舅，托塔李天王的义女，以及观音莲花池中的金鱼、供桌上养肥的老鼠等。除去这些，才是

① （唐）李白、杜甫：《李杜诗选》，苏仲翔选注，199页，上海，古典文学出版社，1957。

② 《马克思恩格斯全集》第10卷，686页，北京，人民出版社，1957。

那些称霸一方，与上层社会没有直接联系的“土妖怪”，如牛魔王、蜘蛛精、蜈蚣精等。① 也就是说，吴承恩笔下的社会结构分明是一个“官方社会＋黑社会＋地痞恶霸”的社会结构，其鲜明的特色在于官方社会与黑社会的勾结。吴承恩对中国封建社会结构的分析真是鞭辟入里，具有惊人的历史穿透力，而《西游记》无疑可以提高人们对中国封建社会的本质的认识。

现代派文艺更有着振聋发聩、石破天惊的发现。卡夫卡的小说《变形记》揭露了现代资本主义社会人的普遍异化的悲剧命运，人已经变成了非人；贝克特的戏剧《等待戈多》目的在于将把西方现代社会的荒诞真相昭示人间，指出人们不能再对它再抱有任何希望。

最后，文艺还有广泛的文化认知价值。人类生活在他自己创造的文化之中，但是，每个个体生命的历程和接触的文化因素总是有限的，与文化内涵的丰富性和复杂性相比，简直就是涓涓细流之于浩瀚大海。因此，人们特别想知道自己的职业、学养、见闻、眼界之外的文化世界。那么，有没有能够满足人类这种精神需要的文化形式呢？有的，这就是文艺作为审美文化的特殊价值与功能。只有全息式承载文化全部内涵的审美文化，或者说只有对社会生活做百科全书式反映的文艺作品，才具有满足人类这种全面求知需求的功能。例如，《红楼梦》所涉及的文化信息是非常广泛的，护花主人这样评介道：

> 一部书中，翰墨则诗词歌赋，制艺尺牍，爰书戏曲，以及对联匾额，酒令灯谜，说书笑话，无所不精。技艺则琴棋书画，医卜星相，及匠作构造，栽种花果，蓄养禽鸟，针幞烹调，巨细无遗。人物则方正阴邪，贞淫顽善，节烈豪侠，刚强懦弱，及前代女将，外洋诗人，仙佛鬼怪，尼僧女道，娼妓优伶，黠奴豪仆，盗贼邪魔，醉汉无赖，色色皆有。事迹则繁华筵宴，奢纵宣淫，操守贪廉，宫闱仪制，庆吊盛衰，判狱靖寇，以及讽经设坛，贸易钻营，事事皆全。甚至寿终夭折，暴亡病故，丹戕药误，及自刎被杀，投河跳井，悬梁受逼，并吞金服药，撞阶脱精等事，亦件件俱有，可谓包罗万象，囊括无遗。②

护花主人介绍《红楼梦》的题材内容可谓“包罗万象，囊括无遗”，而这就是

---

① 参见胡光舟：《吴承恩和西游记》，77～78页，上海，上海古籍出版社，1980。

② 曾祖荫、黄清泉、周伟民、王先霈：《中国小说历代序跋选注》，229页，武汉，长江文艺出版社，1982。

文学作为审美文化对人类文化的全息式承载。所以，人们阅读《红楼梦》所开的眼界，可以打一个不那么恰当的比方——犹如刘姥姥游历荣国府：真是乱花迷眼，琳琅满目，一切都新鲜，一切都惊异，一切都见所未见、闻所未闻。文学艺术所提供的社会文化信息，是感性具体的、斑斓多彩的、丰富全面的。它所具有的认识价值的全息性，是没有哪一种意识形态或者文化形态可以比肩的。所以，我们说它是洞察社会人生真实的一面镜子。

这样，文艺作品自然也起到了传承历史文化的作用。今天我们对中国传统文化的认知，除了代代相传保存下来的大量实物以及不断出土的文物外，最有价值的资料就是历史文献和文艺典籍了。中国源远流长的文化往往通过文艺典籍得以鲜活的展现，这也是其他意识形态无法办到的。

二、文艺是人生的良师益友

苏联美学家卡冈认为，艺术是教育人的强有力的手段。它的作用并不在于呈现某种道德的或政治的箴言，也不在于宣讲什么是好，什么是坏。它并也不借助逻辑说服和直观实例的证明，而是借助审美地扩大人们的生活经验和人生体验的方式去感动人，教育人。① 文艺完全没有其他意识形态耳提面命的生硬性，而是寓教于乐，不知不觉，所谓“春风化雨，润物无声”是也。所以文艺诚可谓人生的良师益友。它总是能够从整体上去建设和改造人的灵魂，促成人们政治信念、道德境界、文化格调、人生态度、人格意志和性格禀赋等全面的改变，向更高的境界提升，最终化为实际行为，作用于社会。对于文艺的这种全面而深远的教育作用，我们在这里仅仅讨论几个关键的方面。

首先，文艺可以帮助人们叩问生存的意义。人为什么要活着，怎样才能脱离动物境界，成为一个真正意义上的人？什么是幸福，幸福与人的生命究竟有什么关系？什么是爱情，什么样的爱情才算高尚与华美？个人与家庭、国家究竟是什么关系？等等。这些问题都牵涉对生存意义的叩问，文艺作品已经把这些抽象的问题变成了联系着书中每个人的生命活动的具体过程。于是，作品中的艺术世界，便成了照彻心灵的镜子，拷问灵魂的场所。所以，卡冈又说：“艺术就像一面魔镜，每一个人从中不仅可以看到臆想出来的另一个人，还能在这个虚构的人的身上看到真正的自我，看到出自自己身上的许多非常深刻和

① 参见［苏］莫·卡冈：《卡冈美学教程》，257页，北京，北京大学出版社，1990。

重要的东西。”① 其实，这里所说的看到自己身上“许多非常深刻和重要的东西”，便是读者或观众在这“魔镜”面前拷问灵魂的结果：它很有可能就是已经激发的对生命的高尚价值的自觉追求，对崇高幸福观、文明爱情观的向往，以及由此唤醒的作为一个“人”对家庭的那份责任，对社会的那份义务和对国家、民族的那份义不容辞的担当。

总之，只要你接受了某种优秀的文艺作品的熏陶，你的灵魂便有可能得到净化，你的道德人格境界便有可能得到提升，并由此开始一种新的生活。例如，奥斯特洛夫斯基的小说《钢铁是怎样炼成的》就是一部影响广泛的作品。据说，有个小偷偷到了一个手提箱，里面就有这本小说。不想小偷被小说情节和人物迷住了，并为之深深感动，觉得自己的行为太卑劣，于是写信给作者，决心重做新人。在卫国战争中，这部小说又成了苏联广大红军战士战胜敌人的精神力量，许多战士甚至会在战壕里读这本书，博物馆也由此收集了许多带血的残卷。这些残卷被中国保尔式的英雄兼作家吴运铎记录了下来，他写道：

> 玻璃书柜里，放着《钢铁是怎样炼成的》各种文字的译本，也有由前线送来的一些《钢铁是怎样炼成的》。这些书有的被炮火烧焦了封面和书页，有的被枪弹打穿了，上面还染着战士的血渍。英勇的红军战士们带着这心爱的书去打仗，他们在炮火横飞的战场上，常常高喊着“保尔”的名字冲锋。临别，我在博物馆的纪念册上写着：“保尔·柯察金，您给我们中国人民无穷的勇气和力量，使我们战胜了一切困难和一切敌人。”②

这段文字保留了多层真实。其中，吴运铎在纪念册上的留言更是吴运铎的真实感受和他所经历的那段历史特有的真实。吴运铎本人就是那个时代千千万万个在保尔·柯察金的英雄形象影响和鼓舞下成长起来的典型人物，他的英雄事迹和他所写的自传体报告文学《把一切献给党》，在某种意义上便是奥斯特洛夫斯基和《钢铁是怎样炼成的》的“中国版”。那种由信仰与文艺共同构筑的道德与人格的高峰，至今令人高山仰止。

其次，文艺可以帮助调整人与人、人与社会之间的关系。凡是优秀的文艺作品，总是在张扬着某种符合人性发展的社会制度，某种平等、仁爱的人际关

---

① ［苏］莫·卡冈：《卡冈美学教程》，254页，北京，北京大学出版社，1990。

② 龙协涛：《艺苑趣谈录》，45页，北京，北京大学出版社，1984。

系；而对于那种腐朽封建、愚昧落后的社会制度，那些不平等的残酷冷漠的人际关系的揭露，则能帮助人们超越自己阶级文化的局限，有所调整，有所选择，有所干预。

例如，在封建社会里，人们之间的关系是等级森严的。特别是在封建社会中，更要加上一层奴隶制的阴影。在《红楼梦》里，贾宝玉与众丫鬟之间的关系本应是奴才与主子之间的关系，曹雪芹却想对这种人与人之间的不平等关系有所冲击。例如，第三十一回有晴雯撕扇子的情节，十分有趣。一天正赶上宝玉不高兴，晴雯失手把一把扇子跌坏了。宝玉就要起脾气，骂晴雯“蠢才”。晴雯虽然是丫鬟，但并不满意宝玉在自己面前要“二爷”的脾气，“给脸子瞧”，说：“先时连那么样的玻璃缸、玛瑙碗不知弄坏了多少，也没见个大气儿。”后来宝玉也觉得自己对不住晴雯，便叫晴雯去端果子吃，以缓和矛盾。晴雯却借机抗命，旧话重提，说自己莽撞得很，跌坏扇子已经不得了，“倘或再打破盘子，还更了不得呢”。宝玉也借机转环，说“你爱打就打”，“你要把扇子撕着玩也可以使得”，只是别再生气。不想晴雯当真一把一把地撕起扇子来，宝玉在旁“大笑”，还夸晴雯：“响的好，再撕响些。”① 这一幕虽然是少男少女的“恶作剧”，但是却不能就表面现象而论。在这里，一个丫鬟实现了她的人格平等的理想，舒展了一个被压抑的青春少女自由不屈的个性，分外娇艳可爱；同时也表现出宝玉这个多情公子性格中可贵的一面，即对人的平等。当然，这也是曹雪芹进步的社会理想和热爱下层人民可贵倾向的表现。同样的道理，当年很多人读完巴金的小说《家》，便认清了封建社会的本质，打破了对封建家庭的幻想，背离了旧家庭，走向了新生活。因此，文艺的社会教育作用是不能低估的。

再次，文艺还能够帮助人们调整人与自然的关系。人与自然的关系，也是关乎人类生存的根本关系。中国文化强调人与自然的和谐，《庄子·天下》云：“泛爱万物，天地一体也。”所以，中国文艺的主要形式诗与画都把天人合一的境界视为最高艺术境界。魏晋六朝时出现寄情山水的审美生存方式，“泉林膏肓，烟霞痼疾”成为审美时尚。到了宋代，绘画又攀上山水画的高峰。这都是世界艺术史上的罕见现象。当然，中国人对自然的喜爱，这种民族性格的形成，也是文学艺术长期熏陶的结果。与中国“不敖倪于万物”（庄子语）相反，西方文化认为人是万物的灵长，偏要傲倪于万物，贪婪地向自然索取，向自然

---

① 参见（清）曹雪芹、高鹗：《红楼梦》，430～435页，北京，人民文学出版社，1982。

开战。这种文化逻辑，一方面加速了西方资本主义工业化和全球化的进程，另一方面则促使西方借助殖民主义在全世界进行掠夺，造成了全球性工业污染和生态环境的破坏，已经从根本上危及人类的生存。而早在19世纪中叶，美国作家梅尔维尔就以他的长篇小说《白鲸》对人类发出警告：如果人类再像美国捕鲸业这样，如此贪得无厌地向自然索取，实行物种灭绝主义，那么，人类未来的命运也将像偏执的船长埃哈伯及其捕鲸船全体船员一样，与白鲸莫比·迪克同归于尽。从象征的意义上说，人类也将与被他百般糟蹋的地球同归于尽。不想20世纪中后期以来，绿色环保理念真成了人类的共识，这其中自然有无数艺术家竭力沟通人与自然关系的一份功劳。

最后，由于文艺张扬着审美理想，承载着审美文化的全部信息，因此，它还有着怡情冶性的审美教育作用。审美能力是人的一种文化素养，并不具有先天遗传的性质，只能在一定的社会文化的熏陶中得以培养和提高。文学艺术作为人类审美文化、审美经验和审美才能的集中体现，自然是向每位社会成员进行美育的最好的教材。刘勰在《文心雕龙·知音》中说“凡操千曲而后晓音，观千剑而后识器”，说的就是文艺作品对人类审美能力培养的重要性。人类在文艺作品和其他审美活动的熏陶下，才逐渐形成了能够感受音乐美的耳朵，能够观赏形式美的眼睛，积累了丰富的审美经验，懂得了按照美的规律来建造，全面地发展了自身的审美创造能力。于是，“人的手才达到这样的高度完善……仿佛凭着魔力似的产生了拉斐尔的绘画、托尔瓦德森的雕刻以及帕格尼尼的音乐”①。应当承认，人类之所以能把自己的审美能力发展到如此辉煌的地步，美和艺术形式能够如此广泛地参与到人类社会生活的方方面面，提高着人的生活质量，升华着人的生存境界，文艺的审美教育功能是不可低估的。

三、文艺是人类诗意栖居的精神家园

德国哲学家海德格尔非常推崇诗人荷尔德林的诗句“诗意地栖居在大地上”，他认为人的本质是诗意的，因此人总是在追求“诗意地栖居”的生活。但是，由于生产力的发展还有重重限制，社会制度更未尽如人意，现实生活对于大多数人来说总是十分艰辛的，有时甚至是不公平的，有许多让人愤怒、痛苦和忧伤的地方。因此，人类的诗意本质便创造了审美文化与文学艺术这种生

① 《马克思恩格斯选集》第3卷，510页，北京，人民出版社，1995。

活方式，让自己得到愉快和休息，以纾解烦忧，获得心灵的慰藉，恢复体力与精力，然后再精神饱满地投入现实的劳作与奋斗。这样，文艺便成了人类诗意栖息的精神家园，一种不可或缺的生存方式。对于文艺这种精神家园的功能，我们大约可以从两个层次上去理解。

首先，文艺可以给人愉快与休息。鲁迅在论述小品文的功能时，认为小品文除具有一般的社会作用外，“也能给人愉快和休息”，又说“它给人的愉快是休息和修养”。① 其实，不仅小品文，整个文艺都有这种特殊的社会功能，即通过它的愉快与休息功能实现对人的慰藉和精神补偿。因此，文艺才是真正意义上的精神家园。必须说明的是，文艺给人的“愉快”是一种“快适”，一种适度的快乐。一方面，它不是自然情感运作的结果，而是艺术情感陶冶的结果；另一方面，它又与人格道德境界中的崇高、至善和优雅等元素相结合，所以鲁迅说这种“愉快”是“休息和修养”。明乎此，我们也就明白了文艺给人的愉快和休息是与打一盘桥牌、玩一圈麻将、坐一次过山车、看一场篮球赛所获得的快乐完全不同的。因为，后者都是在自然情感中获得的快乐，它们往往是耗费体力和精力的，甚至是惊吓无度的、欢乐至死的，根本谈不上“休息”，更别说“修养”了。由于艺术情感与自然情感完全是两回事②，所以只有文艺才能称得上是人类的精神家园。

但是浮躁的现代舆论将这个问题搅和得混乱不堪，澳大利亚人鲁伯特·默多克宣称：传媒时代的革命，是全球性“文化娱乐化”时代的到来，“让我们娱乐至死吧！”于是，在商业利益的驱动下，整个世界变成一个狂欢的大舞台。在这种语境与逻辑氛围中，文学艺术的娱乐化似乎不可避免。一些作者出于商业的目的，将消费性和娱乐性作为自己创作的追求。从对“性描写”的迷恋到“暴露癖”的自我表现，从“美女作家”到“美男作家”，他们为了取悦公众，不惜将自己的作品和身体变成娱乐的工具。这种下作的媚俗，显然是对文艺精神家园性质的背离与亵渎。

其次，文艺作为人的精神家园，它是一种“诗意的栖居”。所谓“诗意的栖居”，就是艺术地和审美地陶醉其中，憩息其中，而忘记了现实世界的一切，成为一种审美性、超越性的栖息与生存。其中，坚守“诗意的”是保持文艺的精神家园性质的关键。如果文艺不能将自然情感升华为艺术情感，不能将普通

---

① 鲁迅：《南腔北调集》，168页，北京，人民文学出版社，2006。

② 关于自然情感与艺术情感区别，本书还将在后文进一步加以阐述，这里暂时从略。

的快乐升华为审美愉悦，没有审美理想的制导与释放，一句话，没有审美升华，那么按照康德的尺度，就与动物还没有划清界限。可以肯定，即使文艺能带来“愉快”，也是一种由“诗意”和“审美”提供的愉悦。用娱乐文化的指挥棒命令文艺向它看齐，文艺是绝难从命的，因为文艺是审美文化，而不是娱乐文化。娱乐文化只求快乐和刺激，审美原则对它来说是可有可无的。因此，在娱乐文化企图绑架文艺的时代，坚持文艺“诗意的栖居”，绝不当市场的奴隶，便成了我们坚守自己精神家园的最后一道防线，也是文艺能否坚持正面文化价值的最起码的底线，否则，文艺就失去了它存在的价值和意义。所以，每一个文艺工作者都应为文艺的健康生存与发展而努力。

第二节　文艺与社会主义精神文化建设

目前，我们正处于中华崛起与民族复兴的伟大征程中，政治文明、经济发展、文化建设三者缺一不可，需要协调发展。在文化建设中，文艺是一个重要的方面，承担着建设社会主义文化的重任。马克思说过：“理论在一个国家的实现程度，总是决定于理论满足于这个国家的需要的程度。”① 我们民族的复兴，如果仅靠强大的物质力量，而没有先进文化的积极引领，没有民族精神力量的不断增强，也不可能屹立于世界民族之林。所以，习近平说：“古往今来，中华民族之所以在世界上有地位、有影响，不是靠穷兵黩武，不是靠对外扩张，而是靠中华文化的强大感召力和吸引力。”②

一、伟大时代对文艺提出的基本要求

我们正处在伟大的民族复兴的时代，或者说已经处于离民族的辉煌复兴很近的一个时期。文艺此时自然要做出自己无愧于时代的贡献，而时代也对文艺提出了基本要求。在怎样发展和繁荣文艺事业方面，我们已经积累了许多成功的经验。例如，在繁荣文艺的同时，我们要清醒地认识到文艺作为审美意识形态的特殊性。过去仅仅强调文艺为政治服务，是把文艺的审美文化的功能单一化、狭隘化了。所以新时期以来，文艺政策拨乱反正，提出了文艺为人民服务、为社会主义服务的“二为”方向，使我国文艺走上了正常的发展轨道。近

---

① 《马克思恩格斯选集》第1卷，11页，北京，人民出版社，1995。

② 《习近平总书记重要讲话文章选编》，182～183页，北京，中央文献出版社，2016。

年，这个“根本方向”再次得到强调：

> 文艺要反映好人民心声，就要坚持为人民服务、为社会主义服务这个根本方向。这是党对文艺战线提出的一项基本要求，也是决定我国文艺事业前途命运的关键。只有牢固树立马克思主义文艺观，真正做到了以人民为中心，文艺才能发挥最大正能量。以人民为中心，就是要把满足人民精神文化需求作为文艺和文艺工作的出发点和落脚点，把人民作为文艺表现的主体，把人民作为文艺审美的鉴赏家和评判者，把为人民服务作为文艺工作者的天职。①

坚持文艺为人民服务、为社会主义服务的根本方向，这是决定我国文艺事业前途命运的关键性大事。

首先，“文艺为人民服务”，就要求文艺工作要“真正做到以人民为中心”，把满足人民的精神文化需要作为文艺工作的“出发点和落脚点”，即把人民当作文艺创作表现的主体，尊重“人民”这个最大的鉴赏家和批评家，以他们的喜好为追求，以他们的满意为荣耀。这就对文艺工作者提出了严格的要求。文艺工作者应当永远扎根人民，从人民的需要出发。邓小平在 1979 年召开的第四次全国文学艺术工作者代表大会上就已明确指出：

> 人民是文艺工作者的母亲。一切进步文艺工作者的艺术生命，就在于他们同人民之间的血肉联系。忘记、忽略或是割断这种联系，艺术生命就会枯竭。人民需要艺术，艺术更需要人民。自觉地在人民的生活中汲取题材、主题、情节、语言、诗情和画意，用人民创造历史的奋发精神来哺育自己，这就是我们社会主义文艺事业兴旺发达的根本道路。②

邓小平的讲话明确了我国文艺为人民服务的创作宗旨。让文艺回归人民，这既体现了社会主义文艺的发展要求，也遵循了文艺自身的发展规律。因为历史是人民创造的，人民既是历史舞台上的演员，也是台下的观众。在整个国家和民族都“以人为本”的时候，文艺自然概莫能外。

---

① 《习近平总书记重要讲话文章选编》，191 页，北京，中央文献出版社，2016。

② 《邓小平论文艺》，8 页，北京，人民文学出版社，1989。

其次，文艺要“为社会主义服务”。我们正在凝聚中国力量，弘扬中国精神。“中国精神”，就是“社会主义的灵魂”。由于中国精神的核心是爱国主义，因此，“爱国主义就是社会主义文艺应当时时唱响的主旋律”。“文艺为社会主义服务”，首先就是要抓住这样的基点，去“讴歌奋斗人生，刻画最美人物，坚定人们对美好生活的憧憬和信心”①。

人民和社会主义全面小康社会对精神文化的需要是多方面的，是丰富多彩的，因此，在唱响主旋律的同时，文艺作品还要做到多样化，以满足人民日益丰富多彩的精神需求。但是，不论是“唱响主旋律”的作品，还是“多样化”的作品，都应当“发挥最大正能量”。所谓“正能量”，指的就是精神文化的正面价值，即符合真善美要求的文化价值，包括那些能够给人愉快和休息的有益无害的因素。这是对文化“正能量”最为宽泛的概括与表述，也是文艺工作必须强调和坚守的文化价值的红线。

二、确保文艺实现正面价值的三大原则

要文艺充分发挥正面的精神文化价值，充分发挥正能量，这并不是一条简单的规定、一个号召就能办到的，我们还必须从理论上，从艺术规律上解决问题。人类在长期的艺术实践和理论探索中发现并逐渐明确了艺术活动的三大原则，即审美升华原则、人文关怀原则和历史理性原则。只有尊重这三大原则，按照三大原则办事，才能使文艺充分地发挥出它的正能量。一般来说，不管是什么形式的文艺创作，也不管它是言情、言理还是言史的，其精神文化价值和社会作用都必须立足于真善美的要求，贯彻文艺创作与批评的审美升华原则、人文关怀原则和历史理性原则。审美升华，是文艺特性的本体要求；人文关怀，是文艺的道德律令和社会责任的出发点和归宿；历史理性，是文艺应有的正面品格和是非态度。这三大原则，从三个侧面制约着文艺，表现着文艺存在的历史合理性。它们不仅体现了文艺创作与批评体系建构的学理需要，同时也是实现我们伟大时代的精神文化建设和繁荣社会主义文学艺术的保证。

所谓“审美升华原则”，即认为文学艺术表现的情感的、认识的、道德的、政治的等文化价值，是交融于、渗透于和蕴含于艺术的诗意的“肌理”中，在审美的形式中实现的。这是艺术本体生成的前提性条件。没有诗意与审美，作品也就不能被称为文艺的了，所以它是文艺的本体性要求。

---

① 《中共中央关于繁荣发展社会主义文艺的意见》，载《光明日报》，2015-10-20。

我们需要指出两点。其一，审美升华是要将文学艺术带给人们的快乐，升华到审美层次，而反对某些作品仅仅以快乐为目的。因为快乐可以表现为两种形式，即精神的愉悦和感官的快适。在康德看来，感官的快适固然是必需的，但是若把人的享受都视为感官的，那就是对人的一种降格和丑化。某些人的创作，仅仅以凶杀恐怖、惊险刺激、色情宣泄为噱头，力求煽起人的动物性情感和欲望，而放弃了审美升华原则，那就算不得艺术了。这样的东西自然只能起到负面作用，毫无正能量可言。

其二，在追求精神愉悦的同时，我们也不能让审美升华中途止步，即不能让文学艺术所追求的美仅仅停留在对形式美的追求上，停留在审美的浅表层次上；还应当追求更内在的、更具有深度价值的美，即将美与真、善的因素联系起来，竭力呈现出黑格尔所说的“灵魂的深度”和“历史的真实”，使美向更高的境界升华。这才算真正坚持了审美升华原则。例如，当陶渊明写到“采菊东篱下，悠然见南山。山气日夕佳，飞鸟相与还”时，人们还只能理解到诗人笔下山色天光的美好和环境的宜人；而当他继续写“此中有真意，欲辨已忘言”时，便将自然美与人格美联系了起来。原来，这是借自然美写出了诗人心灵自由的高境界：那般的平静，那般的闲适，那般的超越，人淡如菊，心灵又如飞鸟般自由。这种高尚心境恰恰是对奔走于“车马喧”中的碌碌之辈的否定。这种否定可以引人思索，陷入灵魂的拷问：人生的意义究竟是什么，为什么一定要为五斗米折腰呢？而这正是诗人与诗篇审美升华所达到的层次与效果。

审美升华原则是文艺存在的条件和衡量艺术质量的标志。有了这个原则，文学艺术才能避免低俗化与媚俗化的倾向，才能健康发展，满足人们诗意栖居的需要。

所谓“人文关怀原则”，是要求文艺要站在进步的人性和人道的立场上，对人的生命状况和生存质量做深度的关怀。凡古今中外优秀文艺的创作，无不通过对人生存处境的艺术再现，表达了对人性及人类命运的思考，体现出人道主义和人文关怀的品格，从而使作品具有穿越时空的力量。因此，人文关怀是文艺价值理论中的基本命题。

就其内涵而言，人文关怀又可以分为现实关怀和终极关怀两个层次。所谓“现实关怀”，一般表现为对现实人生尤其是下层人民命运的关切，如对民族命运的担忧，对下层人民的同情，对社会不公的抗议，对社会黑暗陈腐势力的揭露、鞭笞，对现存秩序的怀疑、批判等。从屈原的“哀民生之多艰”，到杜甫的“穷年忧黎元，叹息肠内热”，再到鲁迅发出的“救救孩子”的呐喊，我们一直有着光辉的现实关怀的传统。

所谓“终极关怀”，是文艺对“人是什么”“我从哪里来”“我到哪里去”“我现在怎样”“我希望什么”等问题的拷问，即对人生意义具有哲学意味的思考与追问。中华文化与文艺，在这方面也有悠久的传统。《古诗十九首》中的“人生不满百，常怀千岁忧”，就是一种人文关怀的态度。从《礼记》中，我们已经可以看出中华文化超越动物境界的努力。孟子曾为人应超越动物境界发出呼喊。庄子倡导天人合一，以超越凡俗境界，获得自由。魏晋玄言诗是中国第一个以终极关怀为旨归的文学思潮，其主要议题便是人怎样才能活得像个人。陶渊明实践了自己理想的生活方式，探求了人生真意，为人们树立了诗意栖居的典范。在唐代，诗人以更为昂扬开放的心态，写出许多有着终极关怀的十分大气的作品。张若虚的《春江花月夜》，以“江畔何人初见月，江月何年初照人”的疑问拓展了诗篇思想深度，拉开了唐诗辉煌的序幕。而李白以他那唱彻洪荒的《日出入行》，引领了盛唐诗歌的潮头。其诗云：

> 日出东方隈，似从地底来。历天又入海，六龙所舍安在哉？其始与终古不息，人非元气安得与之久裴徊？草不谢荣于春风，木不怨落于秋天。谁挥鞭策驱四运？万物兴歇皆自然！羲和羲和，汝奚汩没于荒淫之波？鲁阳何德，驻景挥戈？逆道违天，矫诬实多。吾将囊括大块，浩然与溟涬同科。

比屈原的《天问》前进一步，对古代神话留下的关于宇宙人生的一切结论，李白统统不相信。他以“万物兴歇皆自然”的明确态度否定了“逆道违天”的“矫诬”之词，表现了那个时代中华民族豪迈的胸怀和磅礴的气势，唱出了一曲乐观昂扬的“终极关怀”之歌。这说明中华民族对文艺的“终极关怀”原则并不陌生。

进入20世纪，西方许多睿智的思想家和文艺家发现，西方民主文化与工业文明，西方资本主义制度及其殖民主义、霸权主义，虽然加速了人类社会现代化的进程，但是已经给自然和人类带来极度危险的恶果，如人的异化、生态破坏、严重的经济危机等。作家、艺术家产生了空前的文化焦虑。这种焦虑往往表现在“终极关怀”上，而且，凡是有世界声誉的文艺家，总是能站在人性和人道的立场上，对人类和世界的未来做出富于终极关怀的呐喊。例如，卡夫卡以《变形记》对商品社会和人的异化提出了抗议，贝克特通过《等待戈多》发出了人的“希望在哪里”的呼喊，艾略特以诗歌揭露了现存世界的“荒原”性。

不过，现实关怀与终极关怀两个方面都属于人文关怀，作家艺术家在写什么与怎么写上享有完全的自由。新时期以来，在后现代主义和西方颓废思潮的影响下，文艺界也出现了思想混乱的现象：崇高被解构了，英雄被消解了，人民性的传统被颠覆了，人文关怀严重缺失。所以，我们急切地呼唤文艺创作能够担起人文关怀的重任。

文艺还要坚持历史理性原则。这就要求作家艺术家对历史事件和现实题材具有理性的眼光和清醒的态度。第一，作家要有洞察秋毫的慧眼，认清历史真实，要能够透过重重生活假象，发现现实关系的真面貌，如实地将它表现出来。所以，历史理性就意味着作品要坚持历史真实性。第二，作家应严格尊重历史自身的逻辑，不能以自己的倾向、理想和幻想冒充历史的逻辑。这就意味着历史理性是一种尊重历史客观性的态度。第三，作家要有“众人皆醉我独醒”的大智大勇，坚守文学家的历史责任和人道情怀。作家要理智地排除某些意识形态的干扰，在现实和历史面前，通过作品表明自己的立场和倾向。这就意味着作家、艺术家要有坚持真理的勇气。

这些都要求作家既要深入实际，又要宏观把握，即更善于从总体上、从历史发展的进步性上、从人性和人民的立场上分清是非。这就有赖于马克思历史唯物主义历史观的指导。例如，对于苏联卫国战争和斯大林的评价问题，就不能像赫鲁晓夫们那样失去历史理性。如果不能从这场战争和这个人在第二次世界大战的大局和对人类命运做出的贡献出发去评价这段历史和这位历史人物，就丧失了历史理性，颠倒了是非，其后果甚至震惊世界，足以促使我们深刻反省。再如，对于历史上的农民起义的基本态度问题，施耐庵和吴承恩都能站到人民的立场上加以肯定，这显示了他们的历史理性和人民性的立场。但是，现在有人竟然说《水浒传》充满流氓气和痞子气，是危害中国世道人心的坏书。再如，曹雪芹都能将所谓的“康乾盛世”内里腐烂空虚的本质和大厦将倾的历史命运看得一清二楚，今天我们的一些作者却把这些有着十足的奴隶主派头的皇帝描写为顶天立地的圣君。这种在清宫档案面前完全失去历史理性，没有一点历史发展观念和社会制度优劣意识的做法，应当引起思考。这也足以看出，历史理性对文艺创作和文艺批评是何等重要。

马克思曾说，在现实性上，人是一切社会关系的总和。过去仅从经济的政治的关系看人与社会，是很难穷尽人的社会生活所涉及的广泛领域的，也是很难穷尽人的精神世界的全部复杂性的。如果从文化诗学的角度来看，马克思所谓的“总和”，就是最广义的“文化”。人作为一定文化的产物，他的命运实际上是受由一定社会的文化结构所造成的“文化语境”的制约的。作家和批评家只有以清醒的历史理性将人类生存其中的文化语境真实地揭示出来，特别是将这种文化语境形成的特殊的文化关系揭示出来，才能破译人物命运的密码，创作出真正体现历史真实的文艺作品。

总之，人类文艺活动的三大原则缺一不可。只有在创作与批评中认真贯彻这三大原则，文艺才能充分发挥正能量，才能保证社会主义文艺事业全面繁荣，才能出大作品，出大艺术家。

三、文艺家的社会责任感

文艺要为人民、为社会主义服务，充分发挥正能量，还有一个最为关键的因素，便是文艺家应当具有自觉而真诚的社会责任感。没有这个关键因素做保障，上述种种都是空话。文艺作为审美文化，具有审美意识形态性质的规定性。尤其是在社会主义中国，它的审美意识形态性更为鲜明。我们不仅要求文艺在精神文明建设中充分发挥正能量，还认为文艺家应当成为“人类灵魂的工程师”，因此德艺双馨的艺术家就特别受到尊重。这不能简单地理解为一种政策规定，其实是对艺术规律的尊重。

康德曾提出一个著名的命题：“美是道德的象征。”其中一层主要的意思，是说审美与道德有关。德国古典美学认为，道德律令是人类实现精神自由（审美活动最高境界）的必要条件。文艺作为艺术美的创造与欣赏活动，是必须在高尚的道德境界里进行的。只有高尚的道德境界，才能帮助人们超越物质利益的羁绊，摆脱动物欲望的干扰，达到康德所说的“无目的的合目的性”的审美自由境界。因此，人类的文艺活动，必须在高尚的道德境界中进行，这是美学的一般原理。

中国自古就有“道德文章”和“诗品即人品”的说法，与德国美学家所见略同。① 同时，《庄子》里还有一种“无用之用”的说法。《庄子·人间世》里

---

① 应当说，“诗品即人品”的说法在大多数文艺家那里都是基本正确的。因此，我们在这里是就它对“大多数”文艺家的普适性而言的。由于艺术个性与生活个性的不同，在有双重人格的文艺家那里，诗品和人品可能并不统一，如钱钟书指出的东晋诗人潘安，但是不能以个别的事例完全否定这一概括的普遍性。

说有一棵大栎树，木质很差，根本不能做任何东西。做船会沉，做棺材腐烂快，做器物会折毁，做门窗会流污液，做房梁会虫蛀，总之百无一用。但也正因为无用，它能够逃过被砍伐的命运，长得无比高大，枝繁叶茂，被人们视为神圣之物。庄子评价说："人皆知有用之为用，却不知无用之用也。"要理解这则寓言，还应当与《庄子·逍遥游》里大樗树的故事结合起来。这棵樗树独立不移，高大无比，其下可荫数千牛。但其主干木瘤盘结而不合绳墨，枝条弯曲而不合规矩，所以，它长期长在路旁，被木匠无视。惠子指着这棵树嘲笑庄子，说他的言论就像这棵树一样"大而无用"，庄子回答说："今子有大树，患其无用，何不树之于无何有之乡，广莫之野，彷徨乎无为其侧，逍遥乎寝卧其下，不夭斧斤，物无害者，无所可用，安所困苦哉?"意思是说，此树因无用而免于斧斤，有机会将其生命之美张扬到极致，成为人们纳凉的绿荫、逍遥享受的乐园。因无用而成就大用，这有什么值得担心苦恼的呢？庄子这是在用审美的眼光看问题。许多人将这个寓言理解成消极的处世态度，其实是对庄子的误解。不要忘了庄子对"大美"的追求。若用一种追求大美的态度来理解，庄子"无用之用"的说法就与康德的审美无功利性、无目的性的见解统一了起来，他们都认为审美活动必须在超越世俗见解的高尚道德境界中进行。中西美学的这种几乎相同的认识说明，从事文艺活动的人，要有较高的道德境界，而有较高道德境界的人，自然会有社会责任感。这本身就是对作家、艺术家的一种职业性要求。

人类的审美活动也不能仅仅局限在纯粹的形式美的狭小空间里，还必须与真和善结合起来，扩大为一种社会美，这样才能满足人们的审美需要。这就是康德美学所讨论的"依附美"。其实它是文艺创作对社会美的一种审美重塑。在这里，文艺家的审美理想已经将人对至真至善的精神追求包括进来，这种追求使文艺家有了一种真诚而自觉的社会责任感。对那些不合审美理想的社会制度和社会现象，文艺家要鞭挞之；对于那些合乎审美理想的社会现象和社会行为，文艺家就要歌颂之；对于那些关系着民族前途、人类的命运的问题，文艺家更要怀着深深的文化焦虑和人文关怀，及时通过文艺作品表现之。总之，文艺家的社会责任感，才是他们从事文艺创作的永远不竭的动力。只有在这种动力的驱使下，文艺家才能以其惊人的毅力、不凡的胆识和气魄，写出具有深刻见解和永恒艺术魅力的优秀作品。"五四"前后之所以喷涌式地出现一大批优秀的作家和艺术家，就是因为他们普遍具有强烈的社会责任感，如鲁迅、郭沫若等。一种由爱国主义点燃的社会责任感转化为创作激情，使他们欲罢不能，终于像火山一样喷发出来，化为具有永久艺术魅力的伟大作品，成就了一个时代的文艺高潮。

不过需要说明的是，文艺家的社会责任感是民族文化传统和时代文化语境自然孕育、酝酿积淀的结果，是一种内在于文艺家灵魂深处的观念和动力，是文艺家自愿选择的生存方式和奋斗方向。这是文艺家的人格境界按道德律令对社会责任的一种自由选择和自我规定，一般是以坚定的信念和人格意志的形式存在的，往往不会为任何外力所动摇。曹雪芹在瓦灶绳床、终日食粥的贫困情况下仍然坚持写作。鲁迅在发现自己的肺病已难治愈的情况下，不但没有放弃，反而加快了写作，以“赶紧做”的态度与病魔抢时间。他们这种崇高的精神境界，全是社会责任感使然。因此，对于文艺家社会责任感下滑的问题，我们不能等闲视之。这说明我们的社会文化在某种程度上出了问题，应成为我们时代深刻反思、系统治理和长期坚持的民族灵魂锻造工程的一部分。唯有这样，我们才能实现真正的民族复兴和社会主义文艺事业的繁荣。

第二编　文艺作品论

小序：文艺作品的存在方式及其艺术至境形态

文艺作品是人类文学艺术活动的本体和中心。文艺家通过作品表达审美理想，把本质力量对象化，完成自我实现的愿望；读者通过作品参与审美创造，获得审美享受，无形中净化了心灵，升华了人格，提高了生活的品位和质量。所以，文艺作品也是文艺作为审美文化的基本目的和价值载体。由于作品是以生命形式构筑的气韵生动的艺术世界，因此对它的解析也要在尊重生命形式的完整性和有机性上来进行。本编首先展示的是作品由外到内，按言、象、意逐层深入的层次性结构；其次揭示这个结构中符合审美理想的形象形态，即艺术至境形态，它们是三元文艺观在作品论中的自然延伸；最后从生命的有机整体性的意义上描述文体、体裁和风格的基本理论构成。

第四章 文艺作品的层次性构成

将文艺作品视为由气韵生动的生命形式构成的艺术整体，就要避免过去那种切分式的分析方法。中外文论史上，都曾有人把文学作品的构成看成是一个由表及里、由浅入深的多层次审美结构。波兰美学家英伽登（R. Ingarden）就关注到了这一问题。美国文论家韦勒克又在整理英伽登的思想的基础上，将文艺作品的文本由表及里地分成五个层面：第一个层面是声音层面；第二个层面是意义单元的组合层面；第三个层面是上述意义单元组合后构成的“世界”，即要表现的事物、人物、背景等；第四个层面就是所谓的“观点”层面，即从特定的观点来看文本中的世界；第五个层面是“形而上的质”，也只有伟大的作品才具有这个层面，如其中所表现的崇高、悲剧性、戏剧性、神圣性等。英伽登把内容和形式融为一体，层层深入，互相沟通，实为一种创见。韦勒克将其写进自己的《文学理论》中，说明它是一种得到西方理论界认同的观点。①

其实，这样看待文艺作品的层次性构成，也是中国古代文艺理论的传统。例如，三国后期王弼所概括的“言”“象”“意”的理论，比西方这种见解更简洁。王弼在《周易略例》中说：

> 夫象者，出意者也。言者，明象者也。尽意莫若象，尽象莫若言。言生于象，故可寻言以观象；象生于意，故可寻象以观意。意以象尽，象以言著。

---

① 参见［美］韦勒克、沃伦：《文学理论》，159页，北京，生活·读书·新知三联书店，1984。按：这里出现的英伽登的观点，实际上是韦勒克对英伽登见解的梳理和整理，与原意略有不同。本书之所以采用韦勒克的转述，首先是因为这是得到韦勒克首肯的观点；其次是因为英伽登的观点烦琐而又不够准确。例如，英伽登说文本第四层面是再现客体(repesented objects)，即通过虚拟现实而生成的世界，这是文本的最后层面。韦勒克显然不同意这种说法。一是此说只适用于现实主义，而无法概括浪漫主义、现代主义，所以他仅仅将第四层面解释为“世界”；二是说第四层面为“最后层面”也不妥，所以，他又加上了“第五层面”。这样概括，显然比英伽登的原意更合理。

由于《周易》的诗性文化性质，中国人自古就认为它与《诗经》相通。例如，清代汪师韩说："可与言《诗》，必也通于《易》。"因此，王弼的这个见解，同样可视为文艺理论。要理解这段话，关键在于理解"夫象，出意者也"。王弼的意思是："象"是从"意"里生出来的。由于"象生于意""言生于象"，所以作品由表及里的"言→象→意"审美结构的层次性便清晰起来：人们首先接触的是"言"，其次"窥"见的是"象"，最后才能意会到由"象"所表示的"意"。对比之下，英伽登机械分析式思维的缺点更明显。其一，声音与意义是不可分的，硬分则伤肌理。其二，所谓"观点层"与"形而上性质"层分起来也有困难，英伽登与韦勒克的表述都不够明白。其三，没有说清楚每个层面的真正关系，并且相对忽视了文艺的历史文化意蕴。所以，我们拟从总体上将文艺作品分为三个大的层次：语言层面、形象层面和意蕴层面。这里主要以文学为例进行讨论。

第一节　文艺作品的语言层面

谈论文艺作品的语言，必须排除多重语言观的干扰。一是要摆脱苏联式"工具论"语言观，即认为语言是表达思想内容的工具。二是要走出西方语言学转向误区，如苏珊·朗格批评的那样，企图以普通语言学的公式，硬套作为生命形式的文学语言，完全没有尊重文学语言的特殊性。三是不能陷入俄国形式主义的偏执，将陌生化视为文学语言的唯一追求。

一、文学语言与日常语言

文学作为语言艺术，是由文学语言构筑的艺术整体。所谓"文学语言"，有广义和狭义之分。广义的文学语言，一般是指规范化的书面语言。狭义的文学语言，是指文学文本中独特的具有诗性特征的语言。它不同于一般的日常实用语言，也不同于学术语言。所谓"日常语言"，就是人们在日常生活中出于交际的需要使用的实用语言。这种语言作为人们表情达意的手段和工具，目的在于清晰明确地陈述一定的现实状况或者显示自己的思想情感，只要把所要表达的意思说清楚即可。因此，在日常实用语言的运行过程中，形象生动固然好，但那并不是日常语言的必要环节，不存在所谓的艺术形象层次的问题。学术语言也是这样，学者运用抽象的概念、推理、判断等得出关于事物的规律或定律、定义的结论，这种推论性的语言只是一种"符号"，一种思维的工具。

学术语言中有时也有形象性，不过最终目的是将抽象的概念、定义、结论说得更明白。文学语言则不同，文学家在创作过程中，必然要形成“胸中之竹”（内心意象）。文学语言的功能就是要把“内心意象”从细节到整体形象地塑造出来，而所用语言材料在审美塑造的过程中融入了艺术整体，成为整个生命形式的有机部分，所以文学作品中的语言更富有诗意和生命的魅力。

文学语言和日常实用语言的这种区别在西方20世纪的俄国形式主义文论中得到充分的关注。在什克洛夫斯基（Viktor Shklovsky）看来，经过陌生化处理的文学语言不再负载一般语言的意义，丧失了语言的社会功能，因而只有诗学功能。关于这种“诗学功能”，他进一步解释说：

> 我们在研究诗歌语言的语音构成成分和词汇构成成分、词的排列以及这些词所形成的语义结构时，发现审美的特点总是由同样的符号表示的：这种特点是为使感觉摆脱自动性而有意地创造的；它的视觉表示创作者的目的，并且是人为构成的，为的是使感觉停留在视觉上，并使感觉的力量和时间达到最大限度。事物并不是在空洞的意义上被感知到，可以说是从它的连续性上被感觉的。诗歌语言正符合这些条件。①

这段话虽说比较艰涩，但立意还是明白的：文学语言是一种陌生化的阻拒性语言，这种语言为了“创造一种对事物的特别的感觉”，“使感觉停留在视觉上”，会尽量增加语言被感知的难度，延续被感觉的时间，以加强语言的陌生化带来的“最大的”审美效果。

总之，文学语言是“为使感觉摆脱自动性”的“有意识的创造”。为了说明文学语言与“自动性”的实用语言的区别，什克洛夫斯基曾在《小说论》中把两者的区别比喻为步行和跳舞的不同。而这个比喻和这种想法，显然是受法国象征主义诗人和理论家瓦莱里的影响。瓦莱里在《诗与抽象思维》中写道：“走路，像散文一样，有一个明确的目的……走路的所有动作都是特殊的适应，而到达目的地后，这些动作都被废除了，仿佛被行为的完成所吸收了似的。”“以实利为目的语言也是这样：我用语言来表达我的意图，我的愿望，我的命

---

① ［俄］什克洛夫斯基：《艺术作为手法》，转引自童庆炳：《文学理论新编》，45页，北京，北京师范大学出版社，2010。按：这里采用的是蔡鸿滨译文，其中有“事物不是作为空间的一部分被感觉的”一语，似有不妥，故根据方珊译文“事物不是在其空洞性上被感知到”而有所修改。

令，我的意见；当这种语言已经达到了它的目的时，它几乎一被听见就消失了。”于是，“后果吞掉了起因，目的吸收了手段”。这种现象就被什克洛夫斯基概括为“自动化”。“跳舞完全是另一回事。当然，跳舞是一套动作，这套动作本身就是目的。跳舞并不是要跳到哪里去。”诗歌语言也是这样，“它倾向于使自己的形式被反复地吟诵”，并“永远保持它原来的样子”，“诗（的语言）并不因为曾经活过而要死亡”。诗人已经“摆脱了一般人的普通状态”，“我在他身上发现一种力量，即一个写诗的活的规律”。“他爱好一些奇怪而神秘的词，会自言自语地反复说这些词语”，“会编造出故事来独自消遣”，“把作品作为行为来欣赏”。“严格地说，我们必须认为这是奇迹般的结果。”① 显然，这里已经包含着陌生化思想的萌芽。

日常实用语言是思维的直接现实，从抽象的思想、概念直接化为普通语言的表达，中间并没有其他环节。文学语言则不同，它首先不是为了表达最后的意旨，而是要把“内心意象”审美重塑出来；同时，还要保证审美重塑出的形象世界，能够含蓄地或者象征地指向更深层次的意蕴。日常实用语言完全没有这个环节。所以，文学语言的特殊性只有放在文学文本层次中才能被看清。这正是造成文学语言与普通实用语言重大区别的原因。

二、文学语言的特征

文学语言除了人们所说的形象生动性、凝练含蓄性和节奏韵律性等特点外，还有以下三个主要特征。

1. 文学语言的内指性

就文学活动而言，人们面对的是两个世界，一个是现实世界，另一个是艺术世界。艺术世界作为幻象的世界，它的逻辑与现实世界的逻辑是不同的。因此，文学语言和普通实用语言也是不同的。普通实用语言是外指性的语言，即指向语言符号之外的现实世界。它必须符合现实生活的逻辑，经得起客观生活的检验，并必须遵守形式逻辑的原则，有真假正误之分。文学语言是内指性的语言，它只指向作品中的艺术世界，有时不必完全符合现实生活的逻辑，只要和艺术世界的氛围相统一就可以了。例如，岳飞的《满江红》中的“怒发冲冠，凭栏处”和“壮志饥餐胡虏肉，笑谈渴饮匈奴血”，李白的诗句“高堂明镜悲白发，朝如青丝暮成雪”和“飞流直下三千尺”等，明显地违反客观真

① 伍蠡甫等：《现代西方文论选》，37页，上海，上海译文出版社，1983。

实，但它们不是外指性的，不指向作品以外的现实世界，而是内指性的，指向诗中特定的情境。它所表达的重点不是客观实在的事物，而是这些事物在人们内心世界（心理时间和心理空间）里引起的真实体验。只要符合诗意逻辑中显现的人类体验的真实就行了，不必再受外部世界的局限，这就是什克洛夫斯基所说的“诗学功能”。古今中外的文学作品的语言都具有这种内指性的特征。

2. 文学语言的心理蕴涵性

人类的语言符号一般有两种功能，即指称功能和表现功能。普通实用语言侧重于指称功能。随着人类语言的发展，普通实用语言越来越走向抽象，指称功能大大增强，而表现功能也因渐渐脱离实际语境、与人的情感生活的分离而受到削弱。相反，文学语言则把语言的表现功能提高到更加突出重要的位置。

所谓“表现功能”，就是指语言符号表现说话者的心理状态、情感情绪的倾向等。文学语言中蕴含着作家丰富的知觉、情感、想象等心理体验，因而比普通实用语言更富有心理蕴涵性。文学语言中的词语，如“花”“鸟”“春天”“冬天”“风”“路”等，虽然表面上与普通实用语言一样，但实际上已被赋予不同寻常的心理内涵。例如，“感时花溅泪，恨别鸟惊心”中的“花”和“鸟”，已被伤感的、悲戚的心情所浸染，人们仿佛可以从中拧出情感的汁液来。鲁迅的“地上本没有路，走的人多了，便成了路”中的“路”，不仅是指自然界的“路”，更是指耐人寻味的人生之路。“落红不是无情物，化作春泥更护花”中的“花”，从字面看，落在泥土里能成为肥料，实际上诗人以花自喻，意谓自己虽然处境艰难，但忠贞报国之心始终不变，自信其高尚志节更能感召年轻一代。雪莱在《西风颂》中写道：“让预言的号角奏鸣！哦，西风啊，/如果冬天来了，春天还会远吗？”这里的“冬天”“春天”“风”，都已被诗人那种希望、神往、憧憬的情绪浸泡过，与普通实用语言中的“冬天”“春天”“风”已大不相同，更富有心理蕴涵性。总之，心理蕴涵性是文学语言的独特性所在。

3. 文学语言的阻拒性

阻拒性、陌生化理论是俄国形式主义学派提出来的。用阻拒性、陌生化理论解释整个文学，那是片面的、不准确的，但如果用它来概括文学语言的特征，却有一定的道理。

与“阻拒性”语言相对立的是“自动化语言”。所谓“自动化语言”，是指那些过分熟悉的、不再能引起人的注意的语言。例如，第一次用“弹指间”表示时间过得很快，第一次用“沉鱼落雁”“羞花闭月”形容女子的美貌，很生动，很简明，很有新意，引人注意。但时间久了，当人人都用时，人们只把它们当作一些干巴巴的符号，它们也不再能引起人的兴趣了。这种自动化的语言看似形象、生动，实则因其陈旧而失去魅力。文学语言就是要力避这种语言的自动化现象。

作家总是设法把普通语言加工成陌生的、扭曲的、对人具有阻拒性的语言。这种语言甚至不合语法，打破了某些语言的常规，不易为人所理解，但却能引起人们的注意和兴趣，从而获得较强的审美效果。请看郭沫若《凤凰涅槃》的如下诗句："我们新鲜，我们净朗，我们华美，我们芬芳，/一切的一，芬芳。/一的一切，芬芳。/芬芳便是你，芬芳便是我，/芬芳便是他，芬芳便是火。/火便是你。/火便是我。/火便是他。/火便是火。/翱翔！翱翔！/欢唱！欢唱！"这些句子重来复去，颠三倒四，似乎不通，但是，诗人正是通过这些具有阻拒性的言语，让我们更有力地感受到诗中凤凰再生之后的新鲜感、自由感、喜悦感和那种狂欢的氛围。

不仅诗歌要用"阻拒性"的语言，小说也可适当使用这种语言。在苏联作家肖洛霍夫的《静静的顿河》中，当主人公葛利高里埋葬了爱人婀克西妮娅以后，抬头看那刚刚升起的太阳，有如下一段描写：

> 在烟雾中，太阳在断崖的上空出现了，太阳的光线把葛利高里的光头上浓密的白发，照得发光了，又沿着苍白的、可怕的和一丝不动的脸上滑着。他仿佛是从一个苦闷的梦中醒来，抬起了头，看见自己头顶上的黑色的天空和太阳的、耀眼的黑色圆盘。

这段话里有许多难解之处：既然已经出了太阳，天空为什么会是"黑色的"？太阳明明是光芒四射的，为什么会成为"黑色圆盘"？既然太阳变成了"黑色圆盘"，为什么又会"耀眼"？其实，这段文字完全是在写葛利高里的感觉。当他埋葬了自己突然被打死的爱人之后，心碎了，犹如刚"从一个苦闷的梦中醒来"，所以眼中的一切都变了色。虽然仍是白昼，他却犹如处于一片黑暗之中。这段文字增加了读者感知的难度，延长了感知的时间，是一种有意不让你轻易理解的阻拒性、陌生化的语言。它可以使你反复体味，从而增强了审美效果。

其实，中国古典诗词中，陌生化语言也不乏其例。杜甫有时故意颠倒诗句中的词序，让人费一番工夫重新理顺词序，进而理解其意，以增加解读的意趣。例如，《秋兴八首》有联名句"香稻啄余鹦鹉粒，碧梧栖老凤凰枝"，沈括认为应作“鹦鹉啄余香稻粒，凤凰栖老碧梧枝”解；《小园》有联“客病留因药，春深买为花”，应作“留药因客病，买花为春深”解；《陪郑广文游何将军山林十首》之五首句“绿垂风折笋，红绽雨肥梅”，应作“风折垂绿笋，雨肥绽红梅”解。看来，陌生化的确是有一定普遍性的艺术原则。

但是，语言的陌生化不能滥用，阻拒性语言的运用也必须掌握适当的“度”，否则将会使语言变得晦涩，影响读者对作品的理解。同时，我们也不能将陌生化夸张为文学语言唯一的创新方法，这也是俄国形式主义的片面之处。从我国许多优秀作家的艺术实践来看，追求平顺通俗的语言风格也能得到很好的审美效果。例如，白居易和赵树理都是成功的范例。看来，文学语言审美性的创造是不拘一格的，通过扭曲语言的结构和使用特殊修辞手法能够产生审美效果，通过对人民大众语言的提炼，形成明白晓畅的语言风格也是语言审美的一条坦途。《红楼梦》的语言在这两个方面都堪称典范。

以上我们所说的仅是文学语言特殊性的几个方面。其实文学语言还有音乐美、修辞美、个性美等方面的特征，它们共同铸就了一种审美性的语言，而由这种语言组成的文学作品的语言层面，便有了无穷的艺术魅力。

第二节　文艺作品的形象层面

文学作品是用语言构筑的艺术世界，是一个“鸢飞于天，鱼跃于渊”的生命跃动的世界，充满鲜活生动的形象。在这个意义上，艺术世界是形象的世界。因此，艺术形象层面便是作品的主体层面。文学形象是读者在阅读文学语言的过程中，经过想象和联想而在头脑中唤起的具体可感的动人的生活图景。

一、形象层面的重要性

上述由文学语言构成的层面，处于文本的表层。由于作家通过文学语言向人们提供的是一种审美信息，展现的是气韵生动的生命形式的作品，因此他用语言描绘的是一个艺术形象的世界。不仅它的每一个局部是感性具体的形象，而且由这些单个形象构成的整体也是一个有机的形象世界。这个世界是一个形象体系，它所展示的如画世界又称整体形象。作品的形象层面一般就是指这种整体形象，或曰形象世界。于是，文学形象便以两种形态出现在文学文本中，即单个形象和整体形象。有的作品以提供有生命魅力的单个形象为主，如以人物为中心的叙事作品，每一个人物形象都有其独特的鉴赏价值；有的作品则以提供整体形象为主，如抒情的、象征的、寓言的作品，一般多从整体形象着眼来实现其审美价值。所以当人们谈论文学形象时，不可误认为只有人物形象才是文学形象。所谓“文学形象”，是指作家在作品中用语言展现的气韵生动的人物或生机盎然的艺术世界。

文学的形象层面处在表层结构和深层结构的中间地带，是极为重要的中间层次。王弼说“尽意莫若象”，说的就是它和深层结构的关系；他又说“言生于象”，就是强调它对表层结构的作用。它一方面关系着深层结构的传达，另一方面又制约着表层结构的处理。因此，文学形象层面就是文学艺术表现的中心环节。从作家来说，文学艺术创造的主要工作要落实在人物形象和艺术世界的构思上，一般总是先将人物形象和艺术世界构思成熟，再用语言这种物质手段把这些文学形象描绘出来。因此，从这个意义上讲，作家的工作也主要是塑造文学形象。同时，这也是作家俘获读者的主要手段，是作品成败的关键。所以，高尔基说：“在诗篇中，在诗句中，占首要地位的必须是形象。”① 由于文学形象层面在作品层次中占有极为重要的位置，所以文学形象便成为我们讨论的重点。

二、艺术形象的特征

艺术形象具有生动性、具体可感性等特征，但这只是文学形象的表面特征，也是生活中一般形象性事物都具备的特征，因此它并没有真正揭示出文学形象的特殊性。下面，我们从四个方面来看文学形象的深层特征。

第一，艺术形象是主观和客观的统一。

中国古典文论对文学形象这一特征早就有所把握。清代文论家章学诚就明确地把文学形象分为两种。一种是“天地自然之象”，即物象。它是自然存在的，不是人类营造出来的，是客观的。另一种是“人心营构之象”，即作品中的形象。这是人创造出来的，是主观创造的产物。这种形象虽是作家有意为之，不是天生自然之物，但最终还是对客观物象曲折的反映。所以，章学诚认为：“人心营构之象，亦出于天地自然之象也。”这就是说，艺术形象既是主观的产物，又有客观的根据，是主观和客观的统一物，与那种“天地自然之象”已大不相同了。例如，《子夜》中吴荪甫的形象，既是作家茅盾在一定的审美

① ［苏］高尔基：《文学书简》上卷，302页，北京，人民文学出版社，1962。

理想的指导下主观塑造的人物，又是作家根据20世纪30年代中国民族资产阶级在与帝国主义、封建主义的双重斗争中所具有的独特性所创造的人物，鲜明地体现了主观和客观的统一。

第二，艺术形象是假定性和真实性的统一。

艺术形象一方面是假定的，虚构的，它不是生活本身，甚至与生活本身的逻辑也并不一致；另一方面它又来自生活，会使人联想起生活，感到比真实的生活还要真实。从某种意义上说，文艺是作者和读者达成的一种默契。读者允许作者去虚构，去假定，因此虚拟性和假定性就成了艺术形象的前提。所以，作品中的日月山川、草木虫鱼可以通人性，屈原可以上叩天庭之门，但丁可以下睹地狱之苦，孙悟空可以大闹三界。对此，读者非但不指责其无稽虚妄，反而为满纸“荒唐言”忧喜悲欢，倾注自己最纯洁、最真诚的审美情感。假如哪位作家为生活记了一笔流水账，人们反而要责怪他。试看《西游记》第一回美猴王诞生：

> 那座山正当顶上，有一块仙石……盖自开辟以来，每受天真地秀，日精月华，感之既久，遂有灵通之意。内育仙胞，一日迸裂，产一石卵，似圆球样大。因见风，化作一石猴。五官俱备，四肢皆全。便就学爬学走，拜了四方。目运两道金光，射冲斗府。

这一段文字完全不符合现实的真实，但人们从未指责它的虚妄与荒谬，这是因为它在特定的情境中符合人们想象、幻想的心理需要。它是虚幻的，假定的，但也有“真实”的一面。这是假定和真实的统一，是一种艺术的真实。其实，任何文学形象都应该具备这种特征。

然而，艺术形象的虚拟性和假定性是有一定限度的。超过了这个限度，人们就会抱怨它不真实。所以，艺术形象的假定性还必须和真实性结合起来，做到“假中有真”，“假而有度”。就是说，作家艺术家对艺术形象的创造要做到“合情合理”。所谓“合理”，就是艺术形象真实性的客观规定性。这个“理”，是指生活的内在的规律和本质。就人物形象而言，是说人类社会的“现实关系”塑造人物形象所使用的一切虚拟性和假定性，都要为表现或揭示这种“现实关系”及其本质和规律服务。因此，不管面对多么荒诞虚妄的形象，读者都可以用自己在生活中领悟到的“理”加以衡量。如果是合理的，那它就是真实的，否则便不真实。

所谓“合理”，还意味着合乎理想。任何积极健康的理想都不同程度地反映了社会生活的本质和规律，或者表达了人民群众真诚而美好的愿望。所以，一旦艺术形象的虚拟性和假定性用来表达某种美好的理想，艺术形象也就获得了艺术的真实性，具有了艺术的生命力。例如，《西游记》里，孙悟空深入冥府，一把夺过阎罗王的生死簿，划掉自己的名字，表示从此不愿再受阎罗王的管束，不愿再受生死的限制。这虽是极为荒诞的细节，但是自《西游记》诞生以来，从没有人说孙悟空不该这样做，作家不该这样写，而是常常会心一笑。因为这样的情节，正符合人类热爱生命、热爱自由的理想。

所谓“合情”，就是指艺术形象必须反映人们真切的感受、真挚的情感、真诚的意向。这几种因素在艺术表现中更具魅力，它们可以把看起来不真实的描写升华为艺术真实。例如，李白《秋浦歌》云：“白发三千丈，缘愁似个长。不知明镜里，何处得秋霜!”这种夸张的描写当然不是现实真实，但它却真实地表达了诗人的感受，已经是艺术的真实了，因此无人指责其虚妄。卡夫卡的长篇小说《城堡》，叙述了土地测量员 K 用尽了毕生精力也没能走进城堡的故事，荒诞离奇。它虽不合生活常境，但却真实地揭示了人在生活常境中的真实体验：目的虽在，无路可循。这种从生活中体验到的真切意向，也能化荒诞为真实。

在艺术形象的创造中，客观的真理与主观情感相统一，常常会更为感人，但有时两者也会产生矛盾。在情与理不一致的情况下，艺术的原则是牵理就情。关汉卿的《窦娥冤》本是写实的，但在窦娥被杀时，为表达窦娥冤屈感天动地的效果，为抒发作者对窦娥的同情，而让窦娥临死前立下的三桩誓愿全部实现：血溅白练之上、六月飞雪、楚州大旱三年。这虽不合生活常理，但更能使观众为冤魂鞠一捧同情之泪。所以说，刘勰讲“情者，文之经”，并主张“为情造文”，我们在创作中也要充分考虑这一艺术规律。

总之，文学形象就是在这“合情合理”的尺度内，实现了假定性和真实性的统一，艺术的辩证法就是这样通过虚构赋予文学形象以真实的生命力。

第三，艺术形象是个别和一般的统一。

文艺和科学认识对象的基本方式都是概括，但两者的概括方式是不同的。科学概括虽然也是从对个别事物的调查研究入手，但在概括过程中要不断地摒弃个别，最后在抽象的、一般的领域中运行。艺术形象作为艺术概括的方式，则始终不摒弃个别，而且还要强化它、突出它、丰富它，使个别成为独特的“这一个”（黑格尔语）。与此同时，这个“个别”又与“一般”相联系，相结合。个别与一般同步进行，最终实现个别与一般的统一。

卢卡奇指出："每一种伟大艺术，它的目标都是要提供一幅现实的画像，在这里，现象与本质，个别与规律，直接性与概念等对立消除了，以致两者在艺术作品的直接印象中融合成一个自发的统一体，对接受者来说是一个不可分割的整体。"① 这里所说的"现实的画像"，在文学中就是文学形象。卢卡奇提出的三对范畴，是从不同的侧面强调了文学形象的个别与一般相统一的特征。例如，鲁迅《阿Q正传》中的阿Q这一文学形象至今仍"活而未朽"，甚至永远不朽，论其原因，固然与人们对阿Q个人奇异的外貌、言行、命运的关注有关，但更主要的还是阿Q身上的"一般性"吸引了人们。阿Q身上聚集了一个时代的风云痕迹和我们民族国民性中精神奴役的创伤，他永远是警示我们民族灵魂的教科书。这里的个别性与一般性是完美地统一在一起的，哪一方弱化、消隐了，另一方就会跟着黯淡无光。马致远《天净沙·秋思》云："枯藤老树昏鸦，小桥流水人家，古道西风瘦马。夕阳西下，断肠人在天涯。"它提供给我们的文学形象就是"一幅现实的图画"。作品首先表现为一种现象的、个别的、具体的（卢卡奇称为"直接的"）形象画面，然而，那却是那个时代落魄天涯、羁旅异乡的人，特别是失意文人的痛苦心情的真实写照。画面呈现的虽是个别失意文人的凄苦情境，但它却概括了整个时代千千万万个知识分子前途茫茫、归宿不定的痛苦，有"以少总多""万取一收"的艺术效果，充分显示了文学形象的概括性。

第四，艺术形象是确定性和不确定性的统一。

艺术形象与其他门类的艺术形象相比，既有共同之处，也有相异之处。其中，具体可感的、概括的、能唤起美感的艺术世界是所有艺术形象的共性。但是由于文学是一种语言艺术，它的形象不是直观的而是想象的，不是直接的而是间接的，因此文学形象和其他艺术形象相比，就具有确定性和不确定性相统一的特征。

一方面，艺术形象必须具备一些确定的因素。以《红楼梦》中的林黛玉为例，作者通过对她的描写，告诉了我们许多仅属于林黛玉的特征：她是林姑妈的女儿，宝玉的表妹；她不是一个丑陋的、健壮的、愚昧的姑娘，而是一个美丽的、聪慧的、纤弱而又多愁善感的少女。这些都是确定的。但是，

---

① 中国艺术研究院外国文艺研究所《马克思主义文艺理论研究》编辑部：《马克思主义文艺理论研究》第2卷，429页，北京，文化艺术出版社，1984。

对于林黛玉具体如何美丽，有着怎样的相貌、怎样的气质神韵，作者的描写又是极不确定的，只给读者提供几个比较的对象，让读者去想象和补充。请看宝玉眼中的林黛玉：

> 宝玉早已看见多了一个姊妹，便料定是林姑妈之女，忙来作揖。厮见毕归坐，细看形容，与众各别：两弯似蹙非蹙罥烟眉，一双似喜非喜含情目。态生两靥之愁，娇袭一身之病。泪光点点，娇喘微微。娴静时如姣花照水，行动处似弱柳扶风。心较比干多一窍，病如西子胜三分。

这中间就有太多的不确定因素了。例如，什么是“似蹙非蹙罥烟眉”？什么是“似喜非喜含情目”？“态生两靥之愁”是何种的“愁”？“娇袭一身之病”的“娇态”是什么样的？“姣花照水”是怎样的风情？“弱柳扶风”是什么样的神韵？“心较比干多一窍”是聪明到什么程度？“病如西子胜三分”是美丽到什么地步？等等。这都是只可想象、只可意会却难以言传的非确定性因素，尽可能让读者调动自己的生活经验去想象、补充和创造。这种效果可以造成文学形象特有的朦胧的神韵，也增强了作品的艺术审美的张力。

艺术形象的这种不确定性，不但是它的特点，也是它的优点。艺术形象的不确定性能留给读者想象的空间，更能使读者在想象和在创造中获得愉悦，从而使文学形象更富于魅力。在这一点上，其他艺术形象（音乐除外）是无法与之相比的。改编成电影、戏剧的《红楼梦》，即使让最好的演员来演，对于那些读过小说的人来说，也总觉得失落了什么东西。这是因为电影、戏剧把不确定的人物形象变成了确定的活人，破坏了文学形象的不确定性和朦胧性，一定程度上限制了读者的想象，或者破坏了读者原有的想象。所以，文学形象的不确定性是它的优点。反过来不确定性却不能破坏确定性，朦胧性也并不是模糊。艺术的辩证法要求通过不确定性的描写来加强文学形象的确定性特质，通过朦胧的描写表现出更为鲜明的个性特征。《红楼梦》中的众儿女神态各异，性格不同，都是通过这种辩证描写达到的，它给我们提供了文学形象的确定性与不确定性相统一的范例。

由于文学形象具有这样的可感性和艺术概括性，具有上述极富召唤力的审美特征，因而具有了更为独立的审美价值；更由于它处于作品的表层结构与深层结构的中间地带，因此它是关键层次。

第三节　文艺作品的意蕴层面

塑造什么形象，描写什么风物，构筑什么艺术世界，这并不是作家的最终目的。作家的最终目的往往是想通过这些表达他们的情感倾向、认识和评价，还有那些象外的难言之意。因此，作品极为丰富的意蕴层次就形成了。这是文艺作品更为内在的深层结构。

一、意蕴及其构成方式

"意蕴"一词是朱光潜在翻译黑格尔《美学》第一卷时所使用的概念。朱光潜说："'意蕴'原文是 das Bedeutende，意思是'有所指'或'含有用意'的东西……因译'意蕴'。"这是一个极富创造性的翻译，也恰当地传达了黑格尔关于意蕴的思想。黑格尔认为，一件艺术作品首先是它直接呈现给我们的东西，然后再追究它的意蕴。这直接呈现给我们的东西，是一种外在的东西，它的作用并不只代表它自己，而是为了表现另一种内在的东西，即"意蕴"。意蕴好比人的灵魂和心胸。就一篇寓言来说，它所包含的教训便是意蕴。就一篇小说来说，通过众多人物形象的刻画和对纷繁复杂的社会、自然等现象的描写，反映社会生活的本质规律、特征以及作家的审美理想等便是其意蕴。就一首诗歌来说，通过对形象世界的创造，表达诗人对生活的体悟或情感评价便是意蕴。总之，"意蕴总是比直接显现的形象更为深远的一种东西"①。

黑格尔的思想是十分深刻的。第一，他有清楚的文本层次意识。所谓"直接呈现给我们的东西"，明显是指我们分析的语言和形象两个层面。第二，他明确地指出形象层面还不是作品的最终目的，它的用处是指引意蕴，表现意蕴。第三，他首次提出"意蕴"范畴，指出这是作品更内在的层次，是一种比形象更为深远的东西，是作家的目的所在。朱光潜创造了"意蕴"这个词去翻译它，也是一种理论创造，为我们完善作品层次理论提供了最好的中文范畴，促进了我们对作品层次的认识。

中国古典文论虽然没有提出"意蕴"的范畴，但对意蕴层次的存在是早有察觉的。刘勰《文心雕龙·隐秀》中早有与黑格尔类似的看法，认为作品也分内外两个部分，"情在词外曰隐，状溢目前曰秀"。作品要"内明而外润，使玩

---

① 《朱光潜全集》第 13 卷，23～24 页，合肥，安徽教育出版社，1990。

之者无穷，味之者不厌”，即“深文隐蔚，余味曲包”。也就是说，作品的意蕴越丰富越好。刘勰还明确指出，作品的意蕴部分往往是多层次的。“隐也者，文外之重旨者也”，“隐以复意为工”，它的特点往往是“义主文外，秘响旁通，伏采潜发”，就好像“川渎之韫珠玉”一样，含蓄无垠。唐代诗僧皎然据此特别提出了“重意”的要求。他在《诗式》中说“两重意以上，皆文外之旨”，“风律外彰，体德内蕴”，也是认为作品有内外之分，并且意蕴是内在的、多层次的、丰富的。但是，文学作品的意蕴层次结构怎样，有着怎样的多重意旨，确是前人和古人没有回答的问题，西方现代文论家（如英伽登、韦勒克）提出的层次论也未尽如人意。这种情况促使我们必须对其做出理论上的回答。

二、作品的意蕴层次

文学的意蕴层面是指作品所蕴含的思想、情感等，属于作品结构的纵深层次。文学形象的指向性和包孕性，使作品意蕴层面呈现出多层次的丰富意义。作品的意蕴层面一般可进一步细分为三个不同的层面。

第一，审美意蕴层。

文学是一种审美意识形态，审美是文学的第一功能，因此，审美意蕴层是文学作品的第一个层面。请看苏轼的《海棠》：

东风袅袅泛崇光，香雾空濛月转廊。
只恐夜深花睡去，故烧高烛照红妆。

此诗的意蕴单一而醇美，仅表现由海棠花的香艳所引起的诗人的兴奋和他那孩童般的天真的爱美之情。再看徐志摩的小诗《沙扬那拉》：

最是那一低头的温柔，
像一朵水莲花，
不胜凉风的娇羞，
道一声珍重，
道一声珍重，
那一声珍重里，
有着甜蜜的忧愁，
沙扬那拉！

这是一首送别小诗，并没有表达什么深刻的哲学意味，也没有反映什么深广的历史内容，而是在与日本女子“道一声珍重”的惜别声中，传神地捕捉了日本女子温柔与娇羞的优美神态，表达了朋友之间依依不舍的惜别之情。该诗甜美而忧愁，令人久久回味，含蓄着浓厚的审美意蕴。这说明有些作品就算只有审美意蕴一个层次，也可以成为脍炙人口的好诗。不过一般说来，多数作品首先呈现的是审美意蕴层面，其次才是其他层面，从而使作品的意蕴显得层层深入，美不胜收。

第二，历史内容层。

文学是一定历史时代的产物，任何文学或多或少都带有历史时代的印记，反映历史内容成了文学作品的目的之一。有的作品，其文学形象本身就包含了一定的社会内容。例如，《水浒传》描写的是北宋时期一次声势浩大的农民起义，展示了农民起义英雄们与封建官僚恶霸之间波澜起伏的斗争画卷，其历史内容就直接包含在作家塑造的形象体系之中。再如，杜甫以“三吏”“三别”为代表的许多诗歌，深刻地反映了唐代安史之乱之际的社会历史现实。在这些作品中，文学意蕴中的历史内容自不待言。有的文学作品，其形象层面本身虽不含有历史内容，但却暗示了一定的历史内容。李商隐有《乐游原》诗：“向晚意不适，驱车登古原。夕阳无限好，只是近黄昏。”此诗描写的是诗人在乐游原上看到的夕阳，但联系到当时的社会现实，它却暗示出了值得留念的大唐帝国已日薄西山的历史内容。

第三，哲学意味层。

文学的哲学意味早已被亚里士多德发现，他在《诗学》中说：“写诗这种活动比写历史更富于哲学意味。”而且，中外许多作家都以表现哲学意味为最高艺术追求。所谓“哲学意味”，应当先从哲学来理解。哲学是人对宇宙人生普遍规律的最高一级的思考与概括，它属于形而上的层次，是抽象的。“意味”则是一种不可言传只可意会的感知因素，它属于形而下的层次，是具象的。二者通过形象引发的联想在深层意蕴中的有机结合，便是我们所说的哲学意味。陶渊明在《饮酒》中写道：“结庐在人境，而无车马喧。问君何能尔？心远地自偏。采菊东篱下，悠然见南山。山气日夕佳，飞鸟相与还。此中有真意，欲辩已忘言。”诗中虽然也有某些历史内容，然而诗人着重渲染的是这种闲适生活的情趣和乐趣，“此中有真意，欲辩已忘言”的中“真意”，更是富有哲学意味。这种哲学意味可以说是一种难以形诸笔墨的、有哲理蕴含其中的“象外之象”“味外之味”和“言外之意”，中国古典诗学往往把它视为诗的最高境界。

伟大的作品往往都有较深刻的哲学意味层。

对于一般的文学作品来说，就意蕴层面而言，基本上由审美意蕴层、历史内容层和哲学意味层三个大的层次构成，有的是单一的一个层次，有的是交叉的两个或三个层次，而一部复杂宏大的文学作品，除了具有若干基本的意蕴层次外，每个层次内又可分为若干个小的层次，层层深入，显示出作品丰厚博大的意蕴内涵。例如，中国古典小说《红楼梦》就具有这样多层次的丰厚意蕴，成为永远让人说不尽的作品。

总之，文学作品就是这样，从外到内，层层溢美流芳，共同形成了它的“召唤结构”① 和特有的艺术魅力。文学作品以其层次性意蕴结构，承载起表现审美文化复杂性和丰富性的内涵，使文学以其他艺术无可比肩的厚重和分量尊居艺林之首，成为其他艺术发展建构的基础。

---

① “召唤结构”(Appellstruktur) 这一概念来自德国接受美学理论家伊瑟尔。

第五章　艺术形象的理想形态

西方最先研究艺术形象的理想形态的美学家是黑格尔。黑格尔通过对西方文艺史的研究，发现文艺有三种基本类型，即象征艺术、古典艺术和浪漫艺术。但他却只对古典艺术艺术形象的理想形态“典型”做了深入的研究。显然，他的体系是不完整的，留下一个很大的疑问：难道说象征型和浪漫型艺术，或者说“言理”与“言情”的文艺没有独特的艺术形象的理想形态？这是现代文艺学必须回答的问题，却是中国古代文论早已有所回答的问题。按清代文论家叶燮的说法，艺术形象的理想形态应当称为“艺术至境”。关于言情类文艺追求的艺术至境，王国维认为应当是“意境”；而言理类文艺追求的艺术至境，叶燮认为应当是“意象”。这样一来，与三元文艺观相对应的艺术形象的理想形态，便在中西文艺理论互补、融合的格局中形成了。

第一节　艺术意境

如前所述，表达情感是文艺三元的重要一元。西方虽有所谓的“主情的文学”和“主情的时代”，但并没有为主情的艺术形象的理想形态找到适当的理论范畴。相反，中国古典文论却对抒情文艺的艺术形象的理想形态，对这种理想的审美范式及其理论，做过深入的研究。意境论的提出，是中国古代文论对世界文艺理论宝库的一个重要贡献。

一、意境概念的形成及界定

意境是中国古典文论独创的一个理论范畴，是中国抒情文艺审美理想的集中体现。意境论在刘勰的《文心雕龙》和钟嵘的《诗品》中已见端倪，盛唐之后开始全面形成。王昌龄在《诗格》中，直接使用了“意境”这个概念，但它当时只是诗境三境中的一境：

诗有三境。一曰物境：欲为山水诗，则张泉石云峰之境，极丽绝秀者，神之于心，处身于境，视境于心，莹然掌中，然后用思，了然境象，故得形似。二曰情境：娱乐愁怨，皆张于意而处于身，然后驰思，深得其情。三曰意境：亦张之于意而思之于心，则得其真矣。

这段话从诗歌创作的角度，分析了意境创造的三个层次。王昌龄认为，要写好“物境”，必须心身融入自然之境，对泉石云峰那种“极丽绝秀”的神韵进行透彻了解，熟悉得犹如掌中之物，才能逼真地将其表现出来。描写“情境”需要作者设身处地地体验人生境界的娱乐愁怨，有了这样深刻的情感体验，才能驰骋想象，把握情感，深刻地把它表现出来。对于“意境”，作家必须发自肺腑，得自心源，精思诚意才能真切感人。王昌龄还探讨了意与景的关系，提出“诗一向言意，则不清及无味；一向言景，亦无味。事须景与意相兼始好”①。这些都是前无古人的深刻见解。王昌龄之后，诗僧皎然又在《诗式》中把意境的研究推进一步，提出了诸如“缘境不尽曰情”“文外之旨”“取境”等重要命题，全面发展了意境论。中唐之后，刘禹锡在《董氏武陵集纪》中提出了“境生于象外”的观点，晚唐司空图加以生发，提出了“象外之象”“景外之景”和“韵外之致”“味外之旨”等观点②，进一步扩大了意境的研究领域。至此，意境论的基本内容和理论框架已经确立。总的来说，意境包含两大因素、一个空间，即情与景两大因素和一个审美想象的空间，这就是所谓的“诗境”。这个“境”包括两个部分，即“象”和“象外之象”，也就是实境和虚境。

此后，意境论逐渐成为中国诗学、画论的中心范畴，历代都有学者文人对它做补充、发挥，清末王国维更是意境论的集大成者。可是，由于意境概念历经了千余年的沿革变化，更由于南宋以后意境与境界概念的混用，其内涵更为丰富复杂。有人统计发现，意境几乎有四大类十种以上的含义和界说，主要是“情景交融”说、“典型形象”说、“想象联想”说和“情感气氛”说。于是，意境成了一个无所不包的综合性概念。但当一个概念被引申得无所不包时，也就失去了它的理论意义。所以，我们主张以意境创立时的基本意义为准，来界定意境概念的内涵，让意境作为一个表意的、单纯的学术概念进入现代文艺学，而把其他诸多含义让给更为宽泛的概念“境界”去承担，从而区分“意境”与“境界”。这样，我们才能对意境做出适当的界说：意境是指抒情性作

① ［日］遍照金刚：《文镜秘府论》，44页，北京，人民文学出版社，1975。

② 参见祖保泉：《司空图诗品解说（修订本）》，110页，合肥，安徽人民出版社，1980。

品中呈现的那种情景交融、虚实相生的形象系统及其所诱发和开拓的审美想象的空间。它是人类创造的艺术至境的基本形态之一，也是文艺形象的一种理想形态。

二、艺术意境的特征

意境作为一种艺术至境形态，在艺术表现和构成方式方面显示了与其他艺术至境形态大异其趣的种种特征。

1. 情景交融

这是意境创造的表现特征。王国维说："文学中有二元质焉：曰景，曰情。"① 意境创造就是把二者结合起来的艺术。南宋范晞文在《对床夜语》中说："情景相融而莫分也。"清人王夫之的论述更为精要，他说："情景虽有在心在物之分，而景生情，情生景，哀乐之触，荣悴之迎，互藏其宅。"② 王夫之又说："情、景名为二，而实不可离。神于诗者，妙合无垠。巧者则有情中景，景中情。"③ 他们都认为情景交融是意境创造的表现方式，而且好的诗人能够"景中生情，情中含景"④。这就揭示了情景交融的两种主要形式。如果把居于二者之中的也算作一类，那么，我们就有了三种不同的情景交融的类型。

第一种是景中藏情式。在这类意境创造中，作家藏情于景，一切都通过逼真的画面来表达，虽不言情，但情藏景中，往往显得情深意浓。例如，李白的《送孟浩然之广陵》：

> 故人西辞黄鹤楼，烟花三月下扬州。
> 孤帆远影碧空尽，唯见长江天际流。

这首诗全是对客观景物的具体描写，字面上一点也没有透露出对友人的态度，但那烟花三月、黄鹤楼头的美好景色，已寄寓着对友人的祝福；诗中也没有直

---

① 王国维：《文学小言》，见《王国维遗书》第五册，上海，上海古籍出版社，1983。

② （清）王夫之：《姜斋诗话》，见丁福保：《清诗话》，6页，上海，上海古籍出版社，1999。

③ （清）王夫之：《姜斋诗话》，见丁福保：《清诗话》，11页，上海，上海古籍出版社，1999。

④ （清）王夫之：《唐诗评选》，170页，北京，文化艺术出版社，1997。

抒对友人依依不舍的眷恋，而是通过孤帆消失、江水悠悠和久伫江边若有所失的诗人形象，表达得情深意挚。表面上这首诗句句都在写景，实际上却句句都在抒情，真是一切景语皆情语。这类作品在现代诗歌和散文中也并不少见，如朱自清的《荷塘月色》、鲁迅的《秋夜》等。

第二种是情中见景式。这种意境创造往往是直抒胸臆，有时不用写景，而景物却历历如现。请看唐朝诗人陈子昂的《登幽州台歌》：

> 前不见古人，后不见来者。
> 念天地之悠悠，独怆然而涕下！

这首诗中虽不见写景，但读者在了解了陈子昂写诗时的险恶处境和痛苦心情之后，眼前便会出现一幅闪耀着血泪之光的图画：浩渺无际的天宇，兀然耸立的高台，独立苍茫的诗人。在诗人的悲怆中，读者仿佛会看到昔日燕昭王在此招贤纳士的历史画面，会想到唐王朝武氏专权的可怕世态，会体味到诗人报国无门的悲愤和天才末路的痛苦。而这些历史的和现实的、宇宙的和人生的思索，都会随诗人情感的喷发变成感人的色彩和旋律，弥漫整个空间。这也就是诗人所开创的那个审美想象的空间。在这个空间中，一切都成了有形的图画，这就叫作“情中见景”。李白的《月下独酌》《行路难》，陆游的《示儿》等名篇，都是通过这种方式来创造意境的。

第三种是情景并茂式。这类是以上两种方式的综合，抒情与写景在这里达到了浑然一体的程度。例如，杜甫的《闻官军收河南河北》：

> 剑外忽传收蓟北，初闻涕泪满衣裳。
> 却看妻子愁何在？漫卷诗书喜欲狂。
> 白日放歌须纵酒，青春作伴好还乡。
> 即从巴峡穿巫峡，便下襄阳向洛阳。

这首诗欢畅明快，一气流贯。先是诗人为收复蓟北的消息激动得老泪纵横，接着见老妻都消失了愁容，才觉自己因激动过分而失态了。随后漫卷诗书欢喜若狂，但实际上又失态了。诗人于狂欢之中放歌纵酒，手舞足蹈，畅想回家的路线，浑然不知自己已像一个天真烂漫的儿童。诗中处处情态毕现，情景并茂，自然天成。苏轼的《念奴娇·赤壁怀古》和毛泽东的《贺新郎·赠杨开慧》《沁园春·

长沙》，都属于这一类。

用以上三种情景交融的意境创造方式，都可以写出上乘的作品来，因为方法本身是没有高下之分的，关键在于是否用得恰到好处。

2. 虚实相生

这是意境创造的结构特征。虚与实本是一对哲学范畴，它在中国古典文论中也有广泛的应用。宋人梅尧臣说："必能状难写之景如在目前，含不尽之意，见于言外，然后为至矣。"① 这句话的含意十分丰富，其中一层是告诉我们，意境在结构上包括两个部分：一方面是"如在目前"的较实的因素，一方面是"见于言外"的较虚的部分。意境正是二者的结合。所以，后人干脆提出了"全局有法，境分虚实"② 的主张，把意境中较实的部分称为"实境"，把其中较虚的部分称为"虚境"。实境是指逼真描写的景、形、境，又称"真境""事境""物境"等；虚境是指由实境诱发和开拓的审美想象的空间。虚境一方面是原有画面在联想中的延伸和扩大，另一方面是伴随着这种具象的联想而产生的对情、神、意的体味与感悟，即所谓"不尽之意"，所以又称"神境""情境""灵境"等。不妨以南宋诗人叶绍翁的《游园不值》为例：

应怜屐齿印苍苔，小扣柴扉久不开。
春色满园关不住，一枝红杏出墙来。

诗人去游园，但园中无人，久扣柴扉而不开，十分扫兴。这样好的园子，门前的台阶上却长满了青苔，说明游人甚少，更添了一层遗憾和惋惜。可是诗人却能突然于失望与遗憾中翻出一层新意，写一枝怒放的红杏不甘寂寞，伸出墙外。它那盎然的生机，已足以引起诗人对满园春色的联想，诗人也由扫兴变为高兴。此诗具体描写的园外之景，就是实境。诗人不得进门的遗憾，由一枝红杏引起的怦然心动的愉悦，以及由此引起的对满园春色、百花争妍的推测与联想，则是由实境开拓的第一层审美想象的空间。同时，红杏的探头墙外、紧闭的园门与联想中的满园春色，又构成了耐人寻味的矛盾关系，从而引人沉思，得出美好的东西总是关锁不住的结论，这是由实境开拓的第二层审美想象空间。这两层审美想象的空间，便是虚境。

---

① （宋）欧阳修：《六一诗话》，见郭绍虞：《中国历代文论选》第二册，244页，上海，上海古籍出版社，2001。

② 《黄宾虹文集·书画编（上）》，165页，上海，上海书画出版社，1999。

虚境是实境的升华，它体现着实境创造的意向和目的，体现着整个意境的艺术品位和审美效果，制约着实境的创造和描写，处于意境结构中的灵魂和统帅的地位，因此才有灵境、神境的别名。中国文论历来十分重视虚境。唐代诗僧皎然在《诗式》中说："夫诗人之思，初发取境偏高，则一首举体便高；取境偏逸，则一首举体偏逸。"这里说的"取境"，是指对虚境的提炼和设想。但是，虚境不能凭空而生，在意境创造过程中，一切都必须落实到对实境的具体描绘上。清人许印芳对这一重要问题有过很好的阐释。他说：

> 功候深时，精义内含，淡语亦浓；宝光外溢，朴语亦华。既臻斯境，韵外之致，可得而言，而其妙处皆自现前实境得来。①

也就是说，再好的虚境，也要由实境得来。

那么，怎样通过对实境的描写完美地表达出虚境呢？古人也总结了一条艺术规律，叫"真境逼而神境生"②。清雍正时期的画家邹一桂说得更清楚："人言绘雪者，不能绘其清；绘月者，不能绘其明；绘花者，不能绘其馨；绘人者，不能绘其情；此数者虚，不可以形求也。不知实者逼肖，虚者自出，故画北风图则生凉，画云汉图则生热，画水于壁，则夜闻水声。谓为不能者，固不知画也。"③ 这里强调的"实者逼肖，虚者自出"，道出了意境创造的奥秘。然而"实者逼肖"并非照抄生活，而是要在设想中的虚境的指导下对生活物象进行选择提炼和加工。这种选择提炼和加工，都是以更好地表达或开拓虚境为目的，既求形似，又求神似，而且后者更为重要。总之，虚境要通过实境来表现，实境要在虚境的统摄下进行加工。这就是"虚实相生"的结构原理。

3. 韵味无穷

这是意境的审美特征。所谓"韵味"，指意境所蕴含的那种咀嚼不尽的美的因素和效果，包括情、理、意、韵、趣、味等多种因素，因此有"韵""情韵""气韵""韵致""兴趣""兴味"等多种别名。南朝文论家刘义庆、谢赫、萧子显等提倡的"气韵"，刘勰、钟嵘提倡的"余味"和"滋味"，晚唐司空图在此基础上创立的"韵味"说，都是对意境的审美特征的概括。明人陆时雍说，诗"有韵则生，无韵则死；有韵则雅，无韵则俗；有韵则响，无韵则沈；

---

① 张文勋等：《许印芳诗论评注》，68页，昆明，云南教育出版社，1992。

② （清）笪重光：《画筌》，15页，北京，人民美术出版社，1987。

③ （清）邹一桂：《小山画谱》，36页，北京，中华书局，1985。

有韵则远，无韵则局。物色在于点染，意态在于转折，情事在于犹夷，风致在于绰约，语气在于吞吐，体势在于游行，此则韵之所由生矣”①。看来韵味的确是诗美不可缺少的因素，更是意境的一个突出特征。请看相传为李白所作的《忆秦娥》：

> 箫声咽，秦娥梦断秦楼月。秦楼月，年年柳色，灞陵伤别。乐游原上清秋节，咸阳古道音尘绝。音尘绝，西风残照，汉家陵阙。

这首词苍凉沉郁，在历史与现实许多同类事物的对比中抒发了世事沧桑、社稷飘摇的慨叹，情韵极其丰富。其中历史的与现实的，神话的与人世的，目睹的与遐想的，清丽的与苍凉的，哀婉的与悲壮的，忧伤的与焦虑的，柔情的与理智的，对比的与烘托的等美的韵致，再和以箫声柳色，伴以晚霞西风，让人回味无穷。古往今来的读者，谁能道尽其中的情韵！

司空图不仅发现了意境的“韵味”的特征，而且还提出了“韵外之致”“味外之味”的命题。也就是说，他认为意境的韵味是多层次的，不仅有韵内之韵，味内之味，而且还有“味外味”“韵外韵”。所以，意境的韵味是让人咀嚼不尽的，这几乎成了古典诗词的自觉追求。

总之，意境情景交融的表现特征、虚实相生的结构特征和韵味无穷的审美特征，集中地体现了中华民族抒情文艺的审美理想，也是具有世界意义的审美范畴。意境作为一种整体性形象，是文艺形象的理想形态之一。

三、艺术意境的分类

意境的分类在理论上尚待深入。中国古典文论为我们提供了两种分类方法。第一种是清朝刘熙载从意境的审美风格上提出的分类方法。他说：“花鸟缠绵，云雷奋发，弦泉幽咽，雪月空明，诗不出此四境”。② “花鸟缠绵”，是指一种明丽鲜艳的美；“云雷奋发”，是指一种热烈崇高的美；“弦泉幽咽”，是指一种悲凉凄清的美；“雪月空明”，是指一种和平静穆的美。20世纪30年代的朱光潜，曾认为“艺术的最高境界不在热烈”，而在“和平静穆”，但这种境界在中国诗里其

① （明）陆时雍：《诗镜总论》，见丁福保：《历代诗话续编》下册，1423页，北京，中华书局，1983。

② （清）刘熙载：《艺概》，84页，上海，上海古籍出版社，1987。

实不多见。他认为屈原、阮籍、李白、杜甫都不免有些金刚怒目、愤愤不平的样子，唯独陶渊明浑身都是“静穆”，所以他伟大。① 鲁迅曾写文章和朱光潜争论，说艺术的趣味本来有种种不同，有的爱读《江赋》《海赋》那样写大江大海的赋，有的欣赏《小园》《枯树》那样的小赋，这没有什么不好，不应当以是否“和平静穆”论优劣。② 云雷奋发、金刚怒目与那些花鸟缠绵、弦泉幽咽的意境，都是中国抒情文艺意境美的表现，的确不应当有高低偏正之分。

王国维在《人间词话》中提出了另一种分类方法，他说：“有有我之境，有无我之境……有我之境，以我观物，故物皆著我之色彩。无我之境，以物观物，故不知何者为我，何者为物。”所谓“有我之境”，是指那种感情比较直露、倾向比较鲜明的意境。例如，杜甫的《春望》：“国破山河在，城春草木深。感时花溅泪，恨别鸟惊心。烽火连三月，家书抵万金。白头搔更短，浑欲不胜簪。”此诗道出了作者历经战乱，特别是目睹安史之乱后京城的破败景象的痛苦心情。花草本不含泪，鸟儿也不会因人的别离惊心，只因诗人痛苦不堪，所以它们都有了人的情感色彩，这就是“有我之境”。

所谓“无我之境”，并不是指作者不在意境画面中出现，而是指那种感情比较含蓄、不动声色的意境画面。王国维认为，陶渊明的“采菊东篱下，悠然见南山”就是“无我之境”。诗人自己虽出现在画面中，但他的情感却藏而不露，与大自然融为一体，诗的情感就让读者自己从画面中去体会。杜甫的《绝句》其三“两个黄鹂鸣翠柳，一行白鹭上青天。窗含西岭千秋雪，门泊东吴万里船”，也是“无我之境”。诗人描绘了景色，但无一字臧否，也是于不动声色之中见意境。但这并不妨碍人们从画面开拓的意境里，间接地领略到诗人欢欣的情绪和开朗的心怀。因此，“无我之境”只是情感不外露，并不是没有情感和倾向，“无我”只是就表面境象而言的。

此外，《人间词乙稿序》③ 又提出一种三分法，即“以境胜”者、“以意胜”者和“意与境浑”者。不过，这种提法把意境中的“境”简单地与“景”等同了起来，有欠科学。它实际上是指情景交融的三种方式，不宜作为意境分类的标准。

---

① 参见朱光潜：《说“曲终人不见，江上数峰青”——答夏丏尊先生》，载《中学生》，1935（60）。

② 参见鲁迅：《且介亭杂文二集》，170～186页，北京，人民文学出版社，1973。

③ 署名为樊志厚的《人间词译稿序》，据赵万里先生的意见，是王国维自己的作品。但学术界也有人认为，樊志厚实有其人，是王国维的朋友。

第二节 艺术意象

从文艺的初级本质可以看出，表达哲理和观念是文艺本质的重要一元。因此，人类在长期的艺术实践中创造了大量的文学意象和艺术意象，它们也成为文艺家追求的艺术形象的理想形态之一。但是，人们常常以“象征”的概念笼统论之，却不知“象征”仅是一种表现方法，或者说一种塑造形象的方法，而不是艺术形象本身。而且，意象既有以象征手法创造的意象，也有以比譬创造的意象，还有用寓言的方式创造的意象，若全用“象征”统而论之，在学理上是不通的。这种理论失误，显然是需要纠正的。

一、观念意象及其高级形态

中西文论中都有意象（image）一词，并且它在文艺学、心理学、语言学等学科中有着广泛的用途。归纳起来，意象主要有四种。一是心理意象，即心理学意义上的意象。它是指在知觉的基础上形成的呈现于脑际的感性形象。二是内心意象，即人类为实现某种目的而构想的新生的、超前的意向性设计图像。在文学创作中，它则表现为艺术构思形成的心中之象，或称“胸中之竹”，又称“心象”。三是泛化意象，是文艺作品中出现的一切艺术形象或语象①的泛称，基本上相当于“艺术形象”或“文学形象”，简称“形象”。由于这种“意象”的含义太宽泛，容易引起混淆，所以本书重新启用十余年来被冷落的“文艺形象”或“形象”的概念，从而弃置了这种泛化意象观，主张恢复“意象”一词的古义，用它专指一种特殊的艺术形象或文学形象。这就是第四种意象范畴，即观念意象及其高级形态②，简称意象或艺术意象。

意象是中国首创的审美范畴。它的源头可以上溯到古老的巫术文化，故《周易·系辞》有云：

---

① “语象”（VerbelIcon），新批评派的特殊术语，即语言级的形象，直译为“用文字的物质材料制成的象”。语象有别于脱离语言后在意识和想象中留存的形象，是指不脱离语词或词组的词性形象，如文本中的山、水、人以及春山、秋水、丽人、玉臂、金发等引起的直接印象。

② 以上五种意象形态，详见顾祖钊：《论意象五种》，载《中国社会科学》，1993（6）。（英文版参见《中国社会科学》1996年第3期）

> 子曰：书不尽言，言不尽意。然则圣人之意，其不可见乎？子曰：圣人立象以尽意。

所以，意象的古义分明是“表意之象”。这个“意”，是指那种只有圣人才能发现的“天下之赜”。孔颖达在《周易正义》中将其解释为只有圣人才能发现的“天下深赜之至理”①。因此，意象的古义是指用来表达某种抽象的观念和哲理的艺术形象。“意象”作为一个概念最早出现于汉代，王充在《论衡·乱龙》里说：“夫画布为熊麋之象，名布为侯，礼贵意象，示义取名也。”这里的“意象”，是指以“熊麋之象”来象征某种侯爵爵位的具有象征意义的画面形象。从它“示义取名”的目的看，它已是严格意义上的观念意象。王充还在这篇文章里另举一例：“礼，宗庙之主，以木为之，长尺二寸，以象先祖。孝子之庙……虽知非真，示当感动，立意于象。”这说明王充是深谙象征原理的。

总之，我国在汉代以前，意象说已名实俱备，十分成熟：把意象理解为“表意之象”，或理解为象征意象。这是由殷周文化的象征思维决定的。据黑格尔考察，世界上一切民族的最古老的艺术几乎都是象征。中华民族有着堪称辉煌的象征艺术时代，那不断焕发出新意的龙凤图像，半坡出土彩陶上的人面鱼纹，关于盘古、女娲、后羿、夸父等的神话，以及殷商时期重 800 多公斤的后母戊鼎等，都证明着这个艺术时代的存在。形形色色的观念意象，则是那时人们精神生活最重要和最普遍的形式，至今仍在我们民族的社会生活文化习俗和文学艺术中留有广泛的影响。例如，在某位英雄胸前戴上一朵大红花，在新娘子床上撒上一把红枣、花生、桂圆、瓜子，在小孩子脖子上挂一副金锁，在某工程开工时埋上一块奠基石等，这些都是观念意象。其原理都和王充所说的孝子对着祖先牌位敬礼一样，明知是假也感动，即“立意于象”。观念意象的应用范围十分广泛，但由于立意明确而简单，上例种种只能算是一般意义上的观念意象，而文学艺术追求的是那种最能体现文艺家审美理想的高级意象，即叶燮所说的一种达到艺术至境的意象。他说：

> 可言之理，人人能言之，又安在诗人之言之？可征之事，人人能述之，又安在诗人之述之？必有不可言之理，不可述之事，遇之于默会意象

① 《周礼正义》下册，余培德点校，618 页，北京，九州出版社，2004。

之表，而理与事无不灿然于前者也。①

这种“不可言之理”“不可述之事”，叶燮又称之为“至理”“至事”。他认为诗人追求的应是这种表达“至理”“至事”的高级艺术形象，即达到艺术至境的意象。因此，当我们讨论“艺术形象”中的“艺术意象”时，就是指这种至境意象，而不应与一般文化生活中的观念意象相混淆。

值得说明的是，西方也有个别美学家对至境意象的存在有所察觉。康德在骨子里是主张浪漫美学的，他提出的最高审美范畴叫“Ästhetische Idee”，朱光潜根据这个概念的希腊文本意，将其翻译为“审美意象”，并把它界定为“一种理性观念的最完满的感性形象显现”，“一种暗示超感性境界的示意图”。它不是一般的观念意象，而是一种“借助于想象，追踪理性”，表现力已达到“最高度”，即“最高范本”“最高理想”境地的意象。② 显然，他所说的意象与叶燮所说的至境意象十分相近。

二、艺术意象的特征

由于文学意象在本质上属于“表意之象”，形象和意义之间显示了一种特殊的表意关系，这就使这种艺术形象具有了明显不同于一般艺术形象的艺术特征。概括地说，艺术意象具有如下基本特征。

1. 象征性和暗示性

文学意象一般具有如叶燮所说的“言在此而意在彼”的审美效果，而这样的效果，是通过象征性和暗示性来达到的。先说象征性。美国当代著名学者詹姆逊宣称：“现代主义的必然趋势是象征性。”③ 由此，我们也可以界定现代主义文学的主流形态是意象艺术，因为象征性往往是艺术意象最基本的表现手段。这里的“象征”，是取狭义的象征论。另有一种广义象征论，认为一切文学艺术作品都是象征的。由于缺乏理论针对性，本书不拟采纳。对于狭义象征论，黑格尔曾有过严格的界定。他说：

---

① 郭绍虞：《中国历代文论选》第三册，352页，上海，上海古籍出版社，2001。

② 参见朱光潜：《西方美学史》下卷，52～53页，北京，人民文学出版社，1979。

③ ［美］杰姆逊：《后现代主义与文化理论——杰姆逊教授讲演录》，154页，西安，陕西师范大学出版社，1986。本书将詹姆逊译为杰姆逊。——编者注

> 象征一般直接呈现于感性观照的一种现成的外在事物，对这种外在事物并不直接就它本身来看，而是就它所暗示的一种较广泛较普遍的意义来看。因此，我们在象征里应该分出两个因素，第一是意义，其次是这意义的表现。①

显然，象征一般由两种因素构成："第一是意义，其次是这意义的表现。"但它"呈现于感性观照"的只能有一个因素，即"意义的表现"。这种"意义的表现"或是一种"感性的存在"物，如建筑艺术中的埃及金字塔、北京的陵园或人民英雄纪念碑等；或是一种文学形象，如卡夫卡《变形记》中的大甲虫。也就是说，象征的"意义的表现"部分是一种艺术形象。这种"形象"实际上已经变成某"意义"的载体了。卡夫卡笔下的大甲虫是由人变的，大甲虫的形象和形成的过程正好与作家要揭示的哲理意义"人变成了非人"相对应。这个形象能引导我们"就它所暗示的一种较广泛较普遍的意义来看"它，而不再局限于形象本身。对比之下，阿 Q 和骆驼祥子的形象就不是意象，因为这两个形象可以"直接就它本身来看"。阿 Q 就是阿 Q，骆驼祥子就是骆驼祥子，他们身上没有什么象征意义。这样，以"直接体现"方式塑造的文学形象与以象征手法创造的意象就判然有别了。

其次，艺术艺象具有以暗示的手法创造的"表意之象"。暗示与象征没有明显的界线，一般象征的形象与意义之间，其对应关系较为直接。不仅整体，甚至局部都直接指向某种意义，如国旗、国徽的图案。"暗示"的形象与意义之间的关系一般较为间接。例如，一则寓言与它的寓意之间，只有从整体上暗示意义，而具体的细节则往往没有什么暗示意义；然而从其最终目的来看，寓言还是为了表达某种观念或哲理，还是属于意象范畴。所以，从这个意义上，我们把中国古代的许多寓言，如《自相矛盾》《鹬蚌相争》《揠苗助长》等，和《伊索寓言》《老人与海》等都视为意象之作。还有以比譬的方式写的哲理诗，如王安石的《飞来峰》、苏轼的《题西林壁》等，其中的物象与要说的道理不是象征的关系，只是一种类比的关系。总之，象征性和暗示性是决定一个文学形象是否是意象性的艺术形象的根本特征。失去了这一点，意象就无法成立。

2. 荒诞性

在现代艺术中，"荒诞"是一个极为常见的术语，如"荒诞派文学""荒诞

---

① ［德］黑格尔：《美学》第 2 卷，10 页，北京，商务印书馆，1979。

派戏剧”等。其实它是由意象形象的“奇僻荒诞”引起的。对意象的这一特征，中国古典文论早就有所揭示。清代学者章学诚说：

> 《庄》《列》之寓言也，则触蛮可以立国，蕉鹿可以听讼；《离骚》之抒愤也，则帝阙可上九天，鬼情可察九地……愈出愈奇，不可思议。①

章学诚认为，意象是一种“人心营构之象”，已经不是生活本身的样子。它通过奇僻荒诞的形象“以衷（按：表达、暗示）天地自然之理”，来达到象征目的。它们往往是“愈出愈奇”的，“不可思议”的。这样，“荒诞”的概念便可以从两个层面来理解了。其一，是指形象上的荒诞性。例如，中国古代神话中的刑天，头被砍掉后，仍以乳为目、以脐为口继续战斗；埃及的狮身人面像是人与兽的组接；华沙美人鱼是美女与鱼的拼合，等等，都是现实中不可能有的事物。卡夫卡笔下的大甲虫，法国剧作家尤奈斯库笔下一个小镇的人都变成了犀牛的故事，也具有这个层面上的荒诞性。其二，是指生活情理上的荒诞性。现代派文学更是刻意表现人类生存的困境的荒诞性。侨居法国的爱尔兰作家贝克特的代表作品《等待戈多》，描写两个流浪汉无望地等待一个不明身份的人——戈多，表现了人类对无望的未来充满期望的悲剧，以示人生的荒诞性。总之，形象上的“愈出愈奇”，生活逻辑上的“不可思议”，是古今意象的一般特征。但是，某些作家刻意追求写实手法与暗示手法的结合，也使意象的传统形态奇辟荒诞，常有例外，如中国画中的梅兰竹菊、苍松翠柏，美国作家海明威的《老人与海》等。

3. 多义性和求解性

与一般意象不同，达到艺术至境的意象总是含蓄而多义的，往往很难确定哪一种意义更准确。埃及的狮身人面像，在黑格尔的《美学》中便提供了多种答案。例如，他说“我们可以把狮身人首兽看作埃及精神所特有的意义的象征”②，认为狮身人面像具有埃及民族图腾或徽号的意义。接着，黑格尔又提供了一种纯粹哲学家式的解释：人首象征精神，兽身象征物质力量；连起来，该像一方面象征精神要摆脱物质力量，另一方面象征精神还没有完全摆脱物质力量，所以还没有获得自由。此外，他还提供了神话学的解释：狮身人面兽就

① （清）章学诚：《文史通义·易教下》，上海会文堂印本。

② ［德］黑格尔：《美学》第2卷，77页，北京，商务印书馆，1979。

是希腊神话中站在忒拜王国门口向人提出谜语的怪物斯芬克斯。斯芬克斯问："什么东西早晨四条腿走路，中午两条腿走路，傍晚三条腿走路？"俄狄浦斯猜出那就是"人"。这个故事意在向人发出呼吁："认识你自己！"这些解释都对，但远未穷尽狮身人面像的审美意义。例如，从历史的眼光看，它是否是人类进化史的诗意表达？从宗教的眼光看，它是否是埃及人的保护神祇？从皇权和贵族的眼光看，它是否是对皇权威严的夸耀？从金字塔的内涵看，它是否是幽幽冥府凛然难犯的守护神……这便是至境意象的多义性。它的意蕴极其丰富，永远也猜不完。所以黑格尔说，象征到了极致就变成了谜语。

造成这种多义性的原因是复杂的。首先，作家或艺术家在这里使用的象征，是一种他个人创造的象征（又称私人的象征）。与那种社会上约定俗成的或者用社会传媒首先公布其意义的象征，如国旗、国徽等（这类象征又称为公众的象征）不同，作者创造的是仅仅属于自己的意象，其中多半隐藏着个人的秘密。而作者又未公开自己意图，接受者便只能根据自己的理解去猜测。由于形象与意义之间并没有准确的对应关系，这样理解起来便常常产生歧义。再加上接受者主观条件的差异性，他们对意象的理解会多种多样。其次，意象的多义性也与作家、艺术家的刻意追求有关。例如，法国象征主义诗人马拉美就认为："诗永远应当是一个谜。""诗写出来原是叫人一点一点地猜想。"① 也就是说，诗人故意不愿把有些意象的意义说得太明白，太直露。于是，有些作品便成了千古诗谜。英国象征诗人布莱克的《病玫瑰》，就很让人猜不透。其诗如下："哦！玫瑰，你病倒了。/无影的昆虫，/飞翔在夜幕里，/在狂吼的风雨中。/昆虫飞到你的温床边，/你的床富有欢乐之情，但它那邪恶而神秘的爱，/尚能摧毁你的整个生命。""床"与"爱"也许有象征情爱的含义，但"昆虫"象征什么却很难猜出。它是摧毁玫瑰致死的罪魁。它是狡猾的、欺诈的和虚伪的，竟然以"爱"的形式摧残了纯洁而美丽的玫瑰的生命。这是在揭示人类爱情的消亡？还是在为人性的丧失而悲鸣？与这种情况相类似，我国唐代诗人李商隐的《锦瑟》和许多《无题》诗也成了千古诗谜。

意象的含蓄性和多义性造成了接受者对它特有的接受方式，这便是它的求解性。不合常情、不合常理的意象，常使人一接触它便顿生疑窦，审美心理也变成了一种求解式的猜测的过程。例如，当你站在毕加索的巨幅油画《格尔尼卡》面前，你的灵魂立刻会被震惊，并且会产生无数的疑问：画家画的是什

---

① 伍蠡甫：《西方文论选》下卷，261～262页，上海，上海译文出版社，1979。

么？他为什么这样画？惊马代表什么？牛头代表什么？奔跑的脚、手握断剑的臂、电灯、手拿煤油灯的人等分别又代表什么？当你从倒地的士兵、怀抱婴儿号哭的母亲、仰天呼叫的失魂者身上，猜到这可能是表现一场非正义战争给人类带来的灾难时，便能产生一种了悟的兴奋。伴随这种审美愉悦，你便会越解越想解。当你猜到牛头可能象征法西斯，惊马也许代表人民时，你会得到更多解谜的享受。但你的思路不会因此终止，相反还会更积极地求解下去。这种打破砂锅问到底的追问，几乎充满意象审美鉴赏的全过程，并最终归纳出某种观念或抽象的结论。这便是艺术意象的求解性，它与人们对于一般写实性形象的体验和抒情性形象的品味是大不相同的。

总之，艺术意象是以表达观念哲理为目的，以象征和暗示为手段，具有荒诞性和多义性的表意之象，是文艺形象的高级形态之一。

三、艺术意象的分类

艺术意象的分类是在观念意象的高级形态中进行的，从表意的方式的角度着眼，可以把它分为两种，即寓言式意象和符号式意象。所谓“寓言式意象”，是指通过一则故事暗示某种哲理或观念。寓言式意象的显著特征就在于有故事情节，哪怕是最稀薄淡化的故事情节。此类意象常见于叙事性作品，常以叙事诗、小说和戏剧的形式，通过有情节的整体形象系统来实现某种观念或理想的表达。在尤奈斯库的《秃头歌女》中，人物影子似的模糊，两对中产阶级夫妇模样的男女在进行莫名其妙的谈话。先是一对男女登台，谈些无聊的琐事，说着说着才发现他们原来同住一间房子，同睡一张床，还生过一个面貌奇怪的女儿，可能是夫妇。但当别人提出怀疑时，他们自己也怀疑起来。之后，另一对夫妇模样的人又开始了类似的谈话。此剧通过舞台组接了两对夫妇的对面不相识，显示了作家对现实中人与人之间关系的哲理性思考。这便是一则寓言。寓言作为一种文体，在中国先秦诸子散文中已十分常见，这说明这种意象是人类创造和使用的最古老而又最普遍的艺术形式之一。

所谓“符号式意象”，是指不具有情节性的整体意象和单个意象。这类意象以它整体或单个的形象特征，直接暗示和象征着某些观念或哲理，其本质不过是表意的符号，所以称符号式意象。符号式意象又可分两类：一类是抽象型，一类是具象型。抽象型符号式意象在建筑、绘画、雕塑等视觉艺术中比较普遍，而在语言艺术中比较少见。所谓“抽象型符号式意象”，是指无法用适当的自然物体概念来描述它的形状，只能借助于某些抽象的概念、术语去表达它。例如，对于埃及的金字塔，人们只有用巨大的“方锥体”这个概念来描述它；对某些现代雕塑的形状，只用“S形”“不规则图形”“螺旋形”“流线形”等词语来描述。这种抽象型符号意象不仅自古有之，而且在生活中也很常见，如巴黎埃菲尔铁塔、西方各类教堂、教堂上的巨大的十字架、各国的国旗等，都有一种令人肃然起敬的崇高风格和神圣含意。西方现代抽象雕塑和抽象绘画也属于这一类，但立意隐晦。所谓“具象型符号式意象”，一般由自然物体的变形、夸张和拼接组合而成，不论在哪一门艺术中，都是符号式意象的主要形式，如我国的龙凤图像、国徽、埃及的狮身人面像、黄河边上的雕塑《哺育》等。在文学中，具象型符号式意象也十分常见，如闻一多的《死水》《红烛》，郭沫若的《骆驼》《天狗》，臧克家的《老马》，艾青的《伞》等。

通过以上讨论，我们发现表达观念或哲理意的象或象征意象随处可见。离开这个范畴，我们怎样能理解现代派文艺现象？怎样能理解古代的象征文化？怎样能理解我们现实生活中的现代建筑和现代雕塑？可见，中国古代文论的这一贡献是十分伟大的。

第三节　艺术典型

文学艺术虽不是历史，但它却担负着反映历史真实的重任。通过富有魅力的个性描绘，真实地反映历史真实是许多作家、艺术家的艺术追求。在长期的艺术实践中，人们创造了一种体现历史真实的艺术形象的理想的范式——典型。黑格尔称此为“理想”，它和意境一样，也是一种艺术形象的理想形态，一种感性的审美模式。典型体现着言史文艺的审美理想，是审美理想的一种核心范畴，也是人类创造的艺术至境的三种基本形态之一。

一、典型论的发展及论争

典型（Tupos）基本上是西方文论创立的一个概念。它的发展大致经历了三个阶段。17世纪以前，西方的典型观基本上是类型说，强调典型的普遍性和类型性。18世纪以后，西方开始了由重视共性到重视个性的转变，个性典型观占据主导地位。19世纪80年代末，马克思主义典型观趋于成熟，促使典型理论发展到了一个崭新的阶段。进入20世纪之后，西方由于艺术和审美趣味的转移，关于典型的研究相对显得沉寂，马克思主义典型观却在社会主义国家中得到了广泛应用和快速发展，并成为中心议题之一。

中国大型叙事文学的兴盛较晚，对典型论的自觉也不够充分，只是到了明清小说评点理论有了发展之后，典型论才达到相当的规模和深度。但是“典型”这个概念，或者别的相应的范畴，在中国始终没有出现。随着马克思主义在中国的传播，西方典型论于“五四”后传入我国，而真正的讨论和应用是在中华人民共和国成立之后开始的。

新中国成立之初，我们主要从苏联移植了典型理论。当时，“阶级典型”说有很大的影响。这种观点认为，典型性就是阶级性的具体表现，典型人物就是将某个阶级的共同特征集中于独特的形象之中。这种把典型性与阶级性等同起来的做法，是一种理论上的幼稚和不成熟的表现，明显地带有庸俗社会学的倾向。

接着出现的，是“共性与个性统一”说。这种见解开始重视典型的个性因素，对于纠正庸俗社会学的影响和典型的类型化、概念化的倾向有好处，但仍不能正确地把握典型的特征。世界上一切事物都是个性与共性的统一。把事物的这种最一般的属性看作艺术典型的本质，并不能把艺术典型与一般事物区别开来；而且把鲜活的艺术整体生硬地割裂开来，机械地划分这是个性、那是共性，这种做法实际上是行不通的，仍然带有机械唯物论的阴影。

出于对“阶级典型”说和“共性与个性统一”说的怀疑，有人提出“共名”说。“共名”说认为典型不仅活在书本上，而且流行于生活中，成为人们用来称呼某些人的“共名”。它是人们自觉不自觉地仿效的榜样，是人物塑造达到最高成就的标志。此说在研究方法上别开生面，不是就典型本身论典型，而是企图从艺术形象的审美效果上去判定它是否是典型，发前人之未发。但由于“共名”说对典型的本质缺乏必要的理论概括，让人不好把握；仅以是否广泛流传作为判定典型的标准，也未见周密；再加上，仅从普遍性判定典型也容易回到类型说的老路上去，所以它不可能纠正“共性与个性统一”说的弊端。

因此，有人又提出从本质的必然和现象的偶然的联系上去认识典型的共性与个性的统一，认为对典型的共性与个性的统一的理解，不能停留在静止、抽象的理解中，而应深入到更深的层次，即放到本质与现象、必然与偶然的范畴上来考察。典型之所以具有作为个性体现共性的特点，其实质正在于它在偶然的现象中体现必然性的东西。此说想以运动的而不是静止的观点透视典型，在解释典型的阶级性的复杂性和多样性方面的确比“共性与个性统一”说前进了几许，但是“必然与偶然的联系”仍然是世间一切事物都有的联系，仍然不能揭示典型的本质。

由于这些观点的思路都是企图把哲学范畴简单地套用在美学现象上，因此它们与典型的真正性质始终隔着一层。

“文化大革命”后第一个新观点就是“个性出典型”，目的是纠正被搞乱的文艺思想。但从理论上看，此论仍是在共性与个性两极之间徘徊，并未跳出“共性与个性统一”说的格局。20 世纪 80 年代，有人提出“中介—特殊”说。此说认为，哲学上为了便于解释复杂的事物，往往使用三个概念：个别、特殊、一般。“特殊”是个别与一般的中间环节，又叫“中介”。典型就处于“中介”的位置上。典型包含有个别的因素，但又不是个别；典型包含有普遍的因素，但又不普遍，它处于个别与一般之间的一个特殊层次上。逻辑范畴的特殊性揭示了典型的深层实质：典型即“特殊”。“特殊”对个别而言是本质，对本质而言又是现象；个别对一般而言是远离本质的现象，“特殊”较之于个别对一般而言则是更加切近本质的现象。显然，这使我们对典型的认识更深了一层。此说的观察视角虽然仍是从哲学切入的，但它已不是生硬地运用哲学范畴去硬套文艺现象，而是一种具体的辩证分析。它的出现，使典型研究终于跳出了机械唯物论的纠缠，重获生机。典型既然是“特殊”，那么这个“特殊”在文学里是怎样表现的，它“特殊”在什么地方呢？这都有待我们得出更好的结论。

典型作为一种文学形象，作为一种审美形态，为什么偏要以哲学眼光来审视呢？为什么不应当以审美的眼光直接去把握呢？这便是我们新的典型观的出发点。

二、文学典型的美学特征

文学典型是文艺形象的高级形态，它同前述意象、意境一样，也是达到艺术至境的基本形态之一。与一般的艺术形象相比，文学典型表现出更鲜明的特征性，更强烈的艺术魅力。因此，我们给典型以这样的定义：文本中显示出特征的富于魅力的性格。它在叙事性作品中，又称典型人物或典型性格。典型通常有如下美学特征。

1. 典型的特征性

马克思在致斐·拉萨尔的信中批评他说：“我感到遗憾的是，在性格的描写方面看不到什么特出的东西。”① 在这里，马克思提出了审视典型的一个重

① 《马克思恩格斯选集》第 4 卷，340 页，北京，人民出版社，1995。对于这条译文，朱光潜认为：“据原文，这句话应改译为‘在剧中人物身上看不到什么显出特征的东西’。”朱光潜：《西方美学史》下卷，718 页，北京，人民文学出版社，1979。

要原则，即特征性原则。所谓性格描写的“特出的东西”，指的就是典型的一个重要美学特点：“特征性”。“特征”（charakteristische）的概念，是由德国艺术史家希尔特提出来的。黑格尔认为他是“现代一位最伟大的艺术鉴赏家”。所谓“特征”，就是“组成本质的那些个别标志”，是“艺术形象中个别细节把所要表现的内容突出地表现出来的那种妥帖性”。① 所以，黑格尔特别强调艺术创作的特征性原则。童庆炳认为，从外延看，特征可以是一句话、一个细节、一个场景、一个事件、一个人物、一种人物关系等。就内涵而言，特征具有两种属性：其一，它的外在形象极其具体、生动、独特；其二，它通过外在形象所表现的内在本质又是极其深刻和丰富的。特征是生活的一个凝聚点，现象和本质在这里相连，个别与一般在这里重合，形与神在这里统一，意与象在这里聚首，情与理在这里交融。作家在创造典型时，只要准确地捕捉到这个凝聚点，加以强化、扩大和生发，就可能成功地塑造出典型来。所以，我们把作家抓住生活中最富有特征性的东西，加以艺术强化、生发的过程，叫作“特征化”。② 文学典型作为这种特征化的最佳结果，必然最富于特征性，或者说最鲜明地显示自己的特征性。所以，特征性原则就成了文学典型首要的和基本的特点。

如上所述，特征可以是一句话、一个细节、一个场景、一个事件、一个人物等，高明的作家可以通过特征化把以上诸多因素融汇成一个艺术整体。陆游的《示儿》，把临终的一句遗言变成千古名篇；契诃夫把一个打喷嚏的细节生发成一篇名扬四海的小说；杜甫的《兵车行》，通过一个场景，给我们留下了唐朝穷兵黩武给人民带来严重灾难的历史画卷；鲁迅通过人血馒头治痨病这件事，揭示了中华民族深刻的历史教训和悲剧命运的根源。也就是说，上述因素无论哪一个被“特征化”了，都可以产生不朽之作。可见，特征化在艺术表现中具有巨大能量。所以，巴尔扎克说，特征的特点在于“用最小的面积惊人地集中了最大量的思想”③。然而，典型的特征化原则还要求调动一切艺术手段，为形成人物的“总特征”服务。艺术典型的特征性，可分为两个层次来理解。

首先，文学典型必须具有贯穿其全部活动的，统摄其整个生命的“总特

① ［德］黑格尔：《美学》第1卷，22页，北京，商务印书馆，1979。

② 参见《童庆炳文集》第1卷，131页，北京，北京师范大学出版社，2016。

③ 古典文艺理论译丛编辑委员会：《古典文艺理论译丛》第十册，101页，北京，人民文学出版社，1965。

征”。黑格尔认为：“性格的特殊性中应该有一个主要的方面作为统治的方面。”① 凡是世所公认的典型，无不具有这个“总特征”，而且典型的品位越高，这个总特征就越鲜明。歌德说莎士比亚的《哈姆雷特》，是把一件伟大的事业担负在一个不能胜任的人身上，这出戏完全是在这个意义上写成的。② 这就是哈姆雷特的总特征。此外，阿Q的“精神胜利法”，林黛玉的“多愁善感”，堂吉诃德的“善良的愚蠢，天真的癫狂”等，只要读者一接触他们，便会感受到他们身上那些其他人物不具备的特征。这些总特征往往贯穿于他们的全部行动，融化于他们的血液，深入他们的每个毛孔，成了他们的灵魂和中枢神经，成了统摄其整个生命的东西。一个人物只要有了这样“特殊的东西”，他便“活”了，具有了艺术的生命力。

其次，艺术典型还必须通过局部特征，反映和形成总特征，也就是要调动诸如语言的特征性、细节的特征性、场景的特征性、事件的特征性等，为反映和形成总特征服务。例如，鲜花盛开的大观园内，其他女孩都在嘻嘻哈哈地游戏玩耍，唯独黛玉忙于葬花，并以回肠荡气的《葬花辞》祭奠落花。这个富有特征性的细节设计，突出了林黛玉“多愁善感”的总特征。艺术实践证明，把以上诸种因素调动得愈充分，愈集中，其人物的性格的总特征便愈鲜明，愈有可能成为艺术典型。

2. 典型的艺术魅力

马克思在赞扬希腊神话时说，它们“仍然能够给我们以艺术享受，而且就某方面说还是一种规范和高不可及的范本”，因而“显示出永久的魅力”。同样，他又希望，人类在步入成年之后，能在“更高的阶梯上把自己的真实再现出来”③。显然，典型应富于艺术魅力，这是马克思主义典型观的应有之义。确实，凡是在文学史上可以被称为典型的文学形象，都具有永恒的艺术魅力。莎士比亚的《哈姆雷特》问世以来，几百年过去了，从西方演到东方，至今仍然受到广大观众的欢迎。同样的道理，堂吉诃德在中国一样引起观众的笑声，《三国演义》在日本引起的轰动也不亚于中国国内，林黛玉已从古代“活”到现代，阿Q已从东方步入西方。文学典型总是这样没有国界，超越时空，富有永久的艺术魅力。

---

① ［德］黑格尔：《美学》第1卷，304页，北京，商务印书馆，1979。

② 参见伍蠡甫：《西方文论选》上卷，452页，上海，上海译文出版社，1979。

③ 《马克思恩格斯选集》第2卷，114页，北京，人民出版社，1995。

然而艺术魅力也是一个模糊性概念，它的内涵和外延仍有待探索。① 一般认为，艺术魅力是艺术作品诸种审美素质衍生出来的综合性审美效应，或者说是艺术作品在审美主体方面引起的美的效果，自然要在艺术典型上集中地表现出来。

首先，典型的艺术魅力，其实是性格所显示的生命魅力。这种“生命魅力”就是典型人物的生命所呈现的斑斓色彩，即性格侧面的丰富多彩。艺术典型所呈现的精神世界的丰富性，常令人叹为观止。例如，《红楼梦》中的林黛玉，她的心灵显得那样晶莹，那样高洁，那样美丽可爱。林黛玉的多彩性格主要表现在三个方面：其一是聪慧过人的、柔情万种的、缠绵悱恻的、富于幻想的、向往着美好爱情的少女之心；其二是诗意充盈的、敏感多思的、眼光超越的、痛苦忧伤的、向往着自由和施展个性的诗人之心；其三是一颗饱读诗书的、超凡脱俗的、俊逸高洁的、孤独自傲的、宁折不弯的富于东方文化特色的士子之心。然而，世俗的文化环境给这颗心打上了社会和时代的烙印，这就使她既有贵族少女的孤僻、乖张，又带着世俗女子的软弱和小性儿；使她的恋爱史，几乎成了不断拌嘴、误解和流泪的历史；使她的叛逆和反抗多存在于心灵的领域，很难冲破封建礼教的规范，因而也只能是无济于事的、仅以眼泪和生命相拼的反抗。而林黛玉心灵的这一面，从艺术上看，无疑又增添了她性格的悲剧美。她性格中世俗性与非世俗性的矛盾，拓展了生命的张力，更显得有血有肉，丰富多彩，具有无穷的艺术魅力。

其实，林黛玉的性格和生命所呈现的斑斓色彩，正是典型塑造追求的一种合乎规律的表现。如前所述，18 世纪以前，典型一般还处于类型化阶段，人物性格往往是单色调的。到了 19 世纪，西方现实主义的发展达到高潮，人物性格描写也由简单到复杂。在托尔斯泰的作品中，人物性格从灵魂到行动都得到多层次、多侧面的展现。例如，安娜·卡列尼娜的性格，就展现了女人所包含的母性、妻性、女儿性的丰美的意蕴及生命的奇光异彩。现实主义的艺术至境追求，已经发展到追求性格丰满的“圆形人物”阶段。黑格尔早就在提倡这一点：“性格同时仍需保持生动性和完满性”，“把一种本身发展完满的内心世界的丰富多彩性显示于丰富多彩的表现”。②

其次，典型的艺术魅力更是其灵魂深度的表现。黑格尔说：“一个艺术家

---

① 关于文学艺术的魅力，参见林兴宅：《论文学艺术的魅力》，载《中国社会科学》，1984 (4)。

② ［德］黑格尔：《美学》第 1 卷，304 页，北京，商务印书馆，1979。

的地位愈高，他也就愈深刻地表现出心情和灵魂的深度。”① 所谓“灵魂的深度”，一方面是艺术家的慧眼所在，是他超越群侪的标志；另一方面是艺术典型的必备品格和评判质量高低的依据。我们可以从三个方面来理解。

一是看它在何种程度上表达了人类解放自身的要求和改变现存秩序的愿望。例如，林黛玉所具有的情感和灵魂的深度是震撼人心的。她以热烈执着的情感，表达了对爱情自由的憧憬，这种对个性解放的追求正与人类解放自身的愿望相统一。然而，林黛玉却不是《西厢记》里崔莺莺那样的“爱情鸟”，她的爱情追求明显地包含着深刻的反叛性内容。她全然不把贵族阶级的富贵尊荣、仕途经济放在眼里，甚至蔑视整个现存秩序的人情世态。她之所以一往情深地爱上贾宝玉，就是因为贾宝玉是她志同道合的知己。于是这对贵族青年的爱情故事，便有了与封建社会格格不入的自由色彩。

二是要看灵魂所显示的真实程度。真实性既是现实主义艺术最重要的价值尺度，也是马克思主义典型观的核心命题。它为艺术典型规定了严格的历史尺度，要求典型体现的真实有着丰富深刻的历史文化意蕴。当典型人物以他扑面而来的“特征”进入我们视野的时候，便能以他所揭示的一定的社会人生的真相、真实和真理，引起欣赏者的强烈共鸣。如果典型所揭示的真实十分深刻，不仅与读者尚处于感性状态的生活体验相一致，而且还能帮助读者把他对生活的认识提高一步，从而把握社会生活更深层次的本质。读者此时便会拍案叫绝，形成一种震撼心灵的审美激动，产生一种刻骨铭心的艺术感染。所以，符合历史尺度的真实性，历来是作家塑造典型的最高追求，也是典型艺术魅力的第一元素。巴尔扎克说：“获得全世界闻名的不朽的成功的秘密在于真实。”②

值得说明的是，艺术典型体现的真实性还包括真诚性，即作家透过典型的真实描写所折射的最真诚的人格态度。《庄子·渔父》说：“真者，精诚之至也。不精不诚，不能动人。”艺术典型的灵魂，往往是作家“精诚之至”的表现。不过却是一种从人物的灵魂辐射出的一种感觉得到的存在，而且愈是有辐射力的灵魂，愈显其性格的深度和魅力。阿 Q 的灵魂之所以感人至深，是因为阿 Q 的背后分明站着一个爱恨交织的鲁迅。那“哀其不幸，怒其不争”的复杂而真诚的情感态度，犹如一个母亲流着血泪去鞭打那个她倾注着厚爱的不争气

---

① ［德］黑格尔：《美学》第 1 卷，35 页，北京，商务印书馆，1979。

② 北京师范大学中文系外国文学教研组：《外国文学参考资料（十九世纪—二十世纪初部分）》上册，557 页，北京，高等教育出版社，1958。

的儿子。透过阿Q的可悲可笑的“行状”，读者能体会到鲁迅那特有的“哀”和“怒”，因为在冷峻的幽默后面，是鲁迅那颗滚烫的心。这是“精诚之至”才能达到的艺术效果。

三是要看性格和灵魂是否合乎理想。黑格尔说“艺术可以表现神圣的理想”，并直接将典型视为“理想”（ldeal），认为它已经不是自然形态的东西，而是一种审美升华的结果，体现了作家“更高的心灵的旨趣”。① 显然，上述典型性格之所以那样五彩斑斓，灵魂的深度之所以那样真实深刻，就是在于进行了审美升华。也就是说，艺术典型集中体现了审美理想，审美理想的魅力也就造成了艺术典型的魅力。明白了这个道理，我们就会懂得：为什么关羽、张飞、诸葛亮这样带有类型化特征的典型人物，至今仍能为我们所喜爱？因为他们合乎理想；为什么在复杂的“圆形人物”出现后，作为“扁平人物”的众多艺术形象仍有艺术魅力？因为虽然性格是单色的，但是他们的灵魂是有深度的，是合乎理想的。因此，判断典型人物的质量，不应当简单地以是否是“圆形人物”为标准，而应当以是否具有灵魂的深度、是否合乎理想为尺度。

三、典型环境中的典型人物

1. 典型环境

典型人物不可能是孤立的存在物，而应是在具有典型性的环境中形成的。所以人物与环境的关系，历来是作家和理论家讨论的重要问题。除黑格尔外，18世纪法国启蒙思想家狄德罗也注意到了这一问题。他在《论戏剧艺术》中认为：“人物的性格要根据他们的处境来决定。”自然主义者左拉提出：“使真实的人物在真实的环境里活动。”② 然而启蒙主义者所理解的环境，主要指自然环境；自然主义者所说的环境，主要是从生物学和遗传学的眼光看到的个人生活的狭小天地和地理条件。他们都是历史唯心主义者，因而既不能揭示环境的本质，也不能正确地阐明人物与环境的真正关系。马克思、恩格斯以历史唯物主义的观点科学地阐明了人们的生活环境与人物性格形成的关系，并针对文艺创作，提出了“真实地再现典型环境中的典型人物”的命题。这是对典型理论的重要贡献。恩格斯在致玛·哈克奈斯的信中写道：

---

① 参见［德］黑格尔：《美学》第1卷，47页，北京，商务印书馆，1979。

② 古典文艺理论译丛编辑委员会：《古典文艺理论译丛》第八册，122页，北京，人民文学出版社，1964。

> 据我看来，现实主义的意思是，除细节的真实外，还要真实地再现典型环境中的典型人物。您的人物，就他们本身而言，是够典型的；但是环绕着这些人物并促使他们行动的环境，也许就不是那样典型了。①

其实，这是马克思、恩格斯的一贯主张。所谓“典型环境”，是指充分地体现一定的历史文化语境真实风貌的人物的生活环境。它包括以具体独特的个别性反映的特定时期社会文化的现实关系总情势的大环境，又包括由一定的历史文化语境形成的个人生活的具体环境。

所谓“社会文化的现实关系总情势”，包括两方面的内容：一是社会文化现实关系的真实情况，二是一定时代的脉搏和动向。这种总情势往往不是直接的、公开呈现的，而是一种隐匿的、潜伏的客观存在，只有到了社会矛盾激化的阶段才会明朗。因此，作家能否抓住它并且如实地表现出来，才最见其洞察社会的功力。它直接牵涉到作家的思想水平和艺术观察力。《城市姑娘》成书后不久，伦敦东头就爆发了大规模的工人运动。这说明哈克奈斯的环境描写不够真实。在哈克奈斯深入伦敦东头和写小说期间，那里一定潜伏着某些革命的潜流。但由于哈克奈斯仅能以人道主义的同情和空想社会主义的眼光观察生活，自然捕捉不到社会文化中的现实关系的真实情况和时代的脉搏，因此她笔下的环境描写就失去了典型性。在这里，真实性仍是决定环境描写是否“典型”的尺度。

2. 典型环境与典型人物的关系

恩格斯的“真实地再现典型环境中的典型人物”的命题，恰当地揭示了典型人物与典型环境的辩证关系。一方面，典型性格是在典型环境中形成的。所谓“环境”，就是那种形成人物性格，“并促使他们行动”的客观条件。优秀的文艺作品，总是让它的人物契合环绕着他们的特殊环境。《红楼梦》中多愁善感的林黛玉，就是环绕着她的典型环境的产物。她自小才思聪慧，因幼年失母，受到的礼教的约束相对较少。寄居贾府之后，由于贾府所需要的是宝钗那样的女性，客观环境与她自由的个性就形成了强烈的冲突，造成了她与环境的格格不入。所以，环境对她犹如“一年三百六十日，风刀霜剑严相逼”。在这个黑暗王国里，她唯一的知己便是贾宝玉，唯一的温馨和希望来自那被黑暗势力包围着的爱情。虽然在爱情的天国里，他们可以互道衷肠，驰骋叛逆的梦

---

① 《马克思恩格斯选集》第4卷，462页，北京，人民出版社，1995。

想，但现实的环境又使她敏感的神经常常产生种种不祥的预感，再加上寄人篱下的凄苦与孤独，她便常常“临风落泪，对景伤情”。这样丰富而又痛苦的精神生活，只能给她留下一副“弱不禁风”的躯壳。可见，林黛玉从内蕴到外形就是这样被环境决定着的。

典型环境不仅是形成人物性格的基础，有时还制约着人物的行动，刺激着人物性格的发展变化。优秀的文学产品，总是自觉不自觉地符合这一艺术规律。《水浒传》中的林冲，本是东京八十万禁军教头，宋王朝的高级官吏，要这样的人造反是不容易的。小说通过“岳庙娘子受辱”“误入白虎堂”“刺配沧州道”“大闹野猪林”“火烧草料场”“风雪山神庙”等情节，让他与环境发生强烈的冲突，从而使他一步一步地被逼上梁山。这充分显示了环境对人物行动的制约、决定作用。

另一方面，典型人物也并非只能屈服于典型环境，在一定条件下，典型人物可以对环境发生反作用。阿Q在未庄本是微不足道的，但一旦他从城里回来，把满把的铜的和银的向酒店柜台上一甩，地位便立刻改变，一度竟成了未庄人注意的中心，赵太爷一家静候的客人。特别是在革命的风声传到乡下时，阿Q大叫：“造反了！”这又立刻改变了他与未庄的现实关系，连赵太爷这样的人物，见了阿Q也害怕，低声下气地喊“老……老Q”。这充分显示了人物在一定条件下，对环境的反作用。

典型环境与典型人物的关系还有互相依存的一面。失去一方，另一方也就不复存在。典型人物的刻画是离不开典型环境的，典型环境是典型人物赖以生存发展的现实基础，没有典型环境，典型人物的言谈、行动甚至心理都会失去依据，成为无源之水、无本之木。反之，典型环境也因典型人物的存在而存在。典型环境是以典型人物为中心的社会文化关系系统。如果失去了典型人物，这个系统便失去了中心，失去了联系的纽带，会成为一盘散沙。所以，恩格斯关于“真实地再现典型环境中的典型人物”的命题，是一个整体性命题，不宜拆开来理解。它为塑造典型指出了一条可行的途径，把真实的历史尺度在典型理论中做了充分彻底的贯彻。因此，它是马克思、恩格斯典型观的重要组成部分。

3. 注意细节真实是典型塑造的前提性条件

过去我们对马克思主义典型观的理解，往往忽视了“除了细节的真实外”这个前提。也就是说，恩格斯是在再现论和现实主义的分类意识的基础上讨论艺术典型的。有的学者研究马克思主义典型观一辈子，竟然认为孙悟空也是典型。其实，这是忽视了注意细节真实这个前提。如果孙悟空也是典型，那么，恩格斯说的“现实主义的意思是”不就多余了吗？难道真有所谓的“无边现实主义”?① 孙悟空的形象不能算是典型，因为作家对孙悟空的塑造从来就不尊重细节真实，所以它只能是意象，而不是典型人物。看来，注意细节真实是典型人物、典型环境和现实主义三者成立的必要条件。如果失去了这一点，那么三者就会失去它们存在的前提和可能。因此，注意细节真实是典型人物和典型环境的描写和塑造必须遵从的第一要义。有时一个细节失真，就会使典型塑造蒙受巨大损失。

总之，典型是显示出特征的、富有魅力的人物性格。作为艺术形象的高级形态，典型一般包含着丰厚的历史内容，成为人类通过文艺认识生活和世界的特殊方式。所以，它也是人类创造的艺术至境的三种基本形态之一。典型、意象和意境，它们就像三美神一样，共同统辖着气象万千、异彩纷呈的艺术世界，不断地把人类的艺术生产提高到理想的高度，让人类在艺术至境里流连忘返。

① “无边现实主义”由法国文艺理论家罗杰·加洛蒂在20世纪中期提出。加洛蒂著有《论无边现实主义》一书，认为现实主义可以在自己允许的范围内进行“无边”的扩大。他将毕加索的画，圣-琼·佩斯的诗歌和卡夫卡的小说，都划入现实主义范畴，企图为现实主义制定新的尺度。这种见解除了引起混乱，几乎没有什么益处，所以影响也很小。

第六章　文艺文体与风格

文体是文艺理论一个重要的问题。当下中国文艺理论中提到的文体有两个理论来源：一是中国古代文体论，二是西方“文体学”（stylistics，宜译为“语体学”）。这两种文艺理论有一定程度的交叉，但基本内涵仍有很明显的区别。传统文艺理论类教材将这两种文体论混杂在一起，妨碍了人们对文体的一些基本问题的理解，如文体是什么，与西方“文体”（style）有何异同，文体如何分类，文体与体裁、风格是什么关系等。

第一节　什么是文体

文体是中国古代文论中的一个使用非常广泛的概念，其基本内涵也是在中国古代文论和文化语境中形成的。古代文论中的文章（简称“文”）概念为文体概念的产生提供了概念基础，传统文化中的生命整体观赋予了文体概念基本的文化精神，文体论在发展过程中出现的各种文体辨析和文体品评揭示了不同文体的丰富特征和具体结构。

一、文体是指文艺作品的生命整体

中国古代盛行以“体”论文。东汉时期，“文体”一词开始被用于评诗论文。例如，卢植《郦文胜诔》有“文体思奥，烂有文章”① 之评，蔡邕《独断》有“文体如上策”② 之论。魏晋南北朝时期，曹丕、陆机等文论家文体意识更为自觉，到了刘勰和钟嵘，“文体”已成为其著作中的主要范畴和重要理论。《文心雕龙》是文体论的集大成之作，《诗品》则是对五言诗的文体的专论。在古代文艺理论中，“文章”一词是对所有文学作品的总称，文体理论则

---

① （清）严可均：《全后汉文》下册，809页，北京，商务印书馆，1999。

② 张少康、卢永璘：《先秦两汉文论选》，649页，北京，人民文学出版社，1996。

是对文章和文学作品的整体性、类型性、特征性、构成性和规范性的理性概括和深度把握。

文体概念是对一篇文学作品所具有的生命整体性这一基本事实的概括。“文体”之“体”是“人体”之“体”的一种比喻用法，这样的修辞，目的是强调文学作品的生命整体性。正如《文心雕龙·附会》所云：“若统绪失宗，辞味必乱；义脉不流，则偏枯文体。”刘勰借用“偏枯”这一中医术语，形象地说明文体应该与人一样，成为一个气血流通的有机生命整体。这表明古人已经充分认识到文学作品整体与人的生命整体之间的相似性和同构性。钱钟书曾指出，中国传统文论具有“把文章通盘的人化或生命化”① 的特点。中国古代文体论中的文章生命整体观不是一个孤立的文论现象，而是中国传统文化中的生命整体观在文体论中的体现。自此，中国古代的文章整体观就有了一套自觉的、贴切的理论话语，蔚然而成系统的文体论。

中国文体论总是着眼于言与意、词与义、辞与情的关系来说明文体特征和写作要求的：它可以是语言形式层面的，可以是题材内容层面的，也可以是审美特征层面的；可以是比较实的，也可以是比较虚的；可以与作家个性有关，也可以与时代风貌有关。以李白的乐府诗《行路难》（“金樽美酒斗十千”）为例，从文类特征的角度看，它属于“诗体”，具有诗体的基本特征；从作者特征的角度看，它属于“太白体”，体现了李白自然率真的性情；从时代特征的角度看，它属于“盛唐体”，洋溢着盛唐时期乐观进取的精神；从流派特征的角度看，它属于“豪放体”，与高适、岑参、王昌龄等人的同类诗歌一样，音调豪迈昂扬。如果再从这首诗自身的一些更具体的特征看，我们还可称之为古体、七言古体、乐府体、换韵体等。不管分类如何多样，这些不同称谓中的“体”都是指向《行路难》这首诗歌作品自身的整体存在，而且是有机的生命的整体。

这样看待文体，与中国人观察世界的总方法有关。方东美说：“中国哲学上一切思想观点，无不以此类通贯的整体为其基本核心，故可借机体主义之观点而阐释之。”“统摄万有，包举万象，而一以贯之；当其观照万物也，无不自其丰富性与充实性之全貌着眼，故能‘统之有宗、会之有元’，而不落于抽象与空疏。宇宙万象，赜然纷呈，然克就吾人体验所得，发现处处皆有机体统一

---

① 钱钟书：《中国固有的文学批评的一个特点》，见周振甫、冀勤：《钱钟书〈谈艺录〉读本》，21页，上海，上海教育出版社，1992。

之迹象可寻。"① 文体论就是这一文化哲学观念在文艺理论中的重要体现。

二、文体特征和风貌的多角度辨析

文体观念在呈现文学作品的有机整体性的同时，还通过各种形式的"辨体"揭示了文学作品整体所蕴含的多维度、多层面的特征和风貌。

首先，是从文类的角度对文类文体进行的辨析。在文体论成型期，曹丕的《典论·论文》就精炼地概括了八种文体的基本特征："奏议宜雅，书论宜理，铭诔尚实，诗赋欲丽。"其中，"诗赋欲丽"说突出了诗赋二体的文辞修饰之美，不仅是对汉魏诗赋文体观念的提炼，而且奠定了六朝文笔之分文体理论的主调。陆机在《文赋》中更具体地描述了十种主要文体的特征："诗缘情而绮靡，赋体物而浏亮。碑披文以相质，诔缠绵而悽怆。铭博约而温润，箴顿挫而清壮。颂优游以彬蔚，论精微而朗畅。奏平徹以闲雅，说炜晔而谲诳。"其中，"缘情"说影响了此后中国文学整个诗体观念的建构。《文心雕龙》对文体特征的分析更加全面系统，不仅在"论文叙笔"中逐一明确了七十多种文体的特征，而且在《定势》篇又分组予以概括："章表奏议，则准的乎典雅；赋颂歌诗，则羽仪乎清丽；符檄书移，则楷式于明断；史论序注，则师范于核要；箴铭碑诔，则体制于宏深；连珠七辞，则从事于巧艳。"唐宋以后，诗文之辨、诗词之辨成为文体辨析的一个主要内容。

其次，是从作者的角度对作家文体进行的辨析。曹丕的《典论·论文》首先从作家先天所禀的气质类型区别不同作家的文体特征，认为"气之清浊有体，不可力强而致"，因此"应瑒和而不壮，刘桢壮而不密。孔融体气高妙，有过人者，然不能持论，理不胜词"。意思是说，应瑒的文体情与辞相互协调，但不够雄壮有力；刘桢的文体骨劲气壮，但描写不够精致细密；孔融才气过人，高逸隽妙，但不善写作严谨的论理之文。《文心雕龙·体性》也着重从作家的性情差异来鉴别其文体特征，说："贾生俊发，故文洁而体清；长卿傲诞，故理侈而辞溢；子云沈寂，故志隐而味深；子政简易，故趣昭而事博；孟坚雅懿，故裁密而思靡；平子淹通，故虑周而藻密；仲宣躁锐，故颖出而才果；公干气褊，故言壮而情骇；嗣宗俶傥，故响逸而调远；叔夜俊侠，故兴高而采烈；安仁轻敏，故锋发而韵流；士衡矜重，故情繁而辞隐。"刘勰说"才性异

---

① 黄克剑、王涛：《中国现代学术经典·方东美卷》，372页，石家庄，河北教育出版社，1996。

区，文体繁诡”，意思是作家的才气和性情千差万别，因而文体也变化多样，甚至千奇百怪。《文心雕龙》对贾谊、司马相如、扬雄、刘向、班固、张衡、王粲、刘桢、阮籍、嵇康、潘岳、陆机等十二位作家的文体进行了概括与评价，开拓了中国文体批评之大观。此后文体批评则屡见不鲜，有从道德修养层面区分的，有从情感思想层面区分的，更多的还是从气质、秉性层面进行区分。文体批评几乎成了中国文学批评的主流形态，可谓浩浩汤汤，足见文体论在中国文论中的中心地位。

与此同时，时代文体之辨与流派文体之辨也发展起来，人们开始从一些更大范围的时间和空间来认识文体的特征。从不同时代的代表性作家作品中，人们发现了只属于某个时代的文体特征，如建安诗体的慷慨悲凉、刚劲遒劲，齐梁诗体的格律严细、词采绮丽，盛唐诗体的兴象玲珑、气象浑厚，晚唐诗体的清寂幽僻、秾丽迷离等。人们还从不同群体的作家作品中发现了属于这些文学流派的文体特征，如盛唐边塞诗派的昂扬奋进、雄壮苍凉，田园诗派的清新流丽、韵味隽永，中唐元白诗派的写实讽喻、平易晓畅。

在以上各种具体的文体辨析的基础上，一种更为一般、更为概括的文体分类出现了，即从文体的美学类型进行分类。例如，《文心雕龙·体性》所概括的典雅、远奥、精约、显附、繁缛、壮丽、新奇、轻靡，唐初刘善经《四声指归》所概括的博雅、清典、绮艳、宏壮、要约、切至等。对于这些更具一般性的文体特征论，今人常常不加区分地将其当作文学作品的风格，但严格地说，这种一般性特征的区分与从作家气质、情性、趣味角度所做的作品风格的区分，还是有明显差异的，可以说前者是在后者基础上所做的更高程度的提炼和概括。

三、文体结构的常见辨析方式

在整体论文体观念的统领下，文学作品的内部结构也得到充分揭示和说明。

首先，是二分式辨析，即将文学作品整体结构一分为二：或是“言”与“意”相合，或是“辞”与“情”并列，或是“词”与“义”相对。这种文体结构的二分法在六朝时期非常流行，当时的文论著作，如陆机的《文赋》、挚虞的《文章流别论》、刘勰的《文心雕龙》、钟嵘的《诗品》等，都以这种二分式文体结构作为论文的基础。例如，《文心雕龙·诠赋》论赋体：“情以物兴，故义必明雅；物以情观，故词必巧丽。”在《文心雕龙》创作论部分，刘勰也将这种二分结构贯穿始终。例如，《神思》篇的“意翻空而易奇，言征实而难巧也”，“拙辞或孕于巧义，庸事或萌于新意”；《情采》篇的“情者，文之经；辞者，理之纬”；《物色》篇的“情以物迁，辞以情发”；还有《知音》篇的“夫缀文者情动而辞发，观文者披文以入情”等，都包含着这种“情”与“辞”二分的文体结构。

其次，是文评诗中的三分式辨析，即“风—骨—采”的三分法。关于“风”“骨”“采”的含义，刘勰虽有论述，却不如钟嵘《诗品》所论更贴近以抒情言志为主的中国传统文学的文体类型。其中，“风”是指诗中的各种动人之情，尤其是凄怨悲凉之情。“骨”是指诗中表现的诗人的人格志气。与一般情感相比，这种人格志气更为坚实。“采”则是对诗歌作品中文词的统称，以精美的文采取胜。钟嵘在诗体所要求的一般性情感和词采的基础之上，特别强调了源自作者心灵深处的人格力量和坚定志向的重要性，并以同为生命结构中最为坚实有力之物的“骨”譬喻之。例如，曹植的《白马篇》和《美女篇》、刘桢的《赠从弟三首》等诗，不仅情感真挚深刻，而且寄托着诗人高洁远大的人生理想，体现了诗人坚贞不屈的人格精神，因此在艺术品格上较一般的抒情之作更胜一筹。

最后，是一种四分式辨析方式。比较典型的有两个例子，一个是《文心雕龙·附会》的“体制”论：“必以情志为神明，事义为骨髓，辞采为肌肤，宫商为声气。”这是将文学作品的内容分为情志和事义（分别指文中使用的典故和事类）两个部分，同时又将文辞分为视觉层面的辞采和听觉层面的宫商（文章的声韵）两层。这种区分反映了人们对文学结构更加具体的认识，特别是辞采和宫商之分，体现了六朝人对文辞之美的高度重视。另一个是《颜氏家训·文章》的文体结构论：“文章当以理致为心肾，气调为筋骨，事义为皮肤，华丽为冠冕。”① 刘勰和颜之推的论述有两层含义，最直观的一层含义是通过类比人的生命结构及外在修饰，以生命之喻的形式具体描述文体的内在结构，将文体的丰富内蕴形象地呈现出来；另一层含义在于对文体内在结构的具体描述也让作者明确了写作文章时需要遵循的最基本的文体规范，即一篇文章、一部文学作品一定要如同人的生命一样神形俱全，言意相合，情辞相谐，并要有恰当的文辞修饰。随着文学的代代继承和发展，体制和体裁观念中的创作规范性这一层意义愈来愈突出。明代的吴讷说：“文章以体制为先，精工次之。失其

① 王利器：《颜氏家训集解（增补本）》，267页，北京，中华书局，1993。

体制……极其精工不可谓之文矣。”① 徐师曾也说：“夫文章之有体裁，犹宫室之有制度，器皿之有法式也。”② 其中的譬喻也从生命之喻转化为器物之喻，更直观地凸显了体制和体裁所蕴含的写作规范性这层意义。

第二节　文艺文体的类型

如前所述，中国古代文论有多重分类角度和方式，这里所说的文艺文体分类是指其中一种最基本的文类意义上的分类，在西方文论和现代汉语中一般被称为“体裁”。但无论是叫“文体”“文类”还是“体裁”，其基本内涵都包含着对各种类型文学作品的言与意、辞与情、内容与形式等整体结构的具体规定和要求，而不仅仅局限于对各类文艺作品形式特征的分析和说明。

一、诗歌与散文

先讨论诗歌。诗歌是人类最古老而又最基本的文学类型。意大利历史哲学家维柯认为，诗歌创作是原始人“生而就有的一种功能”。“原始人没有推理能力，却浑身是强旺的感觉力和生动的想象力”，“在他们的粗鲁无知中却只凭一种完全肉体方面的想象力”，“以惊人的崇高气魄去创造，这种崇高气魄伟大到使那些用想象来创造的本人也感到非常惶惑”，因此“诗起初都是神圣的”，“‘诗人’在希腊文里就是‘创造者’”。③ 所以，维柯认定，诗是最早的文体。这一点也被其他文论家强调，同时被中国文学史证实。④

从内容上，诗歌一般可分为抒情诗和叙事诗；从形式上，诗歌又可分为格律诗和自由诗；从时间上，中国人常把诗歌分为古诗和新诗。作为一种历史悠久、十分成熟的文学体裁，诗歌具有鲜明而稳定的特征。

第一，诗歌是最富有诗意的文体类型。所谓“诗意”，是指蕴含于一切文学艺术作品中的审美意蕴或韵味，又称“诗情画意”。由于诗意是一切文艺作品的必备内涵，所以一切艺术都讲究诗意，一切文学作品都属于广义的诗。但是，不同艺术类型或不同的文艺文体在追求诗意的程度上是有差异的。散文、

① （明）吴讷：《文章辨体序说》，14页，北京，人民文学出版社，1962。

② （明）徐师曾：《文体明辨序说》，77页，北京，人民文学出版社，1962。

③ ［意］维柯：《新科学》上册，181～182页，北京，商务印书馆，1989。

④ 参见本书第十三章第一节。

小说、戏剧文学并不要求处处都有诗意，它们表达诗意的方式是比较分散和自由的。诗歌则要求处处充满诗意，既要有佳篇，又要有佳句，更要求作品通体诗意盎然。与其他文体相比，诗歌对诗意的追求是刻意的、浓烈的、集中的、突出的，因此是最追求诗意的文体。诗歌以诗意为本，视诗意为的生命。徒具华丽的辞藻，仅合诗律音韵，而无诗意可言的作品，并不算是真正的诗歌。相反，就算不求辞章华丽，敢于挣脱诗律限制，但只要有诗意，这就是好诗。诗人彭邦祯的白话诗《月之故乡》就是如此。

第二，诗歌是最富于情感的文体。情感是诗歌的基本要素，如果说诗意是诗歌的灵魂，那么情感便是构成诗体的血液。德谟克利特不承认有人可以不充满热情而成为大诗人，中国主流诗学则把抒情性看作诗歌的本质。《诗大序》倡导"吟咏情性"，《文赋》提出"诗缘情而绮靡"，皆为千古不易之论。在抒情诗中，情感是表达的对象。在哲理诗中，情感是催发思考的动力。例如，朱熹的《读书有感》表现了因体悟到圣人经典是涵养心灵的源头活水这个道理而产生的欣悦之情，这种情感又催动了他的创作冲动，洋溢在诗歌里成为"理趣"之美。在叙事诗中，情感也与叙事相伴相随。例如，杜甫《垂老别》的故事就十分感人。因安史之乱，官家征兵甚急，老翁弃杖从军，诗云："子孙阵亡尽，焉用身独完？"其情悲壮弥天；老妇路旁相别，岁暮衣单，诗云："此去必不归，还闻'劝加餐'！"老夫妇做生死之别的一幕，可令苍天垂泪。因此，即使是叙事诗，它也包含着情感。诗歌语言极为精炼，不允许像小说那样详细叙述，必须"跳着写"，于是情感便成了诗歌文体结构的要素。

第三，诗歌是最精炼的文体。诗歌的精炼性主要体现在艺术形象的高度概括，审美重塑的高度集中与跳跃，语言的精炼，篇幅的短小、经济几个方面。所谓"艺术形象的高度概括"，又叫艺术概括，即以艺术形象去概括丰富的思想意蕴。请以李商隐的《无题》诗为例：

> 八岁偷照镜，长眉已能画。
> 十岁去踏青，芙蓉作裙衩。
> 十二学弹筝，银甲不曾卸。
> 十四藏六亲，悬知犹未嫁。
> 十五泣春风，背面秋千下。

全诗可以视为一个艺术概括，概括了数不尽的青春少女的悲剧命运，也许还暗寓着作者与许多青年士子怀才不遇的悲苦。诗中一个最好的形象概括是“十五泣春风，背面秋千下”，以少胜多，有言说不尽的意味。由于诗歌常采用形象概括的方式处理题材，这就给诗歌内容和形式上的精炼提供了可能，促使诗歌成为最为精炼的文体。作家魏巍的小说《地球的红飘带》，以四十七万字的篇幅描写中国工农红军长征的历程，而毛泽东的诗歌《七律·长征》，仅用五十六个字提炼出若干重要事件和场景，将红军长征历经的艰难困苦和红军乐观无畏的英雄气概高度集中地表现了出来。为了实现高度精练的艺术概括，诗歌的叙事就不能如小说、散文那样展开，而必须以情感和想象为线索，跳跃式地选择、组织事件和形象，进行艺术提炼和概括，这就是所谓的“跳着写”。这种写作遵循着想象和情感的逻辑，超越现实时空的限制，由一个事件跳到另一个事件，一个场景跳到另一个场景，一个画面跳到另一个画面，为读者开拓了广阔的想象空间。陆游的《诉衷情》，便体现了诗歌的这种跳跃式结构方式：

> 当年万里觅封侯，匹马戍梁州。关河梦断何处，尘暗旧貂裘。 胡未灭，鬓先秋，泪空流。此生谁料，心在天山，身老沧洲！①

这首词以晚年壮志未酬的悲痛情怀为基础，进行跨越今昔的描写，形成了往昔的壮志豪情与今日的痛苦无奈极富反差的对比。上片从气吞万里的雄风到关河梦断的焦灼，下片从“胡未灭，鬓先秋”到“心在天山，身老沧洲”，始终是在反差极大的两极间跳跃，反复吟唱着英雄末路的痛苦。这首词一方面高度精练地概括了陆游爱国报国的一生，另一方面又抒发了哀感千古的遗恨。美国意象主义诗人庞德的《在一个地铁车站》，原是一首长达三十行的长诗，经过诗人半年的斟酌和几度删削，最后只剩下两行。② 唐朝诗人皮日休对于写诗，则提出“百炼成字，千炼成句”的要求。总之，中外诗人都普遍要求用最精练的语言去表现最丰富的内容，从而使诗歌成为最精炼的文体。

第四，诗歌是最富于音乐美的文体。诗歌自古讲究韵律和节奏。黑格尔说：“音节和韵是诗的原始的唯一的愉悦感官的芬芳气息，甚至比所谓富于意

---

① 梁州，即汉中。沧洲，水边，古时隐者所居之处。陆游晚年住在绍兴镜湖边，故云“沧洲”。

② 庞德《在一个地铁车站》一诗全文是：“人群中这些面孔幽灵一般显现：/湿漉漉的黑色枝条上的许多花瓣。”（杜运燮译）

象的富丽辞藻还更重要。”① 闻一多认为，“声与音的本体是文字里内含的质素；这个质素发之于诗歌底艺术，则为节奏、平仄、韵、双声、叠韵等表象”，并认为散文里的音节多是“自然音节”，“没有诗底音节那样完美”。② 中国古诗已把它强调到了绝对化的程度，诗、词和散曲都在极严格的诗律中创造出了辉煌的艺术成就。“五四”以来的新诗对此虽有所扬弃，但还是重视音乐美，重造了新韵。事实证明，坚持音乐美的诗歌，总是受大众欢迎的。试看贺敬之《桂林山水歌》的开篇：

云中的神啊，雾中的仙，
神姿仙态桂林的山！
情一样深啊，梦一样美，
如情似梦漓江的水！

此诗从节奏上看，每句四顿，每节八顿，非常整齐；再从韵律上看，每节一韵，转韵自然，读起来给人情韵连绵之感，入耳入心入神，易诵易记易传。

再说散文。这里所说的散文是指带有文学性的“美文”，即一种狭义的散文，与那种和韵文对举的广义散文概念不同。文学散文是一种抒写自由、结构灵活、题材广泛、形式多样的体裁。从题材内容上看，散文可分为抒情散文、叙事散文和议论性散文三种。在实际写作中，其类型更是多种多样：有长论，有短札；有小品、杂文、随感；有日记、游记、书信、题跋；有的长于抒情，有的善于叙事，有的妙在议论；有的亲切，有的隽永，有的幽默，有的机智；有的真实，有的空灵。但散文类型虽多，也有其共同特征。

第一，散文意在抒写性灵。散文作为最自由的文学文体，就是要自由真实地抒写性灵。所谓“性灵”，是指作家个体生命在随意挥洒中所显示的气质、情性和灵气，也是凝聚着一个民族乃至全人类的高尚文化和审美精神的作家的艺术个性和人格禀赋。散文作为闪耀着作家心灵奇光异彩的美文，看似是个人的抒怀，实际上却是对民族乃至全人类共同向往的高尚情趣的表达。“独抒性灵”是明代文学家袁宏道在《叙小修诗》中倡导的艺术理想。他称赞其弟袁中道的作品说：“独抒性灵，不拘格套，非从自己胸臆流出不肯下笔。”这是对明

---

① ［德］黑格尔：《美学》第3卷下册，68～69页，北京，商务印书馆，1981。
② 《闻一多全集》第2卷，64页，武汉，湖北人民出版社，2004。

代前后七子复古摹拟文学思想的反拨，就其主张无拘无束地抒写个性真情而言，散文最为合适。因此，“独抒性灵”是明代小品理论的核心范畴。所谓只写“从自己胸臆流出”的东西，不外乎主张作家表现自己的个性、情怀和才气。这是散文的不散之“神”，各种文体中，唯有散文对性灵情有独钟。

第二，散文是最自由的文体。散文表达的自由性包含多个方面。袁宏道主张的“不拘格套”，就涉及抒写的随意性和心灵表达的自由性。要做到“信心而出，信口而谈”，或者说“信腕信口”，毫无拘束，更要“言今人之所不能言，与其所不敢言者”。这样的心灵自由，才能舒展性灵，出惊世骇俗之语，作振聋发聩之文，写第一等真诗，做第一等真人。性灵既已自由，文体必然解放，犹如风行水上，自然成文，“常行于所当行，常止于不可不止”（苏轼语）。文体的俗套，甚至行文的规范，便常常被自由的性灵和自由的文笔所冲破。

此外，取材的广泛性也是散文文体自由的一种表现。例如，林语堂声称宇宙之大，苍蝇之微，无不是散文的话题，均可涉笔成趣。

二、小说与纪实文学

先看小说。小说是一种能够全面细致地展示人类生存境况，满足人类“直观自身”的审美需求的叙事性文体，是文艺文体的一个重要类型。小说的分类很复杂，依据不同的角度、不同的方法，便有不同的分类。最常见的分类方法，是根据篇幅和选材把小说分为长、中、短三种。长篇小说是一种大规模描写生活的小说类型，特点是人物众多，情节曲折，结构复杂。短篇小说的特点是选取人生的一个横断面，由一个焦点、一个场面、一个细节生发开来，窥一斑而知全豹式地描写社会生活，塑造人物形象。中篇小说不论在篇幅规模、选材视角还是写作方法上，都是介乎长篇和短篇的一种小说类型，篇幅一般在一万字以上，十万字以下。但这仅是一种习惯上的分类方法，其间常有例外。小说作为一种高度成熟、极为发达的文艺类型，具有如下主要特征。

第一，对现实境况的执着关注。关注现实是古今中外小说的普遍品格。当戏剧把社会人生的真相放大给人看时，小说家则坚持把生活的本真状态描绘给人看。小说往往把最高的审美追求，寄托在对社会人生细腻客观的描写上，这使小说能在最直接的意义上满足人类通过艺术“直观自身”的审美需求，有着最为真切的社会历史属性。这也许是小说能成为最发达、最成熟、影响最广泛的文体的原因。即使是魔幻小说、象征小说，它们也同样关注社会现实。吴承恩在《禹鼎志序》中曾申明：“虽然吾书名志怪，盖不专明鬼，时纪人间变异，亦微有鉴戒寓焉。”这个道理，在象征主义小说家那里也是如此。卡夫卡若不关注人生，若不思索社会，是无法揭示现代人的处境和人生的荒谬的，也无从发现“人变成非人”这一隐藏在现实社会背后的真理。正是由于他关注社会、思考人生，才能通过人变甲虫这一“极幻之事”，表现人性普遍异化这一“极真之理”，给读者以石破天惊的启迪。所以说，小说家的根永远深埋在现实之中。

第二，小说能深入细致地刻画人物。人物是小说艺术表现的中心，从某种意义上说，创造性格复杂的人物形象是小说的主要任务。看完一部小说，其中的情节可能大部分都忘记了，但许多人物形象却会在读者心中记忆犹新。与其他文体相比，小说刻画人物形象的手法更丰富，视角更灵活，表现更自由。小说既可以通过描写人物的语言、行动、外貌来表现其性格，也可以通过描写心理活动、内心独白或意识流等，多方面揭示人物心灵的奥秘。小说既可以通过环境的渲染、气氛的烘托来显示个性，也可以通过个别细节、个别事件透视人物的性格。总之，阅读一部小说，就等于进入一个多彩的人物画廊。小说正是通过对人物性格和内心世界的表现，让读者审美地认识人类自身多样的命运、性格和心灵，从而葆有强烈的艺术感染力。

第三，小说有利于表现丰富复杂的社会生活。与其他文体相比，小说更有利于表现人物周围复杂多变的环境，更有利于展开完整曲折的情节，更有利于表现人与世界密如蛛网的社会关系。说到底，小说能更好地展现和描绘社会生活的全部复杂性和丰富性，从而让读者有可能在众多的联系中，在曲折的情节中，全面地、整体地把握人类生存其间的现实世界。在众多文体中，戏剧在描绘场面、展开情节和激发尖锐冲突方面的优势，是其他文体远远比不上的，除了小说。戏剧面对复杂的社会生活素材，必须像李渔所说的那样，“立主脑”，“减头绪”，把社会生活中的网状关系加工成线索单纯的情节结构。舞台的局限性使它只能表现有限的社会背景，整个作品的容量既受舞台空间的限制，又受演出时间的限制。但对小说来说，这一切都是自由的。至于中长篇小说，更有大规模描写复杂生活的潜能。《三国演义》叙述了从黄巾起义到司马炎统一全国的几乎整整一个世纪的中国历史，素有“陈叙百年，该括万事”之称。《红楼梦》塑造了数百个人物形象，同时以宏伟的结构、复杂的线索、曲折的情节和细致逼真的描写，对我国后期封建社会及贵族生活进行了百科全书式的描绘，充分显示了小说表现复杂社会生活的能力。所以，别林斯基说：“小说更适合于诗情地表现生活吧。的确，它的容量，它的界限，是广阔无边的；它比戏剧更不矜持，更不苛刻，因为它吸引人的不是局部和片断，而是整体。它包容着这样的细节，这样的琐事，分开看时似乎是不足道的，但和整体联系起来看，在作品的全体性上看时，却有着深刻的意义和无边的诗意。”①

再讨论一下报告文学。报告文学是一种新闻性纪实性文学文体，一般是对现实生活中真人真事的文学性报道。报告文学的特征首先在于它的新闻性。报告文学常以最快的速度把社会生活中刚发生的激动人心的事件、热点问题，以及震惊世界的大事及时传达给读者。其次，作为新闻，报告文学必须有纪实性。报告文学虽称“文学”，但又不能像小说那样进行虚构。真人真事是其报道的对象，真实是报告文学的生命。虚假或半真半假的报告文学一旦被揭露，马上就会失去价值，失去读者，使报告效果走向反面。所以，报告文学作家徐迟说：“报告文学所报告的事实必须是真实的……必须是就历史的观点来说十分真实的，必须是代表我们时代特点的真实性的事实。”② 徐迟的这一观点强调报告文学的纪实性，并认为并非任何真人真事都能成为报告文学的描写对象，而必须是反映时代本质真实的事实、具有历史意义的事实。这就承认了报告文学作家对生活事实进行选择和提炼的权力，同时也要求报告文学作家要有发现事件和生活素材中所包含的时代真实和历史意义的慧眼，要有捕捉典型事件的敏感和感受时代脉搏的超前意识。美国记者约翰·里德报道俄国“十月革命”的《震撼世界的十天》，就是这方面的典范之作。

尽管报告文学以新闻性为生命，但它毕竟还属于文学。茅盾说：“好的‘报告’须要具备小说所有的艺术上的条件——人物的刻画、环境的描写、气氛的渲染等等。”③ 也就是说，报告文学允许运用文学的手段，把真人真事更形象、更生动、更感人地叙述和描写出来，通过新闻性和文学性的双重魅力打动读者。因此，好的报告文学一问世，往往不胫而走，立刻引起巨大的社会反响，成为文学阵营中的“轻骑兵”。20世纪60年代的报告文学作品《为了六十一个阶级弟兄》，就是这方面的代表。2015年诺贝尔文学奖得主、白俄罗斯作家斯韦特兰娜·阿列克谢耶维奇的报告文学作品《切尔诺贝利的回忆：核灾难口述史》，可以说是世界报告文学史上新出现的扛鼎之作。报告文学广阔的写作空间、宏大的社会历史作用和辉煌的艺术地位，一点也不比小说差，其新闻性、纪实性与文学性的统一，反而巩固了它不可或缺的、不可取代的文体价值。

---

① 《别林斯基选集》第1卷，54页，北京，人民文学出版社，1958。

② 《徐迟文集》第6卷，474页，北京，作家出版社，2014。

③ 周国华、陈进波：《报告文学论集》，52页，北京，新华出版社，1985。

三、戏剧与影视文学

先讨论戏剧。戏剧是一门综合艺术，但是它必须以文学剧本为基础。因此，剧作家在写作剧本时，已对戏剧的综合艺术的特长做了通盘的考虑。剧本，实际上是对一出戏的总体设计。所以说剧本，或者说戏剧文学与戏剧艺术的特征往往是统一的。高尔基说："戏剧形式是一种最困难的文学形式。"① 这是因为戏剧的舞台表演性质对它所表现的内容、形式提出了严格要求。戏剧要求对社会生活进行精心选择和提炼，要求把生活事实加工成戏剧化的矛盾冲突，放大给人看，浓缩给人看。戏剧在形式上要非常精：既要波澜起伏，巧机层张；又要妙趣横生，天衣无缝。因此，戏剧文学是一种更理想、更集中的高于生活的文学类型。戏剧从矛盾冲突的性质上，可分为多幕剧和独幕剧；从表演方式上，可分为话剧、歌剧、舞剧等。我国传统戏剧的抒情性很浓，又把念白、歌舞合而为一，故称戏曲。不同的戏剧类型，在艺术上也有不同的要求，这里仅就戏剧文学的一般特征做些说明。

第一，浓缩地反映生活。要把现实生活素材搬上舞台，就要受舞台的严格限制。戏剧表演的时间不能过长，一般在三小时以内；舞台场景有限，不能随意变动。整个戏剧必须在舞台周围的三堵墙和面向观众的那面透明的"第四堵墙"内完成。这样一来，要使"舞台小天地"变成描写生活的"人间大舞台"，剧作家就必须对生活素材进行选择、提炼、改造和加工，用戏剧的形式结构把生活浓缩在舞台上。李渔在《闲情偶寄》中提出了著名的戏剧原则，即"立主脑""减头绪"，认为戏为一人一事而设。也就是说，戏剧的情节结构要单纯、集中，一般只能容纳一桩有头有尾的故事，故事的时间要尽量压缩，线索不能复杂，人物不能过多，情节更忌拖沓，要力求集中、完整、紧凑。欧洲古典主义的"三一律"②，与李渔的观点相似。

这些原则虽然显得有些刻板机械，但基本上体现了戏剧的结构规律。曹禺创作的《雷雨》，如果按时间顺序写，必先写三十年前的事（周朴园赶走鲁侍萍），再写三年前的事（周萍与繁漪"闹鬼"），然后写今天的事（鲁侍萍回到

---

① ［苏］高尔基：《文学书简》上卷，11页，北京，人民文学出版社，1962。

② "三一律"，即要求戏剧时间、地点和故事高度一致的结构规律。先由文艺复兴时期意大利戏剧理论家琴提奥提出，后由17世纪法国古典主义戏剧理论家布瓦洛进一步阐发。他说："要用一地、一天内完成的一个故事从头直到末尾维持着舞台的充实。"

周公馆这一天引起的风波）。但作者却把三十年前、三年前和眼前的事容纳在一天里，并把三十年来两代人的恩怨纠结集中在周家客厅和鲁家两处来完成，做到了时间上的集中和地点上的集中，从而在有限的时空中表现了极为丰富的内容，充分发挥了戏剧艺术的表现功能。再如，郭沫若的历史剧《屈原》，也在一天的时间里概括了屈原的一生。老舍的《茶馆》只有三幕，却展现了三个时代，反映了五十年的社会变迁。这些都是戏剧浓缩地反映社会生活的典范。

第二，尖锐的矛盾冲突。戏剧的舞台性决定了它必须靠尖锐的矛盾冲突吸引观众。戏剧不能像小说那样缓慢地展开情节，它是一种“激变”式的艺术。情节的压缩精简了许多变化的过程，往往直接从发端激变为高潮。而且在这种激变过程中，剧作家有意让人物在紧张、剧烈的矛盾冲突中展现性格，为人物设置难以逾越的障碍，在小危机中酝酿更大的危机，把小高潮推向一个更大的高潮。剧情便在这种激变、危机和高潮中运行，以此引起观众的极大关注。高尔基说：“戏剧还要求有造成愿望或意图的冲突的巨大本领，要求有用不可反驳的逻辑迅速解决这些冲突的本领。”① 这是关乎戏剧生命的重要环节，如果戏剧的矛盾冲突不尖锐剧烈，舞台上便会出现“冷场”。从这个意义上讲，没有冲突便没有戏剧。

第三，通过台词塑造人物，推进剧情。在剧本里，台词是塑造人物、推动情节、激发矛盾冲突的基本手段。高尔基说：“剧本（悲剧和喜剧）是最难运行的一种文学形式，其所以难，是因为剧本要求每个剧中人物用自己的语言和行动来表现自己的特征，而不用作者提示。”“剧中人物之被创造出来，仅仅依靠他们的台词。”② 因此，戏剧对台词提出了非常严格的要求。首先，戏剧语言必须具有动作性。霍华德·劳逊指出：“无论对话如何富有装饰性，只要它们不足以推进动作，它们便毫无价值。”③ 台词的动作化，就是要求剧中人物的语言必须结合舞台表情和心理特征，富有明确的行动目的。台词一说出，就应足以引起对方强烈的反应，在行动上能迅速推动剧情的发展。戏剧台词既要表达丰富的思想内容，又要让演员演得出来。这种语言往往带有一种内在的冲击力和爆发力，带有一种对象性和意动性。有时一语出口，整个舞台就剑拔弩张，冲突激化；有时经一语化解，人物便转危为安，转忧为喜。其次，戏剧中

---

① ［苏］高尔基：《文学书简》下卷，12页，北京，人民文学出版社，1962。

② ［苏］高尔基：《文学论文选》，243～244页，北京，人民文学出版社，1958。

③ ［美］约翰·霍华德·劳逊：《戏剧与电影的剧作理论与技巧》，217页，北京，中国电影出版社，1978。

人物的性格、心理也只有靠台词来表达和塑造，因此台词总是十分个性化的。再者，台词一方面要通俗易懂，朗朗上口；另一方面又要精炼、含蓄，富有潜台词。前者是为了入耳动听，后者是为了体现戏剧的高度集中性要求。戏剧语言必须精炼，言简意丰，有一种意动性和暗示性，能为情节的开展埋下伏笔，增设悬念。黑格尔说："能把个人的性格、思想和目的最清楚地表现出来的是动作，人的最深刻方面只有通过动作才见诸现实，而动作由于起源于心灵，也只有在心灵性的表现即语言中，才获得最大限度的清晰和明确。"① 台词，正契于此。

再讨论影视文学。影视文学是指电影、电视的文学剧本，它是电影、电视拍摄制作的基础，是电影、电视作品形成的根据和最初的设计蓝本。因此，它与电影、电视的艺术特征是统一的，主要表现在视觉性、动作性和蒙太奇结构方式上。

第一，电影电视剧本要重视视觉性。匈牙利电影理论家巴拉兹在《电影美学》中指出："电影剧本只能表现那些能够展开在我们眼前、在空间和时间方面能直接作用于我们的感官的事件。"② 但是与听到相比，看见是更为重要的因素。也就是说，电影电视的剧本，虽然仍是一种以语言为手段进行造型描绘的艺术，但它必须具备能够使文学形象（包括他的行动和思想）转化为银屏上可视性形象的特质。在写作影视剧本时，编剧要努力将一切内容要素用画面表现出来，不仅要将有形之物诉诸人的视觉，而且要把许多无形的东西用画面表达出来。例如，要努力将无形的时间变为"可视的时间"，把心理和思想转换为一种"可视的心理和思想"。电影《林则徐》的剧本在表现林则徐禁烟、抗英受挫，罢官在家的心情时，并没有让镜头直摄人物表情，却运用了三个静物画面：

> 一只高脚香炉，一炷安息香，青烟袅袅直上——
>
> 一卷《离骚经》跌落在方砖地上。
>
> 一碗稀饭，两碟小菜，一双未动用过的乌木筷搁在碗上。

接着镜头拉开，切入躺椅上一动不动的林则徐的背影。不用一句解说词，人们

---

① ［德］黑格尔：《美学》第1卷，270页，北京，商务印书馆，1979。

② ［匈］贝拉·巴拉兹：《电影美学》，266页，北京，中国电影出版社，1978。

便可从林则徐凝固的背影上，看出他那满腔悲愤、欲罢不能的种种难以言说的心情。这些都通过画面被细细地“诉说”出来了。目前影视文学的发展，不仅使时间、思想这样无形的事物可以转化为视觉形象，还能使那些属于象外之象、言外之意的意境、情趣和氛围等，也都转变为视觉形象。

第二，影视文学还必须立足于人物画面的动作性。影视艺术的可视性是一种动态的可视性。在语言和行动这两种刻画人物的重要手段面前，戏剧主要依靠语言（台词）来刻画人物性格，推动剧情的发展；而影视艺术由于视觉性更突出，主要是靠人物的动作和行为来塑造人物形象。这样一来，或者以对话为主，或者以动作为主，便成为戏剧和影视的主要区别。在影视中，那些无声的成分，非对话的因素，占有突出的地位。影视剧作家应该尽量运用动作性的画面表现人物，反之，大量使用解释性或说明性的对话、独白和画外音等，是违背影视艺术规律的。当然，影视艺术所要求的“动作”，或者叫“可视性动作”，是由剧中某种矛盾冲突所引起的必然的“活动”，这是影视与戏剧仍然有“血缘关系”的地方。如果“动作”与具体的矛盾冲突无缘，人物的形体动作再丰富，也是没有意义的。总之，由于影视艺术基本上是一种视觉艺术，一般不宜用语言做太多的静态介绍和描写，而必须赋予人物形象以明晰的动作性，用行动刻画人物。

第三，影视文学的基本结构手段是蒙太奇。电影艺术发展至今，仅有一百来年的历史，电视艺术的历史则更短。它们之所以迅速发展成为独立的艺术，是与蒙太奇的产生和发展大有关系的。普多夫金曾说：“电影艺术的基础是蒙太奇。”① 夏衍说：“蒙太奇就是影片的连接法。”② 按什么程序和方式把镜头组接为一个形象体系，其中大有学问。蒙太奇理论的创立，确立了电影不同于戏剧和小说的叙述方式，展现了属于电影自己的独特表现力，使电影艺术实现了质的飞跃，并迅速成为一门十分成熟的艺术类型。目前，蒙太奇不仅是影视的结构方式，而且已经演变成一种思维方式和认知方式，在艺术实践中创造了平行蒙太奇、对比蒙太奇、交叉蒙太奇、象征蒙太奇、比喻蒙太奇和反复蒙太奇等多种影视修辞手法和结构模式。影视文学作家只有在熟悉这些原理的基础上，才能创作出符合影视艺术特征的文学剧本。

---

① ［苏］B. 普多夫金：《论电影的编剧、导演和演员》，9页，北京，中国电影出版社，1980。

② 夏衍：《写电影剧本的几个问题》，62页，北京，中国电影出版社，1959。

第三节　文艺文体的风格

在中国古代文论中，文体与风格是两个不同层次的概念。文体在大多数时候是指不同文艺作品自身的整体存在，并呈现着这些作品的具体特征或构成；风格则是一个从属于文体的概念。其实，风格是文体的一种内在品质和特征，既可体现在文章的题材内容层面上，也可体现在文章的语言形式层面上。

一、风格是什么

目前很多文艺理论著作都有将文艺风格论泛化的倾向，即将有关文章特征、文体特征和文艺作品特征的论述，都归入文艺风格论范畴。风格固然与文体有关，具体表现为文体的特征，但是严格说来，并非所有的文体特征都可以称为文艺风格。一种文体特征是否属于文艺风格，关键要看这种文体特征是否与作者的性情、气质、人格、品行、才学、趣味等主体生命的内在品质和特征有直接关联，是否是作者主体的生命品质和特征的表现。因此，《文心雕龙》定势篇所云“章表奏议，则准的乎典雅；赋颂歌诗，则羽仪乎清丽”等，就不宜称为文艺风格论；而《体性》篇所云“贾生俊发，故文洁而体清；长卿傲诞，故理侈而辞溢；子云沈寂，故志隐而味深；子政简易，故趣昭而事博”等，则不妨视为文艺风格。

“风格”一词最初用于人物品藻，大约产生于东汉，与当时察举的选官制度和品评人物的社会风气有关。例如，《后汉纪·桓帝纪上》有云：“（李）膺风格秀整，高自标持，欲以天下风教是非为己任。”① 《魏书·帝纪第五高宗纪》有云：“（高宗）既长，风格异常，每有大政，常参决可否。”② 早期用于品评人物的“风格”一词具有三个特点。其一，是指人物的一种内在品质，可由其言行表现出来。其二，是指的人物的正面的、积极的品质。称某人“有风格”，即包含对某人的称赞。其三，主要是指人物刚健、正直、崇高的品质，故多用“端严”“峻整”“峻远”“高峻”“峻举”等描述人物的风格。

“风格”一词用于论文，最早见于《文心雕龙·议对》。“及陆机断议，亦有锋颖，而腴辞弗剪，颇累文骨。亦各有美，风格存焉。”意思是说，陆机文

---

① （晋）袁宏：《后汉纪校注》，周天游校注，587页，天津，天津古籍出版社，1987。
② （北齐）魏收：《魏书》第一册，111页，北京，中华书局，1974。

章虽然语言不够精练，却有以情动人的感染力量，仍然是一种文章之“美”。可见“风格”论文之始，也是指文学作品的一种肯定性品质。明清时期，“风格”逐渐泛化成一个中性范畴。明陆时雍《诗镜总论》云：“齐梁人欲嫩而得老，唐人欲老而得嫩，其所别在风格之间。”① 又云：“凡骨峭者音清，骨劲者音越，骨弱者音庳，骨微者音细，骨粗者音豪，骨秀者音冽，声音出于风格间矣。”② 其中，“峭”“劲”“弱”“微”“粗”“秀”等无一不是风格。总的来看，古代文论中的风格范畴虽然有一个从特指到泛指的过程，但是有一点是明确的：风格始终是指文体的一个重要的内在品质。风格范畴的这一基本规定性，决定了风格与文体的关系应该是文体的构成要素与文体的关系。

因此，中国古代风格论也就不同于西方的“语体”（style）说。我们所说的“风格”，是与作者的性情、志趣等内在人格因素相关的一种文体品质，往往是通过文艺作品的整体来体现的；而来自西方的语体风格，则主要与文学作品的语言表达方式有关，如作家的、流派的、语境的、时代的、民族的等语言风貌特征。因此，尽管风格与语体这两个概念有一定的相通之处，比如都能体现文艺作品中与作家、流派、时代、民族等密切相关的品质和特征，但我们所说的风格，主要是指文艺作品中呈现的源自作者艺术个性的整体特征和风貌，与西方文论中的语体有明显的区别。

综上所述，文艺风格是作者的艺术个性和文体成熟的标志，是作者的艺术个性在文艺作品的有机整体（文体）中所呈现的基本特征。

二、文艺风格的成因

文艺风格的成因非常复杂，这里仅对最基本的成因稍做讨论。

第一，作者的艺术个性是文艺风格形成的内在根据。文艺风格与作者的人品、性情、气质、志趣等个性品质有密切关系，当然应当是这些因素在作品中的综合体现，这就是“文如其人”的见解产生的原因。但是，随着人们对文艺认识的深入，这个答案的简单化毛病便显现出来。这是因为，这些个性品质本身属于作者的生活个性范畴，尚未转化为直接决定作者艺术风格的艺术个性，而艺术个性与生活个性是两个既有联系又有区别的概念。一般来说，生活个性是作者在日常现实生活中作为一个普通人所具有和所表现的独特人格品质，艺

① 周维德：《全明诗话》第四册，5111页，济南，齐鲁书社，2005。

② 周维德：《全明诗话》第四册，5115页，济南，齐鲁书社，2005。

术个性则是指作者的人格品质在审美理想和艺术规律制约下所形成的独特的艺术品质。生活个性面对的是现实世界，基本是人的社会存在和现实关系的产物，主要受制于现实生活的直接功利目的。艺术个性面对的是艺术世界，基本是其艺术修养和艺术活动的产物，主要受制于审美文化的熏陶。作家、艺术家只有在一定程度上超越了各种实用目的和功利欲求，才能以审美的态度拥抱生活，将生活个性转化为艺术个性，进而将其表现为文学作品的风格。一般来说，生活个性总是比较复杂的，既有伟大闪光的一面，也有平庸甚至卑污的一面。在接受艺术规律改造和转化的过程中，作者人格和个性中那些原本美好的品质和内涵得到了滋润、提炼和升华，在审美理想的光照下，变得更为光彩夺目，形成艺术个性中最为鲜亮的一部分；而那些庸俗丑陋的东西，经过审美机制的过滤，常常被阻隔在艺术个性之外。这便是文艺风格中的人格境界常常高于作者生活个性和人格的原因。

因此，常有一种作家、艺术家的生活个性与其艺术风格大异其趣的情况。唐朝诗人皮日休在《桃花赋序》中写道："余尝慕宋广平（按：宋璟）之为相，贞姿劲质，刚态毅状。疑其铁肠石心，不解吐婉媚辞。及睹其文而有《梅花赋》，轻便富艳，得南朝徐庾体。"① 这种为人、为文风格迥异的情况，在文学史上是极常见的。由于现实境界与审美理想、功利目的与艺术追求往往存在明显的差异和矛盾，因此造成了生活个性与艺术个性的迥异。但整体来看，生活个性与艺术个性是密切联系着的。作家的人格素质、个性特色和心理特征等，总是以这样那样的方式，或多或少地影响着他的艺术个性和创作活动，因此，两者之间也存在统一。尤其是在许多德艺双馨的大师级作家、艺术家那里，这种统一性往往表现得更加明显。作家、艺术家深刻而强大的人格力量常使其艺术个性更加鲜明和稳定，艺术风格更为光辉夺目，由此创造了一个升华和净化了的艺术世界。这个世界既闪烁着作家、艺术家伟大的人格光辉，也洋溢着他们高雅的审美理想和艺术趣味，打上了他们个人的鲜明印记。

第二，文艺风格是作品作为有机整体的特征。在中西文论界，有人认为文艺风格表现为作品的语体特征，有人认为文艺风格表现为题材的一贯性、主题的独特性、人物刻画的统一性以及情节结构和描写手法的特殊性等。这些观点都有一定程度的合理性，但由于又都是将风格局限于作品的某些个别层次和要素上，就使得这些看法似是而非。其实，文艺风格并不是由作品中的个别因素

---

① （宋）吴处厚：《青箱杂记》，81 页，北京，中华书局，1985。

决定的，而是由作品的内容与形式相统一所形成的有机整体决定的，表现为与作品的文体相关的整体特征。在文体中，任何单一的因素，哪怕是十分重要的因素，都不能单独地决定和形成风格。上述所谓“语体风格”，只不过是作品语言自身的特色，语体只是参与风格建构的一个要素。同样的道理，作品的题材、人物、情节、景色等都是显示风格的重要手段，都是构成风格的基础要素，其中每一个要素都只能显示风格的一个侧面。风格作为作品的整体特征，永远大于上述任何一个单一因素。同时，我们也不能将风格理解为各个要素的机械相加。文艺风格是诸要素有机统一而成的作品整体呈现的特征。这种有机整体性非常重要，一部作品风格的完美程度，取决于该作品诸要素相融为一的“合力”，即“艺术魅力”。因此，风格不仅是一种文艺作品的“整体质”，更是一种活生生的艺术生命之美。

总之，风格不仅属于作品的形式，也不仅属于作品的内容，而是由文艺作品整体呈现的散发着作者独特的艺术魅力的气韵之美。它常常表现为一种情调，一种韵致，一种风神，一种境界。有时候，人们即便忘记了一部作品的语言或情节，但其风格可能仍留在他们的记忆里，成为一种美好的、不可磨灭的审美体验。所以，风格对接受者的吸引和征服是永久的。

三、文艺风格的一般特征

除了有机整体性这一本质的结构特征外，从风格的存在状态来看，它还有三个基本特征。

1. 独创性

独创性是风格赖以形成的必要条件，可以说是风格的灵魂。风格首先意味着那些仅仅属于作者自己的东西，而文艺风格的独创性首先便意味着作者人格和艺术个性的本真展示。左拉认为写出了个性便有了风格，称文学史上个性表现得最了不起的作家是圣西门，说他是一个蘸着自己的血液和胆汁来写作的作家，因此“得到了最高的风格”：句子都是生命的跳跃，墨水已被热情灼干，整个作品犹如一种人性的呼唤，“广阔的大江大河，挟带着一些奇美的东西和残渣，浩浩荡荡成为壮观”。左拉认为司汤达也是有“高度的个性表现”的作家，“风格对于他只不过是自己思想的最准确最清楚的表现”。司汤达的文句冷峻而简短，把心理分析当作奇妙的工具。司汤达的风格犹如一片表面冻结而内部沸腾的大湖，以一种严格的真实照映出岸边的一切事物。巴尔扎克也努力为自己的作品刻上自己的标记，并且这标记会永远留存，即使是最简单的几行，读者也能从中发现其伟大创作者的生命。①

显然，风格的独创性首先意味着作者的人格与艺术个性得到了表现。其次，风格的独创性还意味着创新性。左拉发现，巴尔扎克还是一个不断创新的人："他在每一部小说中，都把自己风格加以揉捏，重新熔炼和再造。他不倦地寻求一种（新的）形式。"② 这种独创性要求作者不断地创新，既不能重复别人，也不应重复自己，要使自己的风格画廊常有新的形象，新的色彩，新的格调。作家、艺术家要像巴尔扎克那样，和自己原有风格搏斗一番，不断地创造出属于自己的新的风格。

2. 多样性

风格的独创性必然导致风格的多样性。从宏观上看，正是艺术家多种多样的个性，才造成了文艺风格的丰富多彩。同时，有了这样丰富多彩的风格，艺术家的作品才能反映丰富多彩的社会生活，或者说，生活的多样性给艺术家们创造丰富多彩的风格提供了可能。因此，无论从艺术家的艺术个性看，还是从生活本身看，文艺风格的多样性都是一种规律性表现。此外，文艺风格的多样性也是人的精神生活的多样性造成的。一方面，人类丰富多彩的精神生活和内心世界，决定了文艺风格的多样性。文学艺术作为精神产品，它的风格必然与人的精神生活和内心世界的丰富性有着内在的统一性，而精神形式的多样性也必然决定了风格的多样性。马克思在批判普鲁士专制政府对文风的粗暴干涉时指出：

> 你们称赞大自然悦人心目的千变万化的和无穷无尽的丰富宝藏，你们并不要求玫瑰花和紫罗兰散发出同样的芳香，但你们为什么却要求世界上最丰富的东西——精神只能有一种存在形式呢？我是一个幽默家，可是法律却命令我用严肃的笔调。我是一个激情人，可是法律却指定我用谦逊的风格。没有色彩就是这种自由唯一许可的色彩。每一滴露水在太阳的照耀下都闪耀着无穷无尽的色彩。但是精神的太阳，无论它照耀多少个体，无论它照耀着什么事物，却只准许产生一种色彩，就是官方的色彩！③

---

① 参见古典文艺理论译丛编辑委员会：《古典文艺理论译丛》第八册，128页，北京，人民文学出版社，1964。

② 古典文艺理论译丛编辑委员会：《古典文艺理论译丛》第八册，128～129页，北京，人民文学出版社，1964。

③ 《马克思恩格斯全集》第1卷，7页，北京，人民出版社，1956。

马克思认为，精神是世界上最丰富的东西，它的产品（包括文艺作品）自然要有最丰富的存在形式，要有多姿多彩的风格，所以他对普鲁士书报检查令强行规定只准有一种官方色彩的做法表示了极大的愤慨。另一方面，由于人类精神生活具有丰富性，所以人类的精神需求也是丰富的，特别是人类的审美需要、审美趣味是多样的。这也要求文学艺术要以丰富多彩的艺术风格，来满足广大读者多方面、多层次的精神需要和审美需要。

3. 相对稳定性

文艺风格还具有相对稳定性。当一位作家的某种风格形成之后，便会在一个相当长的时间内保持不变，成为这个作家的特殊标记。鲁迅的杂文风格犀利，所以尽管鲁迅不断变换笔名，但人们还是能从风格上认出他的手笔。他在给黎烈文的信中也表示对自己风格的无可奈何："夜里又做一篇，原想嬉皮笑脸，而仍剑拔弩张，倘不洗心，殊难革面，真是呜呼噫嘻，如何是好。换一笔名，图掩人目，恐亦无补。"① 这便是风格的相对稳定性。若一位作家没有相对稳定的风格，那便不能说达到了艺术上的成熟。有了稳定的风格，作家、艺术家还应有勇气冲破旧的格调，更新自己的风格。鲁迅的每一篇小说，风格总有所不同，这就是他自我革新的结果。所以，与创新性相比，风格的稳定性总是相对的。诚如布封所说："一个大作家绝不能只有一颗印章。"② 一个伟大的作家，应当有用多种风格描绘生活的本领。

四、文艺风格的一般类型

关于文艺风格的类型，中外文论史上有多种划分。我们综合各家之说，将风格分为两两相对的四组八种。

1. 刚健与柔婉

刚健的风格总是笔力劲健，气势豪迈，境界壮阔而雄浑。这是一种阳刚之美，姚鼐对这种风格有如下诗意的描述：

> 其得于阳与刚之美者，则其文如霆，如电，如长风之出谷，如崇山峻崖，如决大川，如奔骐骥。其光也，如杲日，如火，如金镠铁。其于人

---

① 鲁迅：《鲁迅书信集》上卷，371页，北京，人民文学出版社，1976。

② ［法］布封：《布封文钞》，14页，北京，人民文学出版社，1958。

也，如凭高视远，如君而朝万众，如鼓万勇士而战之。①

这种风格洋溢着一股英风豪气，具有亢奋、激越、昂扬的审美效果。其磅礴的气势、澎湃的激情、超人的胆魄、雄奇的景象、开阔的境界，都给人以壮美的陶冶。曹操的《观沧海》，李白的《将进酒》《蜀道难》，苏轼的《念奴娇·赤壁怀古》，毛泽东的《七律·长征》《沁园春·雪》等，都是这一风格的典范之作。

柔婉的风格，总是气质轻柔，表情婉转，情调缠绵凄恻。这是一种阴柔之美，姚鼐又做如下诗意的描述：

其得于阴与柔之美者，则其文如升初日，如清风，如云，如霞，如烟，如幽林曲涧，如沦，如漾，如珠玉之辉，如鸿鹄之鸣而入廖廓。其于人也，漻乎其如叹，邈乎其如有思，暖乎其如喜，愀乎其如悲。②

这种风格一般无激烈的冲突，无刚猛的气势，而是柔情似水，细腻婉转，余韵悠长，极尽曲折低徊、绵绵不尽之意。其审美效果，往往令人一唱三叹，悦情悦性，不能自已。“离愁别恨”是柔婉风格的作家诗人最擅长的主题。李煜的“问君能有几多愁，恰似一江春水向东流”（《虞美人》），李商隐的“春蚕到死丝方尽，蜡炬成灰泪始干”（《无题》），秦观的“可堪孤馆闭春寒，杜鹃声里斜阳暮”（《踏莎行》）等佳句，都是此类风格的千古绝唱。

刚健与柔婉，壮美与优美，阳刚与阴柔，虽然是对立的风格美，但并非水火不容，作家、艺术家有时还能把它们熔铸在同一作品里，形成强烈的对比效果。所以姚鼐又主张“阴阳刚柔并行而不容偏废”，“刚者至于偾强而拂戾，柔者至于颓废而暗幽”，只有刚柔兼济，柔中带刚，刚中含柔，始成艺术佳境。这也是艺术的辩证法。例如，苏轼的《水调歌头·明月几时有》一词就已达此最高境界。

2. 素朴与华丽

素朴的风格指一种质朴、单纯、自然、冲淡的文体品质。李白就推崇一种“清真”的风格，认为写诗要做到“清水出芙蓉，天然去雕饰”③。因此，素朴

① （清）姚鼐：《惜抱轩诗文集》，93页，上海，上海古籍出版社，1992。

② （清）姚鼐：《惜抱轩诗文集》，93～94页，上海，上海古籍出版社，1992。

③ （唐）李白：《李白集校注》第二册，瞿蜕园、朱金城校注，726页，上海，上海古籍出版社，1980。

的第一层要求便是自然清真。宋人张戒主张“卓然天成”①，张耒提倡“不待雕琢而丽者，皆天理之自然而性情之至道也”②。素朴这种自然之美，主要体现为景真，情真，顺乎自然，顺乎本性，不雕琢，不强致，以天然本色取胜。素朴的第二层要求便是单纯。单纯不是粗疏，而是一种升华提炼后的洗练、纯洁、质朴，是经过艺术提炼的“返其朴而归其真”的美，达到“豪华落尽见真淳”的境界。素朴的第三层要求是冲淡。冲淡不是淡而无味，而是一种宁静幽远、和平静穆的韵味。陶渊明的“采菊东篱下，悠然见南山”，王维的“人闲桂花落，夜静春山空”和“明月松间照，清泉石上流”等诗句，都能体现这种真淳、冲淡的意味。这是一种超越世俗的“淡远”，是一种“绚烂之极”后的“平淡”（苏轼语），一种含有“至味”的“淡泊”。

华丽，是一种西方传统的风格类型，与中国文论中的“绚丽”“秾丽”“绮丽”“绚烂”等相对应，其基本特点是飞彩鎏金、富丽辉煌。我国传统艺术中的青铜器具、楚辞汉赋、六朝骈文、彩绘壁画、宫廷建筑，乃至京剧脸谱、服装头饰等都属于此类风格的艺术。在文艺领域中，唐代诗人李贺便是善用浓重的色彩创造秾丽画面，呈现华丽风格的能手。李贺诗句“粉霞红绶藕丝裙，青洲步拾兰苕春”（《天上谣》），“角声满天秋色里，塞上燕脂凝夜紫”（《雁门太守行》），是秾艳、华丽的极致。与这种风格相关的艺术手法往往是铺陈与夸饰。所谓“夸饰”，是指有意运用夸张式修饰，使艺术形象的形式特征更强烈，更突出，更富有视觉冲击力。所谓“铺陈”，是指有意铺张渲染，以增加艺术形象的感染力。二者交织使用，便可以达到刘勰所说的“因夸以成状，言饰而得奇”的艺术效果。宋玉的《登徒子好色赋》便是这种手法和风格的代表。

素朴之美，中国古人又称其为“芙蓉出水”；华丽的风格，古人常称其为“错彩镂金”。前者自然天成，不假雕饰；后者铺列锦绣，雕绘满眼。受老庄道家思想影响，中国古代文人多偏爱前者，然而我们在推崇素朴之美的同时，也不应贬抑华丽之美。正如明人谢榛在《四溟诗话》中所说：“作诗虽贵古淡，而富丽不可无。譬如松篁之于桃李，布帛之于锦绣也。”③ 素朴与华丽都是重要的文艺风格，但要注意素朴不应流于苦涩，华丽切忌浮艳，都要以得体为宜。

---

① 丁福保：《历代诗话续编》，450页，北京，中华书局，1983。

② （宋）张耒：《张耒集》，755页，北京，中华书局，1990。

③ （明）谢榛：《四溟诗话》，7页，北京，人民文学出版社，1961。

3. 庄重与滑稽

这是基于审美态度的不同形成的两种对立的艺术风格。庄重，是一种庄正严肃的风格，一般具有正大、磊落、庄严、厚重的正面素质，从而使轻薄、浮艳、油滑之作黯然失色。布封在《论风格》中说："对一切华而不实的煊赫概予鄙弃，对模棱语、谐谑语加以嫌恶，那么，他的风格就庄重了，甚至就尊严了。"庄重是对现实生活中的重大庄严题材的正面反映，是由题材和主题所呈现的一种类似"正剧"的风格。它不是悲剧通过牺牲和痛苦带来的"崇高"，也不是充满英风与豪气的"刚健"，而是偏于严肃与厚重的风格之美。贾谊的《治安策》、诸葛亮的《后出师表》、韩愈的《原道》、魏徵的《谏太宗十思疏》等，皆有庄重之风。古典小说《三国演义》，现代话剧《西安事变》，现代小说《人到中年》，电影《开国大典》《大决战》等，也都是庄重风格的典范。

滑稽，又称诙谐。滑稽作为一种风格，是指通过诙谐、幽默、机智、俏皮等表现出来的一种与庄重相对的喜剧风格之美。滑稽不仅可以把无价值的东西放大给人看，引发笑声，起到讽刺的效果，如契诃夫的小说《变色龙》；也可以是把真理置入一个可笑的故事中，寓庄于谐，让人在笑后猛醒，如安徒生的童话《皇帝的新衣》；还可以通过滑稽来歌颂美、肯定美的事物，如戏剧《七品芝麻官》、电影《今天我休息》等。滑稽产生的根源应当是现象与本质、手段与目的相互之间的脱节、错位。这种错位，或者说矛盾，有很多复杂的情况。

归纳起来，造成滑稽的原因至少有三种。第一种是如黑格尔所说的"滑稽，是对于任何内容都不持严肃态度，只是为开玩笑而开玩笑"，"把一大堆外在的东西凑在一起，而这些东西的内在意义却由诗人秘而不宣"。① 契诃夫的《变色龙》是这样，安徒生的《皇帝的新衣》也是这样。第二种情况则是让不严肃的人去干严肃的事情。这种人的喜剧性格常常使其在半真半假的玩笑戏耍中歪打正着，做成了大快人心的事，显示出主人公的外丑内美和机智善良，《七品芝麻官》便属此类。第三是让过分严肃真诚的人与环境发生矛盾，好心办好事却误了自己的好事，如电影《今天我休息》；或好心办好事却招来恶报，如小说《堂吉诃德》。总之，这些滑稽的效果都是因现象与本质、手段与目的、目的与结局的错位而产生的。现实生活中戏剧小品的长期走红，也能说明人们对滑稽这种风格的喜爱。

---

① 《朱光潜全集》第13卷，360页，合肥，安徽教育出版社，1990。

4. 崇高与荒诞

这一对风格与庄重、滑稽相邻而又有明显区别。崇高的美必然是庄重的，但是这种美已是达到超越境界的更理想、更博大、更神圣的美，相比之下，庄重之美还处在较为现实的境界里。毛泽东的七律诗《人民解放军占领南京》，庄严伟大，气势磅礴，显示了一种庄重雄浑的风格，给人以横扫千军的快感，但这仍然只是壮美而非崇高。一方面，其题材还属于现实层面，而崇高的风格需要一种理想的品质。诚如古罗马学者朗吉弩斯所说，崇高的风格“会把我们的心灵提高到理想高度”。另一方面，这首诗所表现的情感还是一种单纯的胜利快感，而崇高的情感要复杂得多。如果面对高山大漠、瀑布巨川以及辽阔的草原、咆哮的大海等宽无巨尺、长无终点的对象，我们首先感到的必然是惊讶，甚至是恐惧，觉得自己在这些事物面前极为渺小。但是，又如康德所说，只要这时我们自觉处于安全之境，那么对象愈可怕反而愈有吸引力，渐渐地，我们心灵的力量就超越了平常的凡庸，情感由惊讶、恐惧变为崇敬，心灵臻至崇高的境界，从而在理性精神上超越了自然对象。所以，崇高是一种由痛感转化过来的快感。

崇高不仅是一种情感的飞跃，而且也是生命力的洋溢迸发，是向人格极境和精神高峰的升华。魏晋时期著名思想家、文学家嵇康之死，便是人格崇高的范例。嵇康提出“非汤武而薄周孔”，“越名教而任自然”，成为当时思想界的领袖。他避处山林，自绝仕途，但仍受到司马昭的迫害，系狱时有“太学生三千人上书，请以为师”。临刑时，嵇康态度从容，视死如归。《世说新语·雅量》载：“嵇中散临刑东市，神气不变，索琴弹之，奏《广陵散》。曲终曰：‘袁孝尼尝请学此散，吾靳固不与，《广陵散》于今绝矣！’”① 嵇康面对死亡，如此镇静自若，潇洒从容，其生命力量和人格力量是如此昂扬、壮烈，让人高山仰止。因此，崇高又总是与悲壮的生命极境相联系。

崇高的主体以华光四射的生命力量开拓出合乎理想的人格极境，至善至美的道德观念和理性精神便是这种生命价值的基本内涵。所以，古往今来伟大的作家、艺术家，总是致力于表现人的精神品德之美和人格修养之美，以表现人类对真理、正义和美好生活的执着追求。他们描绘出一个个“大写的人”，一个个为人类生存和自身的价值不惜忍辱负重、顽强斗争乃至壮烈牺牲的伟大志士和英雄，从而创作出一系列具有崇高风格的伟大作品。从《被缚的普罗米修

---

① 余嘉锡：《世说新语笺疏》，288页，北京，中华书局，1983。

斯》到《绞刑架下的报告》，从文天祥的《正气歌》到欧仁·鲍狄埃的《国际歌》，从《牛虻》到《红岩》，这些都是这种文学风格的典范。

荒诞的风格与滑稽形式上的怪异、丑陋有些近似，但形象的变形与夸张已达荒谬的程度，因此荒诞又称怪诞或诡奇。荒诞的文学风格亦古已有之。怪诞源于意大利语“grottesco”，原是“洞窟”之意。15 世纪，意大利在考古发掘古罗马公共温泉浴场时，发现一种装饰性壁画，其中动物、植物、人和怪兽共生一处，这便是较早具有荒诞风格的作品。此后，中世纪许多文学艺术都有这种风格。19 世纪以来，特别是在 20 世纪现代艺术中，这种荒诞式风格席卷世界。

首先，荒诞应是内心真实的象征。在远古神话里，荒诞是人类童年诗性智慧的表达方式。丰富的想象力和旺盛的感觉力使他们能以荒诞的形式歌颂人类顽强的意志和英雄的天性，《精卫填海》《夸父逐日》和《女娲补天》便是这类人类的童年之诗。这时的荒诞还是一种表达壮美和崇高的手段，因而显得诡奇而壮丽。当人类进入阶级社会，奴隶主阶级接过荒诞的手法，用以显示自己的威严时，荒诞便呈现为一种狞厉的美。在佛罗伦萨浴场的壁画中，一个魔怪竟是如此可怖：“它头上长着两只长角；两只耳朵各钻出一条毒蛇，分别衔住一个人；嘴里还在吞食一个人，两只手分别抓着一个人等着吃；双脚还踩住两个人，一个蛙身猫头似的怪物正咬住其中一个的头；屁股底下有一条两头蛇，也每个吃着一个人……其可怖性令人战栗。”① 我国青铜艺术中，普遍存在一种饕餮纹饰，同样具有狞厉、恐怖的特征：常常眼球突起，虎视眈眈，森严可怖；嘴占有很大的比例，伸出长长的排牙和獠牙，凶猛而残酷。《吕氏春秋·先识》云：“周鼎著饕餮，有手无身，食人未咽。”这显示了我国古代荒诞风格与现代荒诞风格的不同审美内涵。如果说在浪漫主义作家那里，荒诞还着重表现理想和情感的真实的话，那么在现代派文学中，荒诞已着重用来表现内心的极度痛苦和思考中的真实了。这种真实便是带有哲理性的真实。由此看来，荒诞从古到今都与人类的心灵紧密相连，是一种偏于主观的风格类型。

其次，如果说滑稽中的丑怪还和美联系着的话，那么荒诞，特别是在现代荒诞式艺术中，已经变成审丑的艺术了。19 世纪初，随着浪漫主义文学运动的兴起，人们发现，丑怪原来也可以是艺术表现的对象。法国作家雨果首先为之

① 叶廷芳：《论怪诞之美》，载《文艺研究》，1993 (4)。

正名，认为“美只有一种样式，而丑有一千种”①。19世纪50年代，西方美学史上发生了两件大事：其一，法国学者罗森克兰茨的《丑的美学》在1853年发表；其二，法国诗人波德莱尔的《恶之花》在1857年出版。这两部著作标志着人类审美观念的根本转折，同时也为荒诞成为一种风靡世界的文学风格营造了舆论氛围。

上述八种风格，并非风格类型的全部，另外还有含蓄与畅达、简洁与丰赡、豪放与沉郁、雄浑与秀美等，它们也都具有相当的普遍性和实践意义，不过这里不再一一探讨。

五、文艺的群体风格

文艺风格是作家、艺术家艺术个性的直接呈现，但是作家、艺术家不是脱离社会、时代和地域的孤立个体，他们总是处于一定的时代、民族和地域之中。这些环境和文化因素也必然会影响作家的生活个性和艺术个性，进而使生活于同一时代、民族和地域的作家、艺术家的创作呈现出某种相近的风格，形成文艺的时代风格、民族风格、地域风格和流派风格。

1. 文艺的时代风格

作家、艺术家总是生活在一定的氛围中，其所处时代的物质生活和精神生活总要以鲜明的特征在其作品中留下深刻的印记。同一时代的作家、艺术家，其风格尽管各不相同，但又或多或少呈现出某些共同特征。这种风格的共同性并非作家、艺术家的自觉追求，而是时代氛围和一定历史文化语境造成的。雪莱曾说：“我避免摹仿当代任何作家的风格。但是，在任何时代，同时代的作家总难免有一种近似之处，这种情形并不取决于他们的主观意愿。他们都少不了要受到当时时代条件的总和所造成的某种共同影响，虽然在一定程度上说来，每个人之所以周身浸透着这种影响，毕竟是他自己造成的。”② 因此，同一时代的不同作家，总是呈现出某种共同的风格。鲁迅和郭沫若是擅长不同文体、风格迥异的作家，但即使在这样的作家身上，也体现了由“五四”大潮所造成的共同的时代风格：他们的作品都有一种对自由、民主、光明、幸福的新中国的热烈向往，都有一种对旧社会、旧制度、旧道德的再也无法忍耐的仇恨，都有一种要掀翻旧世界的决心与豪情，都有一种集诗人、战士的身份于一

① 姚一苇：《美的范畴论》，287页，台北，开明书店，1978。

② 伍蠡甫：《西方文论选》下卷，49页，上海，上海译文出版社，1979。

身的伟大人格魅力。鲁迅的呐喊正是一种民族良知的呐喊，郭沫若的号角正是民族革命的号令和心声，而这种风格，正是“五四”的时代特征所造成的共同的时代风格。

不同的时代拥有不同的时代风格。刘勰在《文心雕龙·时序》中揭示了这一规律，他说：“时运交移，质文代变”，“歌谣文理，与世推移”，“文变染乎世情，兴废系乎时序”。这虽说是文学发展变化的规律，而风格的变化则更为敏感地体现着这一规律。李白与杜甫几乎同时出现在当时所谓“盛唐”的诗坛上，但时代的具体变化导致了李白与杜甫诗歌风格的差异。李白长杜甫十二岁，主要生活于唐朝的鼎盛时期。此时的大唐经济繁盛，财政富足，军力强大，政治稳定，疆土辽阔，对外贸易兴旺，整个帝国呈现出空前的勃勃生机和全面繁荣的局面。这给当时的知识分子提供了充满希望的锦绣前程，于是，富有青春活力、充满诗意憧憬的时代风格“盛唐之音”便形成了。这种风格豪放、飘逸、潇洒，其代表作家是李白。“俱怀逸兴壮思飞，欲上青天揽明月”，“人生在世须尽欢，莫使金樽空对月。天生我材必有用，千金散尽还复来!”“君不见黄河之水天上来，奔流到海不复回!”李白的诗句乐观坚定，信心百倍，而又大气磅礴，一往无前，充满青春的幻想与朝气，正是“盛唐之音”的象征。

杜甫小李白十二岁，在其创作的全盛时期，唐朝已从它的顶峰跌落下来，安史之乱使它元气大伤。历经战乱的杜甫与人民共同饱尝了这场灾难带来的痛苦和磨难。此时杜甫忧国忧民的诗篇，便是这个动乱痛苦时代的文学风格的代表，悲愁满怀，沉郁顿挫。然而，当时并非只有杜甫一人写作这种风格的诗歌，比杜甫小六七岁的元结也有《舂陵行》这样的诗：“州小经乱亡，遗人实困疲。大乡无十家，大族单命羸。朝餐是草根，暮食仍木皮。出言气欲绝，意速行步迟。追呼尚不忍，况乃鞭扑之!”这样的诗句若混在杜甫的诗篇中，亦不显突兀。元结的这首诗，无疑有着和杜甫一样的沉郁顿挫，一样的“穷年忧黎元，叹息肠内热”。这说明，杜甫的诗歌风格也是那个时代的诗歌风格。

不仅不同时代会产生不同的时代风格，而且时代变化也往往会促使作家风格大变，甚至前后判若两人。例如，宋朝词人李清照，在南渡之前，因社会安定，家庭幸福，所以词风明丽、隽永、清新。请看《如梦令》：“常记溪亭日暮，沉醉不知归路。兴尽晚回舟，误入藕花深处。争渡，争渡，惊起一滩鸥鹭。”南迁之后，国破家亡，词人生活凄苦不堪，词作风格转为悲慨、哀怨，其冷清、凄惨的语调和景色，常使人潸然泪下。昔日的清新、欢悦和明丽，已不见踪影。杜甫晚年对自己诗歌风格的变化也有所感，他在《秋兴八首》中概叹道："彩笔昔曾干气象，白头吟望苦低垂。"这种前后判若两人的变化，其实是时代造就的。因此，每个作家，都自觉不自觉地受制于他所处的那个时代的历史文化语境，并以其独特的风格反映着时代的风格。

2. 文艺的民族风格

每个民族的文艺，总有其鲜明的风格。伏尔泰曾说："从写作的风格来认出一个意大利人、一个法国人、一个英国人或一个西班牙人，就像从他面孔的轮廓、他的发音和他的行动举止来认出他的国籍一样容易。"① 民族风格的形成，有着十分复杂的原因：每个民族都有只属于本民族的自然环境、经济政治背景、历史文化传统、风俗习惯、性格心理、思维模式、行为方式、抒情手法、审美理想、审美趣味等，这些因素的总和构成了一个民族的基本特色，对该民族的每一个作家、艺术家都具有无法抗拒的渗透力，深刻影响其生活个性和艺术个性的形成，在他们的作品上打下鲜明的印记。在上述诸因素中，人与自然的关系及人与社会的关系是决定民族风格的两个关键问题。中华民族的文学风格与西方诸民族的文学风格的差异，即可从这两个角度理解。

首先，在人与自然的关系上，由于中华民族长期依赖农业经济，所以对土地有一种亲和感。这种心理反映到哲学层面，便是"天人合一"的思想。其次，在人与社会的关系上，由于农业活动以家庭为生产单位，而家庭是靠血缘关系来维系的，因此"家"便成为中国社会的结构模式。皇帝视天下为"家天下"，像管家庭那样管理国家，家庭伦理便引申为社会关系准则，视君为父，视臣若子。在这样的人际关系中，中华民族强调集体性，不突出个性；用"仁爱"的观点处理人与人之间的关系；既讲情，又讲理，追求合情合理，"己所不欲，勿施于人"成为人际关系的道德准则。中华民族在哲学和伦理学上的思维方式与情感方式，就要求人们在审美理想上既重感性与理性的统一，又重人与自然、人与社会的和谐统一。于是，"中和之美"和"怨而不怒，哀而不伤"的情感格调，"温柔敦厚"的人格格调，便成为中华民族的文化性格。特别是人与自然的亲和关系，在文学艺术中得到了充分的表达，形成了"思与境偕"的艺术至境模式，完美地体现着中华民族的审美理想。与西方艺术风格不同，中国的文艺风格总是富于人情味的。其情感的表达，往往保持着理性的人格调节和自制，极少堕入粗野的情欲发泄，或狂热的情绪冲动。它时常流露出一种温情脉脉的世间留恋，一种仁爱的人文关怀，或是一种壮阔幽深的宇宙意识和

---

① 伍蠡甫：《西方文论选》上卷，323页，上海，上海译文出版社，1979。

生命情调，显得那样和谐、温馨、雅致和淡远。

西方民族重商轻农，商业活动必须长途贩运，山川阻隔便是商业贸易最大的障碍，因此自然便成为一种可诅咒的神秘力量。随着资源的掠夺和资本的积累，人与自然的关系更紧张，人要征服自然，向自然索取成了增加财富的手段。这样一来，人与自然的关系便成了征服与被征服的关系。同时，商业活动中也充满了人与人、人与社会之间的竞争。这样就使西方文化更注重感性与理性、个人与社会、人与自然的对立与斗争，表现在文学艺术中，便是人的情感、个性和欲望得到充分突出和张扬。在审美理想上，西方文艺崇尚冲突之美，往往以剧烈的冲突表现残酷的结局，以放纵的自然情欲张扬个性，以大怨大怒、激昂悲壮的场景表现生存的艰辛和斗争的激烈，从而展示人性的崇高和历史进程的宏伟。这种风格特别适合于叙事类文艺作品。

此外，民族语言和民族习惯的艺术表达方式，也是构成民族风格的重要因素，这里也不再详述。

3. 文艺的地域风格

每个地域自然条件、文化传统，特别是风俗习惯的不同，也会造成文艺风格的差异，而同一地域的作家也往往存在某种风格的一致性，这就是文学的地域风格。早在周代，北方的《诗经》和南方的《楚辞》就彰显了不同的风格，前者着重对现实生活的描绘，文风自然、质朴；后者耽于想象，色彩瑰丽神奇。这种南北文风的差异，直到南北朝还十分明显。《北史·文苑传》评曰："江左宫商发越，贵于清绮；河朔词义贞刚，重乎气质。气质则理胜其词，清绮则文过其意。理深者便于时用，文华者宜于歌咏。"其实，这只是粗疏的风格分类，中国文艺的地域风格，实际上要丰富得多。

仅以现当代文学为例，最早显示地域风格的是山西作家群，以赵树理为首，包括马烽、西戎、束为、孙谦、胡正等，人称"山药蛋派"。这些作家的作品总带有独属于山西地域的乡土风味和亲切、风趣、质朴、浑厚的艺术风格。20 世纪四五十年代，他们的作品在国内独树一帜。在京津地区，以孙犁为主，其他如刘绍棠、从维熙、韩映山等人，则刻意描写京津地区的自然之美、生活之美和人性之美，呈现出一种明丽、秀雅的地域风格，人称"荷花淀派"。20 世纪 50 年代，冀中地区作家崛起，梁斌的《红旗谱》、李英儒的《战斗在滹沱河上》、冯志的《敌后武工队》、刘流的《烈火金刚》、雪克的《战斗的青春》、徐光耀的《平原烈火》等，像连爆的烟花一样在社会上激起轰动效应。朱老忠等英雄人物身上凝聚着燕赵的历史，汇聚着时代的风云，呈现出雄浑厚重、慷慨悲壮的燕赵之风。此外，以周立波为代表的“茶子花派”楚湘作家群、以柳青为代表的渭南作家群、以欧阳山为代表的岭南作家群，都呈现出或明或暗的地域风格。新时期以来，我国文学的地域风格更是异彩纷呈，如散发着秦汉风采的三秦作家群，焕发出燕赵精神的京津和冀中作家群，蕴蓄着楚文化神韵的楚湘作家群，秉承了“山药蛋派”遗风的三晋作家群，弥漫着江南风味的吴越作家群以及风格古朴神异的齐鲁作家群等，他们的作品都体现了某种共同的地域风格。

文艺的地域风格的发展趋势，都是由简到繁、由单一到多样的。地域风格越丰富，民族文艺就越发达，地域风格是民族文艺繁荣程度的重要标志。

4. 文艺的流派风格

从上述文学地域风格的分析中可以看出，许多流派，如以赵树理为首的“山药蛋派”、以孙犁为首的“荷花淀派”，都是在地域风格的基础上，由文学史家归纳而成的。从这个意义上讲，风格是一个流派赖以存在的基础。没有某种共同的风格，流派是很难成立的。

然而流派的形成，还有更复杂的原因。例如，唐开元、天宝年间形成的“边塞诗派”，有高适、岑参、王昌龄、李颀诸人。但他们既不是统一地域的作家，也并非每人都只写“边塞诗”，所谓“边塞诗派”，仅是对那个时代不同作家的同一题材诗歌创作的归类。这类诗作由于描写了边塞风光和军旅生活，诗风昂扬奔放，乐观豪迈，显示了“盛唐气象”，因此被后人标举为一个流派。也就是说，文学史上的许多流派，并非有意为之，而是因为共同的题材和共同的风格，被当时或以后的文艺批评家做此认定。例如，宋词之“婉约派”“豪放派”都是后来由批评家认定的，当时人们并没有这样的概念。

我们也应看到，文学史上的许多文学流派的形成也是十分自觉的。它们既有共同的风格，又有共同的理论和美学上的追求，甚至有纲领，有宣言，有一定的组织形式。我国“五四”时期的文学研究会和创造社，便是这样的文学流派组织。前者“为人生而艺术”，追求现实主义的方法和风格；后者“为艺术而艺术”，崇尚浪漫主义的风格和方法。在西方，文学流派基本上都是以这种自觉成熟的形式出现的，表现为有明确的纲领，有特殊的美学追求，有许多刻意实践的作家，创作了诸多名扬世界的作品，形成了席卷世界的文艺思潮。自古典主义、浪漫主义、批判现实主义，到象征主义、现代主义等，都呈现出这种趋势。这说明文学流派的自觉程度及发达程度，也是一个时代、一个国家文艺繁荣程度的标志。

第三编　文艺创作论

小序：应区分创作的本质与文艺的本质

文艺创作论是文艺学专门讨论文艺家的思维、素养以及文艺生产流程和基本表现技巧的章节。为了使创作论更为学理通达，我们主张区分创作的本质和文艺的本质。前面概括的文艺的审美文化性质，是将文学艺术活动放在人类整个文化生活方式中考察的结果；而文艺创作论仅是对艺术生产活动所牵涉的各种要素的概括和描述。二者本来是两回事，是不能混为一谈的，但是，以往的文艺学教材往往对此不加区分。同时，由于我们对文艺的本质做了审美文化定性和二分式与三分式描述，这些也都应当在创作论中得到贯彻。

第七章 文艺创作诸论评述

文艺创作论属于文艺学的重要组成部分，它探究的是文艺家在创作过程中所展开的审美体验、想象构思、艺术传达等环节的心理活动规律与特征。本章将评介几种主要的创作理论，如传统的摹仿说及摹心说、心理分析学派及格式塔心理学派的创作论，以了解文艺创作论的发展概貌。

第一节 中外传统创作论

中外文艺理论史上，存在两个历史悠久、影响深远的文艺创作论传统：一是发源于古希腊的摹仿说，二是滥觞于中国先秦的摹心说。摹仿论关涉的内容很丰富，如文艺起源论、本质论等，这里主要从创作学的角度加以评述。中国摹心说虽然也涉及起源论，但最主要的内容还是创作论。本节将对这两大文论传统做简要梳理。

一、西方摹仿说

古希腊的摹仿说与这个时期的哲学思想密切相关，文论家本人往往就是哲学家，各人的摹仿说均从各自的哲学思想中推衍而来，其变革性往往大于继承性。在某种意义上，古希腊摹仿说实际上是该时期哲学思想的一个文论式注脚。

赫拉克利特是古希腊朴素唯物主义和辩证法哲学的奠基人，他认为：“自然是由联合对立物造成最初的和谐，而不是由联合同类的东西。艺术也是这样造成和谐的，显然是由于摹仿自然。”① 他所说的摹仿，是就文艺整体的性质而言的。文艺要达到和谐之美，就应该像自然那样，将各种不同的因素统一在艺术中。另一位古希腊哲学家德谟克利特则认为：“在许多重要的事情上，我

---

① 北京大学哲学系外国哲学史教研室：《古希腊罗马哲学》，19页，北京，商务印书馆，1961。

们是摹仿禽兽，作禽兽的小学生的。从蜘蛛我们学会了织布和缝补，从燕子学会了造房子，从天鹅和黄莺等歌唱的鸟学会了唱歌。”①尽管他强调人要向这些动物（自然）学习，但他的摹仿说有非常鲜明的社会伦理和人文理性诉求。他认为，文艺要追求高尚的快乐。德谟克利特的摹仿说已经从自然宇宙转到社会人生。与他同时期的苏格拉底进一步深化了摹仿说的社会学内涵与伦理性倾向。苏格拉底认为，艺术不仅要摹仿外形，还要摹仿心灵，“通过形式表现心理活动”②。例如，画家要在所画的人物眼睛里描绘出高兴或忧伤的神情；雕塑家要“把活人的形象吸收到作品里去”，以“使得作品更逼真”。③

从柏拉图开始，摹仿说发生了重要的转变。柏拉图从哲学上设定了两个世界，一是理式界，二是现象界。“理式”指的是普遍的概念或道理，它是永恒不灭的、完美无缺的，是真、善、美的高度统一。柏拉图认为，现实世界所见的任何事物都有一个特定的理式，所有的这些理式都归因于“神”，即最高的理式。“文艺摹仿自然”中的“自然”，并不是现实世界，而是理式世界。以床为例，实际上存在三种床：一是作为理式的床，二是现实中木匠制造的床，三是画家依照木匠制造的床画出来的床。画家的床与理式之床隔了三层，是“摹本的摹本”“影子的影子”。作为一种幻影，画家之床无法传达出真理。而且，所有的文艺均是如此。在柏拉图看来，文艺创作是一种很低端的摹仿过程：“那并不是难事，而是一种常用的而且容易办到的制造方法。你马上就可以试一试，拿一面镜子四方八面地旋转，你就会马上造出太阳，星辰，大地，你自己，其他动物，器具，草木，以及我们刚才所提到的一切东西。”④文艺只能摹仿外在的形式，不能摹仿事物的“实体”。这样，柏拉图就得出了文艺低于生活的结论。

作为柏拉图的学生，亚里士多德说吾爱吾师，但更爱真理。他批判了柏拉图的摹仿说，并对其做出了全新的阐释。在亚里士多德看来，世界是由各种具体的现实事物构成的，并没有一个高高在上的理式需要我们去摹仿，一般就寓于个别之内。对个别的摹仿就是对真理的再现，能够反映事物的本质。这样，亚里士多德就将“摹仿”从柏拉图的“镜子说”中解救出来并做了提升。他

---

① 伍蠡甫：《西方文论选》上卷，4～5 页，上海，上海译文出版社，1979。

② 伍蠡甫：《西方文论选》上卷，10 页，上海，上海译文出版社，1979。

③ 伍蠡甫：《西方文论选》上卷，10 页，上海，上海译文出版社，1979。

④ 伍蠡甫：《西方文论选》上卷，33 页，上海，上海译文出版社，1979。

说："史诗和悲剧、喜剧和酒神颂以及大部分双管箫乐和竖琴乐——这一切实际上是摹仿，只是有三点差别，即摹仿所用的媒介不同，所取的对象不同，所采用的方式不同。"①由于摹仿的媒介不同，所以形成不同的艺术（绘画用颜色，雕塑用姿态，音乐用声音，史诗及悲喜剧用语言等）；由于摹仿对象的不同，则有悲、喜剧的区别（悲剧摹仿好人，喜剧摹仿坏人）；由于摹仿方式的差异，则可以区分出史诗（叙述）、戏剧（动作）等。

实际上，亚里士多德并不认为史诗、悲剧、喜剧、酒神颂的本质是摹仿，而是认为它们的创作过程是摹仿。② 在此基础上，他还特别区分了文学与历史摹仿的对象与方式："诗人的职责不在于描述已发生的事，而在于描述可能发生的事，即按照可然律或必然律可能发生的事。历史家与诗人的差别……在于一叙述已发生的事，一描述可能发生的事。因此，写诗这种活动比写历史更富于哲学意味，更受到严肃的对待；因为诗所描述的事带有普遍性，历史则叙述个别的事。"③ 这段话进一步明朗了文学的创作方法，即将现象与本质、特殊与普遍、个别与一般统一起来，这是关于文学典型论的最早论述。此外，亚里士多德有关悲剧的理论也是其摹仿说的重要组成部分。他关于悲剧情节与人物性格、悲剧冲突的本质、悲剧的社会功用等问题的论述，都紧紧围绕摹仿说展开。至此，亚里士多德已完成了对前人摹仿说的改造与完善。

概括起来，摹仿说有这样几个要点。首先，强调艺术主体对客体对象进行客观忠实的摹写，因而忽视了创作主体的主观能动性，限制了艺术思维的自由。其次，认为一切艺术都是摹仿的结果，摹仿成为唯一有效合法的创作方法。这使得西方创作论带上了机械唯物论的倾向，而且长期没有得到纠正。其三，摹仿说主要建基于西方绘画、叙事诗、戏剧等写实型文学艺术，而对于抒情性文学艺术而言，摹仿说的阐释力就大为减弱，显示出它的局限性。

亚里士多德之后，摹仿说影响深远，此后西方文论史上出现的镜子说、再现说、复制说等理论，都可以看作对摹仿说的补充与修正。

二、中国摹心说

西方摹仿说虽然也讲求虚构与想象，但主要的倾向还是逼真地再现外在现

---

① 伍蠡甫：《西方文论选》上卷，51页，上海，上海译文出版社，1979。
② 参见伍蠡甫：《西方文论选》上卷，51页，上海，上海译文出版社，1979。
③ 伍蠡甫：《西方文论选》上卷，64～65页，上海，上海译文出版社，1979。

实。与此不同的是，中国古代的摹心说虽然也有效法自然、注重现实的因素，但根本旨趣还在于表现人的心灵与情感。《尚书·尧典》中便有“诗言志”的说法，说明我们民族很早就把诗歌看成是心灵的表现。西汉扬雄继承了这种传统，在《法言·问神》中提出：“言，心声也；书，心画也。声画形，君子小人见矣。”唐代刘禹锡则表达得更为明白：“心之精微，发而为文，文之神妙，咏而为诗。”①可见，诗人受到外物的感染，内心产生了各种情志，表现于语言，就成了诗。也就是说，诗歌就是对心灵之物的摹写。这就是明代学者袁黄摹心说提出的前奏。袁黄在《诗赋》中用“选文入象，就韵摹心”八字，简明扼要地概括了中国人的创作观念。“摹心”二字可以说概括了中国古代文艺创作的主要方式与倾向。如果将“文”按《周易》的观点理解为“天文”“人文”，作家就是选择其中的某些现象（即“文”）构成诗人的内心之象。所以，文艺创作可以看成是艺术家按照气韵生动的要求摹写“心象”的过程。

从创作的角度来看，摹心说最早的源头除了“诗言志”外，还应追溯到庄子，因为他首先论述了艺术创作过程及其关键。《庄子·达生》有云：

> 梓庆削木为鐻，鐻成，见者惊犹鬼神。鲁侯见而问焉，曰：“子何术以为焉?”对曰：“臣工人，何术之有？虽然，有一焉。臣将为鐻，未尝敢以耗气也，必齐以静心。齐三日，而不敢怀庆赏爵禄；齐五日，不敢怀非誉巧拙；齐七日，辄然忘吾有四枝形体也。当是时也，无公朝，其巧专而外滑。然后入山林，观天性，形躯至矣，然后成见鐻，然后加手焉；不然则已，则以天合天，器之所以疑神者，其是与!”②

《庄子》虽然写了许多有关技艺的故事，但直接论及作品制作问题的却仅此一例。“鐻”之所以能达到“凝神”的程度，取决于两大因素：一是虚静的超越心态，二是以天合天而得的内心意象。梓庆削木作鐻之前，先要葆身养气，斋戒静心。等到排除了庆赏爵禄、非誉巧拙等杂念，甚至是遗忘了自己的肉身，一心专精于技而不为外物所扰，方才进入山林审察木材。他以自己的天性去冥合自然天理，最终“胸有成鐻”，所以下手便是鬼斧神工。庄子此论是后世“胸有成竹”论的雏形。遗憾的是，庄子说到“成见鐻”“然后加手”便戛然而

---

① 郭绍虞：《中国历代文论选》第二册，157页，上海，上海古籍出版社，2001。

② （清）郭庆藩：《庄子集释》第三册，658～659页，北京，中华书局，1961。

止，至于如何加手制作，则使人无从知晓。这个问题到了刘勰这里，有了较为明晰的论述。《文心雕龙・神思》写道：

> 陶钧文思，贵在虚静，疏瀹五脏，澡雪精神。积学以储宝，酌理以富才，研阅以穷照，驯致以怿辞，然后使玄解之宰，寻声律而定墨；独照之匠，窥意象而运斤。

刘勰除了踵武老庄论及创作心态之外，还谈到了艺术家的素养问题。广博的学养、通明的智识、丰富的阅历、出色的辞采等，都是艺术创作的重要条件。更为重要的是，刘勰将创作过程明确化了。

刘勰第一次在文艺创作的层面上使用了“意象”，指的是作家在创作构思的过程中，对外界物象灌注情感，并加以处理之后得到的意中之象。“夫神思方运，万涂竞萌，规矩虚位，刻镂无形。登山则情满于山，观海则意溢于海。”(《文心雕龙・神思》) 在文思展开的过程中，各种意念纷至沓来，文章的内容与形象要在这种无形的文思中逐渐形成。所以，这里的意象已经不是原来所见到的原始物象了，而是经过想象、联想，浸透了作家情感的“内心意象”。庄子主要论述的是“心—物”关系，刘勰则开始触及“心—手”关系。后来，苏轼提出了“胸有成竹”论，强调了内在心象的转瞬即逝性以及“心—手”关系的重要性，但其创作论观念并未超越刘勰。北宋画论家董逌提出了“胸中丘壑”论，可以看作对“胸有成竹”论的补充。他在《广川画跋・书李成画后》中说：“积好在心，久则化之，凝念不释，殆与物忘，则磊落奇特蟠于胸中，不得遁而藏也。它日忽见群山横于前者，累累相负而出矣。岚光霁烟，与一一而上下，漫然放于外而不可收也……方其时，忽乎忘四肢形体，则举天机而见者，皆山也。”意思是说，李成天生喜好山林泉石，栖岩处谷，天天面对层峦叠嶂，早霞晚岚。久而久之，万千丘壑陈于胸中，等到画兴来袭，物我两忘，这些物象便接踵而出，所见无不是山也。董逌的“胸中丘壑”是画论史上的重要观念，可与苏轼的“胸有成竹”论相互发见。

到清代的郑燮那里，摹心说愈加成熟。他将“物—心—手”三者关联起来考察创作问题，其《郑板桥集・题画》说：

> 江馆清秋，晨起看竹，烟光、日影、露气，皆浮动于疏密枝叶之间。胸中勃勃，遂有画意。其实胸中之竹，并不是眼中之竹也。因而磨墨展

> 纸，落笔倏作变相，手中之竹又不是胸中之竹也。总之，意在笔先者，定则也；趣在法外者，化机也。独画云乎哉！

郑燮所说的“眼中之竹”“胸中之竹”“手中之竹”，对应的就是自然物象、内心意象、艺术形象这三个方面。从他的表述中我们可以发现，在创作的整个过程中，物、心、手三者之间既协调契合，又乖离龃龉。从“物”到“心”为一变，从“心”到“手”为二变。如此一来，不仅心无法复制物，手也无法全部呈现心。如此也可见出，机械论摹仿说在面对这样复杂的创作情形时几乎没有什么阐释力。郑燮比前人高明的地方在于，他对“心—手”关系的思考超出了刘勰、苏轼等人一味说难的感叹。他从经验出发，点出了艺术变相的必然性。这种“变相”，可能更差，也可能更好。在他看来，所谓“意在笔先”云云，只是一种老生常谈的技巧法则，而真正的神来之笔，则往往显现在“以无法为法”“以天合天”的自然化机之中。他以数十载绘画实践为基础，道出了一个不太为理论家所关注的艺术创作的辩证法。

回过头来看袁黄提出的“选文入象，就韵摹心”，不啻艺术创作的八字真言。这里的“文”，包括天文、地文，乃至人文，对应的是“物”。天地间的一切自然风物、社会人事，都被艺术家收纳涵摄，熔铸成饱含情感与意蕴的独特心象（“心”）。艺术家再以气韵生动作为审美理想，离形去知，妙合天机，凭借高超的技艺（“手”）将这一心物交融的审美意象传达出来，这便是艺术创作的奥义。

三、对摹仿说与摹心说的反思

摹仿说在流变发展过程中，遭到了多方面的质疑与批评，其中影响最大的是德国古典美学家黑格尔的批评。黑格尔的《美学》在谈到艺术美的概念时，专门从创作目的这一角度对摹仿说进行了批判。

首先，摹仿说的目的是纯形式的，就是将已然存在的东西按其本来面貌再复制一遍。这种复制是多余的，由于艺术媒介方面的局限性，摹仿“只能产生片面的幻相”，因此它“总是要落在自然后面”①。靠单纯的摹仿，艺术无法与自然竞争。在这种情况下，艺术要制造逼肖的东西，那就只能徒增娱乐了，而且摹仿得越像，所得到的乐趣反而越少，甚至变成腻味和嫌厌。其次，既

---

① ［德］黑格尔：《美学》第1卷，53页，北京，商务印书馆，1979。

然摹仿原则是纯形式的，关键就在于摹仿本身是否正确，而所摹仿的东西是美是丑就无关紧要了。这样一来，审美的标准就无法确定了。再次，摹仿原则并不能适用于所有艺术门类。如果说绘画和雕塑偏于摹仿，建筑与诗却不然，如果硬说它们是摹仿，那摹仿的真实性定要打折扣，因为其中带有想象与虚构的成分。最后，黑格尔下结论说，摹仿“只能产生技巧方面的巧戏法，而不能产生艺术作品”①。因此，“不能把逼肖自然作为艺术的标准，也不能把对外在现象的单纯摹仿作为艺术的目的”②。

结合黑格尔的观点可以推知，摹仿说存在理论上的两难：摹仿说的目的在于追求逼真，但外在的逼真却是一种假象，并无多少价值，它体现不了创作的主观能动性。可是，如果摹仿不以“逼真”“逼肖”为目的，那么摹仿就名存实亡了，摹仿说也没有存在的必要了。之所以存在这种两难性，是因为摹仿说一开始就不是从文艺创作本身总结提升出来的，而是直接从哲学理论体系中推衍出来的，是古希腊哲学思想的一种补充。换言之，摹仿说是寄生在西方哲学之上的衍生性理论。与此同时，由于摹仿说一味强调对外在世界的真实摹写，无论其结果如何合情合理，如何符合事物的本质，最终都会跌入柏拉图所说的“影子”之中。因为，文艺不能脱离摹仿的本质。正因为如此，摹仿说遭到了浪漫主义、唯美主义等流派的强烈批判。实际上，摹仿说真正的存身之处主要是西方传统绘画、雕塑等艺术，所以在西方现代美术观念兴起以后，摹仿说的处境就更加尴尬了。在文学领域，亚里士多德对摹仿的概念做了重要改造，它已经不是完全意义上的“摹仿”了，特别是后来又出现了再现、复制、映现等补充性概念，足以见出摹仿说存在致命的缺陷。

有意思的是，中国古代的摹心说也与绘画艺术紧密相关。但与西方不同，中国古代绘画走的是另一条创作路向，其目的不是营造视网膜成像的逼真假象，而是凌虚蹈空，写气图貌，表现天地氤氲的不尽生机；同时“以逸笔写逸气”，将文艺创作的对象指向人的内心，这与文艺创作的本质是同轨合辙的。摹心说虽然与中国哲学密切相关，但并不是从哲学理论中推导出来的，而是中国历代艺术家创作实践的自然结晶。这也是摹心说肇端于先秦，发展于汉魏，成熟于唐宋，最后在明清被点睛而出的原因。因此，摹仿说与摹心说发展道路不同，最终结局也不一样。前者作为西方理性主义哲学的寄生品，虽然声名显

① ［德］黑格尔：《美学》第1卷，56页，北京，商务印书馆，1979。
② ［德］黑格尔：《美学》第1卷，57页，北京，商务印书馆，1979。

赫，但不免流于败落消亡。后者作为中国古代文艺创作经验升华而得的理论宁馨儿，尽管不太引人注目，却有着旺盛的生命力。事实证明，摹心说不仅适合所有的文学类型，还适用于所有的艺术门类。因此，相对于摹仿说而言，摹心说的涵盖面更为广泛，理论阐释力也更强，理应成为当代文艺理论创新发展的重要生发点。

第二节　心理分析学派创作论

自 19 世纪后半叶开始，特别是 20 世纪以来，西方出现了许多心理学流派，如机能主义心理学、行为主义心理学、精神分析学、分析心理学、格式塔心理学、发生认识论心理学、人本主义心理学等，其中对文学艺术影响最大的是精神分析学、分析心理学、格式塔心理学。

一、弗洛伊德文艺创作论

西格蒙德·弗洛伊德，奥地利精神病医生，著名的心理学家与文艺批评家。他运用精神分析理论对无意识进行了前所未有的深度开掘，并将心理学研究成果用于文艺批评实践，对 20 世纪的美学、文艺学等学科产生了广泛而深刻的影响。弗洛伊德创立的精神分析学（见图 7.1）主要包含以下几方面的内容：无意识理论、力比多理论、人格理论、本能理论、梦与解梦的理论、“俄狄浦斯情结”说等。其中，无意识与力比多理论是精神分析学的基础。弗洛伊德认为，人的心理结构包括意识、前意识、无意识（也称潜意识、下意识）三个部分，整个意识系统就好比是一座浮在海中的冰山。潜藏在水下的那一部分称为“无意识”，这是因压抑而没有被察觉到的心理部分，蕴藏着包含性欲在内的各种原始欲望，为人的各种活动提供持续而强大的内驱力。无意识与“本我”（id）相对应，遵循“快乐原则”。介于意识与无意识之间的是“前意识”，它将无意识当中与现实秩序及社会道德相违背的欲念都挡在门外，使之无法进入意识。“前意识”与“自我”（ego）大致相

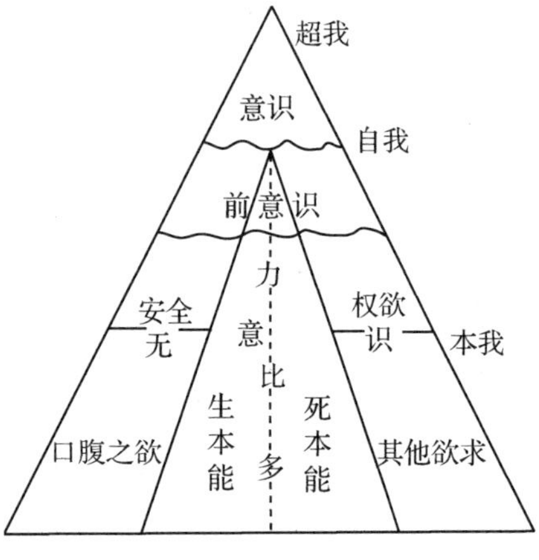

图 7.1　精神分析学结构图

对应，它遵循“现实原则”，调节本我与现实规范之间的矛盾，对其进行约束和控制，使其不受伤害。露出水面的部分是“意识”，对应人格中的“超我”(superego)。它遵循“理想原则”，是一种道德化了的自我，包括良心与自我理想。超我指导自我去抑制本我的冲动。无意识冲动表现为两种本能：“生存本能”与“死亡本能”。前者以爱欲的形式维持个体的生存发展与种族延续，后者则表现为攻击、破坏、毁灭，包括对他人的施虐、戕害、杀戮以及自虐与自杀。

弗洛伊德认为，无意识当中最重要的心理能量就是性欲，亦即“力比多”。人的一生都会受到力比多的支配或影响。特别是在婴儿及童年阶段，由于力比多被压抑，人会在无意识中形成一种“情意症结”。它由过去的某一次重大伤害所引起，被深深埋在无意识之中，就像一块放射性金属，能在多年后对周围的事物产生影响。① 这种“情意症结”（简称“情结”）是自己认识不到的感觉和观念。在婴儿或童年时期，孩子渴望从与自己性别不同的父亲或母亲身上满足性欲，而憎恨与自己同一性别的父亲或母亲。但由于社会文明反对这种乱伦倾向，所以它只好潜藏在无意识深处。② 男孩恋母，产生“俄狄浦斯情结”；女孩恋父，产生“埃勒克特拉情结”。例如，张爱玲的短篇小说《心经》，表现的就是这种恋父情结。

相对而言，表现恋母情结的作品更多。弗洛伊德运用他的精神分析理论，对索福克勒斯的《俄狄浦斯王》、莎士比亚的《哈姆雷特》、陀思妥耶夫斯基的《卡拉马佐夫兄弟》，达·芬奇的《蒙娜丽莎》等经典作品展开了论析。在他看来，这些作品的成功之处，均在于表现出了“俄狄浦斯情结”。除了索福克勒斯的《俄狄浦斯王》③，其他作品都与作家、艺术家的个人经历密切相关。例如，莎士比亚的《哈姆雷特》创作于他的父亲死后不久，这时，作者童年对父亲的感情复苏了。同时，该剧的创作也是为了纪念莎士比亚早夭的孩子哈姆奈

---

① 参见［美］约瑟夫·洛斯奈：《精神分析入门——150个问题的解说与释疑》，29页，天津，百花文艺出版社，1987。

② 参见［美］约瑟夫·洛斯奈：《精神分析入门——150个问题的解说与释疑》，30页，天津，百花文艺出版社，1987。

③ 弗洛伊德认为，俄狄浦斯王的传说源于某个原始的梦（杀父和娶母）。孩子的第一个性冲动成了他（她）与父母关系的障碍。参见［奥］西格蒙德·弗洛伊德：《弗洛伊德论美文选》，16页，上海，知识出版社，1987。

特（Hamnet），其读音与“哈姆雷特”（Hamlet）很接近①。再如，弗洛伊德认为，达·芬奇童年失去了生母，缺失母爱，他后来创作名画《蒙娜丽莎》，目的是要表达对生母的爱恋之情。对于陀思妥耶夫斯基的作品，弗洛伊德也做了出色的分析，认为《卡拉马佐夫兄弟》中父亲被弑，同作者本人父亲的命运有紧密的关联。陀思妥耶夫斯基癫痫病发作时濒临死亡的心理体验，实际上是针对其希望父亲死去的心理而产生的一种自我惩罚。② 综上，“俄狄浦斯情结”构成了作家、艺术家从事创作的隐秘心理动机。

在《三个匣子的主题》中，弗洛伊德分析了莎士比亚的《威尼斯商人》《李尔王》，认为前者是求婚者在以金、银、铅为材质的三种匣子中做出选择，后者是李尔王在三个女儿之间做出选择。两者最后都选择了第三个。他认为，匣子（作为一种象征）就是女人本身。因此，这两个故事所表现的实际上是一个男人在三个女人之间做出选择，这是人类生活的共同思想。具体来说就是，“母亲，根据母亲形象选择的爱人，最后，拥抱每个人的大地母亲”。弗洛伊德认为，在古希腊神话中，命运女神掌握了生死，后来发展成三女神。三女神中最小的那个，就是死亡女神。人们在本能的驱使之下无一例外地选择了她，但在无意识中，死亡女神总是以其对立的形式表现出来，即美丽动人的爱神。这体现了人类以幻想的方式抗拒并逃避死亡的愿望。弗洛伊德看到了死亡的自然性，但他将其内化为人类的一种心理驱动力。死亡不是上天的命令，而是源自无意识的一种趋于毁坏、消亡的本能冲动，这就给关于死亡的解释打上了神秘的光晕。

弗洛伊德有关文艺创作的思想是从其精神分析理论中推衍出来的，目的是为精神分析学提供支撑。弗洛伊德的思想触及了文艺审美活动的某些心理问题，但也存在较大的局限性。首先，弗洛伊德将个人无意识中的欲望看作创作的驱动力，认为文艺是力比多的升华。虽然这为某些文艺创作的发生提供了可资借鉴的解释，但他过于重视人的动物性因素，忽视了人的社会性与历史文化性。特别是他对文艺创作所做的精神病理学解释，并不能解决文艺发生的根源问题。其次，弗洛伊德将文艺创作与梦关联起来，认为二者的工作机制很相似。在他看来，梦并非无意识杂乱无章的自然呈现，而是按照一定的工作程序

---

① 参见［奥］西格蒙德·弗洛伊德：《弗洛伊德论美文选》，18页，上海，知识出版社，1987。

② 参见［奥］西格蒙德·弗洛伊德：《弗洛伊德论美文选》，155页，上海，知识出版社，1987。

巧妙地传达无法满足的愿望。文艺也是如此，文艺就是作家幻想出来的“白日梦”。这一观点虽为我们理解文艺创作的属性提供了一个新的视角，但创作中的虚构和想象毕竟与做梦不同，其中理性发挥着重要作用，所谓“思接千载”“视通万里”（《文心雕龙》），“课虚无以责有，叩寂寞而求音”（《文赋》）是也。可见艺术构思是一个非常艰苦的心理淬炼过程，并不是像做梦那样轻松自由。最后，弗洛伊德将源于性意识的“俄狄浦斯情结”以及爱欲和死亡本能看作文艺创作的重要主题，对我们理解具有相应内容的文艺作品具有一定的启迪意义。但同样由于性意识理论本身的偏狭性，对于其他题材内容的作品来说，这种读解就显得捉襟见肘了。

二、荣格文艺创作论

卡尔·古斯塔夫·荣格，瑞士心理学家。荣格早期追随弗洛伊德，后两人因学术观点不合，最终分道扬镳。荣格将自己创立的学派称为“分析心理学”，以区别于弗洛伊德的“精神分析学”。荣格和弗洛伊德的分歧主要表现在以下几个方面。

首先，两人对无意识的实质和结构的理解不同。① 弗洛伊德的无意识主要是被压抑的力比多，这种强烈的性欲望贯穿了个人的全部生命历程。与弗洛伊德一样，荣格也认为，个人除了直接意识之外，还存在第二个精神系统，但它不是个人的，而是集体的、普遍的。它不是从个人那里发展而来的，而是通过继承与遗传获得，荣格称之为“集体无意识”（collective unconscious）。为了区分，他将弗洛伊德所谈的无意识称为“个人无意识”。这两者的存在方式与基本内容存在很大的差别：“构成个人无意识的主要是一些我们曾经意识到，但以后由于遗忘或压抑而从意识中消失了的内容；集体无意识的内容从来没有出现在意识之中，因此也就从未为个人所获得过，它们的存在完全得自于遗传。个人无意识主要是由各种情结构成的，集体无意识的内容则主要是‘原型’.”②集体无意识是无意识当中更为深邃宽广的部分，它实际上构成了意识与个人无意识的基础。以海岛为喻，露出水面的是意识，水面以下的海岛是个

---

① 参见［瑞士］荣格：《心理学与文学》，译者前言，2页，北京，生活·读书·新知三联书店，1987。

② ［瑞士］荣格：《心理学与文学》，94页，北京，生活·读书·新知三联书店，1987。

人无意识，将所有海岛联结成一个整体的海床的就是集体无意识。① 在荣格看来，心灵或人格结构由意识、个人无意识、集体无意识三部分构成。其次，荣格与弗洛伊德在对力比多的理解上也存在分歧。弗氏认为力比多是性能量，如果早年受到伤害则终生都会受影响。荣格认为力比多是一种生命能量，在生命各个阶段表现为不同的形式。再次，荣格也不同意弗氏有关人格由早年经验所决定的观点。他认为人格会受到社会文化的影响，由未来的希望所导引和塑造。最后，荣格对人性的理解比弗氏更为全面，他反对弗洛伊德人性论中的自然主义立场，认为人性包含崇高的精神追求，并不像弗氏所认为的都是负面的因素。这些观点上的差异使得荣格最终背离了弗洛伊德。

荣格发挥了弗洛伊德的个人无意识理论，提出了集体无意识概念。与个人无意识不同，集体无意识的主要内容则是“原型”（archetype），或称“原始意象”（primordial image）。这在古代神话、部落传说、原始艺术中大量存在。原型的材料源于以下几个方面。第一个来源是梦，这是最主要的来源。因为梦是“纯粹的无意识心理的产物”，它“没有被任何有意识地目的所歪曲”。② 梦里所出现的本人不知道的“母题”往往就是一种原型。例如，达·芬奇梦中的秃鹫，象征着雌性、母亲。第二个来源是“积极想象”，亦即在“蓄意专注状态中产生出来的一系列幻想”③。第三个来源是妄想狂的妄想、恍惚状态下的幻想、三至五岁儿童早期的梦等。④ 梦与幻想实际上是原型经由个人而呈露的途径与方式。例如，动画电影《大鱼海棠》讲述的是掌管海棠花的少女椿经历各种困难阻碍，复活人类男孩鲲的灵魂的奇幻故事。影片的创作灵感就来自导演多年之前的一个梦。他梦见自己变成了一条大鱼，与许多大鱼一起经历了种种艰难险阻，终于从大海这边游弋到彼岸。这个梦中的大鱼就是中国早期文化中的一个“原型”，《庄子·逍遥游》有言：“北冥有鱼，其名为鲲。鲲之大，不知其几千里也。”

荣格认为，原型本质上就是柏拉图哲学中的形式（“理式”）。这些形式关联到远古时代人类对世界、宇宙的整体经验和形象，并在人类历史的进程中不

---

① 参见［瑞士］荣格：《心理学与文学》，译者前言，2页，北京，生活·读书·新知三联书店，1987。

② ［瑞士］荣格：《心理学与文学》，102页，北京，生活·读书·新知三联书店，1987。

③ ［瑞士］荣格：《心理学与文学》，102页，北京，生活·读书·新知三联书店，1987。

④ 参见［瑞士］荣格：《心理学与文学》，103页，北京，生活·读书·新知三联书店，1987。

断地被创造性的幻想加工和完善。因此，“它本质上是一种神话形象……它们为我们祖先的无数类型的经验提供形式”①。更为重要的是，原型中携带着人类直面自然宇宙、担负死亡与苦难的虽杳渺但可踪的生命存在信息：“每一个原始意象中都有着人类精神和人类命运的一块碎片，都有着在我们祖先的历史中重复了无数次的欢乐和悲哀的一点残余。”② 这样一来，我们就经由原型接通了人类精神思想得以生发的那个最为原始、深广的文化根基。正是因为原型的沟通和中介作用，我们的意识与心理、情感与人格才超越了个体性而获得了“类”的性质与高度。因此，原型也成为文学艺术创作的重要表现内容。在荣格看来，原型是一种真正的、真实的象征，它的意义含糊暧昧，半隐半露，不可穷尽，也无法用符号或比喻的手法翻译出来，而“象征的过程是一种‘形象的’经验和一种‘在形象中’的经验”③。再如，瑜伽中的神学系统、塔洛特牌上的图画等，都是从原型转换而来的象征。这种具有原型意义的象征在文学中有着更为普遍的表现。余光中的诗歌《夸父》以“夸父逐日”的神话为原型，象征性地表达了诗人对中国文化未来命运的深深忧思：

为什么要苦苦去挽救黄昏呢？
那只是落日的背影。
也不必吸大泽与长河，
那只是落日的倒影。
与其穷追苍茫的暮景，
埋没在紫霭的冷烬。
——何不回身挥杖，
迎面奔向新绽的旭阳。
去探千瓣之光的蕊心？
壮士的前途不在昨夜，在明晨。
西奔是徒劳，奔回东方吧。
追不上了，就撞上！

20世纪以来，中国一直向西方学习，甚至是唯西方马首是瞻，就像夸父逐日一

---

① ［瑞士］荣格：《心理学与文学》，120页，北京，生活·读书·新知三联书店，1987。
② ［瑞士］荣格：《心理学与文学》，120页，北京，生活·读书·新知三联书店，1987。
③ ［瑞士］荣格：《心理学与文学》，90页，北京，生活·读书·新知三联书店，1987。

样追赶着西方的脚步。但在20世纪末，西方文化像黄昏的落日一样显露出衰败的迹象。夸父这一崇高的精神形象在新的文化语境中产生了意义的历史反转，中国文化的未来不能寄托在西方，而存在于中华文化的自身传统中。国人虽有像夸父一样的坚执、无畏与牺牲精神，但更需要审时度势的清醒头脑以及告别旧我、重新出发的创新精神和决绝态度："西奔是徒劳，奔回东方吧。""追不上了，就撞上!"

在荣格看来，文艺创作因受到集体无意识的支配，产生了一种强有力的创作冲动，这是一种有生命的东西，他称之为"自主情结"（autonomous complex）。它依靠其能量负荷，干扰意识活动，并驯服自我去达成自己的目的。在这种无意识命令之下，艺术家要么加以默认，按其指令进行创作；要么就是"出其不意地被俘获"①，服从于这种异己的力量。当受集体无意识的支配从事创作时，艺术家也就脱离了个人的状态，变成了"集体人"："在这一瞬间，我们不再是个人，而是整个族类，全人类的声音一齐在我们心中回响。"②正因为他传达的是集体的意志和声音，所以他所表达的主题具有更为高远与普遍的意义，具有永恒的价值："一个用原始意象说话的人，是在同时用千万个人的声音说话。他吸引、压倒并且与此同时提升了他正在寻找表现的观念，使这些观念超出了偶然的暂时的意义，进入永恒的王国。"③

举例来说，歌德用超过一个甲子的时间来创作史诗般的巨著《浮士德》，这种创作的灵感与持续的驱动力就远不是来自歌德个人，而是源自深广的人类生活与集体无意识。歌德所处的时代，正是资产阶级不断上升的时期。浮士德冲破书斋生活的牢笼，先后经历爱情生活、政治生活、追寻古典美、建功立业等阶段，实际上是自文艺复兴到19世纪的德国乃至欧洲新兴资产阶级不满现实、努力奋斗探索的精神历程，而这个时期的资产阶级知识分子又背负了全人类优秀分子的代表与未来命运的探索者身份。因此，浮士德实际上是人类精神导师的象征。走出书斋，走向大自然和现实生活，这预示着资产阶级对宗教神学以及封建制度的批判；浮士德与甘泪卿的爱情悲剧，表明了追求个人幸福和享乐的利己主义的失败；从政但最终事与愿违，实际上是寄希望于开明君主的政治理想的破灭；与古希腊美女海伦结合，但美好的结晶"欧福良"却不幸早夭，象征着以古典美进行现代教育的设想宣告失败；最终浮士德率领广大民众

---

① ［瑞士］荣格：《心理学与文学》，114页，北京，生活·读书·新知三联书店，1987。
② ［瑞士］荣格：《心理学与文学》，121页，北京，生活·读书·新知三联书店，1987。
③ ［瑞士］荣格：《心理学与文学》，122页，北京，生活·读书·新知三联书店，1987。

填海造陆，改造自然，创建人间乐园，从中可见出空想社会主义的影子。因此，浮士德作为一种象征，早已“活在每一个德国人的灵魂中，而歌德则促成了它的诞生”①。每当社会发生动乱或处于迷惘之中时，这种精神原型就会被激活，并显示在梦和艺术之中。因此，荣格说：“不是歌德创造了浮士德，而是浮士德创造了歌德。”②

荣格区分了“作为个人的艺术家”与“作为艺术家的个人”。当艺术家处于日常生活之中时，他就是普通的个人。当他进行创作时，他就为艺术而生存：“艺术家不是拥有自由意志、寻找实现其个人目的的人，而是一个允许艺术通过他实现艺术目的的人。他作为个人可能有喜怒哀乐、个人意志和个人目的，然而作为艺术家，他却是更高意义上的人，即‘集体的人’，是一个负荷并造就人类无意识精神生活的人。”③荣格认为，创造力汲取了艺术家的全部冲动，导致其维持生命的火花被全部耗尽，并形成了各种不良的品行：残忍、自私、虚荣乃至于罪恶。也就是说，艺术品与艺术家的人格是可以完全分离的，这种分离最终源于集体无意识以及原型对艺术家的影响。

荣格的理论无疑受到了前人的深刻影响，具体包括柏拉图的理念说、迷狂说，康德的先验形式论、绝对律令说，弗洛伊德的无意识理论等，但他又在考古学、神话学、宗教学、人类文化学的基础上对这些理论进行了合理扬弃，提出了大胆而又富有独创性的集体无意识假设及原型理论，对此后的心理学、美学、文学、艺术学等领域都产生了重要的影响。荣格突破了弗洛伊德有关艺术创作原动力的泛性论窠臼，将其升华到承载着人类远古记忆与族类体验的集体无意识层面，因而具有更为宏阔深远的文化视阈与哲学高度。荣格反对弗氏个人无意识论中人性的生物传承倾向，强调社会、文化在人性人格发展过程中的重要意义。印度的“狼孩子”卡玛拉逐渐恢复人的习性，就是一个很好的例子。荣格的原型理论及其在文学艺术中的深化运用，是对以往西方形式主义理论特别是英美新批评文艺观的及时纠偏。他将文艺创作心理、文艺创作动力、文艺本质、文艺价值等问题放在人类文化领域加以考察，深化了文艺研究的一系列命题，大大拓展了文艺审美研究的思路与视野。④ 当然，任何理论都会因

① ［瑞士］荣格：《心理学与文学》，143页，北京，生活·读书·新知三联书店，1987。

② ［瑞士］荣格：《心理学与文学》，143页，北京，生活·读书·新知三联书店，1987。

③ ［瑞士］荣格：《心理学与文学》，141页，北京，生活·读书·新知三联书店，1987。

④ 参见胡经之、王岳川：《文艺学美学方法论》，131页，北京，北京大学出版社，1994。

其过分追求深刻而陷入某种片面。荣格提出的集体无意识假说，虽然为理解文艺的相关问题提供了新的视角，但实际上仍然是一种自上而下、从理论到实践的研究方法。特别是其关于文艺创作动力的观点，将作家自身对于人类文化的思考探究悬搁一旁，一味地强调“自主情结”的统摄作用与支配地位，这与不少作家、艺术家文艺创作的实际情形是不太相符的。

第三节　格式塔心理学创作论

格式塔心理学美学与精神分析学美学是20世纪影响最大的两个心理学美学派别。格式塔心理学美学建立在格式塔心理学的基础之上，该心理学流派主要针对构造主义心理学，反对其元素主义理论，认为构造主义心理学是一种“砖块与泥灰的心理学”。格式塔心理学从研究视知觉开始，探究感觉的整体性，并运用心理学成果研究艺术，产生了非常重要的影响。

一、格式塔心理学的理论要点

1879年，德国心理学家、生理学家冯特创立了现代心理学的第一个学派——构造主义，他的学生铁钦纳拓展了该学派的影响。构造主义心理学将研究的对象“意识”分解成庞杂的感觉元素，包括视觉、听觉、肤觉、味觉、动觉等，并以视觉元素为主。该学派认为，人的意识和各种心理现象就是由这些感觉元素构成的，因此他们致力于对这些元素的结合方式的研究，借以分析心理意识的构造。所以，该派也被称为元素主义心理学。20世纪30年代以后，该学派的影响急剧下降，很快消亡，但它从侧面启发了美国其他心理学派，如机能主义、行为主义、格式塔心理学等。

1912年，德国心理学家韦特海默创立了格式塔心理学（Gestalt psychology），又称“完型心理学”。格式塔心理学的代表人物还包括柯勒、考夫卡、阿恩海姆等。该学派吸纳了现代物理学中“场”和“力”的概念，对心理现象与心理机制做出新的解释，提出了“心理场”“心理力”等概念。“格式塔”是德文“gestalt”一词的音译。考夫卡认为，“格式塔”一词包含两种含义：一指形状或形式，二指一个具体的实体和它具有一种特殊形状或形式的特征。综合起来，“格式塔”即为物体及其形状和特征，格式塔现象的基本特征是有机整体性。

格式塔心理学有两大观点。一是“部分相加不等于整体”，由此强调感觉经验的整体性，反对元素主义。例如，由几个音符所组成的一首曲子，无论是由谁演唱或通过何种乐器来演奏，尽管音色、音高、节奏等方面可能存在明显差别，但人们总能听出来是同一首曲子。之所以如此，是因为这些音符合在一起形成了一种独特的东西，亦即“格式塔质”（gestalt property）。可见，整体不等于部分之和，而是超出了部分之和。正如我们对于一个人面容的把握不是将眼睛、鼻子、嘴巴等五官合在一起就行了，而是瞬间的整体的印象。这种视觉整体印象反过来赋予每一个感官以独特的面目，使它带上了整体所具有的那种性质。二是同型理论。不同事物都存在由“力的结构”所形成的样式，又由于“场”和“力”的作用，所以不同事物之间存在同构关系，彼此能产生沟通共鸣。例如，一根神庙中的立柱，看上去挺拔向上，似乎是支撑着屋顶的压力，其实是因为立柱的位置、比例和形状包含了一种独特的表现性。① 这种表现性作用到观者，也在他们内心产生了相似的“力”的图式，两者发生同构关系，形成了共鸣。因此，人类的心理活动实际上是在由心理场与物理场相结合而形成的“心—物”场中展开的。需要说明的是，“格式塔”始于视觉领域的研究，但又不仅限于此，听觉、味觉、触觉等均具有格式塔性。

二、阿恩海姆论艺术创作

格式塔心理学的奠基人韦特海默、柯勒、考夫卡等人都或多或少地涉及艺术的问题，但真正将格式塔心理学的成果用于艺术、美学并取得重大成就的，是美国著名心理学家、美学家鲁道夫·阿恩海姆。他从格式塔心理学的理论视角出发，结合大量的实验与绘画、雕塑、音乐等艺术作品，对艺术创作问题加以系统的探究和阐发，提出了许多有价值的观点。

阿恩海姆将格式塔心理学中的“场”和“力”论引入艺术中，他认为，在艺术活动中，由于“场”和“力”的作用，主体（包括生理与心理）与客体之间形成了一种同构关系。在阿恩海姆看来，虽然心（心理）与身（生理）属于不同的媒质，但两者在结构性质上是可以等同的。审美主体从对象上经验到一个视觉式样，而“每一个视觉式样都是一个力的式样”②。这些“力”实际上

---

① 参见［美］鲁道夫·阿恩海姆：《艺术与视知觉——视觉艺术心理学》，624 页，北京，中国社会科学出版社，1984。

② ［美］鲁道夫·阿恩海姆：《艺术与视知觉——视觉艺术心理学》，8 页，北京，中国社会科学出版社，1984。

是活跃在大脑视中心的那些生理力的心理对应物，“既然这一张力具有一定的方向和量度，我们就可以把它称为一种心理‘力’”①。它在心理上被感受为现实事物本身所具有的性质。阿恩海姆认为，艺术品当中的力可以来自各个方面的要素，如形状、方向、重力、色彩等，成功的艺术品总是在各种“力”的作用下趋于平衡。因此，对艺术创作来说，“力”构成了不可或缺的基础。

在艺术创作过程方面，阿恩海姆提出了两个范畴：“知觉概念”与“再现概念”。他认为：“视知觉不可能是一种从个别到一般的活动过程，相反，视知觉从一开始把握的材料，就是事物的粗略结构特征。”② 视觉通过创造与刺激材料的性质相对应的一般形式结构来感知眼前的原始材料，这个形式结构代表无数类似的个别事物。因此，视觉也是一种富有创造性的活动，“眼力也就是悟解能力”③。阿恩海姆强调，这一知觉能力对于理解艺术形式起着关键性的作用。而且，每个人都具备像艺术家那样的通过组织方式创造某种图式的能力。譬如，当人们远望天边云霞的时候，这些云团组成一个个动物的形象，有的像狗，有的像马，有的像狮子，等等。尽管这些形象还没有逼肖现实中的动物，但已经显示出带有该动物特点的整体模样了。人们眼中所见到的这种形象，不是经由大脑比较分析的结果，而是直接从云团上获取的。也就是说，视觉在瞬间就完成了对云团所显露出的某种图式的知觉。这种视觉悟解能力就是阿恩海姆所说的知觉概念。艺术家在这方面特别敏感，而且能够将其运用到艺术的形式创造方面，亦即完成从知觉概念到再现概念的过渡和升华。

所谓“再现概念”，“指的是某种形式概念。通过这种形式概念，知觉对象的结构就可以在具有某种特定性质的媒介中被再现出来。再现概念的外部表现形式就是用铅笔、毛笔和凿刀创造的式样”④。而且，“能否形成再现概念，是区别艺术家与非艺术家的标志”⑤。面对外界事物的美，普通人只能沉醉于对

---

① ［美］鲁道夫·阿恩海姆：《艺术与视知觉——视觉艺术心理学》，3页，北京，中国社会科学出版社，1984。

② ［美］鲁道夫·阿恩海姆：《艺术与视知觉——视觉艺术心理学》，53页，北京，中国社会科学出版社，1984。

③ ［美］鲁道夫·阿恩海姆：《艺术与视知觉——视觉艺术心理学》，56页，北京，中国社会科学出版社，1984。

④ ［美］鲁道夫·阿恩海姆：《艺术与视知觉——视觉艺术心理学》，228页，北京，中国社会科学出版社，1984。

⑤ ［美］鲁道夫·阿恩海姆：《艺术与视知觉——视觉艺术心理学》，228页，北京，中国社会科学出版社，1984。

这种美的形式的感受之中，尽管也能在心中进行自由的想象，但却无法将这种审美经验表现出来。艺术家则不然，他不仅要有丰富的审美经验，同时还要用特定的媒介捕捉和体现这些经验的本质和意义，并将其物化为一种可以触知的东西。例如，话剧《白毛女》和芭蕾舞剧《白毛女》就因此显示出明显的区别。

阿恩海姆还论析了艺术创作中一个更为关键性的问题——“艺术表现性”。“事物的表现性，是艺术家传达意义时所依赖的主要媒介。他总是密切地注意着这些表现性质，并通过这些性质来理解和解释自己的经验，最终还要通过它们去确定自己所要创造的作品的形式。”① 阿恩海姆将这种表现性与“自我表现”区别开来，因为后者只是要求艺术家将自己的情感被动地宣泄出来，这样将大大减小事物本身的表现性质。这种表现性非常广泛，不仅有意识的有机体（人体最为典型、复杂）有，而且那些无意识的事物也包含表现性。但这种表现性不是由所谓的“感情的误置”“移情作用”“拟人作用”“泛灵观”等产生出来的，而是知觉本身所固有的属性：“一棵垂柳之所以看上去是悲哀的，并不是因为它看上去像一个悲哀的人，而是因为垂柳枝条的形状、方向和柔软性本身就传递了一种被动下垂的表现性；那种将垂柳的结构与一个悲哀的人或悲哀的心理结构所进行的比较，却是在知觉到垂柳的表现性之后才进行的事情。”②

值得注意的是，阿恩海姆并没有就事论事，而是将事物的这种表现性提升到一个哲学的、文化的高度。他认为，造成表现性的基础是一种力的结构，这种结构对物理世界和精神世界都有意义：“像上升和下降、统治和服从、软弱和坚强、和谐与混乱、前进和退让等等基调，实际上乃是一切存在物的基本存在形式……那推动我们自己的情感活动起来的力，与那些作用于整个宇宙的普遍性的力，实际上是同一种力。只有这样去看问题，我们才能意识到自身在整个宇宙中所处的地位，以及这个整体的内在统一。”③阿恩海姆甚至设想，如果我们能从那种科学、经济的功利眼光中摆脱出来，从事物的能动力角度去解释

① ［美］鲁道夫·阿恩海姆：《艺术与视知觉——视觉艺术心理学》，620页，北京，中国社会科学出版社，1984。

② ［美］鲁道夫·阿恩海姆：《艺术与视知觉——视觉艺术心理学》，624页，北京，中国社会科学出版社，1984。

③ ［美］鲁道夫·阿恩海姆：《艺术与视知觉——视觉艺术心理学》，625页，北京，中国社会科学出版社，1984。

它们，人类社会与自然界事物就可能归并为一类，人与人、人与自然万物的关系也将大大改善。这令我们想起了刘勰的“情往似赠，兴来如答”（《文心雕龙·物色》），以及李白的名句“相看两不厌，只有敬亭山”（《独坐敬亭山》）。显然，阿恩海姆的思想与东方古老的诗性文化智慧存在某些相通之处。

三、格式塔创作论的意义与局限

格式塔心理学美学对于文艺审美创作具有重要的启发意义，特别是它关于艺术心—物关系、心—手关系的论述，为我们更好地理解艺术创作提供了新的理论视角和学理依据。但是，任何事物都是有缺陷的，此论也并非完美无缺。现在，让我们围绕“格式塔质”“异质同构”“知觉概念”与“再现概念”这几个范畴做简要评述。

“格式塔质”是格式塔心理学的核心范畴，对于美学、文艺学、艺术学均具有很大的启示。艺术作品是由部分构成的整体，这个整体具有一种独特的性质，超越于部分之上，并对各部分形成了统辖作用，决定了部分的性质。阿恩海姆指出，虽然整体由部分构成，又大于部分之和，但部分不同于段落，后者只是整体的一个空间或体积上的局部，如一根直线中的一段，一锅稀饭中的一勺。整体由某些可以独立出来的部分构成，它们各自发挥着自己的效能，支撑并催生出一个整体新质。这一点对于我们理解格式塔质至关重要。譬如一件书法作品，其格式塔质主要不是由各个单字构成的，而是由可以独立出来的单字段落、线条运动轨迹、整体节奏、墨色效果等“部分”组成的。正是这些“部分”造就了独特的书法面目，使其成为不可重复的“这一个”。

以毛泽东的书法为例，如果仅仅看单个的字，审美效果并不全然理想。但如果将范围放大到作品整体，我们就可以发现它是由一个个独立的“部分”有机组合而成的。例如，他题写的“北京大学”这四个字，每个字的大小、方向、疏密均不相同，面目各异。“北”字斜向左上，右半部外拓，几欲飞出。“京”字做瘦身处理，婀娜有韵致。“大”字尽量伸展手脚，疏朗大气。“学”字上重下轻，但下半部简化，显得撑拄有力，同时向右上方倚侧，与“北”字相呼应。更让人称叹的是，原本写在信封线框中的“北京大学”四字，放大后不仅毫无扭捏造作之态，反而就像直接书写的擘窠大书一样，真力弥满，霸气外露。这就是毛泽东所创造的书法格式塔。

当然，书法单字也有独特的格式塔质，但它不是由点、横、竖、撇、捺这些基本的元素构成，而是产生自独特的点画组合形式。可以分离出来的独特

“部分”的相互作用，产生了一个独特的活的生命“结构”，这就是该字的格式塔质。书法的创新就体现在对书法单字以及整体作品这种格式塔质的不懈追求中。阿恩海姆谈的主要是诉诸视觉的空间性艺术，那么，作为时间性艺术的文学的格式塔质又是什么呢？

童庆炳认为，文学的格式塔质是审美，它构成了文学的本质：“审美是文学的整体性结构关系生成的新质。当人们面对一部文学作品，可以循迹而找到创造、反映、心理、社会、评价、道德、游戏、语言诸因素，在这里却找不到‘审美’这种因素。但文学结构中的诸因素所形成的有机网络关系，产生一种形而上的质，一种新质，这就是审美……它在文学结构中起整合完形的作用。它是穿珠之绳，是皮下之筋，是空中之气，是实中之虚。它不属于具体的部分，却又统领各个部分，各个部分必须在它的制约下才显出应有的意义。文学有了它，人们似看不见，摸不着；但缺了它，文学就立即化为非文学。”①

童庆炳以《红楼梦》为例，对此做了进一步分析。作为一部中国封建社会的大百科全书，《红楼梦》具备了各种结构因素。创造因素：荣、宁大家族的兴衰，宝黛爱情等。反映因素：中国 18 世纪的贵族阶级与其他阶级之间人们的种种社会活动与情感经历。心理因素：作者借以抒发心中悲酸无尽的人生况味。社会因素：封建末世贵族死而不僵、苟延残喘的气象以及人生无常、万念归空的命运，等等。但是，我们在其中却找不到纯粹的审美因素。因为审美是由其他诸种因素共同建构生发出来的，并赋予其他因素审美的性质。《红楼梦》中存在大量的中医方面的知识，甚至直接开列出药方，但读者并不觉得是累赘，反而读得兴味盎然。这其实就是文学格式塔质所发挥的作用。正是这种审美新质的存在，使得所有的非文学因素都能产生审美效力，变成文学一个不可分割的组成部分。② 再如，温庭筠的诗句“鸡声茅店月，人迹板桥霜”（《商山早行》）中，鸡鸣声、茅草店、天边月、稀人迹、板桥霜，这些单个的视觉形象组合在一起，就产生了靶向性的神奇效果，一种宦游行远、羁愁难遣的复杂情感油然而生。这些情感遍布在这些物象上，共同营构了一个混杂着凄清、落寞、无奈、进取等诸种情愫的审美意境，让人反复品咂，余味无穷。

格式塔质是艺术创作成败的关键，所有的艺术创新最终都体现为新的格式塔质的创造。绘画书法在于新的结构图式，音乐在于新的旋律，文学在于新的

---

① 童庆炳：《艺术创作与审美心理》，309～310 页，天津，百花文艺出版社，1992。

② 这里参照童庆炳先生的论析略做发挥。参见童庆炳：《艺术创作与审美心理》，310～311 页，天津，百花文艺出版社，1992。

审美意蕴与持久的审美效力，等等。格式塔心理学虽然提出了这一范畴，但并未将其落实到具体的门类艺术，探究各种艺术格式塔质的具体表现形态。同时，格式塔质究竟是如何产生的？它与艺术创作主体以及接受主体的心理是什么关系？阿恩海姆在回答这类问题时，显然还有机械论的影子。在对柳树与悲哀的关系进行论析时，他显然忽视了其中的文化元素，不知道柳树对于中国人来说并不尽是悲哀。看来，格式塔心理学派留给我们的问题还很多。

格式塔心理学派还将场力论引入文艺的知觉心理过程，认为外界事物所具有的各种力（张力、重力、引力、斥力、升腾力、沉降力等）作用于人的感官（主要是视觉），会在大脑中产生相应的生理性的力，而这种生理性的力又与心理的力相联系着。这种异质同构的思想形成了一种“非心非物”“亦心亦物”的独特心物关系，对于揭示文艺审美活动中的主客体关系具有一定启迪意义。相对于西方主客二分的哲学美学传统，这种心物关系论能起到很好的纠偏作用。中国古代诗学美学建立在天人合一、天人感应的哲学思想基础之上，对于这种心物相感共鸣的观念自然不陌生。但格式塔心理学却想为这一关系提供科学的根据，企图使心—物关系这种体验性的东西自然科学化，这显然是有问题的。由于格式塔心理学过于强调物理、生理、心理三者之间场力的对应关系，将关涉社会、历史、文化等方面的复杂因素的审美问题锁定在视觉式样这一单一形式之内，这就大大缩小了艺术审美的范围，某种程度上也误解了审美的发生的主要原因。

阿恩海姆为了探究艺术创作过程，还提出了知觉概念与再现概念这两个范畴。实际上，这两个范畴处理的是艺术传达过程中的心—手关系问题。我们认为，这里的知觉概念相当于作为艺术构思结果的“内心意象”。如此，再现概念对应的大概是艺术的物化形式。阿恩海姆注意到了两者的区别：前者是人人都具备的普遍的觉知能力，后者则是区分艺术家与非艺术家的重要界线。前者相当于艺术创作中的“知”，后者则属于“能”的部分。艺术创造的难不仅表现于“知”，更体现在“能”。所以，作家创作时“恒患意不称物，文不逮意”（《文赋》），因为“意翻空而易奇，文征实而难巧也”（《文心雕龙·神思》）。但应说明的是，阿恩海姆将知觉概念看作普通人与艺术家都具备的知觉能力，并且认为因为这一点人人都可以成为艺术家。这一判断显得过于乐观。面对同样的事物，艺术家的知觉要更为丰富、热烈、深刻，他要比普通人付出更多的情感与心血，也应具备更大的艺术才情。明乎此，我们才能更好地把握艺术创造的真义。

第八章　艺术思维

所谓“艺术思维”，是艺术家在文艺创作和受众在文艺鉴赏时使用的思维方式，有别于人类其他非艺术思维。艺术思维是文艺创作与接受中的一个重要问题，也是诸多中外文艺理论家所关注的一个重要问题。本章拟从思维的角度来理解和分析文艺创作，包括艺术思维的基本含义、基本特征及主要类型。①

第一节　思维与艺术思维

文艺作为精神文化和审美文化的主要形式，其思维问题应当是被认真关注的领域，但以往的文艺学对此却鲜有建树。要比较合理地解决这个问题，我们就必须从人类思维的一般类型说起。在了解思维的一般类型的基础上，我们才能进一步解开它的特殊类型——审美思维和艺术思维及其秘密。

一、人类思维的四种类型

关于人类的思维，《中国大百科全书》的定义是：“思维是指意识、精神，是相对于物质的范畴，常与‘存在’相对称……狭义指理性认识，即人脑对现实世界的能动的、概括的、间接的反映过程，是人类认识活动的高级形式。”②《辞海》对思维的界定也大致如此。所谓“能动的反映”，显然指思维者不是照相式地复制现实世界，而是渗透着主观性。所谓“概括的反映”，指的是思维所反映的不是个别事物或其个别特征，而是事物整体的、本质的特征。所谓“间接的反映”，指思维不是直接地，而是通过其他事物媒介（如语言、形象等）来反映客观事物。正是由于思维能动的、概括的、间接的性质，所以人们

① 本章重点分析的是文艺创作中的艺术思维，至于文艺接受中的艺术思维，可参阅本书第四编的相关内容。

② 《中国大百科全书（简明版）》第八册，4512页，北京，中国大百科全书出版社，1996。

就可以通过思维，认识那些没有直接作用于人的种种事物或事物的属性，也可以预见事物的发展变化进程。①

显然，这些哲学的、心理学的说法还是十分笼统的，而要解决我们的疑问，还得进一步思考。从思维的一般类型来说，它明显可以分为抽象思维和形象思维。所谓“抽象思维”，是指运用抽象的理性概念，按形式逻辑进行的思维。政治、法律、哲学、历史、宗教、道德等意识形态的种种著作和结论，主要都是这种思维的结果。与抽象思维相对举，必然还存在一种形象思维。这是一种自然自发地存在于人们的梦境、幻想和记忆里的思维，主要靠形象在潜意识中的本能欲望的推动下运行，这是每个人都能感觉到它的存在的思维形式，往往是非逻辑的，无明确的目的指向的；当然也存在着在意识中运行的形象思维。总之，形象思维与抽象思维共同承担着人类一般的精神活动。

但是，人类的思维除了这种一般类型之外，明显还有着一种特殊的类型，即审美的思维。因为人类作为一种审美的动物，更是审美文化长期孕育和熏陶的结果。因此，在长期的、广泛的和频繁的审美活动中，必然存在一种进行审美判断的思维，简称审美思维。这是由审美理想制导的指向性思维，由于它已经超越了普通的欲望，仅以是否有美感为指向，所以明显不同于形象思维。因为一般形象思维只受欲望的促动，并不想辨别美与不美，而审美思维的任务首先是辨明和捕捉赏心悦目的美。它的情感已经是一种审美情感，不同于一般形象思维的自然情感。这显然是人类思维的一种特殊类型。

在审美思维的基础上，人类还有一种更为特殊的思维类型，即艺术思维。与审美思维不同的是，它是一种人类为艺术创造而形成的目的性思维，不像审美思维那样具有原发性和偶遇性，而可能是一种长期孕育、追求完美的建构性思维。这种思维的主要任务已经不是辨别对象美与不美，而是怎样通过审美重塑，建构一个诗意盎然的艺术世界，张扬真善美。

二、不能以形象思维混同艺术思维

马克思曾将人类把握世界的方式区分为这样几类：理论的、艺术的、宗教的和实践一精神的。艺术思维作为人类把握世界的一种方式，与其他方式根本的区别，首先在于艺术思维是一种审美性的思维方式。例如，理论的把握世界

① 参见《鸭绿江》杂志社资料室：《形象思维资料辑要》，54页，沈阳，辽宁人民出版社，1979。

的方式，主要以概念、判断为思维元素把握、反映和阐释世界，以求真求实为目标；宗教的把握世界的方式，主要是以虚幻或幻想为思维元素把握世界，以追求彼岸世界的幸福为终极归宿和目标；实践—精神的把握世界的方式，主要以伦理性或意志性为思维元素，以人格的完善和劳作的完成为目标。当然，这些非艺术的思维未必没有形象、虚构以及情感等，但是，非艺术思维的形象、虚构与情感是不以审美为目的的。

由于艺术思维中的形象因素是十分重要的，所以，前人往往认为形象思维就是艺术思维。例如，别林斯基说："诗人用形象来思考；他不证明真理，却显示真理。"所以，"诗歌是寓于形象的思维"①。这是关于形象思维的经典论述。由于俄国"别车杜"② 在苏联和中国文论界的权威性，所以，直到20世纪80年代，我们都对艺术思维就是形象思维的说法深信不疑。

其实，艺术思维与形象思维是不同的。首先，形象思维是与抽象思维相对的人类思维的自然状态，并不一定有审美的目的性。一般人们在进行形象思维时，往往是潜意识中的情感欲望在推动，并没有明确的目的性和逻辑性。例如，做噩梦后吓一身冷汗；思念亲人和家乡时，常不自觉地流下眼泪。这些主要靠自然情感进行的思维，是一种自然情感的自然运动，并且其结局一般没有艺术思维所具有的完满性、理想性和审美性。在一些特殊的场合，比如一个古生物学家，根据恐龙的化石骨骼复现恐龙形象，使用的当然主要是形象思维，但他们复原后的恐龙形象，往往很丑很怪。这是因为对于古生物学家来说，他是在科学思维制导下进行形象复原工作的，必须实事求是地把恐龙复原为它们原来的样子，不能有任何的夸张或美化。所以，这样的恐龙复原的结果，只能是标本，而不是艺术品。可是，若是画家和诗人来塑造龙的形象，他便可按照他认为的最可爱、最美好、最理想的原则去创造它。在审美理想和艺术构思的雕琢下，丑怪的龙可以变成众美兼备的合乎民族审美理想的化身；凶猛的狮子可以变成活泼可爱、吉祥如意的象征；青蛇白蛇可以变成善良美丽的精灵；狐狸可以变成善解人意的女郎，等等。正是审美的理想改变了这些动物的品性，是诗意的逻辑使这些荒诞的想象成为美好的心理现实。诗意的逻辑③不同于普

---

① 北京师范大学中文系文艺理论教研室：《文学理论学习参考资料》下册，346～347页，沈阳，春风文艺出版社，1982。

② 指别林斯基、车尔尼雪夫斯基、杜勃罗留波夫。

③ 参见顾祖钊：《论文学语言的诗意逻辑》，载《文艺理论研究》，2006（1）。

通逻辑。例如，杜甫说："月是故乡明。"王维说："坐看苍苔色，欲上人衣来。"汤显祖在《牡丹亭》中写杜丽娘因情而死，又因情而生。这些在普通逻辑和生活逻辑中都是讲不通的，却得以在诗意的逻辑中存在。在现实逻辑上行不通的事物，可以通过艺术思维的审美性的引导，变成艺术佳构。

其次，若把艺术思维混同于形象思维，是不符合作家、艺术家创作时的思维实际的，因为艺术思维除了形象思维的元素外，还包括抽象思维。形象思维，由于名称的限制，只能指那种以形象为基本思维元素的思维，而无法囊括艺术思维所包含的抽象的、灵感的、情感的、顿悟的等思维的复杂方式。① 形象思维应属思维的自然状态，可以出现在广泛的领域中；艺术思维却是仅仅属于艺术家的目的性思维，是仅仅属于文学艺术的思维。虽然艺术思维主要是靠形象塑造来完成的思维，但却是有抽象思维参与的复合型思维，是一种比审美思维还要精专、还要特殊的人类思维的特殊形式。

总之，艺术思维是人类艺术地重塑世界、把握世界的一种极为特殊的思维方式，是一种仅仅属于文艺创作和艺术欣赏的思维。下面，让我们再对艺术思维的特征做进一步的分析。

第二节　艺术思维的特征

艺术思维有三大特征：它是发挥想象机制的虚构性思维，是审美理想制导的情感性思维，是理性与非理性互动的混合型思维。这三个特征不仅使艺术思维与非艺术思维区别开来，而且也是文艺作为审美意识形态自立于意识形态之林的根据。

一、自由发挥想象的虚构性思维

艺术思维是一种虚构性的思维，虚构性是艺术思维的一个重要特征，这与文艺的虚构性特征是一致的。其实，其他非艺术思维也有虚构，但是，艺术思维的虚构与这些非艺术思维的虚构是不同的。例如，现实生活中人们的虚构，有的是制造假象，有的是掩盖真相；宗教中的虚构，更多的是为了获得一种更为直观的宗教体验或更好地宣传教义；科学家的试验性模型设计，是为了弄清真相，预测实验的效果，因此必须以科学原理为依据。

---

① 参见张建永：《艺术思维哲学》，7页，北京，作家出版社，2001。

艺术思维中的虚构是一种艺术虚构，它不以科学原理为标准，不以掩盖真相为目的，它是通过艺术的想象力，在遵循诗意的逻辑的同时，创造出一个内指性的符号世界。或者说，艺术思维中虚构的目的是创造一个比现实世界更高的艺术世界，一个现实中人们看不到或看不清楚的更高的真实。艺术思维中的虚构，典型地体现在艺术思维的想象机制中。

在艺术思维中，艺术想象是重要的心理机制。古今中外，关于艺术想象的论述很多。黑格尔说："如果谈到本领，最杰出的艺术本领就是想象。""这种活动就叫作'才能'，'天才'。"① 狄德罗说过："想象，这是一种特质，没有它，人既不能成为诗人，也不能成为哲学家、有思想的人、一个有理性的生物、一个真正的人。"② 别林斯基也认为，"想象"是诗人的天赋才能，是区别诗人与非诗人的特长和重要标志。③ 由此我们可以看到，想象在艺术创作中具有重要的地位。艺术想象一般有三个特征。

第一，艺术想象是最自由的想象。自由是艺术创作的基础，没有自由的创作，受到各种限制和禁锢的创作，是绝对不可能产生好的作品的。例如，陆机在《文赋》中所说的"精骛八极，心游万仞"，"观古今于须臾，抚四海于一瞬"，就是对想象的自由特征的形象描述。在《文心雕龙·神思》中，刘勰也说："寂然凝虑，思接千载，悄焉动容，视通万里。"④ 刘勰与陆机的说法相通，都展现了一个不受任何时空限制的浮想联翩的心灵自由境界。

关于想象的自由特性，法国作家乔治·桑描述得更为形象，更加富有诗意。她说：

> 我有时逃开自我，俨然变成一棵植物，我觉得自己是草，是飞马，是树顶，是云，是流水，是天地相接的那一条水平线，觉得自己是这种颜色或是那种形体，瞬息万变，去来无碍。我时而走，时而飞，时而潜，时而吸露。我向着太阳开花，或栖在叶背安眠。天鹨飞升时我也飞升，蜥蜴跳跃时我也跳跃，萤火和星光闪耀时我也闪耀。总而言之，我所栖息的天地

① ［德］黑格尔：《美学》第1卷，357、360页，北京，商务印书馆，1979。

② 伍蠡甫：《西方文论选》上卷，357页，上海，上海译文出版社，1979。

③ 中国社会科学院外国文学研究所外国文学研究资料丛刊编辑委员会：《外国理论家作家论形象思维》，67页，北京，中国社会科学出版社，1979。

④ （南朝梁）刘勰：《文心雕龙》，132页，上海，上海古籍出版社，2010。

仿佛全是由我自己伸张出来的。①

艺术想象的自由性保证了作家、艺术家艺术思维和整个文学创作的心灵自由性，也正是在这种自由中，作家、艺术家获得了对现实时空的超越，对现实狭隘功利观的超越，进而达到对世界与人生的真正的审美直观，创作出超越的艺术世界。

第二，艺术想象是由艺术情感催动的想象。艺术想象需要情感催动，甚至可以说，艺术想象一刻也离不开情感的催动。没有情感的想象无异于断了翅膀的小鸟，是不可能飞起来的。想象与情感在艺术思维里水乳交融。刘勰说："登山则情满于山，观海则意溢于海。"② 这充分说明了情感可以向外投射，从而形成一个富有想象的审美空间。当然，艺术想象中的情感不是日常生活中的情感，它是一种由审美理想制导的艺术情感。莎士比亚说过：

> 诗人转动着眼睛，眼睛里带着精妙的疯狂，从天上看到地下，地下看到天上。他的想象为从来没人知道的东西构成形体，他笔下又描出它们的状貌，使虚无杳渺的东西有了确切的寄寓和名目。③

这也体现出审美想象力与情感是紧紧地联系在一起的，正是诗人的情感催动着他产生上天入地的丰富想象力。陀思妥耶夫斯基在谈到他的创作过程时说："我同我的想象、同亲手塑造的人物共同生活着，好像他们是我的亲人，是实际活着的人。我热爱他们，与他们同欢乐、共悲愁，有时甚至为我的心地单纯的主人公洒下最真诚的眼泪。"④ 这段话透露着作家的真诚，正是想象与情感共同推动着作家的艺术创作。

第三，艺术想象是创造性想象。心理学一般把想象分为再造性想象和创造性想象。艺术思维中的想象是一种创造性想象。关于想象的创造性特征，古今

---

① ［英］乔治·桑：《印象与回忆》，转引自朱光潜：《朱光潜美学文学论文选集》，79页，长沙，湖南人民出版社，1980。

② （南朝梁）刘勰：《文心雕龙》，133页，上海，上海古籍出版社，2010。

③ 中国社会科学院外国文学研究所外国文学研究资料丛刊编辑委员会：《外国理论家作家论形象思维》，13页，北京，中国社会科学出版社，1979。

④ 中国社会科学院外国文学研究所外国文学研究资料丛刊编辑委员会：《外国理论家作家论形象思维》，111页，北京，中国社会科学出版社，1979。

中外有很多论述。黑格尔说："真正的创造就是艺术想象的活动。"①康德也说，想象力可以强有力地从真的自然中创造出另一个自然来。② 法国诗人皮埃尔·德·龙沙在《法国诗学要略》中，就想象力的创造性说："创造不是别的，正是想象力里自然产生的好东西，它能悬拟出各种可以想象得到的观念和事物形象——天上的和地上的、有生命的和无生命的事物，然后把它们表现、描写和模仿出来。"③ 让·保罗更是形象地描述了想象力的创造性："想象力能使一切片段的事物变为完全的整体，使缺陷世界变为圆满世界。它能使一切事物都完整化，甚至也使无限的、无所不包的宇宙变得完整……想象能使理智里的绝对和无限的观念比较亲切地、形象地向生命有限的人类呈现。"④

那么，想象力为什么可以产生如此巨大的创造力呢？古希腊哲学家阿波罗尼奥斯曾比较了想象与模仿的不同。他说，想象相比于模仿，"是更为巧妙的一位艺术家。模仿仅能塑造它所看到过的东西，而想象还能塑造它所没有看到过的东西，并把这没有看到过的东西作为现实的标准。模仿常常为恐惧所阻挠，而想象则不为任何东西所阻挠，因为它无所恐惧地上升到它自己理想的高度"⑤。在这里，想象之所以具有创造力，究其原因，则正在于想象的自由特性。自由让艺术家创造出更具有审美性的艺术形象。但是，想象力的自由并不是漫无边际的任意的游荡，而是与其创造力与想象力中所蕴含的判断力紧密相关。伏尔泰对此说得很清楚。他说，想象力并非如俗人所说的那样，是判断力的敌人。"恰巧相反，它只有和深锐的判断力一道才能发挥作用；它不停地组合自己的图案，纠正自己的错误，秩序井然地建立起自己的建筑物……正是凭借这种想象，诗人才创造出他的人物，赋予他们个性和激情；才构造出他的故事情节，将它铺展开来，把纠葛加紧，然后酝酿冲突的解决。这种创作活动正需要最深刻而又最细致的判断力。"⑥

可以说，想象力中渗透着艺术家深刻的理性判断力。一方面要符合理想的

---

① ［德］黑格尔：《美学》第1卷，50页，北京，商务印书馆，1979。

② ［德］康德：《判断力批判》上卷，160页，北京，商务印书馆，1964。

③ 《鸭绿江》杂志社资料室：《形象思维资料辑要》，229页，沈阳，辽宁人民出版社，1979。

④ 《鸭绿江》杂志社资料室：《形象思维资料辑要》，251页，沈阳，辽宁人民出版社，1979。

⑤ 伍蠡甫：《西方文论选》上卷，134页，上海，上海译文出版社，1979。

⑥ 《鸭绿江》杂志社资料室：《形象思维资料辑要》，245～246页，沈阳，辽宁人民出版社，1979。

尺度，另一方面要符合艺术整体的统一性，这就是诗意逻辑在起作用。正是这种诗意逻辑形成的判断力随着想象自由翱翔，穿透现实的重重迷雾，创造出一个又一个经典的艺术形象，建构起一个又一个富有魅力的艺术世界。

二、审美理想制导的情感性思维

对于情感在艺术思维中的作用，无论中外，人们也都有很多的论述。例如，《礼记·乐记》就说："凡音者，生人心者也。情动于中，故形于声，声成文，谓之音。"刘勰在《文心雕龙》中，反复强调了情感在创作和艺术思维中的作用。他认为文学创作是一个"情动而言形，理发而文见"① 的过程。所以，"诗人什篇，为情而造文"②。刘勰对情感的重视已上升到情感本质观的高度。情感在艺术思维中的作用，一方面，是开启和催生艺术家的艺术创造；另一方面，情感始终贯穿于作家、艺术家整个的创作过程之中。这一点，我们从巴金的创作过程中就能看得很清楚。

据巴金回忆，他有一次正在一家小饭馆吃饭，和人谈论着自己远方的朋友，不觉情感的潮头袭来，形成一次创作的契机。他写道："渐渐我忘了肚饥，忘了这一天长途的奔波，忘了前面的新的路程。不知道什么地方跑来一种力量把我突然抓住了。有什么东西在我身体内满溢着，膨胀着。我的全身发起热来。我不能控制自己，我的话语断续，泪水迸出我的眼眶，又流下我的脸颊……我急急走回旅馆……拿起了笔。"③这里显示的一种不可遏止的创作冲动，实际上是情感催动艺术思维，使其处于一种活跃状态。情感不仅能启动艺术思维，而且还是艺术思维的驱动力量。巴金认为，在创作过程中，强烈的情感活动就像老牛背上的鞭子一样驱赶着作家，使他必须连续写作，不能停歇。他多次说，在创作中，"我没有一点自由，我没有一点快乐，一根鞭子永远在后面鞭打我，我不能够躺下来休息……即使前面站着死亡，我也只得向前走去"④。

那么，是否有了情感就可以写出好的作品？或者说，日常生活中的情感是否可以直接进入创作过程？艺术思维中的情感又与日常生活中的情感有什么不同呢？

---

① （南朝梁）刘勰：《文心雕龙》，136 页，上海，上海古籍出版社，2010。

② （南朝梁）刘勰：《文心雕龙》，154 页，上海，上海古籍出版社，2010。

③ 贾植芳：《巴金写作生涯》，203 页，天津，百花文艺出版社，1984。

④ 贾植芳：《巴金写作生涯》，203 页，天津，百花文艺出版社，1984。

首先，艺术思维中的情感是一种融入了诸多情感的综合性审美情感，而日常生活的情感更多的只是一种情绪的宣泄。日常生活中的自然情感是不能进入创作过程的，更不能进入艺术思维。这一点，狄德罗说得很清楚：

你是否在你的朋友或情人刚死的时候就作诗哀悼呢？不会的。谁在这当儿去发挥诗才，谁就会倒霉！只有当剧烈的痛苦已经过去，感受的极端灵敏度有所下降，灾祸已经远离，只有到这时候当事人才能回想他失去的幸福，才能估量他蒙受的损失，记忆才和想象结合起来，去回味和放大过去的甜蜜的时光。也只有到这个时候他才能控制自己，才能做出好文章。他说他伤心痛苦，其实当他冥思苦想一个强有力的修饰语的时候……他顾不上流泪。如果眼睛还在流泪，笔就会从手里落下，当事人就会受感情驱遣，写不下去了。①

狄德罗这段话可以与华兹华斯对诗的情感的阐述相互映照。华兹华斯说：

诗是强烈情感的自然流露。它起源于在平静中回忆起来的情感。诗人深思这种情感，直到一种反应使平静逐渐消逝，就有一种与诗人所沉思的情感相似的情感逐渐发生，确实存在于诗人的心中。一篇成功的诗作一般都从这种情形开始，而且在相似的情形下向前展开。②

华兹华斯所说的“平静”，并不是情感的消退或消失，而是如狄德罗所说的“记忆才和想象结合起来”的时刻。正是在这一时刻，自然情感开始向艺术情感转化、升华，而自然情感之所以可以升华为具有审美性的艺术情感，是因为在平静中，它融入了作家、艺术家对国家、对社会、对人生乃至天地宇宙的思索，从而超越了狭隘的私人情感，走向了广阔的审美天地。例如，鲁迅对世态炎凉的情感，就融入了对国民劣根性的思索，而不再是属于自我的私人的情感。

这种在平静中回忆起来的情感，又被称为情感的“二度体验”③。二度体

① ［法］狄德罗：《狄德罗美学论文选》，278页，北京，人民文学出版社，2008。

② 伍蠡甫：《西方文论选》下册，17页，上海，上海译文出版社，1979。

③ 也有人直接把二度体验叫作体验。体验是相对于经验来说的，二度体验是把原初的经验看作一度体验。这两种说法基本内容一致。参见童庆炳、程正民：《文艺心理学教程》，74～75页，北京，高等教育出版社，2001。

验是对原初经验的再度感受、沉思，由此使原初经验见出意义、思想和诗意，成为一种审美体验。关于自然情感不能直接进入文学创作，鲁迅也有同感，他说："我以为感情正烈的时候，不宜作诗，否则锋芒太露，能将'诗美'杀掉。"① 为什么此时不能用自然情感作诗呢？因为自然情感与对象的关系正陷于世俗的、功利的是非关系中，不具有审美性质，能将诗美抹杀掉。因此，艺术创作首先必须将自然情感升华为艺术情感。艺术情感便是人类在超越功利之境后对自然情感的回味和观照。这种回味和观照，就渗透着作家、艺术家的政治、哲学、道德、宗教等方面的思想观念，并受其影响和制约。

其次，艺术思维中的情感是一种审美理想制导的情感，而日常生活中的情感则缺少审美理想的约束与限制，只是一种自然的呈现。审美理想在文学创作活动中，可进一步具体化为艺术标准和艺术追求。此时，作家的审美理想已经融入了他的社会理想、政治理想、道德理想、人生理想以及婚爱理想等文化观念，并由此形成创作意图和作品倾向。

例如，同是"昭君出塞"的故事，古今作家却有着不同的艺术处理，显示出很大的差异性。杜甫在《咏怀古迹五首》中写道："一去紫台连朔漠，独留青冢向黄昏""千载琵琶作胡语，分明怨恨曲中论"。这是把昭君描写为一个沦落异邦的孤魂，对她的悲剧人生表现出深刻的同情。宋人王安石在《明妃曲二首》中，却把这个故事写成人生的喜剧。一方面，他认为"汉恩自浅胡自深，人生乐在相知心"，说王昭君远嫁胡人，是寻得了知己。这本是人生一大乐事，所以王昭君是幸福的。另一方面，他又认为既然汉元帝不是知音，不知人才之可贵，被王昭君舍弃也是活该，所以诗中风趣地写道："意态由来画不成，当时枉杀毛延寿。"显然，王安石把讽刺的矛头指向汉元帝。元人马致远在《汉宫秋》里，却主要描写王昭君与汉元帝缠绵悱恻的爱情，是匈奴兵临城下，骄横逼婚，才导致了这出爱情悲剧，表现了作者对国家动荡、民族受辱的义愤与无奈。在郭沫若的话剧《王昭君》中，王昭君则是作为一位叛逆女子出现的，远嫁匈奴是为了"彻底反抗王权"。在曹禺的《王昭君》中，主人公王昭君则是一位促进民族团结的和平使者，"笑嘻嘻"地远嫁兄弟民族。同一个题材被加工成这样不同的文学作品和文学形象，足见在文学创作中，创作意图怎样影响着创作。由此也可以说，作家、艺术家的艺术思维正是在他们的审美理想的制导下展开的。没有审美理想的制导，艺术家的创作就会失去方向。

① 《鲁迅全集》第9卷，79页，北京，人民文学出版社，1958。

三、理性与非理性互动的混合型思维

关于艺术思维是理性的还是非理性的这一问题，人们有着诸多的讨论，既有坚持艺术思维非理性的观点和理论，也有诸多艺术思维是理性的论述。我们则在承认两种创作状态都存在的基础上，强调艺术思维中理性与非理性的结合与互动，认为艺术思维正是这样一种混合型思维模式。

首先，非理性或无意识是文学创作中的一种心理现象。早期有柏拉图的“迷狂”说，后有弗洛伊德的无意识理论，而康德、谢林等人也论述了创作中的无意识现象。那么，无意识是如何影响文艺创作和艺术思维的呢？

第一，作家、艺术家的原始素材，很大一部分是在长期的无意识的生活积淀和情感积淀的基础上形成和积累的。心理学把人的记忆分为有意识记忆和无意识记忆。有意识记忆就是有确定动机和目的的记忆，比如为了考试进行的记忆。无意识记忆是在没有确定或预定的记忆动机和目的中进行的记忆。当人长期处于某种环境中，接受某些事物的反复刺激而不知不觉地在脑海中留下记忆时，那么他就形成了对这一环境、对这些事物的无意识记忆。① 很多事例都生动地表明，人对外来刺激的感知、识记，许多都是在无意识条件下实现的。例如，孩子的言行举止、气质、风度，甚至思想状态等，总是在无意识中受到父母的影响。②

对于作家、艺术家来说，其创作素材很大一部分来自自己的无意识积累。卢梭在《忏悔录》中就说过，当他回忆自己过去生活的各个时期时，便自然而然地考虑到他当时已经达到的那个生命阶段，那就是不曾使之迸发出来的在他的心灵里潜伏着的醉人的欲念。而只有在回忆起那些往事时，他才自然而然地在自己的无意识领域里把那种欲念以嗟叹的方式宣泄出来。高晓声的创作就体现了无意识的素材积累。高晓声在成为作家前，当了 20 年的农民。后来当他拿起笔来创作时，过去的经历便成为他创作的宝贵财富，而过去的生活对于他来说，就是一种无意识的记忆。高晓声自己也说：“二十多年来，我从未有意地去体验他们的生活，倒是无意识地使他们的生活变成了我的生活。”这里，

---

① 参见胡潇：《思想哲学——理性精神的自我观照》，374 页，长沙，湖南大学出版社，1999。

② 参见胡潇：《思想哲学——理性精神的自我观照》，375 页，长沙，湖南大学出版社，1999。

显然是无意识记忆在控制着作家的创作心理。①

第二，无意识记忆不仅是作家积累素材的重要途径，也是作家形成审美观念的重要方式。或者说，作家、艺术家的审美观念虽然有一部分是自我有意识学习的结果，但也有很大部分是在无意识中形成的。荣格的集体无意识理论有助于我们理解这一问题。可以说，集体无意识对于形成一个作家、艺术家的审美观念具有重要意义。浮士德那种永不停歇的探索精神，正是德国民族的集体精神在他身上的体现。由此，荣格才说："不是歌德创造了《浮士德》，而是《浮士德》创造了歌德。"② 当然，作家的创作肯定具有自己的个性特征，不可能完全是集体性的。

以上两种情况都说明，在创作和艺术思维中，无意识和非理性不是可有可无的因素。可以说，没有无意识支持和参与的艺术思维是不存在的。由于无意识因素多以感性的直觉的方式存在并联系着作家人格和生活体验的本真状态，因此这种因素在那些人格中存在美好向善的人文关怀的作家那里，便能帮助他们克服人格中的弱点，促进作品向更高的思想境界和审美境界升华，从而对艺术思维和创作起到积极的促进作用。所以艺术思维不但不应拒绝无意识和非理性因素的参与，而且还应当利用这一积极因素。匈牙利文艺理论家卢卡奇说："剥夺创造中的无意识活动就等于完全取消创造。"③ 苏联著名导演斯坦尼斯拉夫斯基也主张："当下意识开始工作的时候，我们就不要去妨碍它。"④

其次，无意识、非理性思维在创作中并不是漫无目的不受任何约束和控制的，必须有着理性的约束、制约和认可。那种认为创作应排斥理性思维的说法是不对的。席勒认为："待表现的对象先须经过抽象概念的领域走一大段迂回的路，然后才被输送到想象力面前，转化为一种观照的对象。"朱光潜评论说"足见诗必须假道于抽象思维"，并认为席勒的观点"在诗论中是一个值得注意的创见"⑤。这一点，即使从注意客观地描写生活的现实主义作家那里，也能得到印证。

---

① 参见杨健民：《艺术感觉论——对于作家感觉世界的考察》，150～151页，福州，海峡文艺出版社，2013。

② ［瑞士］荣格：《心理学与文学》，142～143页，北京，生活·读书·新知三联书店，1987。

③ 滕守尧：《审美心理描述》，426页，北京，中国社会科学出版社，1985。

④ ［苏］斯坦尼斯拉夫斯基：《演员自我修养》上卷，27页，北京，中国电影出版社，1959。

⑤ 朱光潜：《西方美学史》下卷，443页，北京，人民文学出版社，1979。

鲁迅虚构的阿Q，是一个嘴在A地、脸在B地、衣服在C地的“拼凑起来的角色”。这中间用什么来“拼凑”，怎样“拼凑”显然是要经过反复思考的。在思考和构思的过程中，作者虽然主要靠直觉性的想象来完成人物塑造，但是为什么这样想象，而不是想象成另外的样子，显然是听凭某种观念，即抽象的思维指挥的。鲁迅回忆说：“只要在头上戴上一顶瓜皮小帽，就失去阿Q，我记得我给他戴的是毡帽。这是一种黑色的、半圆形的东西，将那帽边翻起一寸多，戴在头上的；上海的乡下，恐怕也还有人戴。”① 这说明关于给阿Q戴什么帽子，鲁迅在构思之中便有思考，思考之后才有取舍定夺。可见艺术思维在进行艺术虚构时，是不能排除理性思维的参与的。

巴金在谈到小说《家》的创作意图时指出，他要向那个垂死的制度叫出“我的控诉”②。正是封建大家庭制度必然崩溃的这个信念，鼓舞着巴金进行“激流三部曲”的创作，写出了有思想深度的震撼人心的作品，而这正是抽象思维参与创作的体现。意大利著名画家拉斐尔在创作名画《草地上的圣母》时，也不是在无意识的状态下一气呵成的，而是在反复的尝试中不断追求“人物之间的合适的平衡和使整个画面达到极端和谐境地的合适的关系”③。我们从拉斐尔不断修改的速写稿中，可以清楚地看到这一点。这正体现了理性思维在创作思维中的作用。

再次，在创作中，意识、无意识有时会产生矛盾冲突。也就是说，在一些作家、艺术家那里，意识与无意识未必完全一致。有时，作家的创作意图的形成是在脱离作家的无意识生活积累和情感积累的理性领域中形成的。它有时源于社会舆论的某种强制性干扰，使作家无法真实地表达自己的体验。例如，果戈理虽然写了《死魂灵》的第二部，但最后又付之一炬。有时，这种冲突与矛盾表现为作家双重人格和世界观的矛盾。当处于意识中的一面与处于无意识的一面发生矛盾时，那么根据意识的一面制定的创作意图和进行的艺术构思，乃至写出的一部分初稿，便常有推倒重来的可能。列夫·托尔斯泰在创作《安娜·卡列尼娜》时就是这样。按原来的创作意图，托尔斯泰本想表现“爱家庭”的主题。他原本想把安娜描写成一个“智力低下”“趣味恶劣”“卖弄风

---

① 鲁迅：《鲁迅论文学与艺术》下册，976页，北京，人民文学出版社，1980。

② 《巴金专集》第1册，385页，南京，江苏人民出版社，1981。

③ ［英］贡布里希：《艺术发展史——“艺术的故事”》，13页，天津，天津人民美术出版社，1998。

骚”的世俗妇女，但在写作过程中，他那处于无意识中的人文理性觉醒了，无意识中的生活积累和情感积累转变了他的妇女观和对安娜不公正的态度，作家对安娜那种既同情又批评的态度不见了，狭隘的道德主题也不见了，他从人道的情怀出发，以赞赏、崇拜和爱的态度重新构思了一个光彩照人的女性形象。她变得高贵美丽、趣味高雅、聪明绝伦、温柔多情。这一美好形象的塑造，正是作家处于无意识领域里的高尚、美好的人格和世界观上升为意识和理性的结果。由此我们也可以看到，意识与无意识并不是简单的矛盾对立的关系。无意识虽然需要意识的制约和认可，但并不是说意识可以任意地去控制无意识；有时候，无意识会反过来会对意识进行修正，克服意识中僵化的部分，进而推动艺术家创作出好的作品。

以上我们所分析的艺术思维的三个特征，未必能涵盖艺术思维的所有特征，但是这三个方面是艺术思维最为基本和重要的特征。艺术思维是一种复杂的、以审美为核心的思维方式，其具体运作过程涉及多种心理文化因素，更需要具体问题具体分析。

第三节　艺术思维的类型

关于艺术思维的类型，人们有许多不同的划分。有的把艺术思维分为灵感思维、直觉思维、形象思维、情感思维①，这是想从性质角度对艺术思维进行划分，但在概念的外延上明显纠缠不清；有的把艺术思维分为象征式艺术思维、直观式艺术思维和典型式艺术思维②，这种划分比起前者来要合理许多。但“直观式”与“典型式”两个概念都有生造之嫌。本书拟从形式入手，把艺术思维划分为具象思维和意象思维两个最基本的类型。

一、具象思维

具象思维是一种从生活具象到艺术具象的思维，它是按照事物本来的样子描摹社会生活，以生活物象为蓝本，将其加工成酷似生活物象或者高于原型的艺术形象的思维过程。尊重艺术形象的逼真性是具象思维的首要特征。

具象思维是人类自古便存在的艺术思维类型，并一直延续到现当代的艺术

① 参见宋耀良：《艺术思维的类性与类型》，载《学术月刊》，1989（4）。

② 参见成立：《艺术思维的三种结构类型》，载《学术月刊》，1984（10）。

创作中。许多原始艺术，如早期人类所绘制的壁画、岩画，就体现出具象思维的创作特征。

有一幅描绘受伤的野牛的壁画（见图8.1），大约绘制于公元前一万五千年的旧石器时代，是西班牙阿尔塔米拉山洞壁画中的一幅。这幅画明显运用的是具象思维，形象地展现了受伤的野牛痛苦挣扎的情景。画面中，野牛四足卧地，但它仍然挣扎着，努力地想站起来。画中野牛挣扎时那怒视的眼神、进攻的两角、屈弓隆起的背、扬起的尾等，无不形象逼真。

图 8.1 受伤的野牛

在中国古代，《诗经》中的意境型作品，往往也采用这种具象式思维。例如，《蒹葭》：

> 蒹葭苍苍，白露为霜。
> 所谓伊人，在水一方。
> 溯洄从之，道阻且长。
> 溯游从之，宛在水中央。

这首诗里的景色、人物俱是按照事物本来的样子加以描述的，从眼前的形象到可以想见的那个人，都是具象的。此外《硕人》等许多诗篇，也都是具象思维的。这说明，具象思维是一种很古老、很常见的艺术思维类型。

人类早期的具象思维并未随着人类心智的高度发展而消失，始终是艺术思维的一种主要样式和类型。现实主义艺术就是具象思维的传统样式和主流形式。即使是在现代艺术中，我们同样可以见到具象思维的新形式。例如，20世纪20年代兴起后，一直延续到80年代的西方具象现实主义绘画，就可以被视为具象思维的极端形式。1925年，新现实画派在德国曼海姆举行大展，强调对日常生活的描绘，表现大城市景象和工业环境，朴素和忠实地抵达一切细节。他们的具象现实主义被20世纪60年代末和70年代的美国、英国、法国等的照相现实主义、超级现实主义所采用。① 这种绘画强调不带任何主观色彩地观察和反映现实，追求客观逼真的细节。当代具象绘画更强调“呈现”而非“再

① 参见［法］J. 德比奇等：《西方艺术史》，400页，海口，海南出版社，2000。

现”，相对于抽象绘画，具象绘画始终保持着与自然、形象的视觉联系。①

但是，具象思维并不只是简单地照相式地摹写物象，具象绘画中的视觉形象永远不可能是对客观事物机械的复制，它是对现实的一种创造性的把握，富有想象性、主观性和预设性。或者说，具象思维不是为具象而具象，为逼真而逼真，而是通过对物象的逼真摹写，传达出深刻的思想内涵，带给人某种情感或精神上的感染，由此而具有强烈的艺术魅力。所以说，具象思维是诗意的具象、诗意的逼真，这是具象思维另一个重要特点。例如，前面我们看到的受伤的野牛，它所体现出的是一种顽强不屈的生命力，从而具有很强的艺术感染力。也许创作者在创作的时候，未必有这样明确的创作意图或动机，但客观上却达到了这样惊人的艺术效果。这是具象思维的第二个重要特征。

美国作家梭罗的《瓦尔登湖》就是一部具有极强具象思维特点的作品。这部作品最大的特点就是详细、细致而逼真地描写了瓦尔登湖的美丽景色。梭罗几乎以一个完全旁观者的身份，全身心地投入到了对瓦尔登湖的观察中。在他的笔下，瓦尔登湖完全是具象的。我们不妨看看下面两段：

> 湖水清澈得可以很容易地看到25或30英尺下的湖底。在湖面上划船，你可以看到在水面许多英尺以下有大群的小鲈鱼和小银鱼，也许只有一英寸长，但是可以通过它们身上的横纹很容易把前者识别出来，你会以为在那里寻求生存的必定是苦行鱼。②
>
> 湖泊是自然景色中最美也是最富有表现力的一部分。它是地球的眼睛；凝视湖中，人能够衡量出自己本性的深度。湖边的水生树木是它周围纤细的睫毛，四周树木苍郁的群山和山崖是突出于其上的眉毛。③

这样的描写在整部《瓦尔登湖》中随处可见。但这里的写景不是借景抒情或是寄情于景，而是一种具象化的描写。梭罗正是通过这样细腻逼真的具象化描写，为我们展示了一个宁静纯净的世界，一个富有鲜活生命力的世界，一个人与自然和谐统一又不彼此否定的物我两忘的世界，体现了梭罗对那种简单淳朴生活的赞颂和向往，也把读者深深地带入了这样的世界和生活。梭罗

---

① 参见叶勇：《“透视”具象》，载《艺术界》，2004（4）。

② ［美］梭罗：《瓦尔登湖》，180～181页，北京，北京十月文艺出版社，2009。

③ ［美］梭罗：《瓦尔登湖》，188页，北京，北京十月文艺出版社，2009。

的这种具象式创作，被称作“科学的诗意化”①。这是十分贴切的。

从总体上来说，具象思维仍是按诗意逻辑演绎的思维，这是具象思维的第三个重要特征。具象思维的诗意逻辑性，首先体现在艺术家体验的真实性上。没有生活体验，显然是不可能逼真地摹写现实的。以杜甫的《后游》为例："寺忆曾游处，桥怜再渡时。江山如有待，花柳更无私。野润烟光薄，沙暄日色迟。客愁全为减，舍此复何之！”这首诗中，除最后两句符合生活的逻辑外，其余均不符合生活的逻辑，但却符合诗人的体验：由于江山有意地接待，花柳无私地呈献全部的娇媚，渡桥、山寺处处留下温馨的记忆。陶醉于烟光野润、暄沙迟日景色中的诗人，把所有的忧愁烦恼全忘却了，这就是诗意的逻辑。因此具象思维仍是按诗意逻辑运行的思维，只不过它可以借助某些生活逻辑和性格逻辑更好地实现其诗意的目的。

其次，具象思维中并不是完全排斥抽象思维的，只是两者的关系要间接得多，复杂得多。所谓“间接”，是作品的创作意图、思想意蕴、艺术要求等，一般对具象思维的指导仅体现在宏观上、方向上以及创作的重点、难点上，并不直接涉及对每个细节的选择和创造。这就给作家充分地调动自己的生活积累和情感积累，按诗意的逻辑编织自己的故事，按性格的发展塑造自己的人物，留下了自由联想的空间；同时，也给无意识、非理性因素参与创作提供了可能。但这只是具象思维运行的一般情况，在具体的作家那里要复杂得多。文学史上有不少作家，写作之前对自己题材的认识并没有上升到一定的理性高度，只是凭着忠于生活的满腔激情和丰厚的生活积累进入创作过程，但是同样可以创作出高质量的作品。这体现了具象思维巨大的能动性。抽象思维水平的高低和介入的深浅，并不一定决定作品质量，而作品的质量往往与具象思维过程中生活积累和无意识发挥的程度有关。

总之，具象思维是人类艺术思维中最常见的一种思维方式，它以逼真摹写事物为目标，在求真中重塑世界，表情达意。

二、意象思维

所谓“意象思维”，是通过创造“表意之象”进行艺术创作的思维方式。意象思维是人类在抽象思维指导下用诗意逻辑表情达意的一种艺术思维类型。意象思维的基本特征大致有以下几点。

---

① ［美］斯蒂芬·哈恩：《梭罗》，89页，北京，中华书局，2002。

图 8.2 人面含鱼纹

第一，意象思维受理性思维的指导，更多的是追求哲理的真实，而不再拘泥于事物本来的样子，也就是不以追求事物具象的逼真性为目的。原始人类早期的艺术，也体现出这一点，如半坡出土陶器上的“人面含鱼纹”（见图 8.2）。这幅图像显然不是写实的，具有许多可以被猜测的意义。（1）人面顶部的三角形内黑外白的饰物，严格来说并不是帽子，而是一种鱼的尾巴。从它巨大的比例看，可能是人面鱼身的组接。这是否意在说明人的祖先是鱼？或者说人是由鱼变化演进而来的？这显然是关于这个民族历史的一种解释。（2）图像中由两条尾巴不发叉的鱼的头部图案重叠为人面的“嘴”，是否意在透露人和鱼的关系？（3）人面眉毛部位左右两侧的两条小鱼，是尾巴有叉的普通的鱼，与人面主体的尾不同，这是否进一步说明人类与鱼的和谐关系？（4）从圆脸、细长的秀目看，此像应属女性；从与其他鱼共游的图像看，这表现出当时人们对鱼的热爱和崇拜。因此，我们似乎可以断定这时的半坡人尚以捕鱼为生，属母系社会。这是这幅古代意象之作告诉我们的事情，也正是意象思维的体现。

《周易》“立象以尽意”正体现了这种思维方式（详见本书第四章相关内容）。王弼在《周易略例》中更为详细地阐释了“言象意”的关系，进一步阐明了这种思维方式。可以说，在意象思维中，只要“意”（哲理的真实）能够得到表达，那么，用什么“象”去表达和怎样表达，是否符合生活现象的真实等，都“无关紧要”。中国清代著名的思想家、史学家章学诚曾指出，除了“天地自然之象”外，还有“人心营构之象”①。所谓“人心营构之象”，就是人在内心凭空创造出来的意象，目的是表达某种思想或情感。这种象在文艺创作中普遍存在。例如，人可以变成大甲虫（《变形记》），鬼狐妖怪也可以存在（《西游记》《聊斋志异》等）。在这些大胆的想象和荒诞的虚构中，物象的意义显然不在于物象本身，而在于物象所蕴含的哲理。大甲虫表达的是现代人遭受重压之下的变异，而鬼狐妖怪象征了社会上或善或恶、或美或丑的人物或力量。

虽然，一般意象思维都不再遵从细节真实，但是由于文化传统的原因，这一原则也常有例外。以那些自然的象征物为例，中国文化中的比德传统，使得

---

① 陈良运：《中国历代文章学论著选》，1098 页，南昌，百花洲文艺出版社，2003。

青松、翠柏以及梅、兰、竹、菊等植物的物象也往往负载着哲理的内容。中国古代诗词中所描述的梅兰竹菊，很多已不再是原本的事物了，而是成为代表君子人格高洁的象征物。例如，王安石的《梅花》：“墙角数枝梅，凌寒独自开。遥知不是雪，为有暗香来。”王安石在这里写梅花，关注的不再是梅花本身作为一种花的外在的形象，而是赋予梅花一种高洁的品行。这种品行显然不是梅花自身就有的，而是王安石（包括整个民族的文化传统）强加给它的，因此，这里的梅花是表意之梅花，而非现实中的梅花。

在绘画中，中国画既强调“狂怪求理”（刘道醇）、“反常合道”（苏轼），也强调“离形得似”，即不以酷似物象外形为目的，往往背离物象的造型，创造某种引人遐想的意蕴，从而取得更为生动的艺术效果。但“离形得似”不是信手涂鸦，而是以大量的现实的具体形象作为创作的来源和依据，并对具体物象进行加工和改造，是概括、提炼和升华的结果。① 也正因为意象思维不以物象的逼真为目的，因此在创作上比较自由，只要能充分地表达真实的哲理与观念（包括理想），便可以无所不用，如我们上面提到的一些非现实的作品。但这并不是说，意象思维可以随意地选择物象，意象思维是受抽象思维指导和制约的。

第二，意象思维从实质上看，是抽象思维指导下的思维。由于意象思维的目的是表达哲理和观念，因此它必须在抽象思维的指导下对具象进行选择、组接、加工，力求创造出最富有艺术表现力的意象，完美地实现其表意的目的。袁可嘉在论述九叶派诗人的创作时说：“在艺术上，他们力求智性与感性的融合，注意运用象征与联想，让幻想与现实相互渗透，把思想、感情寄托于活泼的想象和新颖的意象，通过烘托、对比来取得总的效果。”袁可嘉又说：“充分发挥形象的力量，并把官能感觉的形象和抽象的观念、炽烈的情绪密切结合在一起，成为一个孪生体。使‘思想知觉化’是他们努力从西方现代诗里学来的艺术手法……如果诗人只会用丰富的感官形象来渲染，重彩浓抹，就会叫人感到发腻而不化：如果只是干巴巴地说理，又会叫人觉得枯燥无味。诗人应该努力把肉和骨恰当地结合起来，使读者透过意象联翩，而感到思想深刻，情味隽永。”②袁可嘉的这两段话，比较清晰地阐明了意象思维中形象思维与抽象思维

① 参见张缨：《中国画——绘画的具象与抽象的溶合》，载《西南民族大学学报（人文社会科学版）》，2004（8）。

② 辛迪等：《九叶集》，序，12～13页，北京，作家出版社，2000。

的辩证关系。①

意象思维的整个过程，也是抽象思维参与其中的过程。杜甫寓居成都时，一气写下了《病柏》《病桔》《枯棕》《枯柟》四首五言古诗。当年的成都气候湿润，植物的葱茏茂密可想而知，但杜甫为什么偏偏以这种病、老、枯、朽的植物为描写对象？这显然是抽象思维指导下的对形式的“选择”，是为了表达诗人对社稷人生的一种看法和评价。且看杜甫的《病柏》：

> 有柏生崇冈，童童状车盖。偃蹙龙虎姿，主当风云会。神明依正直，故老多再拜。岂知千年根，中路颜色坏。出非不得地，蟠据亦高大。岁寒忽无凭，日夜柯叶改。丹凤领九雏，哀鸣翔其外。鸱鸮志意满，养子穿穴内。客从何乡来，伫立久吁怪。静求元精理，浩荡难倚赖。

在这首诗中，杜甫不直接描写这棵树，而重在评价和议论，指出树是从“根”上坏的，显然是“言在此而意在彼”。本来冬天对于松柏来说是无所谓的事，孔子说：“岁寒，然后知松柏之后凋也。”但杜甫却一反常规，大写“岁寒”对柏树的摧残，显然意在寄托。违理之后，诗人并不满足，又继之以荒诞，象征之意已溢于言表：丹凤之为鸟，纯系乌有，但诗中可观其形，可闻其声，显然是喻忧国忧民的高洁之士；鸱鸮（猫头鹰）钻营打洞逞能于一时，小人得志，大树朽腐之日也就指日可待了。为了突出这个中心意旨，诗人又设计了一位外乡来客，令其久伫巨柏之旁作深思状，引导读者进一步思考这个问题。总之，该诗每设一景，每画一物，都是在抽象观念的指导下进行的，同时又有意把人们引向另外一个抽象之域。从这个意义上讲，意象思维又是极不自由的思维。意象的设计和构筑往往需要相当长的时间，因此意象诗人往往都是苦吟派。意象思维与具象思维一样，是人类早期就具备的思维类型，并一直延续到现当代的艺术创作中。

有时，意象思维往往与具象思维结合在一起，如海明威的《老人与海》。一方面，小说对老人与鲨鱼的搏斗进行了详细的描写与叙述，是一种具象思维的体现；但另一方面，小说又有着深刻的寓意和哲理，体现了一种对人生的意义的思索。由此可见，意象思维与具象思维虽然有别，但任何把这两种思维方式完全对立隔绝起来的做法都是不对的。

---

① 参见鲁西：《艺术意象论》，170页，桂林，广西教育出版社，1995。

第九章 文艺创作流程

文艺创作流程就是对文艺创作过程的一般性描述，是作家、艺术家在一定的历史文化语境中，运用语言和艺术手段，在创作欲望的推动下将艺术构思（内心意象）物化为文艺作品的整个过程。由于创作个性、思维类型、写作条件的千差万别，加上作品的体制“大小殊功”①，创作过程便呈现出十分复杂多样的状态。这里，我们仅做一般意义上的讨论。苏联作家法捷耶夫说：“我觉得，任何艺术创作的过程都可以假想地分为三个时期：积累素材时期，构思或者‘酝酿’作品时期，以及写作时期。”虽然一首即兴的小诗，略去了前两个阶段；歌德的《浮士德》在长达六十年的创作过程中，已经难分后两个时期的界线，但法捷耶夫的“假想”还是能代表大多数作家、艺术家的创作过程的。所以，我们仍然依照法捷耶夫的划分来描述创作的全过程。

第一节 文艺创作的发生阶段

文艺创作作为人类一项极富创造性的精神活动，它是怎样发生的？这个问题对于整个创作论至关重要。这里，我们着重讨论历史文化语境与文化焦虑、情感积累与艺术发现和创作意图三个发端性要素。

一、历史文化语境与文化焦虑

文化视角为创作论带来两大新质要素，即历史文化语境和文化焦虑。詹姆逊说：“新名词的出现总标志着新的问题，标志着新的思想。”② 所谓“历史文

① 周振甫：《文心雕龙今译》，251页，北京，中华书局，1986。山东师范学院中文系文艺理论教研室：《外国作家谈创作经验》下册，47页，济南，山东人民出版社，1982。

② ［美］杰姆逊：《后现代主义与文化理论》，4页，北京，北京大学出版社，1997。本书将詹姆逊译为杰姆逊。——编者注

化语境”，简言之就是社会存在为文艺的创作和批评提供的文化条件的总和或整体。历史文化语境主要由三部分组成。一是以物质文化和制度文化条件出现的部分，也就是一个社会赖以存在的经济基础和庞大的上层建筑中属于制度文化（如政治制度和法律制度）的部分，它们直接决定着人的经济及社会地位，决定着人的生活方式和交往方式，决定着人的经济观念、政治观念及其社会活动，是历史文化语境中属于“硬件”的部分。人们强调的“时代背景”，就是其中的主要内容。二是建立在一定经济基础之上的以社会显意识的精神文化条件出现的部分，包括时代精神、社会心理、文艺思潮、审美时尚等。三是以个人无意识和社会的集体无意识的精神文化条件出现的部分，也可以称为“文化无意识”部分。后两个部分在历史文化语境中属于“软件”部分。这三个部分并非彼此断裂，而是相互联系、相互影响、相互转化而又相互制约的。文艺就是在上述三个部分的共同作用下形成的审美文化的一部分。对于前面两个部分，关于其中的时代背景和时代精神，过去我们谈得较多，以为这就是文艺产生的全部原因和必须反映的对象。其实与整个历史文化语境的整体内涵相比，这仅仅是由一定时代的经济政治所造成的两个重要因素，并不是那个时代孕育文艺的全部因素。我们虽然不能忽视时代背景和时代精神对于文艺创作的特殊意义，但也应该清醒地认识到，文艺绝不仅仅是时代背景和时代精神的产物，还有其他要素制约着文艺，对文艺创作产生不同程度的影响。所以，只有将历史文化语境与文艺创作联系起来，才能够完整、深刻地揭示出文艺创作发生的原因。

例如，历史文化语境中的个人无意识和集体无意识，对于文艺创作来说也是极为重要的。无论是个人无意识还是集体无意识，都会对文艺创作活动产生长久的影响，以致贯穿文艺创作的始终。在文艺创作的初发阶段，无意识活动的“驱力”能够促使作家、艺术家形成强烈的创作冲动。以鲁迅为例，由于辛亥革命的失败，以及《新生》杂志的流产，他备感痛苦和彷徨。他这样描述了当时的心境：

> 如置身毫无边际的荒原，无可措手足的了，这是怎样的悲哀呵，我于是以我所感到者为寂寞。
>
> 这寂寞又一天一天的长大起来，如大毒蛇，缠住了我的灵魂。
>
> 只是我自己的寂寞是不可不驱除的，因为这于我太痛苦。我于是用了种种法，来麻醉自己的灵魂，使我沉入于国民中，使我回到古代去，后来

> 也亲历或旁观过几样更寂寞更悲哀的事，都为我所不愿追怀，甘心使他们和我的脑一同消灭在泥土里。①

这就是鲁迅在经历了辛亥革命失败后心灵所积郁的悲哀，那种无望的如置身荒原的痛苦，那种大声叫喊无人应对的孤独，那种一次又一次接踵而至的更大的悲哀和更大的打击，都被鲁迅强行压抑在心底。所谓“甘心使他们和我的脑一同消灭在泥土里”，就是自我抑制。但是，它们却“如大毒蛇，缠住了我的灵魂”。此时的鲁迅，已经成为一座即将爆发的火山，有一种不可名状的东西奔突其中。最终，强烈的创作冲动迫使他写出《狂人日记》并“一发而不可收”。而郭沫若，正如我们所知，也是在欲罢不能、犹有神助的情况下写出了《凤凰涅槃》。可以说，他们都是在个人无意识和集体无意识的驱动下完成了文艺创作。正像荣格描述的那样：

> （此时的）艺术家并不是一个有着自由意志并追求他自己的目标的人，而只是艺术借以实现其自身目的的工具……但作为艺术家他就成了一个更高意义上的“人”——他是“集体人”，一个携带着人类的无意识心理生活并赋予它以表现方式的人。②

荣格与鲁迅、郭沫若是不同历史时空中的人，却如此互相印证了一个人类共同的创作学现象。由此可见，个人无意识和集体无意识参与文艺创作，是一个客观存在的事实。这其中当然也有时代背景和时代精神的推力，但仅从社会文化的显意识部分去考察显然是片面的，还应该从社会文化的无意识部分去考察，这样才能洞察文艺创作的全部秘密。

作家、艺术家生活在特定的历史文化语境之中，通过对来自当时历史文化语境的刺激进行体验和反思，形成了文化诗学的另一个重要概念“文化焦虑”。所谓“文化焦虑”，有人把它看成是一种社会的集体性焦虑，一种在现代化进程中产生的社会心理状态。我们认为，文化焦虑应当是从人文关怀的高度对自己民族或人类命运的深刻反思，是对社会文化问题的总扭结，而不是对一时一地的具体问题的焦虑。所谓“社会文化问题的总扭结”，是指创作主体对一定

---

① 山东师范大学中文系文艺理论教研室：《中国现代作家谈创作经验》上册，3～4 页，济南，山东人民出版社，1980。

② ［瑞士］G. G. 荣格：《寻求灵魂的现代人》，192 页，贵阳，贵州人民出版社，1987。

历史时期社会文化的关键问题进行总的思考和应对，而不仅仅是发现问题。

还应注意的是，不是所有的作家、艺术家都有文化焦虑，只有社会责任感特别强烈、有担当的作家、艺术家才会有这种焦虑；对那些平庸的艺术家来说，他们缺乏的就是文化焦虑。例如，“五四”前后，国内政治、军事、文化等方面的问题成堆出现，中华民族真是到了最危险的时候。政治家的政治焦虑往往表现为从民族的眼前利益和现实问题出发，谋求能使国家民族新生的救亡之路，主要是对政治、经济问题的思考；而作家、艺术家考虑的是更深层次的文化问题，即怎样从根本上使中华民族自立自强地立于世界民族之林，这就是一个文化焦虑的问题。鲁迅当时思考的是如何改造国民性，如何批判旧文化建设新文化，如何使国人的精神强大起来。这就是鲁迅作为一个文学家的文化焦虑，也是他的作品的总视角和总动力。他说：

> 因为从那一回以后（按：指在仙台医专看电影，看到中国人被杀的事），我便觉得医学并非一件紧要事，凡是愚弱的国民，即使体格如何健全，也只能做毫无意义的示众的材料和看客，病死多少是不必以为不幸的。所以我们的第一要著，是在改变他们的精神，而善于改变精神的是，我那时以为当然要推文艺，于是想提倡文艺运动了。①

这就是鲁迅弃医从文的原因，也是文化焦虑使然。而鲁迅的焦虑，的确是那个时代的社会文化问题的总扭结。鲁迅的作品，也因其文化焦虑的忧愤深广而具有无穷的魅力。

同样的道理，文学史上许多名作之所以经得起历史的淘洗，不被人忘记，往往是因为其中蕴含着文化焦虑。例如，卞之琳的《断章》：

> 你站在桥上看风景，
> 看风景的人在楼上看你。
>
> 明月装饰了你的窗子，
> 你装饰了别人的梦。

---

① 山东师范大学中文系文艺理论教研室：《中国现代作家谈创作经验》上册，2～3页，济南，山东人民出版社，1980。

此诗剪取了两组美丽的生活画面，意在说明一个朴素而真实的道理：事物都是相互依存的，互为主客的，其价值和意义都是相对的。我们要以平等的、相对的视角看问题，而不应当僵化在一个单一的视角上。自这首诗诞生之日起，大家都是这样理解的。但据诗人回忆，这首诗虽然写于 1935 年 10 月，但“储藏在记忆中”的时间，即酝酿期，已有很长的时间。从当时的历史文化语境看，“五四”以来已有 20 余年，在西风东渐的文化氛围中，中国已经出现了一批西化的知识分子。他们在中西交往中，盲目崇拜西方文化，“言必称希腊”，一切向西方看齐，对民族文化采取虚无的态度，完全失去了自己民族的主体性。诗人有感于此，在文化焦虑中创作了这首《断章》。在他看来，中国人同西方人的交往，应该是平等的，互为主体的。中西文化各有千秋，不分优劣，可以互为“风景”，相互“装饰”，这才是诗人创作此诗的更深层的动因。由此可见，文化焦虑对于一个伟大作家的诞生是很重要的，对于人们对优秀作品的解读也是非常重要的。

二、情感积累与艺术发现

作家所从事的生产活动属于精神生产，并且要为这种生产准备必要的原材料。不过，一般生产的材料可以由别人来准备，由别人代劳，而作家创作所必需的材料却始终要由个人去准备、去积累，而且主要是通过自己的生活实践去积累。这种通过生活实践积累材料的方式，在创作论中，一般就称为生活积累。无数作家、艺术家的实践证明，对于文艺创作来说，作家的生活积累越丰厚越好。

生活积累之所以重要，首先是作家要靠它获取创作的原料。作家获取创作原料的方法，一般有有意获取和无意获取、直接获取和间接获取等。所谓“有意获取”，是指作家为了创作的需要，主动地有意识地深入生活，向生活索取材料，以弥补自己生活积累的不足。茅盾为写《子夜》，曾有意地在上海资本家和金融巨头的“朋友”中“鬼混”，用半年的时间积累和收集材料。但这种“找米下锅”的办法，只能不得已而为之。创作一般是从无意当作家的人写“自我”（个人经历、所见所闻）开始的，正如莫言所说：“找到自我也就找到了文学。”①所以，创作界一般更倾向于无意获取的方式。歌德说过：“我从来没有为了要写诗而去观察自然，但是我早期的写生画，以及后来的自然研究，

① 莫言：《碎语文学》，230 页，北京，作家出版社，2012。

使我长期对自然事物做了细致的观察，逐渐把自然熟悉在心，甚至于最小的细节。所以当我作为一个诗人时，需要什么，它便归我掌握；我不可能很容易地犯了违反真实的过失。”① 看来，歌德是主张长期无意识进行生活积累的，这样才使他左右逢源、得心应手。

在直接获取和间接获取两种方式之间，我们主张直接获取的方式，但也不忽视间接获取的方式。从事历史题材创作的作家只能靠历史上遗留下来的资料作为依据；而写科幻小说的作家，如法国的凡尔纳和中国的刘慈欣，其大部分写作材料都是从图书馆中获取的。许多作家靠听来的故事也能构思成功之作。但是，从作家的生活实践中直接获取，毕竟是更为重要的渠道。它作为生活积累的主要方式，还与更为重要的创作动力要素，即情感积累联系着。生活积累之所以重要，除了获取创作的原材料外，还在于它同时进行着情感积累。

只有生活积累，没有情感积累的人，很难成为作家；有情感积累的人，则随时都有产生创作冲动的可能。一般来说，有生活积累，便有一定的情感体验。由于人格素质的不同，一般人的情感体验随时产生，可能就随时化解或排遣了，只有在作家、艺术家那里，某些情感体验会被文化焦虑纠结起来，郁积起来，成为一种具有巨大势能的心理能力，随时随地都有喷发的可能。余光中自言写《乡愁》仅花了20分钟，但是这种情感在内心已经蕴藏了20多年。作家、艺术家的情感体验，大致分为两类，一类为缺失性心理体验，如苦闷、压抑、忧伤、焦虑、孤独、不满等；另一类则为丰富性心理体验。所谓“缺失性心理体验”，一般是指人类对自身生存价值和生活处境的不满意，他的正当需要没有得到满足。这种缺失状态常常更能激发人产生改造和超越现实的愿望，最大限度地发挥人的创造力。所以马斯洛说：“我们显然只有在为我们所缺乏的事物而奋斗时，在希望得到我们所没有的东西时，在我们将自己的力量积蓄起来以便为满足这种愿望而奋斗时，才会把自己的各种本领都最大限度地施展出来。”② 因此，缺失性情感体验，便成了情感积累中最有利于激发作家、艺术家的创作欲望、发挥他们的创造力的动力因素。恩格斯说：“愤怒出诗人。”尼采说：“痛苦使母鸡和诗人咯咯。”③ 中国古代也有“发愤著书”之论。司马迁写道：

---

① ［德］爱克曼：《歌德谈话录》，108页，北京，人民文学出版社，1978。

② ［美］马斯洛：《动机与人格》，8页，北京，华夏出版社，1987。

③ ［德］尼采：《悲剧的诞生》，269页，北京，生活·读书·新知三联书店，1986。

> 盖西伯拘而演《周易》；仲尼厄而作《春秋》；屈原放逐，乃赋《离骚》；左丘失明，厥有《国语》；孙子膑脚，《兵法》修列；不韦迁蜀，世传《吕览》；韩非囚秦，《说难》《孤愤》。《诗》三百篇，大抵圣贤发愤之所为作也。此人皆意有所郁结，不得通其道，故述往事，思来者……以舒其愤，思垂空文以自见。①

看来，缺失性情感体验更能形成创作的欲望，这是古今通例。而且，无论中外，作家总是自觉不自觉地把自己看成是民族、社会或时代、人民的代言人，一己之痛，常常与国家的命运、人民的冷暖相联系。诚如费尔巴哈所说："痛苦是诗歌的源泉。只有将一件有限的事物的损失，看成一种无限损失的人，才具有抒情的热情和力量。"② 也就是说，缺失性情感积累更容易形成创作冲动。

所谓"丰富性情感体验"，也能成为文学创作的驱动力。例如，一篇作品的成功，可以给作家带来一次自我实现的幸福感，能激发作家进一步自我实现的欲望。作家、艺术家都是自我实现愿望极强的人，真正的作家、艺术家很少长时间地处于心满意足的状态，他的自我实现的需要往往是无止境的。这样一次次的丰富性情感体验，也就成了作家爆发更大创造激情的直接动力。

这样看来，情感积累在生活积累中占有更为重要的位置。当代作家李存葆说："情感的积累不能靠一时一事而有所得，搞创作的应随时随地张开爱憎分明的情感之网，去捕捉情感的信息，并把它贮存起来。涓涓细流能汇成江河，澎湃的感情可引起作者抑制不住的创作冲动，由此而产生的作品才有可能撞开读者的心扉。"③ 这应该是对创作规律的揭示。细想鲁迅、郭沫若这样的作家，何曾有目的地进行过什么生活积累，但由于爱国心切，人格倾向使他们对沉沦中的祖国有一种比别人来得忧愤深广的切肤之痛，成就他们的更多是他们的情感积累。

上述生活积累和情感积累，显然还处于创作过程前的准备阶段。那么，创作过程怎样开始和从何开始呢？玛克斯·德索在《美学与艺术理论》一书中有这样的描述："容易引起激动的材料准备好了，一旦有一粒火星落到上面，那么一闪之间，羽毛丰满的戏剧便在诗人心中出现，旋律的格局便在作曲家耳边

① 郭绍虞：《中国历代文论选》第一册，83页，上海，上海古籍出版社，1979。

② ［德］费尔巴哈：《费尔巴哈哲学著作选集》下卷，110页，北京，生活·读书·新知三联书店，1962。

③ 孟繁华：《当代作家谈创作》，52页，北京，中央广播电视大学出版社，1984。

震响，画家便看见他的图画，雕刻家则见到了他的雕塑。”① 这“一粒火星”是什么呢？它的理论名称应当叫作“艺术发现”（或“艺术触发”）。显然，这一艺术发现的位置，才真正处于创作流程的起点上。

什么是艺术发现呢？法国作家罗曼·罗兰在写作长篇小说《约翰·克利斯朵夫》之前，有过一个“霞尼古勒的启示”。霞尼古勒是罗马郊外的一座小山。二十四岁那年，有一天罗兰正在霞尼古勒山上散步，仰观满天彩霞，俯视夕阳照耀的罗马城，忽然心有所动，仿佛瞥见克利斯朵夫的形象慢慢地涌出地平线：“额头先出土，接着是眼光，克利斯朵夫的眼睛。身体的其余部分，慢慢地，从容不迫地，年长月久地，都涌现出来了。”罗曼·罗兰又说：“当然，他那时还没有成形。可是他的生命的核心，已经下了种。什么样的核心？纯洁的眼光，超乎各国‘混战之上’，超乎时间的自由眼光。独立的创造者，他用贝多芬的眼睛，观察和批判当前的欧洲……后来，我用了二十年工夫，把这一切表达出来。”②

与此相类似，托尔斯泰在创作中篇小说《哈泽·穆拉特》之前，有一个“牛蒡花的联想”。他在 1896 年 7 月 19 日的日记中写道：

> 昨天，我走在翻耕过两次的休闲地上。放眼四望，除开黑油油的土地——看不见一根绿草。尘土飞扬，灰蒙蒙的大道旁却长着一丛鞑靼木（牛蒡），只见上面绽出三根枝芽：一根已经折断，一朵乌涂涂的小白花垂悬着；另一根也受到损伤，污秽不堪，颜色发黑，脏乎乎的茎秆还没有断；第三根挺立着，倾向一边，虽也让尘土染成黑色，看起来却那么鲜活，枝芽里泛溢出红光——这时候，我回忆起哈泽·穆拉特来。于是产生了写作愿望。把生命坚持到最后一息，虽然整个田野里就剩下它孤单单的一个，但它还是坚持住了生命。③

之后，托尔斯泰用了八年的时间，几度修改，终于完成了这部作品。他怀着极大的人道同情，揭露了沙皇统治给高加索人民带来的苦难，成功地塑造了哈泽·穆拉特这个不屈不挠的、有着罕见的顽强生命力的英雄形象。这一形象的

① 参见［德］玛克斯·德索：《美学与艺术理论》，176～177 页，北京，中国社会科学出版社，1987。

② 龙协涛：《艺苑趣谈录》，157 页，北京，北京大学出版社，1984。

③ 龙协涛：《艺苑趣谈录》，162 页，北京，北京大学出版社，1984。

灵魂，正如那株不屈的牛蒡花。德国作家托马斯·曼读后感慨地说：“与这样一头巨狮相比，我感到自己像是一只老鼠。”

许多人以为上述故事中作家获得的启示，即艺术发现，就是灵感，其实它们与艺术灵感的区别是明显的：一般说来，灵感是稍纵即逝的，而它们却是长久地稳定地发挥作用的因素，统辖着创作的过程；灵感一般是感性形象的画面纷至沓来，不具有太清醒的理性意识，而这两个故事显然都已经上升到理性的高度，以求统摄全局；灵感是一种文思泉涌的状态，处于创作流程的艺术传达阶段，而在这两个故事发生之后，作家的艺术构思才开始，之后还要经历很长的苦苦构思和写作的过程。显然，艺术发现和灵感是发生在创作流程不同阶段上的心理现象，不能混为一谈。

艺术发现是在长期生活积累、情感积累的基础上，“感于物”而产生的一种心灵上的蓦然领悟。它们的发生，是长期积累基础上的偶然。艺术发现作为一种特殊的心理现象，实质上是创作主体意识的自我领悟，或者说是作者终于发现了自己真正要表达的东西。在艺术发现里，作者首先发现了他梦寐以求的那个形象，那个合乎理想的人物。例如，罗曼·罗兰在霞尼古勒山上发现了未来小说的主人公约翰·克利斯朵夫。这个人物是未来艺术世界的中心，形象系列的中心，未来作品的艺术之魂。这是作家在无意识中完成的第一个创造，因为它标志着作家超越生活具象、从事艺术虚构的创造性艺术思维已经开始运作。艺术发现还意味着作家对未来作品或人物形象的思想意义的发现。托尔斯泰从牛蒡花上看到的是一种哲理启示，是未来作品的人物或主旨；罗曼·罗兰从约翰·克利斯朵夫形象上发现的是他纯洁的灵魂、自由的眼光以及贝多芬式的批判态度。这一切无疑为未来作品的深刻意蕴和思想意义定下了基调。因此，艺术发现又意味着理性的发现。偶然的艺术发现使未来中心人物的形象由模糊到清晰，使人物的性格由平板到突出，使作家对未来作品的思想意蕴第一次有了清醒认识，因此艺术发现带来的喜悦和兴奋会使艺术思维迅速活跃起来，犹如“一粒火星”将引起一场燎原之火。

三、创作意图

从上述对艺术发现的分析中可以看出，艺术发现实际上是对创作意图的发现。一方面，艺术发现意味着关于未来作品感性的和理性的领悟；另一方面，艺术发现又促使作家对未来的作品做进一步的思考，从而按照自己的审美理想制作出一套理想模式和理性尺度。因此，创作意图是指关于未来作品的一套理性的和感性的预定标准和图式，一种对未来艺术构思进行干预的约束机制。一般说来，当创作意图与生活积累、艺术形式相适应时，艺术构思往往十分顺利和完美；如果不相适应，艺术构思则十分艰苦，需要作家调整和改变创作意图。例如，托尔斯泰在写作《安娜·卡列尼娜》时，就在不断调整自己的创作意图。

创作意图的形成有着复杂的原因。作家主体意识中的世界观因素、道德价值观念、文化艺术修养、民族心理素质以及个性人格特色等可以形成各种各样的创作动机，如远景动机、近景动机、主导动机、非主导动机、高尚动机、卑下动机、有意识动机、无意识动机等。这些动机是形成一定的创作意图的心理原因，同时也是造成艺术发现的心理根据。因此，我们不应把创作动机与创作意图混为一谈。一般来说，创作动机是回答“为什么写”的问题，创作意图则是回答“应该怎样写”的问题。不论什么动机，一般它都不太介入艺术构思的过程，而创作意图则是时时都要介入艺术构思的。所以创作动机虽复杂，但不应是创作论讨论的重点，创作论不能忽视的环节是创作意图。

第二节 文艺创作的构思阶段

文艺创作的构思阶段是产生内心意象、设计未来作品的过程，在创作论中占有十分重要的位置。所谓“艺术构思”，是指作家、艺术家在生活和情感积累及艺术发现的基础上，按照创作意图，以艺术概括的方式，创造出内心意象，为作品设想出艺术世界的思维过程。

一、艺术构思

艺术构思是有目的性的思维活动。艺术构思的直接目的是创造内心意象，创造内心意象是为了艺术传达，从而最终实现创作意图。后两个目的的实现，也可以说整个艺术构思的实现，在于创造成熟而完美的内心意象。因此，创造内心意象是艺术构思的中心任务。

中国古代文论为内心意象的创造，提出了一个很高的要求，叫“胸有成竹”，这正是艺术创作规律的体现。例如，庄子把梓庆制作“鐻”成功的原因归结为在动手之前有成鐻在胸（“成见鐻”），刘勰为此提出“窥意象而运斤”，王昌龄提出写诗之前要“视境于心，莹然掌上”，这都显示出他们对形成内心意象的重视。宋代苏轼又针对这一思想做了进一步的发挥。他在《文与可画筼筜谷偃竹记》中说："今画者乃节节而为之，叶叶而累之，岂复有竹乎？故画竹必先得成竹于胸中，执笔熟视，乃见其所欲画者，急起从之，振笔直遂，以追其所见，如兔起鹘落，少纵则逝矣。"纵观古人的这些见解，可以归纳为以下几点。

第一，创作成败的关键在意象构思的成熟性，有成竹在胸才能成功。

第二，内心意象的成熟性，首先表现在可内视性。庄子说的"成见鐻"中的"见"，苏轼说的"熟视"，都是"视象于心"，心理学上称"内视"。由于长期构思和孕育，内心意象已"熟烂于胸"，不思即来，拂之不去，莹然如在目前，日夜浮现于脑际，这正是内心意象成熟的标志。苏轼说的"执笔熟视，乃见其所欲画者"，就是强调这种可内视性。

第三，内心意象的成熟性，还在于它的完整性。意象的完整性，要求必须从整体上把握和营造意象，而不能"节节而为之，叶叶而累之"地去拼凑。意象的完整性还意味着系统性。内心意象并非专指单个的人物形象，而是指关于未来作品的形象系统。抒情作品中有物与我、象与意、情与景、境与象的种种关系，关键是如何借景抒情。叙事作品中要处理好的要素则更为复杂，诸如人物性格的鲜明而各不相同，情节结构的大致安排，人物与环境、人物与人物、作家与人物的关系以及艺术形式与艺术内容的关系等，这都要求作家细致艰苦地去构思。果戈理在《作者自由》中写道："我的人物的完全形成，他们的性格的完全丰满，在我非等到脑子里已经有了性格的主要特征，同时也搜集到了每天在人物周围旋转的所有零碎，直到最小的胸针，一句话，非等到我从小到大，毫无遗漏地把一切都想象好了之后不可。"曹禺写《雷雨》，也有类似经验。他在写《雷雨》前，不仅制定了全剧的大纲，而且反复构思了五年之久。他说："我搞了五年，就是反复地在想这些人物，想各种各样的人物性格，想他们的历史，要把这样一些人物凑拢在一起，使他们发生关系，让他们在一种规定情景下碰见，而时间又不能超过二十四小时，这都使我费了好大好大的劲。因为不把这一切想好，更容易返工。"① 曹禺的构思，显示了对戏剧规律的尊重。

第四，内心意象的整体性、完美性还有更高的美学追求——有机生命性，目的在于用活生生的生命形式显示生命的神韵。《庄子》中梓庆的"鐻"这种

① 山东师范大学中文系文艺理论教研室：《中国现代作家谈创作经验》上册，357页，济南，山东人民出版社，1980。

乐器，让鲁侯和一般人“见者惊犹鬼神”，这就是梓庆之“鐻”以生命形式传达后所取得的审美效果。苏轼主张从整体上把握竹子的神韵，也是强调内心意象的有机生命性和传神性。古人认为艺术形象自心中孕育之日起，便是有血有肉的、活的生命形式。

二、艺术概括

艺术概括是通过艺术形象直接体现深层意蕴的方式，所以从实质上讲，又称“形象概括”。它也是艺术构思和艺术传达的普遍原则。由于文学艺术从整体上讲，都是以感性形象把握世界的，所以，每个作品展示的艺术世界都是对现实世界的艺术概括。这个大的艺术概括又可以包括无数个小的艺术概括，构成一个个局部的、单个的艺术形象，从而形成整个艺术世界。这样看来，艺术概括的内涵和外延是极不固定的。

过去的文学理论教科书，总把艺术概括看成是“实现个别与一般相统一的过程”，这显然是以哲学眼光裁夺文艺现象，是不太准确的。它一般只适用于写实型文学中的扁平人物和类型化人物，而对极富个性的典型人物就不怎么适用。例如，祥林嫂的性格魅力，来自她对命运的挣扎和对灵魂有无的追问。这是作家对人物形象在生活真实基础上所做的审美升华。在现实生活中，极少有极为困厄的人还追问灵魂有无的，但它却以祥林嫂性格特征的形式发人深省。这并不是个别和一般的统一，但是显得更为特殊，更为真实。这个问题比较复杂，如对梵·高的名画《农鞋》，海德格尔有如下一段联想：

> 从这双穿旧的农鞋里边黑黝黝的沿口，可以窥见劳动步履的艰辛。在这双农鞋粗陋不堪、窒息生命的沉重里，凝结着那遗落在阴风猖獗、广漠无垠、单调永恒的旷野田垅上的步履的坚韧与滞缓。鞋皮上沾满了湿润又肥沃的泥土。夜幕低垂，荒野小径的孤独寂寥，在这鞋底下悄然流逝。这双鞋啊！激荡着大地沉默的呼唤，炫耀着成熟谷物无言的馈赠，以及冬天田野休耕之寂寥中不加解释的自我拒绝。这双鞋啊！它浸透了农人渴求温饱，无怨无艾的惆怅，和战胜困苦时无语的欢忭；同时，也隐含了分娩阵痛时的颤抖和死亡威胁下的恐惧。①

① ［德］海德格尔：《人，诗意地安居——海德格尔语要》，97页，上海，上海远东出版社，1995。

显然，梵·高的《农鞋》是一个成功的艺术概括，但它却不是想通过这双农鞋（个别）去反映千万双农鞋，而是想由此及彼地引起对这双鞋的女主人（这个个别）更为真切传神的联想。王维有《辛夷坞》一诗："木末芙蓉花，山中发红萼。涧户寂无人，纷纷开且落。"这里"芙蓉花"是比喻，指的是类似芙蓉的辛夷花。这首诗也是一个很好的艺术概括，但是诗人概括的却是某种哲理。《西游记》中，孙悟空在大闹天宫之后，终于被太上老君捉去放进炼丹炉中。他本想把孙悟空烧成灰烬，没想到七七四十九天之后，孙悟空不但没死，反而炼成了铜头铁臂，火眼金睛。这一艺术概括大有深意，足以引起人们对于历史与人民关系的思考。再如，白居易《长恨歌》中的"梨花一枝春带雨"，也巧妙地传达了杨贵妃的仙魂那种难以言说的神韵。

从以上诸例中，我们可以看出，艺术概括的情况非常复杂：有的固然以个别概括一般，有的却仅想突出个别，有的想开辟一个联想的空间，有的让人品味其中的哲理意味，有的直接暗示某种道理，有的则仅为传达某种美的神韵。它们有的是作品层面的艺术概括，有的是形象层面的艺术概括，有的仅是修辞层面的艺术概括。但不管它们服务于哪个层面，都显示出一些共同特征。

第一，艺术概括总是通过艺术形象完成的概括，它的意蕴不用直接说出。与科学概括的抽象性、明确性相比，艺术概括更能启发读者的想象力和创造力。第二，艺术概括的形象和意蕴之间的关系，是作家根据创作意图设定的，已经不是一种自然的个性与共性的关系，而是一种为了表达审美意蕴的需要而建立的诗意关系，它遵守的是诗意逻辑。因此，艺术概括是一种主观性、审美性极强的概括，只适用于艺术世界。以王维的《辛夷坞》为例，其中辛夷花与无人山谷的关系，仅是诗人主观强加给它们的审美性关系，诗人认为它们是一种矛盾关系。在自然中，它们本是和谐关系（辛夷花的怒放正是这个环境风调雨顺、土地肥沃的结果），但诗人却为怒放的鲜花长在无人欣赏的山谷而惆怅。第三，艺术概括是艺术，特别是文学进行艺术构思和艺术传达的最有效的方式。所以，北宋梅尧臣说："必能状难写之景如在目前，含不尽之意见于言外。"其实，这说的就是艺术概括的基本规律。这是作家、艺术家最见功力之处。梵·高通过一双农鞋表达了十分丰富的思想，白居易用"梨花一枝春带雨"的比喻把杨贵妃的惊喜之状概括得神韵全出，这说明"写什么"和"怎样写"都大有讲究。所以，法国作家福楼拜认为，进行艺术概括的能力是"伟大的天才与常人不同的特征"①。因此，从

---

① ［苏］季摩菲耶夫：《文学原理》第一部，102页，北京，平明出版社，1953。

这个意义上讲，艺术构思也就是艺术概括的过程，或者说是按艺术概括的方式构思作品的过程。

三、艺术灵感

在艺术构思过程中，直觉与思想、形象与意蕴、内容与形式经常处于剧烈的矛盾冲突中。在艺术发现出现、创作意图形成之后，艺术构思是更为艰辛的思维过程。作品大纲多次修改，人物形象几隐几显，情节结构数度调整，立意布局仍时出破绽，作家常常殚思力竭却仍没有令人满意的结果。这往往是艺术构思最“苦”的时候。但天道酬勤，艺术构思还有最“乐”的时候，这便是灵感这只光彩照人的小鸟飞临作家、艺术家脑海中的时候。关于灵感，中外文艺理论史上均有许多描述，西方始于古希腊的德谟克利特、苏格拉底、柏拉图等人，中国则始于陆机的《文赋》（称“天机”）。清代画家沈宗骞对灵感有如下描述：

> 机神所到……其不可遏也，如弩箭之离弦。其不可测也，如震雷之出地。前乎此者杳不知其所自起；后乎此者窅不知其所由终。不前不后，恰值其时，兴与机会，则可遇而不可求之杰作成焉。①

所以，灵感，又称“兴会”。所谓“灵感”，是艺术构思在偶然机缘的触发下，不思而至，豁然贯通，文思泉涌的思维现象。它标志着艺术构思实现了飞跃，突然成熟。灵感一般具有两大特征：非预期的突发性和稍纵即逝性。因此，作家、艺术家应特别珍惜灵感来袭，随时随地做好准备，迅速进入艺术传达过程，做到“恰值其时”。

灵感的产生看似神秘，其实并不神秘。它的产生是长期积累、艰苦构思的结果。俄国画家列宾说：“灵感是对艰苦劳动的奖赏。”俄罗斯作曲家柴可夫斯基也说：“灵感是这样一位客人，他不爱拜访懒惰者。”② 如果奢望单凭感官的刺激就可以毫不费力地激发灵感，那是痴心妄想。正如黑格尔所说：“香槟酒产生不出诗来……最大的天才尽管朝朝暮暮躺在青草地上，让微风吹来，眼望

---

① 俞剑华：《中国画论类编》，908 页，北京，人民美术出版社，1986。

② 彭吉象：《艺术学概论》，158 页，北京，北京大学出版社，1994。

着天空，温柔的灵感也始终不光顾他。”① 可知，灵感来袭的兴奋与快乐，是以昔日积累和构思的痛苦与焦灼为基础、为前提的。

那么，为什么灵感又是不期而遇的呢？这又与艺术构思中的无意识作用有关。艺术构思并非只在显意识中进行，许多文艺创作的经验证明，艺术构思一旦在作家、艺术家的大脑中开始，它就不会停止。即使构思良苦使作家、艺术家有时不得不把自己的构思推于脑后，但实际上他的无意识领域仍在积极活动，这在心理学上叫作“假遗忘”。柴可夫斯基说过：“我在情绪正常的情况下，可以说是一直从事写作的（实际上指构思），在白天任何时刻和任何条件下，有时我满怀兴趣地感觉到，在我头脑里划归音乐的那一部位中正在不断自动地进行工作，尽管我当时在交谈和会客。”② 这说明艺术构思常常在无意识领域进行。当作家、艺术家在显意识领域的构思苦无结果时，不妨把创作放一放，推之脑后。殊不知表面上显意识虽已经停止构思，但无意识却接过构思的任务继续工作。在无意识悄悄完成构思时，显意识可能仍处于平静的原态。这时，当来自外界的偶然机缘的触发使无意识构思成果冲出意识的阀门，从底层奔涌上来，这时的显意识还毫无准备，依然沉浸在酣睡之中，这便是不思而来、不期而至的灵感的爆发。柏拉图把灵感的来源归结为“神力凭附”，今天看来，这其实是作家、艺术家的辛苦构思在无意识领域结出的硕果。而灵感的出现，说明艺术构思已全面成熟，文学创作要转入艺术传达阶段了。

第三节　文艺创作的艺术传达阶段

文艺创作的艺术传达阶段，又称物化或外化阶段，是艺术生产过程中出产品的阶段。巴尔扎克说：“谁不能叼着一支雪茄，在公园散步的同时，弄出七八个悲剧出来呢……在自己那个供想象的后院里，谁没有一些最最精彩的题材呢？不过在这种初步的工作和作品的完成之间，却存在着无止境的劳动和重重障碍，只有少数有真才实学的人，方能克服它们……构思一部作品是很容易的，但是把它写出来却很难。”③ 艺术传达过程，可以说是一个艰辛、痛苦的过程。

---

① ［德］黑格尔：《美学》第1卷，364页，北京，商务印书馆，1979。
② ［美］萨姆·摩根斯坦：《作曲家论音乐》，147页，北京，人民音乐出版社，1986。
③ 王秋荣：《巴尔扎克论文学》，142页，北京，中国社会科学出版社，1986。

一、艺术传达的复杂性

在庄子和宋人看来，创作过程只要做到“胸有成鐻”，艺术的创造活动便已完成，艺术传达阶段的工作则是十分容易的。这一观点到了清代画家郑燮那里，有所深化。其《郑板桥集·题画》说：

> 江馆清秋，晨起看竹，烟光、日影、露气，皆浮动于疏枝密叶之间。胸中勃勃，遂有画意。其实胸中之竹，并不是眼中之竹也。因而磨墨展纸，落笔倏作变相，手中之竹又不是胸中之竹也。

这里强调了“胸中之竹”（内心意象）与“眼中之竹”（客观物象）的区别，也强调了“胸中之竹”与“手中之竹”的区别，标志着创作论的重大进步。特别是郑燮发现了画家在“形之于心”到“形之于手”的过程中，会“落笔倏作变相”，造成“手中之竹”与“胸中之竹”的差异。然而，造成这种不同的原因是十分复杂的。

首先，这是由艺术构思的内心意象自身的不完备状态造成的。尽管内心意象外形与意蕴已基本成熟，但它始终处于某种程度的若明若暗、流动变幻的状态中，还缺乏艺术形象本身所需要的相对确定性和鲜明性。这是一种预期的观念性的存在，它是否周密，是否具有可传达性，还要受艺术传达，即写作过程的检验。但是，再完备的预期方案，在实践中都要有所修正。因此从这个意义上讲，内心意象在艺术传达过程中完全实现、照搬是不可能的。所以萨特说：“我们经常听人说起，艺术家最初便有一种以意象为形式的观念，而后他则将这个意象体现在画布上……事实上，艺术家并没有完全使他的心理意象得到实现。”①

其次，这也与艺术传达过程本身仍是艺术创造、艺术概括的过程有关。在艺术传达过程中，一方面，原内心意象因主体的能动作用可以得到不断丰富、生发和扩展，从而使它的审美意蕴不断增值；另一方面，文艺形象的逐渐物质化也意味着对原有的内心意象给予规范和限制：用特殊的艺术形式去加工内心意象时，便意味着修改和补充；用物质的手段（如语言和色彩线条等）表达内心意象时，便意味着对原有的不确定性和流动性加以限制和明确，使它与其他

---

① ［法］让-保罗·萨特：《想象心理学》，285页，北京，光明日报出版社，1988。

审美对象区分开来。这样一来，文艺形象便与内心意象产生了很大的区别。

最后，“胸中之竹”与“手中之竹”的不同，还在于艺术形式的巨大作用。以前的教科书总是按哲学原则理解内容与形式的关系，认为内容决定形式；但在艺术传达过程中，情况有所不同。形式的能动性此时充分地表现了出来，甚至达到形式克服内容的地步。现代文艺心理学认为，在文学艺术中，形式是在同内容作战，同它斗争。形式克服内容，形式的作用被凸显出来。在艺术构思阶段，内容与形式的这种矛盾还不明朗，作家、艺术家关心的重点往往在于人物形象、题材和意蕴。一旦进入艺术传达阶段，这种矛盾便尖锐起来，特别是在体裁和语言两个层面上，显示了艺术形式的巨大能动性，显示了作家、艺术家苦苦追求完美形式的巨大努力。

二、体裁对内容的征服

黑格尔在评论《伊利亚特》时写道：“《伊利亚特》之所以成为有名的史诗，是由于它的诗的形式（按：指体裁），而它的内容是遵照这形式塑造或陶铸出来的。”①显然，体裁这种形式已经成了内容的制约因素。艺术传达首先必须考虑的，是在什么样的体裁形式制约下进行传达，进行创造。例如，曹禺在动手写《雷雨》前已经构思五年之久，由于在构思时就有较清醒的体裁意识，按戏剧“三一律”和巧合原则组织戏剧冲突，让所有的人物都在第一幕交锋，重视舞台气氛的渲染，认真按大纲推敲每个细节，因此他写起来就比较顺手，艺术传达的过程变成了一种“快乐”。他说：“因为把结构搞好了，人物在脑子里都活了，他们的一切我都清楚极了，这时候写戏真是一种快乐。这可能和打仗一样，指挥员把一切都部署好，知己知彼，稳操胜券，就可去抽烟了。剩下的不过是人物性格有时要改一改，结构多少变一变，大架子不会再动了。”②

与曹禺不同，郭沫若在写《屈原》之前，相对缺少清醒的体裁意识，艺术构思按时间顺序，计划写上、下两部，每部都列好了幕次和人物表，设计好了主要情节和出场人物，最后还请历史人物楚南公出场，宣布“楚虽三户，亡秦必楚”的历史箴言以突出主题。可以说，这个艺术构思相当完整，但到真正动起笔来，他发现这个构思根本不合戏剧的规律，只好推倒重来。“本打算写屈

① ［德］黑格尔：《小逻辑》，279～280页，北京，商务印书馆，1980。

② 山东师范大学中文系文艺理论教研室：《中国现代作家谈创作经验》上册，358页，济南，山东人民出版社，1980。

原一世的，结果只写了屈原一天——由清早到夜半过后。但这一天似乎已把屈原的一世概括了。"① 这一结果，与戏剧的"三一律"暗合。

这两个例子都说明，在艺术传达过程中，体裁成了第一位的制约因素。席勒认为："文艺种类（即体裁）必须凭着自身特有的本质，进行那些别的文艺种类不能做的事情。"② 郭沫若原来构思的东西，有点像散文的叙事结构，根本不合戏剧体裁的性质，因此当他提起笔来进入写作过程后，戏剧的体裁意识终于自觉不自觉地占了上风，只得按戏剧的要求重新加工素材，以符合戏剧的结构。这里实际上是体裁形式决定着内容的安排和取舍。为此，席勒提出了为形式加工素材或支配素材的原则，认为作家"有权利，甚至于可以说它（按：指悲剧体裁）有责任使历史的真实性（按：此处相当于历史事实）屈从于诗艺的规则，按自己的需要加工得到的素材"③。

三、语言对内容的征服

当作家、艺术家经过精心的艺术构思，进入艺术传达阶段时，便意味着要将他的构思、他的预想整体地变为一种语言的现实，或者说用语言去构筑一个艺术世界。然而，这样做诚非易事。陆机在《文赋》中感叹道："恒患意不称物，文不逮意，并非知之难，能之难也。"刘勰在《文心雕龙·神思》中也写道："方其搦翰，气倍辞前，暨乎篇成，半折心始。"这说明古人早已清醒地认识到成篇的艰难。高尔基也有这样的苦恼，他在《谈谈我怎样学习写作》一文中说："很少有诗人不埋怨语言的'贫乏'……而这种埋怨的产生，是因为有些感觉和思想是语言所不能捉摸和表达的。"这样在进入艺术传达阶段之后，语言和思想（意蕴）之间，便展开了征服与反征服的斗争。当诗人贾岛写出"独行潭底影，数息树边身"，并感叹"二句三年得，一吟双泪流"时，是说他在语言征服思想的斗争中终于取得了胜利。这说明作家对语言的驾驭绝不是轻而易举的事。

要克服"语言的苦恼"，必须明白文学语言的功能结构。索绪尔语言学认为，语言符号连接的不是事物和名称，而是"概念"和"音响形象"。音

---

① 《沫若文集》第3卷，470页，北京，人民文学出版社，1957。

② 伍蠡甫、胡经之：《西方文艺理论名著选编》上卷，468页，北京，北京大学出版社，1987。

③ 伍蠡甫、胡经之：《西方文艺理论名著选编》上卷，468页，北京，北京大学出版社，1987。

响形象不是物质的声音、纯粹物理的东西，而是“声音的心理印迹”。它是可以被感觉证明的东西，但并不是具体的存在，和更为抽象的“概念”相对立。他又用“所指”和“能指”分别代替“概念”和“音响形象”。按索绪尔的意思，每个语言单位都是由这两项要素联合构成的双重性的东西。例如，发出“树”或“shù”这个声音，一方面指向一切木本植物“树”这个抽象的概念，即所谓“所指”；另一方面又为人提供了它的“音响形象”，一种只存在于人们心理上的、可以感觉的、可以联想的“树”，被称为“能指”。文学语言在形成自己特殊的语言系统时，逐渐扩大了语言符号的“能指”内涵，除了使人清楚地联想起“声音表象”外，还要竭力使人感受到更深刻更有意味的形象，以及这种形象更深刻的意蕴。这种被扩大了的文学语言符号的“能指”功能，又称为语言的“表现功能”。这种表现功能的极大发挥，使文学语言成为一种不同于一般语言的特殊语言。一般语言重在发挥语言的“所指”功能，表意单纯而明确；而文学语言由于重在发挥语言的表现功能（“能指”），因此复杂而又模糊。

现在，让我们以艾青在抗战时期写的《树》为例，试析文学语言的功能结构。其诗云：

一棵树，一棵树
彼此孤离地兀立着
风与空气
告诉着它们的距离

但是在泥土的覆盖下
他们的根伸长着
在看不见的深处
它们把根须纠缠在一起

这首诗以“树”为题，却没有指明它是桑树还是柳树，因此这“树”仅指木本植物的“树”。诗里写树与树之间被风和空气隔开，必须保持一定的距离，根在泥土下伸长着，纠缠在一起，这样就把树的基本特点描写出来了。诗人由此用语言表达了他的第一层意义，这是发挥了语言符号的表意功能。但从整体性的语言秩序中，我们又觉得这已不是那种仅为“心理印迹”的抽象的树，而是一棵棵挺拔兀立而又盘根错节地在地下纠缠交接在一起的许多树。这些树的群像真切、生动地被诗人描画出来，凸显出来，让读者在脑海里呈现出一幅画像，这样诗人就发挥了文学语言的第二层功能，即表象功能。通过进一步体会，我们便会发现，诗人不是在单纯地写树，而是以树象征人，以树的雄姿和根的盘结来象征抗战时期独立而又团结奋战、一致对外的中国人民。这种象征不但立意确切，而且充满浓郁的诗情，这样诗人便发挥了文学语言的第三层功能，即表现更深刻意蕴的功能。我们可以通过图 9.1 来对比普通语言与文学语言的功能结构：

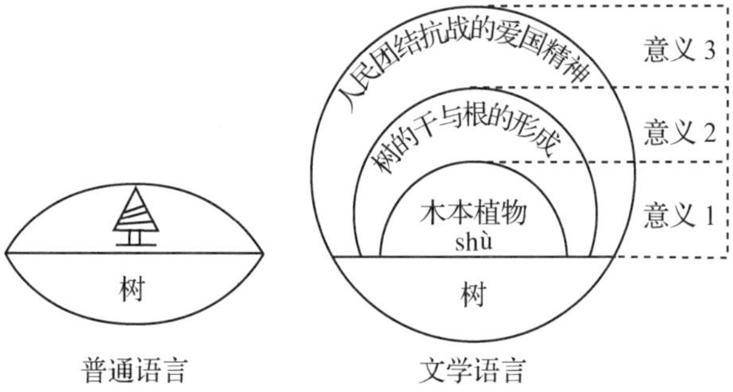

图 9.1　普通语言与文学语言的功能结构

从图 9.1 可以看出，两种语言的内涵与外延发生了很大的变化。普通语言主要依靠符号的抽象功能（即“所指”）指向外部现实世界，成为一种外指性语言；文学语言则主要依靠符号的表现功能和心理蕴含性，不断地扩大它的能指范围，从而成为一种内指性语言，指向内部的艺术世界。图中文学语言所展示的三层意义，第一层为概念“树”的心理印迹引起的意义，一般由语象构成；第二层为文学形象层，是由语象特征引起联想，在心中形成的艺术形象系列，为形象意义层；第三层是由文学形象折射出的象征意义，属于意蕴意义层。但这三个层次中，后两层只是一种隐含性的存在，文学语言再丰富的意蕴、再生动的形象，都要通过第一个意义层次来表达。这时选择什么语言，调动什么语象便成了关键，它牵涉到艺术创造力的大小和艺术概括的深度，也就是能不能通过语言创造，进行艺术概括，突破语言自身局限，巧妙地传达思想和意蕴的问题。这时作家追求“语不惊人死不休”，并非只是为了引起陌生化效果，主要是想以惊人的语言创造去突破语言的极限，去征服内容，去传达那些难以言传的思想和意蕴；而文学语言的表现性正为这种突破语言的极限去征服内容的工作，提供了可能。当王安石写到“春风又到江南岸”时，那是平庸的；最后改为“春风又绿江南岸”时，语言不仅克服了平庸，还克服了内容，升华了内容，使整个诗的意境平添了一种妩媚，江南因“绿”而满眼生机，春意盎然。此处我们可以充分看出，文学语言在艺术传达时的能动作用。

这样看来，语言问题不仅是艺术传达的关键，而且是整个文艺创作过程最终实现的关键。正是从这个意义上讲，文学是语言的艺术。

四、即兴与推敲

艺术传达的阶段是创作的最后阶段，它有两个最常见的操作方式：即兴与推敲。即兴有广狭二义。狭义的“即兴”，是指一种把艺术构思与艺术传达两个阶段合而为一，作家在某种机缘、某种氛围的刺激和触动下，提笔凝思，一挥而就的创作形式。中国古代诗人常以这种形式显示自己的才华。广义的“即兴”，是“乘兴而作”的意思。这里的“兴”，是“兴会”，也就是灵感。因为灵感“如兔起鹘落，少纵则逝”（苏轼语），所以清人王士祯在《渔洋诗话》中主张“每有制作，伫兴而就”，也就是主张抓住袭来的灵感，乘兴而作，伫兴而就。

这里面有两个原因。其一，由于灵感作为艺术构思的成熟形式，它是流动的、未定型的、稍纵即逝的，若不乘兴而作，便会失去成就作品的最好机会。灵感一旦退潮，便如小鸟飞去，艺术思维在最活跃状态中形成的心象和意蕴的最佳情境，便失如泡影，再也不会重复袭来。灵感袭来的这种一次性特征，要求诗人必须学会乘兴而作。因此，苏轼有诗云：“作诗火急追亡逋，清景一失后难摹。”其二，由于灵感袭来是艺术构思的成熟状态和天机浑然的最佳状态，只有紧紧抓住这只小鸟不让它在掌中挣脱，才会产生最自然天成的作品。王士祯在《池北偶谈》中说：“大抵古人诗画，只取兴会神到，若刻舟缘木求之，失其指矣。”因此，抓住“兴会”，乘兴而作，便成了艺术传达的一条重要原则，切不可坐失良机。

“推敲”作为诗坛佳话，它的本意是指对语言字句的推敲与修改。但由于艺术传达除追求语言的完美外，还有对艺术构思进行检验、修改、加工、提高的责任，因此创作中的推敲应当包括对人物形象、结构布局、细节处理、意蕴设计甚至创作意图的推敲与修改。推敲的好处在于通过精雕细刻、反复打磨，使作品臻于完美。例如，《红楼梦》的完美在于曹雪芹“于悼红轩中，披阅十载，增删五次”，“壬午（1763 年）除夕，书未成，芹为泪尽而逝”。诗云：“字字看来皆是血，十年辛苦不寻常。”① 托尔斯泰写《复活》也花费了十年时间，创作意图几经变更，人物形象数度修改。单是玛丝洛娃初次亮相的肖像描写，就修改了二十三次之多。这都是中外文学大家不断推敲修改自己的作品，从而使作品越来越好的范例，说明推敲是艺术传达不可或缺的环节。

正像推敲与唐代苦吟派诗人贾岛有关一样，即兴总是被文思敏捷型的自然派作家所推崇。其实就广义的作用而言，二者并不矛盾，可以被视为艺术传达过程的两个侧面。如果把即兴与推敲两种方式结合起来，也许更有利于艺术传达的完成和创作质量的提升。创作实例证明，灵感往往是对天才加勤奋的作家、艺术家们最丰美的回报。一旦灵感袭来，聪明的作家、艺术家宁可废寝忘食，也要即时记下它的全部轮廓（主要形象、主要场景和关键词句），以防这只小鸟随时飞去，一片羽毛也不留下；然后再按照艺术概括等原则的要求，从头至尾地细致修改和定型。这种把即兴与推敲结合起来的做法，古今更有不可胜数的范例。例如，李贺每有兴会，便立刻记下藏之囊中，回家后再反复推敲；欧阳修若是兴会突至，即便于厕上也要及时记下，然后张之于壁，细细推敲。

① （清）曹雪芹：《脂砚斋重评石头记》第一册，3页，北京，人民出版社，1975。

第十章　艺术传达的方式与技巧

艺术传达是文艺创作的最后阶段，也被称为物化阶段。具体地说，艺术传达就是作家、艺术家将前两个阶段所形成的内心意象和设计的艺术世界，通过适当的方式和修辞技巧传达出来的过程。中国文化诗学从文化的角度来探讨文学现象，在人类知情意的精神文化需要的制导下，形成了文学的写实（征史）、抒情（缘情）和哲理（言理）等三种审美类型，共同构建了人类文学艺术的有机系统性。因此，艺术传达也有三种方式，即叙事、抒情和议论。

第一节　文艺叙事

文艺叙事就是艺术地叙述故事。小说、戏剧和电影是文艺叙事的主要文类。美国学者浦安迪研究中国叙事学，他认为叙事就是“作者通过讲故事的方式把人生经验的本质和意义传示给他人”①。但故事与叙事还是存在差别的。故事侧重于讲什么，叙事则关心怎么讲，突出叙述的技巧、动作和类型。作家不像叙事学家那样对叙事做出理性的归纳和总结，但他们总是能够直观到叙事的功能与意义，并在自己的故事中找到合适的叙述方式使其呈现出来。根据叙事方式的差异，我们可以将叙事分为再现式叙事、浪漫式叙事和魔幻现实主义式叙事。作家正是通过这些叙事方式讲述自己的故事，写出自己的作品。同时，作家为了显示自身的独创性而不断地更新叙事方式，使得近期的文学与影视作品显示出不同的叙事新变。

一、再现式叙事

再现式叙事主要是指立足于社会现实和日常生活，按其本来的样子加以描写和表现的叙事方式，主要体现在古典主义、现实主义、自然主义、批判现实主义、社会主义现实主义和新写实主义等文艺思潮和流派中。如何按照社会生

---

① ［美］浦安迪：《中国叙事学》，6页，北京，北京大学出版社，1996。

活的本来面目进行叙事呢？再现式叙事一般有三种途径来达到目的。

1. 追求社会生活的客观性再现

所谓“客观性”，首先，主要指艺术家在描述社会生活时，立足于其本来的面貌，忠实于生活的态度，让艺术形象本身打动读者。再现式叙事所要求的客观性，一方面意味着作家的倾向不能直接外露，不能强加给读者，必须让其在社会生活的本来呈现中自然流露出来。例如，马克思和恩格斯赞赏巴尔扎克的小说，称其尊重艺术的客观性逻辑。尽管巴尔扎克倾向于贵族的立场，但其小说却依照当时的社会生活客观趋势，呈现其除了消亡而不配有的更好的命运。其次，这种客观性要求艺术作品不能编造社会生活中没有的东西，也不能人为地拔高现实，要严格地忠于生活。法国小说家福楼拜说：“我的原则是，艺术家的主体绝对不能是他自己。艺术家在其作品中必须像上帝创世纪那样，隐而不现却无所不能：他无处不在却又从不现身。”① 福楼拜主张艺术家要像上帝那样无所不在，但又不能出场现身，小说家要保持超然的、客观的和中立的叙述态度。他的代表作《包法利夫人》这样描写道：

> 这个新生坐在门背后的角落里，门一开，谁也看不见他。他是一个小乡巴佬，大约有十五岁，个子比我们哪一个都高。他的头发顺着前额剪齐，像乡下教堂里的歌童，看起来又懂事，又不自在。他的肩膀虽然不算宽，可是那件黑纽绿呢小外衣一定穿得太紧，袖口绷开了线缝的地方，露出了晒红的手腕，一看就知道是卷起袖子干惯了活的。浅黄色的长裤子给背带吊得太高，露出了穿蓝袜子的小腿。脚上穿了一双不常擦油的钉鞋。②

小说开始是“我们”的第一人称叙述，但很快就转变为一个客观的目击者。“乡巴佬”这个评价性词汇，恰恰准确地说明当时的情况是“我们”一起看到的。在此，再现式叙事要求的客观性体现在两方面：一是排除了个体的情感主观性，即便存在道德评价类的词汇，也是以大家的客观性认同为基础的；二是这种客观性认同又是当时社会生活的本色呈现。福楼拜使主观性强的第一人称叙述联系到两种客观性，并以此为依托，体现出一种自然无我的客观性叙事风格。

---

① 周宪：《文学理论导引》，193页，北京，高等教育出版社，2014。

② ［法］福楼拜：《包法利夫人》，3页，南京，译林出版社，1992。

2. 寻求细节描写的逼真性

恩格斯强调文学创作要提倡“莎士比亚化”，不要“席勒式”，并提出了“细节真实”这个前提性的尺度。唯有如此，才能保证现实主义按照生活本来的样子描写生活。所以，巴尔扎克说：“小说细节上不是真实的话，它就毫不足取了。”① 细节真实是再现式叙事的重要尺度和形象特征。例如，古典讽刺小说《儒林外史》中，严监生临终时因灯盏里点的两茎灯草费了油而不肯断气，给人留下了难以磨灭的印象。这个细节既体现了当时社会生活的真实情况，又符合人物吝啬的性格特点，画活了人物。可见注意细节真实，对再现式叙事多么重要。

3. 与生活逻辑相统一

再现式叙事要符合生活的逻辑，即合乎事理，否则会让人感到不真实，也就是失去了再现式叙事的特征和意义，而成为其他类型的叙事方式。李汝珍的《镜花缘》中，有这样一段人物描写：

> 门内坐着一个中年妇人：一头青丝黑发，油搽得雪亮，真可滑倒苍蝇；头上梳一盘龙鬏儿，鬓旁许多珠翠，真是耀花人眼睛；耳坠八宝金环，身穿玫瑰紫的长衫，下穿葱绿裙儿，裙下露着小小金莲，穿一双大红绣鞋，刚刚只得三寸；伸着一双玉手，十指尖尖，在那里绣花；一双盈盈秀目，两道高高蛾眉，面上许多脂粉；再朝嘴上一看，原来一部胡须，是个络腮胡子！

这段话基本上是按照生活本来的样子进行描写的，只是最后一句露了马脚。一个细节不真实，就改变了整个人物描写的性质：女人长出胡须，而且还是个络腮胡子，这不符合生活事理，前后矛盾，因此，此书已经不属于再现式叙事。法国荒诞派戏剧家尤奈斯库的《秃头歌女》中夫妻对面不相识的情节，也不符合生活逻辑，即完全不合情理。尽管作家为了叙事的客观性，在对话以及其他细节的运用上非常妥帖，情节的推导也没任何问题，但其对夫妻关系的荒谬性描写，还是让这部作品与再现式叙事分道扬镳。同样的情况也出现在其他现代派作品中，如贝克特的戏剧《等待戈多》、卡夫卡的小说《变形记》和《城堡》等，它们都由于不符合生活的事理和逻辑而不再属于再现式叙事的范畴。此

---

① 伍蠡甫：《西方文论选》下册，173 页，上海，上海译文出版社，1979。

外，自然主义、新写实主义、超级现实主义、照相现实主义等艺术流派，则是再现式叙事的极端形式。

二、浪漫式叙事

与再现式叙事对应的是浪漫式叙事。它不再是按照社会生活本来的样子去叙述，而是在叙事中贯穿着主观化的情感，要求自我情绪的审美表现忠实于自己的理想世界，表达其内心愿望。以法国作家雨果的作品为代表的浪漫主义文学，就是这类叙事的典范。当然，它还包括其他一些表现理想世界和浪漫传奇性的作品，前者如乔治·桑的作品、陶渊明的《桃花源记》、各种乌托邦叙事等；后者如大仲马的《基督山伯爵》等。“浪漫主义”（Romanticism）的称呼是由“罗曼蒂克”（Romantic）这个形容词发展而来的，其本意就是“传奇的”“不真实的”“幻想的”，包含着理想化的浪漫色彩。从西方文学发展史来看，浪漫主义与感伤主义（Sentimentalism）的发展有所关联，其忧郁的、感伤的和乡愁式的略带消极的情绪，逐渐转向一种理想化的、向上的和爱憎分明的积极情感表达，而浪漫主义叙事本身就有消极和积极之分。因此，浪漫式叙事的基本特征就是理想主义，即按照生活应该有的样子来叙事，塑造理想化的人物形象。与再现式叙事相反，浪漫式叙事不再遵守细节真实。

浪漫式叙事的基本特征决定了作家应该描绘理想化的生活世界，塑造理想化的人物形象。浪漫式叙事一般有田园风、传奇性和乌托邦三类。

法国作家乔治·桑曾极力批判巴尔扎克式的现实主义，尽管其带有批判色彩。乔治·桑认为，真正的小说必须“按照我希望于人类的，按照我相信人类所应当有的来描绘”。乔治·桑的小说《魔沼》，没有复杂的情节，却充满了诗意的田园风，追求返璞归真，希望回到理想化的、牧歌式的自然生活。她所写的爱情小说也充满了浪漫情调。田园牧歌式的生活不仅是西方文学常见的浪漫化题材，也是中国文学一直以来的热衷对象，其中最经典的作品莫过于陶渊明的《桃花源记》。《桃花源记》的叙事没有历史和文化的时间性变迁，只有小国寡民的自然和谐的田园生活。浪漫式叙事原初性的、田园化的自然生活，以及人性的善良、美好是这类文学艺术久唱不衰的理想。

雨果与乔治·桑不同。对于雨果来说，对旧社会的揭露和鞭挞与对未来的向往是相互联系的，这使其小说所描绘的事件和塑造的人物都极富传奇色彩。《悲惨世界》是雨果最著名的小说，共有五卷，全面地展现了资本主义社会下层百姓的苦难生活。小说主人公冉阿让既经历过穷困潦倒的生活，也遭受了牢狱流放之灾，还体验过富裕显贵的日子，其传奇经历让他遍历法国的社会生活，但他却始终保持一颗诚实向善的心灵，体现出人性的永恒之美。《巴黎圣母院》也是雨果浪漫式叙事的代表作，这部以丰富的想象、怪诞的情节和奇特的结构著称的小说，同样反映了法国的社会生活并赋予其浪漫化色彩。它抨击上层人物的丑恶，赞扬下层人物的高尚品格。小说主角敲钟人卡西莫多虽外表极其丑陋，但心地善良，爱憎分明，感情纯正，奏出了人性美的颂歌。而且，即便主角身处绝境，即使在爱斯美拉达被判绞刑时，小说依然洋溢着积极乐观的气氛和昂扬的格调，具有震撼人心的力量。

同田园牧歌风格一样，乌托邦小说也描绘理想的社会，只是这种理想社会并非原始性的自然生活，而是高度发达的社会生活。如果说田园风格具有一种怀旧的乡愁，略带对逝去之物的感伤的理想化色彩的话，那么乌托邦描写的则是对未来社会的美好想象，那是历史、文化与人性的和谐世界。例如，空想社会主义者托马斯·莫尔的小说《乌托邦》，上半部分揭露了英国社会的黑暗现实，描绘了资本主义原始积累时期农民的悲惨命运，对圈地运动进行了辛辣的批判；下半部分则展现了乌托邦岛的美好生活：那里没有私有制，人人自由平等，分工明确，物质财富丰富，是文明高度发达的和谐社会。

浪漫式叙事除了描绘理想的社会生活，塑造理想的人物外，在情节上亦是离奇夸张，自由想象，具有强烈的情感表达，爱憎分明，甚至采取美与丑、善与恶、高尚与卑鄙等二元对立的手法来安排情节和塑造人物。例如，《巴黎圣母院》的人物之间，性格对比就很强烈。副主教弗罗洛道貌岸然、衣冠楚楚，但内心邪恶、阴险毒辣；敲钟人卡西莫多相貌丑陋、身体残缺，但内心高尚、真诚无私。这既是外表与内心的对比，亦是上层社会与下层社会的对比，更是一种人性的对比。总之，浪漫式叙事的本质特征在于作家要的是理想性的真理，而非现实的直接性，认为小说应该浪漫化社会生活，不要让现实的重担和痛苦压垮了理想的快乐生活，不要像巴尔扎克那样成为眼前事物的奴隶，也不要像福楼拜那样将作家的情感和观念隐藏在对世界的物质性描述中，而要大胆地表露自己的喜怒哀乐，批判人性的丑恶，颂扬高尚的精神，召唤出读者崇尚理想、敢作敢当、乐观向上的精神。

消极浪漫主义是浪漫主义的另一支，其叙事模式表现出因怀恋过去而感伤的一面。尽管对社会现实有诸多不满，消积浪漫主义对此却采取逃避的态度，转而从过去的封建社会中寻找精神支撑，甚至到中世纪的宗教信仰中去寻找存在价值。简要地说，浪漫主义对现实多有不满和反抗，但消极浪漫主义指向过去，积极浪漫主义指向未来，因此前者的叙事带有怀乡式的感伤主义，后者的叙事则具有理想化的乐观主义。

三、魔幻现实主义式叙事

一种叙事方式一旦超过某种界限，往往就有变成另外一种叙事方式的可能。如果从再现式叙事到浪漫式叙事，从现实世界往理想世界进发，也许这就是一种新的叙事模式——魔幻现实主义式叙事。所谓“魔幻现实主义式叙事”，主要是指用一种神奇的想象和艺术夸张的手法，对现实生活进行非凡的特殊的表现，让现实成为神奇的带有魔幻色彩的现实，将幻境和真实合为一体，人鬼相混，真幻交杂。这种叙事既有幻觉的世界，亦有现实的场景，于是形成一种魔幻但又不失真实的特殊风格。魔幻现实主义式叙事认为，魔幻只是手法，而反映现实才是目的。魔幻为表达现实服务，而不是将魔幻当成现实来表现。

魔幻现实主义崛起于20世纪50年代的拉丁美洲文坛，代表作品是哥伦比亚作家马尔克斯的长篇小说《百年孤独》，其他代表性作品还包括危地马拉作家阿斯图里亚斯的《玉米人》、古巴作家卡彭铁尔的《这个世界的王国》等。魔幻现实主义的特点在于“魔幻”手法的运用，这得益于印第安人的神话传说和神灵鬼怪文化的影响，同时也借鉴了象征、荒诞等西方现代派的文学技巧，时空交错重合，故事环环相套。例如，《百年孤独》中印第安人用磁铁去吸地下黄金；马孔多的居民得了健忘症，连日常生活用具的名称都不记得了，只好给它们贴上标签，并注明其用途。但无论故事多么具有魔幻怪诞性，其旨归都是揭露拉丁美洲沉重黑暗的现实生活。例如，在《百年孤独》中的人物霍塞·阿卡迪奥被枪杀后，作者写道：

> 一股鲜血从门下流出，流过客厅，流出家门淌到街上，在高低不平的人行道上一直向前流，流下台阶，漫上石栏，沿着土耳其人大街流去，先向左，再向右拐了个弯，接着朝着布恩地亚家拐了一个直角，从关闭的门下流进去，为了不弄脏地毯，就挨着墙角，穿过会客室，又穿过一间屋，划了一个大弧。线绕过了饭桌，急急地穿过海棠花长廊，从正在给奥雷良诺·霍塞上算术课的阿玛兰塔的椅子下偷偷流过，渗进谷仓，最后流到厨房里，那儿乌苏拉正预备打三十六只鸡蛋做面包。①

---

① ［哥］加西亚·马尔克斯：《百年孤独》，122～123页，上海，上海译文出版社，1984。

这段不可思议的细节描写让人目瞪口呆。阿卡迪奥的血在门下流出后自由流淌，但似乎又有自己的方向，作者这样写的目的何在呢？这种场景明显是目击者看到事件发生后所产生的幻觉，但又加强了某种感觉的真实性。这种真实性基于血液的流动性，也基于内心幻觉的外显性，最终使极真极幻融为一体，成为一个难解之谜。这是一种让人触目惊心的叙事方式。

魔幻现实主义式叙事作为一种现代叙事形式，并非限于拉丁美洲国家。其实，欧洲的“吸血鬼”小说、科幻文学作品，中国古代的神话传说、志怪小说，也有类似的写作。例如，我国东晋干宝的《搜神记》里就有宋定伯捉鬼的故事，以此来表现人类的生存智慧。魔幻现实主义式叙事穿行于神、鬼和人三界之中，打破社会现实的生活逻辑，以活生生的具象形态将魔幻的东西描写得如在眼前，将很多看上去不可能的事情叙述得活灵活现，将主观的自由想象夸张到极点，造成一种真幻合一的艺术世界。应该说，相较前两种叙事方式，魔幻现实主义式叙事似乎更为天马行空，已经没有任何规则约束，但其实，它还是要遵循艺术的某种真实性。这种真实性必须让读者觉得可信，没有矫揉造作的虚伪成分。例如，凡尔纳的科幻小说在当时虽属幻想，但其中的很多幻想却被后来的科学所证实。科幻作家强调幻想的科学性，在科学性上大做文章，让人们觉得虽然现在还不真实，但将来或许会实现。显然，魔幻现实主义式叙事的真实性应该归属于更真的心灵体验，是一种更高层次的真实。

四、叙事方式的新变

随着社会时代和媒介手段的发展，文艺叙事方式也在不断地取得突破。这里，我们主要讨论影视和小说的叙事新变，包括流行的穿越型历史小说和影视剧、八九十年代的新写实主义，以及后现代的叙事方式。

首先，穿越式叙事就是一种叙事方式的新变。客观地说，时空交错和重合在魔幻现实主义叙事中已有发端，而时下流行的历史穿越小说和影视作品更将其作为主导的叙事方式，如黄易的《寻秦记》和影视剧《步步惊心》等。《寻秦记》讲述了一个名叫项少龙的特种兵战士穿越到战国时代寻找秦始皇的故事。项少龙凭借其对战国历史知识的熟知，开始了一段奇异的冒险旅程。在小说中，作者极力强调历史是不可更改的，一旦嬴政没有坐上皇位统一六国，那后面的历史就不存在。这是对后现代历史观的一种回应，一种现实的反拨：无论怎么自由、反叛和激进，人都无法逃脱某种历史的限制，真正的虚无主义是不可能的，因为人类是历史文化的产物。虽然穿越在现实中是不能实现的，但小说却利用时间空间化的处理，将战国时代放置在某个地方，就如宇宙中的某个星球一样，人类可以采用适当的办法抵达那里。通过时空穿越复活历史，让人物亲历其中，以增加历史的分量和亲切感，这也不失为一种艺术叙事方式的创新。

其次，与20世纪80年代消解英雄与崇高的风气不同，有些艺术家亦在用新的叙事方法张扬某种崇高精神。例如，张艺谋拍摄于20世纪90年代的两部电影《秋菊打官司》和《一个都不能少》，在“土”得掉渣甚至让非职业演员当主演等原生态的基础上，表现了普通中国人的执着精神和崇高追求。《秋菊打官司》于生活的最低处做逼真的原生态描写，让真实描写为理想化性格塑造服务，以极大的张力与反衬成功地塑造了现代化过程中的中国农民法律意识的觉醒。虽然，其表现手法仍处在客观再现式叙事的模式内，但实质上已经增添理想化的新质要素。这种艺术创新的匠意与传统现实主义已经大为不同，值得肯定。《一个也不能少》在表现手法上又有新的尝试，通过原生态的落后农村小学的自然景观去演绎一个理想化的人物故事，张扬了普通中国人坚守承诺的执着韧性，将一个小人物升华为一个实干的崇高英雄。影片试图以一种理想化精神性内涵来整合并提升一些平面化、原生性和零散式的后现代因素，给再现式叙事闯出了一条新颖光鲜的现代之路。

最后，叙事方式的新变还体现在后现代语境中的叙事技巧探索上。最具特色的后现代叙事技巧包括拼贴、戏仿和元叙事等。拼贴就是将以往艺术中的情节、场景、事件或人物等元素，甚至各种实际存在物复制粘贴在一起，形成新型艺术效果的叙事方式。例如，美国波普艺术家安迪·沃霍尔的作品，以及昆汀·塔伦蒂诺的电影《低俗小说》等，都属于这一类。戏仿主要是以一种滑稽、嘲讽和搞怪的态度对以往艺术进行仿造改写的叙事方式。例如，林世仁的《十一个小红帽》就是对广为流传的《小红帽》这个童话故事的改写，其中就有灰太狼变成善良的动物并收获一顶小红帽，而猎人却成为坏家伙并最终毙命的戏仿故事。元叙事则强调叙事过程中故意透露出其虚构性的叙事方式。例如，当代小说家马原的作品中就常有这种元叙事情节：叙事者突然跳出来告诉大家这是一个不真实的故事。

总的来看，叙事方式的新变更强调融合的趋势，并以新型技巧为依托构筑艺术世界，让读者获得新颖的阅读体验。作为文艺的叙事模式的新探索，这些新变是无可厚非的。只要弘扬真善美，技巧创新应无禁区。

第二节　文艺抒情

抒情是人类创造出来的一种主要的艺术传达手段。如果叙事侧重于从人物的外部世界描绘其行动、心灵以及所生活的历史环境等，以形成艺术世界的话，那么抒情则主要从人物的主观内心出发，去表现对外部世界的体验和情感评价。在西方，抒情（lyric）一词是由七弦琴演变而来，指用七弦琴伴唱的短歌，强调节奏韵律，目的是抒发内心情感。从字面意思而言，抒情即抒发情感，表达情思。显然，抒情与叙事相对，具有主观性、情感性和诗意性等。别林斯基说："抒情诗歌主要是主观的、内在的诗歌，是诗人本人的表现。"① 因此，所谓"文艺抒情"，就是以抒发情感为目的，直接表现人的主观心灵的艺术传达方式。根据抒情手法的不同，抒情可以划分为再现式抒情、浪漫式抒情和宣泄式抒情。

一、再现式抒情

再现式抒情，又称客观抒情型，一般是通过对景物的逼真描写来达到抒情目的。黑格尔发现，东方诗人"往往采取一种比较客观的语调，诗人往往不是把外在事物和情况表现为他所想的那个样子，而是表现为它们本身原来的样子"②。一方面，再现式抒情是作家孕育的审美情感，包括对外在世界的体验、评价和态度，是通过外在事物本身的样态来传达的；另一方面，艺术作品也传达出作家的道德原则、价值观念及灵魂深处的真实的人格魅力。再现式抒情对应的艺术至境形态是意境，这个古典审美范畴强调在情真景真的基础上实现两者的相互交融，塑造韵味无穷的诗意境界。再现式抒情一般通过三种途径进行艺术传达。

一是以景映心，即通过写景来反映作家的心境。作家的心境往往决定了诗歌题材和创作手法的选择。就心—物关系而言，如果作家的心境不是宁静专注的，那么他就难以观察出景物的真实特色，也就无法体会景物自身的韵律。因此，中国作家往往通过对景物的发现之真，来表明其心境之真。例如，唐代诗人王维的《鸟鸣涧》："人闲桂花落，夜静春山空。月出惊山鸟，

① 《别林斯基选集》第3卷，5页，上海，上海译文出版社，1980。

② ［德］黑格尔：《美学》第3卷下册，229页，北京，商务印书馆，1981。

时鸣春涧中。”这首诗展现了摆脱一切历史时空羁绊的自然的宁静，与诗人心灵宁静的和谐一致的美。诗人以心照物，以物衬心，心物融为一体，在高深修养的静寂中体会到自然万物与自身生命的韵律相互契合，彰显出内在的美丽心境。

二以景抒情。再现式抒情要求情真景真，通过写景来抒发作家的情感，在“真”的基础上将两者统一起来。诗人必须将情与景两个要素融合起来，才能在此基础上创造韵味无穷的诗意境界。王夫之在《姜斋诗话》里说得好：“情景虽有在心在物之分，而景生情，情生景，哀乐之触，荣悴之迎，互藏其宅。”他又说：“情、景名为二，而实不可离。神于诗者，妙合无垠。巧者则有情中景，景中情。”我们不妨还以杜甫的《江南春绝句》为例：“两个黄鹂鸣翠柳，一行白鹭上青天。窗含西岭千秋雪，门泊东吴万里船。”诗中全是对客观景物的描写，却句句都是诗人对江南春天的赞美。前两句明丽如画，已见诗人对春天的无限热爱；后两句又以对比的方式将这种爱在时间与空间上（“千秋雪”“万里船”）做无限拓展。

三是以景感悟。“意味”是指再现式抒情中那种咀嚼不尽的诗意的寄托。一方面，它依赖于事物的有机整体性；另一方面，除了以景抒情来拓展诗歌意境外，让景物承载诗人的某种思索与感悟，借景表达诗人对历史和人生的哲理性体验，也是再现式抒情拓展意境、追求韵味的常用技巧之一。例如，刘禹锡的《乌衣巷》：“朱雀桥边野草花，乌衣巷口夕阳斜。旧时王谢堂前燕，飞入寻常百姓家。”该诗流畅易懂，描写都是金陵有代表性的景物，但却韵味无穷。首先，第一层境界是全诗景物的描写：夕阳斜照，野草丛生，燕子从以前的高门深院飞入普通老百姓家。第二层境界是燕子并不知晓历史的变迁，依然高兴地飞来飞去，但人却不同，触景生情，面对世事唏嘘不已，深感一切荣华富贵都是过眼云烟。第三层境界是在无情的自然和历史的沧桑面前，诗人流露出对社会人生无可抗拒的归宿的担忧和无奈。

再现式抒情是古典诗歌的特质。情和景，一主一客，阴阳相融互生，变化万端，姿态无穷无尽，这本身就是中国文化的艺术体现。当然，这并不是说西方就没有再现式抒情的传达方式。例如，歌德有《前题》诗：“群峰/一片沉寂，/树梢/微风敛迹。/林中/栖鸟缄默。/稍待/你也安息。”意境和平静穆。英国湖畔派诗人也有不少诸如此类的诗作，美国现代诗人卡明斯的《太阳下山》亦属此列。这表明，再现式抒情是人类艺术传达的普遍性方式，只不过在中国更突出而已。

二、浪漫式抒情

什么是浪漫式抒情？黑格尔说，诗人要传达的是“绝对的内心生活”，他发现“外在的现象已不再能表达内心生活，如果要它表达，它所接受的任务也只能是显示出外在的东西不能令人满意，还是要回到内心世界，回到心灵和情感，这才是本质性的东西”。① “绝对的内心生活”中的“绝对”，按黑格尔的逻辑，其意是精神回到自身，精神与自身合一。外在的东西显然是不能令人满意的，作为最高范畴的东西，这是一种理念自身的表现。换成席勒的艺术语言来说，就是“理想”，是一种“有待实现的意念”②。席勒认为，资本主义社会已全然异化，社会现实让人深感失望，但诗人要承担起复苏人性的神圣责任，用理想世界来对抗异化世界，“使诗人称其为诗人的任务就是在于把现实提升到理想，或则说，表现理想”③。浪漫式抒情具有如下美学特征。

首先，要有一种理想的光照。浪漫主义诗人为了理想和真理，其他一切都可以完全不顾，而这种理想和真理是在与社会现实对立的基础上产生的。席勒严厉地批判了资本主义社会，指责其机械化、断片式的生活。专门化的知识缚住了人的自由智力的发挥，熟练的记忆和僵硬的文化将压制天才的感受，人的自然本性的和谐已经消失。为此，席勒写了《远方来的女郎》来表现其理想。诗中描绘道：“从无人知道的幻丽的花园，/她给我们带来了珍奇的果实和花朵。/那是在另一个更为灿烂的阳光下的产物，/在另一个更为仁慈的自然界中的收获。”④ “理想”被席勒比作有着更为灿烂的阳光、更为仁慈的自然界，在那里，我们能收获珍奇的果实和花朵，拥有幻丽的花园。但在资本主义社会里，它却无人知道，因此必须让它的光照进来，成为领着人们前进的灯火。

其次，要有想象力的自由驰骋。浪漫式抒情因其理想化而特别注重想象力的发挥，以至于随心所欲，无所顾忌，达到了完全无视客观现实的地步。黑格尔强调说：“在浪漫型艺术里，内在的精神对直接的现成的世界的形状和构造方式是漠不关心的。”⑤ 李白没有去过天姥山，却写下了《梦游天姥吟留别》这首富于瑰丽想象的、惊心动魄的诗篇。席勒没有去过瑞士，却在《威廉·退

---

① 参见［德］黑格尔：《美学》第2卷，274～276页，北京，商务印书馆，1979。

② 朱光潜：《西方美学史》，452页，北京，人民文学出版社，1979。

③ 朱光潜：《西方美学史》，452页，北京，人民文学出版社，1979。

④ 蒋孔阳：《德国古典美学》，152页，北京，商务印书馆，1980。

⑤ ［德］黑格尔：《美学》第2卷，286页，北京，商务印书馆，1979。

尔》的剧作中，根据自己的想象把瑞士的风光描绘得细致生动，并歌颂了瑞士人民反抗外族暴政，争取民族独立的斗争精神。歌德也曾说到自己20多岁时没有经历过贵族阶层的生活，但却写出了《葛兹·冯·伯里欣根》的剧本。在剧中，他根据想象描绘了贵族生活，还使其具有某种真实性。这些浪漫主义作家具有天才式的想象力，表现出一种由着自己、舍我其谁的高度自信。再如，李白的《月下独酌》中有“举杯邀明月，对影成三人”之句。通常而言，一个人独自喝闷酒，往往是孤独凄凉、痛苦悲伤的，但李白并非如此。他举杯向天，邀请明月，与影共饮，而且喝得酣畅淋漓，“永结无情游，相期邈云汉”，其率真与豪情真是前无古人后无来者。

最后，要将情感升华到全人类的高度。理想性不是抒发一己的情感，不是私下里的嚎叫，而是要将个体的情感上升到民族的高度，甚至是全人类的高度。法国诗人瓦莱里说：“使我们沉思这一句格言：‘仅仅对个人有价值的东西是没有价值的。’这是文学的铁的规律。”① 雪莱的《西风颂》写于1819年，正值欧洲各国工人运动高涨时期，诗中最后一句“如果冬天来了，春天还会远吗?”由此成为享誉世界的战斗口号，给处在困境中的人们以希望和鼓舞，强化了革命必胜的信念。如果没有普遍化的情感升华，又何来革命的浪漫主义情怀，这首诗又何以赢得无数人的认同而传遍世界呢！

总之，浪漫式抒情的传达方式要求诗人负起神圣的责任，响应美好理想的召唤，调动自身的人格力量和自由精神，满怀生命的激情，唱响一曲曲浪漫之歌。

三、宣泄式抒情

在古希腊，亚里士多德以“Catharsis”（卡塔西斯）为重要的讨论对象。“Catharsis”源自希腊语“katharsis”，最初是个医学术语，具有清洗、清除之意，在宗教上指“洗涤”不洁的灵魂。亚里士多德用它解释戏剧的审美功能，即后来大家都知道的净化说。但这个词本身亦有宣泄之意，因此也引起很多的争论。这说明，古希腊时人们就已在探讨艺术的宣泄净化功能。毫无疑问，宣泄的主要意思是将过多的情感直接发泄出来。宣泄式抒情就是不再借助任何中介道具，把个人的主观情感和思想意识直接表现出来。概括地说，直抒胸臆的宣泄式抒情主要有如下特点。

---

① 伍蠡甫等：《现代西方文论选》，37页，上海，上海译文出版社，1983。

1. 因情感的郁积而发

别林斯基说："感情是诗情天性中最主要的动力之一，没有情感，就没有诗人，也没有诗歌。"① 但情感需要逐渐积累，达到某个高点，通过某种触机爆发出来。实际上，情感积累的过程，也是在审美理想的主导下寻找合适的表现形式的过程，否则便与普通的情感发泄毫无区别。李贽在《焚书·杂说》中说：

> 且夫世之真能文者，比其初皆非有意于为文也。其胸中有如许无状可怪之事，其喉间有如许欲吐而不敢吐之物，其口头又时时有许多欲语而莫可所以告语之处，蓄极积久，势不能遏。一旦见景生情，触目兴叹；夺他人之酒杯，浇自己之块垒；诉心中之不平，感数奇于千载。既已喷玉唾珠，昭回云汉，为章于天矣，遂亦自负，发狂大叫，流涕恸哭，不能自止。宁使见者闻者切齿咬牙，欲杀欲割，而终不忍藏于名山，投之水火。②

概其要有三。第一，为文需有情感的积累。别林斯基只是说到诗歌创作中情感的至关重要性，但李贽谈得更深入，认为情感郁结长久，在作家心中奔突煎熬，不吐不快，势不能遏时才有艺术创作的基础。第二，要有创作的契机。创作得有个"药引子"，可以是景物，或者说他物，亦可能是场景、事件、言辞等，总之这个契机让作家有了创作激情的爆发。第三，作家郁结的情感宣泄出来，一发不可收拾，不能停止，无法隐藏。

2. 直抒胸臆，放言无忌

唐代权德舆在《送张仆射朝觐毕归徐州序》中，有"缘情放言"一语。当诗人情绪激昂，诗兴迸发之际，便顾不了那么多了，往往直抒胸中块垒。作为我国历史上最出色的浪漫主义诗人，李白斗酒诗百篇，在美酒的刺激下点燃了情感之火，肆意挥洒，放言无忌，《将进酒》便是个中写照。该诗一气呵成，呼朋遣友，酣畅淋漓，纵横捭阖，个性张扬。诗中没有一句写景状物，而每句诗都可以作为格言警句流传后世。这首诗堪称李白的代表作，展现了诗人桀骜不驯的性格，自由奔放的精神气质，蔑视成圣成名、腰缠万贯的世俗功利以及

---

① ［俄］别林斯基：《爱都华·古别尔诗集》，见中国社会科学院外国文学研究所外国文学研究资料丛刊编辑委员会：《外国理论家作家论形象思维》，74 页，北京，中国社会科学出版社，1979。

② （明）李贽：《李贽文集》第 1 卷，91 页，北京，社会科学文献出版社，2000。

及时行乐的思想态度。总之，全诗无论整体还是细节，都具有极强的感染力。

3. 寓人格形象于字里行间

从表面上看，抒情主要是抒发作家的内心情感，实质上它亦是作家人格形象的深层反映。透过陆游的《示儿》，我们可以在脑中浮现出即将告别人世的陆游，当着子孙后代的面，艰难地口述这首诗的情景，并从中领会到诗人的爱国激情是何等执着、真挚、深沉与热烈。全诗浑然天成，自然流露，闻者无不为之动容，而诗中分明站立着诗人伟大的人格形象。再如，唐代诗人陈子昂的《登幽州台歌》："前不见古人，后不见来者，念天地之悠悠，独怆然而涕下。"在直抒胸臆的背后，诗人那慷慨悲凉、怀才不遇、心忧天下的人格形象分外鲜明。

无论是再现式抒情、浪漫式抒情还是宣泄式抒情，其传达方式都立足于作家内心情感的抒发、艺术至境形象的构建以及诗人形象魅力的塑造。当然，文艺抒情的要义在于自然天成，以及蕴含其中的精神文化内涵的丰霈性。

第三节　文艺议论

一般来说，议论是指文艺家在文本中发表评论，表达看法和立场，如对人物、行为、事件等的道德评判或情感反应，对某些问题的重点寄托等。这种做法最早出现在寓言故事中，往往在故事的开头或结尾，叙述者要跳出来，说一番道理，告诉人们寓意所在。后来，现实主义文学对这种做法非常反感，到了现代主义文学，它又有回归的趋势，并且逐渐兴旺起来。本节所探讨的文艺议论，虽然包括寓言式议论的传达方式，但主要还是一种文艺哲理本质观的体现。这种文艺本质观以表达哲理或观念为文艺的最高原则和目的。作为一种艺术传达方式，文艺议论要探讨的是作家构筑何种意象，又是怎么传达哲理或观念的。

一、象征式议论

根据黑格尔的研究，象征是最古老的艺术样式。因此，象征式议论也是一种相当古老的艺术传达方式，主要是指借用具体事物或其某方面的特征，来寄寓某种意义深刻的思想或事理，以象征意象达到议论的目的。象征式议论更有利于表达深广的内容，可以赋予艺术家更为个性化的创造空间，这可能就是西方象征主义诗歌流派出现的重要原因。

在中国文学史上，儒家是更具有象征主义文化传统的学派，在孔子、孟子眼里，生活中几乎到处都是象征。不仅古代的礼乐是象征的，礼器、玉器是象征的，《周易》和《诗经》是象征的，高山与流水是象征的，青松、翠柏是象征的，而且儒家还建构了一整套比德文化传统。① 这样一来，中国文学艺术中充满具有象征式议论的作品就不奇怪了。例如，杜甫以诗为史，享有“诗圣”的美誉，但他也是运用象征手法进行诗歌创作的高手，如以《凤凰台》《义鹘行》《白凫行》《古柏行》《瘦马行》等言其志，以《病柏》《病橘》《枯棕》等论兴衰之理。其《朱凤行》诗云：

> 君不见潇湘之山衡山高，山巅朱凤声嗷嗷。侧身长顾求其曹，翅垂口噤心劳劳。下愍百鸟在罗网，黄雀最小犹难逃。愿分竹实及蝼蚁，尽使鸱鸮相怒号。

显然，朱凤与具有仁爱之心的贤者，百鸟、黄雀、蝼蚁与黎民百姓，鸱鸮与恶吏之间没有必然的联系，但通过作者的情感暗示和详细的描绘，读者马上就能领会到衡山之巅的朱凤忧心忡忡，悲天悯人，上报君主，下安黎民，惠及万物，不忍蝼蚁遭受饥苦；但对于恶吏，它毫不客气，爱憎分明。此诗的主旨根本不是描写朱凤，而是以朱凤象征具有高风亮节、伟大品格的圣贤君子，以致有论者将其作为诗人自身的写照。只要对中国文化稍加了解，我们就知道这种艺术传达方式的普遍性了。

在西方，象征也是极为常见的文艺形式和议论手段。据黑格尔考证，人类古代文艺曾经出现过象征型艺术阶段。20 世纪现代派文学就是从法国象征主义诗歌流派开始的，波德莱尔、马拉美、魏尔伦等都是象征主义的代表诗人。随后这股思潮流散开来，奥地利诗人里尔克也深受其影响。请看里尔克代表作《豹——在巴黎动物园》：

> 它的目光被那走不完的铁栏
> 缠得这般疲倦，什么也不能收留。
> 它好像只有千条的铁栏杆，

---

① 关于儒家象征的文化观、文学观，参见顾祖钊：《华夏原始文化与三元文学观念》，北京，北京大学出版社，2005。

千条的铁栏后便没有宇宙。

强韧的脚步迈着柔软的步容，
步容在这极小的圈中旋转，
仿佛力之舞围绕着一个中心，
在中心一个伟大的意志昏眩。

只有时眼帘无声地撩起。——
于是有一幅图像浸入，
通过四肢紧张的静寂——
在心中化为乌有。

此诗被认为是一首咏物诗，属于象征主义诗人里尔克的早期作品。尽管里尔克采取现实主义态度，客观忠实地描绘了巴黎动物园里的豹子被囚禁的生活，但我们可以很明显地找出诗歌的象征义。豹子在自然世界里以个体的方式自由自在地生活着，但是笼子里的这只豹子却失去了自由，眼前的铁栏构成了它全部的世界。豹子有过“力之舞”的反抗，在动物世界以凶猛剽悍、速度敏捷的野性力量而著称，但在这铁栏内，它的力量却“化为乌有”。此诗除了象征诗人彷徨苦闷、寻求自由而不得的无奈外，又有着人类社会因异化而丧失其自然本质的意蕴。

象征主义诗歌比较复杂，它并非简单地寻找意识观念的对应物。围绕着意识观念，依据万物之间的应和关系，各种感觉、词语、意象、事件之间发生奇特的联系，它们互相交流、呼应与转化，打破了各种语言习惯、生活逻辑、现实规律等方面的限制和束缚，从而涌现出更多的自由和想象空间。但象征还是“以象征事”，借助物象来表现某种概念、思想、精神和品德。只要抛开华丽辞藻和各种堆砌修饰的连绵手法，我们依然可以找出本体物与象征义的对应关系，毕竟象征式议论是公认的有效传达内在观念和精神世界的最常见方式。

二、寓言式议论

寓言之“寓”乃寄托之意，寓言就是通过讲述故事来阐明一个道理，带有讽刺或劝诫的作用，即给大家一个教训。寓言可能产生于人类口传文学阶段，因此各民族早期都有寓言这种文学体裁。例如，中国先秦诸子百家的典籍中保存了很多寓言，说明先贤经常用寓言阐明道理。《郑人买履》《刻舟求剑》《东郭先生》《农夫和蛇》《叶公好龙》等，都是我们耳熟能详的寓言故事。国外则有古希腊的《伊索寓言》、法国的《列那狐的故事》、俄罗斯的《克雷洛夫寓言》等。看来寓言式议论作为一种艺术传达方式，是人类共有的文艺现象。

寓言这种古老的文体，在现代语境中亦葆有青春。现代寓言风行一时，也有人将其称为“寓言式象征”，认为它的“主要特征是以一个不避怪诞的外部故事直指哲理内涵，而这个哲理的内涵就是作品的主旨”①。如果将“不避怪诞”作为其主要特征的话，那多半是出于对西方现代派文学的考虑。例如，尤奈斯库的《秃头歌女》看似讲述了一个极为荒谬而乏味的故事，但却是一个典型的现代寓言。这出“夫妻对面不相识”的悲剧，正是第二次世界大战后冷漠的西方社会精神危机和深度绝望感的体现，也是存在主义的荒谬人生的象征。用一个极为简单的故事来寄托一个形而上的观念，这就是西方现代派文学的寓言式议论。

所谓“不避怪诞”，是指现代派文学寓言的风格。实际上，由于寓言属于口传文学，有神话和童话的影子，总是借助于一些拟人化手法来达到目的，所以早期的寓言总是简单而有趣的故事，阅读时不至于像现代派文学那样晦涩。例如，《伊索寓言》第九则《狐狸与山羊》的故事：

> 一只狐狸失足掉到了井里，不论他如何挣扎，仍然不能成功地爬上去，只好待在那里。公山羊渴极了，四处找水喝，终于发现了这口井。他探着头，看见狐狸在井下，便问他水好不好喝。狐狸觉得机会来了，心中暗喜。他马上镇静下来，极力赞美井水好喝，说这是天下第一的井水，清甜爽口，并劝山羊赶快下来一起痛饮。一心只想喝水的山羊信以为真，便不假思索地跳了下去，当他咕咚咕咚痛饮完后，就不得不与狐狸共同商议爬上去的办法。狐狸早有准备，他对山羊说：“我倒有一个方法，你用前脚趴在井墙上，再把角竖直了，我从你后背跳上井去，再拉你上来。这样一来，我们不就都得救了吗?”山羊同意了他的提议。狐狸踩着他的后脚，跳到他背上，然后再从角上用力一跳，跳到了井沿上。狐狸上去以后，准备独自逃离，山羊指责狐狸不信守诺言。狐狸回过头对山羊说：“喂，朋友，你的头脑如果像你的胡须那样完美，你就不至于在没看清出口之前就盲目地跳下去了。”

---

① 余秋雨：《艺术创造工程》，221页，上海，上海文艺出版社，1987。

早期的寓言就是这样生动有趣，宣扬的是一种生活智慧。这种古老的传达方式，今天依然广受欢迎，不仅仅出现在童话和青少年读物中。现代派文学对寓言式议论的回归，说明这种传达方式仍葆有生命活力和现代意义。

三、比譬式议论

比譬式议论是用打比方的方式来说明道理。虽历史悠久，使用广泛，但比譬式议论却一直为理论界所忽视。比譬式议论多是作家、艺术家对自然景物的感悟。例如，朱熹有《观书有感》一诗："半亩方塘一鉴开，天光云影共徘徊。问渠那得清如许，为有源头活水来。"意思是，人们读书学习，要常读常新，这样精神世界才会充实、美丽。这首诗虽为公认的优秀哲理诗，但它的哲理却不是通过象征式议论来达到的，因为它点破了谜底，说的是一种读书人的阅读感悟。同时，它也不是比喻。一是它没有比喻词；二是比喻往往是修辞层面的，比譬则是文体层面的，是用有源头活水的半亩方塘来打个比方，让人理解读书人的那份快乐和读书的一般道理。当然，比譬也不同于寓言。寓言式议论一定要通过故事来进行，比譬则不需要故事，这就和寓言划清了界限。因此，我们有必要对比譬式议论进行专门的讨论。

比譬式议论是一种非常古老的表达方式，并且贯穿了中国文学史。它较早名称就是《诗经》六艺之一的"兴"。汉代经学家郑众在《毛诗·关雎传·正义》中说："兴者，托事于物……取譬引类，起发己心。"这是对"关关雎鸠，在河之洲；窈窕淑女，君子好逑"的起"兴"做的理论概括。郑众认为"兴"是一种"联类取譬"，或者说是"取譬引类"的表达方式：说前一件事，是为了引出后一件事，两者是一种比附的并列关系。《关雎》用大白话来翻译，就是：看那关雎正在河边恋爱呢，所以（同样的道理），美丽贤惠的姑娘啊，你也是我的最爱！也许直说太唐突吧，所以，先要起个"兴"，绕个弯，为爱情找个理由，这样也更有诗意。

此外，比譬式议论还更多地表现为两项之间的说明关系和推理关系。朱熹的《观书有感》，两项之间就体现为"说明关系"，所以，清代沈德潜在《诗说晬语》中说："事难显陈，理难言罄，每托物连类以形之。"《孟子·离娄上》中有一段比譬式议论，则与此稍异："有孺子歌曰：'沧浪之水清兮，可以濯我缨；沧浪之水浊兮，可以濯我足。'"孔子听到这首儿歌后立刻感慨道："小子听之，清水可以用来洗帽子，浊水只配洗脚啊！这样不同的结局，都是它（水）自己造成的呀！"孟子接过孔子的话题进一步推论说："（同样的道理）

《太甲》说过，天作孽，犹可违，自作孽，不可活!”而孔子、孟子之间，就是一种比譬式议论。两项之间，也可以加上“同样的道理”去理解，但后者已经是对前者的进一步推理。再如，苏东坡的《题西林壁》（“横看成岭侧成峰”）诗，从观庐山悟出一层哲理，又从哲理推及佛理，也是这种模式。

这种比譬式议论在西方也很常见。美国诗人罗伯特·弗罗斯特写过一首脍炙人口的诗歌《未选择的路》：

> 黄色的树林里分出两条路，/可惜我不能同时去涉足，/我在那路口久久伫立，/我向着一条路极目望去，/直到它消失在丛林深处。/但我选了另外一条路，/它荒草萋萋，/十分幽寂，/显得更诱人，更美丽；/虽然在这条小路上，/很少留下旅人的足迹。/那天清晨落叶满地，/两条路都未经脚印污染。/啊，留下一条路等改日再见！/但我知道路径延绵无尽头，/恐怕我难以再回返。/也许多少年后在某个地方，/我将轻声叹息将往事回顾：/一片树林里分出两条路——/而我选择了人迹更少的一条，/从此决定了我一生的道路。

诗中树林里有两条路，“我”只能选择其中一条走，留下另一条想改日再走，可是最终“我”难以回返，而回顾往事时“我”只有轻声叹息。同样的道理，人生道路千万条，一旦选定便绝无重走的机会，因此必须独立思考，谨慎选择，否则便会留下终生的遗憾和悔恨。林中路与人生路的关系是：第一，它不是象征，因为诗人已经说出谜底；第二，它不是寓言，因为它们没有情节；第三，它也不是比喻，因为它没有比喻词。因此，它只是用“同样的道理”说明另一件事物的比譬。

值得说明的是，古人都已经将比、兴看作两类，而今人却对此糊涂莫辨，实为文艺理论的一大遗憾。

四、直陈式议论

在上述三种议论方式之外，还有一种直陈式议论。它已不再关心意象的构建，而往往采用单刀直入的方式直接发表议论，真正达到“得意忘筌”的境界。直陈式议论常见的形式有三种。

其一，采用民谣谚语。唐朝天宝末年，哥舒翰征讨吐蕃，有感于战争所带来的惨重损失，杜甫写下了一首《前出塞》：“挽弓当挽强，用箭当用长。

射人先射马，擒贼先擒王。杀人亦有限，列国自有疆。苟能制侵陵，岂在多杀伤。”诗人慷慨陈词，直抒胸臆：虽然唐军取得了最终的胜利，但战争不是杀了很多人吗？国家有边界，守护边疆，不让敌人侵犯即可；万不得已要开战，也只需逮其首领即可；不能乱动干戈，更不应以穷兵黩武为能事，侵犯甚至剿灭异邦。该诗立意明确，采用民谣谚语这种民众喜闻乐见、家喻户晓的形式，将所要表达的关于战争的理念与思考，条分缕析、通俗易懂地呈现出来。

其二，采用自然神话。李白《日出入行》诗云：“日出东方隈，似从地底来。历天又入海，六龙所舍安在哉。其始与终古不息，人非元气安得与之久裴徊？草不谢荣于春风，木不怨落于秋天。谁挥鞭策驱四运，万物兴歇皆自然。羲和，羲和！汝奚汩没于荒淫之波？鲁阳何德，驻景挥戈。逆道违天，矫诬实多。吾将囊括大块，浩然与溟涬同科。”汉乐府《郊祀歌》有《日出入》诗，是用来祭祀日神的，诗中表达了不以人的意志为转移的宇宙规律，哀叹人生短促和驭龙成仙的愿望。李白此诗驳斥了古代神话的虚妄，视其为违反天道的矫诬之言，主张与大道同行，与宇宙一体，和光同尘，体现出一种自然朴素的天道观。

其三，采用历史故事。楚汉相争时期，项羽兵败，最终乌江自刎。对于这个历史故事，许多诗人都发表过看法。唐代杜牧《题乌江亭》诗云：“胜败兵家事不期，包羞忍耻是男儿。江东子弟多才俊，卷土重来未可知。”宋代王安石《乌江亭》诗云：“百战疲劳壮士哀，中原一败势难回。江东子弟今虽在，肯与君王卷土来。”王安石之诗显然是针对杜牧之诗而作，观点刚好与之相反。而李清照《乌江》诗云：“生当作人杰，死亦为鬼雄。至今思项羽，不肯过江东。”比起两位男性的诗歌来，这位女性的“乌江反思”则更具理想化的英雄气概。

人类的文艺有多丰富，艺术传达方式就有多精彩，所以上述方式虽已尽力分类概括，却也难穷尽所有，仍有赖读者继续探讨。

第四节　文艺修辞技巧

文学是语言的艺术，使用语言为写作服务是要讲究技巧的，我们称之为修辞技巧。古今中外的作家在长期的文艺实践中创造了很多修辞技巧。卡勒曾说，文学作品尤其是诗歌与修辞学相关，它“使用大量修辞手段的语言，并且是极富感染力的语言"①。常见的修辞技巧一般属于语言修辞学研究的对象，我们这里仅仅讨论20世纪文艺最常见的几种修辞技巧，如比喻、借代、复义、含混、悖论、反讽等。

一、比喻与借代

所谓"比喻"，就是用甲事物来说明或表现乙事物。比喻一般可分为三种：明喻、隐喻和转喻。所谓"明喻"，就是通过比喻词"像、如、似、若"等联系甲乙两事物。例如，《诗经·硕人》中对庄姜之美的生动比喻："手如柔荑，肤如凝脂，领如蝤蛴，齿如瓠犀，螓首蛾眉。"隐喻则不用比喻词，甲乙两事物直接相合，如贺铸《青玉案》词云："试问闲愁都几许？一川烟草，满城风絮，梅子黄时雨。"转喻就是在时间、空间或其他关系上接近的甲乙事物之间的替换关系，又称借代、换喻。例如，苏轼《念奴娇·赤壁怀古》有云："羽扇纶巾，谈笑间，樯橹灰飞烟灭。"其中"羽扇"与"纶巾"，指代孔明与周瑜（人），"樯橹"指代战船（物）。鲁迅《示众》中说："秃头站在白背心的略略正对面，弯了腰，去研究背心上的文字。"其中"秃头"指代没有头发的人，"白背心"是用服饰指代人，都是借代，亦称换喻。这种传统的比喻方式，在西方被称为彼特拉克式比喻，以意大利文艺复兴时期著名的抒情诗人彼特拉克擅设妙喻而得名。人们多以事物间的形似取譬，即甲乙事物关系较近，如西方抒情诗经常将少女比作玫瑰之类。

作为一种修辞手法，比喻也处在不断的发展中。现代诗歌在17世纪"玄学巧思妙喻"（Metaphysical Conceit）的基础上发展出"远距取譬"（Distance Conceit）原则，其特点是具有形而上的意味，同时用一种超常的夸张来比喻，事物关系距离较远，需要读者思索求解才能找出相似处。例如，艾略特在《普鲁弗洛克的情歌》中有句诗云："当黄昏展开遮没了天空，/像一个麻醉在手术台上的病人。"它在普通人看来没有任何相似点的甲乙事物间找出一点联系，体现了现代诗歌越来越形上化的追求，成为"抽象取譬"的典型案例。这一原则得到不少诗人的青睐。例如，保罗·策兰有一首无题短诗："串成线的太阳/在灰黑的荒野上/一棵树——/高高的思想/弹着光调；还有/歌在人类以外/吟唱。"这首短诗大概只有思维能力相当强的读者才能求解出来，这种比喻越来

① [美]乔纳森·卡勒：《当代学术入门：文学理论》，73页，沈阳，辽宁教育出版社，1998。

越诉诸人的理性与智慧。

比喻还一种更艺术化的类型，称为博喻，即用两个或多个喻体来描述一个本体。其实，上述贺铸词中的比喻已经是标准的博喻。显然，博喻是比喻的复杂化与丰富化，它甚至可以扩大为一种文体层面的修辞方法，成为一种“篇法”。例如，英国浪漫主义诗人雪莱诗作《致——》：

音乐，当柔和的声音消逝了，
仍然回荡在记忆里；
气味，当芬芳的紫罗兰凋零了，
却淹留在它所刺激的感官中。

玫瑰叶子，当花朵死亡了，
却为恋人堆起了床；
所以，你别后，爱情就安眠
在对你的思念里面。

这首诗整个就是比喻，采取了三个隐喻来说明爱情，结构上如一株三蒂并开的莲花。当然，明喻也可以构成博喻。但在 20 世纪文论中，相比于明喻，隐喻越来越受到关注，因为诗歌要求语言形象的精炼，要留有想象体验和自由延伸的空间。雅各布森认为诗歌就是隐喻的，雪莱这首诗就是层层设喻，越嚼越有味。法国象征主义诗人兰波的散文诗《童年》，也是将一个博喻发挥成一首诗。看来，将博喻发挥为文体层面的修辞手法，也是很常见的。

二、复义与含混

复义（Polysemy）就是常说的歧义、一词多义，直译就是复杂的含义。法国哲学家保罗·利科发现，人类语言系统存在两极：强调语言的精确性和明晰性，以及追求语言的多义性和含混性。前者的代表是科学，后者的代表则是文学。科学使用的语言，追求精确与明晰，文学则相反，作家有意利用各种手段来使语言变得多义，去构建充满诗意的语言世界。利科认为：“诗是这样一种语言策略，其目的在于保护我们的词语的一词多义，而不在于筛去或消除它，在于保留歧义，而不在于排斥或禁止它。语言不再是通过它们的相互作用，建构单独一种意义系统，而是同时建构好几种意义系统。从这里就导出同一首诗的几种释读的可能性。"① 在文学中实现一词多义，最常见的手法就是采用隐喻，即两个词形成独特关系，就会有附加的意义，从而实现诗歌复义。

俄罗斯形式主义则从另外的路径解释文学的歧义现象。这条路径就是作家有意区分日常语言与文学语言，突出文学语言特征，为了语言复义改变语言的形态，凸显其独特的审美价值，增强作品的艺术性。例如，王蒙写于20世纪80年代的小说《春之声》，开篇就运用陌生化的手法："咣的一声，黑夜就到来了。一个昏黄的、方方的大月亮出现在对面墙上。"如果按照日常语言的表述，应该是夜晚来了，天边有个圆圆的月亮，月光照在对面的墙上。但作家却用"咣的一声"来描写它，将闷罐车关门发出的声音以及人对这种陡然的黑暗的不适应，将视觉形象、听觉形象瞬间变成一体，有一种速度和动态上的冲击力；而从车窗投进的光线变成方方的"月亮"，一方面是视觉事实，一方面也是因为主人翁内心充满了喜悦，一切在他看来都是那么新颖、快速、奔腾，有着新生活的动力，所以，从闷罐车小小窗洞射进白光，竟成了"方方的大月亮"。这不仅是对小说主人公眼前之景的速写，也是对他内在心灵体验的映照。每一个词语的运用，在这里都有两层以上的意义，显然是使用了复义的修辞手段。

中国自古就有"诗无达诂"的说法，这不仅源于读者不同的审美体验，还是作家有意造成的复义效果。诗人利用语法结构、组合层次、词语多义、词义不明、词句增删等手段来达到"复义"的目的。杜甫《江汉》诗云："落日心犹壮，秋风病欲苏。"这句诗有三种以上的含义。第一，虽然身体已是夕阳西下，但我仍然志气如虹，是将落日比成身体。第二，我的心不像落日，它仍然强壮，是说心情不像落日。第三，在落日中，心仍然强壮，是将落日当作景色来看，对比出自己内心的强大。虽然存在以上三种有差异的理解，但这些理解都没有原则上的错误，可见其意义生成的丰富性和诗歌的复义性。真正的文学复义是几种意义能够形成互为补充和生发的关系，共同构成有机的意义整体。那么相互对立和矛盾的复义能形成文学意义的有机整体吗？含混就是解决这一问题的修辞方法。

英国新批评理论家燕卜荪首先倡导"含混"说。含混（Ambiguity），亦可译作朦胧。燕卜荪说："当我们感到作者所指的东西并不清楚明了，同时，即

---

① 胡经之、张首映：《西方二十世纪文论选》第3卷，303～304页，北京，中国社会科学出版社，1989。

使对原文没有误解也可能产生多种解释的时候，在这样的情况下，作品该处便可被称为朦胧。”① 含混主要源于诗歌中语言的矛盾，矛盾越突出，诗歌张力越大，形成的理解空间自由度越高，从而造成多义与含混。

含混很多时候是作家对创作主题的不确定造成的。科林伍德曾说，艺术家“意识到某种情感，但是却没有意识到这种情感是什么；他所意识到的一切是一种烦躁不安或兴奋激动，他感到它在内心进行着，但是对于它的性质一无所知。处于这种状态的时候，关于他的情感他只能说：‘我感到……我不知道我感到的是什么。’”② 诗歌表述情感，但只有诗人表述完毕后，他才知道自己想要表达什么。虽然科氏的观点有点极端，但却说明作家对要表达什么确实是难以说清的。另外，即使作家头脑中有清晰的观念，但往往表达出来又成为另一回事。因此，不少作家在听取批评家对自己的作品的解读后，经常感叹连自己都没有想到。20 世纪 70 年代末，中国诗坛兴起“朦胧诗派”，引起广泛的争议，其原因就在于朦胧诗采取的修辞手法与传统诗歌有较大差异。朦胧诗人在词语、语法、词义等方面呈现出矛盾与张力，造成文本解释的困难，而在意象、感情等方面亦创造出歧义丛生的朦胧诗意。

例如，顾城写于 1980 年的《远与近》，其诗云：

你
一会看我
一会看云

我觉得
你看我时很远
你看云时很近

有人说，这是一首爱情诗。我很爱你，但爱在心头口难开，你并不知道我爱你。世间最远的距离就是我站在你面前，你却不知道我爱你，于是我们之间始终隔着云彩。或许，你也捉摸不定，不知道到底爱不爱我。也许你也爱我，只是出于害羞而不愿让我看穿你的心思。有人说，这是一首哲理诗：人们追求与

---

① ［英］威廉·燕卜荪：《朦胧的七种类型》，4 页，北京，中国美术学院出版社，1996。

② ［英］罗宾·乔治·科林伍德：《艺术原理》，112～113 页，北京，中国社会科学出版社，1985。

自然的亲近和谐，但对于他人却十分冷漠，这是人类的宿命与悲剧。有人说，这是一首社会批评的诗，它抨击那个刚刚结束的时代，呼唤一种信任、友爱、和谐的社会关系。诗歌如此含混，却又如此耐人寻味，根源于你和我、我和云、你和云、远和近等一系列相互之间的矛盾关系。这些矛盾关系所构成的具有强烈张力的审美空间，不断地召唤着读者再三回味。

三、悖论与反讽

悖论这个词源于希腊语“paradokein”，本义是“多想一想”。为什么要多想一想呢？显然，我们看事物不能只看到表面，而是要看到其深刻之处。从纵向来看，悖论有表面的意义，还有更深层的含义；就横向而言，它由两个矛盾的方面构成。依此，我们可以概括出关于悖论的三个类型。

其一，在矛盾的两方面同时出现时，只接受一方肯定是有问题的，将两方面结合起来，便能在一个更高的真实层面上实现统一。所以，悖论是利用表面矛盾引出更高真实的修辞技巧。例如，莎士比亚《罗密欧与朱丽叶》开篇时，罗密欧就有一段充满悖论的台词：

> 啊！吵吵闹闹的相爱，亲亲热热的怨恨！啊，无中生有的一切！啊！沉重的轻浮，严肃的狂妄，整齐的混乱，铅铸的羽毛，光明的烟雾，寒冷的火焰，憔悴的健康，永远觉醒的睡眠，否定的存在！我感觉到的爱情正是这么一种东西。

这段关于爱情哲理的台词，表面上非常矛盾，但却是很多人的真实体会。当两个人真正相爱时，会为对方的欢乐而欢乐，为对方的痛苦而痛苦，也会为对方不在乎自己而恼怒怨恨，这是一种关于爱情的合情合理的悖论表述。如果爱情的矛盾让你难以接受，或者说你只接受爱情的美好一面，那是你认识不够正确、体验不够深刻造成的。

其二，矛盾双方都有一定道理，但要服从一个更高的真理。黑格尔曾对古希腊悲剧家索福克勒斯的《安提戈涅》做过精彩的解读。安提戈涅安葬其兄波吕涅克斯是符合神律的，因为神律规定人死须入土为安，从伦理的角度来说也应该如此；而不去安葬他却是符合法律的，因为作为忒拜城的子民，她必须遵守最高统治者克瑞翁的命令，并且波吕涅克斯是来攻打忒拜城的敌人。这样看来，两种互相矛盾的做法都合情合理。戏剧的最后，安提戈涅选择了自杀，这暗示她皈依了最高的绝对真理，但真理在场是以一种真理的缺席的方式呈现的。

其三，只要更深入地理解矛盾的双方，就能解开矛盾之结，从而赋予文学作品更具深度的哲理性。诗人臧克家在中华人民共和国刚成立时，创作了纪念鲁迅先生的诗歌《有的人》。诗之开篇写道："有的人活着，他已经死了；有的人死了，他还活着。"这也是一种悖论式修辞技巧的运用，关键问题是怎么理解"死"与"活"。有的人在生理上虽说是活着，但却如行尸走肉，是社会的蛀虫，实际上是虽生犹死；有的人虽然死了，但却永远活在人民心中，所以虽死犹生！诗歌以悖论的方式高度赞扬鲁迅先生的高风亮节和人格魅力，颂扬其精神品格不会随着他的逝世而消失，其伟大的精神人格必将永远激励人们走向光明的未来。

作为一种修辞手法的悖论，有时会被运用于文学作品的主题中，从而在整体层面上形成一种主题性悖论，如《安提戈涅》。20 世纪以来，主题性悖论是西方现代派文学一种有意识的美学追求。海明威的《老人与海》讲述了古巴老渔夫桑提亚哥在连续八十四天没捕到鱼的情况下，终于钓到一条马林鱼，但在归途中遭到鲨鱼的袭击，最后剩下一副鱼骨架回到家的故事。作家努力将桑提亚哥塑造成硬汉英雄，但却以失败告终。小说由相反相成的两层意义构成，其最高层次的真理最终获得胜利，即桑提亚哥再有力量也抵不过岁月的流逝，人类再强大也挡不住自然规律。

反讽就是反话正说或正话反说，所说的话与所要表达的意思恰恰相反。反讽在古希腊时期就被广泛运用。苏格拉底是哲学史上的反讽高手，他总是找那些有知识的人请教，通过追问使对方破绽百出。西方文学中常有一类小丑似的人物，是人们取笑嘲讽的对象。他们不是"笨得可爱"，就是"特别无知"，经常在自以为高明的人面前说傻话，但这些傻话最终被证明都是真理，这也是典型的反讽。所以说，在西方文化史上，有一种反讽的生活，亦有一类反讽的人，还有一种反讽的修辞技巧。到浪漫主义文学时期，作家们将修辞学的反讽改造成一种创作原则。到了 20 世纪，新批评文论家瑞恰兹、布鲁克斯等人则将反讽发展成批评方法和原则，用它来剖析那些中世纪和浪漫时代的诗歌。

作为一种修辞手法，反讽经常在日常生活中使用，如俗语"猫哭耗子"。同样，反讽也经常在文学创作中使用。20 世纪 30 年代，鲁迅上了国民政府的黑名单，面对白色恐怖，他写了一首《自嘲》。其实，自嘲就有反讽之意，鲁迅说自己没有"运交华盖"，"未敢翻身已碰头"，只能"破帽遮颜过闹市"，

"漏船载酒泛中流"。他在诗中自嘲命运不好，底子里却"横眉冷对千夫指"，"管他冬夏与春秋"，真是铮铮铁骨，乐观自信。

中国古代诗人亦常用反讽技巧。李商隐根据史实创作《贾生》，诗云："宣室求贤访逐臣，贾生才调更无伦。可怜夜半虚前席，不问苍生问鬼神。"诗的前半部分描写汉文帝非常高调，在宣室求问被贬谪的贾谊，真是求贤若渴！贾谊也确实有才华，有品格，在当时无与伦比。按理来说，这场君臣会面应该擦出闪亮的火花。没想到，汉文帝挪动双膝靠近贾谊，与贾谊深谈至半夜，却只是问鬼神之事，一点也没涉及天下苍生。诗歌前后反差太大，以一前一后来构筑正话反说的矛盾结构，成为文学作品整体反讽的范例。

反讽从局部的修辞技巧扩展为作品整体的创作原则，既是文学形式史变迁的结果，也是对人类生存两难处境的深刻反映。梅尔维尔写于 1851 年的小说《白鲸》，就生动形象地体现了后者的意义。小说的故事并不复杂，讲述了捕鲸船船长埃哈伯一心要捉住一条大白鲸，故事的最终结局是大白鲸撞沉了捕鲸船，与船长同归于尽。埃哈伯作为美国希望征服世界、具有冒险精神的英雄代表，他精明强干，乐观坚定，有着顽强的意志和坚强的品格，但最终为捕鲸付出了生命的代价。作者潜藏的意图在于对美国精神的反省，指出人类救赎的三条道路：靠上帝的指引克服人类的骄傲；尊重自然，与自然和谐相处；人类自身的和谐与精神的解脱。反讽在这里赋予了小说深厚的意蕴，令人回味无穷。

从 20 世纪以来对文学修辞技巧的学术探索来看，无论是比喻与象征、复义与含混，还是悖论与反讽，它们都有两个共同的特点。第一，深度模式的运用，即透过表面、符号、形象、词义、喻体等寻绎深层的意义，体现一种多义性的追求。第二，扩展模式的运用。如果深度模式是在垂直轴上考量的话，那么扩展模式则是在水平轴上的思考。从语言修辞手法的运用、形象场景表现的书写，到结构整体的调度，这些技巧发挥着越来越大的进行宏大叙写的作用。这是典型的现代性书写模式，也是文化诗学强调新理性主义的原因所在。

第四编　文艺接受论

小序：在历史文化语境和知识谱系更新的意义上革新接受论

西方接受美学突出了文艺接受的重要性，但我们不能因此走上另一个极端，即完全抹杀作家、艺术家和作品的主导作用。文化诗学与庸俗社会学的不同，主要表现在文艺批评实践上的不同。在这里，文艺接受的历史文化语境（简称接受语境、批评语境）和批评家知识谱系的更新是两个关键词。首先，批评家的文化学养和知识谱系的不同，带来了批评视角、批评方法和批评模式等一系列的差异与创新。其次，本书对文艺性质的多元性和多层次把握，自然也会延伸到本编，从而呈现出一种内在的体系性。

第十一章　文艺接受

20 世纪中期以来，接受美学是文艺方法论研究中最具世界声誉与影响的理论之一。接受美学的兴起造成了传统文艺欣赏者由文艺文本意义发现者向生产者的角色转换。接受理论确立了接受者的影响与地位，在其烛照之下，接受者及其相关行为成为文艺研究的考察重点，其批评话语的系统性与学术含量也大为提升。

第一节　文艺接受发生的条件

文艺接受是一种以艺术文本为对象、为主体，力图把握文本深层意蕴的能动的阅读和再创造活动。“接受”包含传统文艺批评中“欣赏”或“鉴赏”的基本含义与特征，但在完成由“作品”向“读者”的中心转换时，也将“欣赏”或“鉴赏”定格为“接受”的特定形式。接受理论重视对艺术接受过程中接受主体的再生产、再创造的研究，认为作品的意义只有在接受过程中才能产生。接受理论认为作品意义是文艺作品与接受者相互作用的产物，而非隐身于作品之中等待发现的“已成之物”或“神秘之物”。姚斯认为：“一部文学作品，并不是一个自身独立、向每一时代的每一读者均提供同样的观点的客体。它不是一尊纪念碑，形而上学地展示其超时代的本质。它更多地像一部管弦乐谱，在其演奏中不断获得读者新的反响，使本文从词的物质形态中解放出来，成为一种当代的存在。”① 作品无法离开读者主观的参与、评价与创造，其意义呈现于“对话性”的接受过程中。而文艺接受作为特殊类型的接受活动，在接受对象、接受方式以及接受能力等方面显示出特殊性。

---

① ［德］H. R. 姚斯、［美］R. C. 霍拉勃：《接受美学与接受理论》，26 页，沈阳，辽宁人民出版社，1987。

一、文艺接受者的文化素质

文艺接受是接受者对特定艺术文本释读、理解、融通与再阐释的智力参与和创造活动。文艺作品的存在方式对接受者的文化鉴赏能力存有高度依赖性。文艺作品的构成是多层次的，其艺术语言组织结构的复杂性对接受者提出了很高的要求。文艺接受所能达到的高度和深度，主要取决于接受者的审美目光与文化素养。由于文化的基本内涵一般可分为四个层面，即认知、情感、伦理道德和信仰价值观，所以，接受者的文化素养也可以从这几个层面来讨论。

1. 认知能力层面

在文艺接受过程中，接受者的认知能力，可区分为与文本直接相关的文本认知能力，以及与文本间接相关的历史与社会认知能力。首先，前者表现为对文艺作品物质性材料的解读能力，如文学接受中接受者的语言文字能力，图像艺术接受中接受者对色彩线条的解读能力等。在文艺作品的接受中，因为语言文字所设置的阅读障碍，文学文本的接受者必须具有一定的教育经历，方能有效进入接受过程，因而具有较大的准入限制。其次，这种认知能力还表现为接受者在历时与共时的交叉视野中，对体裁、意蕴、功能、风格以及艺术技法的理解与掌握。以文学接受为例，接受者应能有效区别不同韵律结构和语体的差异；对韵律结构组合体的组合规则与历史演化，对文体与主旨、功能及风格之间的关联等也应有常识性的了解。徐大椿《乐府传声》论元曲云：

> 至其体制与诗词各别，取直而不取曲，取俚而不取文，取显而不取隐。盖此乃述古人之言语，使愚夫愚妇共闻共见，非文人学士自吟自咏之作也。若必铺叙故事，点染词华，何不竟作诗文，而立此体耶。譬之朝服游山，艳妆玩月，不但不雅，反伤俗矣。但直必有至味，俚必有实情，显必有深义，随听者之智愚高下，而各与其所能知，斯为至境。①

文学作品的文体、风格、功能、表达技法等有很大差异，徐大椿强调的是戏剧与诗词的不同。接受者对于技法的认知既包含对特定艺术门类常规手法的认知，也应包含对具体艺术技巧的认知。

---

① 中国戏曲研究院：《中国古典戏曲论著集成》第七册，158页，北京，中国戏剧出版社，1959。

艺术接受中，与文本间接相关的认知能力，表现为接受者在艺术文本内部所涉及的社会历史文化内容、艺术史以及艺术文本的生产传播机制上的认识广度与深度。这种认知能力也为艺术作品的接受提供了重要支撑。由于艺术文本所涉及的社会内容，包含惯习与风俗、礼仪与制度、地理与环境等诸多历史文化层面，接受者若具备相应的认识能力，不但可以有效突破文本的接受障碍，并且能够增进或改变原有的理解。例如，中国古代文学作品中常有对于作者官衔的细致记录，若无相应的文化知识储备，接受者很难有效接受官衔所传递的历史与艺术信息。若接受者对传统官制有相应的了解，则可对古代文人的日常生活、人生经历、生命体验乃至时代的社会心理有更为深入的理解。

接受美学的基本意图是更换文艺史研究的观念，改变原有的客观主义或主观主义模式的文艺史书写，将文艺史变为以文艺接受为主体的文艺史，以弥合历史与审美之间的鸿沟。故而，对于艺术史的认知，也应是接受者的自觉追求。艺术史的作用，不仅在于为理解与定位具体的艺术作品提供坐标体系，更在于为回应艺术史提供经验与参照。马克思关于希腊艺术的著名论述认为："困难不在于理解希腊艺术和史诗同一定社会发展形势结合在一起。困难的是，它们何以能够给我们以艺术享受，而且就某一方面说还是一种规范和高不可及的范本。"① 所以，艺术的生产和传播机制也是理解艺术文本社会维度的重要途径，而接受者对于生产传播机制的认知，有助于深化接受者对具体艺术文本、艺术事件以及艺术流派的理解，也是构建艺术文本分析中历史的与审美的维度的必要前提。

2. 情感体验层面

情感作为与认知、意志并立的人类心理活动的三种基本形式之一，是对价值关系的主观感受，所以，情感的实质是一种价值关系评判。情感体验的发生是生命的基本现象。钟嵘《诗品序》曰：

> 若乃春风春鸟，秋月秋蝉，夏云暑雨，冬月祁寒，斯四候之感诸诗者也。嘉会寄诗以亲，离群托诗以怨。至于楚臣去境，汉妾辞宫；或骨横朔野，魂逐飞蓬，或负戈外戍，杀气雄边；塞客衣单，孀闺泪尽；又士有解佩出朝，一去忘返；女有扬娥入宠，再盼倾国：凡斯种种，感荡心灵，非

---

① 《马克思恩格斯选集》第 2 卷，114 页，北京，人民出版社，1995。

陈诗何以展其义，非长歌何以释其情?①

人类的生命历程就是一个相互感发的过程。生命中的情感体验能力，是对个体生命或人类生命现象的关切，也是人类生命责任与生命境界的体现。艺术文本以艺术情感（或曰审美情感）的表达与传递为亘古常新的主题，即能发“人同有之情”，这是对生命基本现象的尊重。陈祚明论《古诗十九首》云：

“十九首”所以为千古至文者，以能言人同有之情也。人情莫不思得志，而得志者有几？虽处富贵，慊慊犹有不足，况贫贱乎？志不可得而年命如流，谁不感慨？人情于所爱，莫不欲终身相守，然谁不有别离？以我之怀思，猜彼之见弃，亦其常也。夫终身相守者，不知有愁，亦复不知其乐，乍一别离，则此愁难已。逐臣弃妻与朋友阔绝，皆同此旨。故“十九首”虽此二意，而低回反复，人人读之皆若伤我心者，此诗所以为性情之物，而同有之情，人人各具，则人人本自有诗也。但人人有情而不能言，即能言而言不能尽，故特推“十九首”以为至极。②

情感体验本难传递。伊瑟尔的“效应美学”认为，“任何人无法体验他人对自己的体验”，而庄周与惠施的濠上之辩，也大体可以作为“人际体验相互不可见性”的东方印证。这就意味着人际交流虽是必然的和必要的，却不得不依赖于某种中介。中介的存在，通常又会造成对体验特殊性的漠视，使交流双方常常止于一般理解。因为一般理解或平均理解隐含着生命同质化的危险，所以文艺作品便成为对抗生命同质化的重要方式。

文艺作品为人类首先提供了情感表现的新方式。情感在关联结构中产生，以“羞”为例，“羞之所羞”“羞之何所以羞”“谁之羞”与“羞”构成了一个相互勾连的关联整体。文艺作品并不以逻辑推论的方式言说某种“羞”之体验，而是在对“羞”的场景描述中，为“羞”提供崭新的表现与言说方式。例如，李清照词“和羞走，倚门回首，却把青梅嗅”，将一位少女的羞态描写得如在眼前；而日常语言中的“我害羞”“我很害羞”以及“我特别害羞”都难以产生这种效果。此外，艺术文本对情感体验表现技巧的创新，还体现在间接

① （梁）钟嵘：《诗品集注》，曹旭集注，56页，上海，上海古籍出版社，2011。

② （清）陈祚明：《采菽堂古诗选》，5页，上海，上海古籍出版社，2008。

手法的使用上。例如，“以乐景写哀”，以闲笔为用意处，以日用常行写人生的大喜大悲等，都是对情感更特殊的表达。艺术文本这些表现情感的方式，是传达人类情感生活丰富性的重要保证。艺术文本对人类情感复杂性的探索以及对情感新类型的敏锐捕捉，也促成了人类自我认识的深化。接受者的情感体验能力是感受、重构、理解以及评价艺术作品的基础，所以，合格的接受者应具备良好的情感体验能力。

3. 伦理与信仰层面

伦理与信仰同样是艺术文本较常涉及的内容，伦理与信仰元素的浓淡雅俗也往往关涉艺术作品的艺术水准和接受者的接受程度。接受者在伦理与信仰层面的素养一般表现为下面几点。

一是对艺术作品中伦理与信仰行为的理解、判断能力。伦理是指在处理人与人、人与社会相互关系时应遵循的道理和准则，而信仰则指对某种主张、主义或对神灵的信奉和尊崇，以及对鬼、妖、魔或自然气象的恐惧等，并把它奉为自己的行为准则。接受者应有对伦理行为“是否应当”、行为选择与人性责任、善恶界限诸问题做出正确判断的能力。接受者应在信仰是否必要，信仰的性质与责任、理想与现实等问题上有一定的自觉与鉴别能力。

二是要对艺术中伦理与信仰问题的复杂性有清醒的意识。艺术文本中的伦理与信仰问题是复杂的，首先，这源于伦理与信仰的历史局限性。以伦理行为而言，主体意识的变化、规则的更替以及行为方式的调整，都是伦理行为在不同历史阶段的具体表现。接受者在文艺接受过程中，对于伦理以及信仰的历史维度应有一定程度的理解和把握。其次，伦理与信仰的社会性，也是导致此问题复杂化的重要原因。由阶级（阶层）、地域、种族、性别、行业等因素所决定的行为者的身份归属，是理解伦理与信仰行为选择的重要因素。艺术文本的艺术审美特性，则是造成艺术文本中伦理与信仰问题复杂性的另一重要原因。艺术文本的审美性，既为伦理与信仰的表现提供了日常生命难以企及的自由度，如西方视觉艺术对裸体的表现、文学对特殊精神及心理状态的表现；同时也在表现的多元与深度上远超日常生活的一般理解。

三是对艺术文本中伦理与信仰困境的理解。伦理与信仰的难题，在日常生活与艺术作品中，大体可分为两类，即具有解答可能性的难题与无可解答的难题。前者的解答虽然艰难，但依然具备突破困境的条件。例如，所谓“忠孝难以两全”的选择难题，在条件转换或者伦理规则发生变化的情况下，便不再成为难题。伦理与信仰的困境，是对人类生存活动有限性的重要显示。艺术作品对伦理与信仰问题最为重要的贡献，正在于对伦理困境的揭示。

二、文艺接受者的审美心境

情绪是多种感觉、思想与行为综合产生的心理与生理状态，有与生俱来的“基本情绪”与后天生成的“复杂情绪”之分。“情绪”是无法拒绝的生命事实，作为生命活动的文艺接受自然是有情绪的接受活动。接受者的情绪状态也就是接受心境，按情绪的基本特征分类，以欣悦、抑郁与虚静最为常见。这种分类便于理解，但却忽视了文艺接受作为审美接受活动与他种接受行为的根本区别。所以，我们必须在“审美心境”的意义讨论文艺接受。

审美心境是一种平静而持久的情绪状态。作为情绪状态，一般心境多表现出态度体验笼罩周围一切事物的特点，使“物皆著我之色彩”；同时具有持续性，要在相当长的时间内主导人的情绪波动。审美心境则是更为稳定的情绪状态，持续效应更显著。在中国的文艺批评传统中，审美心境近于“胸襟”“襟抱”等概念，主要指创作或接受者的胸怀气度，含有艺术和人生两重指向。在艺术审美领域中，审美心境体现为特定思维状态、体验方式，以及成就的作品的格调与境界；于人生的层面而言，它则指向一种审美化人生态度和生活方式。审美心境的形成，有外在因素的作用，比如社会生活状态、个人境遇、身体状况以及自然环境的影响。个体的审美经验比个体的世界观、人生观更为重要，甚至决定着审美心境的级次。审美心境作为较为稳定的情绪状态，是审美态度、审美能力、审美方式以及审美体验的综合。在艺术接受过程中，审美心境的作用贯穿始终。

1. 审美心境与接受态度

审美心境作为接受态度的表现，首先表现为审美态度，与实用态度、科学态度不同。审美态度是艺术接受有效发生的前提。审美活动要求主体从日常现实生活中脱离出来，与实用功利保持一定的距离。瑞士心理学家布洛认为，只有心理上有了“距离”，我们才能对眼前的对象做出审美反应。审美心理距离的特点在于，事物的审美特性处于心理活动的聚焦中心，事物的实用性能、认识价值等方面的特性则被忽略不计。其次，表现为审美心境造成的接受者的审美偏好，如中国美学传统对“自然”“虚静”“空灵”“适性”等的偏爱。审美心境的类型或层次不同，对接受对象的选择、接受取向以及接受深度均有影响。最后，审美心境还影响接受者对艺术接受与生命之间关联的理解。中国传统美学对审美心境论的重要贡献，是将审美（艺术）视为人的一种生存状况，一种全新的生命境界。其核心问题不是美为何物，而是审美对人生有何意义。故而，审美心境对于接受者如何思考艺术与人生的关系也将产生重要影响。

2. 审美心境与接受能力

艺术接受能力是一种复合能力，由接受主体感性与理性、生理与心理、经验与体验、灵性与悟性等诸多方面有机集合生成，主要包含审美感受力、判断力、想象力及创造力。审美心境并非直接的审美能力，但审美心境与接受能力之间是一体的关系。审美心境对于接受能力的影响是间接的，且在较长时段中方能有所体现。虽然审美心境与接受能力的构成及水准高低并无直接的关联，但影响着接受者在接受过程中的理解、评价与定位。同时，中国传统美学对于艺术接受的“技术”层面，缺少足够的重视，“知其然”而不究“知其所以然”，这无形中便加强了审美心境对接受力的影响和制约。此外，审美心境如若缺少开放性，也会窄化接受者的审美经验，进而影响接受者艺术接受能力的均衡发挥。

3. 审美心境与接受方式、接受效果

艺术接受方式产生于艺术接受活动之中，是接受对象、接受环境与接受者相互影响的结果。在艺术接受过程中，接受者未必具有明确的方法论意识，也未必有整体性的理解与反思能力，接受方式也有一定的随机性。但接受者的接受心境一旦形成，便会对接受方式有相应的自觉。张怀瓘的《文字论》说：“深识书者，惟观神采，不见字形，若精意玄鉴，则物无遗照。”神采与字形之间的选择即出于接受者的审美心境。审美心境会对审美体验有较为明确的预期，也会对审美体验产生一定的形塑作用。《世说新语·言语》中，简文帝入华林园，顾谓左右曰：“会心处不必在远，翳然林水，便自有濠濮间想也，觉鸟兽虫鱼自来亲人。”心境若倾向于“自然”，便期待着人与自然交往的适意与亲近体验，并有助于此种体验期待的形成，而其他类型审美心境的作用方式也大体与此相近。

三、文艺接受者的历史文化语境

前文讨论的多是历史文化语境与作家艺术的关系，本章讨论的则是历史文化语境与接受者的关系，可简称为“接受语境”。文艺接受总是发生在特定的历史文化语境之中，并受到历史文化语境或隐或显、或强或弱的影响。

1. 历史文化语境是文艺接受的限制性条件

文化语境是文化族群中较为稳定而具有约束效力的心理、行为习惯与社会规范，一旦形成，则会对交际行为的主体、方式以及功能期待等产生较为稳定的认知惯习。以文艺接受而言，具有较高社会文化的言说者或创作者，进入接受过程的可能性更高，对于作品的功能期待也偏于高雅。同时，历史文化语境还会对文艺作品的主旨偏好产生影响。陈寅恪曾说：

> 尝谓吾国小说，大抵为佛教化。六朝维摩诘故事之佛典，实皆哲理小说之变相。假使后来作者，复递相仿效，其艺术得以随时代而改进，当更胜于昔人。此类改进之作品，自必有以异于感应传冥报记等滥俗文学。昔乎近世小说虽多，与此经有关系者，殊为罕见……终不适于民族普通心理所致耶？①

陈寅恪的意思是说，佛经故事虽在六朝时影响到我国小说创作，但在我国历史文化语境的影响下，当时就起了质的变化，“实皆哲理小说”。而仅仅这点影响，也在中国文学史以后的小说沿革中，渐渐被历史文化语境涤荡干净，以至于“近世小说虽多”，与佛经有关的东西却已“殊为罕见”，可见民族的历史文化语境对文艺主旨的选择性。文艺作品主旨的接受在受到认知心理影响的同时，也会受到社会规范的影响。例如，禁忌类题材即难以公开传播。

2. 历史文化语境是文艺接受的生产性条件

历史文化语境是艺术文本产生意义的文化空间。从共时性的角度而言，历史文化语境为艺术文本的解读提供系统而有必要的依据。从字句训诂到题旨阐发，历史文化语境构成了艺术文本意义的运行机制。从历时性角度而言，历史文化语境的文化视野、文化心理与文化成规，即传统与当下共同作用的结果，同时也保持了对未来的开放性。艺术文本在历史文化语境的变动中，会产生意义变异、增殖等诸多可能，并由此导致艺术接受史中经典名录的位置移动与数量变更。而自共时性与历史时性的交叉角度而言，历史文化语境的生产性体现为为艺术文本的解读提供大体明确的“意义范围”。它为艺术文本的阐释提供了准入条件，否定某些在现有的事实与理论框架中难以被接纳的解读，从而为意义阐释的合理性提供依据。

3. 历史文化语境是文艺接受事件的意义框架

艺术接受史中常会出现对某部或某类型艺术文本的接受成为公共热点的现

---

① 《陈寅恪集·金明馆丛稿二编》，209页，北京，生活·读书·新知三联书店，2001。

象。文艺接受能够成为“事件”，比如“五四”以后关于“娜拉走后怎么办”的讨论，就是一场由文学接受引起的文化“事件”。在这时的历史文化语境中，妇女解放的话题被凸显放大，成为理解接受事件的意义的框架。历史文化语境可以确定历史事件的发生“现场”及其在历史中的具体位置，为揭示事件发生的根源、过程及与其他历史事件之间的特殊勾连提供条件，并由此构成接受主体与接受对象之间的新的相互关系。

4. 历史文化语境是影响文艺批评的重要因素

文艺作品及其相关活动在具体的历史文化语境中消长起落，文艺批评作为文艺接受的特定方式，自然难以脱离历史文化语境的影响。历史文化语境对于文艺批评的影响不仅体现于因艺术门类的增加及文艺活动的新变所导致的批评话语的横向增殖，其更为重要的影响是文艺理论的转向，如我国 20 世纪 90 年代自“文艺本质论”向“文学活动论”的转向等。

第二节 文艺接受的过程

文艺接受是艺术活动的重要环节，艺术活动既表现为艺术家的创作活动，同样也表现为艺术作品在社会生活中传播、接受的过程。艺术接受过程并非仅是通过揭示艺术作品的生成条件或作者意图来呈现艺术文本的含义，而是强调艺术作品的对话性，以接受者的参与作为作品意义生成的重要条件。在社会文化规定性之外，艺术接受受到文本特定品质与结构操控及接受者的教养、期待、理解、性情以及趣味等因素的影响与制约。文艺接受过程中实现的不仅是艺术文本的意义具体化，也是接受者收到作者的审美信息后，审视、顺应或否定的审美重塑的过程。

一、期待视野与接受动机

文艺接受是艺术作品的意义具体化的过程。意义并非仅为在语言中被“表达”出来的东西，而是包括象外之象、言外之意的语言的“产物”。这即意味着意义无法建立在文本留下的“空白”与“私人经验”之上，接受总是“有条件”的接受。同时，接受也总是发生在一个实际社会利害关系的语境中，“成见”同样为接受的先在条件。在具体的艺术接受中，与艺术接受相关的人生经验与审美经验的相互作用，会形成对艺术接受的预先估计与期盼，即“期待视野”，而“动机”则成为接受行为的基础。

1. 期待视野

这是姚斯接受理论的核心概念，即“对文学的期待、记忆和预设所组成的生发意义的视野之总和”①。姚斯借用曼海姆、波普尔所阐释的“期待视野”概念，提出了自己的期待视野概念（expetaition horizon），认为它由三部分内容组成。一是对于文类的先前理解。“文类”（genre）一词，类似于传统理解的“文学体裁”。通行的文类区分有三分法或四分法，即叙事文学、抒情文学和戏剧文学，或者诗歌、小说、散文、戏剧。接受者在接受之先，对于文类都会有自己的理解，即使此种理解只是零散的经验感受，甚至是前文类的感受，但这种先在的感受依然是接受活动必然具备的。二是对作品形式和主旨的先在理解。例如，在阅读金庸的小说《书剑恩仇录》时，读者对于武侠小说以及恩仇录类的作品题旨会有一定的理解。三是对诗歌语言与自然语言之间的对立必有先在的理解。诗歌语言更为凝练、简洁，具有自指性，致力于突出自身，而非像实用语言那样主要服务于信息的交流与传递，具有较强的工具性。

期待视野是审美经验的构成要素，在文学接受中，期待视野具有确定文学作品的审美价值、描述读者的审美阅读经验及解释文学的历史延续等功能。虽然姚斯的期待视野主要针对文学接受而言，但不同艺术门类间的互通性及理论本身高度形式化的特点，也确保了期待视野在整个艺术接受中的重要影响。此外，由于文学作品总是“在同其他艺术形式的比照中、在日常生活经验的背景下被接受和评价的”②，接受必然处于“超主体视野”的影响之下，即“集体期待”。时代视野是期待视野的重要组成部分，所有的文本及其阐释都明显受到时代视野的影响。同时，接受者期待视野的历史性也决定了期待视野的开放性。每一次的艺术接受实践，都是既受原有期待视野的制约又修正拓宽期待视野的过程。

2. 接受动机

艺术接受的发生，是一种十分复杂的心理现象。艺术接受虽然并不排斥随

---

① H. R. Jauβ, “Literaturgeschichte als Provokation der Literaturwissenschaft”, in H. R. Jauβ, *Literaturgeschichte als Provokation*, Frankfurt/M: Suhrkamp, 1970: 171. 译文参见方维规：《文学解释学是一门复杂的艺术——接受美学原理及其来龙去脉》，载《社会科学研究》，2012（2）。

② H. R. Jauβ, “Literaturgeschichte als Provokation der Literaturwissenschaft”, in H. R. Jauβ, *Literaturgeschichte als Provokation*, Frankfurt/M: Suhrkamp, 1970: 171. 译文参见方维规：《文学解释学是一门复杂的艺术——接受美学原理及其来龙去脉》，载《社会科学研究》，2012（2）。

机性的接受行为，但一般的艺术接受通常是发生在一定的动机驱动之下。期待视野是文本意义发生的基础，而接受动机则是意义发生的内在动力。两者相互支撑，交叉影响，形成复杂的接受现象。

接受动机在接受过程中可以发生移位，并且常有多种动机并存。若静态分类，则有以下几种。第一，审美动机。审美动机即艺术接受中追求娱情悦性的精神享受动机。接受者试图通过接受行为，在艺术作品中寻得心灵的慰藉，在艺术鉴赏中获得放松、愉悦乃至自由，以此摆脱俗务对个体生命的束缚与压抑。第二，求知动机。在审美动机之外，企图通过艺术作品了解相关艺术门类的技法与知识、艺术的相关机制、社会生活层面的真相以及对社会与人生的理解等，也是艺术接受的常见动机。同时，不同阶层、职业、信仰、身份的人，也会有不同的求知偏好：政治家试图从文学书中求得政治斗争的经验，历史学家更希望获取文学的史料价值，哲学家寻求的是文艺中的哲理，文化研究者关注的是作品中的典章制度和文化风情等。第三，受教动机。这是接受者力求在作品中求得精神鼓舞、道德升华和效法榜样的动机。此种动机一般来自接受者内在的精神需要，即希望艺术作品在个人探寻生活航向、求索人生答案的努力中，助以一臂之力。第四，批评动机。此动机主要是发生在职业文学批评家和文学研究者身上的动机。和普通读者不同，文学批评家与研究者在阅读中除获得审美享受外，更专注于对作品的深层意蕴、艺术风格的分析，以期对文学作品进行全面的公正的评价。这是在求知动机之上更为专业化的动机。第五，借鉴动机。这是发生在作家和初学写作者身上的接受动机。他们阅读常常是为了摹仿借鉴他人的艺术技巧，提高创作质量，所以往往会反复阅读，仔细揣摩，甚至摘录背诵。

二、文艺接受中的“同化”与“顺应”

在文艺接受之先及接受过程中，作为接受主体的接受者，基于个人与社会的复杂原因，心理上往往会有既成的思维指向与观念结构。接受者的这种据以接受文艺作品的既成心理图式，可称为接受经验期待视野，或简称为期待视野。在艺术接受中，作为心理图式的期待视野会对在文艺作品中所察觉的信息进行引导与组合，从而可能引起图式的“同化”与“顺应”反应。

根据皮亚杰的认知图式理论，所谓“同化”，是指接受过程中那些与接受者审美心理结构相一致的作品信息对这一心理结构的强化与巩固作用。同化会引起图式量的变化。当文艺作品的形象设计、情节模式以及主题类型、功能定位等按接受者的接受期待逐渐展开时，接受者的期待视野便会有高度的可融合性，接受者的审美趣味便得到强化与巩固，接受者容易在此种印证中得到认同的快乐。当文本的审美信息把接受者带到理想的艺术境界时，接受者的审美体验与审美情感也会进入高峰状态，以至于出现艺术迷醉的心理现象。此类现象通常出现在具有丰富审美经验和较强审美能力的接受者的接受活动中，如艺术发烧友。若接受者在接受中完全没有同化反应，艺术文本的内涵与读者的期待视野大相径庭，便会产生期待指向“受挫”的情况。此时，不但接受者感受不到美的享受，而且接受活动也会随时有中断的可能。因此，艺术接受中的同化反应，可以说是一种基本的正常的心理反应，是文艺接受赖以实现的基本前提。但若同化反应对增长图式容量的作用有限，接受者容易因高重复度而厌倦。这既难以让接受者得到审美享受，也容易造成图式本身的僵化。故而，在艺术接受中，顺应是与同化并立的反应方式。

所谓“顺应”，是指接受过程中与接受者审美心理结构不一致的作品信息对接受理解结构的调整与改变。顺应可以引起审美心理结构质的变化。创造并呈现可能性是艺术的重要品格。创作者在遵循基本规范的同时，常会有突破常规的举动，从而为文艺开辟出新天地，使文艺作品展现出令人称叹的魅力与生命力。在文艺接受过程中，作品的人物形象、艺术技法、情节结构、主旨及思想意蕴都有可能是“出乎意料之外，又在情理之中”的，从而与接受者的心理图式形成错位，接受者因此会感到暂时的受阻遇挫。但艺术作品的确可能引领接受者进入全新的艺术体验之中，进而使接受者在更高的层次上获得审美满足。更高层次的喜悦与满足会使接受者认同此种创新模式，其审美心理结构由之得到调整和改变。这种接受者审美心理结构在“顺应”反应中的调整和改变，意味着接受者审美能力的丰富、发展与提高，同时也是对文艺创新的认可与激励。

文艺接受通过同化反应，不时唤醒期待视野中的先在知识，让接受者通过重温旧有的审美经验而感到兴奋和愉快；又会通过顺应反应，改变接受者原有的审美心理结构，调整和扩大接受者的期待视野，提升接受者的审美能力与审美境界。接受者在同化与顺应的交互作用中完成艺术接受，也完成对自我的审视与重塑。

三、文艺接受的性质

文艺接受是审美体验、审美认知、审美交流与审美重塑的统一体。在文艺接受活动中，接受者要充分发挥主体的参与能力，通过重塑形象、填补空白、再度体验作家情感等方式，再创造出属于自己的新的艺术世界。因此，文艺接受的性质是一种审美的再创造的性质。

第一，接受者必须重塑整个艺术世界。“人际体验的相互不可见性”是接受理论前提之一。创作者虽然在艺术文本中创造了一个艺术世界，但无论是空间性艺术还是时间性艺术，作品都是通过程式构造的方式形成有机“整体”的，而程式构造只能表现事物的大致情形和框架，鲜有对具体特性的细致描述。虚写、有意的省略和合理性的部分缺失都是艺术创作的必然结果，因而，布满“不定点”或“空白点”的作品是艺术品存在的常态。“不定点”与“空白点”需要通过接受者的创造性想象和联想去创造、去补充。这一过程，就是接受者的审美再创造过程。同时，由于接受者审美心理结构的不同，便在进行同化和顺应的再创造过程中产生了不同的结果，出现了“一千个读者便有一千个哈姆雷特”的现象。这种现象恰是由文艺接受的再创造性质决定的。

第二，接受者必须再度体验作品中的情感。作品中的艺术情感是熔铸于一定艺术形式的形式化情感，接受者在接受过程中，须重新体验这种情感，将其化为与自我的人格与灵魂相通的具体情感。因此，接受者对创作者的生命体验，对作品中人物的经历与情感的体验，都应形成真切的体会。但是，接受者并非仅是复原文本所传递的情感，而是通过自我的心灵去再度体验这些情感。如若文本中的情感只是作为接受者的认知对象而存在，接受者实际上并没有真正进入作品的情感世界。再度体验并非对文本情感的再度感受，而是接受者在自我生命体验的基础上对作品情感的再认与重构。如果说文本中的情感只有作者情感与人物情感两个要素的话，接受者体认与重构的情感便已具有三个方面的因素了。例如，当《红楼梦》中的林黛玉因《牡丹亭》戏文而“不觉心痛神驰，眼中落泪”时，她在很大程度上已经不是为戏中人物心痛，而是为自我命运的悲苦落泪了。所以，此时的情感已非《牡丹亭》《西厢记》文本中的情感，而是林黛玉再体验后的一种具有接受者个人特色的重构性情感。接受者实际上已经把上述三种情感融凝为一种全新的审美情感。在此意义上，文艺接受显示出再创造的性质。

第三，接受者在接受过程中，还可以对文本做创造性的理解。文艺接受具有不对称性，即文艺接受不具有面对面的情形，艺术作品无法调整自己，去适应所有的接受者，接受者也无法向文本发问，以确认自我理解的准确度。同时，文艺接受也不具备人际交流时双方共同的服务目的，因而也缺少了由此带来的共有情境和参照系的调节。文艺接受的不对称性为接受者的理解提供了一定的自由空间，“合理误读”即产生于此。所谓“合理误读”，即接受者理解的意义往往与作者不同，显示了作者未曾察觉的内涵，从而使这种理解看上去更切合作品实际。《诗经》中的许多诗歌原本为朴实直率的爱情主题，儒家文化却赋予《诗经》以礼乐教化的外在功能。例如，“《关雎》，后妃之德也”的解释，便是在当时历史文化语境中对这首爱情诗的合理误读。这种解读，可能是原作者未曾料见的。赵树理《小二黑结婚》中，三仙姑徐娘半老而风流依旧，作者本多贬斥之意，但在部分具有现代意识的读者看来，这一人物有颇值肯定的个性解放精神。这种解读已与作者初衷相背，但其在现代文化的视角下却有较高的合理性。合理误读是文艺接受的一种正常而普遍的现象。清人谭献《复堂词录序》有云：“作者之用心未必然，而读者之用心何必不然。”可见，人们对于接受者“误读”的权力的认可，是文艺批评中较有影响的传统。

总之，艺术接受者从思维到情感，从形象到意蕴，都积极参与了审美的再创造活动。接受者在接受过程中，并非一个被动的接受者，而是一个积极的创造者。

第三节　文艺接受的高潮

文艺活动的最终实现，体现于文艺接受，而接受的质量高低，又体现于文艺接受高潮的有无。文艺接受达到高潮的标志，是共鸣的产生，其高质量的标志则是净化、领悟与延留。

一、共　鸣

共鸣是艺术接受进入高潮阶段的重要标志，大体有两层含义。其一，是指接受者为艺术文本的思想情感和行动主体的命运遭际、生命意愿深深打动而形成的一种审美的高峰体验状态。其二，是指不同接受者在同一文艺作品的接受中所产生的大致相同或相近的情绪状态。第一层含义是理解文艺接受高潮的理论焦点。文艺接受中的共鸣是文艺价值实现的重要途径，主要有以下特征。

第一，共鸣是接受者期待视野的充分实现所引起的情绪激动，实质上是接受者与创作者情感、趣味、理想高度的共振与心灵的沟通的结果。在姚斯审美认同的诸种形式中，共鸣最为接近同情式认同。接受者的期待视野有个体性与集体性的双重性质，所以，与个人情感体验以及人生理解、意愿相同的作品，反映集体关注、与群体生活密切关联而有明确时代烙印的作品，易于引起接受者的共鸣。前者如《世说新语·豪爽》："王处仲每酒后，辄咏'老骥伏枥，志在千里。烈士暮年，壮心不已'。以如意打唾壶，壶口尽缺。"王敦（处仲）由曹操《龟虽寿》引发的强烈共鸣，主要源于与曹操有着相近的壮志雄心及对生命有时而尽的慨叹。后者如在家国兴亡的关头，总会有高扬爱国主义与民族主义的作品引发接受者的共鸣。例如，《我的家在东北松花江上》在抗战时期所引发的失去家园故土的痛苦和那种难以压抑的反击入侵、同仇敌忾的情感，得到全国人民的普遍共鸣。

第二，共鸣作为一种审美的高峰体验，常表现为艺术迷醉的状态。高峰体验是指人在自我实现过程中，基本需要获得满足后，达到自我实现时所感受到的短暂的、豁达的、极乐的体验，是一种趋于顶峰、超越时空、超越自我的满足与完美的体验。马斯洛说：

> 人们在高峰体验的状态下，都有一种非常独特的在时间和空间上定向能力的丧失。确切地说，在这种时候，这个人在主观上是在（现实）时间和空间之外的。诗人和艺术家在创作的狂热的时候，忘却了周围的事物和时间的流逝，当他"醒"过来时要判断过去了多少时间，简直不能做到。通常他不得不摇摇他的头，仿佛刚从茫然中苏醒，弄不清自己是在什么地方。①

共鸣是文艺接受的一种高峰体验，接受者在艺术作品的接受过程中为文艺作品所创造的世界深度吸引，"自我"暂时消失，陶醉或沉迷于文艺作品之中，达到一种心灵与人格的深化。在古今中外的文艺接受史中，高峰体验的案例不胜枚举，如孔子闻韶乐而三月不知肉味，皮格马利翁对女子雕像持久而深情的凝视等。

第三，共鸣作为一种超越的审美境界，是以心灵的自由及主客的浑一性为特征的。在共鸣的审美体验中，接受者忘却了现实的时间与空间，摆脱了世俗生活的诸多桎梏。在超越的审美世界中，接受者打破了人与己、人与物以及人与自然、世界之间的隔碍，获得存在的自由感。接受者以虚静无我的至诚至善之心，与他人、他物共同经历人生的生死爱恨与悲欢离合。至此，接受者已沉

---

① ［美］A. H. 马斯洛：《存在心理学探索》，72页，昆明，云南人民出版社，1987。

醉于艺术世界之中，忘却了主体与客体的分际，也忘记了现实与世俗生活的功利欲求，而是在艺术作品的精神家园中舒展生命，提升灵魂，并获得极大的审美享受。

二、净　化

审美净化是指接受者通过对审美对象的体验、品味和领悟达到的调节精神、排遣情绪、去除杂念和提升人格的自我教育、自我升华的效果，是文艺接受高潮的又一种表现。“净化”（katharsis）一词，最早见诸亚里士多德的《政治学》。亚氏在论述音乐的作用时指出：“某些人特别容易受到情绪的影响，他们也可以在不同程度上受到音乐的激动，受到净化，因而心里感到一种轻松舒畅的感觉。因此，具有净化作用的歌曲可以产生一种无害的快感。”① 在《诗学》中，亚里士多德又进一步指出悲剧激发的哀怜与恐惧，可以导致观众“情绪的净化”。审美净化的效果是以艺术感染的方式，激发接受者心灵中对于高尚之境的追求，不同于以理服人的劝谕与说教。

首先，净化表现为对接受者情感与心灵的慰藉作用。艺术文本将接受者引入超越的艺术世界，使之暂时忘却世俗生活的束缚与困扰，以此恢复心灵的平衡，在审美享受中消解生命的紧张感，使心灵获得慰藉。恩格斯在谈及德国民间故事书的作用时曾说：“民间故事书的使命是使一个农民做完艰苦的日间劳动，在晚上拖着疲乏的身子回来的时候，得到快乐、振奋和慰藉，使他忘却自己的劳累，把他的硗瘠的田地变成馥郁的花园。民间故事书的使命是使一个手工业者的作坊和一个疲倦不堪的学徒的寒伧的楼顶小屋变成一个诗的世界和黄金的宫殿，把他矫健的情人形容成美丽的公主。”② 恩格斯所阐明的，即在文学接受的0，接受者获得情感净化的特征。其次，净化还表现出使读者的情绪得到宣泄和疏导，使异化的心态得以矫正，使扭曲的人格得以升华的作用。狄德罗曾说：

> 只有在戏院的池座里，好人和坏人的眼泪才融汇在一起。在这里，坏人会对自己可能犯过的罪行感到不安，会对自己曾给别人造成的痛苦产生同情，会对一个正是具有他那种品性的人表示气愤。当我们有所感的时

① 伍蠡甫：《西方文论选》上卷，96页，上海，上海译文出版社，1979。

② 《马克思恩格斯论艺术》第4册，401页，北京，人民文学出版社，1966。

候，不管我们愿意不愿意，这个感触总是会铭刻在我们心头的；那个坏人走出包厢，已经比较不那么倾向于作恶了，这比被一个严厉而生硬的说教者痛斥一顿要有效得多。①

文学艺术的净化功能，在重视诗教传统的中国文论中一直广受关注。明代高明《琵琶记》第一出副末开场之《水调歌头》云：“秋灯明翠幕，夜案览芸编。今来古往，其间故事几多般。少甚佳人才子，也有神仙幽怪，琐碎不堪观。正是不关风化体，纵好也徒然。论传奇，乐人易，动人难。知音君子，这般另作眼儿看。休论插科打诨，也不寻宫数调，只看子孝共妻贤。”通过戏曲的搬演，以达成社会教化的目的，这正是文艺作品净化功能的体现。

三、领　悟

哲学意味层是作品意蕴的纵深层次，而对作品中哲学意味的领悟也是文艺接受极难达到的境界。文艺接受者的共鸣，一般达于净化便已终止。领悟是读者在进入共鸣、净化之后，主动追问和思索作品深层意蕴的结果。欲达到领悟的层次，需要接受者有更高的期待和更自觉的追求。领悟是人格境界的升华，也是一种生命智慧的飞跃。审美的“领悟”，通常伴随着通解彻悟的喜悦。在文艺接受中，并非所有的作品都有哲学意味层，也并非所有的读者都具备达成领悟的能力，但文学接受高潮的领悟层次，实为文学接受的最高层次、最高境界。

金庸的武侠名著《笑傲江湖》，其表层意蕴是随性洒脱、古道热肠的华山少侠令狐冲在险恶江湖中一波三折，最终得其归处的成长故事。少年的成长本是武侠小说的常见主题，令狐冲的遭际对于世俗生活中饱受生存压力的年轻职业人而言，极易引起内心的共鸣。小说的中层意蕴是人生常见的善恶难辨的困境与得失利害的两难选择，能引起接受者对人生的理解以及对自我生命样态的反思。一般接受者达到这两个共鸣境界，已是受益匪浅，但还有部分读者可以发现金庸小说借用武侠世界所做的诸多隐喻。诸如社会的权力结构及其运作、非理性的狂热对良性规则与人性的戕害、人类的自大与渺小等，均可在作者所营构的武侠世界中获得观照与反思。伴随着对历史、社会与人生的领悟，接受者的生命智慧得到极大提升，从而对于历史、社会与人生有了更为透彻的把握。

① ［法］狄德罗：《狄德罗美学论文选》，137 页，北京，人民文学出版社，1984。

四、延　留

所谓“延留”，是指文艺接受的过程终止后，接受者高峰体验的心理延续和留存状态，也指由共鸣、净化和领悟造成的审美心理体验，在接受活动结束后萦绕脑际、不断回味的状态。这种接受高潮在人的心灵深处留下的记忆和烙印，不仅可以像古人说的那样，“绕梁三日不绝”，像孔子那样“三月不知肉味”，甚至可留下终生的记忆。鲁迅承认他的《药》的结尾，有着“安特莱夫式的阴冷”；郭沫若承认他的创作直接得益于美国诗人惠特曼的影响，这实际上都是文学接受的延留造成的结果。一部作品在接受后留下的印象越深，延留的效应越明显，说明这次文学接受活动的质量越高。可以说，所有作家都希望自己的作品在读者心中引起长久的延留效应，并以这样的读者为“知音”，视这样的现象为自己最大的快慰。

延留是审美认同的心理延续。由于审美认同存在退化的可能，即审美认同能够将接受者吸引到受作品或他人控制的行为之中，故而，并非所有的共鸣都具有积极意义。因此，也并非所有的延留都有积极的效果。

清人陈其元《庸闲斋笔记》记载了这样一个故事：杭州某女子读《红楼梦》入了迷，并且也患有林黛玉一样的肺病。当她病危将绝时，父母认为是《红楼梦》害死了自己的女儿，就把书丢进火里烧了。可那女子却在床上放声大哭，呼号着“奈何烧煞我宝玉!”当即命绝。同样因艺术共鸣而丧命的现象也出现在西方。歌德的《少年维特之烦恼》出版后，曾在欧洲引起一阵“维特热”：青年人争相效仿维特的打扮，以穿蓝上衣、黄背心、马裤马靴为时髦，有人甚至模仿小说主人公去自杀，自杀时也要穿上“维特装”，并把小说放在衣袋里。以至于歌德再版此书时不得不在卷首题上这样的诗句：“做个堂堂的男子，不要步我的后尘!”① 歌德认为，这些青年之所以仿效维特去自杀，是因为他们曲解了作品。他们不能有效区分艺术世界与现实世界，导致了偏狭消极的共鸣以至于丧命。

同时，某些读者读了消极有害之作，作品中不健康的情调也可以引起读者人格中不健康一面的共鸣，这样不但不能产生情感的净化和人格的升华，反而有可能把读者引向卑下的人格境地。在这种情况下，共鸣和延留只具有消极的意义。这是文艺接受不可不明辨的。这就说明，一般读者的文学接受活动还应

① 龙协涛：《艺苑趣谈录》，65页，北京，北京大学出版社，1984。

接受文学批评的指导；而文学接受活动要取得积极的意义和健康的发展，就需要在文学批评健康开展的条件下进行。

20 世纪 70 年代末，接受美学的影响在其原产地逐步消退。不过，其域外影响却呈现增长态势，并一直延续至今。接受美学提升了读者在文学活动中的地位 ，并试图揭示以读者为中心的文艺社会功能，由此在新的理论框架中理解文学的意义与目的。这样，接受美学就有力地挑战了“表现美学”与“生产美学”。但是，过于注重读者经验的研究视角，相对忽视了艺术创作和艺术生产中为文艺接受创造的前提性条件，相对忽视了作家、艺术家的能动作用，也简化了对审美客体的理解，明显是不符合人类文艺活动实际的，其理论设想也难以真正落实在文学史的撰写与具体的文本分析中。这样一来，姚斯后期自文学理论向审美经验研究的转向，伊瑟尔不再推进阅读行为模式分析而重新注目于文本分析等，这些接受理论自我内在的调整，就变得可以理解了。但无论接受美学有何种程度的局限，它对于文艺理论与批评的贡献都是巨大的，这一点仍应给予充分的肯定。

第十二章　文艺批评

文艺批评，或称文艺评论，是对文艺作品、文艺现象的判断和评价活动。从文艺活动的整体来看，文艺批评是以一定的文艺观念、文艺理论为指导，以一定的历史文化语境为参照系统，以文艺欣赏和接受为基础，以作家、作品及文艺现象为研究对象的，对文艺作品、文艺现象做出诗意评判和价值评判的文艺活动。文艺批评是文艺活动的重要组成部分，属于文学接受的范畴，同时也是以文艺作品和文艺现象为主要对象的理性评价活动，所以又超越了接受论的范畴。全面地说，文艺批评是一种对文艺作品、文艺现象和文艺活动（甚至包括批评自身）进行理性分析、鉴别、阐释和评价的工作。

从概念内涵上来看，“批评”（criticism）作为文艺学的一个专门术语，源于古希腊文“krites”（判断者）和“krinein”（判断），它在希腊文、德文、英文中都有“裁判”“判定”的意思。在中国古代，“批评”与“评论”并不完全一致，刘勰《文心雕龙·论说》有云：“评者，平理。”“论者，伦也。”因此，评论就是评价裁判和阐发道理，批评则指批注评释。作为现代概念的文艺批评有广义和狭义之分。狭义的文艺批评是指对具体文学作品的研究和评价，广义的文艺批评则超越了具体的批评层面，上升到对普遍性的理论问题的思考。本章主要以狭义的文艺批评为中心展开论述。

第一节　文艺批评观念与方法的变迁

作为系统性、专业化的文艺学分支，文艺批评是现代学科分化的产物。然而自有文学艺术以来，便有了可称为文艺批评的活动。文艺批评是人类文艺活动的一部分，有着与人类的文艺史一样长久的历史。由于历史文化语境的差异，不同时代、不同背景下的文艺批评，其历史形态、内涵意蕴、方式方法、价值取向也都各有不同。因此，对文艺批评进行界定与考察，除了从概念内涵上进行辨析，还需要以历史文化语境为具体参照，然后才能结合当下文艺批评与文艺活动的历史处境，进行符合客观实际的文艺批评。

一、传统批评的价值追求和方法局限

文艺批评自古以来就是文学事业的组成部分，它是作为文艺活动的一部分发挥作用的。文艺事业的发展和繁荣，永远离不开文艺批评。与现代文艺批评相比较，传统文艺批评基本上是非学科化、非独立化的：或者在价值取向上与哲学政治、社会历史等研究相混淆，或者在方式方法上没有自觉的、明确的、系统的体系性。若从价值追求和批评方法上看，传统文艺批评主要有伦理道德批评、社会历史批评、审美印象批评三种基本模式。

1. 伦理道德批评

伦理道德批评是以一定的道德意识及由之而形成的伦理关系作为规范来评价作品的，主要以善、恶为基本范畴。这种批评着重于对文学作品道德内涵的评价，关注作品的伦理价值及道德教化作用。无论中西，伦理道德批评都是兴起最早而又影响深远的批评模式。例如，孔子以“思无邪”对《诗经》进行道德价值评断与取舍，柏拉图则以德行为标准来评判文艺作品，看其能否进入“理想国”。除了作品内容及其影响、效用之外，作家本人也是伦理道德批评的主要考察对象。伦理道德批评认为，作家的道德与作品内容的道德之间有着必然的联系。中国古代有“道德文章”的说法，强调“德”与“文”的兼顾一体。例如，建安七子之一的徐干在《中论》中指出“艺者，德之枝叶也；德者，人之枝干也；盛德之士，文艺必众”，认为文章体现的是作者的道德情操。

伦理道德批评以道德标准或伦理关系为准绳和裁判，然而道德实际上是一个历史的范畴，伦理关系也是一种历史的关系。在具体的历史文化语境中，伦理道德的具体形态也不一样。因此，不同时代的伦理道德批评在评判作品时会呈现出明显的差异与冲突。由于文艺作品的审美内容极其丰富，而伦理道德批评的重点却始终放在对作品的道德评价上，便往往对文艺的审美性有所忽略，甚至以道德标准取代艺术标准，把“寓教于乐”变成“重教轻乐”。我们应该针对道德范畴和伦理关系本身进行历史性批评，这样才能客观地、历史地评价文艺作品。这自然就产生了另一种批评模式，即社会历史批评。

2. 社会历史批评

传统的社会历史批评强调文艺与社会生活的关系。这种关系是多方面的：一方面，作品再现生活，是对现实生活的反映和加工；另一方面，作品是一定时代社会环境的产物，因此总会打上时代的烙印，同时产生一定的社会作用。由于作品是由艺术家创作的，艺术家是历史性的具体个人，艺术家的创作活动总是处于一定的社会历史环境之中，因此，社会历史批评倾向于在一定的时代背景中处理艺术家的创作和作品，认为对作品进行批评需要着重考察艺术家的生平活动及其现实处境，同时注重作品的社会认识功能和时代价值。

在中国，社会历史批评具有代表性的观点就是孟子提出的“知人论世”说。所谓“知人”，就是考察作者生平活动和个性特质；所谓“论世”，就是把艺术家和作品放到其所处社会、时代背景等周遭世态中去考察。要理解作品，我们就必须考察艺术家，而要弄清楚艺术家，我们又必须先弄清他所处的时代社会状况。文艺作品和艺术家都是由社会历史所决定的。我国从“五四”新文学一直到中华人民共和国成立之后，在很长一段时间内都是社会历史批评占据主导地位。在西方，社会历史批评的代表性观念是法国文学史家、文学批评家丹纳提出的“种族、环境、时代”三要素说。丹纳认为：“要了解一件艺术品，一个艺术家，一群艺术家，必须正确地设想他们所属时代的精神和风俗概况。这是艺术品最后的解释，也是决定一切的基本原因。”①

社会历史批评过于强调从作品赖以产生的社会时代环境中考察作品，将作品视为历史的文献，“历史”被简单化、抽象化为“时代背景”“时代精神”；还将作品看成是对时代的“反映”或“再现”，并被时代直接决定。其实，在时代背景和时代精神之外，还存在其他可能更为深刻地影响着文艺的文化要素。因此，社会历史批评往往会演变成一种机械的决定论或庸俗的社会学，产生出“文艺为政治服务”“文艺是阶级斗争的工具”等极端口号，成为一种“外部研究”，无法系统考察文艺作品、文艺现象与社会历史之间的内在联系，也无法深入理解文艺审美更内在的意蕴。

3. 审美与印象批评

审美与印象批评是在价值取向上迥然有别于伦理道德批评和社会历史批评的批评模式。如果说伦理道德批评与社会历史批评主要都是从文艺的功用、从作品与外部环境的因果关系来考察文艺现象，那么审美与印象批评则着眼于作品本身的审美构成及其审美价值，强调文艺审美的独立性和特殊性。这种批评模式是与文艺的历史发展紧密关联的，在中国魏晋“文学自觉”之前、西方“文艺复兴”之前，它往往依附于伦理道德批评或社会历史批评；而在此之后，审美与印象批评才逐渐成为一种独立的批评方法。

审美批评往往联系作品对接受者产生美感程度的强弱和持续时间的长短来

---

① ［法］丹纳：《艺术哲学》，11页，北京，人民文学出版社，1963。

评判作品的高下优劣。这种批评模式往往与接受者的审美体验密切相关，而审美主体的审美感受是批评的基础，所以这种批评往往是印象式的，故称审美与印象批评。在西方，审美与印象批评是19世纪伴随着浪漫主义文艺思潮出现的文学批评流派，主要的特点就是“试图用文字描述特定的作品或段落的能被感觉到的品质，表达作品从批评家那里直接得到的反应（或印象）”①。中国古代的审美与印象批评往往采用直觉式、印象式的批评方式，不用抽象的理性分析去分解作品，不做精密的分析和详尽的论证，注重对批评对象的直观领悟和审美感受，言简意丰。例如，对于谢灵运和颜延之的诗作，钟嵘评价前者“如芙蓉出水”，后者“如错彩镂金”，而鲍照的评语则是前者“如初发芙蓉，自然可爱”，后者“若铺锦列绣，亦雕缋满眼”。叶维廉对此总结道：“中国传统的批评是属于‘点、悟’式的批评，以不破坏诗的‘机心’为理想，用‘言简而意繁’及‘点到为止’去激发读者意识中诗的活动，使诗的意境重现，是一种近乎诗的结构。”因此，它“属于美学的批评，直接与创作的经营及其达成的趣味有关”②。这种传统批评模式，事实上一直延续到王国维、李健吾等批评家。

审美与印象批评聚焦文学的审美艺术性及其带给接受者的直接美感体验，是对社会历史批评和伦理道德批评的反驳，但是它并没有对文艺作品的审美艺术构成进行系统深入的研究，并且存在将文艺作品的审美观照与社会历史割裂开来的不足。

二、现代批评观念与路径选择的得失

近现代以来，文艺批评逐步摆脱传统模式和方法的局限，开始向学科化方向发展。批评家不仅进行多学科、跨领域的资源“征用”，构建起文艺批评的观念体系和实践模式，而且还对批评本身进行理论建构与反思，实现了文艺批评的理论化、体系化和专业化。如果借鉴艾布拉姆斯文学活动四要素说，即关于艺术家、作品、欣赏者、世界的划分，来追溯批评观念的思想原发点，便可以将现代批评分为四类：一是侧重“艺术家”维度的心理学批评路径；二是聚焦“作品”（文本）维度的语言学批评路径；三是偏向“欣赏者”维度的现象

---

① ［美］M. H. 阿伯拉姆：《简明外国文学词典》，72页，长沙，湖南人民出版社，1987。本书将艾布拉姆斯译为阿伯拉姆。——编者注

② ［美］叶维廉：《中国诗学（增订版）》，8～9页，北京，人民文学出版社，2006。

学批评路径；四是侧重“世界”维度的文化批评路径。

1. 心理学路径

文艺活动作为与人的意识和精神世界密切相关的活动，心理的视角一直是文艺批评的重要视角。历来有关文艺创作和接受的心理批评不绝如缕。例如，亚里士多德关于文学创作的“迷狂”和“灵感”现象的探讨中就有心理批评的内容。刘勰《文心雕龙》的“神思说”“性灵说”“虚静说”等，都在一定程度上可归于心理批评的范围。

然而简单的心理批评并不是现代意义上的“心理学”批评，它们未能使文学与心理的关系得到系统化的阐释。现代心理学的发展才使这一维度得以凸显。约翰·马勒的《心理学和文学》一文，概括了文艺心理学批判的三种类型，即探索文艺创作和接受心理的“心理动力型”(Psychodynamic Paradigm)、着重研究文艺接受的生理基础的“心理生物型”(Psychobiological Paradigm)和着重研究本文的结构及其认识过程的“认知型”(Cognitive Paradigm)。①

首先，在各种心理学批评中，格式塔式心理学批评是影响广泛的流派。它侧重于对作品的整体完形结构进行评价，认为不把握作品的整体和统一结构就不能进行创作和欣赏。分析作品必须深入作品的整体完形结构中，这是了解作品的真实含义、通达艺术家心灵的途径。

其次，是精神分析批评。弗洛伊德认为，作品是“经过改装的梦”，它源于受到压抑的儿童时期的欲望，有着显在的表层和隐在的深层，其中隐在层面是批评关注的主要对象。文艺批评要对艺术媒介、技巧、手段等进行分析，努力透过作品表面的种种象征和伪装，破译其背后隐藏的意义，寻找艺术家无意识的力比多冲动。荣格的原型批评吸收并超越了弗洛伊德的观点，认为批评的目的不是挖掘弗洛伊德所谓的作为作家创作动机的“个人无意识”，而是更深一层的“集体无意识”。集体无意识的主要内容是“原型”，或称“原始意象”。

最后，是神话—原型批评。加拿大学者弗莱吸收了荣格有关原型和神话的思想，对文艺进行了体系化考察，认为文学是“移位的神话”，文学的诸种模式都是神话的变异。文学固然离不开作家的个人创造性，但这种创造性主要不是个性化的创新，而是对神话原型的发现和模仿。弗莱的文学批评极为注重从整体上把握文学类型及其在文学史上的普遍性，认为整个西方文学的发展呈现

---

① 参见［美］罗里·赖安等：《当代西方文学理论导引》，251 页，成都，四川文艺出版社，1986。

为四种基本神话原型（喜剧、传奇、悲剧和反讽）的延续和变化。由此，在批评中，弗莱重视文学传统、文学惯例和文化语境的作用，认为批评家不仅要细读作品，更要在文学的整体系统关联中研究作品。批评家时常需要“向后站”，从大处着眼，以发现该作品与其他作品的联系，找出其中带普遍性的原型因素。弗莱的《批评的解剖》作为神话—原型批评体系化的著作，奠定了神话—原型批评的基础。

2. 语言学路径

现代以来，语言学发展迅速，20世纪的西方哲学界发生了“语言学转向”，语言问题成为中心问题并获得了一种本体论的性质。对文艺批评产生重大而深远影响的是索绪尔的语言学理论。在索绪尔看来，语言学应该着重研究系统性的“语言”结构，而非个人化的“言语”使用，认为“共时性”的语言是决定“历时性”的言语的基础，语言是由“能指”和“所指”组成的符号系统。这些观点都为现代文艺批评提供了重要的观念资源。

俄国形式主义重视从语言学角度研究文学，认为应该把文学研究的重心转向文本的形式、结构，应该坚持文学研究的客观性，建立一门独立的“文学科学”。其代表人物什克洛夫斯基把文学作品看成是独立自足的艺术整体，认为文学的要义在于以何种技巧“构造语言事实”，一部艺术作品的价值最终决定于其形式而非材料，批评的任务就是分析产生文学性的陌生化形式要素。同样地，布拉格学派的代表人物雅各布森也认为，作为文学科学对象的“文学性”体现在作品语言的形式上，文学批评的焦点应该集中在作品的形式本身，即文体、语言、手法、结构、技巧、程序等。

英美新批评同样强调作品的独立自足性与批评的科学化。英国批评家瑞恰兹提出“细读”的批评方法，倡导对诗歌进行细致的语义分析，把批评的目光主要集中在文学的内部组织上，诸如诗歌的语言、文字分析、语词的多义性等。新批评的另一位代表人物、美国学者兰色姆则提倡“本体论”批评，强调作品本身的本体存在，认为批评应当成为一种客观研究或内在研究，要考察作品内部各种因素的不同组合和运动变化，寻找文学发展的规律性的东西。在批评实践中，兰色姆提出以“架构—肌质”取代“内容—形式”，认为“肌质”才是诗歌的本质。韦勒克、沃伦合著的《文学理论》主张文学研究分“内部”与“外部”，认为文学批评必须以文学作品为中心，研究文学作品的语言结构、语言修辞、意象、隐喻象征和神话的内涵，叙述体小说的性质和模式，以及文学类型、文学批评和文学史研究的理论等。

结构主义批评主要是借助索绪尔有关“语言/言语”“深层结构/表层结构”的二元模式，把一切历史、文化、政治和意识形态等内容完全排除在文本之外，而仅仅抽象出一种结构系统，认为意义即在系统中产生。法国列维-施特劳斯运用二元对立的语言学分析方法，对原始部落的亲属关系、神话、仪式等文化现象进行结构分析，企图探索其背后所隐藏的“深层结构”。罗兰·巴特将叙事作品的结构层次划分为“功能”层、“行动”层和“叙述”层。在他看来，批评要对文本内部结构层次的各要素进行语言和言语关系间的分析，寻找作品的组成方式及意义生成系统。拉康则从结构主义语言学的立场来解读弗洛伊德的精神分析学说，提出“无意识具有语言的结构”的观点，突出语言结构对于无意识的构成作用。他运用“想象界”“象征界”“真实界”组成的“结构”，对爱伦·坡的小说《被窃信件》进行批评阐释，论证了结构化语言的先在地位及其对主体的构造作用。

解构批评则是受德里达解构思想影响而兴起的一种语言学路径上的批评模式，是德里达解构思想在文艺批评领域的实践，主要以耶鲁学派为代表。解构批评不再将文学文本看作有机的整体，而是视之为充满差异的零散结构，是“能指的游戏”。解构批评认为修辞性是文学的本质属性，文本因此充满不确定性，是自我分解、自我颠覆的，而批评的任务在于透过文本的裂隙和边缘去发现其形而上意义的虚幻性。可见，解构批评文本阅读的批评方法带有新批评的细读特征。

3. 现象学路径

胡塞尔的现象学深刻地影响了20世纪的文艺观念和文艺批评实践。波兰哲学家、文艺理论家英伽登建构起了现象学的批评理论。英伽登将文学作品视为非实在、非观念的“纯意向性客体”，并将作品的基本结构分为多个层次：语音层次、语义层次、图式化观相层和再现客体层次，而读者的阅读过程就是对文学作品的图式结构等层次加以具体化的再创造的过程。另一位现象学批评家杜夫海纳则认为，批评虽然有说明、解释和判断三种功能，但是最重要的是“说明”，批评家要中止或忘却自己以往的经验记忆，凝神于文艺作品本身，使呈现出来的作品世界直接与我们对话。

海德格尔的“基础存在论”认为，人的存在是一种历史的或时间中的存在，世界不是外在于人的客体，因此对世界的解释活动、对文本的解释都不是客观的对象化分析，而总是在人的“前结构”规定下展开的行为。伽达默尔的解释学认为，对作品的解释活动是一种“视域融合”，即解释者的个人视域与作品置身其中的历史视域的融合。因此，一部作品的意义不再是作者给定的，而是解释者给定的，其意义永远是相对的，总是由解释者所处的历史环境乃至全部的历史所决定。

4. 文化学路径

这一路径并非基于传统的“政治\经济\文化”的划分，而是一种现代文化学视角。对文艺批评来说，文化学与其说是一个领域，毋宁说是一种突破学科界限的批评策略，一种侧重对文艺进行社会文化阐释，将文艺与其他领域关联起来的批评观念和批评模式。

其一，西方马克思主义的文化批判。葛兰西提出文化霸权理论，认为“市民社会”的统治主要是依靠文化领导权下的自愿赞同，即统治阶级通过意识形态、思想文化、道德价值等灌输使被统治阶级同意和接受现存的统治。在阿多诺等人看来，大众文化具有商品拜物教的特点，它消解了古典艺术的严肃性，将艺术娱乐化、商品化。文化工业履行着现代资产阶级意识形态的职能，通过大众文化掩盖社会矛盾。真正的艺术只有作为文化工业的对立面，不被社会的虚假意识所迷惑，才能同资本主义的物化现象做斗争。

其二，英国文化研究。英国文化研究的代表人物有威廉斯、霍加特等，其对文化的界定，并非宽泛意义上的“一切人类文明成果”，而是侧重于阶级、性别、种族文化、边缘文化、亚文化、大众文化，批评模式是“把文学分析的技巧运用到其他文化材料中”①。在具体的批评实践中，文化研究充分考虑到各种社会政治因素，从而使文化研究、文化批评与广泛的社会政治实际结合了起来，从文学自身的内部研究转向了文学与外部广泛联系的研究。但是，文化研究漠视文艺审美性质的做法也受到了理论界的批评。

其三，后殖民主义批评。后殖民主义批评作为一种跨学科、跨文化的批评方法，是对旧殖民主义历史及其当代存在的批判性反思，重点是对伴随经济殖民而来的文化殖民的批判。后殖民主义批评家关注的是文化碰撞中的意识形态因素，强调一种文化奴役另一种文化时所蕴含的权力和压抑。后殖民主义批评的主要代表人物萨义德梳理了西方的“东方学”概念的含义，认为它是欧洲文化霸权的产物，是西方话语的想象性虚构，其中小说叙事对这种建构起了重要的作用。后殖民主义批评对于一切曾沦为西方列强殖民地或半殖民地的国家和民

---

① ［美］乔纳森·卡勒：《当代学术入门：文学理论》，50页，沈阳，辽宁教育出版社，1998。

族具有振聋发聩的作用，对于尚有良知的批评家也会有警醒良知的启迪；对于中国来说，亦是值得借鉴的批评方法。但要注意的是，它对作品的审美和诗意关注不够。

其四，女性主义批评。女性主义批评或从人道主义和经验主义的立场出发，或借助精神分析、语言学、结构主义、马克思主义的理论资源进行文学文化批评，主要强调性别的文化建构，强调文艺批评的女性视角。女性主义批评往往通过文本分析来揭示其中隐含的性别歧视和女性意识的内容，采用社会历史分析的方式来对待文学文本，进而跳出文学，对社会现实的不平等进行批判。不过，它也常常偏离文艺批评的审美原则，成为一种激进的，甚至带有消极色彩的政治批评。

第二节 历史文化语境批评的提出与建构

20世纪上半叶，以语言学路径为主的各种语言、形式、结构、文体批评确立了文学的独立性和自主性，但却割断了文学与社会历史文化之间的联系。20世纪下半叶，随着解构思潮的兴起，文学与社会历史文化之间的关联又被重新加以连接。这种连接摆脱了传统批评的机械决定论和庸俗社会学，但是同时又陷入了“文化主义”和“文本主义”的窠臼。例如，新历史主义等文化学路径的批评模式，往往存在忽视社会历史真实性和客观性的通病。因此，我们需要综合考量现代批评的成果，摒弃它的种种弊端，建构一种新的历史文化语境批评，并将其建筑在尊重文艺审美与历史文化的内在本质联系之上。

一、历史文化语境批评的观念与建构

历史文化语境批评不同于传统社会历史批评将“时代背景”“时代精神”看作历史全部的简单化理解，强调历史语境的整体性和丰富性，这是“时代背景”和“时代精神”无法穷尽和不可取代的。历史文化语境的内涵，大致与广义的文化同构，是社会存在为文学生产和批评提供的条件的“总和”。它不是一种机械式的“集合”，而是一种有机的“一体化”存在，是文化的共时性形态和历时性形态的结合，并与文艺的审美文化性质相关联。一个时代的社会政治经济，一定文化与审美思潮及其全部文化条件，包括深层的社会心理、集体无意识，以及表层的审美思潮或时尚等，都是文艺作品形成的不可或缺的条件。因此，历史文化语境批评是对传统批评和现代批评的继承与超越。

具体来说，历史文化语境批评主要有以下理论要点。

第一，摆脱语言论和文化主义的盲视，重建文学与历史的联系。20世纪语言论转向以来，语言变成了“存在之家”，成为意义的本源。各种语言学路径的批评，通过割裂文学与社会历史之间的关联来确立文学的独特领域和文学作品的独立性、自主性。虽然审美和艺术的超然价值得到高扬，但文学也因此变成与历史无涉的空中楼阁。殊不知，不论文学艺术的内容因素还是形式因素，都是一定的历史文化语境的产物，只有从历史的角度将语言与它的社会文化内涵看作一个整体，才能破解文学语言的全部秘密。后结构主义试图打破这种局限，但又陷入文本主义的泥沼；新历史主义试图重连接文学与历史，但却想以共时性的“历史文本”取代客观历史本身，漠视历史的连续性，生硬地“将整个世界转化成文化”，陷入了“文化主义”的泥淖。①

因此，历史文化语境批评倡导文学回归历史，努力还原和重建文学作品创作、文艺现象发生时的历史文化语境，在此基础上进一步考察文艺的审美属性。这个“历史”不是新历史主义文化诗学、文化主义所强调的作为共时性存在的历史，而是马克思主义的唯物史观意义上的、被人类学研究所证明了的客观历史进程本身。

第二，超越庸俗社会学与机械决定论，探索文学在语境中的内在生成机制。传统的社会历史批评也关注作为文学发生之地的历史，但主要是将历史视为“背景”因素和“环境”因素。传统的社会历史批评认为“文学艺术是现实生活的反映”，是一定的时代背景和时代精神的反映。所谓“现实生活”，不过是仅能体现当时政治经济问题的社会生活，与作为人的生活方式的文化是有很大不同的，这就使传统的社会历史批评难逃庸俗社会学和机械决定论的局限。巴赫金指出：“文艺学应当与文化史建立更紧密的联系，文学是文化不可分割的一部分，脱离了那个时代整个文化的完整语境，是无法理解的。”不应该把文学同其余的文化割裂开来，更“不应像通常所做的那样，越过文化把文学直接与社会经济因素联系起来，这些因素作用于整个文化，只是通过文化并与文化一起作用于文学”②。巴赫金倡导的是一种整体的文化观，将文化语境与时代背景进行了区分，并认为“文化具有系统的整体性，渗入到每个原子之中，就像阳光反映在每一滴文化的水珠上一样”③。

---

① 参见［英］特里·伊格尔顿：《理论之后》，156页，北京，商务印书馆，2009。

② 程正民：《巴赫金的文化诗学》，258页，北京，北京师范大学出版社，2001。

③ 《巴赫金全集》第1卷，323页，石家庄，河北教育出版社，1998。

巴赫金把人类文化既看成是一个共时性的结构，又看成是一个历时性的发展过程，这与英国文化研究者雷蒙德·威廉斯概括的“作为生活方式的文化”和“作为发展过程的文化”不谋而合。① 显然，西方文化诗学仅承认共时性状态的文化是不合理的；而他们在从事批评实践时，又往往要用马克思的经济基础与上层建筑理论来说明文化的结构和动力。历史文化语境批评的文化观就是以经济基础与上层建筑为骨架，由人类社会的物质文化、制度文化和精神文化构成的一种系统性的整体结构，和以经济基础与上层建筑的互相作用为动力的动态发展过程。德国文化哲学家卡西尔对精神文化做静态考察，把文化看成是围绕人性的圆周展开的“圆”。这种看法有一定合理性，意味着文艺批评除了关注一定时代的政治经济关系外，还应顾及当时的哲学、伦理、道德、宗教、习俗的影响，顾及外来思潮和社会心理的影响，顾及民族的历史文化传统和集体无意识的作用等。文学艺术便是通过艺术虚构对这些“文化意蕴”的审美重塑。文艺作品的内容与形式，都是一定的历史文化语境的产物。因此，它与文艺的关系不是一种机械的、外部的决定关系，而是一种有机的、系统的内在生成关系，这是历史文化语境批评与传统社会历史批评的区别所在。

第三，批判消解文学性与审美性的虚无倾向，重申文艺的审美文化属性。当代批评理论中关于“文学性”与“审美”的探讨，呈现出模糊文学与非文学、审美与非审美之间界限的倾向。乔纳森·卡勒认为，文学性不再被看作文学的专有属性，而是人文社会科学的普遍属性，也是理论自身的属性。沃尔夫冈·韦尔施也认为，目前，审美性已经被原理化和普遍化了，人文科学、社会科学乃至自然科学知识，尽管方法各异，手段有别，但本质上都是一种审美建构。② 这样一来，文学与非文学之间的界限便被消解了。

事实上，文学与非文学、审美文化与非审美文化之间的区别是明显的，甚至自古以来就是常识。所以我们重申文艺的审美文化性质，强调审美文化的客观存在，主张在尊重文化整体性的基础上看待审美文化。西方文化研究采用了文化视角观察文艺现象，本是一大理论进步，凸显出文艺的文化性质；但却将文艺批评等同于文化批评、社会批评，从而忽视了文艺的审美属性。历史文化

① 参见［英］阿雷恩·鲍尔德温等：《文化研究导论（修订版）》，4 页，北京，高等教育出版社，2004。

② 卡勒与韦尔施的观点，参见陶东风：《文学理论：为何与何为》，载《文艺研究》，2010（9）。按：他们之所以将文学与审美泛化，是为了给取消文学与审美的独立存在找理由。

语境批评则始终坚持审美和诗意的批评，主张在揭示作品审美价值的基础上，再做其他文化价值评判，严格区分审美文化与非审美文化。所谓“审美文化”，是以审美为主要目的，在审美理想的制导下，对生活素材进行“审美重塑”和创造形成的文化形式。文艺是审美文化中审美性更为自觉、更为集中的形式，它已经不是社会生活本身，而是对人类社会生活的“诗意裁判”，即审美评价或情感评价。它与作为非审美文化的历史、哲学、道德等意识形式的区别是明显的，是不容混淆的。

第四，走出西方中心主义及其话语霸权，实现文艺批评中西融合与多元会通。20世纪被称为“批评的世纪”，但其实也是西方批评话语大行其道的世纪。“五四”以来，中国文艺批评的模式和方法，基本上是在西方中心论的话语中转圈子。中国有着悠久的文学艺术历史、独特的文化体系和特色鲜明的批评传统，但其批评资源却并未得到充分重视和有效发掘。

因此，建构一种综合、合理的历史文化语境批评，需要吸纳西方20世纪哲学智慧和文化思潮的合理成分，如文化人类学转向、文化研究、后现代主义多元论、他者理论、对话理论、后殖民理论、新历史主义、巴赫金诗学等，初步实现对20世纪主要理论思潮精华的整合，保证文艺批评的世界眼光和理论前沿性；同时，还要使中国古代哲学智慧、古代文论批评资源真正参与批评体系的建构，进行中西批评的对话、会通与融合，使中国古代文论批评资源在现代理论批评语境中真正获得平等的参与权。此外，我们还要吸纳新时期以来国内文艺理论思潮的合理因素，如关于现代性的讨论、关于古代文论现代转换的讨论、关于新理性主义的讨论、关于文化诗学的讨论等，来建构新的文艺批评理论体系。

二、历史文化语境批评方法的创新性

历史文化语境批评不仅在理论观念上具有创新性，同时在方法和操作模式上也有创新性。

1. 历史优先原则与批评的思辨考察

文艺批评的首要原则就是符合客观事实，要对作品做出具体的、客观的、全面的评价，采用历史优先的原则和尊重唯物史观的科学态度。历史文化语境批评一方面重申被人类学所证实的社会历史逐渐进步的规律，同时也要尊重它在具体历史阶段中所表现出的曲折性、复杂性。这是一种以发展的眼光评价历史事件和尊重历史客观真实的“历史理性原则”，即在唯物史观的基础上，借鉴现代历史文化研究的洞见，重视历史内涵的复杂性和形态的多样性。关于“历史”，我们既要考察“历史1”（作为历史本体存在的历史），还要考察“历史2”（写入文本的历史）和“历史3”（文艺作品所描写的历史），要对“历史的过程”和关于“历史”的“话语”等进行多个层面的思考与鉴别，以求更接近历史真实。①

多维度的历史需要被统摄在历史文化语境批评的视野之中。历史文化语境的“历史”，就是“文学活动诸要素之间关联互动的‘绝对中介’或詹姆逊所说的‘绝对视域’”②。文艺活动的四要素（艺术家、作品、欣赏者、世界）都在历史之中，相互之间都必须借由历史发生联系并互相作用，不能外在于历史或者超越历史而彼此产生影响。在具体的批评中，我们要努力还原作者的历史语境、作品的历史语境，并探索其中内在的、具体的关联。

文艺批评总是处在与社会历史文化的互动关联中，因此批评家要对这种关联网络的复杂性有清醒的认识。批评除了要考察作者、读者和作品的历史性，还要对批评自身的历史性进行全面而系统的反思。批评的一个重要功能和突出特点，就是在对对象的批评过程中反思批评自身，对批评的原则、方法和术语，对解释和判断的接受语境进行考察，提倡“元批评”。③ 批评家带着某种特定的期待视野去论评对象，其中涉及批评家如何选择自己的批评立场，如何对待自己的批评活动在当代批评场景中的位置以及如何处理社会文化加于自身之上的历史要求等问题。因此，历史文化语境批评的历史优先原则，还在于在文艺批评的历史性与批评对象的历史性之间进行循环性考察，如此才不会失去批评的客观性与公正性，从而在本质上实现历史优先原则。

2. 整体文化视野与批评的综合观照

刘勰在《文心雕龙·序志》里提出，批评有“照隅隙”和“观衢路”两种方式。前者囿于作家生平和作品篇章，往往得到的只是一隅之见；后者则寻根索源，原始要终，周密而严谨。现代批评从不同的路径推进，几乎囊括了文艺活动的各个维度，然而仍是“各照隅隙，鲜观衢路”，在某一方面取得真知灼见的同时，也往往因缺少全局意识和综合考量而失却更多的东西，陷入“东向而望，不见西墙”的偏颇。因此，有学者指出：“任何时候，读者在对一部文学作品做出成熟的解释时，他的反应都可能是从一个特定的角度出发的——他

① 参见张进：《历史诗学通论》，35页，广州，暨南大学出版社，2013。

② 张进：《历史诗学通论》，27页，广州，暨南大学出版社，2013。

③ 参见张进：《文学理论通论》，331页，北京，人民出版社，2014。

用的或许是传记方法、历史方法、形式主义方法或心理学方法。然而，理想的最终反应应该是各种方法的综合。”①

老子和庄子将世界视为一个层次性的存在。这提醒我们，观察和描述事物应当尊重事物的不同层次和境界，文艺批评也应具有包容性、综合性和超越性的视角和方法。所以，广泛吸收传统和现代批评的洞见，进行多种批评方法的有机融合，对作品进行综合观照，努力建构一种整体文化视野和综合性批评模式，便成了历史文化语境批评的总追求。巴赫金指出：“要克服艺术研究领域中方法论上纷呈的歧说，不能走创造‘新方法’的路子，即再加一种独特的利用艺术事实性的方法，参与到多种方法的纷争中去，而应该在人类文化的整体中通过系统哲学来论证艺术事实及艺术的特殊性。”② 也就是说，他认为历史文化语境批评应在更为宏阔的文化视野上，在语言、神话、宗教、历史、政治、伦理、哲学等方面进行跨学科的综合性研究。

同时，历史文化批评语境强调对机械决定论和庸俗社会学的超越，在批评视角和方法上兼顾文学的“内部”与“外部”、内容与形式、历史与当下的有机性和整体性，超越二元对立思维，形成内外一体、主客交融、形而上与形而下贯通的有机系统的运行机制，对文学活动进行综合观照。我们要考察传统中被视为“外部”的因素如何深刻地影响并渗透在“内部”因素中，将形式论和语境论结合起来。除了要将文艺放在与一定的社会文化的整体联系中加以阐释之外，还要将作品自身看成是一个有机生命整体，不仅作为社会生活映像的艺术内容是在整体性的文化中产生的，而且这些内容必须渗透到特定的形式中，这样才能成为具有艺术性的内容。作品既是某一时代的特定产物，又是民族的传统文化在现代结出的果实，所以我们既要在文学史中进行定位，比照出它比前辈创新或缺失的东西，又要兼顾它在当下的意义，总之是在历时与共时的交汇中多维地考察作品。

3. 意蕴层次划分与批评的系统探索

历史文化语境批评作为一种追求整体性、综合性的批评，在批评的层次性与系统性上做了新探索。它综合西方英伽登现象学文论关于作品结构层次的划分和中国古代“言—象—意”的层次划分，提出了两种文本意蕴层次批评模

---

① ［美］威尔弗雷德·L. 古尔灵等：《文学批评方法手册》，334 页，沈阳，春风文艺出版社，1988。

② 《巴赫金全集》第 1 卷，308 页，石家庄，河北教育出版社，1998。

式。一是三层式基本批评模式，即将文本意蕴从外到内分逐层深入地分为审美意蕴层、历史内容层和哲学意味层。① 二是在基本模式基础上展开的多层意蕴批评模式。如果说前者可以应对意蕴相对单纯的文艺作品的话，后者则专为应对意蕴较为复杂丰厚的文艺作品。例如，我们可将《西游记》的意蕴层次划分为：(1) 童话美层面；(2) 神话美层面；(3) 宗教教化层面；(4) 社会现实寓意层面，其中有对反叛者个命运的沉思和对人民英雄的歌颂，有对反抗斗争历史经验的总结和对明代社会现实的批判；(5) 对中国封建社会结构的准确概括与深刻反思层面；(6) 对佛教“天堂”的批判层面；(7) 对佛教教义的颠覆与解构层面；(8) 对人类命运的终极关怀与哲理的思考层面等。②

总之，在实际操作中，意蕴层次划分的多少和顺序完全由文艺作品的实际决定。这种批评模式可以全面系统地展开作品意蕴，既有效适应了历史文化语境的开放性，又体现了整体文化视野下作品研究的综合性和多维度要求；既能有效吸纳传统批评所取得的真知灼见，不放弃前人取得的成果，又能使批评文体的结构变成一座立交桥，使过去看似矛盾的单视角和主题式批评结论变得不再矛盾，让它们在批评的系统性和综合性里变得可以理解（如《西游记》中的宣扬宗教与解构宗教），从而实现了批评的翻新和阐释的超越，使文艺批评达到新的高度。同时，这也把古尔灵和巴赫金关于文艺批评模式的理想化为现实。

4. 多元文化视角与批评的比较融合

历史文化语境批评的文化整体性视角，注重从人类文化学的高度对文学进行超越性的观照。因此，一方面要尊重他者文化，走出民族文化中心主义，广泛吸收人类文化的精华；另一方面则要在尊重文化差异的基础上寻求文化之间的会通与共识，在对文艺作品和文艺现象发生语境做还原性考察的基础上，尽量采用视界融合的方法进行批评实践。在批评实践中，我们可以以某一具体作品为中心，通过跨文化的多元视角进行比较阐发研究；也可以针对某一具体批评理论、模式或方法，通过跨文化的批评实践来验证或修正；同时，更要在马克思世界文学的意义上，进行不同批评理论、模式和方法的古今沟通和中西对话，从而走向批评理论的创新和方法模式的创新。

---

① 关于这种批评模式，本书第四章已经有较为详细的讨论，这里不再重复。

② 参见顾祖钊：《论文学意蕴层次批评方法》，载《文艺理论研究》，2008 (5)。

第三节　文艺批评家

文艺批评活动的运作包括阅读感悟、意义阐释、价值判断等多个复杂的环节，与批评家主体的审美趣味和审美能力息息相关。长期以来，人们不断扩展和深化对批评活动自身尤其是批评主体的认识，布瓦洛的《诗的艺术》、德莱顿的《悲剧批评的基础》、蒲伯的《论批评》等，都注意到对文艺批评的规律和批评家自身素质的探讨。蒂博代在《六说文学批评》中，以批评主体为依据，将批评分为三类，即大师的批评、学院的批评、读者的批评。这种分类富于启发意义，凸显了文艺批评家对于文艺批评的重要性。

关于批评家的主体建构，弗莱认为，批评不是派生于并依附于文学的，批评是独立的，使命重大。批评家应该成为“知识的开拓者和文化传统的铸造者”①。而批评家的才能，正如别林斯基所说，是一种“稀有的、因而是受到崇高评价的才能”。它包括“美文学印象的感受力”“用思辨来检定事实”和“对艺术的热烈的爱，严格的多方面的研究，才智的客观性。不受外界诱引的本领”。②综合来看，文艺批评家应具备如下几方面的条件和特长。

一、深厚的文化素养与知识谱系的及时更新

文学作为一种植根于历史文化语境的审美活动，首先需要文艺批评家具备深厚的文化素养和完备的知识体系。刘勰在《文心雕龙》里谈道：“操千曲而后晓声，观千剑而后识器；故圆照之象，务先博观。”要达到批评的圆观宏照，而非变成“照隅隙”的一隅之见，需要“博观”“约取”。历史文化语境批评与传统批评最大的区别就在于对文学进行多学科、跨学科的批评研究，发掘文学的多面性和综合性。因此，批评家必须尽可能地广泛吸收古今中外的文化资源和文化精华，建构合理完整的知识结构。文艺批评家并非一定要变成“全才”，但最好“一专多能”，尽可能掌握与批评相关的文学艺术、历史学、哲学、语言学、心理学、人类学、社会学、政治学、经济学乃至生物学、地理学的知识。现代以来的文艺创作，大量吸收了不同文化领域的知识元素，比如意识流小说、先锋小说、实验小说、科幻小说等，而文艺批评家只有不断提升文化素

---

① ［加］诺斯洛普·弗莱：《批评的剖析》，3页，天津，百花文艺出版社，1998。

② 《别林斯基选集》第1卷，324～325页，上海，上海译文出版社，1958。

养和更新知识体系，才能防止“误评”或者“漏评”。

鉴于传统批评的局限和现代批评的盲视，历史文化语境批评采用了一种综合性、整体性的文化视角，因此对批评家的文化素养和知识谱系提出了更高的要求。从一种就文学谈文学的“直接关注”，到从人类的生存方式高度和文化全局进行一种“超越性关注”，这需要文艺批评家知识体系的深化、扩充与更新。

当代知识生产突飞猛进，由于学科划分和专业分工不断细化，不同领域的学者很难了解其他领域的研究深度与最新成果，进行跨学科研究往往是十分困难的。所以，批评家要不断更新自己的知识谱系，这样才能发现作品与历史文化语境的内在联系，适应文艺批评综合性和系统性的发展要求。

二、强烈的社会责任感与健康的文化价值观

文艺批评作为一种社会性的精神文化现象，它往往以评价、判断和争论的形式对社会文化活动产生直接的影响。积极正确的文艺批评，能够影响人们的意识和行为，能够提高读者品评作品、理解现实、辨别美丑善恶的能力，从而正确引导社会价值观，促进社会的进步。因此，批评也是一项非常严肃的社会性工作。批评家的社会责任感和文化价值观对文艺批评的开展，对批评的性质、效果、影响，都会产生重要的影响。

同时，批评也是一种“话语权”，批评家往往要承受和面对来自社会的各种压力和诱惑。对一部作品进行评价，往往还会涉及作家个人的形象、地位等，而对一些丑陋的、消极的、不健康的文艺现象进行批评，尤其需要批评家强烈的社会责任感与坚持真理的勇气。文艺理论家李长之认为，批评是反奴性的。“凡是屈服于权威，屈服于时代，屈服于欲望（如虚荣和金钱），屈服于舆论，屈服于传说，屈服于多数，屈服于偏见或成见（不论是得自他人，或自己创造），这都是奴性，这都是反批评的。”① 因此，严肃的批评家要有说真话的勇气和“铁肩担道义”的担当。

文艺批评作为一种评价和判断活动，是直接作用于具体文艺作品、文艺现象的对象性活动。每个批评家都会依据一定的文艺观念、社会立场和价值标准来评价具体的文艺作品，而他们对批评对象的褒贬，甚至能够决定一部作品的“生与死”。另外，批评家与作家之间，不同立场、不同方式的批评之间往往也

① 郜元宝、李书：《李长之批评文集》，377页，珠海，珠海出版社，1998。

会产生争鸣。因此，文艺批评自身需要有内在的学术伦理维度。批评家要有一种以“人文品格”为主要特征的深度人文精神，尤其是作为一种“中国文化诗学”的历史文化语境批评，“就是要通过对文学文本和文学现象的文化解析提倡深度的精神文化、人文关怀、诗意的追求；批判社会文化中一切浅薄的、庸俗的、丑恶的、不顾廉耻的和反文化的东西”①。

三、高超的艺术鉴赏与艺术评价能力

作为一种对象性活动，文艺批评活动的展开首先要受到文学特征的制约。文学作为一种审美文化，以文学性和审美艺术性为核心特点，这也决定了批评家首先要用直觉领悟和审美体验的艺术思维方式进入艺术对象，去感受艺术作品的审美蕴涵。弗莱指出：“文学批评的对象是一种艺术，批评显而易见地也是一种艺术。”② 文艺批评对象的艺术审美性特点，要求批评家具备高超的艺术鉴赏和艺术评价能力。批评的专业化并不意味着它可以脱离创作，反而更需要以切实的艺术感悟体验为基础，因此批评家必须具备艺术家的某些素质，如形式感、想象力、艺术思维和审美直觉等。

文艺批评家要有敏锐而丰富的艺术感受力。例如，文学批评不是纯粹客观的、抽象的“科学”活动，而是一种富有审美艺术情趣的活动，批评家要通过切身情感体验去感受艺术作品。别林斯基认为：“敏锐的诗意感觉，对美文学印象的强大的感受力——这才应该是从事批评的首要条件，通过这些，才能够一眼就分清虚假的灵感和真正的灵感，雕琢的堆砌和真实感情的流露，墨守成规的形式之作和充满美学生命的结实之作。也只有在这样的条件下，强大的才智、渊博的学问、高度的教养才具有意义和重要性。”③

文艺批评家要有丰富的想象力。文学作为一种特殊的审美文化，与其他审美文化，如音乐、雕塑、绘画等在物质性载体、媒介以及表现方式上都有很大的不同。它以语言文字为自身的媒介，而语言往往是含蓄的、蕴藉的，因此，艺术的想象力是批评家艺术素质的一个重要内容。文学批评家的艺术感受力还在于要能够凭借作品中的语言文字重塑文学形象。与作家的想象力不同，批评家的想象力主要表现为一种艺术的推想力，批评家需要依靠“推想”去填补文

---

① 童庆炳：《美学与当代文化讲演录》，223 页，桂林，广西师范大学出版社，2007。

② ［加］诺斯洛普·弗莱：《批评的剖析》，2 页，天津，百花文艺出版社，1998。

③ 《别林斯基选集》第 1 卷，224 页，上海，上海译文出版社，1958。

学作品中某些省略、跳跃或凝练、含蓄的成分，去感受“象外之象”“景外之景”“韵外之致”“味外之旨”。批评家的合理推想是分析评价作品生活内容，评价其文学形象的真实性和生命力的基础。

文艺批评家要能够与艺术家进行精神层面的交流与对话。批评家需要领会作品语言的形式美、形象美、意蕴美，若在此基础上产生真正的共鸣，还要能够与作家进行精神层面的对话。乔治·布莱在《批评意识》中就描述了这种境界：“我有时确实是思考着一个明显属于另一个精神世界的思想，这种思想在我身上思考着自己，仿佛我并没有思考它。”① 这里已有“真正的共鸣”，同时也是两个人精神交流对话的境界。文艺批评要实现对作品的深层次把握，就要回到作者历史文化语境的具体氛围中，进行这种知音式的对话。

文艺批评家要有艺术鉴别与界定的能力。批评家的艺术感受力还包括精微的辨别力，即能够通过精细入微的体察，见人之所未见，发现作品中不易察觉的“妙处”或者“败笔”。文艺作品的创新存在多样发展的可能，对于各种有艺术价值的作品，对于不同艺术家对不同风格、不同韵味的追求，批评家应该有广泛的艺术包容力和辨别力。

文艺批评家还要有准确描述与客观评价艺术作品的能力。文艺批评家不仅需要准确地判断作品的优劣，辨别艺术家在各自创作上的特点，还要有艺术评价的能力，能准确地描述艺术家的风格特征。对于文艺批评家来说，要保持批评的客观性和公正性，要在自己的意见向社会公开时赢得权威性，就必须克服艺术趣味上的偏狭，这样才能避免刘勰所言之“持一隅之解，欲拟万端之变”的“东向而望，不见西墙”的问题。

四、出色的理性分析与理论建构能力

文艺批评作为一种渗透着抽象思维的理性活动，与一般的文学接受不同，它不止于审美艺术感受和体验，或者印象式的鉴赏评价，它需要在此基础上进行分析、说明、归纳、推导、演绎等理性分析，需要从情感、体验、想象的层面上升到理性、分析、思辨的层面。正如别林斯基所言：“进行批评——这就是意味着要在局部现象中探寻和揭露现象所据以显现的普遍的理性法则。”② 批评家需要有穿透艺术事实的哲学思辨能力，要善于从作品的呈现因素中发现

① ［比］乔治·布莱：《批评意识》，270页，南昌，百花洲文艺出版社，2010。

② 《别林斯基选集》第3卷，574页，上海，上海译文出版社，1980。

它所暗示的事物，为文学创作中的规律性现象和接受活动中的艺术直觉提供新的具有说服力的解释。

西方传统将纯粹的文艺理论称为“诗学”，而实际上近代以来，“批评”一词的兴起和扩大，使得它往往也将文艺理论乃至其他文艺研究活动囊括在内。追求文学批评的理论性，是20世纪文学批评的重要特征。现代批评多是在具体的批评理论指导下的批评活动，往往使用特定的术语来解释复杂的文学事实，解决阅读感受中发现和提出的新问题，并进一步提供明确的形态和精密的论证。克罗齐认为：“批评家不是工匠加乎于艺术作品，而是哲学家加乎于艺术。”批评家既要对艺术形象进行保留和呈现，又要对之进行抽象和超越。在韦勒克看来，批评的目的就是理智的认识。“批评既是识别、判断，因此就要使用并且涉及标准、原则、概念，从而也蕴含一种理论和美学，归根结底包含一种哲学，一种世界观。”①

第四节 文艺批评的作用

文艺批评作为文艺活动的一个重要环节，是“作家—作品—读者”这一动态系统的纽带，也是沟通创作与接受的中间桥梁。“批评既帮助了艺术家，也帮助了读者了解当代艺术，既了解时髦艺术，也了解经典艺术的遗产和传统，又了解整个艺术文化。”② 文艺批评作为对文艺作品、文艺现象的判断和评价，既是专业的、“审美的”，需要以文艺得失为准，能够对文艺活动进行指导；同时又是社会的、“历史的”，能够对整个社会的审美观、价值观产生影响。这两个方面并非相互分开的，而是统一于文艺活动与历史文化语境的内在联系之中，具体表现在文学活动的三个重要环节上。

一、引导文艺鉴赏与文艺接受

从整体效用上来看，文艺批评既要树立正确的评判标准引导读者养成健康的审美文化趣味，帮助读者准确地理解和鉴赏文艺作品；还要揭示和批判某些作品的不良倾向和负面价值，避免它对读者的精神和社会文化价值观造成消极影响。文艺批评要成为作品与读者之间沟通的桥梁，成为读者的“导游”。文

① ［美］雷内·韦勒克：《批评的概念》，298页，杭州，中国美术学院出版社，1999。

② ［苏］鲍列夫：《美学》，506页，北京，中国文联出版公司，1986。

艺欣赏和接受具有层次上的差异，并且对于一般读者来说，往往都是个人化的，而文艺批评要对个人的审美情趣进行深层次的改造与超越。文艺批评作为审美艺术的解释者，要能够通过艺术的方式引导读者发现艺术的美，为读者展示作品的审美意蕴，深化读者的审美体验，增加读者的审美愉悦。具有深厚文化素养和完备知识谱系的批评家，能够发掘一般读者未发现的闪光点或不足之处。批评家的分析能够把读者引向作品的精微之处，引导读者体验蕴含在作品中的人生真谛，体悟其中深沉醇厚的人生况味与哲理感悟。正如英伽登所言，文艺作品往往存在多层次的构成，而一般的读者“是把文学作品仅仅作为通向自己的幻想的跳板或是一种消磨时间的方式”①。批评家作为具有深厚文化知识素养、高超艺术能力、出色理性思辨能力的读者，其对作品形式意味的领会，对隐含意义的探究分析，能够引导并激发读者进一步补充、完善、提升自己的理解，升华艺术享受。

同时，具有强烈社会责任感和健康文化价值观的批评家，其文艺批评往往能够仗义执言，对审美趣味低、价值观扭曲的文艺作品进行批判和鞭挞，起到引导文艺鉴赏与文艺接受的作用。新批评的代表人物燕卜荪认为，批评家的工作主要是“社会性的”而不是“科学性的”，“批评家的责任，就是为公众提炼出他们所需要的东西；去帮助形成或自己开创时代的欣赏趣味”②。车尔尼雪夫斯基认为，批评家的风格可以灵活，但是批评目的必须是严肃的，那就是要成为“发扬和净化他的大多数读者的口味的工具”③。

在现代艺术接受中，文艺作品具有艺术价值、商品价值与社会价值等多重价值，优秀的文艺批评能够对此进行清晰的区分和厘定，即通过对艺术价值的剖析，并以此为标准对其商品价值和社会价值进行界定、反思和批判。在大众文化占主导地位的消费社会里，文艺批评尤其要促进读者文艺素养的提升，同时保持其社会批判的功能，让读者能够在大众媒介所塑造的虚假幻象中保持理性和警醒。

---

① ［波］罗曼·英加登：《对文学的艺术作品的认识》，8页，北京，中国文联出版公司，1988。本书将英伽登译为英加登。——编者注

② ［英］威廉·燕卜荪：《朦胧的七种类型》，380页，北京，中国美术学院出版社，1996。

③ ［俄］车尔尼雪夫斯基：《车尔尼雪夫斯基论文学》中卷，167页，北京，人民文学出版社，1965。

二、促进文艺创作的健康发展

从整体效用上来看，文艺批评一般要能及时地总结创作的规律、特点和动向，为艺术家的创作提供参考。批评与创作之间关系紧密，文艺批评以文艺作品为对象，并且本身也是一种艺术。略萨指出："文学批评可以成为深入了解作家内心世界和创作方法的极为有用的向导；有时一篇评论文章本身就是一部创作，丝毫不比一部优秀小说或者长诗逊色。"① 优秀的批评家往往是作家的知音和诤友。贺拉斯将文艺创作比作"钢刀"，文艺批评的作用和功能则是"磨刀石"，"能使钢刀锋利，虽然它自己切不动什么。但是我愿意指示（别人）：诗人的职责和功能何在，从何处可以汲取丰富的材料，从何处吸收养料，诗人是怎样形成的，什么适合于他，什么不适合于他，正途会引导他到什么去处，歧途又会引导他到什么去处"②。

贺拉斯的观点事实上指出了批评的一种类似于"教练式"的功能，这种功能能促进文艺创作的发展，但在现实中往往也会引起作家的不满。因此，德国批评家赫尔德指出："批评家应当是作者的仆人、友人和超然的评判者。"③ 正确的文艺批评能够忠实于作品本身，通过对作品的准确剖析，客观地评判艺术作品，指出其优点和缺点，为艺术家提供有益的创作启发。同时，文艺批评还能够挖掘作家在创作中没有意识到的隐藏在作品中的深层意蕴。批评家还能够在文学史的历史维度和某一时期文学环境的共时维度的交叉坐标中，界定某一作品或作家的位置，帮助作家发现、改进或完善自己的艺术风格，确定自身的历史使命。而对于当下的整体文艺创作，文艺批评既要深入其中，又要超乎其外，对时代新的创作经验和创作成果进行深入的解剖和及时的总结，辨明当下文艺的主要潮流和动向，说明其中的问题和争议，从整体上引导文艺创作的发展。

从历史上看，批评和创作之间往往是相辅相成的。很多传统批评家都是优秀的作家，很多作家的批评实践也产生了很大的影响。现代以来批评的专业化和独立性，尤其是艺术家作为"创作者"（creater）的创造性、作为"作者"

---

① ［秘］马里奥·巴尔加斯·略萨：《给青年小说家的信》，148页，上海，上海译文出版社，2004。

② ［古罗马］贺拉斯：《诗艺》，153页，北京，人民文学出版社，1962。

③ ［美］雷纳·韦勒克：《近代文学批评史》第2卷，224页，上海，上海译文出版社，1989。

(author)的权威性被质疑和重新界定，使得批评与创作之间逐渐转变为一种“对话”关系。这是一种平等的、互动的关系。批评家可以品评和批判作家，同时作家也可以反过来回应和评论批评家，如果二者能形成一种良性的互动，便能充分发挥文艺批评的作用，有效促进文艺创作的健康发展。

三、为文艺理论建设提供新经验和新观念

从整体效用上看，文艺批评还能为文艺理论研究揭示新现象和新情况，提出新问题和新思路，促进文艺理论和整个文艺研究不断进步与完善。文学批评是行动中的文艺理论，是“一种不断运动的美学”①。它既是一定的文艺理论指导下的具体批评活动，同时又常常突破和超越文艺理论的羁绊，推动文艺理论的发展和更新。文艺理论作为体系化的基础学科，往往是稳定的，它需要吸收新鲜的血液，需要通过文艺批评对文艺前沿进行批评所取得的新经验、新观念来获得新的发展。

韦勒克明确区别了文学史、文学理论和文学批评，但是他又极力强调三者之间的内在关联，认为：“批评的目的是理智的认识。批评并不创造一个同音乐或诗歌一样的虚构世界。批评是概念的知识，或者说它以得到这类知识为目的。批评最后必须以得到有关文学的系统知识和建立文学理论为目的。”文学理论也需要通过对具体作品的批评来支撑。“历史上每个批评家都是通过接触(正如弗莱本人一样)具体艺术作品来发展他的理论的，这些作品是他得去选择、解释、分析并且还要进行评价的。批评家的意见、等级的划分和判断由于他的理论而得到支持、证实和发展，而这些理论也从艺术作品中吸取养分并得到例证的支持，从而变得充实和言之成理。”②

相对于文艺理论来说，文艺批评作为更具有实践性的学科，直接地指向文学作品，因而能够为文艺理论提供大量的经验性材料。“批评为美学生产着‘知识半成品’，向后者提出各种问题，而解决这些问题就会推动理论继续前进。”③ 20世纪，西方很多文艺理论出现了逐步脱离文学艺术的倾向，学界也对此进行了反思。从文艺批评作为中间环节的功能来看，文艺批评应该成为具体的文学创作和接受经验与文艺理论之间的中介和枢纽，为文艺理论的建设和发

① 《别林斯基选集》第1卷，324页，上海，上海译文出版社，1958。

② [美]雷内·韦勒克：《批评的概念》，4页，杭州，中国美术学院出版社，1999。

③ [苏]鲍列夫：《美学》，513页，北京，中国文联出版公司，1986。

展不断输送新的经验和观念，成为文艺理论创新的依据或逻辑起点。所以，对于文艺理论来说，文艺批评是文艺理论不可或缺的检验性学科。这样，文艺理论便会因批评的活跃而不断增添新质要素，文艺批评也会因文艺理论的指导不断变得更为科学，更为犀利有效，从而共同促进全民族文艺创作的发展和审美鉴赏素质的提高。

第五编　文艺发展论

小序：应关注当代文艺新变并揭示文艺发展的规律

文艺发展论与其他各论相比，是研究发展相对滞后的领域。目前最流行的说法仍是简单的外因决定论。文艺发展论总是停留在刘勰“文变染乎世情，兴废系乎时序”的水平上，充其量不过是加上一条“不平衡发展规律”，但却不能说明此时此地为什么要出现这种文艺思潮和形式而不是其他文艺形式。由于中国文化诗学特别重视民族文化的历史延续性，我们便可以从对文学艺术史现象的梳理中发现以社会文化思潮为动因的他律论和以审美理想形态有规律更替的自律论，由此揭开文学艺术发展的秘密。

此外，本书主张关注当代文艺的新变化，纠正西方对立性思维的夸张之词，认为要在文学艺术与新媒体共生共荣的关系上正确把握当代中国文化语境中文艺的特征与动向，展示其广阔的发展前景。

第十三章　文艺的发生与演进模式

对文艺的起源与演进的描述，既涉及对文艺的理解，也涉及对“人”的理解。过去对于人的理解，由于没有从文化这个根本视角去研究，没有从一定的历史文化语境去研究人的存在，观察文艺的发生与演进，所以，我们很难对这个问题做出比较合理的解释。不过，本书文化视角的文艺学对此有新的看法和新的结论。但这也并不意味着要对文艺理论史上出现的种种说法做简单否定，而是可以在更高更广的视野中去理解它们。

第一节　文艺起源诸论

关于文艺起源，有这样几种常见的观点，如劳动说、游戏说、巫术说等。它们就像文艺起源认识史上的纪念碑，是不应当被忽视或遗忘的。作为理论资料和思想遗产，它们能够帮助我们加深对人类文艺活动的理解，仍有一定的学术意义。

一、劳动说

文艺起源于劳动的观点，历来被认为是马克思主义文艺观的重要组成部分。其理论根据，是劳动创造了人类。恩格斯的《劳动在从猿到人的转变过程中的作用》一文认为：“劳动是整个人类生活的第一个基本条件，而且达到这样的程度，以致我们在某种意义上不得不说：劳动创造了人本身。”① 既然人类起源于劳动，那么文艺起源于劳动也就是很合理的推论了。普列汉诺夫和其他学者则进一步研究了文艺是如何起源于劳动的，主要分两个方面。

一是劳动给了文艺表现的内容。普列汉诺夫认为，人在劳动时往往会用艺术描述自己劳动的内容，如澳大利亚土著人用舞蹈描述其从土地中攫取植物的根的情景，因纽特人模仿海豹狩猎的情景。这种模仿后来程式化了，就成了审

---

① 《马克思恩格斯文集》第 9 卷，550 页，北京，人民出版社，2009。

美性的艺术。一般来说，原始舞蹈往往是诗、乐、舞三者合一的，也有些以文字形式流传了下来。例如，《吴越春秋》记载的古歌谣《弹歌》，通过“断竹、续竹、飞土、逐肉”，直接描写了原始人制作武器以及打猎的过程。《弹歌》语言简洁，节奏分明，很有可能是人类语言不太发达时的歌谣，也是文艺起源于劳动的有力证据。

二是劳动也产生了对艺术的需要和相应的艺术形式性因素。鲁迅曾在《门外文谈》一文中风趣地说：“我们的祖先原始人，原是连话也不会说的，为了共同劳作，必须发表意见，才渐渐练出复杂的声音来，假如那时大家抬木头，都觉得吃力了，却想不到发表，其中有一个叫道‘杭育杭育’，那么，这就是创作……是‘杭育杭育’派。”① 从鲁迅这段话里我们可以看出，一部分原始艺术的确有组织劳动和减轻劳动带来的辛苦感的作用，或者说能利用明快的节奏调整精神与情绪，有集中力量的“劝力”作用。这说明，艺术有益劳作，因劳作的需要而产生的某些艺术是人类史上共有的事实。不仅从推理上，而且从文艺史留下的艺术事实上，我们都不能说艺术起源于劳动的观点没有它的根据。劳动说是文化视角文艺学提出之前最有影响的观点。

然而，从原始文艺作品在今天的遗存来看，劳动并不是原始文艺唯一表现的内容，爱情、休息、交友、宴乐等也常常出现。这让我们很难说清楚是先有劳动，还是先有休息；是先有劳动，还是先有爱情。这样，断定文艺唯独起源于劳动的说法，其合理性就需要被进一步思考了。

二、游戏说

如果说，劳动说从客体层面对文艺的发生进行了较多思考的话，那么游戏说则从主体、从文艺的非功利层面进行了思考。席勒在《美育书简》中提出了美感源于游戏冲动的观点，但是席勒并没有把艺术等同于游戏。英国学者斯宾塞则以生物进化为基础，把艺术看作游戏，发挥了席勒“精力过剩”的概念，对艺术起源和本质做出了自己的理解。他认为：“游戏是一种发泄过剩精力的

---

① 《鲁迅全集》第6卷，75页，北京，人民文学出版社，1959。按：鲁迅此说，也是有来源的。《吕氏春秋·淫辞》有云：“翟翦对曰：‘今举大木者，前呼舆謣，后亦应之，此其于举大木者善矣。’”《淮南子·道应训》有云：“翟翦对曰：‘今夫举大木者，前呼邪许，后亦应之。此举重劝力之歌也。’”看来，这是古人反复引用的一段很有名的对话。翟翦为惠施时代的人，约生活于公元前300年这一时期。这说明当时人们已经对文艺与劳动的关系有了一定的认识。

模仿性活动。"① 在斯宾塞看来，儿童照料木偶，玩军事游戏都是未来成人的戏剧表演，诗人不过是用过剩的精力从事想象力的游戏。德国学者谷鲁斯也十分重视游戏说，写有《动物的游戏》《人类的游戏》。但是谷鲁斯不同意斯宾塞的精力过剩说。他认为审美欣赏的心理机制主要是一种"内模仿"。所谓"内模仿"，就是从精神上领会审美对象的特点。例如，有人看见一个人骑马，他虽然不能骑马，但是他的心却跟着马在跑，享受到了内模仿的快乐。这实际上是移情，即把自己的感情和想象转移到对象上去了。

游戏说的出现标志着人类对文艺特性的认识达到了一个新阶段。一方面，它揭示了文艺为适应人类娱乐、休息与审美的精神需要而产生，具有一定的理论意义。所以，有人从人的精神需要出发，认为游戏就是文艺的起源，这是可以理解的。但另一方面，游戏虽然一般都是超功利的，但主要以娱乐为目的，没有审美的要求，所以从本质上看，游戏说还没有真正理解文艺的审美属性，并且有将文艺混同于一般娱乐的危险。因此，它作为文艺起源论也并不合适。显然，这是需要进一步讨论的课题。

三、巫术说

普列汉诺夫在探讨艺术起源时，主要争论的对象是游戏说，但是还有一种文艺起源论也需要思考，也就是巫术说。这种理论认为艺术起源于人神沟通的仪式。原始社会生产力比较落后，甚至在打猎前会试图通过祈祷来获得神灵的帮助。在这个仪式中，动作性成分就成了舞蹈，而文字性的留存就是文学艺术。最早提出这种观点的是法国考古学家、历史学家所罗门·雷纳克。他在《艺术与巫术——关于驯鹿时代绘画与雕塑的谈话》中首次提出："我们在这里遇到的事实是艺术本身起源于巫术。"维柯以及人类学家泰勒、弗雷泽等人的研究为此说提供了巫术文化学的原理，艾伦·哈里森则直接考证出古希腊悲剧就源于酒神节上纪念酒神的死亡与再生仪式。因此，许多人笃信文艺起源于巫术。

但问题是，巫术文化并不是人类最早的文化形态，在"巫术文化时期出现之前，人类还应有一个以原始艺术为基本形式和基本思维的漫长的历史"②。据恩格斯《家庭、私有制和国家的起源》等著述，原始社会是平等的、没有剥

---

① 李醒尘：《西方美学史教程》，492 页，北京，北京大学出版社，1994。

② 顾祖钊：《文学原理新释》，333 页，北京，人民文学出版社，2002。

削的母系社会。资料显示，我国上古时期也存在这种社会形态，不会有一个酋长占有几个配偶的情况。巫术社会却没有这种平等。巫术社会已经带有奴隶社会性质：酋长们占有社会资源，包括性资源，在思想上则利用巫术文化进行统治。《新科学》所描写的诗性社会实际上是奴隶社会。

其实，在处于源头时期的原始社会里，文字尚未出现，语言尚不发达，人们要表达思想情感，只有借助于绘画、舞蹈和歌声。所以，最早的艺术多是模仿的、写实的，艺术表现的是与人关系极为密切的社会生活。例如，从我国少数民族流传下来的古代歌谣看，歌谣便是当时主要的文化形式，起着描写生活、组织生活的重要作用。例如，彝族的《撵山歌》和傣族的《欢乐歌》描写的就是打猎和围猎的过程，傣族的《摘果歌》描写的则是摘野果的场面，这自然是关乎劳动的。傣族还有《叫人歌》，内容犹如一位部族的老祖母看见太阳下山了，呼叫他的子孙“别再贪吃野果，别再贪摘野菜……快快回转来”，因为“猴子已经归窝，鸟雀已经归巢”，“老虎就要出来了”。傣族还有一支《睡觉歌》，内容犹如一位慈爱的妈妈唱的催眠曲：“好好睡，睡个饱，明天大家要起早。”① 总之，原始人类所有的生活文化内容，都融入了这种朴素亲切的诗歌。这些诗歌基本上是写实的，很少有象征和神秘的东西。这与著名的青海黑山岩刻、西班牙阿尔塔米拉岩洞的动物画、法国拉斯科岩洞的动物画和《吴越春秋》中的《弹歌》等都是一致的，都是写实的。

这些大量的原始写实艺术的存在说明，黑格尔所说的“‘象征’无论就它的概念来说，还是就它的历史出现的次第来说，都是艺术的开始”② 的说法是靠不住的。根据美国学者罗伯特·莱顿的研究，人类原始社会的起始阶段，是一种“小型社会”，大约与老子说的“小国寡民”同义。这是一种以狩猎与采集为基本生存手段的母系社会。③ 上述彝族、傣族的古歌正是这种社会在中华大地上存在的证明。这是一种以母爱维系的社会，社会成员的平等和生活资料的公平分配使人们没有私有观念，更没有特权和战争。人类学家称其为原始共产主义社会，《礼记·礼运》称其为“大同”世界。

这时，既没有利用神权维护某种特权的需要，也不会产生利用巫术装神弄鬼的头人，即完全没有形成巫术文化的土壤。所以，以象征性思维为标志的文

① 以上少数民族古歌，参见刘亚虎：《中华民族文学关系史（南方卷）》，28～29 页，北京，人民文学出版社，1997。

② ［德］黑格尔：《美学》第 2 卷，9 页，北京，商务印书馆，1979。

③ 参见［美］罗伯特·莱顿：《艺术人类学》，1 页，北京，文化艺术出版社，1992。

化形态和艺术形态，不可能是原始时期的文化和艺术，这就从根本上否定了巫术说的文艺起源论和黑格尔的推测。显然，这时的文化还是自然而然产生的无法命名的原始文化。这时，巫术文化虽没有产生，原始艺术却真正地产生了。不仅原始的诗歌、舞蹈、音乐和绘画的艺术形式出现了，而且从人将自己的本质力量对象化的那一天开始，审美也就随之出现了。例如，傣族古歌《摘果歌》就审美地描写了人类采摘野果的场面：

> 叫一声人们快上树，/只见大人和小孩，/只见老人和妇女，/你争我赶拥上来。/爬直树，爬弯树，/摘的摘，吃的吃，/摇的摇，捡的捡，/抢的抢……/哭的哭，笑的笑。/像雀鸟嬉闹，/像蜜蜂采花，/像猴子打架。/叽叽，哇哇，/真热闹，真好玩，/啾，啾，啾！

显然，这是一首朴素得不能再朴素的古歌谣，翻译成现代汉语也失去了它的许多韵味，然而，我们仍能发现它是人类对自己生活超越的、审美的观察和描写。从那三个“像雀鸟”“像蜜蜂”“像猴子”的比喻、排比的诗句里，谁能说这不是审美，不是诗歌，不是艺术呢？当然，这里描写的是人类最原始的生活，这种艺术自然也是人类最原始的艺术。因此，我们认为：“人的主体意识和自为意识发生的时候，也就是人第一次（按：这只是一种假设）意识到自己是人的时候，是人因自己本质力量对象化而惊喜的时候，这也意味着人与对象世界、与自身的审美关系的产生。正是在这种审美关系中，人类产生了自身的第一个文化形态，即审美文化形态，形成了第一种思维方式，即诗性思维或曰诗性智慧，创造了第一个艺术形式，即原始艺术，而原始艺术便是上述一切的唯一载体。”①

四、文艺与人类共生

从上文的论证中，我们已经可以得出一个新的观点：“文艺与人类共生。”这就是我们要进一步阐述的新的文艺起源观。

如何合理地解释文艺的起源与发生呢？这就需要在上述各种起源论的基础上做进一步思考。前面我们提到是劳动使猿变成了人，但劳动过程中不仅

---

① 顾祖钊：《华夏原始文化与三元文学观念》，39～40页，北京，北京大学出版社，2005。

产生了个体的人，而且产生了有组织的人类社会，这就形成了人的独特存在方式——文化。“文化”作为人的生存方式，实质上就是“人化”，而文艺就是这种“人化”的重要方面。因此，我们还需要进一步思考文艺与人类的关系。

首先，让我们从个体美感产生的基础来思考。马克思曾经说过：“人作为自然的存在物，而且作为生命的自然存在物，一方面具有自然力、生命力，是能动的自然存在物；这些力量作为天赋和才能、作为欲望存在于人身上；另一方面，人作为自然的、肉体的、感性的、对象性的存在物，同动植物一样，是受动的、受制约的和受限制的存在物，就是说，他的欲望的对象是作为不依赖于他的对象而存在于他之外的；但是，这些对象是他的需要的对象；是表现和确证他的本质力量所不可缺少的、重要的对象。”① 从这一段话中，我们可以看出人与对象世界关系的复杂性，也可以清楚地知道对“美”的发现和创造是人的本质力量的确证。所以，当第一把被磨光的石斧做成的时候，第一根被磨光的骨针打上针眼的时候，第一首歌、第一幅画和第一支舞蹈形成的时候，都是审美的人发生的确证。而人的本质力量的对象化是在所有“看到的”“听到的”和“做到的”，即社会实践中实现的，因此，人的本质力量也就在适应自然和社会的环境中发展了起来。从这个角度来看，人与人化的自然同在，人与审美的对象同在，人也与能够确证自己的本质力量的重要生存方式——审美文化和文学艺术——同在。所谓“同在”，即从“人化”开始的“那一天”起（这当然是一种假设），就同时存在。按照这个道理，文学艺术自然是与人类共生的。

其次，还应当从人类文化的整体性上来思考。既然文化就是“人化”，就应当依据文化的全面性和整体性来研究文艺的起源，而不应将文化的某一因素、某一方面看成是文艺的起源。劳动固然在人类从猿到人的过程中起了最重要的作用，但是如果没有愉快和休息，人同样无法完成“人化”的重任；同样的道理，如果仅仅着眼于愉快和休息，认为游戏是促成文艺发生的唯一因素，不仅人难以成为人，而且文艺也无以发生，因为游戏不一定是审美的，文艺却必定是审美的。所以，虽说劳动起源说和游戏说都可以从原始艺术中找到它的证据，但问题是它们是从文化的某一方面以偏概全的，因此并不是最合理的见解。巫术说由于并非取例于人类最原始的社会，或者说对人类原始社会的理解有误，因此失去了真实性。显然，这些观点的产生，除了在于某些学者缺乏文

---

① 《马克思恩格斯文集》第1卷，209页，北京，人民出版社，2009。

化视角和审美常识外，还与他们对原始文艺在人类原始生活中的重要作用缺少了解有关。

所以，思考文艺的起源，还应当思考和考察文艺性能以及它与原始人类的特殊关系。苏联美学家卡冈的《美学教程》提出了一个著名的观点："在氏族社会（按：前文说的'小型社会'）中，艺术是对世界的精神掌握的唯一手段。"① 英国文艺复兴时期的诗人和文艺批评家锡德尼早就指出：

> 诗，在一切……民族和语言里，曾经是无知的最初的光明给予者，是其最初的保姆，是它的奶逐渐喂得无知的人以后能食用较硬的知识。②

这一今一古的论述里存在真理，即原始艺术很可能就是人类童年的保姆，也是当时人类创造的精神文化的唯一形式。锡德尼的观点是有道理的，原始文艺在人的"人化自身"的过程中，的确起到了"保姆"和以"乳汁"哺育人的作用。诗歌几乎成了人类生活的组织者和教育者。从我国少数民族古歌中，我们可以看出，既然收工、起床、睡觉这样的信息都成了诗歌的题材，那么，原始人类的生活方式和生活内容就没有什么不可以用诗歌来表达了，于是狩猎、采集、爱情、休闲、娱乐、节庆以及关于民族起源的传说和历史记忆等，都进入了诗歌。这是因为，原始诗歌有着组织和安排原始人类生活的功能。例如，傣族的《欢乐歌》描写的是围猎的过程：

> 森林里，野兽多，/有麂子，有马鹿，/有老虎，有黑熊，/还有野猫和刺猪。//绕着山坡走，顺着山梁行，/到了打猎处，/大家就分开。//男的排成排，/分兵把路口。//女的排成行，/大声地叫吼。//花鹿跑来，/麂子跳出来，/虎豹冲出来了。//举棒打过去，/打死老虎打死鹿，/活捉小鹿子，/人心真兴奋，全体都欢腾。//捆住野兽脚，/回家就分肉！/分骨头，分肠肚——啾（吃），啾，啾！③

这明明是一支围猎的歌，却命名为"欢乐歌"，说明原始人类已将围猎当成全

① ［苏］莫·卡冈：《卡冈美学教程》，219～220页，北京，北京大学出版社，1990。

② 伍蠡甫：《西方文论选》上卷，227页，上海，上海译文出版社，1979。

③ 刘亚虎：《中华民族文学关系史（南方卷）》，28～29页，北京，人民文学出版社，1997。

氏族的盛大节日，因此它同时也是一首狂欢的舞曲，其中既凝聚了这个氏族围猎的经验，如对围猎路线的选择和男女队形的不同，又寄托了希望围猎丰收的心愿，这就使这首歌成了娱乐全民的教材。在这诗、乐、舞三位一体的艺术里，一方面，有关围猎的知识技能得到普及。每狂欢一次，也相当于进行一次围猎的预演或重温，使全民对围猎活动产生一种习惯性的兴趣和热爱。另一方面，集体歌舞又培养了劳动者的集体精神，鼓动他们勇敢冲杀的意志和协调一致的劳作习惯，从而无形中提高了劳动生产率。同时，那些最富有表现力的语言，最美的歌喉，最优美的舞蹈动作，最动人节奏、旋律和乐曲，会成为所有社会成员模仿学习的对象，并随着这种人类对自己社会活动的艺术化重温而超越生活成为审美的对象，从而对人进行乐在其中的审美教育。审美的眼睛和音乐的耳朵逐渐产生，人的原始的动物性情绪逐渐变得缓和优雅，简单的大脑变得智慧聪明。特别是，我们不能低估舞蹈的作用。为克服当时语言粗疏的局限，舞蹈成了思想和情感交流的重要手段，加强了人们的民族情感和文化认同；同时，舞蹈也使原始人类不太协调的躯体和四肢变得日益协调和灵巧，最终脱离了动物境界。所以，在这种诗化环境中，人类不仅“人化”了自然，也“人化”了自身。

值得注意的是，原始文艺是当时唯一可能存在的精神文化形式。这是因为，除了上述母系社会的母爱平等理念和财产公有制不可能产生高人一等的巫师头人和相应的巫术文化外，即使是从当时人们的语言和思维发展的程度来考察，除了原始文艺这种精神文化形式外，其他意识形态形式无从发生。当时，人类抽象思维尚处于萌芽状态，哲学尚没有独立的形式，只能以某些萌芽状态的思绪存在于诗歌里。同样，历史也没有自己独立的形式，关于祖先的传说和民族的来历，只能与人类童年的幻想结合在一起存在于诗歌里。

从我国残存的一些原始社会的神话故事来看，原始艺术在思维上的确没有巫术时代对天神的那种畏惧。夸父逐日、后羿射日、精卫填海等故事都深深地反映出原始人类征服自然的信心，带着人类早期的童心和幻想。而人类第一种宗教形式——巫术，更并没有发生的可能。巫师们那种装神弄鬼的把戏，主要依靠巧舌如簧的语言才能，而单就这样的语言能力来说，在人类的原始阶段是完全不可能的。所以，“不是宗教产生了艺术，相反，宗教意识和宗教仪式（是）在人对世界的艺术形象掌握的基础上和过程中（才）产生出来”，“因为如果没有艺术创作给宗教提供的那些手段，任何宗教都根本不可能存在”。显然，人类文明史发生的顺序应是艺术先于宗教。而这一点，已被考古学证实。

因为在“旧石器时代晚期（人类前氏族的群居时代）没有留下得到考古学证实的这些宗教活动遗迹……能够使人得出结论说，宗教早于艺术”①。

由此看来，由于哲学、历史和宗教都不能先于艺术而存在，而科学是更晚出现的东西，所以，原始文艺便成了人类创造的最早的唯一的精神文化形式，成了人类最早的保姆和哺育童年人类的乳汁。它为每个民族都留下了漫长而丰沛的诗性文化传统。

第二节　文艺发展的模式诸论

对于文艺发展的模式与轨迹，文论史上有多种说法，但是，能够仔细分析和准确描述这些发展模式与轨迹的著作并不多，因此它是文艺学教材的盲点与误区。从马克思主义的观点来看，文艺作为人类的一种创造性精神活动，必定是有规律可循的。但由于马克思、恩格斯对此着墨不多，他们更多的是从宏观的社会因素观察文艺的发展，因此，文艺发展论尚有待成熟，文艺发展的“自律”基本上没有得到准确的描述。然而，文艺自律的发现往往就存在于对前人认知的梳理与反思之中。

关于文艺发展的认知，历史上产生了许多不同的看法，主要有“三段说”“折线说”“复古说”等，这里仅述其要。

一、三段说

三段说，又称“直线论”。这是黑格尔建立的理论体系。黑格尔往往根据艺术经验来谈论文艺，他的艺术理论和发展模式论其实是建立在形象与意义之间的关系上的。黑格尔认为，人类文艺史依次出现的顺序是：象征型艺术——古典型艺术——浪漫型艺术。在黑格尔看来，象征艺术中的艺术形象和它的意义完全是人为拼接的。在象征艺术里，“感性事物或形象，很少让人只就它本身来看，而更多地使人想起一种本来外在于它的内容意义”②。也就是说，在象征里，形象和它的表现的意义的联系更多地受到民族文化其他因素的影响。而古典艺术的形象与意义却是整一的。“因为古典的美用自由的独立自足的意义作为它的内在因素。它不是随便哪一件事物的意义，而是它本身就是意义，

① ［苏］莫·卡冈：《卡冈美学教程》，224页，北京，北京大学出版社，1990。

② ［德］黑格尔：《美学》第2卷，10页，北京，商务印书馆，1979。

因而也就由它本身显出意义。”① 浪漫型艺术显示的却是思想内容自身的意义，精神之光以它强悍的表现，显示出自由无限的意义。由于文艺的发展自然地分为这样三个阶段，所以黑格尔的这种理论被称为“三段说”。同时，黑格尔又认为这是文艺自身直线发展的三个阶段，一旦文艺发展到浪漫阶段，便会被宗教代替，文艺也就消亡了。所以，这种三段说，其实又是“直线论”。

由于黑格尔的理论有经验概括的基础，所以，他的三段说包含着真理。人类文艺史过去呈现的三种类型，实际上是文艺内在本质要素，即言理（表现为“象征的”）、言史（表现为“古典的”或“写实的”）、言情（表现为“浪漫的”）的三个侧面在不同历史时空中的依次呈现。这是人类“知情意”的审美需要在不同历史时期的倾向性反应为文艺的发展留下的轨迹。因此，文艺的发展模式除了在这三种基本类型中选择运行之外，恐怕不会再出现第四种了。这是黑格尔此说最大的理论贡献，是值得后人认真思考和继承的东西。

二、折线说

与黑格尔不同，西方现代文化哲学家卡西尔认为，文艺是呈折线式模式发展的。他说：

> 艺术哲学同样也展示出我们在语言哲学中碰见的两种对立倾向之间的冲突。这当然不是单纯的历史巧合……语言和艺术都不断地在两个相反的极之间摇摆，一极是客观的，一极是主观的。没有任何语言理论或艺术理论能忽略或压制这两极的任何一方，虽然着重点可以时而在这极时而在那极。②

卡西尔认为，文艺的发展也是一个对立和辩证的发展过程，是在主客两极之间摇摆着前进的。这样，文艺的发展变化就呈现出折线式的发展轨迹。卡西尔的发现同样包含着真理。

首先，卡西尔发现文艺存在“两种对立倾向”的两极。按照前述二分式文艺本质观，如果黑格尔所说的古典型，即追求历史真实的写实型艺术，是立足于客观的话，那么，象征型艺术（即言理）、浪漫型艺术（即言情）都可以归纳为立足于主观的表现型艺术。这样一来，“艺术不断地在两个相反的极之间

---

① ［德］黑格尔：《美学》第2卷，157页，北京，商务印书馆，1979。

② ［德］恩斯特·卡西尔：《人论》，176页，上海，上海译文出版社，1985。

摇摆”的说法就成了真理。其次，卡西尔发现，文艺在两极之间的摇摆的跳跃式发展，不是一种历史的“巧合”，而是一种规律性呈现。而且，不管艺术理论如何“忽略或压制这两极的任何一方”，文艺仍然是按照上述规律运行的，看来文艺的发展的确存在不以人的主观意志为转移的客观规律。当然，还有一点不能忽视，即这种主客之间的“摇摆”，必然有“重复以往”之嫌。这种“重复”不是某种历史的“巧合”，而是一种规律性反应。这样，关于是否存在文艺发展的真正的“自律”的问题，就是值得我们进一步思考的问题了。

三、复古说

从卡西尔留下的问题里，我们可以发现：“重复以往”就意味着“复古”。因此，中西文艺发展论中都出现了“复古说”，认为文艺的发展往往是以古代出现的某种文艺形式作为今天艺术发展范式而演进的。

在中国古代，“复古说”是一种十分常见的发展观，并一直影响至今。例如，郭绍虞的《中国文学批评史》就认为：“从隋唐到北宋，为文学观念的复古期。”“他们标榜他们所作的是‘古文’，是‘上规姚姒’以古圣贤为法的文章。他们要‘障百川而之东，回狂澜于既倒’，所以态度是复古的。”① 郭绍虞进一步分析道，不仅“唐代诗坛”是“复古运动”的，而且“文坛也有一个复古运动，那就是韩柳提倡的古文运动”②。韩愈说：“愈之所志于古者，不惟其辞之好，好其道焉尔。”他又说：“愈之所为”“非三代两汉之书不敢观，非圣人之志不敢存”，“行之乎仁义之途，游之乎诗书之源，无迷其途，无绝其源，终吾身而已矣”。③ 由于韩愈和柳宗元倡导古文运动，我国文学史上才出现了又一个散文创作的高潮，有了“唐宋八大家”的彬彬之盛，古文运动也成为我国复古文艺思潮的范例。唐宋之后，倡导复古的文艺思潮仍不绝于史。明代复古主义更胜，前后七子都主张“文必秦汉，诗必盛唐”，而“天下翕然宗之”，可谓声势浩大。在清代，“桐城派和章学诚等学者在文学观念上强调复古”④，足可见复古说在中国文艺传统中是多么强大。

---

① 郭绍虞：《中国文学批评史》，4 页，上海，上海古籍出版社，1979。按：引文中的“上规姚姒”是以舜和禹为规范。“姚”为舜姓，“姒”为禹姓。

② 郭绍虞：《中国文学批评史》，120 页，上海，上海古籍出版社，1979。

③ 陈良运：《中国历代文章学论著选》，367、363 页，南昌，百花洲文艺出版社，2003。

④ 张少康、刘三富：《中国文学理论批评发展史》下卷，467 页，北京，北京大学出版社，1995。

在西方的文艺史上，复古说也是一种流行的观点。例如，“文艺复兴”（Renaissance）这个词，“其本义是古典文学的再生”①。古希腊、古罗马创造了辉煌的文化艺术，于是，中世纪的“普遍野蛮状态所引起的历史的简单中断”② 造成了欧洲人的普遍反感，他们把古希腊、古罗马的文艺和文化出土遗物当成实现创新的楷模。特别是 15 世纪中叶以后，土耳其攻占君士坦丁堡，大批拜占庭学者携带希腊、罗马古代经典手抄本逃往欧洲，得益于中国印刷术传入而改进的新的印刷手段扩大了古代文化在欧洲的影响，促进了欧洲向古代学习的复古主义热潮。

古典主义虽是文艺复兴后的文艺主张，“但是，这种尊崇古典和仿效古典的倾向，远在古罗马时代就已经形成，人称‘罗马古典主义’”③。贺拉斯是这种复古主张的奠基者。他提出“借鉴原则”“合式原则”和“合理原则”，主张“日日夜夜揣摩希腊典籍”④。可以说，这是西方最早出现的自觉的复古主张。而 17 世纪兴起于法国，并在 17 至 18 世纪传遍整个欧洲的古典主义，更是古代复古主义的再度兴起。所谓“古典”，拉丁文是“classicus”，即“典范”之意。在自觉地以古希腊、古罗马的文艺作品和文艺思想为典范的创作倾向和理论观点方面，与贺拉斯的复古主张完全一致，法国文艺理论家布瓦洛也提出了“理性原则”“自然原则”“道德原则”的三原则与贺拉斯相呼应。之后，虽然浪漫主义反古典主义的倾向致使复古主义有所沉寂，然而随着 19 世纪七八十年代象征主义在法国的兴起，复古主义再度焕发生机。莫雷亚斯在《象征主义宣言》中公开宣称“文艺是倒退着前进的”，它“赋予思想一种敏感的形式”⑤。

---

① 李醒尘：《西方美学史教程》，124 页，北京，北京大学出版社，1994。按：这里原文为“学问的再生”，似有不妥，不如取广义的“文学”代之，因为，它实际上是指“文化”，同时又没有忽视文学艺术本身。

② 《马克思恩格斯选集》第 4 卷，225 页，北京，人民出版社，1995。按：虽然恩格斯认为这种说法过于简单绝对，但却是文艺复兴时期欧洲人的普遍看法。

③ 张秉真、章安祺、杨慧林：《西方文艺理论史》，65 页，北京，中国人民大学出版社，1994。

④ 张秉真、章安祺、杨慧林：《西方文艺理论史》，71 页，北京，中国人民大学出版社，1994。

⑤ 张秉真、章安祺、杨慧林：《西方文艺理论史》，505 页，北京，中国人民大学出版社，1994。按：有人说这里的“思想”翻译不准确，应当翻译成“理念”。其实，发难者并不懂象征主义，象征的意义就是指向一般的思想或观念。瓦莱里曾直接将其解释为“抽象思维”，既非黑格尔的“理念”、康德的“物自体”，也非柏拉图的“理念模式”。不能故作高深，笑人齿缺而狗窦大开。

他们张扬的实际上是一种更古老的象征型艺术形式。随着象征主义扩张为20世纪现代派的艺术，它的复古主义倾向更为明显，德国学者曼·科·希勒布雷希特在《现代派艺术心理》一书中写道：

> 现代派艺术本质中的双重面貌：一方面体现了其发展、进步以及和以往的表现技巧的决裂，另一方面又体现出其倒退、与原始艺术的联系以及回归到早期艺术的倾向。①

现代派艺术虽然自诩为绝对的创新者，但它们实际上向原始的巫术文化和氏族社会的艺术的最古老的形式，实现了复古和“回归”。

西方文艺中的复古思潮不仅表现在创作上，而且还表现在艺术精神和美学上，尼采就是这样的复古主义者。尼采认为，人类应当摆脱基督教的约束，宣称“上帝死了”，“对一切价值重新估价”。人类应当像古希腊人那样面对死亡与痛苦。为了活下去，人类应当恢复与艺术的至深关系，以艺术和审美拯救人生。因为在遥远的古代，艺术产生于人类生存的需要，没有艺术，人就难以生活下去。希腊人正是敏锐地认识到人生的痛苦的真谛和死亡的必然，为了活下去，为了不被痛苦吓倒而陷入悲观主义，才创造了奥林匹斯山上的诸神，用日神阿波罗美的外观象征幻觉和梦境。这是一切造型艺术的前提，更是人根据梦的景象理解生活的真意，为生活而演习梦境，体验人生酸甜苦辣的过程。因为梦境比日常现实更真实，更完美，并且具有睡梦所具有的医疗和恢复的本质作用。所以，日神精神便是以超然物外、冷静节制的态度，把宇宙人生视为梦幻，寻求一种宁静和解脱的精神。酒神狄奥尼索斯则象征情欲的放纵。酒神的象征内涵来自东方和古希腊的酒神节。在这个节日中，人们结队游荡，纵情狂欢，狂饮烂醉，打破了一切禁忌与约束，与自然重新合一。酒神节的欢乐带有悲剧性质，它以歌舞与酣醉让人忘记人生的苦难，求得解脱，然而又揭示了世界唯一的基础便是永恒的痛苦。古希腊悲剧虽是日神与酒神结合的产物，但尼采更重视酒神精神，他埋怨欧里庇得斯按照苏格拉底的意愿把原始的酒神精神从悲剧中排除出去，造成了古希腊悲剧的衰落。② 所以，尼采是一个十足的复古主义美学家，他对原始艺术的理解，可以说与我们对原始艺术的考察基本一

---

① ［联邦德国］曼·科·希勒布雷希特：《现代派艺术心理》，31页，上海，上海文艺出版社，1989。

② 参见李醒尘：《西方美学史教程》，463～466页，北京，北京大学出版社，1994。

致，即原始艺术对于人的形成至关重要。

我们从以上的论述中可以看出，复古说是一种人类的共识。这种“复古”与“回归”的模式无形中又呈现出一种文艺发展按照一定规律循环发展的轨迹，因此，此说某种程度上也占有真理。

第三节 文艺发展所呈现的轨迹与规律

对文艺的发展的讨论，过去往往停留在对发展史实的一般性描述上，现象罗列得多，规律讨论得少，更缺乏创新性研究。在文化视角文艺学带来的一系列变化中，文艺发展论方面的变化也是十分突出的。文艺作为审美文化，是不能在无区分的状态下加以研究的。由于受不自觉的情感的一元论本质观的束缚，我们无法对文艺发展论做深入的描述，更无从在“一元的死胡同里”（蒋孔阳语）探讨文艺发展的规律。为此，本节拟以三元论为指导，对中西文艺的发展做新的分析评述。

一、西方文艺的发展轨迹

从文化角度看，西方文艺的发展受到两个文化源头的影响：一是古希腊文化的影响，二是希伯来文化的影响。前者给了西方文化理性精神，后者给了西方文化信仰的力量。在漫长的历史里，两者交织在一起，形成了西方文艺发展的独特精神力量，也形成了西方文艺独特的发展轨迹。

一般说来，古希腊文艺是西方文艺的开端。公元前 12 世纪到公元前 6 世纪是一个诗化时代，以文艺为文化主体。到公元前 4 世纪左右，理性文化的影响扩大，哲学思辨成为希腊文化中最有影响力的存在。较早的部落社会以神话和英雄史诗为主，文艺观念以象征文艺观念为主。公元前 6 世纪左右，古希腊从农业社会转变为工商业社会，文艺创作以喜剧和悲剧等市民文艺为主，文艺观念也以摹仿说等以历史真实为追求的观念为主；当然，抒情文艺在这期间也很繁荣。萨福、阿那克里翁等抒情诗人带来了抒情诗的繁荣。维柯的《新科学》认为：“古代抒情诗人们理应首先是颂神歌的作者们……新抒情诗人们是些甜美的诗人，其中最高首领是品达。”①由此可见，抒情诗的前身是颂诗，实际上是真正的个人感情伴随着社会发展过程中个人意识的觉醒。

① ［意］维柯：《新科学》下册，452～453 页，北京，商务印书馆，1989。

古罗马文化一开始延续了希腊的传统，但从公元3世纪左右，基督教文化成为西方文化中最有影响力的文化，象征文艺观念再一次成为文艺创作中主要的文艺观念，整个中世纪几乎都是追求哲理的象征文艺观念在起支配作用。

14—16世纪文艺复兴时期，西方文化融合了基督教的道德和古希腊的科学、理性、民主等精神，文艺也走向自觉。最早苏醒过来的，是以历史性为最高追求的文艺观念。这一时期出现了达·芬奇、拉斐尔、锡德尼、莎士比亚、塞万提斯等大师，他们表现出强烈的现实精神，力求反映历史的悲剧精神和喜剧精神。

17世纪初在法国兴起的古典主义不久便风靡欧洲，这是在文艺复兴影响下欧洲产生的第一个自觉的文艺思潮，也是以历史真实为最高追求的文艺思潮，代表作家有高乃依、拉辛、莫里哀、拉·封丹等，最重要的理论家是布瓦洛。古典主义崇尚理性，反对教会，拥护王权，追求典雅与真实，主张艺术描写应具有“像真性”（“逼真”），“真”是“美”的根据，戏剧写作要遵循“三一律”等。

18世纪欧洲启蒙主义思潮盛行。启蒙主义是一种反封建、反宗教，倡明民主、科学、理性的政治文化运动，并不是一个文艺学范畴。其中，有的艺术家有直面现实的历史精神。例如，德国戏剧家戈特舍德认为，文艺只能模仿自然，无需主观想象，要尊重古典主义的创作原则。但是，也有很多人具有浓重的抒情意识。18世纪末19世纪初，主情主义文艺席卷欧洲。例如，法国卢梭主张文艺推崇感情，赞颂大自然，赞扬自我。德国的“狂飙突进”运动中，席勒、歌德等人，沉潜于个体生命意义的探求，还夹杂着哲学诗歌化、诗歌哲学化的倾向。英国的感伤主义，因斯泰恩的小说《感伤的旅行》得名，自觉地夸大情感的作用，拉开了欧洲浪漫主义的序幕。

西方的浪漫主义文艺，是指自法国大革命爆发（1789年）至19世纪最初30年的席卷欧洲的声势浩大的文艺思潮。浪漫主义最先出现于德国。这时的施莱格尔兄弟、蒂克、诺瓦利斯等都以耶拿为中心，又称“耶拿派浪漫主义”，其主流倾向是消极浪漫主义。后来又出现了“海德堡浪漫主义”，史称消极浪漫主义的第二阶段。英国的浪漫主义也始于消极浪漫主义，以华兹华斯、柯勒律治和骚塞等人为代表，沉醉于对自然的景物描写中；稍后，也出现了拜伦与雪莱等积极浪漫主义诗人。法国有雨果等人的浪漫主义作品，较多地关注社会的公平正义，有明显的现实主义因素，但就总的倾向而言，仍属于浪漫主义。

浪漫主义成为席卷欧洲的文艺思潮，标志着西方抒情文艺真正的成熟。在西方，把感情作为文艺表现的对象的抒情文艺观念虽然觉醒得比较迟，但一旦觉醒，便势不可遏。浪漫主义借着对理想境界的追求、对主观感情的高扬，显现出一种精神之光。浪漫主义塑造的形象往往是理想化的艺术形象，常抓住人物性格中的某一种特点进行极端的张扬。浪漫主义文艺在文本的写作上不求精致，常用极度夸张、奇幻、充满激情的语言宣扬感情。

现实主义文艺自觉以历史真实为追求，命名于1857年，因法国现实主义小说家、艺术史家尚夫勒利把库尔贝的画展命名为“现实主义”而出名。从此，现实主义作为一种文艺创作原则广泛传播开来。现实主义有以下特点：一是文艺的叙述和历史的真实相统一；二是形象塑造符合民族的、社会的文化心理；三是注重细节真实，追求客观性，认为作家的倾向不宜直接流露。

由于现实主义作家特别关注和揭露现实生活中存在的社会问题，故又称“批判现实主义”，在19世纪后期风靡欧洲。批判现实主义文艺的代表作家有法国的司汤达、巴尔扎克，英国的狄更斯、萨克雷，美国的马克·吐温，挪威的易卜生，俄罗斯的普希金、果戈理、屠格涅夫、陀思妥耶夫斯基、列夫·托尔斯泰等。批判现实主义文艺大都出现在西方从农牧业社会向工业社会转型的过程中，此时，旧的社会秩序即将崩溃，新的道德和旧的秩序之间的矛盾已经充分显现出来。这就使得作家特别能够看到社会的问题，作品深得读者认可，享有崇高的声誉，并且其中重量级作家特别多。所以，西方现实主义文艺是人类珍贵的艺术宝库。

自然主义源于19世纪60年代的法国，七八十年代在德国、比利时等国也有一定的影响，是现实主义中一个偏执而异己的流派，代表作家有法国的左拉、龚古尔兄弟等。它和现实主义的区别在于否定艺术概括，常从生理和病理学角度看待社会人生，不再追求艺术描写与历史真实的统一性，而热衷于对生活表面现象、丑恶与病态心理做客观记录。

现代主义是发源于法国象征主义、风靡20世纪的文艺思潮，以“反传统”为标榜。艾布拉姆斯说：“现代主义对传统的文学形式与主题的反叛，是在第一次世界大战的空前浩劫动摇了人们对西方文明与文化的基础和连贯性的信念之后强烈地表现出来的。”其“重要的先驱者（都）是思想家，他们对社会性组织、宗教、道德和人自身的概念提出质疑”，因此，“现代主义（总是）有意识地从本质上与西方文化艺术的传统决裂”。① 第二次世界大战更使人类的生

① ［美］M. H. 艾布拉姆斯：《欧美文学术辞词典》，195页，北京，北京大学出版社，1990。

存处境雪上加霜，人们已经无法忍耐人与自然、人与社会、人与人、人与自我关系的全面“异化”，所以，第二次世界大战后现代主义不但流派纷呈，而且出现了众多有世界声誉的文艺大师和经典之作。

由于现代主义文艺历经时间长，跨越国度多，流派纷呈而且思想渊源复杂，所以比较难以概括描述。除了前期象征主义时代出现的波德莱尔、兰波、马拉美、瓦莱里、叶芝、里尔克等重要作家、理论家外，现代主义的发展在20世纪一般分为三个时段，每一阶段都有各自的代表作家。20世纪头二十年，现代主义有四个代表作家。一是艾略特，他的长诗《荒原》作为后期象征主义的代表作享誉世界，他本人也是现代主义杰出文艺理论家；二是法国作家普鲁斯特和爱尔兰作家乔伊斯，他们将意识流引进小说创作，尤以乔伊斯的《尤利西斯》最为著名；三是奥地利作家卡夫卡，以其《变形记》《城堡》等小说被后人誉为现代主义的鼻祖。20世纪30年代，现代主义的发展相对停滞，不过在第二次世界大战后又成了风靡世界的文艺思潮。首先，法国存在主义文学与荒诞派戏剧的成就奠定了现代派文学在文学史上的重要地位。萨特以小说《恶心》和戏剧《苍蝇》诠释了他的存在主义哲学，加缪在存在主义的影响下首先倡导“荒诞派文学”，并以小说《局外人》表现了世界的荒诞性。接着，贝克特的《等待戈多》、尤奈斯库的《秃头歌女》等，又在巴黎开创了“荒诞派戏剧”新局面。在美国，福克纳以其长篇《喧嚣与骚动》成为西方最有影响的现代派小说家之一。海勒以其长篇小说《第二十二条军规》一举成名，成为“黑色幽默”的代表性作家。其后，现代主义在20世纪40年代席卷世界，包括苏联等社会主义国家，其中有成就的作家、艺术家可谓群星灿烂。

20世纪五六十年代，随着美国“垮掉的一代”“嬉皮士”的出现，以金斯堡的长诗《嚎叫》为标志，现代主义蜕变为“后现代主义”。由于作品拒绝深度，以发泄、佯狂、平面化和拼接的艺术手法抒发愤怒、绝望、疯癫或麻木的情绪，后现代主义已经成为现代主义异己的、堕落的流派。其实，它主要是以发泄情感为目的。

二、中国古代文艺的发展轨迹

对于中国古代文艺发展的轨迹，不同的文论家虽然会有不同的描述，但一般都是按照各个历史时期特有的文体进行说明。不过如何科学地描述中国古代文艺发展的轨迹，尚是一个未完成的科研课题。本书拟从每个时代主要文艺观的性质入手，描述文艺发展的轨迹。

先秦时代，《尚书·尧典》提出第一个文艺观“诗言志”。儒、道两家都把这个“志”理解为“道”，或者是神秘的“天意”。直到先秦儒家最后一位大师荀子，他仍然坚持“舞意天道兼”的命题，这说明先秦文艺的确可以被视为一个大的阶段。这一时期官方的、主流的文艺观都是“言理”的，虽说人性与情感的因素都在觉醒的过程中。汉代是一个抒情文艺观逐渐占上风的时代，其标志便是《诗大序》第一次将“诗言志”解释为“在心为志，发言为诗；情动于中而形于言”。虽然这可以被视为抒情时代的开始，但历史的包袱还相当沉重，汉大赋便是一种一边抒情一边议论的文体。此外，《古诗十九首》虽然基本上算是抒情诗，但其中言理议论的成分相当重。魏晋时期，文艺又被言理的文学观替代，出现了玄言诗的兴盛。但是抒情文学一旦觉醒，就不会甘心失败，随着西晋文论家陆机在《文赋》中宣称“诗缘情而绮靡”，以抒情诗以及抒情文艺观为主导的新时代就此开启了。唐代诗人也是打着“诗缘情”的旗帜，创造了中国诗歌史上抒情诗的高峰。宋代诗人不愿走“唐人诗主情”的老路，便开创了“宋人诗主理”的新路。他们直接从儒家古代诗歌传统和象征文艺观中吸取营养，创造了宋代哲理诗的高潮。南宋严羽重提“当以盛唐为法”，实质上是企图恢复诗歌的抒情本质观。元代短暂，诗歌随宋而变，明代诗人则有清醒的民族文化复兴意识，提出“文必秦汉，诗必盛唐”的复古主张，实质上是有意拒斥“主理”的路子，重回“主情”。

但明人的文艺观比起前人要自觉复杂得多，因为他们发现诗歌在“主情”“主理”之外，还多了一个“主史”的路子。自从杜甫在唐代获得“诗史”的称号后，宋人对这一诗路一直持肯定态度。明代王廷相却认为这是“骚坛之旁轨”，不是文学正宗。杨慎则更明确地表示：“唐人诗主情”，可以；“宋人诗主理”，似乎也无不可；但绝不能像杜甫那样做“直陈时事”这种“下乘末脚”之事。并且杨慎认为，宋人称杜甫为“诗史”，“鄙哉!”① 但从元朝开始出现了很多讲史的小说，《三国演义》便是其中的典型。《三国演义》中的人物形象基本上根据历史人物形象加以演绎，而且言史的文艺观已经登堂入室。李贽认为：

> 世上先有《水浒传》一部，然后施耐庵、罗贯中借笔墨拈出……非世

① 参见顾祖钊：《华夏原始文化与三元文学观念》，317页，北京，北京大学出版社，2005。

上先有是事，即令文人面壁九年，呕血十石，亦何能至此哉！此《水浒传》之所以与天地相终始也与！①

看来，李贽已经非常明确地意识到文学（《水浒传》）的历史本质。此外，叶昼、张尚德、冯梦龙等都在为历史的文艺观张目。

王廷相与杨慎之所以竭力排斥“以诗为史”，一方面是想为缘情的文艺观打天下，另一方面也可能是被逐渐高涨的言史文艺的浪潮所激怒，因为在“主理”的路子之外，如果再出现“言史”的一极，那么以“缘情”为旗帜的抒情文艺观的一统天下便会彻底受到威胁。这对于习惯以刘勰的“为情造文”为唯一真理的王、杨二人来说是无法容忍的，因此，才有了这种偏执激烈的态度。在清代，只有王夫之与王廷相、杨慎态度一致，偏执地嘲笑人们称杜甫为“诗史”，而多数学者对历史本质观持肯定的态度。由明入清的钱谦益、金圣叹、黄宗羲都在重申文艺的历史本质观。钱谦益历述了从孟子开始的“诗亡，然后《春秋》作”的文艺历史本质观的诗学传统，认为“诗之义不能不本于史”。金圣叹认为，《水浒传》属于“庶人之议”。“从来庶人之议，皆史也。”这是将文学看作一种民间对社会生活的评价方式，看作另一种形式的历史。显然此时人们对文艺的历史属性的特殊性，又有了进一步的认识。黄宗羲重申称杜甫诗为“诗史”，“信然矣！”同时，他们还将文艺看作心灵史和情感史，这已经非常深刻。② 对比之下，王夫之对杜甫言史诗的攻击，就显得非常狭隘了。③ 但由于汉代人对儒家诗学传统的篡改，陆机“缘情说”和刘勰“为情造文”说的影响，盛唐诗歌的成功，再加上小说戏剧在文体上属于“引车卖浆者流”（林纾语）喜爱的低级形式，不是文艺的正宗，所以多数学者还是如王夫之一样，藐视言史的文艺，批判或抵制“宋诗”和言理的文艺观，只承认抒情为文艺正宗。

---

① 叶朗：《中国小说美学》，28页，北京，北京大学出版社，1982。按：叶朗认为此言非叶昼所说，乃李贽所言。此见甚确。

② 参见顾祖钊：《华夏原始文化与三元文学观念》，327～328页，北京，北京大学出版社，2005。

③ 王夫之说：“杜子美放之，作《石壕吏》，亦将酷肖，而每于刻画处，犹以逼写见真，终觉于史有余，于诗不足。论者乃以‘诗史’誉杜。见驼则恨马背之不肿，是则名为可怜悯者。”顾祖钊：《华夏原始文化与三元文学观念》，329页，北京，北京大学出版社，2005。按：王夫之笃信文艺抒情本质观的一元性，不知文艺或者诗歌还应有言理的和言史的本质观存在，他才真正是可“怜悯者”也。

但是，任何本质的文艺思潮都是不可抗拒的。即便是在抒情文艺和言情本质观的舆论高压之下，清代还是至少发生了两次较大规模“宋诗运动”。

第一次大约发生在康熙掌权之后。宋荦《漫堂说诗》记载，“近二十年来，乃专尚宋诗”，以至于他的朋友吴孟举所编《宋诗钞》几乎达到了“家有其书”的程度。明代嘉靖、隆庆之后，人们尊唐黜宋，以谩骂宋诗为风尚，而到了康熙时期，历史颠倒过来，人们又把“丑腐”的帽子还给了“尊唐派”。① 创作上，诗人查慎行挑起了崇尚宋诗的旗号，并得到了康熙的赞赏。理论上，叶燮为主将。他用三元的眼光全面地看文艺，将表达“至事”“至理”“至情”的不同类型的文艺看得同等重要。他以发展的眼光看文艺，反对“宗唐黜宋”，认为唐诗如枝叶垂荫，宋诗如开花正艳，二者是“前者启之，后者承之而益之”的关系。他认为，“先儒云：天下之物，莫不有理”，所以，对于诗歌这种东西，“似未可以物物也”，表现出鲜明的“主理”倾向。②

第二次宋诗运动发生在清末，道光、咸丰时期有郑珍、莫友芝诸家，同治、光绪时期更有曾国藩、沈曾植、陈三立、陈衍诸人，其中尤以曾国藩、陈衍文艺本质观念最清醒，影响最大。曾国藩认为，如今诗坛已经“大雅沦正音”，只有“筝琶实繁响”的“俗诗”笼罩诗坛，所以特别推崇以“造意追无垠，琢辞辨倔强”的黄庭坚为代表的“宋诗”。③ 陈衍认为，作诗虽“是自己性情语言”，但要“时时发明哲理”，亮出了“主理”的旗帜。陈衍的诗作有一种瘦硬的风格和清寂玄远的境界，曾被胡先骕推尊为“清代诗人第一”。④

由于缘情说和主情派文艺观实力雄厚，人们深陷于一元论文艺观，所以，言史的、主理的文艺观一直处于压抑状态。“五四”时期，中国文艺经受了欧风美雨的洗礼，汇入了世界文艺大潮。西方的文艺思潮从古希腊到古罗马，从古典主义到现代主义，都堆积在中国人面前了，而中国人最感兴趣的还是现实主义。历史的文艺本质观终于被大众接受，弥补了中国言史的文艺一直不甚发达的缺陷。

---

① 参见申骏：《中国历代诗话词话选粹》上册，502 页，北京，光明日报出版社，1999。

② 申骏：《中国历代诗话词话选粹》上册，534、539、543、564 页，北京，光明日报出版社，1999。

③ 参见郭绍虞：《中国文学批评史》，690 页，上海，上海古籍出版社，1979。

④ 参见王运熙、顾易生：《中国文学批评史》下册，518～520 页，上海，上海古籍出版社，1985。

三、文艺发展呈现的自律

如何理解文艺发展中的自律呢？我们可以从上述理论梳理和中西文艺发展的轨迹中获得启示。

首先，文艺发展模式呈现出有限性和三元性。从中西复古论中可以看出，文艺发展的模式总是从古人那里获得启发的。这就使文艺未来的发展模式在“古已有之”的模式启发下发展，所以文艺的本质性模式总是有限的。由于黑格尔从人类历史中只考察出象征型艺术、古典型艺术和浪漫型艺术三种，这说明人类创造的文艺发展的本质模式可能也只有三种。其实，这不是推测，而是事实。西方的古代象征型艺术和20世纪的现代派艺术都追求哲理的表达，与中国儒家孔子象征的文艺观、孟子提倡的理义之美、荀子所说的“舞意天道兼”、魏晋玄言诗潮、唐代佛理诗、宋代主理诗潮、清代宋诗运动等，在对言理文艺本质观的追求上都是一致的；西方古典主义、现实主义所追求的历史真实，与中国唐宋时期对杜甫言史诗的肯定与赞美，与明清时期中国小说戏剧理论中的言史倾向，在言史的文艺本质观上都是一致的；西方浪漫主义鲜明的抒情倾向，与中国“诗缘情”“为情造文”的观点，“唐人诗主情”和明人“诗必盛唐”的倾向，在抒情的文艺本质观上也是基本一致的。这种中西文艺基本一致的三元性表现，不能不说是一种人类文艺的规律性表现。西方哲学虽然无法概括文艺表现的这种三元性，但它却符合中国道家哲学的“三生万物”论，即文艺的万象均由这三元而生。不过，德国古典哲学发现的人类精神需要有知、情、意三个方面的见解，中国叶燮发现的文艺对“至事”“至理”“至情”的追求，都内在地规定着文艺三元的合理性。①

其次，文艺发展呈现的复古与重复，也是有规律可循的。T. S. 艾略特认为：“如果传统或继承的形式仅遵循离我们最近的那一代诗人的方法，以盲目的或亦步亦趋的方式固守前人成功的方法的话，‘传统’就不值得提倡了。”②细读这句话，我们便会发现，文艺如果要发展，那就要跳出“离我们最近的那一代”的方法模式。这就出现了文艺隔代传承的规律。因此，由于不满意于中世纪为宗教观念服务的文艺观，文艺复兴与古典主义就隔代继承了古希腊、古

---

① 这个问题在本书本质论部分已有论述，这里不再重复。

② ［英］拉曼·塞尔登：《文学批评理论——从柏拉图到现在》，438页，北京，北京大学出版社，2000。

罗马的模仿的（写实的）尊重历史真实的传统，从而开创了西方文学艺术的新时代。在 18 世纪的启蒙运动和法国大革命的催动下，文艺要发展不再遵循离它最近的那个时代的古典主义的老路，只好从前人创造的模式中去挑选。这时，德国“狂飙突进”的时代精神和法国大革命的昂扬激情，便将被古希腊摹仿说压抑的抒情传统发掘出来，造就了主情文学和浪漫主义的新时代，文艺的本质模式便由写实（言史）转为“主情”或“抒情”。

19 世纪欧洲文艺要进一步发展，重弹浪漫主义的老调显然是不行的，根据隔代承传的原则，法国的巴尔扎克和英国的狄更斯便扬起了现实主义的风帆，走上了与古典主义有渊源的追求历史真实的写实之路，最终誉满世界。20 世纪的西方现代主义，要想求得创新性发展，既不能走现实主义的言史的路，也不愿重走浪漫主义的抒情的路，那么，可供选择的就只有回到古代象征型艺术模式了。所以，现代主义自 19 世纪后期的法国象征主义始，也是一种规律性的反映。艾略特说：“诗并不是放纵情绪，而是避却情绪；诗并不是表达个性，而是避却个性。”① 其实，“避却情绪”就是逃避情感，竭力与浪漫主义划清界限；“避却个性”就是避免个性化的性格描写，试图与现实主义划清界限。这正是现代主义清醒的路线意识。现代主义以最激烈的方式标榜自己“反传统”，然而它的“根”仍在传统之中。后现代也没有拔着自己的头发离开地球，只是重新回到主情论，变抒情为“发泄”。

由是观之，文艺总是回过头去，在不同于最近一代模式的其他两种模式中挑选发展出路的规律就呈现了出来。也许，这才是文艺发展真正的“自律”，但这却是文艺理论著作很少关注的话题。

再次，文艺发展呈现的复古性挑选，体现了审美趋新性和适者生存的原则。文艺的发展模式只能在不同于前代的另外两种模式中“挑选”，而挑选什么也并不以个人的意愿为转移，有一种不可抗拒的规律性。“五四”时期，西方历时性发生的文艺思潮都共时性地呈现在国人面前。以郭沫若为代表的创造社诸家，推崇西方浪漫主义；以鲁迅和文学研究会成员为代表的诸家，推崇西方现实主义；李金发、刘呐鸥、施蛰存等人则推崇西方现代主义，他们都有相当的创作实力。但是，由于我们民族的危机意识已经觉醒，社会现实问题成为人们文化焦虑关注的中心，所以最终的选择还是现实主义，也由此补上了我国

---

① 伍蠡甫、胡经：《西方文艺理论名著选编》下卷，47 页，北京，北京大学出版社，1987。

言史文艺没有充分发展的历史缺陷。其中，既有一种现实的规定性，又有一种历史的必然性，还有一种审美需要趋新性，三者合一，才孚了众望。显然，这是审美趋新性和适者生存的规律同时在起作用。不过在适者生存的前提性条件满足之后，还是审美趋新性做了最终的选择，这就决定了文艺的发展是“自律”的。

现实主义在中国站住脚，与鲁迅、茅盾、巴金、老舍、曹禺等天才作家的贡献是分不开的，而明代前七子领袖人物李梦阳提倡“文必秦汉，诗必盛唐”，则“天下翕然宗之”①，更是领袖人物自觉的文艺观与审美趋新性同历史文化语境的时代要求完全适应的范例。再如，西方的现代主义首先以象征主义的面貌在法国兴起，与波德莱尔、瓦莱里等人追求一种与前人不同的本质模式和审美的趋新性有关。但领袖人物的这种创新性倡导，前必须有历史的根据，后必须能够得到当代人的普遍认同与呼应，所以仍是适者生存的规律在起作用。

最后，文艺发展模式呈现的复古与重复不是简单的复古，而是一种螺旋上升。上述文艺本质模式呈现的三元性和有限性与文艺的发展表面上是矛盾的，而实际上并不矛盾。这是因为，文艺在发展过程中呈现的复古与重复，不是简单的复古，更不是回到过去；而是在历史文化语境提供的新时空中，在新的机遇和更高的历史平台上对昔日文艺的本质模式的重新挑选、理解与创造。“五四”以后，中国人对于西方现实主义之所以情有独钟，是因为西方批判现实主义所表现的前所未有的历史深度，让中国文艺家甚为震惊与佩服。新的时代所造就的现实主义作家（如鲁迅），一拿起笔来，就表现出历史真实的新深度与新高度，表现了一种对中华民族历史文化的深度拷问与批判。这已经是一种世界性的新高度，与明清时期人们理解的文艺的历史属性，如“羽翼信史而不违”（张尚德语）等，是不可同日而语的。鲁迅与施耐庵相比，虽然都是在“言史”，但已经是在一种新的历史平台和新的文化语境中螺旋上升了，不仅内容实现了创新，而且形式也实现了创新。所以，文艺发展的自律才能使古老的文艺本质模式在未来仍能大放异彩，带来文艺的新发展、新繁荣。

---

① 郭绍虞：《中国文学批评史》，341页，上海，上海古籍出版社，1979。

第十四章　文艺发展的通变机制

文艺发展的历史过程有着丰富的文化内涵，需要我们进一步探索其中的发展机制和发展规律。刘勰在《文心雕龙·通变》中说："名理有常，体必资于故实；通变无方，数必酌于新声。"因为"有常"，所以我们要学习已有的文艺遗产；因为"无方"，所以我们应当适时而变，这样才能做到"变则其久，通则不乏"。事实上，"通变"不仅是《文心雕龙》集中探讨的一个问题，更体现了刘勰的文艺发展观，这种文艺发展观直到今天仍有其现实价值。

立足今天的文艺现状，我们要来探讨文艺发展中的三个通变机制：一是文艺发展中的继承与革新机制，二是文艺发展中各民族文艺之间相互影响的规律，三是文艺发展与经济发展的不平衡规律。文艺变迁中的这三个问题，构成了文艺发展研究纵向和横向的坐标：研究文艺历史继承性问题，是沿着时间线索展开的，它是纵向的；研究各民族文艺相互影响问题，是在空间范围内展开的，它是横向的；研究文艺发展与经济发展的不平衡规律，一方面是不同民族的经济文化互相比较的结果，另一方面则是某个民族文化内部求新求变的精神文化与暂时落后的物质文化的矛盾造成，仍是在上述坐标范围内进行的。

第一节　文艺发展中的历史继承与革新

文艺作为人类社会活动中特殊的精神文化活动，在漫长的发展历史中，有着自身生成、发展、革新的过程和规律。

一、文艺发展中继承与革新的一般规律

在文艺的发展进程中，一代代艺术家及其作品的积淀形成了我们的文艺传统。传统本身并不是一成不变的，它的内部包含着继承与革新两个侧面的文化因素。任何一个时代的文艺作品都不是凭空产生的，它一方面与其所处时代的经济、政治、宗教等社会文化环境因素有关，另一方面也是在既往审美文化元素和文艺作品提供的文化遗产的基础上发展而来的。

自从文艺产生之后，每一时代的文艺，包括艺术家、作品、思想观念、风格形式、形象塑造等都会自觉不自觉地从已有的文艺遗产中汲取营养，吸收借鉴前人的创作经验。正如刘勰在《文心雕龙·通变》中说："楚之骚文，矩式周人；汉之赋颂，影写楚世；魏之策制，顾慕汉风；晋之辞章，瞻望魏采。"刘勰的这段话就先后时代各种文体、风格之间的继承关系做了说明，"矩式""影写""顾慕""瞻望"等词语生动地描画出了各个时代文学之间承前启后的关系。这种现象当然不止于魏晋，在文学的长期发展进程中，文学继承俯拾皆是，不胜枚举。例如，宋词继承的文学遗产中就包括唐五代词的传统和中国抒情文学的传统。在题材上，宋代词坛中始终都有一派词作描写女性和男女恋情，而这一题材在唐五代词中就已常见。例如，托名为李白所做的《忆秦娥》《菩萨蛮》，写的就是闺情别怨，而《敦煌曲子词集》中闺情之作几乎占了一半。到了宋代，虽然程朱理学以"存天理，灭人欲"的官方文化意识形成了高压钳制，连诗歌也转而追求"理趣"，但是词作为民间文化形式，却接过五代词"闺情别怨"的传统，大胆地以男女恋情和离情别绪为题材，表达富有个性的情感体验，更由于晏殊、欧阳修、秦观、柳永、苏轼等大家的参与，最终创造了"宋词"这一文学史上的奇葩。宋词除了在题材和体裁上受到晚唐五代词的影响，在风格上也基本承袭了晚唐五代柔婉妩媚的词风，并逐渐形成为后世所称的婉约风格。可见，一个时代的文艺对前代文艺和文化传统具有历史继承性。

一代代艺术家及其作品在借鉴传承中形成了艺术传统和体裁的经典范例，它们经过时间的淘洗沉淀下来，根深蒂固地驻扎在了文艺发展史中，成为文艺发展过程中后起艺术家学习模仿和继承创新的对象。

关于传统，当代美国社会学家爱德华·希尔斯（Edward Shils）在《论传统》一书中探讨了它的含义、形成和变迁，研究了传统与现代、传统与创造等问题，涉及社会体制、科学、宗教、文学等各个领域的传统。希尔斯认为，传统作为一个历史性的概念，最基本的含义是从过去延传到现在的事物。它的要义包括：一是延传三代以上的、被人们赋予价值和意义的事物，如物质产品、思想观念、意识认识等；二是指一条世代相传的事物之变体链。希尔斯是在文化研究的层面上考察传统这一概念的。处于历史长河中的哲学思想、宗教观念、审美形态、艺术风格乃至制度设置等，在延传过程中有相似之处和承接的链条，这些都是传统的范畴。①

---

① 参见颜同林：《创造机制与文学传统的嬗变》，载《社会科学辑刊》，2013（1）。

文艺传统就是经过艺术实践和理论探索检验和证明了的，凝结着一代代艺术家的经验和成果的巨大财富，艺术家及其创作的经典作品则是它的表现形式，其中承载了审美观念、风格形态、评价标准、话语特征等内容。每一个努力进入艺术殿堂的后来者都是以文艺传统和文艺经典为依据和模板的，学习文艺传统和经典是他们进入艺术庙堂无法规避的路径。所以，艾略特在《传统与个人才能》一文中说："从来没有任何诗人，或从事任何一门艺术的艺术家，他本人就已具备完整的意义。他的重要性，人们对他的评价，也就是对他和已故诗人和艺术家之间关系的评价。你不可能只就他本身来对他做出估价，你必须把他放在已故的人们当中来进行对照和比较。我打算把这个作为美学评论，而不仅限于历史评论的一条原则。"①

艾略特从对艺术家及其作品评价原则的角度说明了文艺传统在评价体系中发挥的举足轻重的作用，因为任何一个艺术家都应被放在传统的格局中去认识和评价。与此相映成趣的，是另一种观点。美国当代学者布鲁姆认为，诗的历史是由诗人中的强者创造的，当代诗人就像具有俄狄浦斯情结的儿子，面对强大的父亲——诗的传统，他们必须"以坚忍不拔的毅力向威名显赫的前代巨擘进行至死不休的挑战"②。艾略特与布鲁姆对于传统的态度有着显著差异：前者认为认定一个新的艺术家的位置，就要把他放到整个传统的语境中来权衡，要给予传统充分的话语权；后者关注的则是后起之秀在强大传统面前无法实现超越的困境。历代艺术家殚思竭虑，筑起了越来越高的艺术巅峰，后来者要想超越前辈已经越来越困难，因此只有破除传统，创造新的历史。虽然艾略特和布鲁姆对待传统的态度迥异，一恭敬一叛逆，但两人都是将文艺传统和文艺经典的生成置于互文性的语境中进行研究的。不仅艾略特充分地重视传统，认识到传统在艺术史书写中的重大价值，就是布鲁姆，又何尝不是看到了传统的强大影响力，所以企图在影响的焦虑中寻求出路。

我们进一步深入下去，应当看到文艺传统本身是一个动态的、发展着的、开放的系统。它的内部秩序始终处在不断的调整、修正和改变中。这个系统作为整体，随着新作品的加入不断改变着它的各种关系。传统不是一成不变的，

---

① ［英］托·斯·艾略特：《艾略特文学论文集》，3页，南昌，百花洲文艺出版社，1994。

② ［美］哈罗德·布鲁姆：《影响的焦虑》，3页，北京，生活·读书·新知三联书店，1989。

变动不居是它的本质特征之一。文艺传统本身的动态性说明了文艺发展中继承与革新始终相伴，两者是相反相成、互为表里、辩证统一的。继承是汲取经验和营养，以更好地发展当代文艺，革新是使文艺传统始终保持旺盛活力的有效手段。白先勇着力打造的青春版昆剧《牡丹亭》就是一个范例。

这部戏曲游走于古典和现代之间，既保留古典昆曲之精髓，又充分地融入青春和现代元素。青春版《牡丹亭》首先对剧本做出调整，在保证剧情完整的前提下大幅度地压缩内容，对原本五十五折的剧目撮其精华，删减为二十七折。这种变动适应了现代剧场的要求，在更深层次上是为了适应现代的生活节奏而做出的选择。青春版《牡丹亭》删减的是内容，尽可能保留的是昆曲富有传统特征的一系列美学元素，正如白先勇所说："昆曲是最能表现中国传统美学抒情、写意、象征、诗化的一种艺术，能够把歌、舞、诗、戏糅合成那样精致优美的一种表演形式。"青春版《牡丹亭》的"青春"则包含了让有着四百多年历史的古老剧种再焕青春的热望。昆曲的前途在于培养年轻的演员，吸引年轻的观众，因此青春版《牡丹亭》在舞台演出上注入了大量的现代元素，尤其是舞美、置景、灯光、音乐等。对于很多初次接触昆曲的年轻观众来说，他们的第一印象就是强烈的视觉冲击。与传统戏曲主要重视听觉不同，现代舞台则是视听并重——尤其是在当今"读图时代"。因此，白先勇又说："我们尊重古典，但不完全因循古典；我们利用现代，但绝不滥用现代。"①

所以在面对传统时，我们要反对两种不恰当的态度：一是亦步亦趋地模仿，以致故步自封的复古主义；二是主张抛弃传统，力图重建新秩序的历史虚无主义。复古主义往往不顾文艺与当时社会、文化等现实状况之间的种种联系，只是一味地将前代创作奉为不可触动的典范，最终使文艺遗产成为束缚作家创作的桎梏。例如，明代以李梦阳、王世贞为首的前后七子，提出"文必秦汉，诗必盛唐"的口号。虽然他们的创作也不乏切合时流之作，但过度重视古人诗文的法度格调，处处模拟古人来创作，从而被束缚住了手脚，也一定程度上使得当时的文学陷入了裹足不前的境地。历史虚无主义则对文艺传统采取拒绝的态度。当社会出现较大转型，文艺也开始新旧交替的时候，往往会出现不满传统秩序、全盘否定传统的偏激论调。这一点在中国现代文艺史上是有深刻教训的。

---

① 邹红：《在古典与现代之间——青春版昆曲〈牡丹亭〉的诠释》，载《文艺研究》，2005 (11)。

二、文艺历史继承的主要内容

文艺历史继承的主要内容有很多，我们主要选取其中三个方面来加以说明。

首先，在文艺发展过程中，艺术形象是历史继承的重要内容之一。在文学领域，经过长久积淀，文学作品中的原型就形成了。人物、题材、情节、立意甚至语词等，都是艺术形象原型的构成要件。一代代的作家在创作中借鉴前辈作家，这就形成了文学史上清晰可见的继承线索。例如，在人物形象塑造上，唐明皇与杨贵妃的形象就很多。唐代就有白居易的长诗《长恨歌》和陈鸿的传奇小说《长恨歌传》，之后以戏曲居多，其中著名的有元代杂剧大家白朴的《梧桐雨》和清代剧作家洪昇的《长生殿》，甚至这些戏曲的剧名都是取自前代作家的作品。例如，“梧桐雨”来自《长恨歌》中的“春风桃李花开日，秋雨梧桐叶落时”，“长生殿”取自《长恨歌》中的“七月七日长生殿，夜半无人私语时”。文本中还有一些形象在历代作家的笔下逐渐形成稳定的象征含义，如月亮、垂柳、江水、红豆等。这些形象在古代诗歌、词曲、绘画等作品中频繁出现，形成了具有文化共识的审美形象。另外，中国古典小说《三国演义》《水浒传》《西游记》也是世代累积型作品，这本身就是历史继承的表现。

历代作品在形象、题材、情节等方面的继承性也十分明显。在题材上，我国历代文艺作品中常见的包括惜农、怀古、爱国、戍边、山水田园、闺怨、侠客等，这些题材几乎在每一代文艺作品中都或多或少有所表现，成了文艺作品中的母题。这种情况在其他国家和民族的文艺中同样存在。古希腊神话故事和圣经故事中的人物、题材，在历代西方文艺作品中不断复现。就西方艺术史来看，圣经中的人物耶稣就是不同历史时期艺术中的常见形象。耶稣作为牧羊人的形象、作为婴儿诞生的形象、作为受难者的形象、作为受膜拜者的形象等在众多文艺作品中屡见不鲜，并以雕塑、壁画、镶嵌画、油画等多种形式呈现出来。耶稣形象也经历了从最初的宗教图解功能（公元三四世纪）到神圣的表意符号（中世纪），再到闪现人性光辉的形象（文艺复兴到近代）。这既是艺术形象的母题的复现，又是一定时代精神的象征。

其次，历代的艺术家及其作品在文艺发展中会形成一定的审美范式。耳濡目染之下，审美范式会成为一代代艺术家模仿和追求的目标，并在长久的历史积淀中形成文化共同体的集体无意识，对审美理想、审美趣味、审美风格等产生潜移默化的影响。钟嵘在《诗品》中称：“谢（灵运）诗如芙蓉出水，颜

（延之）如错彩镂金。”现代美学家宗白华总结说，这是中国两种具有代表性的美感和美的理想，认为这两种美感或美的理想表现在诗歌、绘画、工艺美术等文学艺术的各个方面：“楚国的图案、楚辞、汉赋、六朝骈文、颜延之诗、明清的瓷器，一直存在到今天的刺绣和京剧的舞台服装，这是一种美，‘错彩镂金、雕绘满眼’的美。汉代的铜器、陶器、王羲之的书法、顾恺之的画、陶潜的诗、宋代的白瓷，这又是一种美，‘初发芙蓉，自然可爱’的美。”①宗白华从两种不同的审美理想和审美特征出发，为我们列举和归纳了中国历代艺术作品，让我们清晰地看到审美范式在历朝历代的典型体现。

另外，中国古典艺术中孜孜以求的意境，也是中国传统的核心审美范式之一。道家的有无论在哲学源头上为意境理论提供了重要支撑，历代不断有人对此加以补充和深入探究，如顾恺之画论要求的“传神写照”、刘禹锡的“境生于象外”说、司空图的“离形得似”“味外之旨”说、严羽的“水月镜花”说，直到王国维集其大成。在作品中呈现意境之美，成为中国古代文人的共识。这种审美范式不仅在抒情性的文学作品中得到充分呈现，即使是叙事性的作品也不乏局部意境的表现。这一审美范式甚至溢出了文学的边界，成为中国古代绘画、书法、戏曲乃至建筑的共同审美追求。中国书法和绘画讲究的“笔断意连”“计白当黑”，即对意境虚实相生原理的具体运用。此外，典型人物、审美意象等也都显示出审美范式的历史继承性。

最后，在艺术形式上，文艺的历史继承表现得也很明显。这里的艺术形式，在文学上包括文学体裁、语言、艺术手段等。与文学的内容，如题材、立意相比，文学形式一旦成熟就会具有相当的稳定性，后人基本会按照已形成的审美惯例来进行创作。例如，早在春秋时期，中国就出现了第一部诗歌总集《诗经》，其中诗作基本四字一句，为四言诗。这种状况延续到东汉时期，文人创作的五言诗开始出现，至魏晋时逐渐成为诗歌创作的主流。到了唐朝，七言诗也发达起来。至此，五言诗和七言诗成为中国诗歌创作的惯用形式，绵延了一千多年，今天也仍然有人在用这种艺术形式进行创作。此外，在艺术手段上，从《诗经》中总结出来的赋、比、兴的手法在后世的文学创作中也不断被使用。善于用典、景情结合，这都是长久以来文人创作的惯用手法。小说创作则采用章回体，以诗句对仗为章节的标题等，这些都是在文艺传统中积累而成的惯用艺术形式。

---

① 《宗白华全集》第3卷，450页，合肥，安徽教育出版社，1994。

三、当代文化视角中的文艺继承与革新

文艺继承与革新的双重变奏在当今时代呈现出更加复杂的局面。在传统社会中，生活节奏舒缓安闲，人们有较多的闲暇去细细咀嚼诗词歌赋、小说戏曲，可以在浅吟低唱中感受和欣赏潜藏在语言之后的韵味和意趣。这种文艺活动的传统形态持续了上千年。不过，随着现代社会生活的日益紧张忙碌，随着全球化趋势的日益深入，随着文化产业的勃兴，随着新技术、新媒介的不断推陈出新，文艺的传统也面临着巨大的挑战。就文学来说，审美观念的断裂、评价标准的位移、话语特征的转变，尤其是越来越倚重广播、影视、网络等大众传播媒介，让文学呈现出种种新特点，也刷新了我们对于文学的一贯认识和理解，而与文学生产、传播、文本、阅读等有关的一系列传统观念也都在不断更新中。

一系列新的文化现象出现了：大量的文学经典在改编后被搬上了影视屏幕，文学经典的大众传播反过来有赖于影视剧的影响力；借助网络平台的搭建，文学传播的准入门槛急剧降低；文学传统的功能，如认识、教育、审美等在发生变化，娱乐功能显著上升；文学形象直接通过电子媒介呈现，视觉化特征越来越突出，等等。总而言之，在当今时代，文艺传统的继承虽然面临着巨大的挑战，但在不断的革新中也呈现出前所未有的异彩纷呈的局面。

以中国四大名著之一的《三国演义》为例，西晋史学家陈寿写成65卷纪传体史书《三国志》，随后裴松之作《三国志注》。小说《三国演义》又被称为《三国志通俗演义》，是罗贯中在史料和民间传说的基础上写就的。到了近代，民国时期风行绘有大量插图的《绣像三国志演义》。今天，在图书出版中，《三国演义》的版本更是五花八门，不一而足，供少年儿童阅读的注音美绘版、缩略版等更是多种多样。此外，还有以三国故事为原型，另辟蹊径，反其道而用之的经济管理类图书，如颇为畅销的《水煮三国》。在传统的纸质印刷媒介的载体范围内，我们就已经看到多种样态的对文学经典的继承与革新，其中有图文互现的继承革新，有满足不同群体读者需求的继承革新，有思考角度的继承革新等。更有力度的革新是将承载文学内容的纸质媒介转换成声像一体的视听媒介，于是我们看到大量的三国故事被搬上了影视屏幕。值得一提的是，中国最早的电影《定军山》（1905）就取材自《三国演义》。1994年，84集大型历史电视剧《三国演义》播出，产生了声势浩大的影响。其后，接踵而至的有《三国演义之见龙卸甲》《赤壁》《铜雀台》《关云长》等电影，《桃园三结义》

《吕布与貂蝉》《曹操》《新三国演义》等电视剧。可见，《三国演义》为影视剧的改编提供了取之不尽的资源。改编作品或力图全景式呈现文学作品的面貌，或专注于三国故事的某一局部，或借三国故事的由头铺陈开去，或尽力贴近原著，或打破原著尊刘抑曹的价值判断，或转变叙事视角，等等。虽然这些作品有优有劣，有成功有失败，但它们让三国故事呈现出了多姿多彩的面貌，丰富了人们对《三国演义》文本的解读，表现出了《三国演义》传播的当代特质。

除了影视改编，三国故事在动漫游戏领域也随处可见，如《三国杀》《Q版三国》《大话三国》《三国志孔明传》《掌上三国》等。日本也尤为热衷三国题材，相关游戏和动漫作品有《横山光辉三国志》《真·三国无双》《东映三国志》《龙狼传》《穿刺！吕布子》等。其中，单看三国题材游戏，在媒介类别上就包括了桌面游戏、单机游戏、网页游戏、网络游戏、手机游戏等各种类型。三国游戏现已有两百多款，形成了庞大的文化产业链条。

从《三国演义》的例子中，我们可以看到，以语言为媒介、以纸质文本为核心的文学形式虽然遭遇到一定的挑战，但是在当代文化的视野中，文艺又以其继承与革新的新形式为文学赢得了更多的欣赏者。文学在文艺家族中的基础地位与核心作用一点也没有降低，文学的未来仍然是灿烂光明的。

第二节　文艺发展中的民族性与世界性

讨论文艺在未来的发展，就避不开对文艺的民族性与世界性关系的思考。这是文艺发展论中的难题。一种观点认为，越是民族的，越是世界的；另一种观点则认为，文艺的世界性一定会取代民族性。而我们认为，这两种见解都有片面性，应当从文艺发展的规律中合理地推测未来。

一、世界文学和民族文学的概念

各个民族、各个地域之间的文艺相互影响是文艺发展中的一个重要命题，在文艺理论中，我们把它归结为民族文学和世界文学的概念，或者说是文艺发展中的民族性和世界性命题。

随着历史的发展，各民族之间的交往越来越频繁和密切，尤其是到了近现代社会，文化和文艺逐渐开始了世界性交流的历史进程。19世纪上半叶，德国作家歌德在阅读了不少东方文学作品之后，首先提出了“世界文学”的概念。他说：“民族文学在现代算不了很大的一回事，世界文学的时代已快来临了。

现在每个人都应该出力促使它早日来临。”① 歌德劝告本国作家重视对外国文学的学习研究，吸收外国文学中的营养，加强各民族文学之间的相互交往，以迎接世界文学时代的到来。

紧随歌德之后，马克思和恩格斯从资本的生产和市场拓展的世界化规律出发，指出：

> 资产阶级，由于开拓了世界市场，使一切国家的生产和消费都成为世界性的了……过去那种地方的和民族的自给自足和闭关自守状态，被各民族的各方面的互相往来和各方面的互相依赖所代替了。物质的生产是如此，精神的生产也是如此。各民族的精神产品成了公共的财产。民族的片面性和局限性日益成为不可能，于是由许多种民族的和地方的文学形成了一种世界的文学。②

在此之后，研究者针对世界文学问题发表了不少看法。韦勒克与沃伦在《文学理论》中提出了世界文学的三种定义。一是将各民族文学统一起来的世界文学。“有朝一日各国文学都将合而为一”，这是要把各民族文学统一成一个“伟大的综合体”的期望。二是世界文学是各民族文学的集合体。我们并不希望“各个民族文学之间的差异消失”。三是指具有超出民族影响力的文学经典。它是“文豪巨匠的伟大宝库，如荷马、但丁、塞万提斯、莎士比亚以及歌德，誉满全球，经久不衰”。世界文学在这个意义上成了“杰作”的同义词。③

综观韦勒克、沃伦罗列的三种学界观点，我们看到，第一种看法和第二种看法是相互对立的，其中第二种看法比较合理。因为建立世界文学的目标不是消灭某些文学，扩张某些文学，而是让各个民族的文学在有了世界性的广阔视野和交流平台的情况下更好地发展自身。因此，世界文学的价值不是要让各个民族放弃自己的个性，而是让各个民族的个性都能在世界舞台上得以呈现。这种民族个性的背后其实已经隐藏了共性，即世界性。这种共性是各个民族作为人类的一部分，有着共通的社会理想、审美理想和人性解放的基本尺度，应当说是世界性的。可是，虽说世界性是真实地存在的，但它只能通过一定文艺的

---

① ［德］爱克曼：《歌德谈话录》，113页，北京，人民文学出版社，1978。

② 《马克思恩格斯选集》第1卷，276页，北京，人民出版社，1995。

③ 参见［美］韦勒克、沃伦：《文学理论》，43页，北京，生活·读书·新知三联书店，1984。

民族形式存在。也就是说，文艺的世界性只有蕴含在民族性中才能变为现实，就如同人们只能看到大大小小、形形色色的具体的富有个性的苹果，而永远看不到仅有共性的苹果。因此，上述第一种看法是永远无法实现的。不过，随着经济全球化脚步的加快，人类的社会生活模式日益趋同化，人们关注的领域和问题必然会有更多的聚焦点，但是在观察、思考和解决这些问题方面，不同的文化群体的方式和路径是迥然不同的。作家、艺术家的艺术个性更能使文艺作品的形式和风格具有鲜明的民族个性。所以，所谓“世界文学”，我们只能认同马克思的原意，即在世界范围内普遍交往的民族文学的共同体。这也是韦勒克、沃伦的第二种观点。第三种观点把世界文学与杰作等同起来，这是试图从文艺作品的影响的角度来界定世界文学，只能算是有一定学术意义的见解，其片面性是不言而喻的。因为各民族的文艺杰作既非民族文学的全局，更非世界文学的全局，是不好以偏概全、一概而论的。

与世界文学相关的另一个概念是民族文学。何谓民族文学？学界对此看法并不统一。有的学者持“作品题材决定论”，认为凡是反映了某一民族生活的作品，不管作者出身于什么民族，使用何种文字，都是某民族的文学。不过，“题材决定论”显然流于表面化、简单化，因为相反的例子比比皆是。例如，歌剧《图兰朵》写的是中国故事，但它绝不能算是中国文艺作品。

还有学者持“作者身份决定论”，即以作家的民族文化的身份作为判定某民族文学的主要标准。我们认为，这是比较合理的。例如，《马可·波罗游记》第二卷写的是元代中国，为西方人了解中国文化打开了一扇美丽的窗子，但由于作者是意大利人，其文化视角是西方的，所以，它只能属于意大利民族文学。泰戈尔虽然是用英语写作的诗人，但是他的诗歌有浓郁的民族风格，所以他的全部作品只能属于印度文学。

这是因为，世界上任何一个民族都是建立在共同历史渊源、共同生产方式、共同语言、共同文化、共同风俗习惯、共同心理认同六个要素基础上的族群。它们是孕育作家、艺术家文化素养、人格内涵、艺术个性和风格的土壤和条件。所以，我们认为，民族文学是建立在一定的文化与身份认同基础上的作家作品的共同体。所谓“文学的民族性”，是指文学活动中表现出来的富有鲜明民族特征的那些文化的和美学的因素。例如，汉民族文学中对闲适、雅致、含蓄风格的偏好；西方受基督教文化影响，文学中会常见圣经母题的浮现，表现出对受难、牺牲和崇高的精神追求等。但是，不论哪个民族的文学，它都有着与其他民族相似相近的社会生活内容，有着表达亲情、爱情、友情等的相近情感需求，有着追求自由、平等的相似愿望，都会探索人的生死、命运、价值等。因此，同样的题材、同样的寄托、同样的理想会出现在不同的民族文艺中，这也就构成了文艺世界性的共同内容。各民族文艺在互相交往、互相影响中融合创新，使本民族文艺获得新质，它们汇集起来就成了不断发展的世界文学艺术。

二、各民族文艺交往的基本规律

各民族文艺的交往是一个十分复杂的文化现象，目前对这一领域的研究已经形成了专门的学科和研究方向，如比较文学、跨文化传播、译介学等。不过，国内的相关研究起步较晚，积淀还不够深厚，所以我们在此仅做粗略的概括。

首先，各民族文艺之间的交往是一个从无到有、从少到多、由浅至深的过程。人类社会历史的早期，主要是各民族、各地域独立发展的阶段。人类的早期阶段生产力水平相对低下，探索自然的能力也相对较弱，各个部落和族群的生活空间都较为狭窄，彼此之间的交往受到高山、海洋、沙漠等自然环境的极大限制，基本都局限在“以自然的血缘关系和统治服从关系为基础”① 的范围内。今天被称为“四大文明古国”的埃及、印度、巴比伦和中国，基本上都是在彼此互不相关的地域和范围内创造出了各自的早期文明。

随着人类征服自然的能力的增强，人们的活动范围也逐渐向外部扩展，不同的民族逐渐有了商贸往来、政治交往甚至军事冲突，与此相伴生的还有文化交流，但这种交往带有局部性和偶然性的特点。例如，朱光潜认为《文心雕龙》“体大虑周”受到了佛学因明学的影响；而日本俳句就受到中国六朝美学的影响，表现出禅寂之境和隐逸之风。另外，持续了近 200 年的十字军东征更是通过血与火的军事冲突，在客观上强化了东西方的文化交往，促进了知识的传播，并在一定程度上刺激了西方文艺复兴的发生。到了 15、16 世纪，环球航行的地理大发现促使人们重新认识了人类生存的地球，为欧洲资本主义开拓全球市场提供了前提条件，文化和文艺的交往也进一步深化和普遍起来。欧洲哲学家斯宾诺莎、莱布尼茨都曾从东方哲学和文化中获益，伏尔泰更是不遗余力地赞美中国文化，还把《赵氏孤儿》改编成符合西方审美口味的古典主义戏剧，取名《中国孤儿》。

---

① 《马克思恩格斯全集》第 46 卷上册，108 页，北京，人民出版社，1979。

进入20世纪，不同民族间的文艺交往更是愈加常见。20世纪初，中国古代诗歌因其迥异于西方诗歌的创作方法和艺术表现手段成为英美意象派诗人的学习对象。20世纪80年代，拉美魔幻现实主义、西方现代派文学则在中国文坛产生了深远影响。

其次，各民族文艺之间的交流和相互影响是不同地域、民族间的经济、政治、宗教等多方面的文化交流的必然产物。民族间的文艺交往通常不是孤立于其他交往活动的，它总是发生在经济、政治等交流活动的同时或之后。唐朝就是一个各民族政治、经济、宗教、文化等交流鼎盛的历史阶段，既有日本的遣唐使入唐和鉴真东渡，又有玄奘大师远赴印度求取佛经，还有文成公主入藏以及丝绸之路上络绎不绝的商贸往来等。其中，玄奘大师口述而成的《大唐西域记》更是直接催生了后世家喻户晓的《西游记》。这种民族间的交流对文艺的影响由此可见一斑。

再次，各民族之间文艺的相互交流并不是完全无目的和随意的，它往往与接受一方的内在需求有着密切的关系。外民族文化和文学之所以能够在本民族产生影响力，是因为它在经济、政治、文化等方面契合了本民族内在的要求。我国“五四”新文化运动从西方的思想和文化中汲取了丰富的养分，就是因为其中包含了大量中国急剧转型期所需要的理论和思想资源，提供了当时人们寻求中国问题解决之路的若干有益成分。例如，挪威戏剧家易卜生的《玩偶之家》之所以能在知识分子和年轻人中掀起巨大反响，就是因为剧作中关于女性地位、个性解放和婚姻平等的主题顺应了“五四”时期推翻旧制度、建设新社会的民主要求。1918年6月的《新青年》推出了“易卜生专号”，胡适说这是“大吹大擂”地“把易卜生介绍到中国来”。除了观念的更新和对婚姻意义的讨论外，各地还把易卜生的剧作搬上了舞台。易卜生对新一代知识青年有着巨大的吸引力，以至于“新的人没有一个不狂热地喜爱他，也几乎没有一种报刊不谈论他，在中国妇女中出现了不少的娜拉”①。

最后，各民族之间的文艺交流并不是完全对称的，在政治、经济、文化上居于相对先进水平的民族文学会对处于落后状态的民族文学施加影响。例如，中国从唐朝至明代，政治、经济、文化水平远高于周边国家，在文学上自然也呈现出对其他民族的文学的影响力，日本、朝鲜和东南亚各国等都深受中国文学的影响。但反过来，前述民族文学对中国的影响就微乎其微。另外，即使某

① 《阿英文集》，741页，北京，生活·读书·新知三联书店，1981。

个文化落后的民族以武力征服了相对先进的民族，在之后的民族间文化和文艺交流中，仍然会呈现出后者占据主导地位的局面。马克思曾说：“野蛮的征服者总是被那些他们所征服的民族的较高文明所征服。这是一条永恒的历史规律。”① 罗马文化、印度文化等都曾有过这样的经历。例如，已经拥有高度城市文明的西罗马帝国在游牧部落的西哥特人的猛烈攻势下土崩瓦解，西哥特人成为首次劫掠罗马城的武装力量。但是，西哥特人赞赏罗马城的文化，在他们的保护下，罗马的大量文化和文艺作品得以保存。罗马人的生活方式、制度、语言，也反过来深刻地影响了征服者的文明。另外，前后征服过印度的阿拉伯人、土耳其人、鞑靼人、莫卧儿人，他们最终都被当地的居民和文化同化了。这些，都有力证明了马克思上述论断的正确性。

三、全球化时代民族文学的发展

英国学者吉登斯这样描述全球化：“全球化可以被定义为：世界范围内的社会关系的强化，这种关系以这样一种方式将彼此距离遥远的地域连接起来，即此地所发生的事件可能是由许多英里之外的异地事件所引起，反之亦然。”② 在今天经济全球化的背景中，各个民族地域之间的文化交往已经开始互相渗透和影响。毋庸讳言，今天的多元文化格局中存在强势文化和弱势文化，两者既有融合，也有冲突。但是今天的经济全球化只可能以自由贸易的形式，而绝不可能再以某种强权的形式推行了，因此，它只能为各民族的文化、文艺的交流提供更为有利的相互学习交融的条件，创造更为密切的共生共荣的相互依存性和更好的发展机遇。

20 世纪民族文学的世界化不乏成功的案例，其中最为突出的就是拉美魔幻现实主义的巨大成就。拉美各国在 20 世纪摆脱了宗主国的统治，实现了主权独立，他们强烈需要实现“民族文化身份的认同”。在经历了亦步亦趋模仿欧洲文学的痛苦和失败后，拉美作家立足于本土文化，在文学中表现了充满传奇色彩的半殖民地社会的畸形生活和富有奇幻风格的当地印第安文化传统，给我们展现了一个色彩斑斓的世界。这个富有地域特征的文学世界为拉美文学赢得了世界的赞誉。

在今天这个经济全球化的时代，译介作为重要的文化交流手段应当引起我

---

① 《马克思恩格斯全集》第 9 卷，247 页，北京，人民出版社，1979。

② ［英］安东尼·吉登斯：《现代性的后果》，60 页，南京，译林出版社，2000。

们足够的重视。歌德当年提出世界文学的宏伟蓝图，正是得益于他通过翻译阅读了东方文学。绝大多数读者都不可能具备通过原文来阅读不同国家文学的能力，于是翻译就成为建构或重构其他民族文学世界的不可缺少的工具。各国政府为了扩大本民族文化的影响力和加强各民族之间的文学交流，甚至会设立专门的翻译奖。例如，1964年日本设立日本翻译文化奖，奖励将其他语种翻译为日语的优秀翻译者。2005年，英国布克奖为奖励那些把其他文字翻译成英语的优秀翻译家增设翻译奖。2009年，法国针对译介法国著作的中国翻译家，设立了傅雷翻译出版奖；国际译联也设有一个翻译大奖，即“北极光”翻译奖。

中国的译著相当丰富，但是自1919年以降，知识分子在致力于将西方的各种思想、文化译介到中国的同时，忽略了将中国的思想和文化介绍给世界。相比于对外来文化的引进，我们输出和传播本土文化的努力实在不足。我们较少将中国文学翻译为世界主要语言，尤其是英语，这可能也是当下中国文学在国际上还处于边缘位置的一个重要原因。目前，在译介、研究中国当代文学作品的工作上，从一定角度看，国外学者发挥了重要作用。诸如瑞典人马悦然、德国人顾彬、美国人葛浩然等，正是他们的翻译使现实和当下的中国文学传播到西方。莫言能够获得2012年的诺贝尔文学奖，在很大程度上就得益于美国汉学家葛浩然对其作品的译介。与之相比，中国本土的学者在这方面还有很多工作要做。

长久以来，世界文学版图的绘制基本是由西方学者执笔。例如，美国最著名的世界文学丛书之一《诺顿世界文学作品选》，收录了从埃及、两河文明史诗到20世纪4000余年的作品，而仅有200年历史的美国文学在其中所占的分量却并不轻。从殖民时代到20世纪后期，美国著名作家在这套书中无一遗漏。英国学者约翰·德林瓦特的《世界文学史》在中国流传甚广，但该书对他国文学介绍甚少，对东方文学包括中国文学也鲜有述及，大量章节都是关于英国文学的内容。这种世界文学史的书写显然带有欧洲中心论的色彩，而我们应当建构的是人类文化平等格局中的世界文学的多元主体性文化共同体。

第三节　物质生产与艺术生产的不平衡关系

文艺发展的进程中，还有一个理论问题是需要我们关注的，这就是物质生产与艺术生产的不平衡关系。这一观点是马克思在思考社会发展的宏大命题时提出的。中国文艺理论界曾在20世纪50年代和七八十年代之交两度展开关于物质生产与艺术生产不平衡问题的大讨论，至今为止，它仍然是一个重要议题。

一、马克思的相关论断

马克思在《〈政治经济学批判〉导言》中提出了物质生产与艺术生产的不平衡关系的命题："关于艺术，大家知道，它的一定的繁盛时期绝不是同社会一般发展成比例的，因而也绝不是同仿佛是社会组织的骨骼的物质基础的一般发展成比例的。"① 同时，马克思又指出："这个概念决不能在通常的抽象意义上去理解。"② 马克思的《〈政治经济学批判〉导言》写于1857年，主要围绕政治经济学问题展开讨论，目的在于揭开资本化的物质生产的秘密。他所论及的不平衡关系的现象只是在思考政治经济学的宏大命题时牵涉到的一个支脉，而且马克思也看到了这个问题的复杂性。他说："例如，拿希腊人或莎士比亚同现代人相比。就某些艺术形式，例如史诗来说，甚至谁都承认：当艺术生产一旦作为艺术生产出现，它们就再不能以那种在世界史上划时代的、古典的形式创造出来；因此，在艺术本身的领域内，某些有重大意义的艺术形式只有在艺术发展的不发达阶段才是可能的。"③ 马克思的这段话告诉我们，某些艺术形式，诸如史诗和神话，只有在艺术发展和物质生产发展的不发达阶段存在和繁荣，并成为高不可及的范本。

由于马克思思考的重心并不是艺术问题，所以马克思虽然对这一命题做了一定的讨论，但还是给后来者留下了许多可以继续讨论的空间。

二、物质生产与艺术生产不平衡关系的表现

在艺术的发展进程中，物质生产和艺术生产的不平衡关系有一系列的表现。从横向上看，物质生产水平高的民族和国家的艺术生产的质量不一定能超过物质生产水平低于它的国家和民族；从纵向上看，物质生产水平在不断进步，社会形态也随之更替和超越，但艺术的形态往往并不是随之更替和超越的。此外，古今中外也不乏这样的例子：物质生产相对落后和混乱的社会转型时期反而出现文艺的繁荣和发达。

---

① 《马克思恩格斯选集》第2卷，28页，北京，人民出版社，1995。

② 《马克思恩格斯选集》第2卷，27～28页，北京，人民出版社，1995。

③ 《马克思恩格斯选集》第2卷，28页，北京，人民出版社，1995。

马克思认为，在社会发展的一定阶段，物质生产和艺术生产的发展并不是成比例的。也就是说，物质生产的发达和繁荣并不一定导致艺术生产的同样状态，反之亦然。例如，18 世纪的法国，虽然当时经济的发展远远不能与英国相提并论，但是它的哲学生产的发展却超过了英国。同样地，19 世纪初的德国，经济发展水平远远落后于英、法，但在哲学的发展上，这一时期德国哲学家的哲学成就代表了古希腊以来哲学发展的最高峰。恩格斯就对此发表过自己的见解："经济上落后的国家在哲学上仍然能够演奏第一小提琴：十八世纪的法国对英国（而英国哲学是法国人引以为据的）来说是如此，后来的德国对英法两国来说也是如此。"①同样的例证还有 19 世纪末的俄国，当时的俄国出现了文学生产的大繁荣。托尔斯泰、普希金、莱蒙托夫、果戈理、屠格涅夫、陀思妥耶夫斯基、契诃夫、车尔尼雪夫斯基、别林斯基等世界一流水准的作家、批评家在俄国文坛汇聚成璀璨的星河，但就当时俄国的经济发展水平而言，它还是一个保留着农奴制度的沙皇专制国家，远远落后于西欧的英、法、德等国。

在社会形态的阶段式变更上，艺术生产并不一定随着物质生产更替而更替。后来的社会形态会代替或超越先前的社会形态，物质生产水平也会超过原有的水平，但是，艺术的发展并不表现出同一特点，整个社会发展进程中物质生产的更替或超越并不与艺术生产发展的更替或超越同步。而且，一定物质生产基础上产生的艺术产品，也不会随着这一物质生产基础的消失而消失，它依旧会存在，甚至会以其独特的审美价值继续传播，甚至就某些方面还会成为"一种高不可及的范本"。这也是一种不平衡的状态。

例如，欧洲古希腊的艺术、文艺复兴的艺术、中国的唐诗宋词等，后世已经无法复制它们当时的文艺成就，只能以仰望的姿态表示叹服和敬佩。伏尔泰曾企图重建诗史的辉煌，马克思就借用莱辛的话嘲讽他："既然我们在力学等等方面已远远超过了古代人，为什么我们不能也创造出自己的史诗来呢？于是，出现了《亨利亚特》来代替《伊利亚特》。"②伏尔泰的殚思竭虑显然没能让史诗重生，反而贻笑大方。所以，马克思认为："在艺术本身的领域内，某些有重大意义的艺术形式只有在艺术发展的不发达阶段才是可能的。"以神话为例，"任何神话都是用想象和借助想象以征服自然力，支配自然力，把自然加以形象化，因而，随着这些自然力实际上被支配，神话也就消失了"③。因

① 《马克思恩格斯选集》第 4 卷，704 页，北京，人民出版社，1995。

② 《马克思恩格斯论文学与艺术》第 1 册，99 页，北京，人民文学出版社，1982。

③ 《马克思恩格斯选集》第 2 卷，29 页，北京，人民出版社，1995。

此，也有西方学者说："人类一旦上升到一个新的经济阶段，一系列不久前还充满内在生命的社会形式就会跟不上。每进入一个新的历史时代，随之都有某个艺术创作的特殊类型消失：社会不断抛弃着自己的审美服饰。希腊的艺术、文艺复兴的绘画、莎士比亚的戏剧，所有这些艺术繁荣的特殊形式，都是不能复兴的。"①

总之，纵观历史，人类物质生产的水平是在不断进步和提高的，但艺术生产却不会表现为同步轨迹，某些艺术生产形式的高潮只是出现在某一特定时期，它们并不与物质生产一样表现出不断"进步"的特点。所以，马克思说："进步这个概念决不能在通常的抽象意义上去理解。例如现代艺术。"

另外，艺术生产的繁荣经常出现在社会的变革时期。此时，物质生产往往处于混乱和困顿之中，但各种新事物、新思想互相碰撞和激荡，为艺术的繁荣提供了富有营养的土壤。文艺复兴的大繁荣就是如此。它发生在欧洲从中世纪封建社会向资本主义社会过渡的历史转折时期。罗素就深刻地洞见了这一点："文艺复兴时期的政治条件利于个人发展，然而不稳定；也像在古希腊一样，不稳定和个性表露是密切相连的。有稳定的社会制度是必要的，但是迄今想出来的一切稳定制度都妨害了艺术上或才智上的特殊价值的发展。"② 18 世纪德国艺术繁荣的背景更是如此。当时的德国经济落后，但在英国和法国的影响下，社会处于一个动荡的激烈变革时期，农民起义不断，政治改革呼声渐高，学术思想活跃。在这样的背景下，莱辛、席勒、歌德、巴赫、贝多芬悉数登场，文学艺术的成就让世人为之侧目。中国春秋战国时期"百家争鸣"的盛况、魏晋南北朝文学的繁盛等，也都是在物质生产停滞、政治局面混乱的情况下产生的。魏晋时期的建安文学风骨遒劲、慷慨悲凉，具有很高的文学成就，而这一成就和当时物质生产的衰败密不可分：东汉末年州牧割据，战祸连绵，随处可见饥馑疠疫，到处是"白骨露于野，千里无鸡鸣""出门无所见，白骨蔽平原"的凄惨景象。建安文人生活在这样动乱的时代，目睹种种社会惨状，这种切身感受直接成为他们的创作源头。

三、物质生产与艺术生产不平衡的原因

恩格斯在《在马克思墓前的讲话》中说："直接的物质的生产资料的生产，

① ［苏］里夫希茨：《马克思论艺术和社会理想》，289 页，北京，人民文学出版社，1983。

② ［英］罗素：《西方哲学史》下卷，16 页，北京，商务印书馆，2009。

因而一个民族或一个时代的一定的经济发展阶段，便构成基础，人们的国家制度、法的观点、艺术以至宗教观念，就是从这个基础上发展起来的，因而，也必须由这个基础来解释，而不是像过去那样做的相反。”① 马克思主义对经济基础和上层建筑之间关系的认识是十分明确的，那就是经济基础决定上层建筑，上层建筑都是从这个基础上发展而来的。正因于此，马克思才会在这一认识的指引之下思考物质生产和艺术生产的关系问题。马克思显然没有把这一问题简单化，他充分认识到这一问题的复杂性，所以看到了在物质生产对艺术生产具有基础性作用的前提下两者不平衡关系的存在。

导致物质生产和艺术生产二者之间不平衡关系的原因，归结起来是影响艺术生产的因素并非只有物质生产，艺术生产的发展状况是在多种文化因素的共同作用下完成的。因此，仅从众多原因之一的物质生产出发来观察它和艺术生产之间的关系，必然表现为常见的不平衡现象。

马克思将整个社会分为两大系统：经济基础和上层建筑。这两个系统各自是一个独立自足、自我运行的完整系统，每一个系统的内部又都有着多种要素，有着各自的运动方向和力度。例如，在上层建筑这个系统内部，不仅政治、道德、法律、宗教对哲学产生影响，而且哲学、政治、道德对法律也产生影响。同样地，哲学、政治、法律、道德、宗教也会对艺术产生巨大影响。任何一种意识形态作为一种精神生产方式，在其运作和发展的过程中，都会与其他形态相互交织、扭结，构成一个统一体。在这个统一体内，它们彼此又相互影响。我们可以看到，在上层建筑这个独立而自足的结构内部，各种意识形态呈现出一种动态的、相互影响的、具体生动的状态，使得各个部门的发展呈现出丰富复杂的局面。此时，经济基础对上层建筑内部的某个部门和形态的影响反而变得间接和微小，有时则是难以察觉的。

在文艺发展的历程中，哲学、政治、宗教、伦理等都是对其发展产生影响的重要因素，它们之间呈现出直接的因果关系。例如，20 世纪中国文学与政治之间的纠葛，其中政治影响了文学的内容重心、评价标准甚至文坛风貌，二者之间的关系直接而紧密。再如，欧洲艺术在发展过程中，不论是文学、音乐，还是绘画、雕塑等艺术形式，基督教的影响都随处可见，宗教已经成为西方艺术的传承基因。在历史上，政治地位比较高的个人甚至会对艺术的繁荣发挥举足轻重的作用。以宋徽宗为例，在政治上他是亡国之君，但是这位皇帝却沉醉

---

① 《马克思恩格斯选集》第 3 卷，776 页，北京，人民出版社，1995。

于艺术，擅长书法和绘画。他创办宣和画院，培养了张择端、李唐等一批绘画大家，使得当时的书法、绘画等艺术创作具有相当高的艺术水准，一时蔚为大观。此外，他还组织编纂书谱、画谱等，为美术史研究留下了珍贵的史籍。同样地，意大利文艺复兴的巨大成就，与当时拥有强大实力的名门贵族美第奇家族的支持密不可分，米开朗琪罗、达·芬奇、波提切利等艺术家都和美第奇家族往来密切。相比之下，物质生产对艺术生产的影响就不是那么显著和重要了，两者表现出不平衡关系的状态也就顺理成章了。

除了上层建筑内部的其他部门和形态对艺术发展有着强大的影响力之外，各个部门的发展也都具有自律性。虽然上层建筑意识形态的各部门共同构成一个统一的系统，但是每一个部门同时又是一个独立自足的小系统，都有自身的特点和规定性，这是一种自在而自律的系统。受自身规定性的限制，各个部门都呈现出独立发展的轨迹，艺术同样如此。

首先，艺术生产的自律性表现在艺术生产自身的创作特点导致它对物质手段的依赖性较低。艺术生产主要以个体的方式进行的，艺术家使用何种生产资料、采用什么样的生产手段、生产出什么样的产品，主要受到艺术家的思想、感情、意志、艺术观念等的影响，较少受到物质世界生产条件的制约。艺术生产作为一种特殊的生产，主要是在精神领域建构精神世界。艺术家可以超越物质世界，在主观的精神世界中自由自在、无拘无束地进行创造活动。正如柏拉威尔所说："艺术也可以形成一个比较自由的王国。""人的迫切的创作欲望可以在这个王国里找到一种合乎人类性的倾泻的途径。"①文艺创造的这个特征使得艺术生产与物质生产距离较远——相比于上层建筑内部的其他部门，艺术生产受到的物质条件的制约也就随之较弱了。

其次，艺术借以发展的重要前提之一是前人留下的思想遗产，在此基础上，艺术生产有着自己的发展脉络，可以一定程度上摆脱物质生产对自身的直接影响。正如希腊艺术的繁荣在很大程度上是建立在希腊神话的基础上的，神话故事为艺术提供了取之不尽的灵感源泉。所以说，"希腊神话不止是希腊艺术的武库，而且是它的土壤。成为希腊人幻想的基础"②。

当然，对于艺术生产和物质生产不平衡关系这一命题，我们也不能以偏概全，我们还应看到两者有时也表现为平衡的关系。例如，唐代诗歌繁荣，其盛

① ［英］希·萨·柏拉威尔：《马克思和世界文学》，116 页，北京，生活·读书·新知三联书店，1980。

② 《马克思恩格斯选集》第 2 卷，28 页，北京，人民出版社，1995。

唐气象与唐朝前期经济的鼎盛局面就是协调的，二者是成比例的。再如，现代影视艺术形式的出现和发达，显然也是离不开物质科技的发明和进步的。

值得指出的是，一方面，我们要看到和上层建筑的其他部门相比，艺术生产较少受到物质条件的制约，因而才会呈现出两者之间的不平衡关系；另一方面，我们也必须正视物质生产对艺术生产的作用，这一点同样是不可忽视的。因为一定时期文学的发展和繁荣，往往是作为经济发展的结果而出现的。所以，恩格斯在指明法、德这样当时在经济上落后的国家在哲学上仍然能够演奏第一小提琴之后，接着说："不论在法国或是在德国，哲学和那个时代的文学的普遍繁荣一样，都是经济高涨的结果。经济发展对这些领域也具有最终的至上权力，这在我看来是确定无疑的。"①只不过和政治、宗教、哲学等上层建筑的因素相比，经济起到的"多半是间接决定"的作用。

我们对不平衡关系这一命题的认识和理解经历了不少争议和曲折。过去，我们往往过分重视经济基础对上层建筑的决定作用，以至于柏拉威尔讽刺说，甚至马克思"也没有像他的一些现代门徒那样生硬地过分强调经济对文化（按：此处主要指包括文学在内的精神文化）的影响"②。但是真理越辩越明，经过研究者们的不断探讨和研究，马克思关于物质生产与艺术生产不平衡关系的命题的内涵，已经越来越丰富和准确。人们充分认识到两者之间并非简单直线式的一一对应的关系，艺术的发展道路往往表现为多种文化因素共同作用下的更加复杂的动态发展路径。

---

① 《马克思恩格斯选集》第4卷，704页，北京，人民出版社，1995。

② ［英］希·萨·柏拉威尔：《马克思和世界文学》，583页，北京，生活·读书·新知三联书店，1980。

第十五章　当代文艺的新变化

文艺作为人类创造的审美文化形式，是随着时代的发展而发展的。所以，刘勰早就在《文心雕龙·时序》中指出："时运交移，质文代变"，"歌谣文理，与世推移"。但是，这种观点在今天看来，就显得太笼统了。因为文艺变化除了社会经济条件等时代的外部因素之外，还有艺术发展的内在因素和规律。同时，一定时代的物质文化和精神文化所提供的科技手段与媒介也为文艺发展带来了新条件、新机遇和新变化。① 这是被相对忽视的方面，也是本章要讨论的话题。

第一节　现代传媒与文艺的发展

历史的发展不是某个单一因素引起的，正如恩格斯所说："无论历史的结局如何，人们总是通过每一个人追求他自己的、自觉预期的目的来创造他们的历史，而这许多按不同方向活动的愿望及其对外部世界的各种各样作用的合力，就是历史。"② 恩格斯所说的"合力"，在我们看来，便是一定的历史文化语境的复杂内容所形成的条件与机遇。我们既要看到经济政治因素的主导作用，也不能忽视其他文化要素的作用。以往的文艺学，却仅仅关注前者而忽视后者，特别是忽视了技术与传媒在文艺发展中的作用。

一、传媒时代的文艺发展

今天，电子媒介与数字媒介技术的发展让人类进入了传媒时代。传媒在社会生活中的地位日渐突出，给文艺等人类文化生活带来了翻天覆地的变化。可

---

① 本章撰写参考了王泽庆《传媒时代的"语—图"关系研究》（中国社会科学出版社2015年版）的部分内容。

② 《马克思恩格斯选集》第4卷，248页，北京，人民出版社，1995。

是，一个时期以来，文艺创作论和发展论却常常人为地排除技术的作用，这显然是旧文艺学的重要缺陷，所以也就成了我们文化视角文艺学不得不讨论的话题。

所谓“电子媒介”，即“运用电子技术、电子技术设备及其产品进行信息传播的媒介”①。它主要包括广播、电影和电视，以及模拟信号的录像、录音及其播放设备等。加拿大媒介理论家麦克卢汉认为，媒介是“人体的延伸”，所以，电子媒介也可以说是人的中枢神经系统的延伸。而广义的电子媒介还包括数字媒介，即电脑、网络和光盘之类的数字出版物等。它建立在计算机和网络技术的基础上，采用数字化的信息采集、存取、加工和传播形式，包括数字化的图像、文字以及音频、视频等，是人类“继语言、文字和电子技术之后新的信息载体”②，其智能化特征是非常明显的。数字媒介让文艺的创作和传播更便捷，甚至产生了革命性的影响。例如，艺术文本中的语言媒介与图像媒介的有机组合，实现了突破时空限制的即时传播；电影艺术可以“通过播放胶片、CD、DVD、录像带以及网络下载的方式获得”③；纯粹是想象之物的超真实的虚拟图像大量出现，让受众真假难辨，甚至以假为真，如电影《泰坦尼克号》中的沉船场景。

再如，在《阿甘正传》中，我们看到肯尼迪总统在椭圆形办公室接见全美明星队的阿甘。实际上，拍摄此电影时，肯尼迪已经去世了，但是与阿甘握手交谈的看上去的确是肯尼迪总统本人。原来，创作者找到了肯尼迪接见某球队的影像资料，用阿甘替换掉原纪录片中的一名妇女，再按照原片中的动作拍摄阿甘，最后进行电脑合成。这种计算机制作的图像，其审美品格必然与早期电影图像大为不同，能引发观众的审美惊奇，使观众获得不一样的审美感受。人们所说的新媒介或新媒体，主要就是这种数字媒介。

同时，我们还需要摆脱一种认识误区，即旧媒介在新媒介出现后自然就被淘汰了。实际情况并非如此。新媒介有很强的兼容性，它能够让报纸、广播、电视等传统媒介焕发新的生机和活力。目前，影响力有增无减的数字广播、数字电影、数字电视、数字电子出版物等，就是新旧媒介有机结合的产物。

当代文艺的发展与新媒介的紧密程度是有目共睹的。正因为有了传媒的支

---

① 李四达：《数字媒体艺术史》，17页，北京，清华大学出版社，2008。

② 李四达：《数字媒体艺术史》，3页，北京，清华大学出版社，2008。

③ ［澳］格雷姆·特纳：《电影作为社会实践（第4版）》，57页，北京，北京大学出版社，2010。

撑，所以谈论、研究当代文艺一般离不开“技术”“速度”“生活化”等关键词。这些关键词都与传媒、媒介有密切的联系。可以说，传媒因素是考察当代文艺的一个重要维度，因为我们不能就文本本身谈文本，需涉及文本的制作、传播等环节。有学者把传媒与艾布拉姆斯的读者、作品、作者和世界四要素并列，变成五要素。① 五要素理论，在口头传播时代和印刷时代不一定有较大的契合性与实用性，但是在传媒时代却大有用场。有了传媒这一环节，艾布拉姆斯的四要素才能联系起来。传媒的影响已经渗透到其他四个要素之中，传媒的作用也延伸到传播之外。

所以说，现代传媒对文艺的影响是全方位的，涉及文艺生产、传播和接受等。在文艺生产方面，因为有了互联网平台，创作者利用电脑在互联网上进行创作，产生了网络文学这一新的艺术类型。因为网络文学的选题审核没有纸质图书那样严格，所以写作者有大众化、草根化的趋向。他们来自不同的社会阶层，不同于作为“文化英雄的象征”的传统艺术家。②

在文艺传播方面，电子媒介和数字媒介让人类实现了即时传播的理想。电子媒介和数字媒介有着传统媒介没有的优越性，相比之下，口头语言媒介的传播范围、传播内容就很有限。在印刷术发明之后，媒介传播的范围大大增加，文艺的受益面也随之扩大了，艺术传播在一定程度上突破了时间与空间的限制。不过，艺术传播真正实现对时空的突破，是在电子传媒和数字传媒的时代到来之后。同时，互联网上的文学传播，比口头传播更易于保存，比纸质传播的成本更低。新媒介有较强兼容性，所以文艺传播还呈现出多媒介传播的特点，出现了口头传播、纸媒传播和数字传播等共存的局面。这样既加快了文艺传播的速度，又促进了文艺生产的速度，自然有利于文艺的发展。

二、文艺的视觉化

当今社会是传媒时代、技术时代，同时也是视觉文化时代。不可否认，图像化已是当代社会的一个显著表征，正如阿莱斯·艾尔雅维茨（Ales Eyjavec）所说：“无论我们喜欢与否，我们自身在当今都已处于视觉成为社会现实主导

① 参见单小曦：《现代传媒语境中的文学存在方式》，187页，北京，中国社会科学出版社，2007。

② 参见张永清：《新时期文学思潮》，242页，北京，中国人民大学出版社，2003。

形式的社会。"① 不仅人们所处的环境、所用的日常用品出现图像化的趋势，艺术产品也走上了视觉化的道路。根据艺术生产类型的不同，文艺的视觉化大致有三种方式。

1. 影视改编

文艺的影视改编是艺术视觉化比较常见的方式。一直以来，影响较大的影视作品一般都是改编的。据林达·赛格统计："许多伟大的电影都来自书籍、戏剧和真实生活中的故事。85%的奥斯卡最佳影片都是改编作品；45%的电视电影是改编作品。"② 从文学到电影电视，语言文本得到视觉化的转换。当然，这种转换有忠实于原著的，也有进行创造性改编的，但都不可能完全脱离原著。可以说，文艺的视觉化是用比较大众化的形式来传播文艺。

由于技术条件的限制，莱辛时代的画家很难将运动的全过程描绘出来。他们采取的方法，一般是"避免描绘激情顶点的顷刻"，"局限于某一顷刻"③，即展现运动过程中的某一代表性顷刻。而这一顷刻的过去与未来，就只能让接受者自己去想象了。在莱辛看来，绘画与诗歌是不同的艺术，即"视觉艺术"或"空间艺术"，"听觉艺术"或"时间艺术"。由于媒介的限制，莱辛主张诗画应坚守各自的疆界，但他又稍做变通，不得不考虑到诗画互越界限的既成事实，总结出一些各自突破疆界的方法。例如，诗要表现画所擅长的静态之美，可通过"化美为媚"将静态转换成动态。由此可以看出，在电子时代或数字时代之前，图像艺术的表现范围自然比文学艺术小。

但随着电子技术和数字技术的迅猛发展，图像艺术不再是选取接近故事高潮的一个时刻，而是通过技术手段，让受众形成一个时间流动的幻觉。所以，在理论上说，文学艺术所能表现的内容，如网络文学中的"玄幻""奇幻""灵异""仙侠""穿越""架空"等想象性内容，电影等图像艺术也能表现。

对文学艺术的接受与理解，一般需要相对集中的时间与较安静的阅读环境，同时还需要接受者具备相关的文化素养。而观看影视艺术，一般不需要观众有多高的文化素养，同时对外在的观赏环境要求也不高，可以一边观赏一边做其他的事情。所以，在生活节奏很快的现代社会，文学作品的影视化实际上

---

① ［斯］阿莱斯·艾尔雅维茨：《图像时代》，5页，长春，吉林人民出版社，2003。

② Linda Seger, *The Art of Adaptation*: *Turning Fact and Fiction into Film*, New York, Henry Holt and Company, Inc., 1992, p. xi.

③ 《朱光潜全集》第17卷，23页，合肥，安徽教育出版社，1989。

适应了时代特点，扩大了文学的传播范围和影响力。许多文学作品在影视化之后更为畅销，就说明了这一点。

2. 文本视觉化

文本的视觉美是艺术美的一个重要组成部分。由于书写成本、书写难度和实用功能等原因，刻在甲骨和竹简等载体上的古代艺术作品还没有考虑到文本的视觉美。在印刷术出现之后，艺术文本的排版比过去讲究多了，开始注重文本的视觉美。在现代文学史上，新月派诗人闻一多曾提出“建筑美”“音乐美”和“绘画美”的“三美”主张。其中，建筑美是从文本视觉美的角度来说的。它要求节的匀称和句的均齐，以做到诗句的整齐与诗句变化的结合。

我国古代文学也进行过文本视觉美的实验，如流传甚广的宝塔诗。宝塔诗形如宝塔，在语言文本中显现别样的建筑美。但是由于技术条件的限制，作者还不能在文本中插入相应的图像等，做到图、文、音的交融互渗。文本视觉美只能依赖语言句子的排列，但通过语言句子排列出的视觉美类型是比较有限的，而且只有平面视觉效果。

随着计算机的普及与数字技术的广泛运用，这种状况才有所改变。在现代科技的帮助下，文本视觉美的创造空间越来越大。文字符号有自身的视觉美呈现，突破了“得意忘言”的审美理念，也不再是属于闻一多时代比较单一的“建筑美”。苏绍连（笔名为米罗·卡索）有一首网络诗歌《人球》：

我们的心是一粒孤单的球
每日反反覆覆弹跳
是为了什么
为了什么
我们的生命不再成长
再也无力跳高了吗
这粒孤单的球
维持多久

我被时间拍打着
如被思想拍打着
此被传统拍打着

生被历史拍打着
活被情感拍打着
下被未来拍打着
去被自己拍打着

如果我们看到《人球》仅仅如上排列，那它就跟闻一多时代的文本视觉美差别不大，只是一种静态的整齐对称的美。但网友看到的诗歌却是动态模样（图 15.1 为动图截图）。“一粒孤单的球”从诗人的想象中直接“跳”出来了，而且是在网络文本中反反复复地弹跳！在过去的印刷时代，让由诗歌文本排列而成的“球”真正跳动起来，是不可能的事情。但有了数字技术，让这颗“球”跳动起来则易如反掌。

图 15.1　《人球》

过去，我们看到的艺术文本处于已经完成的状态，这首诗歌却让读者见证了它的呈现过程。在这个过程中，读者更深刻地体验到诗歌中的意蕴。王国维说：“文学中有二元质焉：曰景，曰情。”意境创造就是把二者结合起来的艺术。如果说过去的景还需要读者去想象，那么今天艺术中的“情景交融”是有图有文的，是更加丰富的。

3. 审美效果图像化

前文提及的影视改编和文本视觉化，是直接的文艺视觉化；而审美效果图像化，是间接的文艺视觉化。闻一多“三美”主张中的“绘画美”，就是审美效果图像化的一种方式，即让诗歌表现如画般的美，而不是像当代混合媒体艺术那样在语言文本中插入图像文本。莱辛说：“诗中的画不能产生画中的画，画中的画也不能产生诗中的画。”① 诗歌中的“画”不是实实在在的绘画，而是指有如画的审美效果。反过来说，如画的审美效果，绘画也未必能描绘出。如画的审美效果与真正的绘画还是有差异的，它不等同于绘画，绘画更不能取代它。

文艺为了达到如画的审美效果，会运用一些视觉艺术的表现手法，如吸取许多电影特有的手法。有些叙述手法“简直就像摄影机永不停顿地移动”②；有的在小说中运用电影化的想象，即运用电影中的蒙太奇、平行剪辑、快速剪接、快速场景变化、声音过渡、特写、叠印等。注重视觉效果成了当代文学艺术屡见不鲜的特征。当代作家安妮宝贝的小说散文集《清醒纪》中有这样一段文字：

> 他们一起躺在床上看DVD，中间摆一只烟缸。床单上有烟头烫出来的微小破洞。她经常会突然感觉软弱，独自起来坐在大床对面的椅子上抽烟。
>
> 房间里回旋沉着的英文口音。电脑发出咯嗒咯嗒硬盘转动的声音。放了一半的CD再次卡住。马路上有汽车的喇叭声。灯光在白色墙壁上投下影子。看到屋顶原来很高。房间里因此显得空旷。赤裸出树枝一样的身体。儿童的气味。

第一段，我们似乎看到几个镜头在切换。首先是中景镜头，“他们一起躺在床上看DVD，中间摆一只烟缸”，然后是特写镜头，“床单上有烟头烫出来的微小破洞”，再回到中景镜头，她“独自起来坐在大床对面的椅子上抽烟”。第二段，我们看到的是“快速场景变化”。首先是声音的，有英文歌曲的声音、电脑硬盘转动的声音、汽车喇叭声等；然后是视觉的，有灯光、屋顶投影、赤裸身体等；最后是嗅觉的，“儿童的气味”。通过上述例子，我们可以看出图像化对当代文学的影响。小说几乎直接写成了电影脚本。

当然，审美效果图像化只是丰富语言艺术的表现力与艺术性，并不是为了让文学艺术直接展现在屏幕上。文学虽然具有视觉性，但不一定就能拍摄成电影。另外，用视觉艺术手法增强文学的表现力，只是众多方法中的一种。我们

① 《朱光潜全集》第17卷，84页，合肥，安徽教育出版社，1989。

② ［意］基多·阿里斯泰戈：《电影理论史》，62页，北京，中国电影出版社，1992。

不能把视觉手法作为丰富文学表现力的唯一手段，需要客观地评价视觉想象和视觉手法在文学中的运用。文学要想产生较强的审美效果，就必须同等对待其他感官。① 不过，文学在向其他感官越界的同时，也不能去掉语言艺术自身的优势。

三、文艺的网络化和大众化

互联网的出现，带来的不仅是传播媒介的转变，而且是社会生活方方面面的变化。近年来，随着“互联网＋”概念的提出，互联网与传统行业的深度融合正在推进。实际上，互联网与艺术融合的事实早已存在。互联网与艺术的深度融合，激发了传统艺术的活力，也改变了它们的形态，并导致艺术与审美新现象的出现，如网络小说、微信文学和微电影等。本节主要以网络文学为例，来研讨文艺的网络化与大众化。

1. 互联网与网络文学

文艺的网络化，即文艺通过互联网等媒介，实现了文艺的网络写作与网络传播，导致了新的艺术类型（如网络文学）的出现。同时，网络文学的创作与接受，与文艺的生活化趋势是联系在一起的。

网络文学创作，一般是指在互联网平台上的“在线写作”，并直接在互联网上发布，让网民点击阅读。传统的从事艺术创作的作家、艺术家，往往拥有让人羡慕的身份、地位、文化资本等，他们与编辑、评论家形成一个特殊的艺术共同体，有着特有的言说方式，与普通大众保持一定的距离。网络写手却来自社会各阶层，他们的创作没有理论束缚和现实限制，其创作内容往往接近大众的生活，而且不一定单纯为了艺术。有研究者指出：“网络文学是从聊天室起家的，‘灌水区’里的众声喧哗图的就是个言说自由和消愁解闷。入网者多是怀着好奇、休闲、交友、打发无聊、排遣孤独等游戏性的心情发言的。”② 他们在网上进行即时写作，是为了满足兴趣爱好、排遣情绪、觅得众多知音等，不一定就有崇高的写作动机。网络作家邢育森就是这样的典型。他说：“热门专业和学位证书让我衣食无忧，网络写作令我心灵充实、自信平和。所以我相信无论身在何处，物质和精神上都将是宽松满足的。和所有的人一样，

---

① 参见郭勇健：《文学现象学：英加登〈论文学作品〉研究》，263页，上海，学林出版社，2011。本书将英伽登译为英加登。——编者注

② 欧阳友权等：《网络文学论纲》，118页，北京，人民文学出版社，2003。

我们都是想过一种自己喜欢的生活，做一些自己喜欢的事。”① 从这些网络文学现象中，我们可以看出文学的祛魅和世俗化。在许多网络写手看来，文学如同自己喜欢的球类运动一样，未必都是“经国之大业，不朽之盛事”。

互联网平台的最大特点就是它的超链接性。互联网的超链接性，不仅仅带来了文学阅读的突破，而且导致网络写作的生活化倾向，因为互联网链接了日常生活的各个方面。这种超链接性使网络写作往往具有世俗功利性，而生活本身就有审美性与功利性交融的场合。网上收费阅读代替免费阅读，安排网络大咖的作品入 VIP，运用颇有人气的博客发广告赚钱，这些网络运营措施自然会随之出现。对于网络经营者来说，他们必须有资金，必须赢利，只有这样才能维护网站运营。

网络文学有着强大的生命力，还在于它有市场需求。除了网络文学的内容贴近生活之外，网络文学文本还可以与图片、声音、动画、视频等交融在一起，便于读者接受。网络文学中的新媒介还使传统文学的样式获得进化和突变，涌现出许多文学新体裁，如超文本诗歌、超文本小说和超文本戏剧等。对此，读者也会产生新颖的审美感受。文学文本这种存在形式，拓展了文学的表现空间，它的语—图—声的互文性，又比传统写作更容易调动读者的审美兴趣，感受到一种前所未有的审美通感。

2. 网络文艺的大众化

就网络文学而言，文艺的大众化主要表现在两个方面：文艺创作队伍的大众化和文艺接受的大众化。

据统计，截至 2013 年，我国文学网站总数已经达到 1.4 万家，其中小说网站有 5500 多家。点击率较高的文学网站，有起点中文、创世中文网、中文在线、红袖添香、晋江文学城、榕树下、小说阅读网、潇湘书院等。诗歌网站有 187 家，点击率较高的，有诗歌 365、中华诗词等；散文网站 223 家，点击率较高的有中国散文网、散文在线等。

从事网络文学创作的网络写手，数量非常庞大。截至 2013 年，文学网站签约写手达 200 万左右，其中盛大文学旗下 7 家文学网站签约的原创作者有 160 万人，17K 小说网有 10 万人，百度纵横有 5 万人，大众书局逐浪网有 2 万人。② 网络写手年龄主要集中在 18～35 岁，这是因为年轻人较年纪大的人容易

① 欧阳友权：《网络文学的生机与希望》，载《文学报》，2000-02-17。

② 参见欧阳友权：《网络文学五年普查（2009—2013）》，1、18 页，北京，中央编译出版社，2014。

接受新事物，对互联网及其数字化生存环境没有什么心理上的抵触和技术上的障碍。许多著名的网络写手接触网络都很早。1974年出生的安妮宝贝，24岁开始在网络上发表小说。1984年出生的流潋紫，19岁开始从事业余写作，成为榕树下和红袖添香等多家文学网站的专栏写手。1978年出生的天下霸唱，28岁开始写作《鬼吹灯》。这些数据，是针对比较职业的写手的，如果再加上偶尔触网的写手，其统计结果会远远超过我们的想象。

网络文艺创作不同于传统文学，任何人都能创作，没有什么门槛。截至2015年12月，中国网站总数约为423万个，中国网民规模达6.88亿。① 另外，70%以上的网络作家是理工科出身，而非传统的文科出身。业余网络写手的职业分布非常广泛，有学生、教师、公务员、军人、工人、个体户、农民等。有学者指出："随着网络文学作品内容的丰富和多样化，以及用户群体的不断壮大，网络文学逐渐成为网民互联网应用的重要组成部分，吸引了社会各界的关注和参与。"② 我们可以说，我国近7亿的网民既是潜在的网络写手，又是网络文学的阅读者。

据2013年的有关统计，我国一天发表的网络文学就超过1000万字，相当于一个中等出版社一年的出版量③，每年有六七万部作品被签约。有这么多作品，一方面说明从事创作的人多，另一方面也说明网络文学的需求量大。网络文学虽然参差不齐，但是"讲究情节离奇，写作上多采用短句式，读起来轻松幽默"④，所以追看的人很多。

不可否认，在文艺网络化和大众化的过程中，不少作品为了商业利润，更多地追求感官享乐，而不太注重对深层次意蕴的发掘，如网络文学叙事呈现出游戏化、平面化、欲望化等不良倾向，一味追逐时尚，沉溺于幻想游戏和白日梦等。⑤ 正如陈村所说："网络文学和现实越来越脱节，这和我们的社会环境有关，大家都奔着古代、太空甚至架空世界去了……网络文学受种种影响，其

---

① 数据源自2016年中国互联网信息中心（CNNIC）发布的第37次《中国互联网络发展状况统计报告》。

② 马季：《繁花似锦 流云无痕——2011年网络文学综述》，载《文艺争鸣》，2012（2）。

③ 参见《网络文学背后的产业链：一天发表量超出版社一年》，http：//www.chinanews.com/cul/2013/12-25/5662673.shtml，2017-12-09。

④ 《大四网络写手年入百万 曾一天写下15万字》，http：//tech.sina.com.cn/i/2014-12-03/doc-iawzunex4917834，2017-12-09。

⑤ 参见黄鸣奋：《精神能量与价值弘扬》，载《人民日报》，2014-05-31 。

实正在远离现实的生活。”①

当代文艺生产应该坚持经济效益与社会效益的统一，不能只追求经济效益而不管社会效益。“我们要通过文艺作品传递真善美，传递向上向善的价值观，引导人们增强道德判断力和道德荣誉感，向往和追求讲道德、尊道德、守道德的生活。只要中华民族一代接着一代追求真善美的道德境界，我们的民族就永远健康向上、永远充满希望。”② 可以说，只有通过宣扬真善美，文艺才能提高大众的艺术欣赏水平和整个社会的精神文化水平。注重经济效益与社会效益的统一，在国外艺术界也是如此。法国电影导演雷纳·克莱尔极力抨击资本主义电影的拜金主义，他不无担忧地说：“电影将死在金钱手中！”美国儿童问题研究专家曾在1985年耶鲁大学医学院举行的讨论少年儿童电视问题的会议上呼吁，禁止放映有害儿童身心健康的电视节目。这些节目中泛滥的谋杀镜头、未婚男女的性行为等，对少年儿童的身心危害极大，对越来越多的少年犯罪、少女怀孕等社会问题负有直接的责任。③可见，国外有良心的艺术家都已经意识到了经济效益至上对艺术的危害性，我们不能重蹈他们的覆辙。

第二节 网络文艺的新特征

作为一种新媒介，互联网有其他传统媒介没有的特点，如快速传播，注重创作者与受众之间的互动性，采取数字存储的方式，语言、图像、声音文本等能够兼容，等等。这些特点在一定程度上也决定了网络文艺的新特征，如读者参与创作、多媒介表达、创作速度激增等。

一、读者参与创作

过去，作者与读者的功能是泾渭分明的：作者负责创作文本，读者负责阅读和欣赏文本；创作是作者的事情，阅读是读者的事情。在传统认知中，作家一般是高高在上的，读者似乎只有被动地接受。与此不同的是，巴特在《S/Z》

① 《作家谈网络文学：正远离现实生活 是不好的事情》，http：//www.chinawriter.com.cul/2015/12-10/7664376.shtml，2017-12-09。

② 习近平：《在文艺工作座谈会上的讲话》，载《人民日报》，2015-10-15。

③ 参见张仲礼、林甫生、朱根：《探索·创新：当代经济新学科新方法新流派》第2卷，501页，上海，上海社会科学院出版社，2008。

中把文本分为可读文本和可写文本两类。传统的文本属于可读文本，这种文本是封闭文本，是静态的，读者不属于创作者，仅仅是被动的接受者。可写文本却不是这样，它总是处在未完成或开放状态中。作者在完成文本之后，读者就出场了，他去"重写"文本，去发现、生产文本新的意义。可以说，在可写文本中，读者是直接参与创作的。

在可读文本中，读者"不是主动加入，他无法走近能指的魅力，或写作的快乐，他只是分享接受或摒弃这文本的一点可怜自由：阅读不过是投一票罢了"。巴特的目的是想把读者变成文本的生产者，抬高读者的作用，以取代作者的中心地位。可写文本是永远的现在，是"无止境的游戏"①，具有开放性与无限性。在西方学者看来，18 世纪某些感伤主义和浪漫主义的小说，实际上就是具有实验性的"可写"小说，如劳伦斯·斯特恩的《项狄传》。它超越了牛顿定律对时间的界定，运用非线性的心理时间同时表现过去、现在和将来。②

当时，创造可写文本的技法不外乎"最大限度地打破语言常态，意义指向极不确定，留下众多情节空白、意义中性、语言歧义等可写性因素"，"需要读者积极地参与思考并进行'生成性'阅读"。③ 在传统的技术条件下，可写文本理论即使被提出来了，也只是一种理想状态。原有的作品已经完成，就不可能再改变，原著作的权威性仍然存在。在古代社会，作品在流传过程中，会因抄写者的原因与原始文本产生细微差异，但是接受者还是尽力寻找原始文本。所以，有学者就批评这两种文本的划分，主张应当把批评分成"再写式"和"单读式"两种。

这种区分在一定程度是有道理的，但在互联网时代，巴特的可写文本却能真正实现。互联网一个突出特征就是交互性，包括同步交流和异步交流，前者有聊天软件等，后者有邮箱、博客等。当然，有些互联网平台既有同步交流，又有异步交流，犹如一个论坛。通过互联网的互动平台，创作者与读者的交流得到真正实现，创作者能够及时看到读者对作品的建议、评论和期待。因为网络文学是在线创作的，处在未完成状态，所以这些建议、评论和期待会在一定程度上影响到作者的创作。对于作品的最终完成，读者有部分生产文本意义的功劳。

---

① 赵毅衡：《符号学文学论文集》，552～553 页，天津，百花文艺出版社，2004。

② 参见李维屏：《英国小说艺术史》，109 页，上海，上海外语教育出版社，2003。

③ 钟晓文：《符号·结构·文本——罗兰·巴尔特文论思想解读》，159 页，厦门，厦门大学出版社，2012。本书将罗兰·巴特译为罗兰·巴尔特。——编者注

2001年，人民文学出版社出版了BBS留言跟帖小说《风中玫瑰》。这部小说原来发布在一个普通网站的BBS公告板上，原名《玫瑰在风中颤抖》，取自流行歌曲中的一句歌词。《风中玫瑰》是“互动小说”的代表，即在互联网上由作者与读者互动完成。它的最大的特点，就是作者和读者之间有充分的互动。他们共同参与小说创作，见证了小说的完成。人民文学出版社出版了此书，“不仅是对作者的肯定，更是对新兴的文学形式的肯定：一本书不再是作者单独的发言，读者的心声也得到了发表的机会，在书中占有了本来没有的一席之地”①。在书中，我们看到了只有在互联网时代才会出现的作者与读者的互动过程。例如，网友“风里百合”跟帖：“姐，快点写完它吧!!!”“风中玫瑰”回帖：“百合妹妹：姐姐的故事，应该还有好长，好长啊，姐不想写了，可不写行吗?”网友“坐山雕”跟帖：“我不喜欢你的帖子，它让我心酸……”“风中玫瑰”回帖：“令人心酸的故事每天都会发生，你能心酸多少回?你能否真的洒脱超然?”跟帖的网友，大致分为两类：一类是“真心相对的朋友”，他们及时关心支持作者，在其经历曲折之路时帮助她畅快通过；一类是“冷言讥语不断的朋友”，他们让作者在写作过程中稍做停顿，进行自我检视。无论是哪种网友，他们都对作者的创作起到了积极的作用，小说文本的最终形成都有他们的功劳。

网友参与创作的例子，在网络文学中并不少见。宁肯的《蒙面之城》在新浪网上连载时，一个月的点击率超过了50万人次。在连载的过程中，作者仍不断与网友互动切磋，反复修改，作品最终获得了第二届老舍文学奖。曾在日本社会轰动一时的网络小说《电车男》，也是作者“中野独人”在日本最大的论坛2ch上与网友互动的结果，出版后也保留了与网友互动的帖子。

二、多媒介表达

多媒介，也叫“多媒体”，一般是指建立在计算机交互式综合技术和数字通讯基础上的多种媒介的结合体。② 其中的媒介，包括语言、图像（有静态和动态之分）、声音等。麦克卢汉认为，所有的媒介都是多媒体，媒介不会孤立

① 风中玫瑰：《风中玫瑰》，前言，4页，北京，人民文学出版社，2001。

② 参见李云峰、李婷：《计算机科学导论》，119～220页，北京，中国水利水电出版社，2014。

地存在。① 互联网时代的到来，印证了麦克卢汉观点的正确性。当代文艺创作比较注重多媒介的使用，即在文本中运用两种以上的媒介。

多媒介的运用，一般分为以下几种类型。

其一，语言与图像的结合。艺术文本有语言媒介，也有图像媒介，或者让语言媒介图像化。

其二，语言与声音的结合。例如，中国网络诗歌网中的许多诗歌，其文本和诗歌朗诵是链接在一起的。

其三，语言、声音、图像的结合。例如，毛翰的《天籁如斯》，除了诗配画外，还与音乐进行了有机的结合。

互联网上出现的多媒体小说，是网络文学多媒介表达的代表，即在语言媒介的基础上，根据小说情节的需要，通过画面的流动，或用旁白来进行抒情，或用音乐以及其他声响来表现小说内容。②《晃动的生活》是国内第一部女性多媒体小说，作者是某网站女性频道的主编“黑可可”，文本则是用 Flash 技术做成的，有画面，有音乐，还有慢慢流动在电脑屏幕上的文字：

> 大马是我的须眉知己。
>
> 大二在同学的生日晚会上认识了他。那一夜的大马是引人注目的。因我从来没有对大马产生过什么暧昧的想法，所以各位网友原谅我，我实在无法想起我们最初有过什么对话，而这些对话是如何使我们的关系渐渐地融洽，以至于到晚会结束时，我是坐在大马的摩托车后座上回学校的。要说明的是一九八九年的夏天，骑摩托车的人还寥若晨星，又高又大又帅气的大马是那个季节的夜里最亮的一枚。

此时，读者置身于多重感觉的艺术体验中，有 Flash 画面，有流淌的白色文字，有怀旧的箫声……这种艺术体验，在纸质印刷时代是无法想象的。

网络文艺的多媒介表达，体现了艺术对多重感官审美的追求。艺术的存在是人类感性的需要，也就是康德所说的“情”的需要。在康德看来，心灵的需要包括知、情、意三个部分，其中“情”是必不可少的，即感性之学的审美是必不可少的。艺术是美学的重要研究对象。无论是文学艺术，还是图像艺术，

---

① 参见 Marshall McLuhan, *Understanding Media: The Extensions of Man*, Massachusetts, The MIT Press, 1994, p. 8。

② 参见姜英：《网络文学的价值》，130～131 页，成都，巴蜀书社，2013。

都要涉及眼、耳、鼻、舌、身等感受外界事物刺激的器官。因为不同感觉都存在自身的美，所以艺术就有表达不同感官美的需要。如果一门艺术只局限于一种感官，那它肯定不能满足人们全面的感性需求，不能保证艺术对象的在场。

文学是语言艺术，它是听觉的艺术，对视觉、触觉、嗅觉、味觉等感觉的表达只能通过听觉的形式来实现。这种表达对视觉、触觉、嗅觉、味觉等感觉的呈现方式，只能是间接的。黑格尔认为："视觉所领会到的并不就是本身对象观念性的，而是仍保持着它的感性存在。听觉却不然，它无须采取实践的方式去应付对象，就可以听到物体的内部震颤的结果，所听到的不再是静止的物质的形状，而是观念性的心情活动。"① 黑格尔这里所说的实践方式，意味着听者和对象的同时在场，也保证了观者和对象的同时在场，但是"听"却不能这样。间接的呈现有它的好处，即触发人的想象力，让人积极想象艺术形象，而且每个人在想象过程中也会存在差异性和创造性；不足之处就在于想象的艺术形象有一定的不确定性和模糊性，不像图像艺术那样清晰明确，让人免不了有一睹其容的冲动。

随着数字技术的迅速发展，多媒体技术出现了，能让语言、图像、声音等同时出现在文本中。各种媒介可以根据文本的需要灵活组合，似乎任何时候、任何地方需要什么媒介都能保证满足。"从心理的角度看，超媒体将各种不同类型的信息整合在一种统一模式里，各种不同的感觉彼此互相混合，可能产生复杂的心理反应。"② 这种心理反应以前很难发生，现在却是受众所需要的。当然，多种媒介参与表达，也并非十全十美。文学文本中没有图像，但它可以调动读者的想象力，读者脑海中呈现的图像是因人而异的。有了图像呈现，这种呈现难免禁锢读者的想象力，因为受众看到只是同一副面孔的"哈姆雷特"，而不再是"一千个读者就有一千个哈姆雷特"。

三、创作速度激增

网络文学是网络写手在线写作的供网友阅读的作品，而不是把写好的作品直接搬到网络上。这就要求网络写手每天的创作量能够满足网民的阅读速度。如果网络写手一天只更新一两千字，网友几分钟就看完了，那肯定是不能满足他们的需求的。而且网络上的网络文学作品很多，他们肯定像看电视换频道一

① ［德］黑格尔：《美学》第3卷上册，331页，北京，商务印书馆，1979。

② 黄鸣奋：《新媒体与西方数码艺术理论》，282页，上海，学林出版社，2009。

样，从一本换到另一本。网络上流行说法的是："日更三千，半死不活；日更六千，勉强维持；日更一万，大红大紫。"网络写手每天更新的速度，决定了他们红火的程度。如果每天更新一万，二十万字的作品只用二十天就能完成，这样的创作速度是相当惊人的。同时，我们也可以看出，网络创作的竞争相当残酷。网络写手必须拼命创作，否则就会被读者抱怨，甚至被无数涌现的新人淹没。《甄嬛传》作者流潋紫曾经回忆了自己最难熬的大学毕业时期："我一边要完成毕业答辩，一边还要忙着找工作，但网上的更新稍有延迟就被不知情的网友骂得狗血淋头。"①

网络文学的高速度创作，与网友的快速阅读有很大关系。快速阅读是当今读者阅读的特点之一。黑格尔早在《美学》里就提出"从史诗时代到散文时代"的著名命题，他认为："需要与工作及兴趣与满足之间的宽广关系已完全发展了，每个人都失去了他的独立自足性而对其他任务发生无数的依存关系。"② 在诗歌时代，个人还拥有一定的独立自由；而在散文时代，社会依赖性日益增强，个人便丧失了独立自由的主体性。在高度紧张的现代生活中，人们很难沉浸在浅吟低唱中。新的审美范式，即速度奇观，吸引着年轻人的眼球。大部分读者，特别是网络小说的读者，看小说是为了放松心情和消磨时间，并不会慢慢体味华美的文字。

当然，这种创作速度有一定的技术基础，与创作工具有很大关系。利用电脑进行写作的速度，肯定不同于用钢笔创作，更不同于用毛笔创作。例如，唐家三少一天平均写三万字，他使用智能 ABC 输入法打字，最高创下过每小时八千多字的速度，达到这个输入法的速度极限，被誉为"光速写手"。仅仅三年时间，他便在网上发表了近一千万字的作品，其中《光之子》八十万字，《狂神》一百五十万字，《空速星痕》和《善良的死神》各一百六十万字，《惟我独仙》和《冰火魔厨》则分别高达一百八十万字和两百多万字。③ 唐家三少这样的创作速度，并非仅此一例。再如，苏州大学数学系学生朱洪志，在校两年多，发表了六百多万字的网络小说。这种写作速度，是过去的人永远达不到的。网络文学惊人的创作速度改变了中长篇小说的界定标准。网络上流行一种说法，即对于非职业作家群体来说，二十万是短篇，五十万是中篇，百万字才是长篇；而在职业网络写手群体里，一百万字是短篇，二百万字是中篇，三百

① 欧阳友权：《网络文学评论 100》，232～233 页，北京，中央编译出版社，2014。

② 朱光潜：《西方美学史》下卷，502～503 页，北京，人民文学出版社，1979。

③ 参见《网络写作年稿酬最高可达 150 万元》，载《北京娱乐信报》，2007-01-28。

万字以上才是长篇。

网络文学的创作速度猛增，还与商业利润追求有很大关系。网络写手写的越多，收入自然就越高。如果读者阅读文学网站 VIP 作品时需要支付千字两分钱或三分钱的费用，那么这两三分钱中，网站和作者分别占百分之三十和百分之七十。2006 年年收入最高的作家是起点中文网的写手，稿酬和奖金高达一百五十万元，其写作速度可想而知。速度成为网络创作成败的重要因素，网络写手“骷髅精灵”五年来已写有一千多万字的作品，他认为：“干网络文学这一行，最重要的是速度。”每月写手至少要写二十万字，否则就难以上排行榜。写作速度上不去，写手的收入便与写作快手们无法相比，最终会被淘汰出网络文学创作队伍，或者是形成不了气候，吸引不了快速阅读的读者。

写作速度的提高，必然使网络写手无法兼顾创作内容的精雕细琢。作家陈村就感慨网络文学没法读，因为网络文学以数量取胜，仿佛“论斤起卖”，写几十万字堪称小菜一碟。与之相对，很多传统作家因为追求文学的品位和质量，一辈子也不一定能发表十万字的作品。① 速度的提升、量的增加，并不是说网络文学作品没有价值。网络小说之所以引起社会的重视，还因为它们有相当高的点击量，拥有大量的读者。这说明它们的存在有一定的现实基础。从整体上看，虽然网络小说在某些部分“表现平平”，但仍不乏可读之处。例如，有些小说选题新颖，人物的语言往往非常鲜活，极其贴近生活，没有掉书袋那样的陋习。

第三节　新媒介与文艺的互动关系

新媒介是当代文艺发展过程中一个极具活力的要素，它给文艺发展带来了新的机遇。同时，当代文艺的蓬勃发展也丰富了新媒介的形式和表现内容。本节侧重探讨新媒介给当代文艺带来的新变化。

一、经典作品因新媒介获得新生

什么是经典？按照艾略特在《什么是经典作品？》中的说法，经典作品必须具备成熟性、广涵性和普遍性等特点。在艾略特看来，经典作品是“成熟心

---

① 参见孙丽萍：《新华调查：商业驱动下的网络文学 繁荣还是速朽?》，http：//bzb.toocle.com/detail-511067.html，2017-12-09。

智的产物”，出现在文明成熟，语言及文学成熟的时候。他还认为，经典作品应尽可能表现代表本民族性格的全部情感，表达来自各个阶层、各种境况的人们的反响。因为经典作品具备这样广涵性，自然也具有普遍性。文艺经典作品是在较长的时间筛选中形成的，是民族文化的重要载体，对个人的文化素养提升和国家的精神文明建设具有极其重要的作用。过去，经典作品往往是通过传统媒介传播的。如今，在新媒介时代，经典作品仍然并没有失去发挥其应有作用的时机。

虽然，有人将新旧媒介看作矛盾的对立关系，但这只是问题的某个方面，而没有看到问题的另一个方面。例如，数字媒介的存储方式是数字化的，具有较强的兼容性，能够与其他媒介进行融合，与依靠传统媒介传播的文学经典之间没有必然的矛盾关系，反而给经典作品的传播带来了新的机遇。每一种媒介都有其独特的地方，能够为人们思考问题以及表情达意提供新的方式。尼尔·波兹曼认为：“虽然文化是语言的产物，但是每一种媒介都会对它进行再创造——从绘画到象形符号，从字母到电视。和语言一样，每一种媒介都为思考、表达思想和抒发情感的方式提供了新的定位，从而创造出独特的话语符号。”① 同时，新媒介也是多媒介的，能做到图文的有机结合。可以说，通俗易懂的图像在一定程度上实现了艺术接受的无障碍和快捷化。另外，新媒介的互动性特别强，为经典的接受提供了一个“庞大的接受场”②，实现了经典作品接受的大众化。例如，《红楼梦》等名著曾在2013年底被列入“死活读不下去的书”排行榜。许多读者指出，人物太多、名字难记、内容抽象、文化差异大，是导致名著“读不下去”的主要原因。但在互联网时代，传统艺术发展遭遇的难题反而有了解决的可能。例如，2014年9月，跨超本《红楼梦》全球首发式在南京举行。跨超本《红楼梦》，其含义是“跨媒体、跨时空、跨文化、超链接”，能实现对iPhone、iPad、Kindle、Android智能设备以及Google Glass等阅读终端的覆盖。此书仅有巴掌大，全册1厘米厚。它对《红楼梦》进行全新编创，用轻松活泼的语言对原文进行注解，并辅之以相关的动画、音乐、插画、游戏等多媒体信息，以及中国经典文化的各类知识链接。跨超本《红楼梦》将所有版本的精华和红学精粹熔于一炉，读者可以通过任一款现有的智能移动或穿戴设备进行阅读。

---

① ［美］尼尔·波兹曼：《娱乐至死》，12页，桂林，广西师范大学出版社，2004。

② 谭旭东：《重构文学场：当代文化情境中的传媒与文学》，161页，兰州，敦煌文艺出版社，2010。

名著的阅读方式现在也发生了巨大变化。例如，受众可以通过听有声读物来了解名著。有声读物《蒋勋细说〈红楼梦〉》在网上就广为流传。在喜马拉雅、荔枝等网络电台上，它的点击播放量高达数千万次。在互联网时代，读者阅读《红楼梦》等名著享有更多的便利条件，还可以通过互联网很方便地查阅相关研究资料。

经典作品因新媒介获得了新生，也有学者认为这是经典的媒介化，即新媒介对文学经典的改编、翻拍、制作、传播和市场化运作等。① 我国古典文学四大名著皆因这种媒介化过程得到了空前的普及，这是有目共睹的事实。例如，1994 年版电视连续剧《三国演义》，当年首播的收视率高达 46.7%，有 5 亿人成为此剧的观众，极大地传播了古典文学经典。现在，借助新媒介的力量，《三国演义》的影响力在国际上进一步扩大。2015 年 5 月，柬埔寨国家电视台热播由我国译制的柬语版《三国演义》，并设置有奖互动问题环节，观众可以发送短信参与活动。此次有奖收视活动在柬埔寨尚属首次，在观众中引起了强烈反响，提升了文学经典的传播力度。经典的媒介化，虽说是顺应消费文化和市场经济的需要，但另一方面，消费文化也让经典得以通过新媒介进入市场，从而获得更多的生机和活力。

二、新作品在传播中汰选或提升

新媒介传播是多媒体传播，并实现了即时传播。新媒介传播有非常强的互动性，网友的点击、互动和评论对创作者的影响非常大，在一定程度上超过了批评家的评论。当年，果戈理因为别林斯基的评论《论俄国中篇小说和果戈理君的中篇小说》再度产生了创作激情和信心，而在互联网时代，主要是网友的接受情况，以及由此延伸出的富豪作家排行榜、网络文学点击率等，决定一个作家是否有持续创作的可能性。

特别是点击率，已经成为新媒介传播中一个重要的指标。一般说来，点击率是指读者对网络作品的访问次数，也可以是多种形式的访问次数②，有点类似于电视收视率。传统文学是否受读者欢迎，一般看图书的发行量，而网络文学是否受到网友的喜爱，是否经受得住网友和市场的检验，主要的衡量指标是

① 参见张福贵：《华夏文化论坛》第十辑，297 页，长春，吉林文史出版社，2013。

② 参见欧阳友权：《网络文学发展史——汉语网络文学调查纪实》，129 页，北京，中国广播电视出版社，2008。

点击率。[1]《2012—2013 中国数字出版产业年度报告》称，我国文学原创网站中，仅盛大文学旗下网络写手就达 160 万人之多，规模小一些的文学网站签约写手也有十余万人之多，未签约的写手更是不计其数。可以说，因为网络文学发表门槛较低，网络写手身份各异，他们的文化水平和文学才能也不尽相同，最终的结局自然是两极分化：有人能成为唐家三少那样的网络大咖，也有人迅速销声匿迹。著名网络写手今何在说，和很多行业一样，最成功的顶层网络写手占据大量的收入，而大部分作为基石的写手付出很多但回报很少。[2] 成为网络大神的，无一例外都有非常高的点击率。可以说，点击率是网络写手生命力的重要表征。作品的点击率越高，网络写手的信心就越足，从而促使网络写手更好地进行创作。

网站编辑、出版商和电影制片人等也会关注点击率。通过了解文学作品的点击率，网站编辑可以知道读者最感兴趣的作品是什么，网站应该推出什么样的作品。出版商考虑的是，如果出版点击率高的作品，就意味着它已经经过市场的考验，很可能销量不俗。[3]同样的道理，点击率高的作品也会引起电影制片人的强烈兴趣。可以这么说，如果没有互联网传播，《蒙面之城》就不会与读者见面。当初，作者宁肯向许多文学期刊投稿，但都没有获得编辑垂青。不得已，宁肯开始在新浪网上连载（严格地说，他的作品不是在线写作的网络文学）这部小说。令宁肯惊讶的是，一个月后该小说的点击率超过了 50 万人次。这么高的点击率说明这部作品是有阅读市场的，而后它很快进入编辑的视野，被大型文学期刊《当代》刊用。可以说，《蒙面之城》的例子说明“网络改变了传统发表和出版模式”[4]。

有人将此概括为“三赢”出版运营模式：网络写手在网上连载作品，读者在网络上点击阅读，书商和出版社跟踪观察，当作品获得高点击率时，则正式出版，并且可能成为畅销书。[5] 这种现象还有很多。例如，2005 年最火爆的网

---

① 参见王文宏：《网络文化多棱镜——奇异的赛博空间》，107 页，北京，北京邮电大学出版社，2009。

② 参见欧阳友权：《网络文学评论 100》，231～233 页，北京，中央编译出版社，2014。

③ 参见欧阳友权：《网络文学发展史——汉语网络文学调查纪实》，130 页，北京，中国广播电视出版社，2008。

④ 欧阳文风：《网络文学大事件 100》，56 页，北京，中央编译出版社，2014。

⑤ 参见杨文雯：《“点击率小说”：出版方式的变革?》，载《人民日报》，2005-11-17。

络小说《我总是心太软》，阅读人次突破百万，最终因高点击率被出版社看好并出版。

当然，我们也不能只看点击率等指标。为了提高作品的点击率，网站和网络写手都有可能一味迎合读者的阅读趣味。有些低俗小说，靠暴力、情色、迷信等内容吸引读者的眼球，却有可能成为网站上的“主流文学”，追求传统审美趣味的严肃作品则“门前冷落鞍马稀”。当前的大众娱乐化，将直接影响网络作者的审美趣味和网站的选择。例如，暧昧都市小说在移动手机阅读基地上极其畅销，网站做出的倾向性收购，都会直接影响到网络写手在创作题材上的选择。① 所以，怎样对网络文学进行正面引导是一个亟待解决的新课题。

三、新媒介为文艺发展开拓无限空间

一个时代有一个时代的艺术类型，建立在电子媒介和数字媒介基础上的艺术类型，一般可以称为新媒体艺术，主要包括网络艺术和多媒体艺术等。新媒体艺术具有广泛的社会基础。它给大众提供了一个表达平台，也给社会带来了新的发展机遇。有学者认为：“科学技术已成为一种‘本体性’的存在，支配着当代艺术生产。”② 可以说，新媒体艺术最核心的特征，就是技术与艺术的联姻。特别是数字媒介，是与计算机技术、网络技术紧密联系在一起的。

在古希腊时代，“艺术”一词原意就是技术，写诗与打铁、修鞋一样，都属于“艺术”。19 世纪中叶，艺术把实用的技艺排除在外，艺术家也有别于科学家、手艺人、工匠和技术工人。在摄影和电影出现后，本雅明开始从艺术生产的角度，提出艺术生产力的重要性。他说的艺术生产力，主要是指包括复制在内的艺术技巧。本雅明的《机械复制时代的艺术作品》、美国哲学家芒福德的《艺术与技术》等书的出现，都让人们不得不关注艺术与技术的关系。

技术已经渗透到艺术的创作、传播和接受等环节。艾布拉姆斯认为，每一件艺术品总要涉及四个要素：作品、艺术家、世界和欣赏者。现在，这四个要素都因为新媒介的加入发生了新的变化。

第一，文艺创作的智能化。这里所谓的“智能化写作”，即当前的计算机自动写作。例如，美国贝尔实验室的拉波斯基曾用计算机创作了绘画作品《波

① 参见何强：《中国网络文学出版研究》，232 页，福州，海峡文艺出版社，2013。

② 陈定家：《文之舞：网络文学与互文性研究》，128 页，北京，社会科学文献出版社，2014。

形》，美国企鹅出版社 1991 年出版了电脑创作的小说《软战争》，我国“猎户星写作软件”和稻香居老农的“电脑作诗机”也“创作”了各自的作品。海德格尔认为：“技术的本质——确信之为表象的自我确信。”① 因为计算机软件是人为设计的结果，在计算机自动写作过程中，技术在其中的作用似乎达到了最大化，但技术更多是设计者表象的一种体现，是创作者主体性的一种移植。尽管大众对智能化写作不太认可，但它毕竟是一种新的创作形式。

第二，审美空间的纵深化。数字媒介能让过去肉眼看不到的、看不清的领域出现在艺术中。例如，观看好莱坞电影《透明人》时，观众不仅能看到巴斯蒂安的外形，还可以看到其内部的肌肉、骨骼、血管等，看到平时不可见的事物。这把人们通过艺术认识世界的功能提到一个新的高度，扩大了人们的审美空间。在这里，技术起到了海德格尔所说的解蔽作用。② 当然，技术在解蔽的同时，也简化了人类想象未知世界的过程，减少了人类想象的空间。例如，当代文艺创作中，很少能出现唐代高适《别董大》那样的精品——诗中充满诗人对友人以后生活的想象与关怀。今天的视频技术让“见面”不再是难事，送别类的诗文也随之减少了。大学生毕业送别晚会和聚餐成为一种仪式性存在，此时人们对分别的情感体验较古代有很大不同。

第三，审美感知的全面化。传统艺术对世界的表现，一般是通过单渠道媒介来实现的。尽管文学艺术可以表现视觉、听觉和触觉等方面的内容，但是还需要通过语言媒介来实现，读者必须借助想象来感知。绘画也是通过视觉媒介，在一定范围内表现听觉和触觉等方面的内容，但也只能通过象征、暗示的方式表现。采用数字技术之后，艺术能让人的感官得到全方位的满足。例如，电影《狼图腾》中的狼直接向观众奔来，让观众产生紧张、恐惧和快感。但是，新媒体艺术所呈现的越来越丰富的信息量，在接受速度不受限制的情况下，很容易让人觉得眩晕。人的感性与理性平衡被打破，形象的感知压制了意义的追寻。

第四，艺术边界的模糊化。由于技术的支撑，各种媒介的结合成为可能。过去，亚里士多德以媒介来区分不同的艺术类型，这种方法在今天受到某种程度的挑战。例如，过去人们界定文学是语言的艺术，那么现在带有插图的网络

---

① [德] 马丁·海德格尔：《谢林论人类自由的本质》，50 页，沈阳，辽宁教育出版社，1999。

② 在海德格尔看来，“技术是一种蔽方式”。参见《海德格尔选集》，932 页，上海，上海三联书店，1996。

文学作品、配有照片的文章算不算文学？艺术体裁的划分肯定不能完全照搬过去的媒介标准，网络写手在创作的时候也不会严格遵守过去那种传统的界定。图像堂而皇之进入了文学文本中，乐曲和音响都成为文本的一部分，艺术体裁与形式的边界模糊化了，与传统艺术相比，作者获得了更多和更为新奇的表现手段，为文艺增加了更多的创新的可能性。因此，文艺发展的前途可以说是无比灿烂的。

后　记

迎着2018年的春风，我们这本从中国文化诗学视角进行建构和阐释的《文艺学教程》就要出版了。

首先，它是送给大学中文专业莘莘学子和广大文艺青年的一份最新的礼物。说它“新”，是因为本书吸收了多项国家社科基金资助的最新科研成果，如2004年结项的“中西文艺理论融合的尝试”（顾祖钊），2016年结项的“中国文化诗学的建构”（顾祖钊），2013年结项的“新历史主义文艺思潮通论”（张进），2012年结项的“中国古代文体论思辨”（姚爱斌），2014年结项的“传媒时代的语图关系研究”（王泽庆）等，还有其他一些立项而未结项的课研项目以及教育部课题。这些项目的立项与结项，都经过了文艺理论界许多权威专家的审查与鉴定，说明我们的创新是得到国家资助和国家认可的理论创新，一定程度上反映了当代文艺理论界的学术期待和最新水平。所以，当你翻开此书，发现它与过去的文艺学教材有许多不一样的地方时，请不要惊诧。认真读一读，你就会发现，它们还真有道理。值得庆幸的是，当你一踏进文艺学的大门，你就能在新水平、新高度上，以新的知识、新的眼光观察文学艺术现象，享受书中体现的文化自信和理论自信带来的特有的幸福感了。而就在前一年，你们师兄师姐们却没有赶上这样的好时候。他们的文艺学知识和视野，还停留在接近20世纪末的水平上，不知何年何月才能得到更新。这难道不值得你庆幸和欣喜吗？

然而，本书也并不“喜新厌旧”。这不仅表现在我们对马克思主义历史观、文化观、世界文学观的坚守上，对辩证唯物主义和历史唯物主义的坚守上，以及用马克思主义批判继承的眼光在文艺学领域贯彻对人类创造的一切优秀理论成果的批判继承上，还表现在我们注意课程的衔接性，尽量保留一些过去的东西，比如继续承认再现与表现二分法的某些合理性，承认内容与形式的区分在一定意义上仍然有用，在对现实主义和典型论的解释上仍然尊重马克思和恩格斯的天才贡献，在艺术形象特点的描述上仍然保留了哲学化的概括，等等。由于本书主编曾有幸参与从童庆炳主编的《文学理论教程》、自学考试指定教材

《文学概论》到中国社会科学院马克思主义理论研究和建设工程《文学理论》等多部教材的编写工作，所以，在课程的衔接性上，本书也是做得比较好的。在文艺学基础知识的传承上，本书不仅不会影响你考研、考博，而且还会助你答出新意，答出新的学理。

完成此书，我们深深体会到马克思创立的历史与逻辑相统一的方法的“厉害”。用这种方法得出的结论，往往是不可抗拒的。在这种方法的基础上，我们又加上了一种中西互证的方法。本书用这种双重方法得出的许多理论创新点，已经不能说是“个人观点”，而是一种古今中外人类对于文艺的“共识”了。由于它们多是从历史深处和中西互证中得出的结论，所以是经得起挑战和质疑的。例如，哲理文艺和哲理文艺观的存在，既可以从孔子、孟子、荀子和王充那里找到理论根据，可以从中国文学史上的魏晋玄言诗、唐代佛理诗、宋代道学诗、清代一次次宋诗运动中找到证据，还可以从西方中世纪文艺观、17世纪英国玄学诗派、18世纪法国哲理小说、20世纪现代派文学的存在中得到印证，这是谁也抹杀不了的事实。它终于被发掘出来写在我们的新教材中，也是一种历史的必然。所以，当有的老师陷于刘勰的抒情一元本质观不能自拔时，青年学子完全可以采用亚里士多德对柏拉图“吾爱吾师，但更爱真理”的态度，张开双臂，拥抱真理，勇敢地去和老师们讨论、辩论。因为手中握有真理，所以你们肯定会赢的。从青年人善于接受新生事物、洋溢着青春激情的心灵看，这本充满创新性的文艺学教材，肯定会受到青年学子和广大文艺青年的欢迎。

敢做这种预言的原因，还在于这本书出自一个高质量的写作团队。西方文化诗学研究的专家、兰州大学张进教授的参与，对中国文艺学教材史很有研究的湖南理工学院任先大教授的加盟，大大加重了我们这个团队的学术分量。再加上一批青年才俊，我们共同组成了这个老中青相结合的、有着高度社会责任感的、特别认真特别团结的学术和写作团队。扪心自问，我们可以肯定与欣慰地说：“活儿”干得不错，这是一部质量上乘的教材。

书稿写作的具体分工如下：

1. 安徽大学文学院教授　顾祖钊　绪论、第一章、第二章、第五章
2. 安徽大学文学院教授　刘飞　第三章
3. 黄山学院文学院副教授　洪永稳　第四章
4. 北京师范大学文学院教授　姚爱斌　第六章

5. 江西师范大学文学院教授　詹冬华　第七章
6. 山东师范大学文学院教授　和磊　第八章
7. 湖南理工学院文学院教授　任先大　第九章
8. 浙江外国语学院文学院副教授　刘亚斌　第十章
9. 兰州大学文学院副教授　刘顺　第十一章
10. 兰州大学文学院教授　张进　第十二章
11. 广东罗定职业技术学院副教授　温玉林　第十三章
12. 合肥师范学院文学院副教授　常娟　第十四章
13. 安徽大学文学院教授　王泽庆　第十五章

有这样的写作团队，岂能不出好书？罗列在兹，期待经常与读者对话、交流与联系。

最后，要特别感谢北京师范大学出版集团高等教育与学术著作分社副社长、文学艺术研发部主任周粟先生。由于他的关爱，本书才得以以最快的速度、最好的质量和最优惠的条件出版。还要感谢责任编辑梁宏宇女士为本书所付出的辛劳。她的编辑质量和认真态度，受到我们一致的赞美。此外，安徽大学文学院、兰州大学文学院、湖南理工学院文学院领导的大力支持也是不容忘记的。他们为我们召开各种会议，在资金、人力和时间上提供各种支持，让人永志难忘。

就让我将这种感激和喜悦的心情结为一联，聊备纪念吧：

融古今中外智慧于一书，人类共识结异彩，化作春风桃李，吾愿已足；
合南北西东才俊为一体，丹心一片铸长虹，育人愉己圆梦，其乐无穷。
横批：文艺学，旺旺旺！

顾祖钊
2018 年 3 月 10 日于安徽大学寓所

说　明

本教材配有相关教学课件及教学资源，请有需要的教师与以下邮箱取得联系，获取《文艺学教程——中国文化诗学的新阐释》及更多北京师范大学出版社文艺类教材的教学资源，以供教学使用。

联系人：周编辑

联系邮箱：bnu2015ys@126.com